大卫·科波菲尔
[上]

David Copperfield

[英] 查尔斯·狄更斯 著
庄绎传 译

名著名译丛书

人民文学出版社

Charles Dickens
DAVID COPPERFIELD
据 The Caxton Publishing Company，London 版本译出。

图书在版编目(CIP)数据

大卫·科波菲尔：全2册/(英)狄更斯著；庄绎传译.—北京：人民文学出版社，2014(2025.9重印)
(名著名译丛书)
ISBN 978-7-02-010429-1

Ⅰ.①大… Ⅱ.①狄…②庄… Ⅲ.①长篇小说—英国—近代 Ⅳ.①I561.44

中国版本图书馆 CIP 数据核字(2014)第 108259 号

责任编辑	张海香
装帧设计	刘　静　陶　雷
责任印制	王重艺

出版发行	人民文学出版社
社　　址	北京市朝内大街 166 号
邮政编码	100705
印　　刷	三河市中晟雅豪印务有限公司
经　　销	全国新华书店等
字　　数	809 千字
开　　本	890 毫米×1290 毫米　1/32
印　　张	29　插页 4
印　　数	134001—137000
版　　次	2000 年 12 月北京第 1 版
印　　次	2025 年 9 月第 24 次印刷
书　　号	978-7-02-010429-1
定　　价	70.00 元（全两册）

如有印装质量问题，请与本社图书销售中心调换。电话:010-59905336

查尔斯·狄更斯

查尔斯·狄更斯（1812—1870）

十九世纪英国现实主义作家，以十四部巨著的突出成就开创了现实主义新时期，被后世尊为批判现实主义最杰出的代表、讽刺巨匠、语言大师。

《大卫·科波菲尔》（1850）是作者的半自传体小说，他称之为自己"心中最宠爱的孩子"。全书采用第一人称叙事手法，通过一个孤儿的不幸遭遇描绘了一幅广阔的社会画面。作品以高超的技巧塑造了不同阶层的典型人物，尤其是劳动者的形象，表现了作者宽厚博大的人文关怀。

译　者

庄绎传(1933—　)，山东济南人。1957年毕业于北京外国语学院英语系研究生班。北京外国语大学英语系教授。著有《汉英翻译五百例》《英汉翻译教程》，译有《大卫·科波菲尔》《白衣女人》《东林怨》《飘》（合译）等。

出 版 说 明

人民文学出版社从上世纪五十年代建社之初即致力于外国文学名著出版，延请国内一流学者研究论证选题，翻译更是优选专长译者担纲，先后出版了"外国文学名著丛书""世界文学名著文库""二十世纪外国文学丛书""名著名译插图本"等大型丛书和外国著名作家的文集、选集等，这些作品得到了几代读者的喜爱。

为满足读者的阅读与收藏需求，我们优中选精，推出精装本"名著名译丛书"，收入脍炙人口的外国文学杰作。丰子恺、朱生豪、冰心、杨绛等翻译家优美传神的译文，更为这些不朽之作增添了色彩。多数作品配有精美原版插图。希望这套书能成为中国家庭的必备藏书。

为方便广大读者，出版社还为本丛书精心录制了朗读版。本丛书将分辑陆续出版。

人民文学出版社
2015 年 1 月

前　言

　　《大卫·科波菲尔》是英国小说家查尔斯·狄更斯的第八部长篇小说，被称为他"心中最宠爱的孩子"，于一八四九至一八五○年间，分二十个部分逐月发表。全书采用第一人称叙事语气，其中融进了作者本人的许多生活经历。

　　狄更斯出身社会底层，祖父、祖母都长期在克鲁勋爵府当佣人。父亲约翰是海军军需处职员，在狄更斯十二岁那年，因负债无力偿还，带累妻子儿女和他一起住进了马夏尔西债务人监狱。当时狄更斯在泰晤士河畔的华伦黑鞋油作坊当童工，比他大两岁的姐姐范妮在皇家音乐学院学习，全家人中只有他俩没有在狱中居住。父亲出狱后，狄更斯曾一度进惠灵顿学校学习，不久又因家贫而永久辍学，十五岁时进律师事务所当学徒。后来，他学会速记，被伦敦民事律师公会聘为审案记录员。一八三一至一八三二年间，狄更斯先后担任《议会镜报》和《真阳报》派驻议会的记者。这些经历有助于他日后走上写作的道路。他一生所受学校教育不足四年，他的成功全靠自己的天才、勤奋以及艰苦生活的磨练。一八三六年，狄更斯终于以长篇小说《匹克威克外传》而名满天下，当时他年仅二十四岁。

　　一八四八年，范妮因患肺结核早逝，她的死使狄更斯非常悲伤，因为在众多兄弟姐妹中，只有他俩在才能、志趣上十分接近。他俩都有杰出的表演才能，童年时曾随父亲到罗彻斯特的米特尔饭店，站在大餐桌上表演歌舞，赢得众人的赞叹。范妮死后，狄更斯写下一篇七千字的回忆文章，记录他俩一起度过的充满艰辛的童年。狄更斯身后，他的好友福斯特在《狄更斯传》中首次向公众披露了狄更斯的早年生活，根据的正是这篇回忆。

　　狄更斯写这篇回忆是为创作一部自传体长篇小说做准备。他为小说主人公取过许多名字,最后才想到"大卫·科波菲尔"。福斯特听了,立刻叫好,因为这个名字的缩写 D.C. 正是作者名字缩写 C.D. 的颠倒。于是小说主人公的名字便定了下来。

狄更斯早期作品大多是结构松散的"流浪汉传奇",是凭借灵感信笔挥洒的即兴创作,而本书则是他的中期作品,更加注重结构技巧和艺术的分寸感。狄更斯在本书第十一章中,把他的创作方法概括为"经验想象,糅合为一"。他写小说,并不拘泥于临摹实际发生的事,而是充分发挥想象力,利用生活素材进行崭新的创造。尽管书中大卫幼年时跟母亲学字母的情景是他本人的亲身经历,大卫在母亲改嫁后,在极端孤寂的环境中阅读的正是他本人在那个年龄所读的书,母亲被折磨死后,大卫被送去当童工的年龄也正是狄更斯当童工时的年龄,然而,小说和实事完全不同:狄更斯不是孤儿,而他笔下的大卫却是"遗腹子"。同时,狄更斯又把自己父母的某些性格糅进了大卫的房东、推销商米考伯夫妇身上。

大卫早年生活的篇章以孩子的心理视角向我们展示了一个早已被成年人淡忘的童年世界,写得十分真切感人。例如:大卫以儿童特殊的敏感对追求母亲的那个冷酷、残暴、贪婪的商人摩德斯通一开始就怀有敌意,当摩德斯通虚情假意地伸手拍拍大卫时,他发现那只手放肆地碰到母亲的手,便生气地把它推开。大卫向母亲复述摩德斯通带他出去玩时的情景,当他说到摩德斯通的一个朋友在谈话中老提起一位"漂亮的小寡妇"时,母亲一边笑着,一边要他把当时的情景讲了一遍又一遍。叙事完全从天真无邪的孩子的视角出发,幼儿并不知道人家讲的就是自己的母亲,而年轻寡妇要求再醮、对幸福生活的热烈憧憬已跃然纸上。又如:大卫跟保姆裴果提提到她哥哥家去玩,她的哥哥裴果提先生是一位渔民。大卫看见他从海上作业后回来洗脸,觉得他与虾蟹具有某种相似之处,因为那张黑脸被热水一烫,立刻就发红了。这个奇特的联想,充满童趣和狄更斯特有的幽默。

本书充分显示出狄更斯在人物塑造上的高超技巧,推销商米考伯就是一个突出的例子。米考伯子女众多,生活负担沉重,时常挣不到佣金,背了一身债。尽管如此,他的绅士风度、周全的礼貌、得体的举止、文雅的谈吐以及和太太之间的忠诚和恩爱却始终不变。夫妇俩常因经济拮据哭得肝肠寸断,可是一转身,马上又哼起快乐的歌曲来。(这种"债多不愁"的乐天性格,正是作者父母的性格。)狄更斯塑造这一人物的成功之处,并不在于描绘出下层市民贫困潦倒的具体情状,而在于创造了"米考伯"类的人物典型。如今"Micawberism"一词以"无远虑而老想走运的乐天主义"的解释已进入每一部普通英语词典。狄更斯善于抓住人物身上某些最能体现其本质的性格特征,加以夸张,并反复展示。如:威克菲尔律师身边埋伏着的那个野心家、阴谋家希普,就是一条毒蛇。他外表谦卑,其实包藏祸心,对恩主的业务蚕食侵吞,一旦羽翼丰满,不但要把威克菲尔玩于股掌之中,还想把他的爱女艾妮斯霸占到手。小说塑造这一人物时,突出写他那双又冷又湿的手。大卫刚住到威克菲尔律师家中时,就看见希普常深夜加班工作或用功苦读。他一边读,一边用手指在书上比划,在书上留下一道道又粗又湿的印记,好像有蜗牛爬过一样。希普又冷又湿的手与狄更斯前一部小说《董贝父子》中的卡克尔那两排又白又亮的牙齿都是狄更斯人物塑造上的著名范例。大卫童年时的灾星、继父的姐姐摩德斯通小姐的性格特点是极端冷酷和残忍,她身边常带一只钢制的钱包,合上的时候,咔哒一声,像是狠狠地咬谁一口。在狄更斯笔下,没有生命的东西也都是活的,都是它们主人性格的写照。

狄更斯的全部创作都体现了他的"道德意图",那就是博爱、宽恕的人道主义精神。小说在裴果提、裴果提先生以及他的侄子哈姆的身上表现了劳动人民的诚实、善良,他们都有比金子更可贵的心灵。大卫被继父打得遍体鳞伤,单独锁在房间里,连他母亲也不敢来看望他,只有裴果提半夜里偷偷来安慰他,两人通过钥匙孔对话的描写十分感人。从此大卫和这位普通的劳动妇女建立起无法言喻的深情。小说的高潮是亚茅斯海滨的船难。诱拐了哈姆未婚妻的纨绔子弟斯蒂福在狂风恶浪中挣扎求生,与他有夺妻之恨的青年渔民哈姆却冒死下海救他,结果两人都被淹死。两人死亡的意义截然不同,斯蒂福的死是他奸险行为的报应,而哈姆的死却是狄更斯人道主义理想的最高体现。正是这种鲜明的道德意图,使小说具有净化人的灵魂的巨大感染力。

大卫历尽磨难，终于找到他惟一的亲人——贝西姨奶奶，并在她的爱护下健康成长，终于成为一位著名作家。他忠实地奉行姨奶奶对他的教导："永不卑贱，永不虚伪，永不残忍"，这可以成为一个人立身、行事的座右铭。值得一提的是：许多研究者都把姨奶奶家住着的那位常像小孩一样和大卫一起放风筝的年长亲戚迪克先生视为一位"怪人"，而没有认识到他在小说中的意义。英国剑桥大学利维斯教授对此作了发人深省的阐释，他认为：迪克在大卫成长过程中起着积极的作用，因为健康的童年必须有"游戏、幻想和诗的想象力"。小说真实、具体地描绘了大卫感情成长的经历：早年对小姑娘艾米丽的喜爱、青年时对朵拉带有盲目性的热恋和婚姻以及朵拉逝世、他在海外闯练数年归来才最终发现在他的生活中一直给予他照顾和影响的艾妮斯才是他最理想的伴侣。狄更斯的描写不但在细节配置和情绪烘托上都做到入情入理，恰到好处，并且还能给人以启发，让你对恋爱、婚姻和家庭问题有很深刻的感悟。

俄国文豪列夫·托尔斯泰曾把本书和《圣经》并列，誉为"一切英国小说中最好的一部"。的确如他所说，《大卫·科波菲尔》是世界文学经典中的经典，值得我们欣赏、品味。我甚至认为，谁若有幸在少年时代就阅读这本书，必将有助于塑造健康的人格。无论 C. D. 或是 D. C. 都是谈不尽的，让我们就此打住，一起来欣赏这部能净化我们灵魂的经典吧！

薛　鸿　时
一九九八年七月于北京

目 录

作者序 …………………………………………………… 001
第一章　我出生了 ……………………………………… 001
第二章　我观察 ………………………………………… 013
第三章　换环境 ………………………………………… 028
第四章　我丢脸了 ……………………………………… 045
第五章　我被迫离家 …………………………………… 065
第六章　我交更多的朋友 ……………………………… 083
第七章　我在萨伦学堂的"第一学期" ………………… 091
第八章　我的假日,特别是一个快乐的下午 ………… 110
第九章　难忘的生日 …………………………………… 126
第十章　我遭冷落,又有了安排 ……………………… 138
第十一章　我开始独自生活,但不喜欢这种生活 …… 159
第十二章　依旧不喜欢独自生活,我下了大决心 …… 175
第十三章　下定决心以后 ……………………………… 185
第十四章　姨奶奶为我作出决定 ……………………… 206
第十五章　我又从头开始 ……………………………… 223
第十六章　在各方面开始新的一页 …………………… 233
第十七章　遇见一个人 ………………………………… 255
第十八章　一段回顾 …………………………………… 272
第十九章　我一走一看,有所发现 …………………… 280
第二十章　斯蒂福的家 ………………………………… 298
第二十一章　小艾米丽 ………………………………… 307
第二十二章　几处旧地,几位新人 …………………… 328

第二十三章	我证实了迪克先生的话，也选定了一种职业	352
第二十四章	我初次放荡	367
第二十五章	天使与恶魔	376
第二十六章	我被俘了	396
第二十七章	汤米·特拉德	412
第二十八章	米考伯先生挑战	422
第二十九章	我再次到斯蒂福家做客	442
第三十章	一大损失	451
第三十一章	更大的损失	461
第三十二章	开始长途跋涉	471
第三十三章	喜事	491
第三十四章	姨奶奶吓了我一跳	507
第三十五章	消沉	516
第三十六章	热情	537
第三十七章	一点儿冷水	553
第三十八章	散伙	562
第三十九章	威克菲尔与希普	578
第四十章	流浪者	598
第四十一章	朵拉的两个姑姑	607
第四十二章	搞鬼	624
第四十三章	再次回顾	644
第四十四章	我们怎样料理家务	653
第四十五章	迪克先生应验了我姨奶奶的预言	669
第四十六章	消息	685
第四十七章	马莎	699
第四十八章	家务	711
第四十九章	坠入迷雾	722
第五十章	裴果提先生的梦想实现了	734

第五十一章	开始一次更远的旅行	745
第五十二章	我参与一桩爆炸性事件	763
第五十三章	再次回顾	787
第五十四章	米考伯先生的业务	794
第五十五章	风暴	809
第五十六章	新仇旧恨	821
第五十七章	移居海外的人们	829
第五十八章	离去	840
第五十九章	归来	847
第六十章	艾妮斯	864
第六十一章	我见到两个有趣的忏悔者	874
第六十二章	一盏明灯照亮我的路	886
第六十三章	一位来客	896
第六十四章	最后的回顾	905

作者序

　　我在本书的原序里说过：我刚写完这本书，心情激动，要想保持一定的距离，用与这一严肃的标题相称的冷静态度来谈论它，我觉得是不容易的。对于这本书，就在不久以前，我还全神贯注，我的心情是悲喜交集——喜的是一项酝酿已久的心愿实现了，悲的是离开了众多的伙伴——因此，我很可能会说一些心里话，表达一些内心的感情，惹得读者厌烦。

　　除此之外，所有该说的话，我都尽量在书里说了。

　　一件历时两年之久，发挥想象力的工作，一旦搁笔，有多么痛苦；一位作者当他头脑里生出的无数人物永远向他告别的时候，怎样觉得好像把自己身体的一部分投进了那朦胧的世界；这些事对读者来说，也许是无关紧要的。然而我没有别的话可说了，除非让我坦率地说（也许这就更无关紧要了），任何人在读这篇记述的时候，也不会比我写的时候更觉得它真实。

　　以上这些发自内心的话，今天看来，依然成立，因此我现在只能请读者再听我一句心里话。在所有我写的书里，我最喜欢这一本。大家不难相信，对于我凭想象而生的每一个孩子，我都疼爱，也不可能有人爱这些孩子像我爱得那么深。但是我和许多疼爱孩子的父母一样，在我内心深处有一个孩子最得宠，他的名字就是《大卫·科波菲尔》。

第 一 章

我 出 生 了

在我这部自传里,主人公究竟是我,还是别的什么人,看下去就清楚了。这部自传要是从我出生的时候讲起,就得先写上我生于一个星期五,时间是午夜十二点。这是后来人家告诉我的,我也深信不疑。据说时钟一打点,我就哭起来,这两件事是同时发生的。

由于我出生在那样一个日子,又是那样一个钟点,护士就说:第一,我命里注定要一辈子倒霉,第二,我有看见鬼怪的特殊才能。不光护士这么说,左邻右舍有见识的女人也这么说。她们在有可能和我结识之前好几个月,就对我产生了浓厚的兴趣。其实,在她们看来,凡是不幸在星期五深夜出生的孩子,不论男女,都一定具有以上两种天生的才能。

关于第一点,我就不必说了,因为事实证明这一预言究竟是对,还是错,我本人的经历最能说明问题。至于这个问题的第二点,我只想说我还没有继承到这部分遗产,除非我在很小的时候就把它糊里糊涂地用光了。但是我丝毫也不因为没有继承到这份遗产而怨天尤人;如果眼下某人正在享用,那就衷心地欢迎他留着自己享用吧。

我是带着一层头膜出生的,于是就为这头膜在报上登了一则出售广告,要价不高,只有十五几尼。不知当时出海的人究竟是手头没有钱,还是对头膜的威力缺乏认识,宁愿穿软木上衣,我光知道只有孤零零一个人还了还价,此人是一位与证券经纪人的活动有关的律师,他愿意出两镑现钱,其余部分用雪利酒支付,宁可不要求保他不淹死,也不肯再加钱了。既然如此,广告撤回,钱也白花了。要是给雪利酒,我那可怜的亲爱的母亲自己还有雪利酒在市场上卖不出去呢。十年以后，我们在本地用抽彩的办法卖那头膜，五十个人，每人付半克朗，中彩的人付五先令便可得到头膜。当时我本人也在场，记得眼看着我身体的一部分就这样处理掉了，好生不自在，而且感到莫名其妙。我现在回想起来，记得中彩的是一位老太太，她提着一个篮子，从篮子里拿钱付那五先令的时候，显出一副非常舍不得的样子。她给的都是半便士的硬币，最后还差两个半便士。花了很长时间，给她算了老半天，想让她明白，可她还是不明白。这位老太太活到九十二岁，在床上高高兴兴地去世了，的确不是溺水而死的，这件事在当地传为佳话，流传很久。我听说，直到临终，最能使她感到自豪的是她除了过桥以外，一辈子从来没有到水上去过；直到临终，她总是在喝茶的时候（她还特别喜欢喝茶）埋怨出海的人和别的人不虔诚，因为他们大言不惭地到世界各地去"闲逛"。人们向她解释，有些供人享用的东西，可能也包括茶叶在内，就来自她所反对的这种活动。她就更起劲儿地顶他们，而且本能地感到自己所持的反对态度很有分量，她总是说："咱们要禁止闲逛。"

我也别在这里闲聊了，还是回过头来谈谈我出生的情况吧。

我出生在萨福克郡布伦德斯通镇，或者像苏格兰人所说的，就在布伦德斯通"那一疙瘩"。我是个遗腹子。在我睁开眼睛看到世上的光明之前六个月，我父亲就闭上了眼睛。直到如今，我一想到父亲从来没有见过我，就感到有些怪。尤其使我感到怪的是我还隐隐约约记得，我初次看到墓地里那洁白的墓碑时产生过种种幼稚的联想，记得由于他在黑夜里孤零零地躺在外边，使我产生过一种难以述说的同情心，因为我们的小客厅里生着火，点着蜡，又暖和，又亮堂，而我们的房门却插着门闩，锁着锁，不让他进来，有时我觉得这种做法未免有些残酷。

我父亲的姨妈，也就是我的姨奶奶，是我们家的一位重要人物。下面我还会提到她。这位特洛乌德小姐，我母亲总是称她贝西小姐，我那可怜的母亲也只是在不得不提到她的时候，在克服了她对这个庞然大物的恐惧心理之后，才鼓起勇气来这样称呼她的（好在次数也不多）。她嫁了个丈夫比她年轻，人长得很漂亮。常言道："美不美，看行为。"他可不是这样，因为大家非常怀疑他打过贝西小姐，而且有一次甚至因家用物品而发生口角，急忙布置了一下，非要把贝西小姐从三层楼的窗口扔下去。事实证明他们性情合不来，贝西小姐就给了他一笔钱，两人同意分居。他拿着钱到印度去了。我们在家里听到的传说简直神了，说有人在印度看见他和一只狒狒骑在大象身上，不过我想那一定不是狒狒，而是位绅士，或者公主①。然而不到十年，从印度传来了他去世的消息。这对姨奶奶有何影响，无人知晓，因为分居以后，她立刻恢复了做姑娘时用的名字，在遥远的海边一个村子里买了一所房子，在那里过起独身女人的生活，有一个用人伺候。大家知道她从那以后就一心一意地隐居了。

据我了解，我父亲一度很受我姨奶奶的宠爱，但是他的婚事刺伤了她的心，因为她认为我母亲是个"蜡娃娃"。姨奶奶从来没见过我母亲，不过她知道她不满二十岁。从那以后，我父亲和贝西小姐再没有见过面。结婚的时候，我父亲的年龄比我母亲大一倍，身体也很虚弱。一年以后他就去世了，我在前面已经提到，这是在我出生以前六个月发生的事。

那个星期五，我想我是有理由称之为艰难而重要的一天的。那天下午，情况就是这样。所以我不能硬说我当时就知道正在发生什么事情，也不能说我是根据亲眼目睹的事实记得后来发生的事情的。

当时我母亲坐在壁炉旁边，身体很弱，情绪低沉，两眼含泪望着那火焰，对自己和那个尚未见面的没有父亲的小人儿感到悲观，心情十分沉重。那个小人儿倒是受到欢迎的，楼上抽屉里早就准备了大量的别针，欢迎他到这个世界上来，不过世人对于他的到来却毫不感到兴奋。还是说我母亲吧，就在这三月份一个晴朗的下午，外面刮着大风，她坐在火炉旁边，又胆怯，又悲伤，非常怀疑自己能不能闯过眼前这个难关。这时她擦干眼泪，抬头朝对面的窗户望去，忽然看见一个陌生的女人走进花园里来。

我母亲看了两眼，就断定这个人是贝西小姐。落日的红光洒落在花园的篱笆上，照在这位陌生女人的身上；她朝着房门走来，她那直挺

---

① 此处的三个词在当地读音相近。

挺的身子和那板着的面孔叫人看着难受,是别人谁都没有的。

她走到房前的时候又做了一件事,这件事也能证明她是谁。我父亲在世时曾一再暗示,说她为人处事往往和一般人不同。现在她果然不拉门铃,而是跑到我母亲对着的那个窗户前面,把鼻子尖贴在玻璃上往里看,我那可怜的亲爱的母亲后来不止一次对我说,当时贝西的鼻子尖一下子就给压扁了,压得发白了。

贝西小姐的到来使我母亲大吃一惊,因此我一向认为我出生在星期五,都是贝西小姐的功劳。

我母亲早就急忙从椅子上站起来,躲到椅子后面的角落里去了。贝西小姐从窗子对面开始,慢慢地以询问的目光转着圈儿看,就像荷兰钟上的撒拉逊人头像那样,目光最后落在了我母亲身上。接着她皱了皱眉,还向我母亲做了一个手势,让她去开门,那神气仿佛一向是她说什么别人都得服从。于是我母亲走过去,开了门。

"我想,你就是大卫·科波菲尔太太吧。"贝西小姐说道。她加重语气,大概是根据我母亲穿的丧服和她目前的状况吧。

"是的。"母亲有气无力地说。

"特洛乌德小姐,"来人说道,"你一定听说过这个人吧?"

母亲回答说她的确荣幸地听说过这个人。不过她也尴尬地意识到自己的表情并没有显得那是一件多么了不起的幸事。

"现在她就站在你面前。"贝西小姐说。我母亲低下了头,请她进来。

她们来到母亲刚才呆的这间客厅里,因为走廊那边那间最好的屋子没有生火——实际上,从我父亲去世以后,那里一直没有生过火。她们俩就座以后,贝西小姐一言不发,我母亲尽力控制自己,还是控制不住,哭了起来。

"噢,得啦!得啦!得啦!"贝西小姐连忙说道,"别这样!好啦,好啦!"

虽然她这么说,可我母亲还是止不住,后来她哭够了,才停了下来。

"孩子,把帽子摘下来,"贝西小姐说,"让我看看你的模样。"

我母亲非常怕她,即或有心想拒绝,也不敢拒绝她这奇怪的要求,于是就按照她的吩咐把帽子摘了下来,不过手抖得厉害,弄得满脸都是头发。她的头发可真是又多又漂亮。

"哎呀!上帝保佑!"贝西小姐大声说道,"你完全是个孩子呀!"

我母亲无疑是长得特别年轻,就按她的年龄来说也显得年轻。她低下了头,仿佛这是她的过错,真可怜。接着她就一边哭一边说,她的确觉得自己是个带孩子气的寡妇,要是大难不死,还会是个带孩子气的母亲。随后两人沉默了片刻,这时她好像觉得贝西小姐摸了摸她的头发,而且那手也不能算不温柔。然而当她怯生生地怀着希望抬头看贝西小姐的时候,却见这个女人坐在那里,长裙的下摆撩了起来,两手交叉搭在一个膝盖上,两脚踩在炉挡上,皱着眉头看火苗。

"看在老天爷的分上,"贝西小姐突然问道,"告诉我为什么叫栖鸦楼?"

"你是说这房子吗,姨妈?"母亲问道。

"为什么叫栖鸦楼?"贝西小姐说,"叫吃鸭楼更合适。你们俩,不管哪一个,只要对生活考虑得实际一点儿,就会想到这一层。"

"这名字是科波菲尔先生定的,"母亲说道,"他买这所房子的时候,觉得周围有白嘴鸦,心里很高兴。"

就在这黄昏时分,忽然狂风大作,花园那边的几棵高大的老榆树摇晃起来,我母亲和贝西小姐都不由自主地朝那边望去。只见老榆树弯着腰,凑在一起,仿佛巨人耳语,在传递什么秘密。这样呆了几秒钟之后,它们就突然发作,向着四面八方疯狂地挥舞起胳臂来,好像它们刚才窃窃私语是不道德的,因而心里不能平静。这时挂在高枝上的经过风吹日晒破旧不堪的鸦巢好像风暴中在海上遇险的小船,在空中飘来飘去。

"现在鸟儿在哪里?"贝西小姐问道。

"你问的是……"母亲当时正在想别的事。

"那些白嘴鸦……现在到哪里去了?"贝西小姐问道。

"自打搬到这儿来,就没看见过。"我母亲说,"我们以为——噢,不对,是科波菲尔先生以为这里有一大群白嘴鸦,可是那些鸟窝都是很旧的,鸟也早就不呆在这儿了。"

"大卫·科波菲尔就是这样!"贝西小姐说道,"真是十足的大卫·科波菲尔!周围根本没有鸟,却给房子取名叫栖鸦楼,看见几个鸟窝,就相信一定有鸟!"

"科波菲尔先生已经死了,"母亲不满地说,"你要是敢在我面前说他的坏话……"

我估计我那可怜的亲爱的母亲一瞬间也曾想把我姨奶奶好好地揍一顿,可是即便她当时的情况好得多,训练有素,可以交手,姨奶奶用一只手也就能轻易地对付她了。不过她一站起来,她那瞬间的想法就消失了,她又软弱无力地坐下,晕了过去。

后来母亲自己醒过来了,也许是贝西小姐设法使她醒过来的,我们暂时就不管了。母亲醒过来以后,看见贝西小姐站在窗口。这时暮色已经消失,天渐渐黑了下来,只是借助于炉火的光亮她们才彼此模模糊糊地看得见,否则她们就谁也看不见谁了。

贝西小姐重新在椅子上坐下,仿佛刚才只是漫不经心地看了看外面的景色,问道:"我说啊,你估计什么时候……"

"我浑身打哆嗦,"母亲有气无力地说道,"我也不知道是怎么回事。我要死了,我一定会死的。"

"不会,不会。"贝西小姐说道,"喝点茶吧。"

"哎呀,天哪!你觉得喝点茶会有好处吗?"母亲无可奈何地说道。

"当然会有好处,"贝西小姐说道,"你那都是胡思乱想。你的女孩儿叫什么名字?"

"我还不敢说一定生个女孩儿呢,姨妈。"母亲天真地说。

"愿上帝保佑这孩子!"贝西小姐大声说道,但她没有意识到这正是楼上抽屉里针插上绣的第二个愿望,不过她没有把它用在我身上,而是用在我母亲身上了。她接着说:"我不是说的那个。我是问你的女仆叫什么名字。"

"裴果提。"母亲说道。

"裴果提!"贝西小姐重复了一声,显出有些生气的样子,"孩子,难道你是说有这么个人,跑到一座教堂里,人家就给她起了个名字,叫裴果提?"

"那是她的姓,"母亲轻轻地说道,"科波菲尔先生这样称呼她,是因为她的教名和我一样。"

"来,裴果提!"贝西小姐打开客厅的门,大声喊道,"拿茶来。太太不大舒服。别磨蹭!"

贝西小姐下了这样一道命令,那语气仿佛自从这个家庭建立以来她就是公认的一家之主。接着她又伸出头去看裴果提。裴果提听见有生人呼唤,心中很纳闷,正举着蜡烛顺着走廊走过来。贝西小姐随手把门关上,又像刚才那样坐好,两脚蹬着炉挡,长裙的下摆撩了起来,两手交叉搭在一个膝盖上。

"你刚才谈到生女孩儿的事,"贝西小姐说,"我敢肯定你是要生个女孩儿。我有预感,一定是个女孩儿。听着,孩子,你一生下这个女孩儿……"

"也许是个男孩儿呢。"母亲冒昧地插嘴说。

"我告诉你,我有预感,一定是个女孩儿,"贝西小姐把她顶了回去。"不要顶嘴嘛。这个女孩儿一生下来,孩子,我就要好好地待承她,我愿意做她的教母,我求你就叫她贝西·特洛乌德·科波菲尔吧。这个贝西·特洛乌德在生活里可不能再有什么差错了。她在感情方面可不能再受到什么干扰,可怜的孩子。她应该有很好的教养,受到很好的监护,免得她轻易相信不该相信的人。这一定要由我来干。"

贝西小姐每说一句就猛地晃一下脑袋,仿佛她自己过去受的委屈正在她心中作祟,她极力克制才勉强压住,没有更明显地表露出来。我母亲就着微弱的火光观察着她,至少是这样猜想的。她太怕贝西小姐了,自己也太心绪不宁,再加上她过于虚弱,对眼前的事又感到意外,一时什么也看不清楚,也不知道说什么好。

贝西小姐沉默了一会儿,头也不晃了,这时她问道:"大卫待你好不好,孩子? 你们在一起生活愉快吗?"

"我们非常幸福,"母亲说,"科波菲尔先生待我太好了。"

"什么! 他准是把你惯坏了吧?"贝西小姐顶了她一句。

"是啊,在这个艰难的世界上,我现在又得孤零零的一个人,无依无靠地过日子了,在这方面,他恐怕真是把我惯坏了。"母亲说着就哭了起来。

"唉,别哭啦!"贝西小姐说,"即便有时候一对夫妻也许是般配的,你们俩可不般配呀,孩子,这就是我为什么要问你那个问题。你是个孤儿吧,是不是?"

"是的。"

"还当过家庭教师?"

"我在一家人家当幼儿家庭教师。科波菲尔先生到这家来做客,对我很和气,很注意,也很关心,最后就向我求婚了。我接受了他的请求。于是我们就结了婚。"母亲简单地说了说。

"唉,可怜的孩子!"贝西小姐说道,她依然皱着眉沉思,聚精会神地望着炉火,"你会干什么?"

"对不起,姨妈,你说什么?"母亲吞吞吐吐地说。

"比方说,你会料理家务吗?"贝西小姐说。

"会一点儿,恐怕不多,"母亲说道,"我很想懂得多一点儿。不过科波菲尔先生在教我……"

"他可是很在行啊!"贝西小姐插了一句。

"我很愿意学,他也很耐心教,可惜当时没有多学点儿,要不是他不幸去世……"说到这里,母亲又哭起来,说不下去了。

"好啦,好啦!"贝西小姐说道。

"我按时记账,每天晚上和科波菲尔先生对一遍。"母亲又倾诉了一阵她的痛苦,接着又哭起来。

"好啦,好啦!"贝西小姐说道,"别再哭了。"

"在这一方面,我敢肯定,我们从来没有任何出入,只是科波菲尔先生责怪我把3和5写得样子太相近,责怪我给7和9加了弯曲的小尾巴。"母亲又激动地诉说了一阵,接着又哭起来。

"你要是再哭,会病倒的,"贝西小姐说,"你也知道,你要是病了,无论是对你还是对我的教女都是不好的。好啦!你可不能那么干!"

这番劝说起了一定的作用,使我母亲平静下来,不过她越来越难受,这可能起了更大的作用。她们沉默了一会儿,不时听见贝西小姐发出"唉""唉"的声音,她依然坐在那里,两脚蹬着炉挡。

过了一会儿,贝西小姐说:"我知道大卫用他的钱为自己买了一份年金。他为你做了什么安排?"

"科波菲尔先生,"母亲有些吃力地回答道:"很善良,很关心我,经他安排,把其中一部分转给了我。"

"多少钱?"贝西小姐问道。

"每年一百〇五镑。"母亲说道。

"他还挺周到呢,要不可就糟了。"姨奶奶说道。

这个词用在这里倒很恰当。我母亲的情况的确非常糟。裴果提端着茶盘和蜡烛走进来,一眼就看出她多么难受。屋里要是够亮的话,贝西小姐早就会看出来了。裴果提连忙把我母亲送到楼上她自己的屋里,又马上吩咐侄儿哈姆·裴果提去请护士和医生。这位侄儿最近几天一直呆在我们家里,准备让他在紧急情况下跑跑腿,但我母亲不知此事。

混合大队到了,前后只差几分钟。他们看见火炉旁边坐着一个打扮得怪里怪气的陌生女人,不禁大吃一惊,因为这个女人把帽子系在左胳膊上,耳朵里还塞着珠宝商用的棉球。裴果提对她一无所知,我母亲也不说她是谁,因此她在客厅里是一个十分神秘的人物。她口袋里揣着一大团珠宝商用的棉花,以及把棉花那样塞在耳朵里,都没有影响她那端庄的仪态。

医生上了楼,又从楼上下来了,我想他大概也意识到这位陌生女人和他可能要面对面地坐上几个钟头,便作出彬彬有礼善于交际的样子。他是男人之中最软弱,小个子之中最温和的人。他进门出门的时候,总是躲躲闪闪,尽量少占地方。他走起路来和《哈姆莱特》剧中的鬼魂一样轻,比那鬼魂还要慢。他总是歪着头,一方面谦逊地贬低自己,一方面谦逊地讨好任何人。他连狗也不骂,自不待言。就是疯狗,他也不骂,而是温和地说点什么,一句话,半句话,甚至连半句话都不到,因为他说话和走路一样慢;但他决不会对这疯狗粗鲁,也不会对它急躁,不论是为了什么可能存在的理由。

祁力普先生以柔和的眼光看着我姨奶奶,歪着头,朝她微微鞠了一躬,轻轻摸了一下自己的左耳朵,针对她耳朵里塞的珠宝商的棉球说道：

"夫人，有局部炎症吗？"

"你说什么？"姨奶奶说着像拔软木塞似的把棉球从一个耳朵里揪了出来。

祁力普先生见她动作这样生硬，感到非常吃惊，当时他没有失去理智，真是万幸——这是他以后对我母亲说的。他顺从地又说了一遍：

"夫人，有局部炎症吗？"

"胡说！"姨奶奶答道，随后一抬手又把棉球塞到耳朵里去了。

在这之后，祁力普先生无事可做，只好坐在那里无可奈何地看着她，而她就坐在那里看炉火，后来祁力普先生又被请到楼上去了。过了大约一刻钟，他走下楼来。

"嗯？"姨奶奶问道，随手把棉球从靠近医生的那只耳朵里揪出来。

"嗯，夫人，"祁力普先生答道，"还在……还在慢慢生呢，夫人。"

"哎哟！"姨奶奶一边发出这看不起人的叹息声，一边把身子猛地一摇，随手又把棉球塞到耳朵里，像先前一样。

祁力普先生后来对我母亲说，他当时真是——的的确确是——几乎吓坏了；虽然他是个医生，他也几乎吓坏了。尽管这样，他还是坐在那里，望着这个女人，而她呢，就坐在那里，望着火苗。过了将近两个小时，又有人把医生叫走了。过了一会儿，他又回来了。

"嗯？"姨奶奶问道，随手又把棉球从那只耳朵里揪出来。

"嗯，夫人，"祁力普先生答道，"还在……还在慢慢生呢，夫人。"

"啊呀！"姨奶奶说道，可是她那副腔调实在让祁力普先生受不了。后来祁力普先生提起这件事，说这完全是故意破坏他的情绪。他说他宁愿坐在楼梯上，摸着黑儿，在风口里等着召唤。

哈姆·裴果提上过公立的学堂，学过《教义问答》，是个笃信教义的人，因此可以算是一个可靠的见证人。第二天，他谈起头一天晚上的事。他说，过了一个小时，他偶然在客厅门口探头，往里面看一看，马上就被贝西小姐发觉了。当时贝西小姐急得团团转，在屋里走来走去，一下子就把他抓住了，使他不得脱身。他说，楼上不时传来脚步声和喊叫声，就在声音最大的时候，那女人把他揪住，往他身上发泄她那万分的焦虑,使他由此看出耳朵里塞棉球也挡不住楼上传来的声音。他还说,那女人揪着他的领子来回不停地走(好像他喝多了鸦片酊),一边还摇晃他,拽他的头发,揪他的衬衫,堵他的耳朵,仿佛她闹不清那是谁的耳朵了,还用一些别的办法来折腾他。这些情况,他姑妈可以提供一部分证据,因为她在十二点半的时候看见他,他刚脱身不久,他姑妈说他的脸色和我一样红呢。

性情温和的祁力普先生即或在别的情况下会记恨别人,而在现在这样的时刻也不可能了。他一腾出手来,马上就侧着身子走进客厅,以他那谦卑的态度对我姨奶奶说:

"啊,夫人,我很高兴向你表示祝贺。"

"祝贺什么呀?"我姨奶奶正言厉色地问道。

祁力普先生见我姨奶奶态度如此严厉,顿时感到焦虑不安,于是向她微微鞠了一躬,又微微一笑,想以此打消她的怒气。

"我的天哪,他在干什么呢?"我姨奶奶不耐烦地大声说道,"难道他不会说话吗?"

"不要着急,亲爱的夫人,"祁力普先生以他最柔和的语气说道,"现在没有理由再烦躁不安了。不要着急了。"

我姨奶奶没有摇晃他,没有把他要说的话从他嘴里摇出来。她只冲着他摇了摇自己的脑袋,不过她那副模样把他吓得心惊胆战。这件事人们至今还认为简直神啦。

"啊,夫人,"祁力普先生继续说道,这时他又有了勇气,"我很高兴向你表示祝贺。现在一切都已经结束了,夫人,而且是圆满结束了。"

祁力普先生说这番话大约花了五分钟,我姨奶奶一直聚精会神地看着他。

"她怎么样?"姨奶奶问道。她两臂交叉,帽子依然系在一只胳膊上。

"啊,夫人,我希望过一会儿她就会很舒服了,"祁力普先生答道,"在目前家里这种沉闷的环境里,我们也只能指望一位年轻的母亲舒服到一定的程度而已。你要是一会儿去看她,不会有什么问题。可能对她还有好处呢。"

"我是说她——她怎么样?"姨奶奶厉声说道。

祁力普先生又把头歪了歪,比刚才歪得更厉害了,他像一只驯顺的小鸟一样望着姨奶奶。

"我是说那孩子,"姨奶奶说,"她怎么样?"

"夫人,"祁力普先生答道,"我还以为你知道了呢。是个男孩儿啊。"

姨奶奶什么也没说,抓住帽子的带子,好像拿起一把弹弓一样,朝着祁力普先生的脑袋瞄了瞄准,就打了过去。随后她把帽子没有展平就戴在头上,走了出去,并且永远没有再回来。她像一个没有得到满足的妖精一样消失了,或者说像人们认为我有资格看见的鬼怪一样消失了,再也没有回来。

她再也没有回来。我躺在篮子里,母亲躺在床上,不过贝西·特洛乌德·科波菲尔却永远属于梦幻的世界,也就是我新近游历过的辽阔的地方;我们这间屋子的亮光从窗口射出去,照亮了所有这类游子在人间的归宿,也洒落在没有他就没有我的那个人的尸骨上面的小丘上。

第 二 章

我 观 察

在我努力回忆婴儿时期那段空白的经历时,首先清楚地浮现在我面前的,一是我母亲,她的头发很漂亮,身材很苗条;一是裴果提,她谈不上有什么身材,两只眼睛那么黑,似乎把眼睛周围的地方也都弄黑了,她的腮帮子和胳膊那么硬,那么红,我都纳闷为什么鸟儿不来啄她,而去啄苹果。

我想我还记得她们两个人在两边,中间留出一段距离,她们或者弯着腰,或者跪在地上,这样她们在我眼里就显得矮了,我就在她们两人之间摇摇晃晃地走过来,走过去。我脑子里还留有一个印象,不过我也说不清那究竟是个印象呢,还是确实记得的一件事,那就是裴果提常常向我伸出食指让我去抓的情景,她那食指,因为做针线活儿的关系,已经变得很粗糙,和擦肉豆蔻用的小擦子一样。

我也可能是在瞎想,不过我认为我们大部分人对于这段生活的记忆可以比许多人想象的追溯到更早的时间。我还认为,有些很小的孩子具有的观察力,就其细致程度和精确性而言,是十分惊人的。对大部分在这方面表现突出的成年人来说,我的确认为与其说他们获取了这种能力,不如说他们没有失去这种能力。我还注意到,一般说来,这些人之所以显得容光焕发,态度和蔼,知足常乐,是因为他们保留了这些儿童时代固有的品质。

我停下来说这番话,会有"闲聊"之嫌,因此必须借此机会说明:我的这些结论在一定程度上是建立在我的亲身经历之上的;如果我在叙述过程中写下的任何东西证明我是一个善于细致观察的孩子,证明我是一个牢记童年生活的成年男子,这两种提法我肯定都是愿意接受的。

我在上面说了,回忆婴儿时期这一段空白,在一大堆混乱的事物之中,我首先记起的最为突出的就是我母亲和裴果提。我还记得什么呢?让我想想。

在那团云雾之中出现了我们家的房子,这房子对我来说并不生疏,而是非常熟悉,还是我最初记得的那个样子。一层有裴果提的厨房,通到后院,后院中央的柱子上挂着一个鸽子房,可是里面并没有鸽子;角落里有一个大狗窝,里面也没有狗。有一大群家禽,在我看来它们显得高大极了,走来走去,样子很凶,怪吓人的。有一只公鸡落在一根柱子上,在那里叫,我从厨房窗户往外看它的时候,它好像特别注意我,吓得我浑身发抖,因为它特别凶恶。晚上做梦,我梦见从旁门出去,门外的鹅群一跩一跩地跟在我后面,脖子伸得老长老长的。一个人要是和野兽在一起生活,做梦就会梦见狮子。

房子里有一条走廊,我觉得它特别长,从裴果提的厨房通到房子的正门。走廊里有一间黑暗的储藏室,到了晚上,就得跑着从门前经过,因为要是没有人点着昏暗的蜡烛呆在里面,让那股子发霉的气味连同肥皂味、咸菜味、胡椒味、蜡烛味、咖啡味,都混杂在一起,飘散到门外,谁知道那些桶呀、罐儿呀,和旧茶叶箱子中间藏着什么呢。再往前走就是那两间客厅:一间是我们晚上常坐的地方,母亲和我,还有裴果提,因为她干完活儿以后,又没有旁人,就经常来陪伴我们。另一间是那间最好的客厅,只有星期天,我们才在那里坐坐,显得很隆重,但是不舒服。我觉得这间屋子有一种悲哀的气氛,因为裴果提对我说过——不记得什么时候了,反正是很久以前——说起父亲的丧事,说起送殡的人在这里穿上黑斗篷。有一个星期天晚上,母亲在那里给我和裴果提念书听,讲的是怎么样使拉撒路死而复生的故事①。我听了以后,吓坏了,她们不得不把我从床上弄起来,让我从卧室的窗口看一看平静的教堂墓地,死人都在肃穆的月光下安静地躺在坟墓里。

---

① 《新约·约翰福音》第11章讲,有一名叫拉撒路的人,死后已埋入坟中四日,耶稣念其姐待他有恩,便在坟前呼喊拉撒路出来,结果死人即出来了。

我在哪里看见的草也远没有这块墓地里的草这么绿,哪里也远没有这里的树这么阴凉,哪里也远没有这里的墓碑这么幽静。我睡在母亲卧室的小套间里的一张小床上。清早起来,我从床上往外望,看见羊在墓地里吃草;我还看见红光照在日晷上,这时我心里想,"日晷又可以报时了,它高兴吗?我真纳闷。"

教堂里有我们家的专用座位。那靠背多高啊!旁边有个窗户,往外看可以看见我们家的房子,早上做礼拜的时候,裴果提也的确不止一次地往外看,因为她老惦记着我们家的房子,别让人抢了,别让火烧了。她的眼睛可以往外瞟,要是我的眼睛往外瞟,她就非常生气,还冲着我皱眉头,意思是我站在座位上,眼睛应当看着牧师。可是我不能老看着牧师呀!他就是不穿那件白衣服,我也认识他。我还怕他纳闷我为什么老用眼睛盯着他,说不定他会说着说着停下来,跑过来问我,那我可怎么办呢?盯着人看是很不好的,不过我总得做点儿什么。我看了看母亲,她假装没看见我。我看了看过道上的一个小男孩儿,他朝我做鬼脸。我看了看穿过门廊照在开着的大门门口的阳光,看见那里有一只迷途的羔羊——我不是指有罪的人,而是一只可以宰了吃肉的羊——它正在犹豫要不要进到教堂里来。我觉得要是再看它一会儿,我就会忍不住大声说起话来,那怎么得了?随后我就抬头看墙上那些灵牌,慢慢地想起了我们这个教区里已经死去的包佳斯先生。包佳斯先生长期忍受剧烈的痛苦,而医生又毫无办法,不知包佳斯太太当时是怎么想的。不知他们请没请祁力普先生,他是不是也毫无办法,如果真是那样,现在每星期提醒他一次,他又作何感想呢?我看了看祁力普先生,他围着他的一条最漂亮的围巾。我又看了看讲坛,忽然觉得要是在这里玩儿,可再好不过了,这是一个多么好的城堡呀,让一个男孩顺着楼梯上来攻城,我就把带穗子的天鹅绒靠垫往下扔,砸在他头上。想着想着我就闭上了眼睛,起初我好像还听见牧师在唱一支歌,天又热,那歌声让人越听越困,后来我就什么也听不见了。过了一会儿,我一个跟头从座位上栽下来,摔了个半死,裴果提把我抱了出去。

现在我从外面看一看我们家这所房子。卧室的格子窗开着,好放进一些飘着香味的空气。房前花园尽头的几棵榆树上依然挂着那些破旧的鸦巢。现在我又来到后花园。这后花园在有空鸽房和空狗窝的那个院子的后面,这是一个很好的蝴蝶保护区,我记得有一道高篱笆,有一个大门,上着一把大锁。树上结了一簇簇的果子,后来我在哪个花园里也没见过比这更熟更好的果子。母亲摘一些果子放在篮子里,我就站在一旁,偷偷地摘些醋栗囫囵吞咽下去,还尽力装作若无其事的样子。一阵大风刮起来,夏天霎时间就过去了。到了冬天,我们在黄昏时候玩耍,在客厅里跳舞。母亲跳得上气不接下气,就坐在扶手椅上休息。我见她把光亮的鬈发绕在手指上,把上身儿拽一拽,我比谁都了解她,她喜欢漂亮,为自己的美貌而感到自豪。

以上就是我最初的一些印象。此外我还觉得我和母亲都有点儿怕裴果提,在大多数情况下都是顺从她的安排的。如果这些都可以称作看法的话,那么这就是我从我所看到的一切中得出的一些最初的看法。

有一天晚上,只有我和裴果提在客厅的壁炉旁坐着。我在念书给她听,念的是关于鳄鱼的故事。我一定是念得很清楚,要不就是那个可怜的女人非常感兴趣,因为我记得在我念完的时候,她竟然有一个模糊的印象:这故事讲的是一种蔬菜。我念累了,困得要命,可是既然我受到特别优待,得到了母亲的允许,她要到邻居家呆一晚上,我可以等她回来再睡觉,我就宁可在坚守岗位的时候困死(这是理所当然的事),也不上床去睡觉。我越来越困,觉得裴果提好像变得越来越大,大极了。我用两个食指撑着上眼皮,使劲盯着她,看她做活儿;又盯着看她那块给线打蜡用的蜡烛头——它看上去可真老哇,无论看哪一面,全都是皱纹;又盯着看那码尺居住的小茅草房;又盯着看她的针线盒,那针线盒有一个拉盖儿,上面画着圣保罗教堂,大圆顶是粉红色的;又盯着看她手上戴的铜顶针;又盯着看她,我觉得她很可爱。我当时困极了,我知道我要是什么都不看,马上就不行了。

"裴果提,"我突然问道,"你结过婚吗?"

"天哪!大卫少爷,"裴果提答道,"你怎么想起来问我结婚的事呢?"

她回答的时候显出一副那么吃惊的样子,倒使我清醒多了。接着她就停下了手里的活计,看着我,手里的针扯得老远,把线都拉直了。

"可是你究竟结过婚没有,裴果提?"我说,"你是一个非常漂亮的女人呀,是不是?"

我认为她和我母亲不是同一个类型的人,这是肯定的,不过我认为她是另外一种美的典型代表。在那间最好的客厅里有一个红丝绒脚凳,母亲在上面画了一束花。在我看来,脚凳的底座和裴果提的肤色,是一模一样的。脚凳光滑,裴果提粗糙,但这无所谓。

"你说我漂亮,大卫,"裴果提说道,"不对,我的宝贝儿!可是你怎么想起来问我结婚的事呢?"

"我也不知道!你一次只能和一个人结婚吧,是不是,裴果提?"

"当然是这样。"裴果提斩钉截铁地说。

"不过如果你和一个人结了婚,而这个人后来死了,到那时候你就可以和另一个人结婚了,是不是,裴果提?"

"如果你愿意,你可以那样做,我的宝贝,"裴果提说道,"这就看你怎么想了。"

"可你是怎么想的呢,裴果提?"我说。

我问了她这个问题,就以好奇的眼光看着她,因为她也用那么好奇的眼光看着我。

"我是这么想的,"裴果提说,这时她不再盯着我了,犹豫了一下,接着就又做起针线活儿来,"我自己从来没有结过婚,大卫少爷,我也不想结婚。关于这件事,我就知道这一些。"

"我想你没有生气吧,裴果提,是吗?"我坐在那里沉默了一会儿,说道。

我真的以为她生气了,因为她回答得那样简短。但是我错了,因为她放下了手里的活计(她当时正给自己补袜子),张开两臂,一下子把我的鬈毛头搂在怀里,使劲搂着不放。我知道她在使劲搂我,因为她很胖,她穿好衣服以后,只要稍一用劲,长裙背后的扣子就会飞落。我记得这次她搂我的时候,就有两只扣子绷落到客厅对面去了。

"我还想听一段那阿鱼的故事,"裴果提说,那鱼的名字她还说不大准,"我还没听够哩。"

我不大明白为什么裴果提看上去显得那么怪,也不明白为什么她一下子又提起鳄鱼来。反正我们又谈起这些怪物来，这时我也又来了精神了。我们把鳄鱼蛋埋在沙子里，让它们在阳光下孵化，随后我们就跑开了，鳄鱼在后面追，我们不停地拐来拐去，可鳄鱼生得笨重，不能很快地拐弯，因此拿我们毫无办法。后来我们也像当地人一样，跟着它们钻到水里去，把带尖的木棍子插到鳄鱼的嗓子里，总而言之，我们和鳄鱼大战了一场。至少我是这么干的，不过我对裴果提有所怀疑，因为她一直是若有所思的样子，用针在自己的脸上和胳膊上乱扎。

我们说完了鳄鱼，又说鼍龙，这时忽然听见花园的门铃响了。我们走到门口，看见我母亲站在那里，我觉得她当时显得特别漂亮，旁边还有一位先生，他长着漂亮的黑发和黑络腮胡子，上星期天，他还和我们一起从教堂回家来着。

我母亲在门槛上弯着腰把我搂在怀里亲我的时候，那位先生说我这个小家伙比君主享受的特权还多得多，或者说了诸如此类的话，因为我知道这句话是我后来懂的事多了才理解的。

"这话是什么意思？"我趴在母亲肩头上问他。

他拍了拍我的头，可是不知怎的，我不喜欢他，也不喜欢他那深沉的声音，我还忌妒他，在他抚摸我的时候，不愿意让他的手碰到母亲的手，可是还真碰上了。我一下子把他的手推开了。

"噢，大卫！"母亲以责备的语气说道。

"可爱的孩子！"那位先生说道，"我不能不佩服他的一片赤诚！"

在这以前，我从来没有看到母亲脸上有过这么好看的颜色。母亲轻轻地责备我不该那样粗鲁，随即让我趴在她的披肩上，转身向那位先生致谢，感谢他劳神送她回家。她一边说着，一边伸出了手，那位先生也伸出手来拉住她的手，这时候，我觉得她看了我一眼。

这位先生低下头，我亲眼看见他把头低到我母亲的小手套那儿，这时他对我说："好孩子，咱们说'再见'吧。"

"再见！"我说。

"来吧！咱们交个朋友——世界上最好的朋友！"那位先生笑着说道，"握握手吧！"

我的右手在我母亲的左手里攥着呢，所以我就朝他伸出了左手。

"哎呀,这只手不对,大卫!"那位先生笑着说道。

母亲把我的右手朝前拉了拉,可是我由于上面所说的原因,打定主意不给他右手,因此我就是不给他右手。我把另外一只手伸给他,他热情地握了握,还说我是个勇敢的人,然后就走了。

就是此刻,我还能看见他在花园里转过身来,用他那双不吉利的黑眼睛最后又看了我们一眼,大门就关上了。

裴果提一直什么话也没说,什么事也没做,这时她连忙把门栓插好,我们就一起到客厅里去了。母亲有些反常,她没有坐在炉子旁边的扶手椅上,却坐在客厅的另一头,哼着小曲,自得其乐。

"今天晚上过得很愉快吧,太太。"裴果提说道,她手里举着蜡台,直挺挺地站在屋子中央,活像一只大木桶。

"谢谢你,裴果提,"母亲以轻快的语调答道,"今天晚上过得非常愉快。"

"见见生人什么的,会叫人觉得新鲜,觉得高兴。"裴果提谈出了她的看法。

"的确叫人觉得新鲜,觉得高兴。"母亲答道。

裴果提还在屋子中央一动不动地站着,母亲又哼起了她的小曲,我却睡着了,虽然没有睡得很沉,还能听到说话的声音,却不知道她们说了些什么。这样打盹并不舒服。过了一会儿,我醒了,可是还迷迷糊糊的,这时我发现裴果提和我母亲都在哭,也都在说。

"不能要这样一个人,科波菲尔先生要是活着也不会同意的,"裴果提说,"我就是这么看,我可以起誓!"

"我的天哪!"母亲大声说道,"你要逼我发疯呀! 谁家的姑娘像我这么可怜,受仆人这样虐待? 我为什么这样委屈自己,把自己称作姑娘呢? 难道我没结过婚吗,裴果提?"

"你确实结过婚,太太。"裴果提说道。

"既然如此,你怎么敢……"母亲说道,"你知道我的意思不是说你怎么敢,裴果提,而是说你怎么忍心让我这么难过,对我说这么难听的话呢? 你又不是不知道,出了这个门儿,我连一个可以依靠的朋友也没有呀。"

"这就更有理由说不能这么办了,"裴果提说道,"不行,不能这么办。不行!出多少钱也不行。就是不行!"她说话的语气那么重,我以为她会把手里的蜡台扔掉呢。

"你怎么能得寸进尺,"母亲说着,哭得更厉害了,"竟说出这样不讲道理的话呢?听你这么说,好像一切都定了,都安排好了,你怎么能这么说呢?裴果提,我不是一再跟你说嘛,你这个狠心的人,除了最普通的应酬以外,什么事也没发生。你说别人喜欢我。我有什么办法呢?要是有人一时糊涂,产生了那种感情,那能说是我的过错吗?请问我有什么办法呢?你是不是希望我把头剃光,把脸抹黑,或者用烧伤、烫伤和其他类似的办法来毁掉自己的容貌?我敢说,你就希望我这么做,裴果提。我敢说,你会拍手称快的。"

听了这番刺人的话,我觉得裴果提似乎非常伤心。

"我那亲爱的孩子啊,"母亲说着便走到我坐的扶手椅旁,抚摸着我说道,"我的亲儿小大卫呀!是不是有人拐着弯儿责怪我,说我不疼我那心爱的小宝贝儿,不疼我那最亲爱的小家伙呀?"

"谁也没拐着弯儿说过这样的话。"裴果提说道。

"你说过,裴果提!"母亲把她顶了回去,"你心里有数。你说那样的话,还会有什么别的意思,你这狠心的家伙?你心里也明白,上一季,我完全是为了他,才没给自己买把新阳伞,尽管那把绿色的旧伞从上到下都磨坏了,穗子也七零八落,难看得要命。这情况你是知道的,裴果提,你是无法否认的。"接着母亲又和我脸贴着脸,亲切地问我:"大卫,我这个妈妈是待你不好吗?我是一个讨厌、凶恶、自私的坏妈妈吗?你就说我是,我的孩子……只要你说一声'是',乖孩子,裴果提就会疼你。有裴果提疼你可比我疼你强多了,大卫。我是一点儿也不疼你的,是不是?"

说到这里,我们都放声大哭起来。三个人之中,大概我哭的声音最大,不过我敢肯定我们都是真正动了感情的。我自己就非常伤心,在我的感情刚刚受到伤害的时候,恐怕骂了裴果提,说她是"畜生"。那个老实人感到很痛苦,我还记得那天她一定把所有的扣子都掉光了。她先和我母亲和好,后来又跪在扶手椅旁边和我和好,这时候,扣子噼里啪啦一下子就绷落光了。

我们都怀着非常沉重的心情上床睡觉去了。好半天,我抽抽搭搭的,睡不沉。有一阵我抽搭得特别厉害,被折腾起来了,这时我发现母亲坐在被单上,弯着腰看着我。在这以后,我就在她怀里睡着了,而且睡得很香。

究竟是在紧接着的那个星期天我又见了那位先生,还是过了一段更长的时间他才重新露面,我记不清了。我不夸口说自己记日子记得特别清楚。不过反正他到教堂去了,事后还和我们一起走回家。他还进屋里来了,要看看我们养的一盆名花天竺葵,就在客厅的窗口。我觉得他并没有十分认真地看花,可是临走的时候他要求我母亲送他一点儿花。我母亲请他自己挑,他又不干——我不明白这是为什么——于是我母亲就替他摘了一枝,放在他手里。他说他和这花要永远永远不分离。我想,这花过一两天就要七零八落了,他连这个都不知道,一定是个大傻瓜。

裴果提晚上和我们呆在一起的时间比往常少了。我母亲有很多事都听从她的安排——我觉得这种情况比往常多了——我们三个人仍然非常要好。不过,和过去还是有所不同,我们之间不像以前那么融洽了。有时候,我想裴果提大概是反对我母亲穿她柜子里那些漂亮衣服,反对她那么频繁地到那位邻居家去做客,但这究竟是怎么一回事,我却找不到满意的答案。

时间长了,再见到那位黑胡子先生也就习惯了。不过我并没有比原来增加对他的好感,而且对他依然有那种不安的忌妒心理,其原因不外乎孩子本能的恶感,和这样一个笼统的想法:我和裴果提能够很好地疼爱我母亲,不用别人帮忙;此外如果说还有什么原因,那也必定不是年龄大了才能找到的那种原因。那种原因我从来就没想到过,连影子也没有。打个比方吧,我能观察到一些零零碎碎的东西,但是要把许多零零碎碎的东西拼成一个网,用来网住什么人,那还不是我所能办到的。

秋天,有一天上午,我和母亲呆在前面的花园里,忽然看见摩德斯通先生——这时候我已经知道可以这样称呼他了——骑着马走来。他停下来，向我母亲问好，还说他是要到洛斯托夫特去看几个朋友，他们在那里有一条游艇；他还兴致勃勃地说，要是我愿意去，他可以让我上马，就坐在他前头。

那一天，天气晴朗，使人感到非常舒服，那马也似乎很愿意让我骑，站在花园门口，一边打响鼻，一边蹬蹄子。在这种情况下，我就非常想去。于是母亲让我上楼去找裴果提给我打扮打扮。在等我的时候，摩德斯通先生下了马，把缰绳挽在胳膊上，在多花蔷薇篱笆外来回地遛，我母亲就在篱笆里边陪着他遛。我记得我和裴果提从我屋子的小窗户偷偷往外看他们。我还记得看见他们一边走，一边仿佛多么认真地看他们之间的花朵，还有裴果提本来好好的，像天使一样温柔，怎么突然生起气来，为我倒着梳头发，还使好大的劲儿。

我和摩德斯通先生一会儿就上了路，沿着路边的绿草地缓缓地跑起来。他轻轻地用一只胳膊搂着我，我觉得自己平时也不是那种老坐不住的孩子；可是今天我坐在他前面，却克制不住，时不时地回过头去，看一下他的脸。他有一双浅浅的黑眼睛——我还找不到一个更恰当的字眼来形容这种眼睛，你往里边看的时候，会觉得它没有深度——这双眼睛在思想集中的时候，由于光线的关系，我每次看它，都有一刹那觉得似乎是斜眼，显得很难看。我每次看他都看见这样一副样子，心里有一种害怕的感觉，同时还纳闷他究竟在想什么，想得这么入神。他的头发和络腮胡子从近处看，比我原来的感觉更黑，也更多。他的脸，下半部是方方的，那一点点的痕迹说明他的下巴上也长着粗壮的黑胡子，但他每天都刮得很干净，这不禁使我想起大约半年以前到我们这一带来巡回展览的蜡像。此外，他还有一双整整齐齐的眉毛，有一个也白、也黑、也棕的滋润的脸膛儿——让他那脸膛儿见鬼去吧，我一想到他，就想让他也见鬼去吧——他的相貌使我感到我虽然对他没有好感，却不能不说他是个很漂亮的人。我敢肯定我那可怜的亲爱的母亲也认为他是个很漂亮的人。

我们来到海滨一家旅馆，有两位先生在抽雪茄，屋里没有别人。他们每人至少把四把椅子放在一起，躺在上面，盖着一件粗呢子外衣。角落里有一堆大衣和船上用的斗篷，还有一面旗子，都捆在一起了。

我们进去以后，他们俩一骨碌爬起来，样子有些邋遢，接着就说："嗨！摩德斯通！我们还以为你死了呢！"

"还没死呢！"摩德斯通先生说道。

"这个小家伙是谁呀？"一位先生一把把我拉过去，问道。

"他叫大卫。"摩德斯通先生说道。

"谁家的大卫呀？"那位先生又问，"琼斯家的？"

"科波菲尔家的。"摩德斯通先生说道。

"什么！就是那个迷人的科波菲尔太太的小累赘吗？"那位先生又问道，"就是那位漂亮的小寡妇吗？"

"昆宁，"摩德斯通先生说道，"你最好小心点儿。有的人很精啊。"

"你说的是谁呀？"那位先生笑着问道。

我赶紧抬起头来，想知道究竟是谁。

"我说的是谢菲尔德的布鲁克斯呀。"摩德斯通先生说道。

起初我还以为是说我呢，一听是说的谢菲尔德的布鲁克斯，我才松了一口气。

谢菲尔德的布鲁克斯先生似乎名声不好，有非常可笑的地方，因为一提到他，那两位先生就捧腹大笑，摩德斯通先生也感到很开心。笑了一阵之后，那个名叫昆宁的先生就说：

"咱们商议的那件事，谢菲尔德的布鲁克斯有什么看法？"

"啊，我认为眼下布鲁克斯对这件事了解得不多，"摩德斯通答道，"不过我相信，一般说来，他是不会赞成的。"

说到这里，他们又笑了一阵，昆宁先生说他想拉铃要点儿雪利酒，好为布鲁克斯干上一杯。他果真要了酒。酒来了以后，他硬是要我也就着饼干喝一点儿，我刚要喝，他却要我站起来说："祝谢菲尔德的布鲁克斯永远糊涂！"我说了以后，他们拍手叫好，笑得前仰后合，弄得我也不禁笑了起来；一见我笑，他们笑得更厉害了。总而言之，我们感到非常痛快。

在这以后，我们就到外面去爬爬岩石，在草地上坐一坐，还用望远镜东看西看。让我用望远镜看的时候，我什么也看不清楚，不过我假装能看清楚。随后我们回到旅馆，早早地就把午饭吃了。我们呆在外面的时候,那两位先生一直不停地抽烟。我想,就从他们那粗呢子上衣的烟味来判断,自从他们把衣服从裁缝铺拿回家,他们这烟就没停过。我还不能忘了提一下我们到游艇上去过。在游艇上,他们三个人都下到舱里,搞什么文件。天窗是开着的,我往下面看了看,他们还挺忙的。他们在下面的时候,就让我和另外一个人在一起。这人挺和气,满头的红头发,戴着一顶发亮的很小的帽子,身穿一件大格子衬衣,也许是背心,胸前是用大写字母写的"云雀"。我以为这是他的姓,因为住在船上,没有临街的大门钉牌牌儿,就写在衣服上了。可是等我称呼他云雀先生的时候,他说那是船的名字。

我观察了一整天,觉得摩德斯通先生比那两位先生更严肃,更稳重。他们俩乐呵呵的,也很随便。他们彼此随便开玩笑,但轻易不和他开玩笑。看起来,他比那两个人更聪明,更冷静,那两个人对他的感情也有点儿像我一样。我注意到了,昆宁先生说话的时候,有一两次斜着眼看摩德斯通先生,好像是怕他感到不快。还有一次,巴斯尼治先生(这就是另外那位先生)兴高采烈,昆宁先生就踢了踢他的脚,还偷偷地给他使了个眼色,让他看一看摩德斯通先生,因为这时摩德斯通先生坐在那里,态度严肃,一言不发。那一整天,我就不记得摩德斯通先生笑过,除了在提到谢菲尔德开玩笑的时候,这里还要顺便提一下,那个玩笑也是他开的头。

傍晚,我们回到家里。那是一个非常舒服的夜晚,母亲打发我到屋里去吃茶点,随后就和摩德斯通先生又顺着蔷薇篱笆散起步来。他走了以后,母亲问我这一天都是怎么过的,他们说了些什么,做了些什么。我提到他们说她的那些话,她笑了,还对我说这些人没有礼貌,净胡说;不过我知道,她听了以后,心里美滋滋的。我当时的理解和我现在的理解完全是一样的。我乘机问她认识不认识谢菲尔德的布鲁克斯先生,她说不认识,她猜想那个人一定是做刀子叉子的。

她的容貌,此时此刻又出现在我的面前,和繁华的大街上我想看的任何人的容貌一样清晰,虽然我理应记得这容貌已经变了样,虽然我明知它已化为乌有,可是我怎么能说它已经消失了呢?她那天真少女的姿色,现在又和那天晚上一样向我的面颊散发气息,我怎么能说那姿色已经凋谢,已经不复存在了呢?既然我的记忆像上面说的那样使她死而复生,既然我的记忆比我本人或者说比任何人更忠实于自己感情丰富的青春,至今仍守护着当年它所珍惜的东西,我怎么能说她已经变了呢?

我和母亲说完了话,就上床睡觉去了,她进来看看我,祝我晚安。我现在就如实地把她当时的情况说一说。她兴致勃勃地跪在床前,两手托着下巴,笑着说道:

"大卫,他们当时说什么来着?你再说说。我不相信。"

"'迷人的……'"我说。

我还没说完,母亲就捂住我的嘴,不让我说了。

"他们没有说迷人的,"她笑着说,"大卫,他们不可能说迷人的。现在我知道了,他们没这么说。"

"不,他们是这么说的。'迷人的科波菲尔太太,'"我坚持自己的说法,重说了一遍,"他们还说'漂亮的'呢。"

"不,不,他们没有说漂亮的。没说漂亮的。"母亲打断了我的话,又把手指放在了我嘴上。

"是的,他们是这么说的。'漂亮的小寡妇。'"

"这些糊涂虫,不要脸的家伙!"母亲大声说道,一面捂着脸,一面笑,"这些男人真可笑!是不是?大卫,我的乖孩子……"

"什么事儿,妈?"

"别告诉裴果提;她会生他们的气的。我自己就对他们气得不得了,不过我觉得还是不要告诉裴果提好。"

我当然答应不说。我和母亲彼此亲了又亲,过了一会儿我就进入梦乡了。

下面我要提到裴果提提出的一个激动人心的充满冒险精神的建议,由于隔的时间久了,我觉得她似乎是紧接着在第二天提出的,其实那是大约两个月以后的事。

有一天晚上,我母亲照例到外面去了。我和裴果提和往常一样坐在那里,和我们做伴的有袜子、皮尺,那块蜡烛头,那个盖儿上画有圣保罗教堂的针线盒,还有那本鳄鱼的故事。裴果提一遍一遍地看我,把嘴

张开,好像要说话的样子,可是又不说,当时我以为她不过是在打哈欠,否则我就会吓一跳的。后来她以怂恿的语气说道:

"大卫少爷,跟我去亚茅斯我哥哥家呆上两个礼拜,你觉得怎么样?美不美?"

"你哥哥这个人,脾气好吗,裴果提?"我脱口而出,问了这么一个问题。

"噢,他的脾气可好啦!"裴果提两手一扬,大声说道,"另外,那里有大海,有小船、大船,有打鱼的,有海滩,还可以和阿姆玩儿……"

裴果提指的是她的侄子哈姆,我们在第一章里已经提到过他了。但是裴果提把哈姆说成阿姆,这就成了英语语法里的一个小词儿了。

我一听这么好玩儿,兴奋得脸都红了,我说这可真是太美了,不过我母亲会怎么说呢?

"哎哟,我敢拿一个几尼和你打赌,"裴果提面对面地对我说,"她一定会让我们去。你要是同意,等她一回来,我就去问她。就这么定了。"

"可是我们走了以后,她怎么办呢?"我一边说着,一边把两只小胳膊肘子放到桌子上,和她争论,"她不能一个人过日子呀!"

如果说裴果提忽然想在袜子后跟上找出一个洞,即或能找到,也是一个很小的洞,是不值得补的。

"你听我说呀,裴果提!她不能一个人过日子呀,这你是知道的。"

"噢,上帝保佑你!"裴果提终于一边看着我一边说,"难道你不知道吗?她打算到葛雷波太太家里住上两个星期。葛雷波太太家要来好多客人呢。"

噢!要是这样的话,我是非常想去的。我心急火燎地等我母亲回来,她到葛雷波太太家去了,就是上面提到的那位邻居。她一回来,我就问她让不让我们去实现这个好主意。我母亲并没有像我预料的那样大吃一惊,痛痛快快地同意了。当晚就都安排妥当,我在那里的食宿,由我们付钱。

去的日子很快就到了。连我都觉得这日子来得太快了,虽然我急着想去,而且还有点儿担心,怕万一发生地震、火山爆发,或自然界其他巨大变化，那样一来，就去不成了。我们必须坐大车去，第二天上午吃过早饭就出发。头一天晚上，要是允许我戴好帽子，穿好靴子，和衣而睡，让我出多少钱都行。

虽然我现在以轻松的语气来谈这件事，但是我当时那么急着离开我那幸福的家，却怎么也没想到这一下子就永远离开了它，回想起来还是非常伤心的。

然而当时大车停在门口，母亲站在那里吻我，对她，对我从未离开过的这个老地方，我是又感激，又留恋，禁不住哭了起来。现在回想起来，心里还是感到高兴的。我知道当时母亲也哭了，我还觉得出她的心贴着我的心，一起跳动，这也使我感到高兴。

大车启动以后，母亲又跑到大门口，招呼车把式停车，好让她再亲亲我。现在回想起来，心里还是感到高兴的。她朝着我仰起头，又亲了我一阵，至今回忆起来，她那真挚、疼爱的表情仍萦绕在我心间，这也使我感到高兴。

我们走后，留下她一个人站在路上。摩德斯通先生走到她身旁，好像是说她不该那么激动。我回过头来从车篷旁边往后看，心里纳闷，这和他有什么关系。裴果提也在另一边往后看，她回过头来以后，从她的脸色就看得出，她是很不满意的。

我坐在那里看着裴果提，看久了便看出了神，心里盘算：如果我就像童话里说的那个孩子那样，她的任务就是把我丢在外面，我能不能顺着她掉下的扣子找到回家的路呢？

第 三 章

换 环 境

　　这拉大车的马,我觉得它是世界上最懒的马了。低着头,慢腾腾地往前走,好像成心让等着取包裹的人多等些时候。我甚至于觉得它有时候因为有这样的想法而笑出了声,但车把式说它只是有点儿咳嗽。
　　那位车把式和他的马一样,也好低着头。赶车的时候,他昏沉沉地耷拉着脑袋,一只手搭在一个膝盖上。虽然我说他"赶车",但使我惊讶的是即使没有他,这大车也会到达亚茅斯,因为这马自己就把车拉去了。至于聊天,他根本不知道什么叫聊天,只会吹口哨。
　　裴果提带了一篮子点心,就放在她的腿上,即便我们坐这辆车上伦敦,这篮子点心也够我们在路上吃一阵的。我们俩足吃、足睡。裴果提把下巴靠在篮子提手上就睡着了,可那篮子她却抓得紧紧的,一刻也不放松。另外,我要不是亲耳听到,也不会相信一个没有自卫能力的女人竟然能发出那么大的鼾声。
　　我们一路上绕来绕去,为一家酒店卸床架子的时候花的时间又特别长,再加上在别处修车,所以等我们从远处看见亚茅斯的时候,我已经筋疲力尽,但也特别高兴。我抬头朝河对面望去,看见一大片毫无生气的荒地,我想亚茅斯这地方似乎松软而多水,像海绵一样。我不禁感到纳闷,假如地球真像地理书上说的是圆的,为什么地球的一部分会这么平呢。不过我又想到,亚茅斯可能处于两极之中不定哪一极上,所以这么平。
　　我们朝亚茅斯又走近了一点儿,看见整个地区在天空下面的低处形成一条直线,我向裴果提表示,假如这里有个山丘什么的,就会显得更好看,假如这个镇子离海更远一点儿,陆地就不至于让潮水切割得七零八落,仿佛烤面包干儿泡在水里一样,那就会显得更美了。裴果提却比平时加重了语气说,咱们看见的东西,是什么样儿,就是什么样儿,不能挑剔。她还说她就管自己叫亚茅斯熏鱼,觉得满不错的。

我们来到镇上,我觉得那街道很陌生。我闻见了鱼的气味,沥青的气味,碎麻的气味,焦油的气味,看见水手们走来走去,大车丁零当郎地在石头路上来来去去,这时我意识到我刚才对这个繁忙的地方所说的那番话太不公平了。我把这个想法告诉了裴果提,她听我说感到愉快,非常得意。她还对我说,尽人皆知(我想这是指那些有幸生来就是亚茅斯熏鱼的人),亚茅斯总的说来是宇宙间最好的地方。

"俺家的阿姆在这儿哪!"裴果提高声说道,"长大了,都认不出来了!"

哈姆真是在酒店门口等我们呢。一见面,他就问我感觉怎么样,像见了老朋友似的。起初我觉得我对他不如他对我更了解,因为自从那天晚上我出生以后,他就没有再上我们家来过,所以在这方面自然是他占上风。可是后来他把我背起来,要一直把我背回家去,我们就非常亲热了。他身材魁梧,六英尺的个子,圆圆的肩膀,但他面带稚气,还一个劲儿地傻笑,又长着一头浅色的鬈发,看上去非常腼腆的样子。他身穿一件帆布上衣,一条帆布裤子,这裤子即使没穿在身上,也能直挺挺地立在那里。另外,严格说来,你就没法说他戴着一顶帽子,也就是顶着个什么东西,好像一所旧房子,房顶上盖着些黑东西。

哈姆背着我,胳膊底下夹着我们的一个小箱子,裴果提提着我们的另一个小箱子。我们穿过了到处是碎木片和沙堆的巷子,经过煤气厂,绳索厂,小船厂,大船厂,拆船厂,修船厂,配件厂,铁匠铺,还有许多这一类的地方,随后就来到我从远处看到过的那片毫无生气的荒地。这时候,就听见哈姆说:

"那边就是我们的家,大卫少爷!"

我往四下里张望,顺着这片荒地尽力往远处看,看看海,再看看河,可是我就是看不见房子。在不远的地方,有一条黑色的驳船,也可能是其他类型的船,已经报废了,扣在陆地上,船上有个铁漏斗翘着,当烟囱用,冒着一缕炊烟;除了这个,我是看不出还有什么别的能住的地方了。

"那个像船的玩艺儿,"我说,"你不是说它吧?"

"说的就是它,大卫少爷。"哈姆回答说。

住在这里边,这个想法可太有意思了,即使是阿拉丁的宫殿①,或神鹰的蛋②,等等,也不会让我这么着迷,也不如住在这里具有传奇色彩。侧面开了一个门,非常好看,外面加了房顶,另外还有几个小窗户;最迷人的是这是一条真船,它一定在水上航行过千百次,可谁也没想到要在陆地上住在里面。这也正是使我感到有趣的地方。如果它原来就是让人住的,我会嫌它太小,或太不方便,或太孤独;既然本来并没有打算让人住,它倒成了一个很不错的住处了。

里面干净极了,而且也够整齐的。一张桌子,一只荷兰钟,还有一个五屉柜,上面放着一个茶盘,茶盘里画的是一个女人打着阳伞,带着孩子散步,那孩子十分精神,在滚铁环。那茶盘全靠一本《圣经》支撑才没有倒下来,万一倒下来,就会把放在《圣经》周围的许多杯碟、茶壶统统砸碎。墙上挂着一些常见的彩色图画,装着框子,还镶着玻璃,画的都是《圣经》故事。自从我看了这些画以后,我一看见街上的小贩手里的画,就想起裴果提她哥哥屋里的全部情景。最突出的两幅,画的是穿红衣服的亚伯拉罕准备用穿蓝衣服的以撒做祭礼,穿黄衣服的但以理被人投入绿色狮子的洞里。壁炉上面的小台子上放着一幅画,画的是在森德兰建造的斜桁横帆小船"萨拉·简"号,船尾真是用了一小块木头镶上去的。这可真是一件艺术品,它把艺术创作与木匠手艺结合起来,我认为这是世界上最值得收藏的文物之一。房梁上钉着一些挂钩,当时我看不出那是做什么用的。屋里还有几个箱子、柜子和这一类的用具,可以当椅子坐。

这一切,我一进门就都看清楚了——按照我的理论,小孩都是这样——随后裴果提就打开一扇小门,让我看看我的卧室。我从来没见过这样方便、这样让人喜欢的卧室。它在船尾,有一个小窗户,就是原

---

① 即《天方夜谭》里"阿拉丁和神灯的故事"中神造的宫殿。
② 即《天方夜谭》里"辛伯达航海旅行的故事"中貌似建筑物的神鹰蛋。

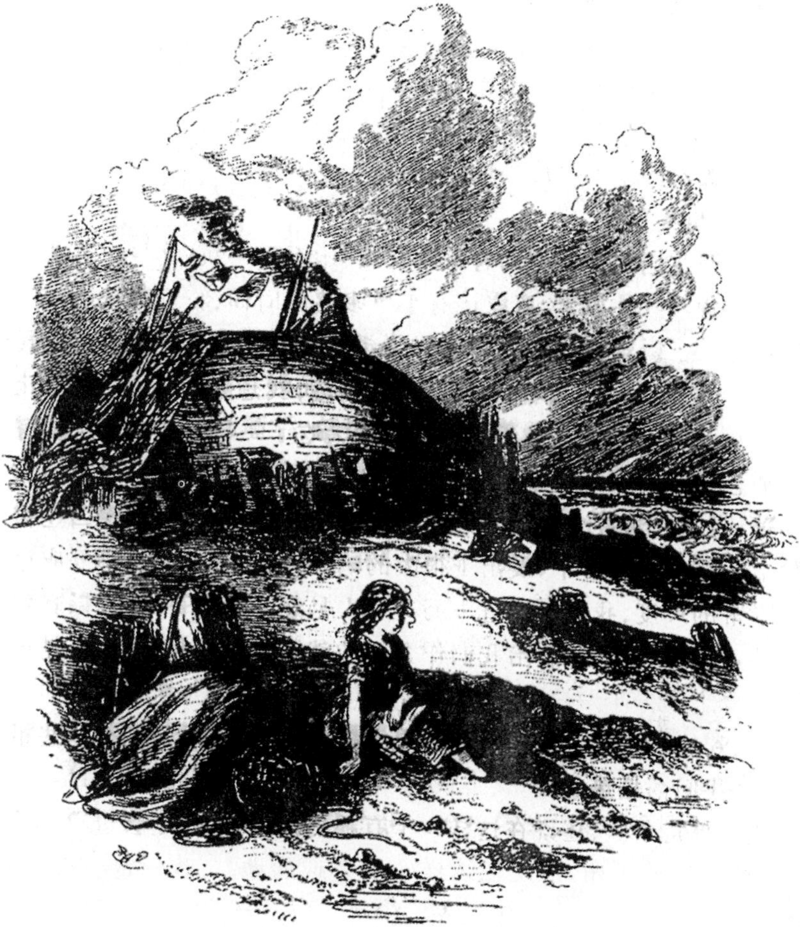

来放舵的地方。有一面小镜子,周围镶着牡蛎壳,钉在墙上,高矮对我正合适。一张小床放在那里,不大不小,正好搁下。桌子上有个蓝缸子,里面放着一束海草。墙上刷过白浆,像牛奶一样白。那用五颜六色的花布拼成的床罩异常鲜艳,刺得我眼睛痛。在这所有趣的房子里,特别使我注意到的就是那股子腥味儿,它无孔不入,我从口袋里掏出手绢擦鼻子的时候,闻见手绢有一股味儿,就好像刚用它包过龙虾一样。我把这件事悄悄地告诉了裴果提,她对我说她哥哥就卖龙虾、螃蟹和蜊蛄。后来我才知道,这些小东西经常堆在外面一间放锅碗瓢盆的小木头房子里,它们互相紧紧地挤在一起,一旦咬住什么,就死也不放。

在欢迎我们的人们中间有一个女人,她系着一条白围裙,特别客气。哈姆背着我往家走,离家还有半里多路的时候,我就看见她在门口屈膝行礼了。欢迎我们的还有一个非常漂亮的小女孩(也许是我觉得她非常漂亮),她戴着一串蓝珠子项链,我想亲亲她,可她不让亲,跑到一个地方,藏起来了。随后我们大吃了一顿,有熬比目鱼,有软黄油,有土豆,还专门给了我一份排骨。过了一会儿,一位面容非常和蔼、身上长着许多毛的男人回来了。他管裴果提叫"姑娘",还在她脸上热情地亲了一下,发出了很大的响声,再看看裴果提的反应也合乎寻常的尺度,我就断定进来的这个人是裴果提的哥哥,他果真就是她的哥哥,因为紧接着给我们作介绍的就说这是裴果提先生,是这里的一家之主。

"见到你,很高兴啊,少爷,"裴果提先生说,"你看我们都是些粗人,不过我们都是热心人。"

我对他道了谢,还说在这样一个有趣的地方,我一定会过得很愉快。

"你妈好吗,少爷?"裴果提先生问道,"你走的时候,她高兴吗?"

我对裴果提先生说,我觉得她还是挺高兴的,她还让我替她问好哩——这句客气话是我瞎编的。

"我打心眼儿里谢谢她,"裴果提先生说道,"我说啊,少爷,这儿有她,"说到这里,他朝妹妹点了点头,"有哈姆,还有小艾米丽陪着你,你要是能在这里住上两个礼拜,那可是我们全家的光荣啊。"

裴果提先生代表全家用这番殷勤好客的话欢迎我,随后就提着一壶热水出去了,他要去洗洗,还说"凉水洗不下他身上的泥来"。过了一会儿,他又走进屋来,比刚才好看多了,但他满脸通红,这就使我不禁产生了这样一个想法:他的脸与龙虾、螃蟹、蝲蛄有共同之处——未用热水烫时,很黑很黑;一用热水烫后,很红很红。

喝了茶以后,把门关好,屋里暖烘烘的(夜晚到了这时候,外面很冷,而且有雾),我觉得人们凭借自己的想象力能够想象得出的最美好的去处也莫过于这个地方了。听一听海面上刮起了大风,想一想浓雾悄悄地爬过外面那平平的荒地,看一看那炉火,再想一想这一带除了这所房子就没有别的房子,而这所房子又是一条船,这一切实在迷人。小艾米丽也不再觉得难为情了,和我并排坐在一个最矮最小的柜子上,这柜子正好放在烟筒旁边的旮旯儿里,柜子的大小,我们俩坐着正合适。裴果提太太系着白围裙,坐在壁炉对面,正在织什么东西。裴果提在做针线活儿,她使用那画着圣保罗教堂的针线盒和那块蜡烛头儿非常顺手,就像没有把这些东西带到别人家里来用一样。哈姆刚给我上了第一课,教我怎样打四全牌,这会儿又在回忆怎样用这副脏牌来算命了,每翻一张牌,就把拇指的指纹留在牌上,也把牌弄腥气了。裴果提先生在叼着烟斗抽烟。我觉得这时候可以说点儿知心话了。

"裴果提先生。"我说。

"啊,少爷。"他说。

"是不是因为你也住在船里,和挪亚方舟差不多,所以你也给儿子起名叫哈姆?"

裴果提先生似乎觉得这个想法有些深奥,不过他还是回答了我的问题,他说:

"不是的,少爷。我没给他起过名字。"

"那么他的名字是谁起的呢?"我又向裴果提先生提了这个问题。这是《教义问答》里的第二个问题。

"嗨,少爷,是他父亲给他起的。"裴果提先生说。

"我还以为你就是他父亲哩!"

"我那可怜的兄弟乔才是他父亲哪。"

"是不是死啦,裴果提先生?"我出于礼貌,停了一会儿,才这样以试探的口气问道。

"淹死了。"裴果提先生说道。

裴果提先生不是哈姆的父亲,使我感到非常惊讶。我开始怀疑自己有没有把他和其他人的关系弄错。我很想弄清楚这一点,于是就拿定主意直截了当地问问裴果提先生。

"小艾米丽,"我一边说着,一边扫了她一眼,"她可是你的女儿吧,裴果提先生。"

"不是,少爷。她父亲是我那可怜的妹夫汤姆。"

我不由自主地又问下去,"是不是也死了,裴果提先生?"我又出于礼貌,停了一会儿,以试探的口气问道。

"淹死了。"裴果提先生说。

这个话题再谈下去,我觉得有些困难,可还没有问出个究竟,总得问出个究竟吧。于是我就说:

"你什么孩子也没有吗,裴果提先生?"

"没有啊,少爷,"他笑了笑说,"我是个光棍儿呀。"

"光棍儿!"我惊讶地说道,"那位是谁呢?裴果提先生?"我一面说着,一面指了指那个系着白围裙在织什么东西的人。

"那位是古米治太太。"裴果提先生说。

"怎么是古米治,裴果提先生?"

说到这里,裴果提——我指的是专门照顾我的那个裴果提——一个劲儿地朝我作手势,让我不要再问了。我就只好坐在那里,看着大家,谁也不说话,后来就都睡觉去了。我回到自己那间小屋里以后,裴果提悄悄地告诉我,哈姆和艾米丽是裴果提先生的侄子和外甥女,他们都是孤儿,他们很小的时候,生活没有着落,裴果提先生就收养了他们。古米治太太是个寡妇,她丈夫和裴果提先生合伙经营过一条船,死的时候也很穷。裴果提说她哥哥自己也是个穷苦人,但是他这个人像金子一样好,像钢一样诚实——这都是裴果提打的比方。她还告诉我,只有在有人谈到他这种慷慨举动的时候,他才发火,才赌咒;他们之中谁要是提到他的好处,他就用右手使劲拍桌子(有一次把桌子都拍劈了),还说以后谁要是再提,他就溜之大吉,再也不回来,他还狠狠地赌咒说,要不就"天打五雷轰"。后来我问了问,结果谁也说不出这句叫人害怕的话是怎么来的,不过他们都认为这是最厉害的诅咒的话了。

我深深感到接待我的这个人是多么好的一个人。我听见女人们到船的另一头和我一样的小床上睡觉去了,听见裴果提先生和哈姆在我注意到的房梁上的钩子上挂起两张吊床,准备在那里睡觉。我是心满意足了,而且越困越觉得满足。我不知不觉渐渐入睡了,这时我听见海面上狂风怒吼,这风贴着荒地猛吹过来,使我昏昏沉沉地害起怕来,害怕大海会在夜里涨水。不过我又想到,我终究是住在一条船上呀,真要出什么事儿的话,船上有裴果提先生这样一个人还是不错的。

然而除了晨光袭来,什么事儿也没发生。几乎可以说太阳刚一照在我那面镜子的牡蛎壳框子上,我就起床,和小艾米丽一起出去,到海边捡石子去了。

"我想,你对出海一定很在行吧?"我对艾米丽说道。其实我并没有这样的想法,不过我觉得为了对她表示尊重,总得说点什么。当时在离我们不远的地方有一条船,那鲜艳的帆在她那明亮的眼睛里照出了一个小影子,非常好看,我就灵机一动,说了这样一句话。

"不,"艾米丽摇着头说道,"我怕海。"

"怕!"我说,同时显出一副与之相称的大胆的样子,还挺神气地看了看那威力无比的大海,"我就不怕!"

"嗷,不过大海可坏啦,"艾米丽说,"我看见过大海对我们一些亲人有多坏。我看见过大海把一条船撕成碎片,那船有咱们的房子那么大哩。"

"我希望这不是那条……"

"那条淹死我父亲的船?"艾米丽说道,"不,不是那条。我没见过那条船。"

"也没见过他吧?"我问道。

小艾米丽摇了摇头,"不记得见过。"

这可真是巧合!我马上就向艾米丽说了我的情况,我告诉她我也从来没有见过自己的父亲;我告诉她我和母亲在一起生活,要多幸福有多幸福,当时就是那样生活的,而且希望永远那样生活下去;我还告诉她我父亲就埋在我们家附近的墓地里,旁边有一棵树遮着太阳,我常在清早到树下散步,听鸟儿叫,可有意思啦。不过实际上艾米丽失去父母的情况和我有些不同。她是先失去母亲,后失去父亲的。至于她父亲葬在什么地方,谁也说不出,只知道是在大海底下很深很深的一个地方。

"还有一点儿不同,"艾米丽一面到处找贝壳和石子,一面说,"你父亲是位先生,你母亲是位阔太太,我父亲是打鱼的,我母亲是渔家的女儿,我舅舅丹尼尔也是打鱼的。"

"丹尼尔就是裴果提先生吧,是不是?"我说。

"是啊,我舅舅丹尼尔——他就在那儿。"艾米丽说着朝她住的那条船点了点头。

"是呀,我就是说他。我想他一定是个大好人,是不是?"

"好人?"艾米丽说,"我要是有一天当了阔太太,我就给他一件天蓝色的上衣,上面钉着钻石扣子,给他一条本色布裤子,一个红天鹅绒背心,一顶两头尖的帽子,一只大金表,一只银烟斗,还有一箱子钱。"

我说,把这些好东西送给裴果提先生,他是受之无愧的。不过我还得坦白承认,当时难以想象,如果裴果提先生穿起他这位好心的小外甥女给他准备的这一身装束,他是不是会感到很舒服,我特别怀疑送他一顶两头尖的帽子是不是明智。我当时虽然有这些想法,但没有说出来。

小艾米丽早已停下脚步,她是仰头望着青天罗列那些物品的,仿佛那些物品构成了一幅美丽的图画。

我们又继续往前走,一边走,一边拾贝壳,捡石子。

"你想当阔太太吗?"我问。

艾米丽看了看我,笑了笑,又点了点头,表示"是的"。

"我就想当阔太太。到那时候,我,舅舅,哈姆,古米治太太——我们都成了上等人。要是来了狂风暴雨,我们就不在乎了——我是说不必为自己人担心了。当然我们还要为那些穷苦的打鱼人担心,要是他们有了灾难,我们要捐钱帮助他们。"

我觉得这幅图画非常令人满意,因此绝不是不能实现的。我说我琢磨一下,感到很高兴。小艾米丽一听这话,胆子也大了起来,不好意思地问道：

"现在你还说你不怕海吗？"

当时海面一片平静，我没有什么好害怕的，不过我相信我要是看见一个比较大的浪扑过来，就会想起艾米丽的亲人淹死的可怕情景，撒腿就跑。虽然我这么想，我还是说"不怕"，我还接着说，"你说你怕，其实你好像也不怕嘛"，因为这时候我们走上了一个旧码头，也许是个木头堤道，她走得太靠边儿了，我怕她掉下去。

"这个我不怕，"小艾米丽说道，"可是一刮风我就睡不着觉，一想到丹尼尔舅舅和哈姆，好像听见他们喊救命，我就打哆嗦。这就是我为什么很想当阔太太。但是这个我不怕。一点也不怕。你看！"

说着，她就从我身边跑开了。在我们站的地方有一块烂木头伸出去，高高地悬在海面上，下面是很深的大海，那木头上什么安全设备也没有，而她就顺着这块木头往前跑。这件事在我脑子里留下了深刻的印象，我要是会画画儿，我敢说现在还能把当时的情况准确地画出来。当时小艾米丽连蹦带跳地去送命（我那时候就是这么想的），面对着大海，望着远处，那表情我至今没有忘记。

那个轻快、大胆、跳动的小人儿一转身，又平平安安地跑回我的身边。我接着就大笑起来，笑我自己为什么害怕，为什么大声呼喊——无论如何呼喊是没有用的，因为附近一个人也没有。不过等我长大了以后，我曾不止一次地想过：不易觉察的事物有各种可能性，这孩子之所以作出那样轻率的举动，那样深情地望着远方，可不可能有一股吸引力，从善意出发，引导她走向危险，有一股诱惑力，经她已故的父亲允许，诱使她向他走去，以至于她的生命可能就在那一天结束。有一段时间，我自己在心里盘算，假如她后来的生活当时能透露一下，让我看上一眼，而且透露得能让一个孩子充分理解，假如她能不能活下去就取决于我伸不伸手，我该不该伸出手去救她呢？有一段时间——我不能说这段时间很长，但的确有过这么一段时间——我曾问自己这样一个问题：那天早上假如我亲眼看着海水没过小艾米丽的头顶，是不是更好一些？我的答案是：是的。

现在说这些话可能还不是时候，写在这里也许为时过早。不过既然写了,就摆在这里吧。

那天早上,我们走了很远,我们认为新鲜好玩儿的东西捡了很多,看见趴在沙滩上的海星,就小心翼翼地把它们放回水里——直到现在我对这东西也了解不多,不能肯定它们会因我们的举动而感激我们呢,还是正好相反。随后我们就往回走,朝着裴果提先生住的地方走去。走到放龙虾的小库房旁边,我们停下脚步,互相天真地亲了亲,就高高兴兴精精神神地进屋吃早饭了。

"活像一对小白眼圈儿。"裴果提先生说。他说的是土话,但我明白,他的意思是,活像一对小画眉。我一听,他这是在夸我们呢。

我当然是爱上了小艾米丽。我对这个孩子的爱肯定和长大以后最美好的爱同样真诚,同样温柔,甚至比它更纯洁,更无私心,虽然那种爱也是强烈的,而且使人心灵高尚。我的幻想肯定在这个蓝眼睛的小丫头身上产生了什么东西,这东西使她渐渐进入仙境,把她变成了一个天使。如果哪一个阳光明媚的早上,我亲眼看着她展开一对小小的翅膀飞走,我想我也不会认为这大大超出了我的预料。

我和艾米丽经常在亚茅斯这片朦胧而古老的荒滩上跑来跑去,亲亲热热地一玩儿就是几个钟头。日子和我们一起游玩嬉戏,仿佛"时光"也是一个孩子,还没有长大,老是贪玩儿。我对艾米丽说我喜欢她,她要是不说她也喜欢我,我就只好去找把刀,把自己杀了。她说她喜欢我,我觉得她说的是实话。

至于是不是觉得不般配,是不是觉得太年轻,有没有其他类似的障碍,我和小艾米丽没有为这些事而操心,因为我们不考虑将来。我们不可能越长越小,也就没有越长越大做准备。古米治太太和裴果提对我们赞叹不已,晚上我们俩亲热地并排坐在我们的小箱子上,她们时常悄悄地说,"天哪!多美呀!"裴果提先生抽着烟斗对我们微笑。哈姆什么也不干,整晚上咧着嘴傻笑。他们对我们感兴趣,不过我觉得也就和他们对一件好看的玩具和一个罗马大斗兽场的袖珍模型感兴趣一样。

没住多久,我就发现古米治太太有时很别扭。在她住在裴果提先生家里这种情况下,大家都不希望她这个样子。古米治太太性情比较烦躁,住在这么一个小地方,有时她说起话来好像要哭的样子,别人实在受不了。我很同情她,有时候我觉得古米治太太要是单独有间屋子,她就可以回到自己屋里呆一会儿,等有了精神再出来,这样更好一些。

裴果提先生偶尔到一家酒店去坐坐,这酒店名叫顺兴楼。这件事我早就发现了,因为我们来的第二天还是第三天晚上他就去了,而且古米治太太在八九点钟的时候抬头看看那只荷兰钟,说他到酒店去了,还说她一清早就知道他会到酒店去的。

古米治太太一整天都情绪不好。上午炉子冒烟,她就大哭了一场。借着这件不愉快的事儿,她还念叨,"我这个孤苦伶仃的老婆子呀!什么事儿都和我作对呀!"

"没事儿,过一会儿就好了,"裴果提说——这说话的还是我们那个裴果提——"另外,你也知道,我们也不比你少受罪。"

"我受的罪更大。"古米治太太说。

那一天,天很冷,阵阵寒风刺骨。壁炉旁边古米治太太一小块专用的地方,在我看来是全屋最温暖、最惬意的地方,她的椅子也肯定是最舒适的,但是那一天她还是一点也不满意。她不停地叫冷,还说冻得她脊梁难受,生了"鸡皮疙瘩",她就是这么说的。结果她为这事又哭了起来,边哭边说自己是个孤苦伶仃的老婆子,什么事儿都和她作对。

"这天儿是冷,"裴果提说道,"谁都冻得慌。"

"我比谁都冻得厉害。"古米治太太说道。

吃晚饭的时候,也是那样。因为我是贵客,受优待,他们总是先给我盛饭,接着就给她盛。不过那天的鱼个儿又小刺又多,土豆又有点儿煳了。大家都说有点儿感到失望,可古米治太太说她比谁都失望得厉害,而且又哭了起来,还非常痛心地把上面那段话又说了一遍。

因此,到了九点钟左右裴果提先生回来的时候,这个不顺心的古米治太太正坐在自己的角落里织毛活儿,显出一副非常痛苦非常可怜的样子。裴果提一直在做活儿,干得挺起劲;哈姆在补一双大雨靴;我呢,我有小艾米丽坐在身边,正在念书给他们听。古米治太太什么也没有再说,最多不过伤心地叹一口气,自打喝了茶以后,她就连眼皮也没有抬过。

"喂,伙伴们,"裴果提先生说着坐了下来,"你们好哇?"

我们都说了点儿什么,或者用什么表情,来向他表示欢迎,唯有古米治太太一边织着毛活儿,一边摇了摇头。

"怎么啦?"裴果提先生说着拍了一下巴掌,"提起精神来呀,老大姐!"(裴果提先生说的是土话。)

古米治太太似乎还是提不起精神来。她掏出一块旧的黑绸子手绢,擦了擦眼泪,但没有把手绢放回口袋儿,而是放在手边了,她又擦了擦眼泪,又把手绢放在手边,准备随时再用。

"怎么啦,嫂子?"裴果提先生问道。

"没什么,"古米治太太答道,"你又上顺兴楼去了吧,丹尼尔?"

"是啊,我今天晚上是到顺兴楼坐了一会儿。"裴果提先生说道。

"对不起,我把你逼到那里去了。"古米治太太说。

"逼我!用不着谁来逼我呀,"裴果提先生说,他还诚恳地笑了一笑,"是我自己很想去嘛。"

"很想去,"古米治太太说,一面摇了摇头,擦了擦眼泪,"是啊,是啊,很想去。都是因为我,你才很想去的。真对不起。"

"因为你!不是因为你!"裴果提先生说,"你可千万别这么想啊。"

"不,不,是因为我,"古米治太太大声说道,"我知道自己是个什么样的人。我知道自己是个孤苦伶仃的老婆子,不但什么事儿都和我作对,我和谁也都格格不入。就是这样,别人受得了的,我受不了,而且表现得特别明显。我就是这么倒霉。"

我坐在那里看着眼前发生的一切,非常自然地产生了这样一个想法:倒霉的不光是古米治太太,还有家里的其他一些人。但是裴果提先生并没有用这样的话来顶她,却再一次恳求她提起精神来。

"我也希望自己是另外一副样子,可是我做不到,"古米治太太说道,"差远了。我知道自己是怎么样一个人。我的烦心事儿使我感到事事和我作对。我对烦心事儿深有体会,所以感到事事和我作对。我想不把烦心事儿放在心上,可是做不到。我想狠一狠心,不去睬它,可是也行不通。我闹得全家不舒服。这毫不奇怪。我闹得你妹妹一整天都不舒服,还闹得大卫少爷也不舒服。"

听到这里,我忽然心软了,大声说道:"不,你没闹得我不舒服,古米治太太。"心里感到极大的痛苦。

"我这样做是很不对的,"古米治太太说,"我不该这样报答你们。我还是上救济院去死了好。我这个孤苦伶仃的老婆子最好别在这里和人家作对了。要是有些事情一定要和我作对,我又不得不对付它们,那就让我到自己的教区去对付它们吧。丹尼尔,我还是上救济院去吧,死了大家清净!"

古米治太太说完就走了,睡觉去了。裴果提先生一直对她极为同情,从来没有流露出什么别的情绪。她走了以后,裴果提先生看了看我们大家,脸上依然带着无限同情的表情,一边点头,一边悄悄地说:

"她还惦记着她那一口子呢!"

我不大明白这里说的古米治太太惦记着的那一口子是什么意思。后来裴果提打发我去睡觉的时候,告诉我那指的就是已经去世的古米治先生,她还说每逢这种场合,她哥哥就搬出这句话来,而且以为大家也都这么看,自己也因为这个想法而动感情。那天晚上,他上了吊床之后,过了一会儿我就亲耳听见他对哈姆念叨:"真可怜!她还是惦念着她那一口子呢!"一直到我们走,每逢古米治太太出现这种情况(这种情况还真出现过好几次),他总是用这句话来为她开脱,而且总是带着极其温柔同情的样子。

就这样,两个礼拜匆匆过去了。在这段时间里,仅有的一点变化是海潮引起的,海潮变化改变了裴果提先生早出晚归的时间,也改变了哈姆的工作状况。哈姆找不到活儿干的时候,常和我们一块儿出去溜达,带我们去看大船、小船,还带我们去划过一两次船呢。我不知道为什么某些印象能够和某个地方有较深的联系,而另外的印象则不然,不过我相信大部分人都是这样,涉及童年的时候尤其如此。我现在只要一听见或看见亚茅斯这个名字,就回想起某一个星期天的上午,在海滩上,教堂的钟声响着,催促人们去做礼拜,小艾米丽靠在我的肩头,哈姆无精打采地向水里扔石头,太阳在海上很远的地方,刚刚透过浓雾显现出来,使我们能够看见几只大船,那样子和它们的影子一样。

回家的日子终于来到了。向裴果提先生和古米治太太告别,我还能够忍受,可是离开小艾米丽却使我的内心感到剧烈的痛苦。我们俩挽着胳膊走到酒店,赶车的就在这里落脚。我在路上答应给她写信。(后来我的确履行了这个诺言,我的字比通常手写的房屋招租广告还要大。)分手的时候,我们难过极了,如果说在我的一生中我的心曾经剜掉过一块,就是那一天剜掉的。

在我出来的这段时间里,我又一次对不住自己的家了,我没怎么想到它,或者说根本就没想到它。但是我一踏上回程,我那幼小的心灵就责怪起我来,而且仿佛用手指坚定地指着回家的方向。我因为心情不好,特别觉得我的家就是我的窝儿,只有母亲最关心我,能给我安慰。

我们越走,我这种感觉就越强烈。所以,我们离家越来越近,路旁的景物越来越熟悉,我也就越来越急于回到家里,朝母亲怀里扑去。但是裴果提不但不像我这么激动,而且还想抑制我这种感情,不过她们是很诚恳的样子。她看上去惶惑不安,情绪也不好。

不管裴果提怎么样,只要车把式的马肯拉,总能回到布伦德斯通的栖鸦楼的,而且果真回来了。当时的情景我还记得清清楚楚的哩!那天下午很冷,天阴沉沉的,像是要下雨的样子。

门开了,我又高兴又着急,又想笑又想哭,希望看到我的母亲。但我看到的不是她,而是一个新来的仆人。

"怎么啦,裴果提,"我抱怨道,"我妈还没回来吗?"

"不是,不是,大卫少爷,"裴果提说道,"她回来了。等一下,大卫少爷,我要……我要告诉你一件事。"

裴果提又着急,下车的时候又是天生地那么不灵便,看上去活像一个大彩球。不过我当时没有心思,而且觉得情况有些异常,所以没有告诉她。她下车以后就拉住我的手,领我进了厨房,还把门关上,弄得我莫名其妙。

"裴果提!"我惊慌地问道,"出了什么事?"

"没出什么事,愿上帝保佑你,大卫少爷,乖孩子!"她回答道,尽量装作很轻松的样子。

"一定是出了什么事。我妈在哪儿?"

"你妈在哪儿,大卫少爷?"裴果提顺着我的话说。

"是啊。她怎么不到大门口去接我?我们上这儿来干什么?噢,裴果提!"我两眼含着泪,觉得好像就要摔倒了。

"上帝保佑这宝贝孩子呀!"裴果提叫道,同时一把抓住了我,"你怎么啦?你说话呀,我的宝贝儿!"

"可别是她也死了呀!噢,她没有死吧,裴果提?"

裴果提喊了一声"没有",嗓门儿大得叫人吃惊,随后她就坐下,呼哧呼哧地喘起气来,还说我吓了她一大跳。

我搂了搂她,给她压惊,或者说使她得以复原,然后我就站在她面前,以急切询问的眼光看着她。

"你听着,宝贝儿!我本来应该早点儿告诉你,"裴果提说,"可是一直没有机会。也许我该早说,可是我又不能万全下决心。"——在裴果提的词汇表里,总是以"万全"代替"完全"。

"说下去,裴果提。"我说,这时候我比刚才更害怕了。

"大卫少爷,"裴果提说着,哆哆嗦嗦地解下了帽子,又上气不接下气地说,"你有爸爸了。你觉得怎么样?"

我打了个冷战,吓得脸色煞白。我现在也说不清是怎么回事儿了,反正好像有一股阴风吹来,使我联想到墓地里那座坟,联想到死人复活的事。

"是个新爸爸。"裴果提说。

"是个新爸爸?"我跟着她重说了一遍。

裴果提大喘了一口气,仿佛咽下了一个很硬的东西,然后她伸出手来,说道:

"去见见他吧。"

"我不见他。"

"还要见你妈呢。"裴果提说道。

一听这话,我就没有再退缩,我们马上来到那间最好的客厅,她把我撂在那里就走了。壁炉这边坐着我母亲,那边坐着摩德斯通先生。母亲放下手里的活计,连忙站起来,但我觉得她有些胆怯。

"我说,克拉拉,我的爱妻,"摩德斯通先生说道,"要稳重!要克制自己,随时克制自己!……大卫,你好哇,孩子?"

我过去和他握了握手。我紧张了一刹那,接着就过去吻我的母亲。

她也亲了亲我,还轻轻地拍了拍我的肩膀,然后就又坐下,做起活计来。我不想看她,也不想看他——我完全知道这位先生在盯着我们母子二人——于是我就走到窗口,往外看,只见几丛矮树在寒风中低头晃动。

后来一有机会溜,我就溜到楼上去了。我原来那间心爱的卧室被调换了,现在我得睡到老远的地方去了。我又溜达着来到楼下,想看看还有什么东西没有变样,因为好像一切都变了。我进了后院儿,不过很快又退了回来,因为那狗窝原是空的,现在却有一条大狗在里面——它声音低沉,长着黑毛,和他一样——这狗一见我就火儿啦,跳出来,想咬我。

第 四 章

我丢脸了

我的床搬进了这间屋子,现在也不知是谁睡在里面了。如果它有知觉,能提供证据的话,今天我就可以求它为我作证,证明我那天进去的时候,心情多么沉重。我上楼的时候还听见院子里的狗一直冲着我叫;我到了楼上,看着这间屋子,感到又茫然,又生疏,屋子看着我,也有同感。随后我就把两只小手一交叉,坐在那里考虑起来。

我考虑的东西都很怪——我考虑了这间屋子的形状,考虑了天花板上的裂缝,考虑了墙上糊的壁纸,考虑了窗玻璃的裂纹,因为它使窗外的景色不是带上了波纹,就是带上了圈圈,我还考虑了那三条腿的脸盆架要散的样子,它似乎还有一种不满的情绪,使我联想到古米治太太怀念老伴的情景。我一直在哭,但我肯定没有想我为什么要哭,只觉得身上发冷,情绪也不好。最后,在悲痛之中,我忽然想起来了,我和小艾米丽多么相爱,是他们硬让我离开她,来到这个地方,而这里谁也远没有她那么需要我,关心我。这就使我感到这件事实在叫人难过,因此我就把床罩的一角裹在身上,哭着哭着睡着了。

有人说了声"他在这儿哪",把我弄醒了,还把床罩从我那热呼呼的脸上撩开了。原来是我母亲和裴果提找我来了,刚才说话的和撩开床罩的,就是她们之中的一位。

"大卫,"母亲说,"怎么啦?"

她这样问我,我感到很奇怪,我就说,"没什么。"我记得,当时我一转身,脸朝下,就把我那颤抖的嘴唇遮盖起来了,其实这颤抖的嘴唇才是一个比较合乎实际的回答。

"大卫,"母亲说道,"大卫,我的孩子!"

她把我称作她的孩子,我敢说当时这比说什么都更能打动我的心。我的眼泪流在被单上,谁也看不见,同时我用手把母亲推开,否则她就该把我抱起来了。

"这准是你干的,裴果提,你这个狠心的东西。"母亲说,"肯定是这么回事儿。你挑拨我的亲生孩子和我作对,和我的亲人作对,我真纳闷你在良心上怎么过得去。裴果提,你这样做,是何居心?"

那可怜的裴果提抬了抬手,抬了抬头,只作了简短的回答。她用了我在饭后常说的一句祷词,她是这么说的:"愿上帝饶恕你,科波菲尔太太。你刚才说了这样的话,希望你永远不后悔!"

"这是逼我发疯啊,"母亲大声说道,"而且还是在我蜜月期间,人家也许会以为,在这样的时候,就连最嫉恨我的人也会发发慈悲,看我快快活活地过两天安生日子,也不至于嫉妒啊。大卫,你这个捣蛋鬼!裴果提,你这个害人精!哎呀!我的天哪!"母亲先冲着我,又冲着她,就这样像个孩子似的由着性子吵闹起来,"这是什么世道啊!人家就想和和美美地过日子,怎么连这点儿权利也没有啊!"

这时候,我觉得有一只手搭在我身上,我知道这不是母亲的手,也不是裴果提的手,于是我就往下一出溜,站在了床边。那是摩德斯通先生的手,他一边抓着我的胳膊,一边说:

"怎么回事儿?克拉拉,亲爱的,难道你忘了吗?要坚定,亲爱的。"

"我很抱歉,爱德华,"母亲说,"我是很想照办的,不过我太难受了。"

"原来是这样!"他答道,"这可不好,这么快就说这样的话,克拉拉。"

"现在把我弄成这个样子,我觉得实在是很糟糕,"母亲噘着嘴说道,"实在是……很糟糕……是不是?"

他把我母亲拉到身边,悄悄地在她耳边说了点什么,又亲了亲她。我当时就知道,既然我看见母亲把头靠在他的肩头,胳膊搂着他的脖子——我就知道他想把母亲那顺从的天性改成什么样子就可以改成什么样子。现在看来,他还真是做到了。

"下去吧,亲爱的,"摩德斯通先生说道,"过一会儿,我和大卫一块儿下去。"他看着我母亲走出去,并且点头一笑,就这样把她打发走了。然后他转身以阴沉的脸色对着裴果提说:"我的朋友,你可知道你家太太怎样称呼?"

"先生,我伺候太太很久了,"裴果提答道,"当然知道。"

"对呀,"他说,"不过刚才我上楼的时候,似乎听见你并没有用她的名字称呼她。你要知道,她现在可是姓我的姓了。这一点,请你记住,好不好?"

裴果提怀着不安的心情瞅了我几眼,没有理他,屈膝行礼,走了出去。我想大概是因为她知道人家让她走,而她也没有理由留下来。这时候,屋里就剩下我和摩德斯通先生两个人了,他把门关上,在一把椅子上坐下,拉着我站在他面前,然后就目不转睛地盯着我的眼睛。我也觉得不由自主,同样目不转睛地盯着他的眼睛。现在回想起我们俩当时那样面对面地对峙的时候,似乎还能听到我的心怦怦乱跳的声音。

"大卫,"他说,接着把嘴紧紧一闭,嘴唇都显得薄了,"如果我有一匹马,或一条狗,非常固执,难以对付,你猜我怎么办?"

"不知道。"

"我揍他。"

我刚才回答的时候,已经是有气无声了,现在我一声不吭,觉得我的气更短了。

"我要让他缩成团儿,我要让他疼。我对自己说:'我非把这家伙制服不可';要是不得不让他把血流光,就让他把血流光好啦。你脸上那是什么?"

"土。"我说。

我知道那是眼泪的痕迹,他也很清楚。可是如果他要问我二十次,每次还打我二十下,我想我会宁可让我那颗幼小的心迸裂,也不会对他说实话。

"别看你人儿不大,心眼儿倒不少,"他说,他那皮笑肉不笑的样子,只有他才做得出来,"看来你对我是非常了解的。把你那个脸洗一洗,少爷,然后跟我下去。"

他指着那个脸盆架,就是我曾比作古米治太太的那个脸盆架,用头向我示意,叫我立刻服从。我当时就没怀疑,现在就更不怀疑了,我要是一迟疑,他就会把我打翻在地,绝不手软。

我按照他的吩咐洗了脸,他就带我来到客厅,一只手还抓着我的胳膊,对我母亲说:"克拉拉,亲爱的,我希望以后就不会再弄得你难受了。我们很快就会把我们这位年轻人的脾气改一改。"

在这个节骨眼上,要是上帝开恩,有谁出来跟我好好地说一说,我就可能真的改一改,一生受用不尽,我就说不定变成了另外一个人。要是有谁说句话,鼓励鼓励我,向我解释解释,对于我那样年幼无知表示一下同情,对我回来表示欢迎,使我相信这还是个家,就可能使我从那以后不是外表上假装服从他,而是真心地服从他,就可能使我不是嫉恨他,而是尊敬他。我想母亲看见我站在客厅里,那样害怕,那样拘束,是感到难过的。过了一会儿,我偷偷地朝一把椅子走去,她两眼跟着我移动,那眼神儿显得更加忧郁了,大概是因为我这个孩子走起路来已经显不出多少天真活泼的样子了。但是当时没有人出来说话,时机也就过去了。

我们三个人一起吃晚饭,没有旁人在场。摩德斯通先生似乎很喜欢我母亲——我恐怕并没有因此而对他产生好感——我母亲也很喜欢他。我从他们的谈话中听出,他有个姐姐,要来和他们同住,当天晚上就要到。我也说不准是那一天了解到的,还是后来了解到的,摩德斯通先生没有直接参与什么活动,但他在伦敦一家卖酒的商店里有股份,也许是每年可以分到一些红利,因为他家自从他曾祖父起就和这家商店有联系,他姐姐也可以从这家商店得到同样的好处。这些情况,无论如何,我可以在这里提一下。

吃过晚饭,我们在壁炉前面坐着。我没有勇气溜,因为怕冒犯那一家之主,所以正在琢磨怎样躲到裴果提那里去。就在这时,一辆马车在大门外停下,摩德斯通先生马上出去迎接这位来客。母亲跟在他后面。我战战兢兢地跟在母亲后面。母亲走到客厅门口,突然转过身来,在昏暗的暮色中像往常一样把我搂在怀里,小声嘱咐我要爱我这个新爸爸,要听他的话。她显得很慌张,而且怕人看见,好像在做一件不该做的事,但她也很温柔。随后她就把手伸到身后,拉着我的手往外走,来到花园以后,快到他站的地方了,母亲就松开我的手,挽起了他的胳膊。

来的不是别人,正是摩德斯通小姐。这是一个面色阴郁的女人,和她弟弟一样,皮肤黝黑,脸膛和声音也很像她弟弟,她还长着两道浓眉,几乎在她那大鼻子上方连在一起,仿佛因为性别出了差错,她不能长胡子,只好代之以眉毛了。她带来了两只黑箱子,硬邦邦的,一点儿弹性也没有,箱子盖上写着她的姓名的缩写字母,是用很硬的铜钉子组成的。付车钱的时候,她的钱是从一个很硬的钢制钱包里拿出来的。这钱包放在她的手提包里,就像放在监牢里一样牢靠。这手提包有一条大粗链子,挂在她的胳膊上,关上的时候就像咬了一口什么东西。在那以前我可从来没见过像摩德斯通小姐这样的钢铁女人。

大家一面以各种方式向她表示欢迎,一面陪她来到客厅。到了客厅以后,她正式认定我母亲这位新亲戚,而且是一位至亲。随后她就看了看我,说道:

"弟妹,这就是你的孩子吧?"

我母亲说是的。

"总的说来,"摩德斯通小姐说,"我是不喜欢男孩子的。——你好哇,孩子?"

我受到这样的鼓励之后,就回答说我很好,希望她也很好,但我态度冷淡,因此她用了四个字就把我打发了:

"缺乏家教!"

她一字一顿地说完以后,就请求带她到她的房间里去。从那以后,这间屋子对我说来就成了一个阴森可怕的地方。那两只黑箱子也放在这间屋里,但从来没看见箱子是开着的,也从来没听说箱子有不锁的时候。在这间屋子里(她不在的时候我偷看过一两次),还有数不清的钢制的手铐和铆钉,实在叫人害怕,这都是摩德斯通小姐打扮起来的时候需要用的,不用的时候就通通挂在镜子上。

我看那意思,她是要永远住下去,没有走的意思了。第二天早上,她就开始为我母亲"帮忙",一整天,就在那间储藏室里跑出跑进,把原来的布置完全打乱,重新把东西放到该放的地方。我看到的几乎可以说是第一件突出的事,就是摩德斯通小姐老是疑神疑鬼地觉得仆人们藏着一个男人,就藏在这所房子的某个地方。在这种幻觉的影响之下,她往往在最不该去的时候忽然闯到放煤的地下室里去了。她打开一个大黑橱子的时候,常常是砰的一声又把门关上,自以为抓住了那个男人。

虽然摩德斯通小姐并没有腾空飞翔的迹象,但就起床一事而言,她却完全可以与云雀媲美。全家谁还没动,她就起来了(我至今仍然认为,她这样做还是为了找出那个藏着的男人)。裴果提有她自己的看法,她说摩德斯通小姐睡觉的时候甚至睁着一只眼,我对这一看法未敢苟同,因为我在听到这个说法之后亲自试过,结果发现这是不可能的。

摩德斯通小姐在她来的第二天清晨,鸡一叫,就拉铃了。我母亲下来吃早饭,正要沏茶,摩德斯通小姐在她脸上像鸟一样啄了一下,这就算是吻过她了。接着就说:

"我说,克拉拉,亲爱的弟妹,你也知道,我到这儿来,就是为了尽量减轻你的负担。你这么漂亮,这么无忧无虑的,"——我母亲一听这话,脸红了,不过她也笑了,所以看来她对这个人并不反感——"凡是我能管的事儿,就不应该加到你身上了。你要是肯把钥匙交给我,亲爱的,今后这一类的事儿,我就都办了。"

从那以后,摩德斯通小姐就掌管着钥匙,一天到晚放在她那个小监牢里,夜里就放在她的枕头底下,我母亲就和我一样与钥匙无缘了。

我母亲倒也没有眼瞅着自己的权利从手里溜走而毫无怨言。有一天晚上,摩德斯通小姐向她兄弟提出了一些理家的计划,她兄弟表示同意,这时候,我母亲突然哭了起来,她说她原来还以为会征求她的意见呢。

"克拉拉!"摩德斯通先生厉声说道,"克拉拉!你真让我吃惊。"

"嗷,爱德华,你说什么让你吃惊呀,"母亲说,"还说什么要坚定呀,你说得倒好,可是这事儿要是搁在你身上,你也不干。"

坚定,我可以说,是摩德斯通先生和他姐姐借以立足的高尚品质。不过我当时没有谈我对这个词的理解,因为没有人问过我,但我的确有自己的理解。我看得很清楚,它不过是残暴的代名词,是他们两人都有的那种阴郁、骄横、恶魔般的脾气。我现在可以这样说,它的要义是:摩德斯通先生是坚定的;在他的世界里,谁都不能像他那样坚定;在他的世界里,任何其他人都绝不应该是坚定的,因为人人都必须服从于他的坚定性。摩德斯通小姐则是例外。她可以坚定,但只限于作为亲属,而且在程度上是低一等的,是次要的。我母亲也是例外。她也可以坚定,而且必须坚定,但只限于忍受他们的坚定,同时坚信世上再没有任何其他的坚定。

"真是太难了,"母亲说,"就在我自己家里……"

"我自己家里?"摩德斯通先生重复了一遍,"克拉拉!"

"我的意思是说我们自己家里,"母亲慌里慌张地说,她显然是吓了一跳——"我希望你一定明白我的意思,爱德华——真是太难了,就在你自己家里,我对家里的事却不能过问。我敢说,我们结婚以前,我管家还是管得不错。这是有证据的,"母亲说着抽抽搭搭地哭了起来,"你问问裴果提,过去没有人干扰,我管家管得好不好。"

"爱德华,"摩德斯通小姐说,"这件事,到此为止。我明天就走。"

"简·摩德斯通,"她弟弟说,"不要说啦!你怎么能这么说,好像你还不了解我的脾气似的。"

"我绝不是希望谁走,"我那可怜的母亲委屈得没办法,哗哗地流着眼泪说道,"谁要是一定要走,我会非常痛苦,非常难过。我要求不高。我也不是不讲道理。我只希望有时候也听听我的意见。谁帮我的忙,我都感谢,我只希望有时候表面上也能听听我的意见。我记得有一次,因为我有点儿缺乏处世经验,有点儿孩子气,你说你很高兴,爱德华,我肯定你说过这样的话;可是现在你好像反而讨厌我了,你对我那么厉害。"

"爱德华,"摩德斯通小姐又说了一遍,"这件事,到此为止。我明天就走。"

"简·摩德斯通,"摩德斯通先生咆哮起来了,"你不要说了,行不行?你怎么敢这样?"

摩德斯通小姐像从监牢里提犯人一样把手绢掏出来,举在眼前。

"克拉拉,"摩德斯通先生冲着我母亲继续说道,"你真让我奇怪!你真让我惊讶!是的,我的确曾经感到满意,因为我觉得我娶了一个既不是老于世故,又不好使心计的妻子,我可以培养她的性格,给她注入一些她所缺少的坚定性与果断性。但是,现在简·摩德斯通好心好意来帮我完成这项重任,看在我的分上,承担起类似管家的职务,结果却有人对她以怨报德……"

"嗷,我求求你,快别说了,爱德华,"我母亲说道,"不要说我忘恩负义。我绝不是那种忘恩负义的人。过去从来没有人这样指责过我。我是有许多缺点,不过那不是我的缺点。嗷,快别说了,亲爱的!"

"我告诉你,有人对简·摩德斯通以怨报德,"他等我母亲说完以后继续说道,"这时候,我原来那种感情就受到了挫伤,就发生了变化。"

"别这么说,亲爱的!"母亲非常可怜地恳求他,"嗷,别这么说,爱德华!听你说这样的话,我受不了。不管怎么样,我心肠好。这个,我自己知道,要是没有把握,我也就不这么说了。你问问裴果提,她准保对你说我心肠好。"

"想用脆弱的感情来打动我呀,克拉拉,"摩德斯通先生答道,"来多少都无济于事。你这是白费劲儿。"

"我求求你,咱们还是和好吧,"我母亲说,"要是互相冷眼相看,互相嫉恨,我可活不下去。我很抱歉。我有许多缺点,这我知道,你想用你的坚强意志来克服我的缺点,爱德华,你真好。——简,我什么意见都没有。你要是想到走的话,我会非常难过的……"我母亲因为过于悲痛,说不下去了。

"简·摩德斯通,"摩德斯通对他姐姐说,"我希望我们之间那些伤感情的话都是在不同寻常的情况下才说的。今天晚上发生这样异乎寻常的事情,并不是我的过错。我是上了人家的当,才那样做的。这也不是你的过错。你也是上了人家的当,才那样做的。咱们俩都把它忘掉吧。"说了这番慷慨大度的话之后,他接着说:"这样的事,孩子看了不合适——大卫,睡觉去吧!"

我几乎连门也找不到了,因为我眼里含着泪——我为母亲遭受的痛苦而难过；但是我摸索着走了出去，又摸着黑儿上了楼，来到自己的房间里，没有心思向裴果提道晚安，也没问她要蜡烛。大约一个钟头以后，她上楼来找我，把我弄醒了，她告诉我，母亲睡觉去了，心情很不好，只剩下摩德斯通先生和他姐姐在那里坐着。

　　第二天早上，我下楼比平时早一点儿，听见母亲讲话的声音，我就在客厅门外停住了脚步。原来她正在诚诚恳恳恭恭敬敬地请求摩德斯通小姐原谅她，那个女人原谅了她，于是两个人圆满地和解了。从那以后，再也没听说我母亲不事先听听摩德斯通小姐的意见，或者不事先通过某种可靠的手段弄清摩德斯通小姐的意见，就对任何事情发表意见了；再也没看见摩德斯通小姐什么时候一发脾气（她在这一方面是没准儿的），把手往手提包那儿一伸，好像要把钥匙掏出来还给我母亲的样子，而不把我母亲吓得魂不附体的。

　　摩德斯通家族的血液有一种阴郁的色彩，这也影响了摩德斯通家族的宗教活动，弄得它阴森可怖。我一直认为，其所以如此，是摩德斯通先生的坚定态度的必然结果，因为他这种坚定态度使他不放过任何人，只要能找到借口，就给人以最大限度的最严厉的处罚。虽然如此，我还记得很清楚，我们上教堂时的那种神气，使得教堂的气氛都改变了。现在回想起来，仿佛可怕的星期日又到了。按顺序，我第一个进入那古老的席位，好像俘虏在监视之下来做苦工一样。仿佛我又看见摩德斯通小姐穿着黑色天鹅绒长袍，那长袍看上去像是用盖棺材的布做的，她穿着这长袍，跟在我后面，再后面是我母亲，再后面是她丈夫。现在和过去不同了，裴果提不来了。仿佛我又听见摩德斯通小姐含含糊糊地接着牧师的话说话，却特别强调那些叫人害怕的字眼，从这种残忍的举动中得到乐趣。仿佛我又看见她那一双黑眼睛，在她提到"苦难的罪人"时，四处张望，似乎是在责骂所有在场的人。仿佛我又看了几眼我的母亲，坐在他们两人中间，胆怯地动动嘴唇，他们两人各在一边对着她的耳朵叽咕，像打闷雷一样。仿佛我又怀着突然产生的恐惧心理纳闷，可不可能是我们那位善良的老牧师错了，而摩德斯通先生和他姐姐却对了，天堂里的天使可能都是害人的天使。仿佛我的手指要是动一动，或者脸上有块肌肉一放松，摩德斯通小姐就又会用她那本祈祷书捅我,捅得我腰疼。

的确是这样,仿佛我们又在往家走,我发现有些邻居看看我母亲,看看我,然后叽咕叽咕。仿佛他们三个人又在挽着胳臂往前走,我一个人在后面慢慢跟着,我随着一些邻居的眼光看去,不知母亲的脚步是不是真的不像我以前看到的那么轻快了,她那走路的风度是不是真的因为忧愁而几乎完全消失了。仿佛我又在纳闷,不知哪位邻居能不能像我一样记得我和母亲一起走回家去的情景;我想这些无聊的事儿,整天闷闷不乐。

关于让我到寄宿学校去念书的事,已经谈起好几次了。这都是摩德斯通先生和他姐姐的主意,我母亲当然也是同意的。不过,对于这件事还没有作出最后决定。在到学校去之前,我就先在家里学习功课。

那些功课,有朝一日我会忘记吗?我的功课表面上是由我母亲督促检查,而实际上是由摩德斯通先生和他姐姐,因为他们总是在场的,而且他们发现可以利用我的学习对我母亲进行坚定教育。称之为坚定,实在不妥,因为它是我们母子两人生活中一切痛苦的根源。我相信他们把我留在家里,就是为了这个目的。过去我和母亲单独在一起的时候,我学得挺不错,而且挺愿意学。我还隐隐约约地记得在她的膝头认字母的情景。直到今天,我一看见初级读本里那些胖乎乎的黑字母,那叫人猜不透的怪样子,那性情温和的 O、Q 和 S,就都和过去一样,重新出现在我的眼前。我记得我从来没有厌恶学习,不愿意学习。恰恰相反,我觉得一直到读鳄鱼的故事为止,我都是走在一条用鲜花铺成的小路上,而且随时有母亲那温柔的话语和举止使我感到愉快。但是后来在阴森森的气氛里学习,我就觉得我的平静生活被打破了,天天活受罪。那些功课很长,很多,很难——其中有一些,我完全看不懂——吓得我不知如何是好,我相信我那可怜的母亲也是吓得不知如何是好。

现在我来回忆一下当时是怎样学习的,把某一天早上的情况说一说。

吃过早饭,我来到小客厅,手里拿着课本、练习本和石板。我母亲坐在书桌旁,已经做好准备,但她远没有在窗户旁边坐在安乐椅里的摩德斯通先生准备得充分(虽然他在假装看书),也远没有坐在我母亲身边穿钢珠子的摩德斯通小姐准备得充分。我一见这两个人就受到很大的影响,觉得费了好大的劲儿才记在脑子里的东西,都溜走了,不知溜到哪里去了。说真的,我还真想知道它们都溜到哪里去了。

我先递给母亲一本书,可能是一本语法,也许是历史,或者地理。我像就要淹死似的最后看了看那一页,才把书放到母亲手里,接着我就高声背诵起来,我趁着印象新,背得很快。忽然有一个字想不起来,卡住了。摩德斯通先生抬起头来看我。忽然又有一个字想不起来,卡住了,摩德斯通小姐抬起头来看我。我脸红了,接着有五六个字打奔儿,我停下了。我想我母亲要是有勇气,就会把书给我看看,但她不敢,只轻轻地说:

"噢,大卫,大卫!"

"我说,克拉拉,"摩德斯通先生说道,"对这孩子要坚定。不要说'噢,大卫,大卫!',太孩子气。他会就是会,不会就是不会。"

"他不会。"摩德斯通小姐以吓人的语气插进来说道。

"我也的确觉得他不会。"母亲说。

"你看,克拉拉,"摩德斯通小姐接着说,"那你就该把书还给他,让他学会。"

"是的,应该这样,"我母亲说,"我正打算这样做呢,亲爱的简。——来,大卫,再试一次,不要犯傻。"

我遵照第一条要求,又试了一次。至于第二条要求,我就没怎么做到,因为我傻得厉害。还没到上次卡住的地方,就在上次顺利通过的一个地方卡住了,我就停下来想一想。但是我无法集中精力想功课。我想的是摩德斯通小姐的帽子用了几码花边,摩德斯通先生的睡衣值多少钱,以及诸如此类和我完全不相干,而且我也不想过问的事儿。摩德斯通先生动了一下,显出不耐烦的样子,我早就料到他会这样。摩德斯通小姐也做了同样的动作。我母亲忍气吞声地看了他们一眼,把书合上,放在一旁,等我做完了其他该做的事情,再回来了结。

需要了结的事情很快就积了一大堆,而且像滚雪球一样越滚越大。雪球越滚越大,我也越来越傻。情况非常糟糕,我觉得我听他们的胡言乱语听得太多了,结果打消了求得解脱的想法,完全听天由命了。我连续不断地出错,母亲看看我,我看看她,我们那绝望的神情实在叫人伤心。但是在我学习这倒霉功课的时候,最倒霉的事就是我母亲(以为没有人注意她)动动嘴唇给我提示了。一直在那里专门等待时机的摩德斯通小姐,这时便立刻以深沉的警告的语气说:

"克拉拉!"

我母亲吃了一惊,脸也红了,还微微一笑。摩德斯通先生从椅子上站起来,拿起书本,朝我扔过来,要不就用书本打我耳光,随后就推着我的肩膀,把我撵出客厅。

即便是功课全做完了,也还有一件要命的事要做,那就是要算一道可怕的算术题。这是摩德斯通先生专门为我编的,而且由他口授给我,题目是这么说的:"我到一家干酪店去买双料格洛斯特干酪,买了五千块,每块四个半便士,一共多少钱。"题目一出,我就看见摩德斯通小姐在那里暗自高兴。我折腾这些干酪折腾到吃晚饭,也没个头绪,也没得到启发。这时候,石笔灰已经钻到我的汗毛孔里去了,弄得我像个黑白混血儿,他们给了我一片面包,好让我把那干酪账算出来。我一晚上都脸面无光。

事隔这么多年,我觉得我那倒霉的功课大体上就是这个样子。当时要是没有摩德斯通家这两个人在场,我是会学得好的;但是摩德斯通家这两个人对我来说,就像两条长虫把一只可怜的幼鸟吓呆了,无法逃脱。即便我完成了上午的功课,成绩还算过得去,除了吃顿饭,也别无所得;因为摩德斯通小姐一看见我没有功课,她就难受,我要是一不小心,显出无事可做的样子,她就使她兄弟对我注意,她这么说,"克拉拉,亲爱的,干什么也不如学习好——给你孩子来个练习吧。"这样一来,我马上就被拴住了,要做新的作业。至于和我这么大小的孩子一起玩儿玩儿,机会可太少了,因为摩德斯通家那沉闷的神学把所有的孩子都看成是一群小毒蛇(虽然有一个孩子也曾夹杂在耶稣的信徒中间),而且认为他们会彼此学坏。

这样的待遇,我想大概延续了半年或半年多,结果我自然就变得孤僻、迟钝、固执。我感到我和母亲越来越隔绝,越来越疏远,这也使得上述情况有增无减。我想只是由于一个特殊的原因,我才没有完全变傻。

情况是这样的。我父亲留下了数量不大的一批图书,就放在楼上一间小屋里,这小屋与我的卧室相连,因此我可以进去,而家中从来无人过问。从这间理想的小屋子里,来了一批鼎鼎大名的人物和我做伴儿,其中有罗德里克·兰登,佩里格林·皮克尔,亨弗利·克林克,汤姆·琼斯,威克菲牧师,堂吉诃德,吉尔·布拉斯,还有鲁滨孙①。他们使我能继续发挥我的想象力,使我能在当时当地之外还有所追求——除了他们,还有《天方夜谭》和《神仙故事》这两本书——他们对我没有一点儿害处;如果说他们有的包含着什么有害的东西。我并没有受其影响,因为我不知道有什么有害的东西。现在连我都感到惊讶,当时我的功课越来越重,我努力学习,背诵的时候还老卡住,我是怎么样找到时间读这些书的呢。现在连我都感到奇怪,当时我一方面把自己比做书中我喜爱的人物,一方面把摩德斯通先生和他姐姐归入坏人那一类,我这样做,怎么就把自己从我那些小的烦恼中解脱出来了呢,对我来说,那都是很大的烦恼啊。整整一个星期,我觉得自己是汤姆·琼斯(孩子眼中的汤姆·琼斯,一个天真无邪的人)。整整一个月,我把自己比做我心目中的罗德里克·兰登,我的确做过这样的事。我特别喜欢书架上那几本游记,有海上的,有陆上的——具体叫什么名字,现在不记得了。我还记得一连多少天,我用一套旧靴楦中间那一块武装起来,在家中归我使用的那块地方跑来跑去,一本正经地表演英国皇家海军某某舰长有被野蛮人包围的危险,决心以死相拼,让敌人付出高昂的代价。舰长永远不会因为有人用拉丁语法打他耳光而失去其尊严。我可不行;但舰长就是舰长,而且是英雄,纵然把世界上所有语言(无论是死的语言,还是活的语言)的语法书拿来,对他也毫无影响。

当时看书是我唯一的乐趣,而且什么时候看,什么时候得到这种乐趣。回想起来,脑子里总是浮现出这样一幅图画:一个夏日的黄昏,孩子们在教堂墓地里玩耍,我坐在床上看书,好像不看就活不下去。附近的每一座谷仓,教堂的每一块石头,墓地里每一寸土地,都在我脑子里和我看过的书有一定的联系,都能代表书里某个有名的地方。我曾看

---

① 此处所提到的人物是八部外国文学名著中的八位主人公。

着汤姆·派普斯爬上教堂的尖塔,我曾看着斯特拉普背着背包,倚在小栅栏门上歇着,我还知道舰队司令特鲁宁和皮克尔先生在我们村那个小酒店的交际室里谈话的情况。

现在不光我清楚,读者也清楚,我小的时候是怎么样一个人。关于当时的情况,已经说了一些,现在接着说下去。

一天早上,我拿着书本来到客厅,发现母亲焦躁不安,摩德斯通小姐沉着坚定,摩德斯通先生正往藤子棍儿的一头儿绑什么东西,那是一根很柔软很有弹性的藤子棍儿,看我进来,他就不绑了,他攥了攥那藤子棍儿,又甩了甩。

"你听我说,克拉拉,"摩德斯通先生说道,"我自己过去也常挨打。"

"一点儿也不错,当然是那样。"摩德斯通小姐说道。

"你说得对,亲爱的简,"母亲吞吞吐吐顺从地说道,"不过……不过你觉得那对爱德华有好处吗?"

"难道你觉得那对爱德华有害处吗,克拉拉?"摩德斯通先生严肃地问道。

"这才说到点子上了。"他姐姐说道。

母亲一看这情形,说了声"你说得对,亲爱的简",便没再说什么。

我害怕了,因为我觉得这段谈话与我本人有关,于是抬头朝摩德斯通先生望去,正好他也朝我回过头来。

"我说,大卫,"他说,——我看见这时候他的眼又斜了——"你今天可要多加小心。"他又攥了攥那根藤子棍儿,又甩了甩,这样准备停当之后,面带意味深长的表情,把那棍儿放在身边,又拿起了他的书本儿。

这倒是一服很好的清凉剂,从一开始就使我那镇静的头脑变了样。我觉得功课里的话都溜走了,不是一个字一个字地溜,也不是一行一行地溜,而是整页整页地溜。我想拦住它们,但是如果我能打个比方的话,它们好像穿上了溜冰鞋,滑得可顺溜呢,怎么也拦不住。

我们一开始就不妙,随后就越来越糟。我进来的时候,心想这回可要露脸了,因为我觉得自己准备得不错,但结果我完全失算了。没有学会的课本一本接一本,堆了一大堆,因为摩德斯通小姐一直在以坚定的态度注视着我们。最后我们该算那五千块干酪了(我记得那天他把干酪换成了藤子棍儿),这时我母亲克制不住,哭了起来。

"克拉拉!"摩德斯通小姐以她那警告的语气说道。

"我觉得不大舒服,亲爱的简。"我母亲说道。

我看见摩德斯通先生板着面孔向他姐姐挤了挤眼,随着就拿起藤子棍儿,站起来说道:

"哎呀,简,今天大卫给他母亲造成了这么大的忧虑和痛苦,我们怎么能指望她以十分坚定的态度来忍受呢。那得有多大的耐性啊。虽然克拉拉比过去坚强多了,有了很大的进步,但是我们也不能对她要求那么高啊。——大卫,跟我到楼上去,走。"

他拉着我走到门口,我母亲朝着我们跑了过来。摩德斯通小姐出来干涉她说:"克拉拉,你就这么没脑子吗?"随后我看见她捂起耳朵,还听见她哭了。

他拉着我一本正经地慢步朝我的屋子走去(我敢说他这样郑重其事地表演如何执法是感到愉快的),到了我屋里以后,他就突然把我的脑袋夹在他的胳臂底下。

"摩德斯通先生!啊,先生!"我对他说,"别这样!我求求你,别打我!我是努力学来着,先生,可是只要你和摩德斯通小姐在场,我就学不好。我真的学不好呀!"

"你真的学不好,大卫?"他说,"我们来试试看。"

他像老虎钳一样把我的头夹住,不过我想法缠在他身上,所以有一会儿的工夫他拿我没办法,我就求他不要打我。也就只有一会儿的工夫他拿我没办法,因为他紧跟着就使劲抽起我来;就在他抽我的当口儿,我咬住了他卡我的那只手,我上下牙一使劲儿,狠狠地咬了他一口。现在回想起来,我的牙还痒痒呢。

随后他就把我往死里打。就在我们吵闹的当儿,我听见有人喊着叫着跑上楼来。我听见了母亲喊叫的声音,还听见了裴果提的声音。后来他就走了,门也反锁上了,气得我在地上打滚儿,浑身发烧,无处不疼。

我记得很清楚,等我平静下来的时候,我觉得整所房子是多么出奇地安静啊!我记得很清楚,等我疼的地方不那么疼了,气也开始消了,我就觉得我是多么坏的一个人哪!

我坐起来,听了好半天,什么也没听见。我从地板上爬起来,照了照镜子,脸肿得那么厉害,那么红,那么难看,连我自己都几乎吓了一跳。身上挨了打的地方,又肿又疼,一挪动,就忍不住又哭起来。但是这和我心里的痛苦相比就差远了。我敢说,即便我是一个十恶不赦的罪人,也不会有这么大的痛苦压在我心上。

天渐渐黑了,我也把窗户关起来了(在此以前,我大部分时间是趴在床上,把头搁在窗台上,哭一阵,困一阵,又无精打采地向外看一阵),这时,钥匙一转,摩德斯通小姐进来,给我送来了面包、肉和牛奶。她把这些东西放在桌上,什么也没说,一直用坚定的目光盯着我,以示警告,然后她就走了,而且顺手把门又锁上了。

天黑了很久以后,我还在那里坐着,不知道是不是还会有人来。后来我觉得当晚不会再有人来了,就脱衣服睡觉了。这时候我心里直打鼓,不知他们会怎样处置我:我是不是犯了刑事罪?会不会把我抓起来,关进监狱?有没有被绞死的危险?

第二天早上醒来的情景,我是永远不会忘记的。刚醒来的时候,觉得又快活,又精神,接着想起前一天发生的事,就觉得烦闷、压抑,心情沉重。我还没有起床,摩德斯通小姐就又来了,对我说,我可以出去到花园里散步,不能超过半小时,她就是这么说的,说完就走了,门也没关,以便我遵命出去散步。

我果真出去散步了,在为期五天的监禁期间,我每天早上都出去散步。如果我能单独碰上我母亲,我会跪在她面前乞求饶恕,但是在这段时间里,我只见到摩德斯通小姐,而没见过别人,除了在客厅里做晚祈祷的时候。这时候,要先让别人就位,再由摩德斯通小姐把我押来,把我这个年幼的不法分子单独一个人放在靠近门口的地方,而且要在所有其他人从那虔诚的姿势站起来之前,就由看守把我押走。我只看到我母亲的位置离我不能再远了,她还背着我,所以我老也看不见她的脸;我还看到摩德斯通先生,他的手上缠着一大块纱布。

那五天的时间显得多么长,我对谁都难以形容。在我的记忆中,那就像是几年的时间。我注意听家里的各种动静,有一些我是听得见的——拉铃的声音,开门关门的声音,轻轻说话的声音,上楼下楼的声音;我还听见外面有笑声、口哨声、歌声,在我这孤独、丢脸的情况下,这些声音似乎比什么都令人难过;时间的早晚是估摸不出的,尤其是在晚上,我常常醒来,以为已经是早晨,结果却发现家里的人还没有睡觉,长夜还没有开始;我做的梦是压抑的,是恐怖的;早晨、中午、下午、黄昏,周而复始,孩子们在教堂墓地里玩耍,我从屋里远远地看着他们,不好意思在窗口露面,怕他们知道我被关押在这里;一直听不见自己说话,我有一种奇怪的感觉;我也有过短暂的近乎高兴的时候,它随着吃喝而来,又随着吃喝而去;有一天黄昏时分,下起雨来,到处弥漫着一种清新的气味,雨越下越大,连教堂也看不清了;这场雨,再加上天越来越黑,仿佛浇得我又难过,又害怕,又悔恨——这一切好像不是日复一日而是年复一年反复出现,至今还生动、清晰地印在我的脑海里。

就在我关禁闭的最后一天晚上,我听见有人小声叫我,把我惊醒了。我从床上坐起来,摸着黑儿伸出胳膊,说道:

"是你吗,裴果提?"

我没有马上听见回答,可是紧跟着我又听见有人叫我的名字,那语调又神秘又可怕,我觉得几乎要吓得昏过去了,幸亏我突然想到这声音一定是从钥匙眼儿里传过来的。

我摸索着来到门口,把嘴唇凑到钥匙眼儿上,低声说道:

"是你吗,亲爱的裴果提?"

"是我,大卫,我的宝贝儿,"她回答道,"轻点儿,得像小耗子一样,要不就让老猫听见了。"

我明白这是指摩德斯通小姐,我也意识到情况是很严重的,因为她的屋子靠得很近。

"我妈好吗,亲爱的裴果提?她很生我的气吗?"

我能听见裴果提在钥匙眼儿那一边低声哭泣,我在这边儿也哭,随后我听见她回答说,"不,她没怎么生气。"

"他们要把我怎么样,亲爱的裴果提?你知道吗?"

"学校——在伦敦附近,"裴果提回答道。我不得不让她重说一遍,因为她头一次说的全都顺着我嗓子眼儿下去了,这是因为我忘了把嘴从钥匙眼儿挪开,把耳朵凑上去,结果听不清她的话,在那里干着急。

"什么时候,裴果提?"

"明天。"

"就是为了这个原因,摩德斯通小姐把我的衣裳从柜子里拿走了吗?"——她拿衣服这件事儿,我忘了说了。

"是啊,"裴果提说,"还有箱子呢。"

"我还能见到我妈吗?"

"能,"裴果提说,"明天早上。"

随后裴果提把嘴靠近钥匙眼儿说了一段话,我在这里可以武断地说,自从钥匙眼儿用作传话工具以来,从未传递过这样激动这样真诚的话,句子是支离破碎的,然而每个短句都伴随着一声特有的抽泣。她是这么说的:

"大卫,乖孩子。要是说这几天,我不像以前那样。对你那么亲。我可不是不疼你呀。不但疼你,还更疼你哩,我心爱的小乖乖。我是为你好哇。也是为另一个人好哇。大卫,我的宝贝,你听见了吗?你听得见吗?"

"听……听……听得见,裴果提!"我哭着说。

"我的心肝儿!"裴果提非常激动地说,"我要说的是:你可别忘了我。我也不会忘了你。我还要照样照顾你妈,大卫。就像照顾你一样。我也不会离开她。会有一天她乐意把她那可怜的脑瓜子再放到这又笨又爱发火的老裴果提的胳膊上。我要给你写信,乖孩子。虽然我没有文化。我要……我要……"她亲不着我,就亲起钥匙眼儿来。

"谢谢你,亲爱的裴果提!"我说道,"噢,谢谢你!谢谢你!你愿意不愿意答应我一件事,裴果提?你写封信好不好?请你告诉裴果提先生和小艾米丽,告诉古米治太太和哈姆,不要把我想象得那么坏,还请代我问候他们每一个人,特别是小艾米丽,你肯替我做这件事吗,裴果提?"

那个好心人答应了我的要求。我们俩都极其亲切地亲起钥匙眼儿来(记得我还用手拍那钥匙眼儿,觉得就像拍在裴果提那诚实的脸上一样),随后她就走了。自从那天晚上,我心里对裴果提产生了一种感情,这种感情连我也难以说得清楚。她并没有取代我母亲的位置,这是谁也办不到的。但是她填补了我心里的一块真空,我的心把她紧紧包在里面,我对她还产生了一种对别人从未产生过的感情。这也是一种奇怪的感情,然而假如她当时死去的话,我想象不出我会怎么办,或者说我想象不出在那样一场悲剧中我会如何表现。

第二天早上,摩德斯通小姐和平时一样出现在我的面前,她告诉我,我要到学校去上学了,这并不像她想象的那样使我感到意外。她还告诉我,让我穿好衣服就下楼去,到客厅里吃早饭。我在客厅里见到我母亲,她面色非常苍白,两眼通红,我跑过去扑到她怀里,求她原谅我,当时我心里非常难受。

"噢,大卫!"她说,"你怎么能伤害我爱的人!你可要学好啊,要祷告上帝决心学好啊!我可以原谅你,但是,大卫,你竟然有那样的坏心眼儿,真叫我难过。"

他们改变了她的看法,她也认为我是个坏蛋了,这件事比我离去更使她难过。为此,我感到很痛苦。我勉强地吃我临行前这顿早饭,可是眼泪滴在抹着黄油的面包上,流在茶杯里。我看见母亲有时看看我,又瞟一眼监视我们的摩德斯通小姐,然后低下头,或扭头往别处看。

门口有车轮的声音,摩德斯通小姐说:"科波菲尔少爷的箱子在这儿哪!"

我想看到裴果提,却没有看到——她和摩德斯通先生都没有露面。我以前见过的那个赶车的,他在门口出现了。他把我的箱子拿出去,装在了车上。

"克拉拉!"摩德斯通小姐以警告的口吻说道。

"好了,亲爱的简,"我母亲答道,"再见吧,大卫。这次出去,是为你好。再见吧,我的孩子。放假的时候回来,到那时候,你就是个好孩子了。"

"克拉拉!"摩德斯通小姐又喊了一声。

"就好,亲爱的简,"母亲回答道,她还在搂着我,"我原谅你,我亲爱的孩子。愿上帝保佑你！"

"克拉拉！"摩德斯通小姐又喊了一声。

摩德斯通小姐心眼儿好,她送我出去上车,一边走还一边说,她希望我能悔改,否则是要倒霉的。随后我就上了车,那匹懒马也就拉着车走了起来。

第 五 章

我被迫离家

我们走了大约一里多路，我的手绢也湿透了，那赶车的忽然把车停住了。

我往外面看了看，想弄清楚为什么停车，感到非常惊讶，因为我看见裴果提从一排矮树篱笆里窜出来，爬上了车。她伸出两只胳膊把我搂在怀里，一使劲儿，她那紧身内衣硌得我鼻子生疼。我当时并没觉得疼，是后来鼻子难受，才想起来的。裴果提什么也没说。她腾出一只胳膊，伸到口袋里，几乎连胳膊肘子都伸进去了。她掏出了几包点心，用纸口袋装着，塞进我的口袋里。她还掏出了一个钱包，塞到我手里；但她一句话也没说。最后她又用两只胳膊使劲搂了我一下，接着就下车跑了。我现在认为，而且一向认为，当时她那件长袍上连一个扣子也没有了。车上就有好几个扣子滚来滚去，我捡了一个，珍藏了很长时间，也算是个纪念。

那赶车的看了看我，仿佛问我，她还回来不回来。我摇了摇头，说我认为她不会回来了。那赶车的冲着那匹懒马说了声"那就……走！"那懒马便应声走了起来。

这时候，我也哭够了，而且意识到再哭也没有用，我还特别想到，无论是罗德里克·兰登，还是英国皇家海军那位舰长，谁也没有在困难条件下哭的。那赶车的见我决心已定，就说我该把手绢在马背上摊开晾晾。我说了声谢谢，采纳了他这个意见。那手绢往马背上一放，显得特别小。

现在我有工夫来看看那个钱包了。那是一个硬的皮钱包，有一个碰扣儿，里面装着三个先令，闪闪发光，裴果提一定用白灰擦过，为了让我高兴。但是钱包里最珍贵的东西是一对半克朗的硬币，用一块小纸包着，纸上是我母亲的亲笔字："给大卫。我永远爱你。"我一阵心酸，麻烦赶车的把手绢递给我。但是他说他认为我最好不要用手绢，我也觉得的确是这样，于是只用袖子擦了擦眼泪，也就止住了。

这一下子，可就永远止住了，不过有的时候，过去的事使我激动起来，还不免要大哭一场。我们晃晃悠悠地又走了一阵子，我就问那赶车的，是不是一直把我送到底。

"送到底是哪儿呀？"赶车的问道。

"那儿呀！"我说。

"那儿又是哪儿？"赶车的问道。

"伦敦附近呀！"我说。

"哎呀，这匹马呀，"赶车的说着晃了晃缰绳，表明他指的就是这匹马，"连一半的路程也走不到，就上西天了。"

"这么说，你就到亚茅斯了？"我问道。

"差不多吧，"赶车的说道，"到了亚茅斯，我把你送上驿车，驿车送你到……到你要去的那个地方。"

那赶车的名叫巴吉斯，让他说这么多话可真不容易，因为我在前面一章里说过，他这个人沉默寡言，不喜欢聊天儿。为礼貌起见，我请他吃一块点心，他一口就吞下去了，和大象吃东西完全一样，吃的时候，他那张大脸上什么表情也没有，这也和大象一样。

"这是她做的吗？"巴吉斯问道，他总是朝前弓着身子，两脚踏在踏板上，两只胳膊搭在膝盖上。

"你是说裴果提吗，先生？"

"啊！"巴吉斯先生说，"是啊！"

"是的，我们的点心都是她做的，饭也都是她做。"

"是吗？"巴吉斯先生说道。

他把嘴一收，好像要吹口哨，但是没有吹。他坐在那里，两眼盯着马耳朵，好像看见了什么新鲜玩艺儿。他这样坐了很长时间，后来他说：

"没有心上人儿吧,我想?"

"你是说杏仁儿吗,巴吉斯先生?"我以为他还想吃点儿别的东西,所以特别提到这种食品。

"心上人儿,"巴吉斯先生说道,"我说的是心上人儿;没有人和她相好吧?"

"和裴果提?"

"啊!"他说,"是啊!"

"噢,没有。她从来没有心上人儿。"

"是吗?"巴吉斯先生说道。

他又把嘴一收,好像要吹口哨,却又没有吹,只是坐在那里,两眼盯着马耳朵。

巴吉斯先生沉思了好一会儿,接着说:"苹果点心都是她做的,饭也都是她做,是吧?"

我回答说是这样的。

"你听我说呀,"巴吉斯先生说道,"也许你要给她写信吧?"

"我肯定要给她写信。"我回答道。

"啊!"他一边说着,一边慢慢朝我转过脸来,"你要是给她写信,请你想着告诉她,巴吉斯愿意,好不好?"

"巴吉斯愿意,"我莫名其妙地重复了一遍,"要说的就这些?"

"是……是的,"他一边说,一边还在想,"是……是的;巴吉斯愿意。"

"可是明天你就回到布伦德斯通了,巴吉斯先生,"我吞吞吐吐地说,因为我想到那时候我就离开很远了,"你直接对她说,不是更好吗?"

可是他把头一晃,不采纳我的意见,他还郑重其事地说,"巴吉斯愿意。这就是我要说的。"借以重申他刚才提出的要求。看到这种情况,我就痛痛快快地答应为他传话了。(就在那天下午,我在亚茅斯一家旅馆里等车的时候,要了一张纸和一副墨水池,给裴果提写了一封短信,我是这么写的:"亲爱的裴果提。我已平安到达这里。巴吉斯愿意。问我妈好。你亲爱的大卫。——他说他特别希望你知道:巴吉斯愿意。又及。")

我承担了为他传话的任务之后,巴吉斯先生就陷入沉默,什么也不说了。最近发生的这些事,闹得我也挺累,我就躺在车上的一个大口袋上睡着了。我睡得很香,一直睡到亚茅斯,车停在一家旅馆的院子里,我感到周围的一切是那么新奇,那么生疏。我本来还盼着见一见裴果提先生家里的人,说不定还能见到小艾米丽本人,现在我一下子就把这个念头打消了。

驿车停在院子里,擦得锃亮,不过马还没有套上,看样子似乎没有一点儿要去伦敦的迹象。看到这种情况,我就琢磨起来,我这箱子最后可怎么办呢(巴吉斯先生为了磨车,把车赶到院子里,就顺便把我的箱子卸在院子里马路牙子上靠近驿车车辕的地方了),我自己最后又落得个什么结果呢。这时候,忽然在窗口出现了一个女人。那是一个突出墙外的半圆形窗户,旁边挂着一些家禽和腌肉在那里风干。只听那女人说:

"这就是从布伦德斯通来的年轻人吗?"

"是呀,太太。"我说。

"你姓什么?"那女人问道。

"科波菲尔,太太。"我说。

"那不对,"她说,"没有人用这个姓在这里订过饭。"

"摩德斯通对吗,太太?"我说。

"你就是摩德斯通少爷,"那女人说,"干吗还先说另外那个姓呢?"

我对那女人作了解释,她拉了拉铃,喊道:"威廉!餐厅伺候!"话音未落,只见一个堂倌从院子对面的厨房里跑了出来,他显出非常惊讶的样子,因为他发现让餐厅伺候的就是我。

餐厅很大,里面挂着几幅大地图。如果这些地图是真的国家,把我放在它们中间,我也不知道会不会比现在更感到陌生。我手里拿着帽子,在靠近门口的一把椅子的角上坐下,就这样我都觉着是越轨了。那个堂倌专门为我铺了一块桌布,还摆上了各种调味品,闹得我怪不好意思,我想我的脸一定是通红通红的。

他给我上了排骨和青菜,揭盖子的时候动作很猛,我的反应大概使他感到有些不快。不过他又为我搬了一把椅子,放在桌子旁边,还非常和气地说:"喂,六尺大汉!来吧!"这样一来,我才大大地松了一口气。

我说了声谢谢,便在桌子旁边就了座。使用刀叉,我想不管怎么说也得使得像个样子,我也不想把菜汤溅到身上,可是非常困难,因为那个堂倌就站在我对面,那么使劲儿地盯着我,我每次对上他的目光,都羞得满脸通红,难受得要命。他看见我吃第二块排骨了,就说:

"还给你准备了半品脱啤酒。现在就喝吗?"

我说了声谢谢,让他现在就上。他一听这话,就把啤酒从缸子里倒进一个大酒杯里,对着亮处,举得高高的,把啤酒照得非常好看。

"哎呀!"他说,"看起来还真不少呢,是不是?"

"看起来的确不少。"我笑着答道,因为他对我这么热情,我也很高兴。这个人两眼直眨巴,脸上长着疙瘩,满头的头发向上参着。他站在那里,一只手掐着腰,另一只手对着亮光举着酒杯,显出很和气的样子。

"昨天这里有位先生,"他说,"胖乎乎的,他姓托普索耶,你也许认得他吧?"

"不认识,"我说,"恐怕不……"

"他穿着短裤子,系着绑腿,戴着宽檐儿帽子,穿着灰色上衣,衬着带点儿的硬高领。"堂倌说道。

"不认识,"我不好意思地说道,"我没有那么荣幸……"

"他来到这里,"堂倌一面说,一面隔着酒杯看亮光,"要了一杯这样的啤酒,——我劝他别要,他非要不可——喝下去,倒在地上就死了。对他来说,这酒搁的时间太长了。本不该拿出来,情况就是这样。"

我听了这个悲惨的故事,不禁大吃一惊,就说我想我最好还是喝点儿白水吧。

"我告诉你呀,"堂倌说道,一面仍在闭着一只眼睛,隔着酒杯看亮光,"我们这儿不喜欢客人要了东西又不用。我们会生气的。不过,你要是愿意,我可以替你喝。我喝惯了,最要紧的是得喝得惯。我想,我要是一仰脑袋,一口气喝下去,对我是不会有什么害处的。我喝了好吗?"

我回答说,如果他觉得他喝下去是安全的,不会出什么问题,那就喝吧,我会非常感激他的。在他果真一仰脑袋,一口气喝下去的时候,坦白地说,我还真吓坏了,怕他和那倒霉的托普索耶先生碰上同样的命运,倒在地毯上就不省人事了。其实对他毫无妨碍。我觉得他这杯酒下去,反而更精神了。

"这是什么呀?"他说着就把叉子伸到我的盘子里来了,"不是排骨吧?"

"是排骨。"我说。

"托老天爷的福,"他大声说道,"我还不知道这是排骨哪。喝了那种啤酒,用排骨来解酒,真是再好不过了!怎么这么巧啊?"

于是他这只手捏住骨头,拿起一块排骨,那只手拿起一个土豆,津津有味地吃了起来,我看他这样吃,觉得真好玩儿。后来他又拿起一块排骨,一个土豆;吃完了以后,他又拿起一块排骨,一个土豆。他吃够了,就给我端来了布丁,在我面前放好之后,仿佛就思考起来,好半天,想得出了神。

"这饼怎么样?"他说,这时他又清醒过来了。

"这是布丁呀。"我答道。

"布丁!"他惊讶地说道,"哎呀!上帝保佑,还真是布丁哩!"他又凑到近处看了看,接着说:"你看,这不会是奶油布丁吧?"

"没错儿,就是。"

"怎么,是奶油布丁,"他说着就拿起一把大勺子,"这可是我最喜欢吃的布丁呀!怎么这么巧啊?来呀,小家伙,咱们看谁吃得多。"

当然是堂倌吃得多。他一再让我,叫我多吃点儿,可是拿他用的大勺子和我用的茶匙比一比,拿他那一口和我这一口比一比,拿他的胃口和我的胃口比一比,吃第一口的时候我就落后了一大截,我是没有办法赢他的。我觉得从来没有见谁吃布丁吃得这样津津有味。吃完了以后,他还笑呵呵的,好像那个高兴劲儿还没完呢。

既然我发现这个人这么热情好客,这时候我就问他要了笔、墨水和纸,准备给裴果提写信。他不但马上给我拿来,而且还好心地看着我写这封信。我写完信之后,他就问我到哪里去上学。

我说:"在伦敦附近。"我也就知道这些。

"哎呀,天哪!"他说,脸上显出一筹莫展的样子,"这可太糟糕啦!"

"为什么呀?"我问道。

"哎呀,老天爷!"他说,一面摇了摇头,"就是那个学校,把一个学生的肋条骨都弄断了……断了两根……还是个挺小的学生呢。他大概是……让我想想……你大概几岁啦?"

我告诉他八岁多,不到九岁。

"正是这个年纪,"他说,"他们弄断他头一条肋骨的时候,他正好八岁半,弄断他第二条肋骨的时候,他八岁八个月,这就要了他的命了。"

无论是对我自己,还是对那堂倌,我都无法掩饰这种巧合实在让我感到难受,于是我就问他怎么会弄成这个样子。他的回答并没有解除我的苦闷,因为他只说了两个可怕的字:"打的"。

就在这个时候,院子里驿车喇叭响了,转移了我们的注意力,于是我就站起来,从口袋里掏出钱包(这钱包使我又自豪又不好意思),犹犹豫豫地问他,要不要付什么钱。

"有一张信纸,"他答道,"你以前买过信纸吗?"

我不记得买过。

"很贵呀,"他说,"因为要上税。三便士。在这一带,我们就是这么上税的。除了堂倌以外,就没有什么别的了。墨水就不算了,我白贴进去了。"

"你要……我要……我应该……堂倌给多少合适,请你告诉我。"我红着脸,结结巴巴地说。

"我要不是有孩子,要不是他们在生牛痘,"堂倌说,"我是不会要六便士的。我要不是养活一个上了年纪的老人,还养活一个可爱的妹妹,"堂倌说到这里特别激动,他接着说,"我就分文不要。我要是在这里有一份好差使,而且待遇也不错,我就不但不要别人的钱,还会请别人从我这里得到一点好处。可是我现在吃的是残羹剩饭,睡的是煤堆。"堂倌说到这里,放声大哭起来。

我对他这不幸的遭遇非常关心,觉得如果要有所表示,就不能少于九便士,否则就未免太残酷,太狠心了。于是我就从那三个闪闪发光的先令之中拿了一个给他。他毕恭毕敬地接了过去，马上就用拇指一捻，看看是不是真的。

后来有人帮着我从后面上了驿车，这时候，我发现有人说没人帮我吃，我一个人就把饭都吃光了，心里有些不痛快。我是怎么发现的呢？上车的时候，我偶然听见窗口那个女人对车上的警卫说："乔治，注意照看那个孩子，要不他的肚子就该爆啦！"我还看见女仆都跑出来看我这个小怪人儿，一边看，一边叽叽嘎嘎地笑。我那个在这里做堂倌的不幸的朋友，这时候也来了精神，他看到这种情况，好像并不感到过意不去，反而跟着那些人起哄，一点儿也不觉得难为情。如果说我对他有所怀疑，恐怕一半是从这里引起的，不过我还是认为，就在当时，总的说来，我也没有真正对他有什么不信任，因为孩子单纯，容易相信别人，碰上比自己大的，自然是信赖的（如果一个孩子过早地失掉这些优点而变得老于世故，我会感到难过的）。

我必须承认，我感到很为难，因为我成了车夫和警卫讥笑的对象，而这并不是我的过错。他们说驿车后边太沉了，因为我坐在那里，不如趁早改坐货车去吧。我吃得多的故事也传到驿车外面的旅客耳朵里，他们也都觉得好玩儿，就问我在学校里是不是按哥俩或哥仨的费用交费，是订了合同，还是按一般的条件办，还问了一些别的可笑的问题。但是最糟糕的，是我知道再有机会吃东西的时候，我就没脸再吃什么东西了。虽然刚才吃饭的时候吃得很少，也只好饿上一整夜，因为我走得匆忙，把点心落在旅馆里了。我所担心的事果然发生了。停下来吃晚饭的时候，虽然我很想吃，却鼓不起勇气来，只好坐在炉子旁边，说我什么也不想吃。就这样，我也没能逃脱别人的讥笑。有一位嗓音沙哑的先生，长着一脸横肉，除了对着瓶口喝酒的时候以外，一路上不停地从盒子里拿三明治吃，却说我像一条蟒蛇，一顿饭吃饱了，可以挺很长时间。在这之后他又吃煮牛肉，结果闹了一身红疙瘩。

我们下午三点钟离开亚茅斯，大约早上八点钟到达伦敦。时值仲夏，夜晚行车十分舒服。我们经过一个村子的时候，我就想象住宅里面会是什么样子，里面的人在干什么，有时孩子们跟在车后跑，抓住车后面的什么东西，吊在那里吊一会儿，我就在想他们的父亲是不是还在世呀，他们在家里快活不快活。所以说，我除了不断地想象我要去的地方是个什么样子——一想到这里，我就觉得害怕——我还想到许多事情。我还记得有时候我满脑子想的是家，想的是裴果提，有时候使劲儿回想在我咬伤摩德斯通先生以前，我是怎么想的，我是一个什么样的孩子，但是想不出个头绪，想来想去，还是找不出满意的答案，因为我咬伤他这件事，似乎是老八辈子的事了。

后半夜就不像前半夜那么舒服了，一来天冷，二来他们把我放在两位先生（那个一脸横肉的人，还有另一个人）之间，本来是怕我滚下车去，但是他们一睡着，就挤得我动弹不得，差一点儿把我憋死。有时候，他们把我实在挤得太厉害了，我不得不喊一声："哎，你们别挤啦！"这样一来，就把他们弄醒了，惹得他们好生不高兴。我对面坐的是一位老太太，穿着一件皮斗篷，因为全身裹得很严，黑暗之中像是一堆干草。这位老太太带着一只篮子，老半天不知放在哪里才好，后来看见我的腿短，就觉得可以放在我的腿底下，结果挤得我两腿动也不能动，而且硌得我生疼，难受得要命。可是我要是稍微一动，弄得篮子里的玻璃杯咔的一声磕在别的什么东西上（磕一下，自然是要响的），她就拼命踹我，还说："我看，你还是不要乱动吧。我敢说，你的皮肉还太嫩哪！"

太阳终于出来了，我那些车友们也似乎睡得轻松一点儿了。夜里他们睡得那个吃力，呼噜打得那个可怕，就甭提了。太阳渐渐升高，他们也就睡得越来越轻，随后也就一个一个地醒来了。我记得他们都假装根本没有睡，谁要是说他们睡了，他们就抵赖，而且大发雷霆，使我感到非常惊讶。使我至今仍然感到惊讶的是我每每看到，人虽有各种弱点，但大家最不愿意承认的弱点就是曾在驿车上睡着了。为什么是这样，我百思不得其解。

在我远远地看到伦敦的时候，我觉得它是一个多么奇妙的地方，我怎样认为我喜爱的书中人物一再地在伦敦演出他们那些有趣的故事，以及我怎样模糊地想象伦敦比世界上任何城市都更美好，也更丑恶，这些情况我在这里就不多说了。我们越来越近，最后终于来到我们的目的地——白礼拜堂区的旅店。我忘了它是蓝牛旅店，还是蓝猪旅店，反正是蓝什么东西，驿车的后面还画着它的图像。

那警卫下车的时候,眼光落在了我身上。他在售票处门口问道:"有谁来接一个孩子,是用摩德斯通这个姓在这里登记的,是从萨福克的布伦德斯通镇来的?"

没有人答应。

"先生,请你再用科波菲尔这个姓试一试。"我无可奈何地朝下看着他说道。

"有谁来接一个孩子,是用摩德斯通这个姓在这里登记的,他也姓科波菲尔,是从萨福克的布伦德斯通镇来的?"警卫说道,"哎,有没有?"

没有,没有人来接。我焦急地往四下里看,警卫的问话没有在任何人身上引起反应。只有一个戴着绑腿的独眼龙说,最好给我戴上个铜脖套儿,把我拴在马棚里。

有人拿来一把梯子,我跟着那个看上去像一捆干草的女人下了车,当然是先拿开篮子,否则我是连动也不敢动的。这时候,旅客全下了车,过了一会儿,行李也全卸完了,在这之前,马也已经从车上卸下来,现在那车也由照料车马的人退到一边去了。直到这时,仍然没有人来认领从萨福克的布伦德斯通镇来的这位风尘仆仆的年轻人。

当年鲁滨孙没有别人在一旁看他,也没有人看出他的孤独,所以我感到这时我比他更为孤独。于是我就走进客房部,承蒙值班先生邀请,来到柜台后面,在他们称行李用的磅秤上坐了下来。我坐在这里,两眼望着那些包裹和账本,闻着那马棚的气味(从那以后,我一想起那天早上的情况,就联想起马棚的气味),许多极为重大的问题就接连不断地在我脑海里出现了。假如一直没有人来接我,他们会让我在这里呆多久呢?会让我呆到把七先令全花光吗?晚上我是不是要在行李中间找个木头匣子睡觉,早上在院子里的水泵那儿洗脸呀?还是每天晚上把我赶出去,早上开门的时候再把我放进来,等人把我领走呢?也许并没有出什么差错,只是摩德斯通先生设了这个圈套儿甩掉我,那我可怎么办呢?即便他们让我在这里呆到把七个先令全花光,一旦我开始挨饿了,也就不能指望再呆下去了。那显然会对顾客造成不便,而且让人家讨厌,说不定那个蓝什么旅店还得负担丧葬费呢。我要是马上动身往家走,我怎么认得路呢,我怎么能走那么远呢,即便我回到家里,除了裴果提以外,别人怎样对待我,我有什么把握呢?如果我能找到最近的有关当局,自愿去当兵,或者当一名水手,很可能因为我个子太小,人家不要我。这些想法,还有其他许多类似的想法,使得我浑身发烧。我又害怕,又难过,头昏脑涨。就在我烧得厉害的时候,一个人走进来,和值班先生唧咕了一阵,值班先生就把磅秤一撬,把我掀到一边,然后把我推到那个人面前,仿佛他们把我过了磅,转了手,交了货,付了款。

我和这位新朋友手拉着手走出售票处的时候,我偷偷地看了他一眼。这个年轻人面黄肌瘦,两颊深陷,下巴发青,几乎和摩德斯通先生的下巴一样。不过这相似之处也就到此为止,因为他的络腮胡子剃得光光的,头发不但不亮,而且又干又柴。他穿的那身黑衣裳,也显得又干又柴,袖子和裤腿也都偏短,那条白围巾也不太干净。我当时就认为现在仍然认为这条围巾不会是他身上唯一用亚麻布做的东西,但是露在外面的,或者说看得出的,只有这么一点儿。

"你就是新来的学生吧?"他说。

"是的,先生。"我说。

我想我就是,其实我也不知道。

"我是萨伦学堂的老师。"他说。

我朝他鞠了个躬,心里感到非常害怕。他是萨伦学堂的学者,又是老师,我就不好意思说我还有个箱子,因为这东西太平常了。我们走了一段路之后,我才鼓起勇气,提起这件事。我低声下气含含糊糊地说这箱子我以后也许用得着,我们才转身往回走,回到售票处,他对值班先生说他吩咐赶大车的中午来取。

"请问先生,"我说,这时候我们又走到刚才走到的地方了,"学堂远不远?"

"就在布莱克希思附近。"他说。

"那地方远不远,先生?"我怯生生地问道。

"远着哪!"他说,"咱们得坐驿车去呀。大约有六英里路呢。"

我已经筋疲力尽了,听说还有六英里,我觉得实在受不了。于是我就鼓起勇气对他说,我一夜没吃东西,他要是能让我买点儿东西吃,我会对他感激不尽。他一听这话,似乎感到惊讶——我现在还看见他停下来看我的样子——他考虑了一下,说他打算去看附近一位老太太,我最好买点儿面包,或者别的我最喜欢的有营养的东西,然后到她家里去吃,我们还可以向她要一点儿牛奶喝。

商量好了以后,我们来到一家面包房,往橱窗里看。我要买的东西,他都不赞成,说这些东西吃了要得肝炎。最后我们决定买一小块挺不错的黑面包,花了三便士。后来又在一家食品店买了一个鸡蛋,一片五花咸肉,我用第二个锃亮的先令付钱,找回的零钱我觉得真不少,所以我认为伦敦的东西很便宜。我们带着这些东西在非常吵闹的大街上走,弄得我这本来就发胀的脑袋昏昏沉沉的,简直难以形容。我们还过了一座桥,那肯定是伦敦桥(我的确觉得他是这么对我说的,不过我当时几乎睡着了),最后我们来到那位老太太家里。老太太住在济贫院里,那房子我一看就知道是济贫院,大门上方的石匾上也刻着字,说这些房子是为二十五位贫苦妇女修建的。

济贫院是清一色的小黑门儿,门旁有一个菱形小玻璃窗,门的上方还有一个菱形小玻璃窗。这位萨伦学堂的老师来到一家门前,提起门闩,我们就走了进去。住在这所小房子里的穷苦女人正跪在地上往炉灶里鼓风,想让那小奶锅赶快开锅。她看见老师走进门来,便放下手里的风匣,说了点儿什么,我觉得她说的是"我的查利",随后她看见我也进来了,就站起来,搓了搓手,慌里慌张地行了个半屈膝礼。

"可不可以麻烦你给这位年轻的先生做顿早饭哪?"老师说。

"可不可以?"那女人说,"当然可以呀!"

"费比岑太太今天怎么样?"老师看着另一位老太太问道,这位老太太坐在炉子旁边的一把大椅子上,看上去就像是一捆衣服,我当时没有不小心坐在上面,至今还感到幸运。

"唉,不好哇,"头一个女人说,"今天犯病犯得厉害。这炉子里的火要是碰巧一完,我敢说她也就完了,永远活不成了。"

他们看这个女人的时候,我也跟着看了看。天虽然挺暖和,她却好像光惦记着烤火。我觉得她甚至忌妒炉子上那个小奶锅;我还认为她对使用小奶锅为我煮鸡蛋,煎咸肉,也感到不快,我这样说是有根据的,因为在做饭的过程中，没人注意的时候，我虽然困倦，却亲眼看见她朝我挥动拳头。阳光透过小窗户照进屋里，但是她是背着阳光坐在那里，那大椅子的靠背也是背着阳光，这样她就把炉火遮得严严的，好像是她在尽心尽力地使炉火温暖，而不是炉火使她温暖，而且她还两眼注视着炉火，显出对它极不信任的样子。我的早饭做好了，就把火腾出来了，这使得她极为高兴，不禁大笑起来——我不得不说那是一阵很不好听的笑声。

我坐下来吃我的黑面包、鸡蛋、咸肉，还有一罐子牛奶，那是一顿非常可口的早餐。我正吃得来劲儿的时候，住在这里的那位老太太对老师说：

"你带笛子了吗？"

"带啦。"他答道。

"吹上一段，"老太太怂恿他，"来吧！"

老师一听这话，把手伸到上衣的下摆底下，掏出了他的笛子。这笛子分为三截，他拧在一起，就吹起来。我考虑了许多年之后，仍然认为世上没有人能比他吹得更糟了。我听到过各种声音，无论是天然的，还是人为的，都没有他吹的这么难听。他的表演有什么曲调可言，我很怀疑，即便是有，我也不知道他吹的是什么曲调，不过这曲调对我是有影响的。首先它使我想起我所有的不幸遭遇，几乎流下泪来，其次它叫我倒胃口，最后它还使我昏昏欲睡，睁不开眼。现在回想这段往事，我的眼睛又闭上了，我也又点起头来。我回到了那间小屋，墙角里放着一个三角柜，柜门开着，有几把方靠背的椅子，一溜儿方方正正的小楼梯通到楼上的房间，壁炉前的横板上搁着三根孔雀毛，记得我一进门的时候就曾想过，要是那只孔雀知道它的漂亮羽毛落到这步田地，它会作何感想。所有这些东西都在我面前渐渐消失了，我又点头，我又睡着了。笛声听不见了，能听见的是车轮滚动的声音，我上路了。车轮颠了一下，把我吓醒了，我又听见了笛子的声音，萨伦学堂的老师两腿交叉，坐在那里吹着凄凉的调子，住在那里的老太太在一旁显得很高兴的样子。后来她消失了，老师消失了，一切都消失了，这时候，没有笛子，没有老师，没有萨伦学堂，没有大卫·科波菲尔，什么也没有了，剩下的只有沉睡。

我觉得我在梦中看见住在那里的老太太听他吹的悲哀的曲调,听得兴奋起来,就一点一点往他身边挪动,靠在椅子背后,亲热地使劲搂了一下他的脖子,弄得他不得不停了下来。我当时或稍后一点儿,正处在半睡半醒的状态,因为等他接着往下吹的时候——这就说明他刚才的确停下来过——我就看见而且听见那位老太太问费比岑太太美不美(她指的是那笛子),费比岑太太回答说:"啊,美!美!"还冲着炉火点了点头,这使我感到,她把整个演出的功劳都记到炉火的账上去了。

我在那里打盹好像打了好半天,这时萨伦学堂的老师又把他的笛子拧开,成了三截,放回原处,然后就领着我走了。我们没走多远就找到了驿车,爬上了车顶;不过我实在困死了,所以中途停车上人的时候,他们就把我弄到车里去了,车里空无一人,我就爱怎么睡怎么睡,后来我发现我们的车正在爬一个绿树成阴的小山坡,那山坡很陡,车慢得像走路一样。又过了一会儿,车停了,因为已经到达目的地了。

我们——我指的是我和老师——没走多远就来到萨伦学堂,学堂四周有一堵很高的砖墙,给人一种死气沉沉的感觉。学堂的门开在墙上,门的上方挂着一块匾,上面写着"萨伦学堂"几个大字。我们拉铃叫门的时候,门上小格子窗口出现了一张气呼呼的面孔,看了看我们。门一开,我看见那人是个胖子,长着个大粗脖子,有一条木头假腿,他两鬓突出,头发剪得短短的。

"新来的学生。"老师说。

那瘸子把我从上到下打量了一番——这倒也花不了多少时间,因为我统共那么大点儿——放我们进来,又顺手把门锁上,拔下了钥匙。我们正朝着几棵枝叶茂密的大树覆盖着的房子走去,忽然听见那瘸子冲着老师喊道:

"喂!"

我们回头一看,只见他站在一所小房子门口,手里拿着一双靴子。他就住在这所小房子里。

"给你!"他说,"梅尔先生,你走了以后,皮匠来过,他说这靴子不能再修了。他说原来的靴子一点儿都不剩了,不知你怎么会觉得还能修呢。"

　　随着这话音,他就把靴子朝梅尔先生扔过来。梅尔先生往回走了几步,把靴子捡起来,看了看(我觉得他的样子很可怜),我们就又一起往前走了。这时候,我才第一次注意到,他脚上那双靴子也早就不能穿了,袜子有一处也就要破了,像花骨朵儿一样。

　　萨伦学堂是一座方形砖房,两头各有一翼,显得空荡荡的,没有什么家具。四下里非常安静,我就对梅尔先生说,学生大概都出去了吧。他似乎很惊讶,因为我竟然不知道现在正在放假,学生都各自回家去了,校长克里克尔先生带着太太和小姐到海滨去了,假期把我送来,是因为我做了坏事儿,要对我加以惩罚——这都是我们一边走,他一边告诉我的。

　　他把我领进一间教室里,我定睛一看,从没见过这样荒凉破烂的地方。现在我还看得清清楚楚:那是一间很长的屋子,有三大排书桌,六行长凳,墙上钉着许多大钉子,供学生挂帽子和石板用。地上扔着破烂的习字本和练习本,有几个养蚕用的小房子,是用那些本本儿叠的,乱扔在书桌上。两只可怜的小白耗子,主人走了,只好自己在那用硬纸板和铁丝构筑的散发着霉味的城堡里跑来跑去,睁着红红的眼睛,跑遍各个角落,搜寻可吃的东西。一只小鸟关在笼子里,那笼子比它大不了多少,它在两寸高的横棍上一会儿跳上,一会儿跳下,发出充满哀怨的扑棱扑棱的声音,但是它既不会唱,也不会叫。屋里有一股子很不卫生的怪味儿,像是发了霉的灯心绒、闷坏了的甜苹果和烂糟糟的书本发出的气味。屋里到处洒的都是墨水,即便这房子从一开始就没盖屋顶,天上下雨下墨水,下雪下墨水,下雹子下墨水,刮风也是刮墨水,一年到头都这样,屋里洒的墨水也不会比现在更多。

　　梅尔先生把我丢在教室里,就拿着他那双不能再修的靴子上楼去了。我小心翼翼地朝教室的另一头儿走去,一边走,一边看到了上面说的那些东西。忽然间,我看见一块用硬纸板做的牌牌儿,扔在桌子上,上面写着一笔好字,写的是:"小心!他咬人!"

　　一看这牌牌儿,我马上就爬到桌子上去了,因为我怕至少有一条大狗藏在底下。我心里着急,东张西望,可是连个影子也没有。就在我往四下里张望的时候,梅尔先生回来了,他问我爬到桌子上干什么。

"请原谅,先生,"我说,"对不起,我在找狗呢。"

"狗?"他说,"什么狗?"

"那指的不是一条狗吗?"

"什么指的不是一条狗吗?"

"让人们小心的,先生,那咬人的?"

"不是,科波菲尔,"他严肃地说道,"那指的不是一条狗,而是一个学生。我接到指示,科波菲尔,要把这块牌子挂在你背后。我很抱歉,从一开始就这样对待你,可是我必须这样做。"

他说着就把我从桌子上抱下来,把那块牌子拴在了我的肩膀上。那牌子做得正合适,背在身上就像背着一个背包一样。从那以后,无论走到哪里,我都背着这块牌子,可美啦。

这牌子让我受的那个罪,什么人也想象不到。无论会不会有人看见,我总觉得有人在看那块牌子。有时我一转身,发现身后并没有人,但我并不感到轻松,因为无论我背朝哪里,我总觉得那里是有人的。那个瘸子心眼儿坏,更增加了我的痛苦。他也能管我,一看见我靠在树上、靠在墙上,或贴着房子站着,就站在他的房门口大声吼叫起来:"喂,说你哪!说你哪,科波菲尔!把牌子露出来,要不我就报告去!"有一个院子,沙砾铺地,光秃秃的,是学生们做游戏的地方。这个院子在教室后面,伙房、库房等等也在这里。所以我知道勤杂人员看见过这块牌子,前来送肉的看见过,前来送面包的看见过,总而言之,我早上起来奉命在那里散步,凡是这个时候学堂里出出进进的人都知道要对我加小心,因为我咬人。回想起来,我当时的确害怕自己已经变成了一个胡乱咬人的野孩子。

这个游戏场有扇旧门,学生们好把自己的名字刻在上面,全都刻满了。我害怕假期结束,学生回来,所以每看到一个名字就问自己,他会以什么腔调来念牌子上写的"小心!他咬人!",他会采取什么态度呢。有个学生,名叫詹·斯蒂福,他的名字刻得很深,而且刻了很多遍,我想他一定会用有力的声音念那牌子,然后就来揪我的头发。还有个学生,他叫汤米·特拉德,我怕他会拿这牌子开玩笑,装出被我吓坏了的样子。还有一个叫乔治·丹普尔,我觉得他会把牌子上的话配上曲子唱起来。我看着这扇门,越看越胆怯,后来这些名字的主人——当时学堂里共有四十五个学生,这是梅尔先生告诉我的——好像一致同意都不理我,以各自的腔调齐声喊道:"小心!他咬人!"

我看到书桌和条凳之间的地方,也会产生这样的想法。在我上床以前,或躺在床上,看见那林立的空床时,也会产生同样的想法。我记得每天晚上做梦,梦见和我母亲在一起,她还是原来的老样子,梦见到裴果提先生家里去聚会,梦见坐在驿车顶上旅行,梦见又和我那不幸的堂倌朋友在一起吃饭,在所有这些场合我都弄得人家睁着大眼又喊又叫,因为,算我倒霉,人家发现我什么也没穿,身上只有一件小睡衣,和那块牌子。

生活单调,我又老怕开学,那痛苦实在难以忍受。我每天要和梅尔先生做大量的功课,但是我都完成了,因为没有摩德斯通姐弟两人在场,而且还完成得不错。做功课之前和做完功课以后,我就到处走走,不过要在那个瘸子的监督之下,这一点,我在上面已经说过了。我现在多么清楚地记得:那房子很潮湿,院子里铺地的方块儿石板裂着缝,长着青苔,一个旧水桶已经漏了,几棵阴森森的树,树干也变了颜色,和别的树相比,已是晴天开花少,雨天滴水多。我和梅尔先生,我们一点钟吃午饭,饭厅很长,空荡荡的,里面放着许多松木桌子,到处是油腥味儿,我们坐在离门远的那一头。饭后继续做功课,一直做到下午喝茶的时候。梅尔先生用一个蓝色茶杯喝茶,我用的是一个锡罐儿。梅尔先生整天工作,一直工作到晚上七八点钟。他在教室里单独有一张书桌,上面有钢笔、墨水、尺子、账本、白纸。他忙个不停,结算半年来的账目。晚上在他收拾起东西,准备歇息的时候,就把笛子拿出来吹上一阵。我听到后来几乎觉得他会通过笛子一头儿的大孔把自己一点儿点儿吹进去,又通过下面的眼儿一点儿点儿消失。

现在我又看见我小时候在那昏暗的屋子里,手托着脑袋坐在那里,一边听着梅尔先生悲哀的演奏,一边准备第二天的功课。我又看见自己把书本合上了,依然在听梅尔先生悲哀的演奏,听着听着回想起过去家里的情景,听见了亚茅斯海滩的风在呼呼地刮,感到非常伤心,非常孤独。我又看见自己在那空屋子里朝着自己的床铺走去,坐在床边哭泣,希望裴果提来说上一句安慰的话。我又看见自己清早走下楼来,从楼梯窗口一条可怕的大裂缝望出去,望见挂在小屋顶上的校钟,上面还有一个风标,我心里害怕,因为校钟一响,詹·斯蒂福那帮学生就回来上课了。说起我对未来的恐惧心理,这还是件小事,我最怕的是那瘸子打开生了锈的大门,把克里克尔先生放进来。我认为我在上述任何情况下都不是一个非常危险的人物,却在所有情况下都背着那块牌子,让人们提防我。

梅尔先生从不对我说很多话,但也从不对我粗暴。我们大概是互相做伴儿吧,虽然不说话。我忘了说了,他有时候自己跟自己说话,发笑,攥拳,咬牙,抓头发,不知道是为什么。但他就是这么怪,起初我感到害怕,不过很快也就习以为常了。

第 六 章

我交更多的朋友

这样的生活我过了大约一个月,忽然看见那装着木头假腿的瘸子冬冬地跑来跑去,手里拿着拖把,还提着一桶水。我一看就明白了,这是在做准备呢,克里克尔先生和学生们就要回来了。果然不错,因为那拖把不久就进了教室,把我和梅尔先生撵出来了。有好几天的工夫,我们能在哪儿住,就在哪儿住,能怎么干,就怎么干。不过在这段时间里,有两三个没大见过的年轻女人干活儿,我们老碍她们的事。另外,我们一直在吃灰尘,弄得我老打嚏喷,仿佛萨伦学堂就是一个大鼻烟壶。

有一天,我听梅尔先生说,克里克尔先生当晚就到。那天晚上,喝过茶以后,我听说他已经回来了。睡觉以前,那瘸子来找我,说要带我去见他。

克里克尔先生也住在这所房子里,但他的住处比我们可舒服多了。他还有个舒适的小花园,叫人看了就高兴,和那尘土飞扬的游戏场可不一样,那游戏场简直就是个小型的沙漠,我觉得除了双峰骆驼和单峰骆驼以外,谁在那儿也不会感到舒服的。我似乎是够大胆的,因为就在我哆哆嗦嗦去见克里克尔先生的路上,我还注意到那过道看上去也很舒适。经过引见,我来到克里克尔先生面前,当时我心慌意乱,几乎连克里克尔太太和克里克尔小姐都没看见(尽管她们就在那客厅里),别的也什么都没看见,只看见克里克尔先生,他胖乎乎的,坐在扶手椅上,胸前挂着一条表链,表链上还有许多装饰品,身旁放着一个酒杯和一瓶酒。

"看来，"克里克尔先生说，"这就是那个需要剉掉牙齿的年轻人喽！让他转过身去。"

那瘸子拽着我转过身来，牌子对着克里克尔先生，等他看够了，又拽着我转过身去，让我脸对着他，那瘸子自己就站到克里克尔先生身旁去了。克里克尔先生是红脸膛，小眼睛，眼窝很深，额头上青筋很粗，小鼻子，大下巴。他头顶上的头发已经掉光，剩下的那稀稀拉拉又湿漉漉的头发也已花白，从两鬓往中间拢，在脑门子上聚在一起。这个人的各种情况给我印象最深的，就是他是个哑嗓子，说话不出声。他说的时候，因为很吃力，也许是因为意识到自己讲话软弱无力，那怒气冲冲的面孔就更加怒气冲冲，额头上那很粗的青筋也更粗了。回想起来，我把这看做他的主要特点，也就毫不奇怪了。

"我说，"克里克尔先生说，"这孩子有什么情况？"

"他还没有什么不是，"瘸子答道，"还没有机会呢。"

我觉得克里克尔先生听了这话是感到失望的。但我觉得克里克尔太太和小姐（这时候我才看了她们一眼，她们都很瘦，一声不吭）并没有感到失望。

"过来点儿，你。"克里克尔先生说着向我招了招手。

"过来点儿。"瘸子说，也作了同样的手势。

"我有幸认识你的继父，"克里克尔先生揪着我的耳朵哑着嗓子说道，"他可是个好人，性格很坚强。他了解我，我也了解他。你了解我吗，啊？"克里克尔先生说道，一面乐呵呵地拼命揪我的耳朵。

"还不了解，先生。"我一面说着，一面疼得往后缩。

"还不了解，啊？"克里克尔先生重复了一遍我的话，"不过你很快就会了解，啊？"

"你很快就会了解，啊？"瘸子重复了一遍。后来我发现因为他说话声音大，克里克尔先生对学生讲话的时候往往让他当翻译。

我一听这话大吃一惊。我说，对不起，我也希望那样。我一直觉得好像耳朵在冒火，他可揪得真厉害。

"我来告诉你我是什么人，"克里克尔先生哑着嗓子说道，这时他又拧了一下我的耳朵，然后松了手，疼得我眼泪都流了出来，"我是个鞑靼①。"

"鞑靼。"瘸子说。

"我说要做一件事,就一定要做,"克里克尔先生说,"我说叫谁做什么,谁就得做什么。"

"叫谁做什么,谁就得做什么。"瘸子重复了一遍。

"我这个人,性格坚强,"克里克尔先生说,"我就是这样一个人。我尽我的责任,我就是要这样做。我的亲骨肉,"(说到这里,他看了看克里克尔太太。)"要是敢冒犯我,就不是我的亲骨肉。我就让他滚蛋。那个家伙,"(他问那瘸子)"又来过没有?"

"没有。"瘸子答道。

"没有,"克里克尔先生说道,"他知道不能再来。他了解我。让他躲得远远的。我看,就让他躲得远远的,"克里克尔先生说道,一面拍桌子,一面看了看克里克尔太太,"因为他了解我……现在你也该了解我了吧,年轻的朋友,好啦,你可以走了……把他带走。"

他吩咐下面把我带走,我很高兴,因为克里克尔太太和小姐都在那里擦眼抹泪,我不但为自己,也为她们感到难过。可是我心里还有一项要求,对我至为重要,就提了出来,虽然我自己也不知道怎么会有那么大的胆量。我说:

"我求你,先生……"

克里克尔先生哑着嗓子说:"啊!什么事儿?"两只眼睛死死地盯着我,好像放出火舌要把我烧掉。

"我求你,先生,"我战战兢兢地说,"能不能在学生回来之前让我把这牌子摘掉。先生,我的确非常悔恨过去做过的事。"

克里克尔先生一听这话,马上从椅子上跳起来,他究竟是真想对我动手,还是只想吓唬吓唬我,我就不知道了,反正我赶紧溜哇,也顾不上等那瘸子带我走了,哪里也不敢停,一口气跑回宿舍,看看没人追来,我就上了床,因为已经到了睡觉的时间,我躺在床上还哆嗦了两三个钟头呢。

---

① 古时中亚北部人,此处意为脾气暴,难对付。

第二天早上,夏普先生回来了。夏普先生是高级教师,比梅尔先生的身份高。梅尔先生和学生们一起吃饭,夏普先生则与克里克尔先生同桌进午餐和晚餐。我觉得他是一个细声细气弱不禁风的人,大鼻子,好把脑袋歪向一边,仿佛脑袋太重,有点儿支撑不住的样子。他的头发非常光滑,有波纹;不过后来我听头一个返校的学生说那是假发(听他说,还是买的旧货),而且夏普先生每礼拜六下午都要出去把那假发重新卷一卷。

告诉我这件事的不是别人,而是汤米·特拉德。头一个返校的学生就是他。他做自我介绍的时候对我说,我可以在大门右上角的一个门闩的上方找到他的名字。听他这么一说,我就说:"特拉德?"他说:"正是。"随后他就叫我把自己和家里的情况详细说一说。

特拉德头一个返校,这对我是很有利的。他觉得我的牌子很有趣,因此无论是大孩子小孩子,一回来,他就把我介绍给他们,他是这么说的:"看哪!这儿有个好玩儿的东西!"这就省得我亮也不是,藏也不是,左右为难了。还有一件值得庆幸的事,大部分学生返校的时候都情绪不好,不像我预料的那样拿我穷开心。有几个学生的确在我周围手舞足蹈,像野蛮的印第安人一样,大部分人经不起诱惑,真的把我当做一条狗,在我身上拍两下,胡噜胡噜,怕我咬人,他们还说:"躺下,老兄!"还管我叫"淘子"。当着这么多生人的面,我当然下不来台,流了不少眼泪,不过总的说来,情况比我原来想象的要好多了。

然而,我现在还不能算正式入学,要等詹·斯蒂福回来才行。他是大家公认的大学问家,长得也很帅,至少比我大六岁,他们带我去见他的时候,就像见地方长官似的。在游戏场上一个凉棚底下,他问了我受罚的详细情况,觉得很有意思,他说他认为这种做法"很可笑"。从那以后,我对他特别亲近。

"你有多少钱,科波菲尔?"他像上面那样对我这件事下了断语之后,和我一边走,一边问道。

我说有七先令。

"你最好交给我,我来替你收着,"他说,"你要是乐意,就这么办。要是不乐意,就拉倒。"

对于他好心出的主意,我连忙照办。我打开裴果提给我的钱包,底儿朝天,把钱全倒在他手里了。

"你现在想不想花一点儿?"他问道。

"不,谢谢。"我说。

"你知道,你要是想花,是可以花的,"斯蒂福说,"说一声,就行了。"

"不,谢谢,先生。"我又说了一遍。

"过一会儿,到了寝室里,说不定你想花两三个先令买一瓶葡萄酒吧?"斯蒂福说,"据我了解,你就住在我的寝室里呀。"

我可从来没有这样的想法,不过我还是说,好吧,我同意。

"很好,"斯蒂福说,"我敢说,你一定愿意再花一两个先令买杏仁饼吧?"

我说,好吧,我也同意。

"再花一两个先令买饼干,再花一个先令买水果,啊?"斯蒂福说道,"我看,小科波菲尔,你花钱花得好厉害呀!"

我笑了笑,因为他笑了,不过我心里可直打鼓。

"唉,"斯蒂福说,"这钱,咱们得尽量多花些时候,没有别的意思。我一定尽我所能来帮助你。我想出去就出去,还能把吃的东西偷偷地弄进来。"他说完了,就把钱放进自己的口袋里,而且好心地对我说,叫我只管放心,他会十分小心,不会出什么差错。

他果然说到做到,这就算没出差错吧。我原先暗自怀疑,恐怕出了大的差错,因为我心中嘀咕,怕母亲给我的两个半克朗硬币是白扔了,虽然我把包硬币的那块纸珍藏起来了。等我们上了楼,准备睡觉的时候,他就把价值七先令的东西都拿出来,放在我床上有月光的地方,说道:

"你看,小科波菲尔,你这是开皇家宴会哪!"

我当时年纪小,又有他在场,我不敢妄想主持这样的宴会,一想到主持宴会,我就两手发抖。我求他替我主持,屋里另外几个学生也赞成,他就接受了这个请求,坐在我的枕头上,把那些好吃的东西分给大家吃——我必须说,分得很公平——他还把那葡萄酒倒进一个没有脚儿的玻璃杯里,这玻璃杯是他个人的财产。我呢,就坐在他的左边,别的学生都围着我们,有的坐在旁边的床上,有的就近席地而坐。

我清清楚楚地记得,我们坐在那里低声说话——我应当说他们说话,我只是恭恭敬敬地听着。月光从窗口照进来,照在窗前的地上,画出一个灰白色的窗户的轮廓。我们大都坐在暗处,只有在斯蒂福想在桌上找什么东西,把火柴往磷盒里一蘸的时候,才有一道青光把我们照亮,但这青光马上就消失了。因为黑,又是秘密聚会,而且只能小声说话,回想起来,我不知不觉又产生了当时那种神秘的感觉。他们说什么我都听着,心里好像感到既严肃又恐惧,在这种情况下,我就觉得他们都离我很近,使我感到高兴,同时特拉德假装看见墙角里有鬼,虽然我也装出笑的模样,内心却非常害怕。

我听到了关于学堂本身的五花八门的情况,还有与学堂有关的各种情况。我听说,克里克尔先生自称鞑靼,不是没有原因的;听说他是最严厉最苛刻的老师;听说他时时刻刻都在四面出击,像骑兵一样冲到学生堆里大砍大杀,毫不留情。听说他就知道大砍大杀,别的学问一概没有,连学堂里最美的学生都不如(这是詹·斯蒂福说的);听说许多年前,他是巴洛区的一个小商人,经营啤酒花,后来破了产,把老婆的钱也花光了,才改行办学的——我还听到别的许多类似的情况,不知他们是怎么知道的。

我听说,那个装着木头假腿的瘸子名叫滕盖。他既固执,又粗鲁,过去曾帮着克里克尔先生经营啤酒花,学生们估计他就是在为克里克尔先生效劳的时候跌断了腿,并且为他做过一些不光彩的事,又知道他的底细,所以能跟他一起办起学来。听说滕盖认为全学堂的人,老师也好,学生也好,除了克里克尔先生一人以外,都是他天生的敌人,他生活中唯一的乐趣就是待人歹毒、刻薄。听说克里克尔先生有个儿子,与滕盖不和,原来也在学堂里帮着做些事情,不过有一次因为父亲执行校规过于残酷,他向父亲发了一些怨言,据说除此以外,他还对父亲对待母亲的方式不满。听说克里克尔先生因此就把他赶出家门,从此以后克里克尔太太和小姐就都处于悲惨的境地。

我听见的关于克里克尔先生的事情,最奇怪的是学堂里有个学生,他从来不敢触动,那就是詹·斯蒂福。斯蒂福本人听到别人这么说,也承认,而且说我倒愿意让他试试。一个性情温和的孩子(可不是我)问道,假如他真的试了,怎么办。斯蒂福故意把火柴往磷盒里一蘸,发出一道亮光来衬托他的回答,一边说道:他要先用壁炉前横板上价值七先令六便士的墨水瓶砸他的脑门子,把他打翻在地,再作道理。我们听了,在黑影里呆坐了好半天,连气也不敢出。

我听说夏普先生和梅尔先生的待遇都低得可怜。夏普先生和克里克尔先生同桌吃饭,桌上要是有冷菜和热菜,可以预料他总是要说他喜欢吃冷的——此事詹·斯蒂福可以作证,他是唯一与校长一起进餐的学生。我还听说夏普先生的假发戴着并不合适,他不必那样"神气活现"——也有人说他不必那样"趾高气扬"——因为他脑袋后面的红头发露在外面,是很明显的。

我还听说有一个学生,父亲做煤炭生意,他来上学可以抵账,因此大家管他叫"交换",或者叫"易货贸易",这是从算术课本里选来的词儿,来说明他们这种安排。听说饭桌上的啤酒是向学生家长敲竹杠敲来的,那布丁也是强迫人家提供的。听说学堂里的人都认为克里克尔小姐在和斯蒂福谈恋爱,当时我坐在黑影里,想到他那悦耳的声音,俊秀的面孔,潇洒的举止,拳曲的头发,肯定认为那是非常可能的。听说梅尔先生这个人并不坏,但是他连六个便士也不趁,他母亲梅尔老太太穷得和约伯①一样,这是毫无疑问的。我当时想到我那顿早餐,想到那句像是"我的查利!"的打招呼的话,但是我像哑巴一样,一声没吭,现在想起这件事,我感到很高兴。

听他们说这些事,还有许多别的事,可比我们的宴会花的时间多。吃喝过后,大部分客人马上就睡觉去了。我们几个留下的人,衣裳已经脱了一半儿,还有的说,有的听,最后也各自睡觉去了。

"晚安,小科波菲尔,"斯蒂福说道,"我会照顾你的。"

"你真好,"我怀着感激的心情回答道,"我非常感谢你。"

---

① 据《旧约·约伯记》说,约伯笃信上帝,为考验他的忠诚,上帝使他在一天内失去所有财富和儿女,从富人变为穷人。

"你有姐姐吗?"斯蒂福说着打了一个哈欠。

"没有。"我回答说。

"真可惜,"斯蒂福说,"你要是有个姐姐,一定是个又漂亮,又胆小,个子不大,眼睛发亮的姑娘。我会很想认识她的。晚安,小科波菲尔。"

"晚安,先生。"我答道。

上床以后我还想了他半天,记得我还欠起身子看他,只见他躺在月光中,他那漂亮的脸朝上,头枕着胳膊,显得很舒服的样子。在我眼里,他是个很有势力的人,这当然也就是我老想到他的原因。在月光中,他的未来没有显出些许端倪。我梦见彻夜在花园里徘徊,也没有隐隐约约看到他的足迹。

第 七 章

我在萨伦学堂的"第一学期"

第二天,学堂正式开学。我记得,教室里本来是一片喧嚣,忽然变得鸦雀无声,因为克里克尔先生吃过早饭,来到教室,他站在门廊里扫了我们一眼,就像故事书里说的巨人审察俘虏一样。这件事,给我留下了深刻的印象。

滕盖站在克里克尔先生身边。我觉得他没有必要那样声嘶力竭地大喊"安静",因为学生们都吓得一声不吭,一动不动了。

学生们看着克里克尔先生说话,听见的却是滕盖的声音,主要内容是:

"同学们,新学期开始了。在这个新学期里,你们一举一动都要小心。我劝你们要以充沛的精力好好学习,要不我就以充沛的精力来处罚你们。我不会手软。你们搓啊,揉啊,都无济于事,我给你们留下的痕迹是搓不去,揉不掉的。现在,都快学习去吧!"

那可怕的开学典礼结束以后,滕盖便拖着假腿冬冬地走了。克里克尔先生走到我坐的地方,对我说,要是我咬人出了名,他也是咬人出了名的。接着他就让我看他手里的藤子棍儿,问我拿这东西和牙齿相比怎么样。是不是抵得上一颗尖牙,嘿?是不是抵得上一对牙,嘿?这牙是不是很长,嘿?咬不咬人,嘿?咬不咬人?他每问一句,就用那藤子棍儿抽我一下,像用刀子割肉,疼得我不停地扭动。所以,没有多久我就享受了萨伦学堂的一切权利(如斯蒂福所说),没有多久我就眼泪汪汪了。

这并不是说只有我才有这份殊荣。恰恰相反,大部分学生(尤其是年纪小的），在克里克尔先生在教室里来回巡视的时候，都受到了类似的关怀。这一天的功课还没开始，就有半数学生被打得扭动、哭叫；这一天的功课结束之前，又有多少学生被打得扭动、哭叫呢，我实在不敢想，因为我怕有夸大之嫌。

我觉得任何人都不会比克里克尔先生更喜欢自己那份职业了。他抽打学生取乐，就像贪得无厌的人得到满足一样。我认为胖乎乎的学生对他的吸引力特别大，这样的学生能使他着迷，使他焦躁不安，非在放学之前收拾收拾他们不可。我自己就胖乎乎的，所以我很清楚。现在我一想起这家伙，准气得发昏，并不是因为我个人的遭遇而气愤，即使我不曾落到他手里，只要我了解了他的所作所为，我也同样会感到气愤。但是我的确气得头昏脑涨，因为我知道此人别的不会，只会祸害人，他没有资格受到那样大的信任，正如他没有资格当海军上将，没有资格当总司令，即便他当了海军上将，或者当了总司令，也远不至于像现在这样干这么多坏事。

我们这群可怜的孩子得讨好一个毫无怜悯之心的凶神，我们在他面前显得多么卑贱啊！现在回想起来，他是那样一个德行，而我对他却要卑躬屈膝，我的生活怎么一开始就是这个样子呢？

现在我又回想起坐在课桌前留意看他眼神的情景：我低三下四地留意看他的眼神，他在用尺子给另一个学生往算术本上划格子，那个学生倒霉，刚被他用那把尺子打过手掌，正用手绢擦手，以为擦擦就不痛了。我有很多功课要做，不是闲着没事儿才看他的眼神，而是因为我感到他有一种不正常的吸引力，我心里害怕，很想知道他还要干什么，是该轮到我挨打了，还是该轮到别的什么人。挨着我坐的有两排小学生，怀着同样的心理，也在注意他的眼神。这情况，我觉得他明明知道，却装作不知。他在学生的算术本上划格子的时候，嘴眼歪斜，可怕极了。现在他斜眼往我们这边一扫，我们都连忙低头看书，哆嗦起来。过了一会儿，我们又看他。有个学生倒霉，作业做得不好，听见他召唤，走上前去。这学生支支吾吾地说了一些理由，还说明天一定好好地做。但是克里克尔先生还是揍了他一顿。揍他之前，说了一个笑话，我们也都笑了——我们这群可怜的小狗虽然笑了，却脸色煞白，像灰一样，心也都提到嗓子眼儿了。

现在我又回想起坐在课桌前的情景:那年夏天,一天下午,热得让人犯困。我周围是一片嗡嗡声,好像同学们个个都是绿头苍蝇。我们一两个钟头以前刚吃过午饭,那半冷不热的肥肉叫人腻得慌,我的脑袋好像是铅做的那样沉。只要让我睡上一觉,让我给什么都行。我坐在那里望着克里克尔先生,像只小猫头鹰那样冲着他眨巴眼;有一阵儿,困劲儿上来了,睡梦之中我依然看见他在那里往算术本上划格子,后来他轻轻地走到我身后,在我背上抽起了一道红印子,这样一来我就醒了,看他也看得较为清楚了。

现在我又回想起游戏场上的情景:我在游戏场上虽然看不见克里克尔先生,两只眼睛却还老惦记着他。我知道他吃饭的地方离某个窗户不远,这窗户就成了他的象征,我看不见他本人,就看这窗户。他要是在靠近窗口的地方一露面,我脸上就显出一副恳求与顺从的表情。他要是隔着玻璃往外看,就连最大胆的学生(斯蒂福除外)也会刚喊半声就不喊了,马上低头沉思起来。有一天,特拉德(他是世界上最倒霉的学生)不小心把球踢到窗户上,打碎了玻璃。这是我亲眼所见,当时我就觉得这球落到克里克尔先生那神圣不可侵犯的脑袋瓜子上了,害怕得不得了,现在回想起来,还感到不寒而栗。

特拉德可真可怜!他那身天蓝色的衣服特别瘦,把他的胳膊和腿勒得像德国香肠,也可以说像果酱布丁。他是一个最快活也最痛苦的学生。他老挨棍子——记得那个学期,他每天都要挨一顿棍子,只有一个星期一除外,那天赶上假日,只打了两只手的手掌——还老说要给他叔叔写信,告诉他这件事,可从来也没见他写。挨了打以后,他只是把头搭在桌子上趴一会儿,不知怎地情绪就好了,又笑起来,在石板上画满了骷髅,他的眼泪还没干呢。起初我老纳闷,特拉德画骷髅能有什么乐趣;有时候我把他看成一种隐士,因为他用那些死亡的标志来提醒自己,挨棍子是不会没有尽头的。不过我现在认为他画骷髅只是因为骷髅好画,眉眼儿什么的都可以不画。

特拉德很讲义气,他就是这么一个人。他认为同学之间互相支持是一项严肃的义务。他这种看法使他吃过好几次苦头;特别是有一次,斯蒂福在教堂里发笑,教区事务员以为是特拉德干的,就把他揪了出去。我现在仿佛还看见他被押解出去的情景,在场的教友都对他投以鄙视的眼光。第二天,他可受了大罪,他还被关了好几个钟头的禁闭,等他出来的时候,他那本拉丁文字典里画满了骷髅,整个教堂墓地里的骷髅都画在里面了,但他始终没有说出真正的肇事者。不过他也得到了报酬。斯蒂福说特拉德不是那号专打小报告的人,我们都觉得这样的评语是最高的赞扬。至于我,虽然我远没有特拉德那么勇敢,年纪也没有他那么大,却会经受很大的痛苦来争取这样的奖励。

看着斯蒂福和克里克尔小姐在我们前面挽着胳膊朝教堂走去,这是我有生以来看到过的最精彩的场面之一。我觉得克里克尔小姐在美貌方面无法与小艾米丽相比,而且我也不喜欢她(我不敢哪!);不过我觉得她是个非常动人的姑娘,举止文雅,无人可比。我看见斯蒂福穿着白色长裤,为姑娘打着阳伞,就觉得自己因为有他这样一个朋友而自豪,而且我相信那姑娘也不会不一心一意地爱他的。在我眼里,夏普先生和梅尔先生都是赫赫有名的大人物,不过要是拿斯蒂福和他们相比,就和拿太阳与两颗星星相比一样。

斯蒂福继续保护着我,帮了我很大的忙,因为有幸得到他支持的人,谁也不敢得罪。不过他无法帮助我,或者说他反正没有帮助我来对付克里克尔先生,而克里克尔先生对我是非常严厉的。但是如果我受的罪出了格儿,他总说我缺少他那股子劲,要是换了他,他是不会忍受的。我认为这是他对我的鼓励,觉得他待我真好。克里克尔先生对我严加处置,也有一项好处,就我所知,也只有这一项好处。他在我坐的长凳后面走来走去,想顺便给我一棍子,这时候他就发现我那块牌子碍事。由于这个原因,牌子不久就摘掉了,从这以后我再也没见过那块牌子。

一件偶然发生的事使我和斯蒂福的关系更为密切,使我感到很光荣,很得意,虽然有时也带来一些不便。有一次我很荣幸,他在游戏场上和我说话,我无意中说起某件事也许是某个人——现在记不清究竟是什么了——很像《佩里格林·皮克尔》一书中的某件事或某个人。当时他什么也没说;可到了晚上,我正要上床睡觉的时候,他问我身边有没有那本书。

我说没有,我还告诉他我是在什么情况下读了这本书,读了我在前面提到的那些书。

"那你还记得吗?"斯蒂福说道。

我说,当然记得。我记性好,我相信记得很清楚。

"我看,咱们这样吧,小科波菲尔,"斯蒂福说,"你把这些书的内容讲给我听。晚上,早了我也睡不着,早晨,我又常常醒得很早。咱们一本一本地来。这就赶上《天方夜谭》了。"

这个计划使我受宠若惊,当天晚上就付诸实施了。在讲述过程中,我对我所喜爱的那些作家造成了多大的损害,我说不出来,也根本不想知道;但是我对他们都很有信心,而且很有把握,我讲的东西都是以朴实认真的态度讲述的;这两方面都产生了很好的效果。

缺点是我有时候晚上犯困,或者情绪不好,不想接着往下讲,这样一来就很难了,可是又非讲不可,因为叫斯蒂福失望,或者让他感到不快,那是万万不行的。早晨也是这样,怪困得慌的,很想美美地再睡上一个钟头,却要像山鲁佐德王后①那样,不到打起床铃的时候就得起来,讲一段很长的故事,这实在让人厌烦。然而斯蒂福决心已定;同时,作为回报,我的算术、练习以及功课中感到困难的地方,他都给我解释,所以在这笔交易中我也不吃亏。不过我还得为自己说句公道话。我为他这样做,并不是贪图什么好处,或者有什么个人打算,也不是因为我怕他。我崇敬他,喜欢他,只要他接受我这份情谊,就是最好的回报了。对于他这种回报,我是非常珍惜的,所以现在回想起这些琐事,心中还隐隐作痛。

斯蒂福对我也是很体贴的,在这一方面,有一次他表现得特别坚决,我估计特拉德和别的同学都会有点儿眼馋了。裴果提答应给我写的信——这封信对我是多大的安慰呀!——开学后没过几个星期就寄到了,随信还有一个蛋糕,周围摆了很多橘子,另外还有两瓶樱草酒。这些好东西,我都规规矩矩地放在斯蒂福面前,请他处理。

"我看,咱们这样吧,小科波菲尔,"他说,"这酒就留着等你讲故事

---

① 《天方夜谭》主人公,因每晚给波斯王讲一段故事,才免遭其杀害。

的时候润嗓子吧。"

我一听这话,脸就红了,谦虚地请他不要把这件事挂在心上。但是他说他注意到了,我有时嗓子发哑——嘶啦嘶啦的,这是他的原话——这酒,每一滴都必须用来给我润嗓子。于是他就把酒锁在他的箱子里,等他认为我需要润嗓子的时候,亲自把酒倒到一个小瓶里,在软木塞里插上羽毛管,让我饮用。有时候,为了加强这酒润嗓子的效果,他还特意挤点儿橘汁在里面,或者放上一点儿姜,或者滴上一滴薄荷油,虽然我不敢说这样一来味道更好,也不敢说晚上睡觉之前和早上起床之后谁就准喜欢这种饮料,但我还是怀着感激的心情喝了,并且深深地体会到他对我的关怀。

我觉得好像我们讲《佩里格林》就讲了好几个月,讲别的故事也讲了好几个月。我敢说,我们这个机构决没有因为没故事可讲而显得无聊,那酒也差不多一直喝到最后。那可怜的特拉德——我一想到这个同学就有一种特殊的感情,一方面想笑,可同时眼睛里又含着泪——他总爱插科打诨,碰到可笑的情节,他就假装笑得前仰后合,碰到惊险的情节,他就假装吓得胆战心惊。不过这也常常使我讲不下去。我记得他的拿手好戏就是在我讲吉尔·布拉斯的冒险活动时,每次提到西班牙警官,他就假装吓得上牙碰下牙;我还记得有一次我讲到吉尔·布拉斯在马德里碰上强盗头子,特拉德假装吓得浑身发抖,不巧让正在走廊里巡视的克里克尔先生听见了,说他在寝室里胡闹,把他结结实实地揍了一顿。

如果说我本来就有点儿爱好幻想,喜欢传奇,由于老摸着黑儿讲故事,就更有所发展;在这一方面,讲故事这件事对我本不会有很大好处。可是我在寝室里受到大家的宠爱,我还意识到我会讲故事这件事很快就在同学中间传开了,虽然我年纪最小,却很受重视,因此我也特别卖力。如果一个学校全靠残暴手段来维持,那么无论主持人有知识还是没有知识,学生都不可能学到很多东西。我认为,总的说来,我们这帮学生是世上所有学生之中最无知的一帮学生了;他们受到的干扰,受到的粗暴待遇,太厉害了,没法学习。一个人要是老感到不幸,感到苦恼,感到忧虑,他做什么也做不好,这帮学生又怎么能学得好呢?不过我有点儿爱面子,再加上斯蒂福的帮助,还真促使我好好学;虽说未能使我少受许多惩罚,当然也不是一点儿作用都没有,却使我在校期间与众不同,因为我的确踏踏实实地学到了一星半点儿的知识。

在这方面,我得到梅尔先生许多帮助。他对我有好感,我很感激他,始终不能忘怀。当时斯蒂福老爱作践他,轻易不放过一个机会来伤他的心,或者怂恿别人来伤他的心。我看到这种情况,总感到很痛苦。有很长一段时间,我苦恼得更厉害,因为我要是有一块点心或者别的什么物品,从不背着斯蒂福,有什么秘密也同样不背着他,没过多久,我就把梅尔先生带我去见那两个老太太的事儿告诉他了;我老怕他把这件事捅出去,用来讥笑梅尔先生。

我敢说,那头一天早上,我吃着吃着饭就听着笛声在那孔雀翎下面睡着了,当时我们谁也没想到我这个无足轻重的人来到那济贫院会有什么后果。但是这件事是有后果的,只不过还没有显示出来罢了,而且不但有,还有其一定的严重性。

有一天,克里克尔先生因病留在家里,这自然给整个学堂带来了欢乐,上午上课的时候,嚷嚷得很厉害。学生们一来放松,二来得意,很不听话。虽然令人望而生畏的滕盖拖着木头假腿来过两三次,而且把领头闹事的几个学生的名字记了下来,学生们并不觉得有什么大不了的,因为他们心里有数,不管他们干什么,明天都会有麻烦,还不如索性今天乐一乐。

那天是星期六,按说应该放半天假。但是在游戏场上打闹会影响克里克尔先生休息,况且天气不好,也不宜外出,所以就要求我们下午都呆在教室里做功课,那功课比平时容易一些,是临时安排的。那天正是夏普先生每周一次出去卷假发的日子,所以梅尔先生一个人在学堂里钉着,因为不论什么苦活儿,一向都是他干。

要是梅尔先生这样温和的人能使我联想起牛和熊,那么那天下午闹得最厉害的时候,他就使我想到一头牛或者一只熊被一千条狗激怒的情况。我记得他那天头疼,他用皮包骨头的手托着脑袋,趴在案头看书,尽力挣扎着坚持做那无聊的工作,周围的吵闹声能叫下院议长发昏。学生们跑来跑去,玩起了"抢占墙角"的游戏;有的笑,有的唱,有的说,有的跳,有的吼,有的慢条斯理地走,有的围着他转,他们龇着牙笑,做着鬼脸儿,在他背后或者在他面前学他的样儿——模仿他穷,模仿他穿靴子,模仿他穿褂子,模仿他母亲,凡是他们应该对他表示同情的地方,他们都加以模仿。

"安静!"梅尔先生突然站起来喊道,他还把一本书摔在桌子上,"这是干什么?真叫人受不了。简直叫人发疯。同学们,你们怎么能这样对待我?"

他摔在桌子上的那本书是我的。当时我站在他身旁,顺着他的眼光往四下里一看,看见所有同学都静下来了,有的突然感到惊讶,有的有些害怕,有的大概后悔了。

斯蒂福的位子在那狭长教室的另一头。当时他倚在墙上,两手插在口袋里,两眼看着梅尔先生,他把嘴唇收拢,好像在吹口哨,这时梅尔先生一眼看见了他。

"安静,斯蒂福先生!"梅尔先生说。

"你安静,"斯蒂福红着脸说,"你在跟谁说话哪?"

"坐下。"梅尔先生说。

"你坐下,"斯蒂福说,"别多管闲事。"

有人暗自发笑,有人拍了拍手。但是梅尔先生脸色煞白,所以紧跟着又安静下来,有一个学生从他身后蹿出来,本想再模仿一次他的母亲,这时也改变了主意,假装要修钢笔。

"斯蒂福,"梅尔先生说,"你要是以为我不知道你在这里称王称霸,"——说到这里,他无意识地(这是我的猜想)把一只手放在我的头上——"或者以为我没看见你刚才怂恿年纪小的学生变着法儿来气我,那你可就错了。"

"我根本就没想到你,我不操那个心,"斯蒂福以冷淡的口气说道,"所以,实际上,我没有错。"

"你要是利用你在这里受到的偏爱,先生,"梅尔先生接着说,他的嘴唇抖得厉害,"来侮辱一位绅士……"

"一位什么?……他在哪儿?"斯蒂福说道。

这时候,忽然有人喊道:"真丢人,詹·斯蒂福!太不像话啦!"这说话的是特拉德,梅尔先生叫他住口,马上把他顶了回去。

"来侮辱一位苦命的人,他可从来没在任何事情上得罪过你呀,先生,有种种原因,你不该侮辱他,你也不小了,又不是不明事理,应该明白这个道理呀!"梅尔先生说着,嘴唇哆嗦得越发厉害了,"你做的事又卑鄙,又可耻。坐下,还是站着,随你的便吧,先生……科波菲尔,继续做功课吧。"

"小科波菲尔,"斯蒂福说着向前面走来,"等一下。你听着,梅尔先生,我可就说这一次:你既然放肆地用卑鄙、可耻这一类的字眼来骂我,你就是个无耻的叫化子。你本来就一直是个叫化子,这你是知道的;但是你既然骂了我,你就是个无耻的叫化子。"

究竟是他想打梅尔先生,还是梅尔先生想打他,还是两个人都有动手的意思,我现在也说不清楚。我只看见全学堂的人都愣住了,好像都变成了石头,我还发现克里克尔先生站在我们中间,滕盖站在他旁边,克里克尔太太和小姐站在门口往里看,好像很吃惊的样子。梅尔先生把胳膊肘子支在桌子上,两手托腮,坐在那里半天一动不动。

"梅尔先生,"克里克尔先生说着抓住他的胳膊晃了晃——当时他哑着嗓子说话,声音却很大,所以滕盖觉得没有必要再重复他的话——"我希望你没有忘记自己的身份吧?"

"没有,先生,没有,"这位老师答道,他抬起头来,摇了摇头、两手搓来搓去,显出极为焦躁不安的样子。"没有,先生,没有。我记得自己的身份;我……没有,克里克尔先生,我没有忘记自己的身份;我……我记得自己的身份,先生。我……我……真希望你早一点儿来提醒我,克里克尔先生。那……那样的话,你就更仁慈啦,先生,更公正啦,先生。而且还会省掉我一些麻烦,先生。"

克里克尔先生一边两眼紧盯着梅尔先生,一边扶着滕盖的肩膀,跳上旁边的一条长凳,坐在了书桌上。克里克尔先生坐在这宝座上,盯着梅尔先生,看他摇头、搓手,还是那样焦躁不安,看了一会儿,就转身对斯蒂福说:

"既然他不肯放下架子向我说明情况,先生,你来说说,这究竟是怎么回事?"

斯蒂福迟疑了一下,没有回答,他以鄙视和愤怒的眼光看着他的对手,一声不吭。就是在这个间隙里,我记得,我也情不自禁地觉得,他看上去是一个多么高尚的人,而相形之下,梅尔先生又是多么平凡,多么丑陋。

"让我说,我就说,他刚才说偏爱是什么意思?"斯蒂福终于说话了。

"偏爱?"克里克尔先生重复道,这时候,他额头的青筋很快就鼓起来了,"谁说偏爱来着?"

"他说的。"斯蒂福说。

"那就请你说一说,你说这话是什么意思,先生?"克里克尔先生气愤地转过脸来冲着他这位助手厉声问道。

"我的意思是,克里克尔先生,"他低声答道,"我是这么说的:任何一个学生都无权利用他所受到的偏爱来贬低我。"

"贬低你?"克里克尔先生说道,"我的天哪!你这位先生,你叫什么来着?请允许我问你一个问题,"说到这里,克里克尔先生把两只胳膊和藤子棍儿什么的在胸前一别,再使劲把眉头一皱,皱得眉毛下面的小眼睛几乎都看不出来了,"在你谈到偏爱的时候,你对我够尊重吗?对我呀,先生,"克里克尔先生说着突然猛地把头朝他伸过去,又缩了回来,"一校之长,而且还是雇你的人。"

"我不该说那样的话,先生,我愿意认错,"梅尔先生说,"我当时要是冷静一点儿,就不会说那样的话了。"

斯蒂福又接茬儿了。

"他还说我卑鄙,他还说我可耻,我也就说他是叫化子。我当时要是冷静一点儿,也许就不会叫他叫化子了。但是我叫了,我愿意承担后果。"

我大概没有考虑有没有后果需要承担,听了他这番坦诚的话之后,我非常兴奋。这番话也给别的学生留下了深刻的印象,虽然谁也没说什么,他们中间却有一阵轻微的骚动。

"我感到吃惊,斯蒂福——虽然你这样坦率,显得很体面,"克里克尔先生说,"肯定使你显得很体面——我必须说,我感到吃惊,斯蒂福,你竟然用这样的话来说萨伦学堂花钱雇用的人,先生。"

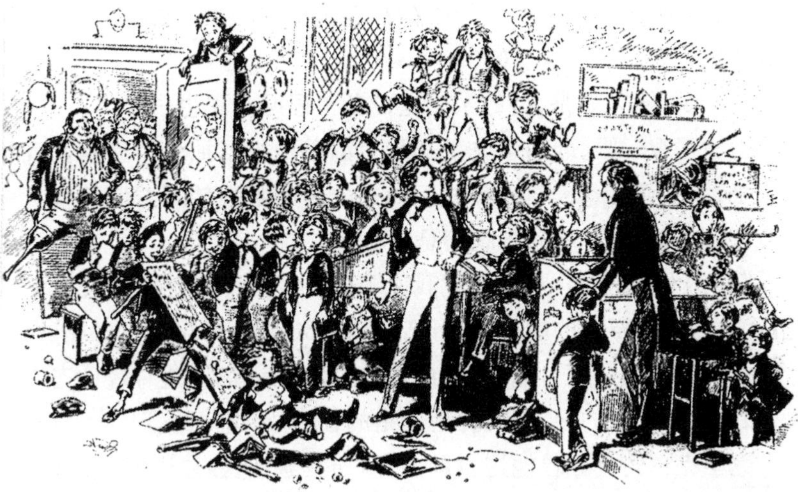

斯蒂福笑了两声。

"这可不能算是回答了我的话,"克里克尔先生说道,"希望你不要光笑笑就算了,斯蒂福。"

如果在我看来梅尔先生在这个漂亮学生面前显得丑陋,克里克尔先生有多么丑陋,就很难说了。

"让他否认吧。"斯蒂福说。

"否认他是个叫化子吗,斯蒂福?"克里克尔先生大声说道,"哎呀,他到哪里去要饭了?"

"如果他本人不是,他的亲属是,"斯蒂福说,"那也一样。"

他看了我一眼,而梅尔先生却用手温柔地拍了拍我的肩膀。我抬起头来,满脸通红,心里真懊悔,但梅尔先生的眼睛却盯着斯蒂福。他还在亲切地拍我的肩膀,眼睛还是盯着他。

"既然你克里克尔先生希望我说明理由,"斯蒂福说,"而且希望我把话说清楚,我要说的就是:他母亲住在济贫院里,靠施舍过日子。"

梅尔先生还在盯着他,还在亲切地拍我的肩膀,一边轻轻地自言自语,如果我没听错的话,他说的是:"是的,我想是这样的。"

克里克尔转身冲着他这位助手,双眉紧皱,勉强显出客气的样子,说道:

"这位先生的话,你也听见了,梅尔先生。你要是乐意的话,麻烦你当着大伙儿的面指出他说得不对。"

"他说得对,先生,不需要指正,"梅尔先生答道,当时全场鸦雀无声,他还说,"他刚才说的是真的。"

"那就麻烦你当众宣布一下,好不好,"克里克尔说道,他把脑袋歪在一旁,两只眼睛在大家身上转来转去,"宣布一下,在此之前,我知道不知道这件事?"

"我想,你不是直接地知道。"他答道。

"这么说,你知道我是不知道的,"克里克尔先生说道,"是不是,啊?"

"我想,你从来也没认为我家境很好,"他这位助手答道,"我在这里的境况,现在如何,过去如何,你是知道的。"

"我想,要是说起这件事,"克里克尔先生说道,额头上的青筋胀得鼓鼓的,比什么时候都粗,"你根本就不该处于这样的境况,你错把这里当成慈善学堂了。梅尔先生,咱们到此分手,请你走吧。越快越好。"

"现在更好。"梅尔先生说着站了起来。

"先生,那就请吧!"克里克尔先生说道。

"我向大家告辞了,克里克尔先生,还有你们各位,"梅尔先生说着朝四下里看了看,又温柔地拍了拍我的肩膀,"詹姆斯·斯蒂福,我能够留给你的最好的祝愿就是,你会为你今天所做的事而感到羞耻。我现在决不能把你看做我的朋友,还有我关心的那些人,你也不是他们的朋友。"

他又一次把手放在了我的肩上,随后他从书桌里拿出他的笛子和几本书,把钥匙放在里面,留给后来的人,就夹着自己的东西走出了教室。克里克尔先生接着讲了一番话,是通过滕盖讲的。他在讲话中向斯蒂福表示感谢,感谢他维护了萨伦学堂的独立与尊严(虽然他也许做得太过分了),讲话结束的时候,他与斯蒂福握了握手,当时我们欢呼了三声——为什么欢呼,我不太清楚,不过我想是为斯蒂福欢呼,所以我也热烈地跟着他们欢呼,虽然心里感到难过。克里克尔先生用藤子棍儿把汤米·特拉德揍了一顿,因为发现他为了梅尔先生的离去,不但不欢呼,反而在那里哭。然后克里克尔先生就回去了,坐在沙发上,也许是躺在床上,反正从哪里来,就回到哪里去了。

现在没有人管我们了,我记得,我们面面相觑,茫然不知所措。我自己呢,为了我在这件事情里所起的作用而感到万分的内疚与悔恨,怎么样也止不住我的眼泪。可是我又害怕,我要是把使我伤心的那种情绪流露出来,那么斯蒂福,我已经注意到了,他不时地看我一眼,他就可能认为那是不友好的表现,也许说得更准确一些,考虑到我和他的年龄差别和我对他怀有的感情,他就可能认为那是不敬重他的表现。想到这里,我才没敢流泪。他对特拉德非常生气,他说特拉德挨揍,他感到高兴。

那可怜的特拉德已经过了趴在桌子上生闷气的阶段,他像往常一样,画了许多骷髅来消气,他还说,他不在乎,不过梅尔先生受了欺负。

"谁欺负他啦,你这丫头?"斯蒂福说。

"还问呢,就是你。"特拉德答道。

"我怎么啦?"斯蒂福说。

"你怎么啦?"特拉德反唇相讥,"你伤了他的感情,砸了他的饭碗。"

"他的感情!"斯蒂福以鄙视的语气重复了一遍,"他的感情过不了多久就好啦,我有把握。他的感情和你不同,特拉德小姐。至于他的饭碗——那是一个很珍贵的饭碗,是不是?——难道你认为我不会给家里写封信,想法儿给他点儿钱吗,傻丫头?"

我们觉得斯蒂福这个想法很得人心。他母亲是个寡妇,很有钱,听说无论斯蒂福提出什么要求,她几乎总是照办的。我们看见特拉德那垂头丧气的样子,都高兴极了,我们还把斯蒂福捧上了天——特别是因为承蒙他看得起我们,对我们说,他这样做完全是为我们着想,为我们的前途着想,还说他这样做,并没个人打算,通过这件事,他给了我们很大的帮助。

但是我必须承认,那天晚上,我摸着黑儿接着往下讲故事的时候,梅尔先生吹惯了的笛子好像不止一次地又在我耳朵里发出了凄凉的声音。最后,斯蒂福累了,我也躺在了床上。这时我又觉得不知从哪里听见了笛声,这笛声是那样悲哀,我感到无地自容。

过了不久,我也就把他忘了,因为我心里老在想斯蒂福。现在有些课就由他来上了,他完全是一副玩儿票的样子,上起课来非常轻松,又不用课本,我觉得他好像什么都能背下来。后来学堂请到了一位新老师。这位新老师原来在公立的文法学校任教。正式上任之前,有一天他在客厅里吃饭,有人把他介绍给斯蒂福。斯蒂福对他倍加赞扬,对我们说他这个人特棒。一个特棒的人有多大学问,我不甚明了,不过我还是因此而十分尊敬他,毫不怀疑他学问高深。不过在我身上——不是说我有什么了不起——他可从来没有像梅尔先生下那么大功夫。

我记得这个学期除了学堂的日常生活以外,还有一件事,给我留下了很深的印象。我之所以记得这件事,是有各种原因的。

一天下午,我们已经被搞得头昏脑涨了,克里克尔先生还在那里拼命地抽打学生,这时滕盖走了进来,以他那惯用的大嗓门儿喊道:"科波菲尔,有人找!"

他和克里克尔先生简短地谈了几句,比如客人是谁,在哪里接待,等等。我遵照学堂的规矩,一听说有人找,就站起来了,而且非常惊讶,几乎晕了过去。这时他们告诉我从后面的楼梯上楼去,换上一套干净花边,然后到饭厅去。这些要求我都照办了,我那幼小的心灵从来没有那样慌乱。等我来到客厅门口的时候,我忽然想到可能是我母亲来了——在这之前,我只想到可能是摩德斯通先生和他姐姐来了——我的手本来已经放在门把上,这时又缩了回来,我在门外抽搭了一阵,走了进去。

起初,我谁也没看见,只觉得门后有什么东西顶着,我往门后一看,没想到原来是裴果提先生和哈姆在那儿,他们拿着帽子,冲着我点头哈腰,两个人靠着墙,挤作一团。我忍不住笑了起来,不是笑他们那副模样,而是因为看到他们,非常高兴。我们极为热情地握了手,我笑啊,笑啊,最后笑得掏出手绢来擦眼泪。

裴果提先生(我记得他这次在我这儿,一直就没闭嘴)看见我擦眼泪,显得非常关心,捅了捅哈姆,示意让他说点什么。

"别不高兴呀,大卫少爷!"哈姆说,一面发出了他那特有的憨笑,"你看,你长得多快呀!"

"我长了吗?"我说着又擦了擦眼睛。我也不知道我究竟是为什么而哭,反正一看见老朋友,我就哭起来了。

"长了,大卫少爷?他可不是长了吗?"哈姆说道。

"他可不是长了吗?"裴果提先生说道。

他们两个人对着笑,引得我也又笑起来。我们三个人一块儿笑,笑得我眼泪都快流出来了。

"你知道我妈怎么样,裴果提先生?"我说,"我那最亲最亲的老朋友裴果提怎么样?"

"非常好。"裴果提先生说道。

"还有小艾米丽怎么样,古米治太太怎么样?"

"非常——好。"裴果提先生说道。

接着是一阵沉默。为了打破沉默,裴果提先生从他的布袋里拿出两只特大的龙虾,一只大螃蟹,一大帆布口袋小虾,都堆在哈姆胸前了。

"你看,"裴果提先生说,"你在我们那儿住的时候,我们就知道,你吃饭喜欢来点儿提味的东西,所以我们冒昧地带来了一些。是那老大姐煮的,是的。是古米治太太煮的。是的,"裴果提先生慢吞吞地说道。我觉得他好像没有别的话题好说,所以在这个话题上多说一点儿。"古米治太太,我担保,真是她煮的。"

我向他们道了谢;裴果提先生看了看哈姆,哈姆却站在那里不好意思地冲着那些虾蟹微笑,一点儿也没有要帮他说话的意思,于是裴果提先生就说:

"你看,我们顺着风浪就来了,是坐亚茅斯到格雷夫森的帆船来的。我妹妹写信告诉我你这里的地址,还对我说,要是碰巧到格雷夫森来,一定要过来看望大卫少爷,替她问候少爷,衷心地祝愿他安好,告诉他,家里都非常好,请放心。小艾米丽,你知道,等我们回去她就给我妹妹写信,告诉她我们见到了你,你也非常好,这就像走马灯一样了。"

我不得不想一想才明白裴果提先生打这个比方的用意,他的意思是情况都通知到了,像是画了一个圈儿。我向他表示了衷心的感谢,虽然自知脸红,我仍然对他们说,我想自从我和小艾米丽在海边捡蚌壳、石子以来,她也变了样儿吧。

"她快成大姑娘了,她就是想当个大姑娘,"裴果提先生说,"你问问他吧。"

他是让我问哈姆,哈姆以喜悦的心情表示赞同,冲着胸前那口袋小虾直笑。

"她可俊啦!"裴果提先生说,他自己也显得容光焕发。

"她可有学问啦!"哈姆说。

"她的字写得可好啦!"裴果提先生说,"哎呀,那字写出来,又黑又亮,字又大,放在哪里都能看见。"

裴果提先生一想到他那小宠儿,顿时变得兴高采烈,看到这情形,我感到万分愉快。现在他好像又站在我的面前,他那坦率的满脸胡子的脸膛显露出由衷的喜悦与骄傲,这是用什么语言都无法形容的。他那诚实的双眼炯炯有神,闪闪发光,仿佛眼睛深处有什么光亮的东西在闪动。他那宽阔的胸膛像波涛一样起伏,表现出他愉快的心情。他那有力的双手本是松弛的,但他出于真诚,把拳头攥得紧紧的,为了强调他说的话,他还举起右臂,我个子小,就觉得他这右臂像是一把大铁锤。

哈姆差不多也同样真诚。我敢说,要不是斯蒂福突然走了进来,使他们感到不好意思,关于小艾米丽的事他们还有很多话要说呢。斯蒂福一看我在角落里和两个陌生人说话,唱着唱着歌也不唱了,说道:"我不知道你们在这儿,小科波菲尔!"(因为那不是通常会客的地方。)说完以后,就从我们面前走过,朝门口走去。

我看他要走,就想把他叫住,究竟是因为有斯蒂福这样一个朋友而感到自豪呢,还是想对他说明一下我怎么会有裴果提先生这样一个朋友,我也记不清了。不过说也奇怪,虽然事隔这么多年,当时的情况却又清楚地浮现在我的眼前。我谦逊地对他说:

"请你不要走,斯蒂福。这是亚茅斯两个打鱼的,待人可好啦,是我奶奶的亲戚,从格雷夫森来看我。"

"哦,哦?"斯蒂福说着退了回来,"见到他们,我很高兴。你们俩好哇?"

他的举止很自然——轻松愉快,而不盛气凌人——我到现在还认为他这样的举止自有其迷人之处。想到他的动作,他的活力,他那优美的声音,他那漂亮的面孔和身材,特别是他那内在的吸引力(有些人的确具有这种吸引力),我到现在还认为他有一种魅力,使得人们不由自主地向它屈服,没有多少人能抵挡得住。我一眼就看出,他们两个人见到他有多么高兴,好像一下子就把心都掏出来给他了。

"你写信的时候,一定要告诉家里人,裴果提先生,"我说,"斯蒂福先生待我可好啦,要不是他在这里,我的日子还不知道怎么过哩。"

"快别瞎说啦!"斯蒂福说着就笑了,"你们千万别跟他们说这个。"

"要是斯蒂福先生有空去诺福克,或是萨福克,裴果提先生,"我说,"只要我在,他也愿意,我一定带他上亚茅斯来看你们的房子,这件事包在我身上了。斯蒂福,你从来没见过那么好的房子,那是利用一条船建成的！"

"利用一条船，是吗？"斯蒂福说道，"这样一个地地道道的打鱼的，住这样的房子，再合适不过了。"

"是啊，先生；是啊，先生，"哈姆咧着嘴笑着说，"你说得对，少爷。大卫少爷，这位少爷说得对。地地道道的打鱼的！哈哈！一点儿不错！"

裴果提先生那个高兴劲儿，一点儿也不亚于他的侄子，不过他不好意思那么兴高采烈地接受人家对他个人的恭维。

"啊，先生，"他说，一面鞠躬，一面嘿嘿地笑，还把围巾的头儿往胸前衣服底下塞了塞，"我谢谢你，先生，我谢谢你！我干这一行，是兢兢业业的，先生。"

"最能干的人也不过如此了，裴果提先生。"斯蒂福说道。他连他的名字都知道了。

"我敢说你也一样，先生，"裴果提先生摇动着脑袋说道，"也干得很好，干得很好啊！我谢谢你，先生。你对我这样热情，先生，我很感激。我是个粗人，先生，不过你要明白，我也是个热心人——至少我希望我是个热心人。我家的房子没什么看头，先生，可是你要是什么时候想和大卫少爷一块儿来看看，我们是非常愿意接待的。我可真是个卧牛，真的，"裴果提先生说道，他的意思是说蜗牛，这指的是他自己迟迟不走，他每说完一句话都打算走，可是不知怎的，又回来了；"不过我祝你们二位幸福，祝你们二位愉快！"

哈姆也表示了同样的祝愿，随后我们就非常热情地分别了。那天晚上，我几乎克制不住，要告诉斯蒂福小艾米丽有多么漂亮，但是我胆子很小，不敢提她的名字，又生怕斯蒂福笑话我，所以没敢告诉他。我记得，关于裴果提先生说的艾米丽快成大姑娘了，我想了很久，心里七上八下；不过最后我认为裴果提先生的话不可信。

我们把那些海味，也就是谦逊的裴果提先生所说的"提味的东西"，神不知鬼不觉地弄到我们的宿舍里，来了一顿丰盛的晚餐。不过特拉德吃出麻烦来了。这个人太倒霉，别人吃了都没事儿，他却连平平安安地吃顿饭都办不到。当天夜里他就病了，病得爬不起来，都是吃螃蟹吃的；于是不得不吃药，黑药水，蓝药丸。有个同学叫丹普尔（他父亲是个大夫），他说这些药吃下去，就连马也受不了。特拉德不肯说出得病的原因，结果挨了一顿棍子，还被罚念六章希腊文《新约》。

除了这些事情，这个学期还有一些事，我就理不出个头绪了。我记得生活里天天争斗；夏天过去，季节变换；下霜的早晨，我们听见铃声就得起床，寒冷的夜晚，听见铃声就得睡觉；晚上教室里灯光昏暗，炉火微弱，早上的教室简直就是一个叫人哆嗦的大机器；吃的不是煮牛肉，就是烤牛肉，不是煮羊肉，就是烤羊肉；一块块抹着黄油的面包，一本本卷了边儿的课本，裂了缝的石板，带着泪痕的习字本，挨棍子，挨戒尺，理发，星期天赶上下雨，羊油布丁，还有那到处洒了墨水的脏乱气氛。

不过我记得很清楚，假期在我们心里本来是很遥远的事，很长时间它就像一个固定不动的小点儿，后来渐渐向我们靠近，越来越大。起初我们盘算还有几个月，后来盘算还有几个星期，后来就盘算还有几天了。我还担心，怕家里不让我回去呢。后来听斯蒂福说，家里是让我回去的，我肯定是要回家的，这时我又模模糊糊地预感到，说不定家还没回，就把腿摔断了。放假的日子终于越来越近了，很快就从下下星期变成下星期，变成本星期，变成后天，明天，今天，今天晚上——我终于上了去亚茅斯的邮车，回家去了。

我在车上睡睡醒醒，醒醒睡睡，还做了不少的梦，梦见学堂里那些杂七杂八的事。不过在我醒着的时候，我看到车窗外面的地已经不是萨伦学堂的游戏场，耳朵听见的也不是克里克尔先生打骂特拉德的声音，而是车夫轻轻抽马赶路的声音。

第 八 章

我的假日,特别是一个快乐的下午

天亮以前,我们来到一家旅店,邮车就停在这里。这不是我那位堂倌朋友干活儿的旅店。他们带我来到一间卧室,房间不大,但很舒服,门上写着"海豚"两个大字。我记得,虽然他们请我在楼下一个大壁炉前面喝了热茶,我仍然觉得非常冷,后来我就上了海豚的床,用海豚的毯子蒙上头,睡觉了,我感到很高兴。

那个赶车的巴吉斯先生说好了,第二天早上九点钟来接我。我八点钟就起来了,因为夜里休息得不够,有点头昏,还没到约定的时间,我就在那里等候了。他见到我,就好像我们分手之后刚过了不到五分钟,我到旅店里来也只是为了换六便士零钱,或诸如此类的事情。

我和箱子都上了车,等赶车的一坐好,那懒马就以它习以为常的速度拉着我们走了起来。

"你的气色很好哇,巴吉斯先生。"我说,因为我觉得他一定喜欢听我这样说。

巴吉斯先生用袖口在脸上蹭了蹭,又看了看袖口,好像这样就能从袖口上看出一些自己的好气色。不过除此以外,他也没有以别的什么举动来表示接受我对他的恭维。

"巴吉斯先生,你的话,我给你传了,"我说,"我给裴果提写过信。"

"噢!"巴吉斯先生说道。

巴吉斯先生好像闷闷不乐,说起话来无精打采。

"我做得不对吗,巴吉斯先生?"我犹豫了一下,问道。

"嗯。"巴吉斯先生说。

"是我传的话不对吗?"

"传的话可能是对的,"巴吉斯先生说,"可是传到那儿就完了。"

我不明白他的意思,想问个究竟,就重复了一遍他的话:"传到那里就完了,巴吉斯先生?"

"没有结果呀,"他解释说,一边斜着眼看了看我,"没有答复。"

"等着答复呢,是不是,巴吉斯先生?"我睁着大眼睛问道,因为我觉得这个想法很新鲜。

"一个人要是说他愿意,"巴吉斯先生慢慢地扭过头来看着我说,"这就等于说他在等着听回信儿呢。"

"嗯,巴吉斯先生?"

"嗯,"巴吉斯先生说着又把眼光从我身上转移到马耳朵上,"那个人一直在等着听回信儿呢。"

"你把这情况告诉她了吗,巴吉斯先生?"

"没——没有,"巴吉斯先生一边思索,一边含含糊糊地说道,"我没有机会去告诉她呀。我自己连六个字都没跟她说过。我反正不去告诉她。"

"我替你告诉她,好不好,巴吉斯先生?"我毫无把握地问道。

"你要是愿意,可以告诉她,"巴吉斯先生说道,又慢慢地看了我一眼,"就说巴吉斯在等着听回信儿呢。你就说——叫什么来着?"

"她吗?"

"啊!"巴吉斯先生说着点了点头。

"裴果提。"

"这是她的名字?还是她的姓?"巴吉斯先生问道。

"哦,不是她的名字。她的名字是克拉拉。"

"是吗?"巴吉斯说道。

这时候,他似乎发现了一大堆需要思考的东西,好长时间坐在那里沉思默想,好像在暗自吹口哨。

"唉!"最后他又说话了。"你就说:'裴果提!巴吉斯等着听回信儿呢。'她也许会说:'什么回信儿呀?'你就说:'我传给你的那句话的回信儿呀。'她会说:'你传的什么话呀?'你就说:'巴吉斯愿意'呀!"

巴吉斯先生说完这极为巧妙的主意,用胳膊肘儿捅了捅我,把我的腰捅得生疼。随后他就恢复了老样子,弓着身子坐在那里看马了,没有再提起这件事。过了半个钟头,他从口袋里掏出粉笔,在帆布篷子内侧写上"克拉拉·裴果提"几个大字——这显然是他的私人备忘录。

唉!启程回家了,但那已经不是我的家,看到的一切会使我想起过去那个快乐的家,好像那是一场梦,而如今却无法旧梦重温,心里真有一种说不出的滋味。昔日我和母亲,还有裴果提亲密无间,没有什么人打扰我们,这样的情景一路上又浮现在我的眼前,叫我伤心,我觉得如果回到家里,也不见得快活,说不定还不如不回去,忘掉过去的一切,和斯蒂福做伴呢。不过我已经在路上了,而且很快就到了家。家里那几棵老榆树光秃秃的,好像有无数只手,在凛冽的寒风中揉搓,那些旧鸦巢也已支离破碎,在那里随风飘荡。

那赶车的把箱子给我放在花园门口就走了。我顺着小路朝房子走去,看着那些窗户,每走一步都怕看到摩德斯通先生或者摩德斯通小姐不定从哪个窗口探出头来。然而他们俩谁也没有露头。我既然已经回到家,又知道天黑以前怎样可以不敲门把门开开,就蹑手蹑脚地走了进去。

我一迈进走廊,就听见从那间旧的客厅里传来母亲的声音,这声音在我心中唤起了什么样的儿时的记忆,我说不清楚。母亲在低声唱着。我想在我小的时候,一定也躺在她的怀里,听她这样唱过。那曲调,我听着是生疏的,但同时它又是那样熟悉,使得我心情激荡,好像朋友久别又重逢。

母亲低声唱歌,使我感到她在孤独地沉思,因此我断定屋里没有旁人。我悄悄地走进屋里。她坐在壁炉旁,正在给一个婴儿喂奶,还拿着婴儿的小手抓她的脖子。她坐在那里,低头看着婴儿的脸,唱着歌。在这一点上,我猜对了,果然没有旁人在陪伴她。

我一跟她说话,她吓了一跳,叫了起来。她一看是我,就说她亲爱的大卫,她的亲儿子,用这样的话来向我打招呼。她走到屋子中间来迎我,跪在地上吻我,让我把头靠在她胸前靠近那个小家伙蜷缩的地方,还把小家伙的小手搁在我的嘴唇上。

我真希望当时就死了。我真希望怀着那样的感情当时就死了啊！和后来任何时候相比，我还是当时上天堂最合适。

"这是你弟弟，"母亲一边说，一边轻轻地抚摩着我，"大卫，我的好孩子！我可怜的孩子！"她搂着我，亲了又亲，还紧紧地搂着我的脖子。就在这时候，裴果提跑了进来。她一下子扑到我们跟前，在我们周围疯了有一刻钟。

看来她们没想到我回来得这样快，这是因为那个赶车的比平时提前了许多。看来摩德斯通先生和他姐姐是到邻居家里做客去了，很晚才能回来。这是我完全没有料到的。我完全没有想到我们三个人还能再一次聚会在一起，而又不受干扰，弄得我一时竟然觉得仿佛又回到了过去的时光。

我们一起在壁炉旁边吃饭。裴果提在一旁伺候我们，但是母亲不让她这样干，非叫她和我们一起吃。我用的是我过去用的盘子，盘子上画着乘风前进的棕色的战船，我不在期间，裴果提一直把它藏在什么地方，她说宁肯花上一百镑，也不能让谁把它打破了。我还用了过去用过的水杯，上面写着大卫两个字，还有我用过的小刀子、小叉子，都是很钝的。

吃饭的时候，我觉得这是一个有利的时机，可以告诉裴果提关于巴吉斯的事，可是我话还没有说完，她就大笑起来，还把围裙撩起来，捂在脸上。

"裴果提，"母亲说，"怎么回事？"

裴果提笑得更厉害了，母亲想把围裙从她脸上掀开，她却捂得更紧了，坐在那里，好像头上套了一个口袋。

"你在干吗呢，你这个笨虫？"母亲笑着说道。

"哦，那该死的家伙！"裴果提大声说道，"他要和我结婚。"

"难道你觉得不般配吗？"母亲问道。

"哦，我也不知道，"裴果提说道，"快别问我啦。他就是金子打的，我也不要。我谁也不要。"

"那你干吗不对他直说呢？真可笑！"母亲说道。

"对他直说？"裴果提反驳道，一面从围裙缝里往外看，"这事儿，他从来没对我提过一个字儿。他心里有数。他要是敢对我提一个字儿,我就扇他耳刮子。"

我记得,她的脸从来没有那么红,或者说我从来没看见谁的脸有那么红。但是她每次大笑,都把脸捂上一阵子,这样反复了两三次之后,她才静下来继续吃饭。

我注意到了,虽然裴果提看我母亲的时候,母亲笑了,现在她却严肃起来,陷入了沉思。我从一开始就看出,她已经变了。她的容貌依然很漂亮,但是看上去很憔悴,很虚弱。她的手又瘦又白,简直像透明的一般。但是我在这里指的不是这个,而是别的变化:她在举止方面的变化,因为她显得焦躁不安了。最后她伸出手来,亲切地把手搭在老女仆的手上,说道:

"亲爱的裴果提,你不会结婚吧?"

"我吗,太太?"裴果提睁着大眼睛说道,"上帝保佑,不会的。"

"现在还不会吧?"母亲温柔地说。

"永远不会!"裴果提大声说道。

母亲抓住她的手,说道:

"裴果提,你可别离开我呀。留在我身边吧。恐怕没有多久了。你要是不在,我可怎么办呢?"

"我怎么会离开你呢,我的宝贝儿!就是把世上的金银财宝都给了我,我也不会离开你呀。你那个小脑袋瓜儿怎么这么糊涂呢?"裴果提过去常把我母亲当孩子看待,这样对她讲话,已经习惯了。

但是母亲没有答话,只是对她表示感谢。于是裴果提便以她那特有的方式滔滔不绝地说了起来。

"我怎么会离开你呢?我是怎么一个人,我觉得我是了解的。裴果提丢下你不管?我真想看着她做出这样的事来。不会的,不会的。"裴果提一边说着,一边摇了摇头,还把两只胳膊交叉在胸前。"她是不会的,我的宝贝儿。不是没有那种人面兽心的人巴不得她那样做,但他们不会称心如意的。他们一定会火冒三丈。我要和你在一起,一直呆到我成了一个容易生气、脾气古怪的老太婆。等我耳朵聋了,腿也瘸了,眼也瞎了,牙也掉了,吃饭都不方便了,等我完全没用了,甚至挑眼

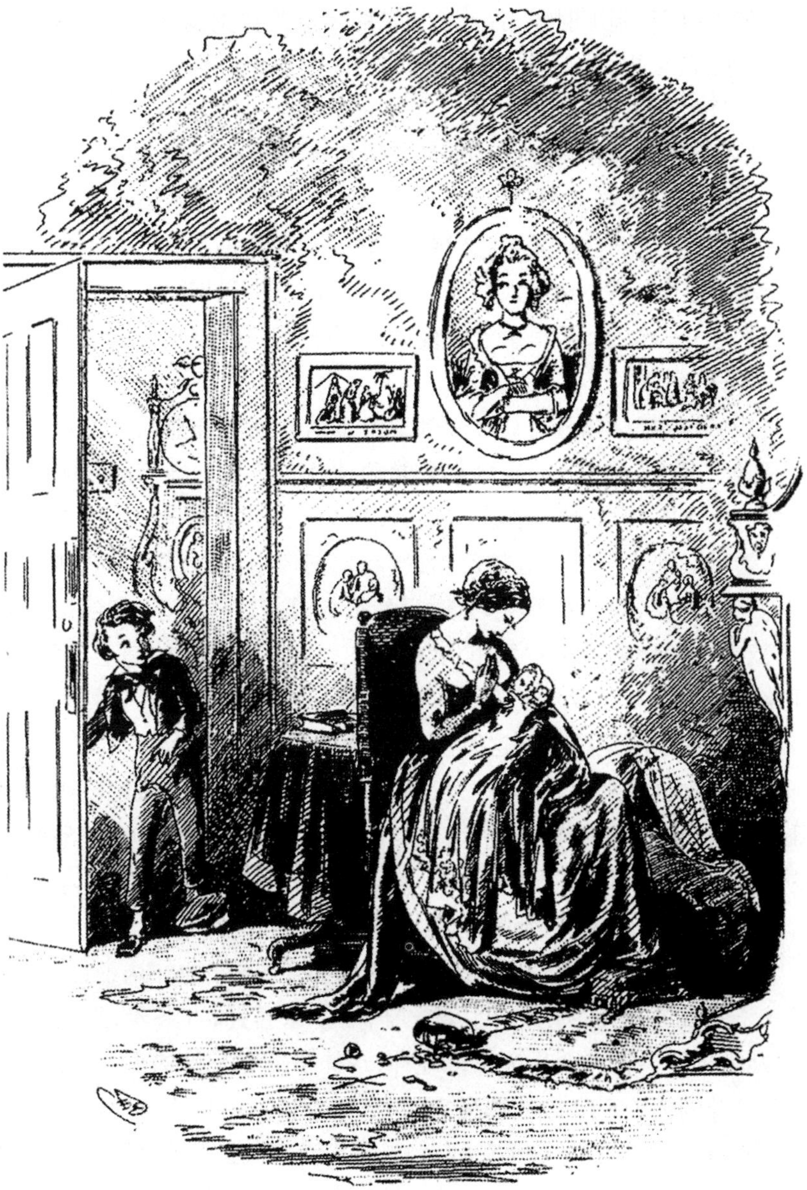

都不值得挑了,到那时候,我就去找我的大卫,让他收留我。"

"哦,裴果提,"我说,"到那时候,我会很愿意见到你。我要像欢迎女王一样欢迎你。"

"上帝保佑你那善良的心吧!"裴果提大声说道,"我知道你会那样做!"接着她亲了亲我,预先感谢我对她的热情招待。然后她又把围裙蒙在头上,说起巴吉斯先生,又笑了一阵。然后她把那婴儿从小摇篮里抱起来,哄了哄他。然后她把饭桌收拾干净。然后她又走了进来,这时她已换了一顶帽子,手里拿着针线盒,还有码尺,还有蜡烛头儿,和过去完全一样。

我们坐在壁炉周围,兴致勃勃地说着话。我告诉她们克里克尔先生是一个多么厉害的校长,她们非常同情我。我告诉她们斯蒂福是多么好的一个人,对我照顾得多么周到,裴果提说她就是走上二十英里也要去看他。那小男孩儿醒着的时候,我就把他抱过来,亲切地哄哄他。等他又睡着了,我就按照老习惯,虽然很久没有这样做了,溜到母亲身边,双手搂着她的腰坐在那里,我的小红脸蛋儿贴在她的肩上,再一次领略她的秀发垂在我身上给我的愉快——记得我以前常常觉得她的头发像天使的翅膀一样——这时候,我的确是非常幸福的。

我这样坐在那里,望着炉火,在通红的煤块上看见一幅幅图画。我几乎觉得自己并不曾离开过家;觉得摩德斯通先生和他姐姐就是那样的图画,火着得不旺了,他们也就消失了;还觉得我所记得的一切,除了母亲、裴果提和我以外,都是虚的。

裴果提趁着天还没有全黑,她还能看得见,不停地补袜子,后来就把袜子套在左手上,像戴着手套一样,右手拿着针,准备着,炉火一闪光,她就再缝一针。裴果提不停地补,这袜子究竟是谁的呢,这源源不断拿来补的袜子究竟是从哪里来的呢,我百思不得其解。她好像从我很小的时候,就一直做这种针线活儿,从来没有机会做什么别的活儿。

"不知道,"裴果提说,她这个人有时候心血来潮,会想起一个人们完全意想不到的话题,"大卫的姨奶奶现在怎么样了。"

"哎哟,裴果提!"母亲说道,这时她从沉思中清醒过来,"你胡说些什么呀!"

"唉,不过我的确是很想知道呀,太太。"裴果提说道。

"你怎么会想到她那样的人呢?"母亲问道,"难道世界上你就不能想到别的人吗?"

"我也不知道是怎么回事儿,"裴果提说道,"也许是因为我笨,可是我这个脑瓜子就是不会选人,谁想来就来,想走就走,谁不想来就不来,不想走就不走,完全随他们的便。不知道她现在怎么样了。"

"你可真怪,裴果提,"母亲说道,"人家还会以为你希望她再来一次呢。"

"可别这么说!"裴果提大声说道。

"那就别说这种扫兴的事儿了,我的好心人,"母亲说道,"贝西小姐与世隔绝,在自己的海滨住宅里呆着呢,这是肯定无疑的,而且她会在那里继续呆下去。无论如何,她不会再来打扰我们了。"

"是啊!"裴果提说道,现出若有所思的样子,"她的确是不会再来打扰我们了。我纳闷的是她要是快死了,会不会给大卫留下点儿什么。"

"我的天哪,裴果提,"母亲说道,"你这个人可真能瞎说!你明明知道,这可怜的小宝贝一出生就惹得她生气了嘛。"

"说不定她现在还想原谅他呢。"裴果提话里有话。

"为什么她现在会想原谅他呢?"母亲直截了当地问道。

"他现在有了一个小弟弟呀,我的意思是说。"裴果提说。

母亲立刻哭了起来,心里纳闷,裴果提怎么敢说出这样的话。

"莫非这个可怜无辜的小家伙在摇篮里就干了什么事,伤害了你,还是伤害了什么人?你这个人怎么这样忌妒!"她说,"你趁早去嫁给那个赶车的巴吉斯先生吧。你干吗不去呀?"

"那可就趁了摩德斯通小姐的心愿了。"裴果提说道。

"裴果提,你的脾气可真坏!"母亲说道,"你那么忌妒摩德斯通小姐,无论是哪一个可笑的人也比不上你呀。你想自己把持钥匙,我想准是想把东西都送人吧?你要是真有这样的想法,我也不会感到惊讶。你知道,她那样做,完全是好意,是出于一片好心哪!这你是知道的,裴果提,你很清楚嘛!"

裴果提嘟嘟囔囔,大概是说"什么好心不好心!"她还嘟囔着说了点儿什么,意思是咱们这里好心多了点儿吧。

"我明白你的意思,你这个可恶的东西,"母亲说,"我对你裴果提是非常了解的,这你也知道,不过我纳闷,你怎么脸也不红。这些事,咱们一件一件地谈。现在先说摩德斯通小姐,裴果提,你想躲是躲不过去的。你没听她一再说吗,她认为我无忧无虑,而且……哦……哦……"

"而且漂亮。"裴果提提了一句。

"是啊,"母亲说道,似笑非笑的样子,"她要是一时糊涂,说出这样的话,那能怪我吗?"

"谁也没说怪你呀!"裴果提说。

"但愿如此!"母亲说道,"难道你没听见她一再说吗,由于这个原因,她想让我少操点儿心,她认为我操不了那么多心,我自己也不敢说准能操那么多心。她不是起早贪黑,整天价东跑西颠的吗?她不是什么都干,到处都去吗,包括堆煤的地下室,放食品的储藏室,有的地方我也说不清楚,反正不是什么好地方。难道你含沙射影地否认这里面有一片赤诚吗?"

"我从不含沙射影。"裴果提说道。

"你就是含沙射影,裴果提,"母亲说道,"你除了干活儿以外,专门干这个。你老是含沙射影,而且引以为乐。你谈到摩德斯通先生的好意……"

"我从来没谈过。"裴果提说道。

"你是没谈过,"母亲说道,"但是你含沙射影。我刚才对你说的就是这个。你这个人,坏就坏在这里。你总是含沙射影。我刚才就说,我明白你的意思,你也知道我明白你的意思。你谈到摩德斯通先生的好意,而且假装看不上他的好意(我说假装,是因为我相信你心里并不是那么想的,裴果提),其实你和我一样,也认为他的意图是非常好的,他做的每一件事都是出于好意。要是他曾经对某人有些严厉,裴果提——你明白,我敢肯定大卫也明白,我说某人,绝不是指在座的任何人——那完全是因为这样做对某人有好处,他也为此而感到高兴。由于我的关系,他爱某一个人,而且每做一件事都要为这个人好,这是很自然的。在这一方面,他的判断力比我强,因为我很清楚,我是一个软弱、柔顺、幼稚的女子,而他是一个坚定、稳重、严肃的人。而且他还……"母亲说着,激动的泪花悄悄地流了下来,"他还花了很大的力气来帮助我,我应当对他万分感激,从心眼儿里听他指使,我要是做不到,裴果提,我就责怪自己,怀疑自己的心肠,不知如何是好。"

裴果提坐在那里,下巴搭在袜底上,两眼望着炉火,一声不吭。

"唉,裴果提,"母亲说道,这时她改变了语气,"咱们俩可不能吵架呀,因为我受不了啊。我知道,我要是在世界上还有什么好朋友,那就是你呀。我说你可笑,说你讨厌,或者用了类似的字眼儿,裴果提,我的意思无非是:你是我的好朋友,自从那天晚上,科波菲尔先生把我带回家来,你跑到大门口接我,你就一直是我的好朋友。"

裴果提的反应也不慢,她非常亲切地搂了搂我,算是批准了她们之间的友好条约。我认为当时我对这番谈话究竟是怎么回事,也略知一二,不过现在我可以有把握地说,这番谈话是那个好心人带头说的,而且她也参与其中,其目的不过是让我母亲说些自相矛盾的话,这样她心里可能就舒服了。裴果提这番心思还真有效,因为我记得,那天晚上我母亲后来就显得心情较为舒畅了,裴果提也不怎么注意看她了。

我们吃过茶点,清理了炉灰,剪了烛花以后,我就从那本鳄鱼故事里选了一章,念给裴果提听,借以回忆往昔的时光。这本书,她是从身上的口袋里掏出来的,是不是一直在口袋里搁着,就不得而知了。后来我们就谈起萨伦学堂,这样一来,我又谈起斯蒂福,这是我非常喜欢谈的一个话题。我们都很高兴,那样的夜晚,以后再没有过,它标志着我生活中这一章的结束,因此它永远不会从我的记忆中消失。

快到十点钟了,我们听见了车轮的声音。于是我们都站了起来,母亲慌慌张张地说道,天已经很晚了,摩德斯通先生和他姐姐都认为小孩子应该早睡觉,也许我最好赶快睡觉去。我吻了吻她,马上就拿着蜡烛上楼去了,他们紧跟着也就进来了。我上了楼,来到关押过我的那间卧室,这时我那幼小的心灵恍惚感到:他们带进来了一股冷风,把昔日的温暖像吹羽毛一样吹散了。

第二天早上,下楼吃早饭,真是难受,因为自从那天做了那件终身难忘的事,得罪了摩德斯通先生以后,一直没有见过他。可是,既然非下去不可,我就下去吧,不过走了几步,又蹑着脚尖儿跑回卧室。这样反复了两三次,才下了楼,在客厅里露了面。

他站在壁炉前,背对着炉火,摩德斯通小姐在泡茶。我进来的时候,他目不转睛地盯着我,可是什么反应也没有。

我心里一阵慌乱,不过我接着就走上前去对他说:"先生,请你原谅。我很抱歉,过去做了那样的事。希望你饶恕我。"

"大卫,听见你说抱歉,我很高兴。"

他向我伸出一只手,这正是我咬过的那只手。我情不自禁地往他手上一块发红的地方多看了一会儿,但是我一看他那副阴险的面孔,我的脸就红了,比他手上那块发红的地方还要红。

"小姐,你好!"我对摩德斯通小姐说。

"哎哟,"摩德斯通小姐说着,叹了一口气,向我伸过来的不是她的手,而是茶叶罐子里的小铲儿,"放多少日子假呀?"

"一个月,小姐。"

"从什么时候算起呀?"

"从今天算起,小姐。"

"哦!"摩德斯通小姐说道,"那现在就划掉一天吧。"

她就这样给我的假期记日子,每天早上划掉一天,那神情总是一个样子。头十天,她在作记号的时候,心情是忧郁的;等到两位数的时候,她就觉得比较有盼头了,到了后来,甚至兴高采烈了。

就在这头一天,我不幸使得她惊慌失措,虽然她并不轻易这样。我走进屋来,看见她和我母亲坐在那里,小弟弟(当时出生才几个礼拜)躺在母亲腿上,我就小心翼翼地把他抱了过来。这时候,摩德斯通小姐突然大叫一声,吓得我差一点儿把孩子扔在地上。

"亲爱的简!"母亲喊道。

"天哪!你看见了吗,克拉拉?"摩德斯通小姐大声说道。

"看见什么呀,亲爱的简?"母亲说,"看哪儿呀?"

"他抱着他呢!"摩德斯通小姐喊道,"这孩子抱着娃娃呢!"

她吓得腿都不听使唤了,可是她使劲一挺,一下子蹿到我跟前,把娃娃从我怀里抱走了。接着她就晕了,晕得很厉害,她们只好拿樱桃白兰地给她喝。恢复过来以后,她就正言厉色地对我说,今后无论有什么借口,也不许再碰我小弟弟一下。我那可怜的母亲,我看得出,并不这样想,但是她屈服了,以赞同的语气说:"你的话肯定是对的,亲爱的简。"

还有一次,我们三人在一起,又是这个可爱的娃娃——我的确觉得这个娃娃可爱,因为我们是一母同胞——惹得摩德斯通小姐大发雷霆,他自己还不知道哩。事情是这样的:弟弟躺在母亲腿上,母亲看着他的眼睛,看了一阵子之后,就说:

"大卫,过来!"接着就看了看我的眼睛。

"我说呀,"母亲和蔼地说道,"一模一样。我看随我。我觉得我就是这个颜色。不过它们完全一样,真有意思。"

"你胡说些什么呀,克拉拉?"摩德斯通小姐说道。

"亲爱的简。"母亲一听她问话的口气这样严厉,有些慌乱,支支吾吾地说:"我发现娃娃的眼睛和大卫一模一样呀!"

"克拉拉!"摩德斯通小姐说着气愤地站了起来,"有时候,你真是个十足的傻瓜。"

"亲爱的简。"母亲不满地说道。

"十足的傻瓜,"摩德斯通小姐说道,"除了你以外,谁会把我兄弟的娃娃和你的孩子比呢?他们一点儿也不像。他们完全不一样。他们无论在哪一方面都毫无共同之处。我希望他们永远这样。我可不愿意坐在这里听你这样比来比去。"说完,她就大步走了出去,还随手砰的一声把门关上了。

总而言之,摩德斯通小姐是不喜欢我的。总而言之,在那里谁都不喜欢我,连我也不喜欢我自己,因为喜欢我的人不敢表现出来,而不喜欢我的人却表现得非常清楚,使我明显地感到自己很拘束,很土气,而且很笨拙。

我感到不光他们使我觉得别扭,我也同样使他们觉得别扭。要是他们在屋里聊天,母亲似乎也很愉快,我一进去,她脸上就会蒙上一层乌云,流露出不安的神色。要是摩德斯通先生正在兴头上,我一进去,就会扫他的兴。要是摩德斯通小姐情绪特别坏,我一进去,就会火上加油。我看得出,倒霉的总是我母亲。她不敢跟我说话,不敢向我表示慈爱,生怕这样一来会对他们有所得罪,随后还得挨他们训斥。她不光是老害怕自己会得罪他们,还怕我会得罪他们,我只要一动,她就紧张,就要赶快看他们的脸色。所以,我就打定主意,尽量躲着他们;我无精打采地坐在卧室里,身上裹着我那件小大衣,埋头看书,听着教堂的钟在寒风中一次又一次打点报时的声音。

晚上,我有时候到厨房去陪着裴果提坐坐。我在厨房里觉得很舒服,也很随便,没有顾虑。而在客厅里,这都是不允许的。整个客厅笼罩着一种使人感到痛苦的气氛,既不舒服,也不随便。他们仍然认为,要对我那可怜的母亲进行训练,我是必不可少的,用我来考验她,是他们采用的方法之一,所以我是不能离开那里的。

"大卫,"摩德斯通先生说道。有一天,吃过饭以后,我像平时一样正想走开,他叫住我,对我说:"看着你老是一个人闷闷不乐,我很不高兴。"

"他沉闷得像狗熊一样!"摩德斯通小姐说道。

我站在那里,低着头,一动不动。

"我说呀,大卫,"摩德斯通先生说道,"无论什么脾气,闷闷不乐,固执,最不好啦。"

"这种脾气,我见的多了,"他姐姐说,"不过这孩子最顽固不化了。亲爱的克拉拉,我想你也一定看出来了吧?"

"请原谅,亲爱的简,"母亲说,"不过你能说——我想你一定会原谅我,亲爱的简——你能说你了解大卫吗?"

"我要是不了解这孩子,或者不了解任何一个孩子,"摩德斯通小姐答道,"我会感到难为情的,克拉拉。我不是说了解得很深,光凭人之常情就行啦。"

"亲爱的简,"母亲说,"你了解别人的能力肯定是很强的。"

"哎哟,不是。话不能这么说,克拉拉。"摩德斯通小姐气冲冲地打断了母亲的话。

"不过我敢说情况就是这样,"母亲接着说道,"这是人人都知道的。你这种能力使我在许多方面得益很大——至少我应该得益很大——我也比任何人都更加相信你这种能力,所以我说起话来非常缺乏信心,亲爱的简,我这都是实话。"

"咱们这么说吧,我不了解这孩子,克拉拉,"摩德斯通小姐一边说着,一边理了理手腕子上的小手铐,"你要是同意,咱们一致认为我根本不了解这孩子。他太鬼,我了解不了。不过我弟弟有眼力,也许能洞察他的性格。记得刚才我弟弟正在说这件事,我们打断了他,真不好。"

"克拉拉,我觉得,"摩德斯通先生以低沉的声音说道,"怎样看待这个问题,可能有人比你高明,比你冷静。"

"爱德华,"母亲怯生生地答道,"无论对待什么问题,我都不行,你比我高明得多。你和简都比我高明得多。我刚才只是说……"

"你刚才只是说了些既没分量又没走脑子的话,"他说道,"以后可别再这样啦,亲爱的克拉拉,留神你自己吧。"

母亲的嘴唇动了动,仿佛说:"是的,亲爱的爱德华。"但是她没说出声来。

"我刚才说啦,大卫,我很不高兴,"摩德斯通先生把头转过来,两只眼睛盯着我说,"看着你那闷闷不乐的样子。这种性格要是不想办法改一改,我是不允许它在我眼皮底下发展的。你一定要努力改,少爷。我们也一定要帮你改。"

"请你原谅,先生,"我战战兢兢地说道,"自打我回来以后,并没想闷闷不乐。"

"不要撒谎来打掩护了,少爷,"他说这话的时候凶得不得了,我看见母亲不由自主地伸出她那颤抖的手,好像要把我们两个人隔开似的。"你闷闷不乐,一直躲在你的房间里。你本来应该呆在这里,而你却老呆在自己的屋里。现在你知道了,你要永远记住,我要求你呆在这里,而不是呆在那里。此外,我还要求你在这里要服从。你是了解我的,大卫。我说的话必须照办。"

摩德斯通小姐一听这话,哑着嗓子咯咯一笑。

"我要求你对我要尊敬,对我的话,要立即照办,而且要心甘情愿,"他接着说道,"对简·摩德斯通,对你母亲,也都要这样。我不能让一个孩子想怎么样就怎么样,老躲着这间屋子,仿佛这里发生了瘟疫一样。坐下。"

他像命令狗一样命令我,我也像狗一样服从了他的命令。

"还有一件事,"他说,"我发现你好跟下等人、普通人在一起。不许你和仆人来往。你在很多方面都需要提高,但是在厨房里,你是得不到提高的。关于宠着你的那个女人,我什么也不说了,因为你,克拉拉,"他压低了声音,冲着我母亲说,"由于旧的关系和多年形成的想法,对她有一种偏爱。你还没有克服呢。"

"这种奇怪的想法,真叫人不明白。"摩德斯通小姐喊道。

"我只是说,"他接下去,冲着我说,"我不赞成你好跟裴果提那样的女人在一起,以后不许再这么干了。你听着,大卫,你是了解我的,你也知道你要是不完全服从我,会有什么结果。"

我知道得很清楚——就我那可怜的母亲而言,也许我比他想象的知道得更为清楚——因此,我是完全服从他的。我不再躲在自己屋里了。我不再到裴果提那里躲避了。我一天天无精打采地在客厅里坐着,盼着赶快黑天,赶快睡觉。

我熬过的日子多么无聊,多么拘束啊!呆呆地坐在那里,一坐就是几个钟头,胳膊不敢伸,腿也不敢动,怕摩德斯通小姐嫌我烦躁(她只要有一点儿借口就责怪我),我连眼皮也不敢抬,怕她发现我有点儿不高兴啦,东张西望啦,这样她就又有借口责怪我了。那日子多么枯燥,多么难以忍受啊!我坐在那里听着时钟滴答滴答响;看着摩德斯通小姐穿她那些闪闪发光的小钢珠子;同时纳闷她有朝一日是不是也会结婚,如果结婚的话,她会嫁给一个什么样的倒霉男人;还有就是数数壁炉前面的横板刻了几个棱儿;两眼随意看看天花板,再看看壁纸上各种拳曲的花纹。

我散步,可那算什么散步呀!冬天天气不好,沿着泥泞的巷子往前走,无论走到哪里,都摆脱不了那个客厅,还有摩德斯通先生和他姐姐在里面;这是一个沉重的包袱,而我不得不背着它,这是一场噩梦,怎么也逃脱不了,这是一副重担,压得我头昏脑涨,思想迟钝。

我吃饭,可那算什么吃饭呀!我默不作声地吃饭,心里还觉得难堪,总觉得多了一副刀叉,多的就是我这一副;总觉得多了一张嘴,多的就是我这张嘴;总觉得多了一个盘子、一把椅子,多的就是我用的盘子和椅子,总觉得多了一个人,多的那个人就是我。

那是什么样的夜晚呀!点上蜡烛以后,人家就指望我干点儿事了,我不敢看闲书,只好去抠一些没有感情无动于衷的算术题;随后度量衡表也有了曲调,比如"统治吧,不列颠",或者"莫忧伤";它们不肯安安稳稳地让我学,而是像给奶奶穿针眼儿一样穿过我那倒霉的脑袋,从这个耳朵进去,从那个耳朵出来。

我虽然很小心,可怎么还是会不由自主地打起哈欠,打起盹来了呢!我睡着了,别人也不知道,我怎么一惊又醒了呢!我很少说话,说一点儿话,怎么也无人理呢!我多么像一块空荡荡的空间,人人都不注意,人人又都感到我碍事!晚上九点,时钟刚敲第一下,摩德斯通小姐叫我去睡觉,一听这话,我感到多么轻松愉快呀!

寒假就这样一天天过去了,一天早上,摩德斯通小姐说:"今天是寒假最后一天了!"随手给了我寒假里的最后一杯茶。

走,我并不感到难过。我早就麻木了,不过我已经有所恢复,盼着和斯蒂福见面,虽然他身后还跟着个克里克尔先生,怪可怕的。巴吉斯先生又来到大门口,摩德斯通小姐又以警告的口气说了声"克拉拉",因为我母亲在弯着腰向我告别。

我吻了吻母亲,吻了吻小弟弟,这时候我的确很难过,但不是因为走而难过,因为我们中间时刻存在着一条鸿沟,我们时刻都是分离的。虽然母亲以最大的热情拥抱了我,但是我脑子里永不泯灭的印象却不是她的拥抱,而是拥抱之后的情景。

我上车以后,忽然听见母亲叫我。我往外一看,看见她独自一人站在花园门口,两手把她的小娃娃举起来让我看。天气很冷,没有风,连一根头发和衣服上的一个褶子都没有飘动。只见她举着自己的孩子,聚精会神地看着我。

我就这样永远离开了母亲。我就这样回到学堂,后来在梦中看到她——她默默地出现在我的床前——还是那样聚精会神地看着我,两手举着她那个小娃娃。

第 九 章

难忘的生日

三月份我过生日,在那之前学校里发生的事,我暂且不谈。我只记得斯蒂福比先前更受人喜爱了,别的就不记得了。他最晚到这个学期末尾就要离开学堂了。在我眼中,他比先前更活跃,更不受约束了,所以也就比先前更有魅力了。除此以外,我什么也不记得了。我脑子里关于这段时间的最深刻的印象,好像吞没了所有次要的印象,单独存留下来。

从我回到萨伦学堂到生日的来临,相隔足有两个月的时间,这连我自己都难以相信。我只能认为当时的情况就是这样,因为我知道当时的情况一定是这样。否则我就会认定中间并无间隔,两件事是连续发生的。

那一天的情况,我还记得一清二楚。我现在还能闻见当时到处弥漫着的雾气,透过雾气,我还能看见鬼魂般的白霜,我还感到我那湿漉漉的头发黏糊糊地贴在腮帮子上。我还能在昏暗的教室里朝另一头望去,看见晨雾之中稀稀落落点着几只蜡烛,火苗冒着火花,学生们冻得难受,用脚跺跺地板,用哈气暖暖手指,他们呼出的水汽顿时化作缕缕青烟。

那天早饭以后,我们在游戏场玩了一会儿,刚把我们招呼到屋里,夏普先生就进来了,他说:

"大卫·科波菲尔,到客厅里去。"

我以为是裴果提给我捎来了一篮子好吃的,听他这么一说,大为高兴。我连忙站起来,离开座位,跟前的几个同学还向我提出要求,叫我分东西的时候,别忘了他们。

"不要着急,大卫,"夏普先生说道,"有的是时间,我的孩子,不要着急。"

他说话的语气是很激动的,可惜我当时没有留意,要是留意了的话,我是会感到惊讶的。我急急忙忙来到客厅,只见克里克尔先生坐在那里吃早饭,面前放着那根藤子棍儿,还有一份报纸,还看见克里克尔太太手里拿着一封信,这信已经拆开了。但是没有看见篮子。

"大卫·科波菲尔,"克里克尔太太说着,领着我走到沙发前,挨着我坐下了,"我特地叫你来,和你谈话,是因为有件事要告诉你,我的孩子。"

我当然看了看克里克尔先生,他没有看我,只是在那里摇头,正要叹气,却用一大块抹了黄油的烤面包塞住了。

"你还小,没经历过人世间一天天的变化,"克里克尔太太说,"也没经历过死人的事儿。不过我们都得学呀,大卫;有的人小时候经历,有的人老了才经历,有的人一辈子都在经历。"

我很认真地看着她。

克里克尔太太停了一下,接着说:"寒假结束,你离开家的时候,家里的人都好吗?"她又停了一下,说道:"你妈好吗?"

我不知怎地,竟然哆嗦起来。我依然认真地看着她,没有回答。

"因为,"她说,"我很难过地告诉你,今天早上我听说你妈病得很厉害。"

在克里克尔太太和我之间忽然升起了一层薄雾,好像她在雾里晃动了一下。接着我感到热泪顺着脸往下淌,她的形象也就又稳定了。

"她的病情很危险。"她又说。

我全明白了。

"她死了。"

这话就不用对我说了。我孤苦伶仃,禁不住哭了起来,偌大一个世界,我竟成了一个孤儿。

克里克尔太太待我很好。她留我在那里待了一整天,有时候就让我一个人待在那里。我哭一阵,哭累了就睡着了,醒了,再哭一阵。哭够了,我就思索起来。这时候,我觉得胸口闷极了,我的悲哀是一种隐痛,是没有办法治好的。

我思绪万千,不限于沉重地压在我心头的这场灾难,不过倒也都与这场灾难有关。我想到我们家的房子,窗户紧闭,寂静无声。我想到那个小娃娃,克里克尔太太说,他越来越不行了,他们认为他也一定会死的。我想到教堂墓地里我父亲的坟,就在我们家附近,我想到我母亲躺在树下,我对那棵树又是那么熟悉。我独自一人的时候,就站到一把椅子上照镜子,看一看我的眼睛有多么红,我的脸有多么悲伤。几个钟头以后,我想到看来我快流不出眼泪了,我要是真流不出眼泪了,那么在我离家越来越近的时候,——因为我是要回家去参加葬礼的——关于这件失去亲人的事,我应当想点儿什么,最能使我动情呢。我记得当时我就感到别的学生对我很尊敬,感到我虽然遭到不幸,却成了重要人物。

要是说哪个孩子真正深切地感到悲哀,那就是我。记得那天下午我在游戏场上散步,别的学生都在上课,我的这种重要地位使我得到一种满足。我看见他们去上课的时候从窗口朝我看,我觉得自己很特殊,越发显出难过的样子,步子也更慢了。课后他们出来和我说话,我对他们任何人都没显出傲慢的样子,完全和从前一样对待他们,觉得自己这样做,还是蛮不错的。

我安排在第二天晚上动身回家,不是坐驿车,而是坐重型夜班车,车名"农夫",主要是供乡下人短途旅行之用。那天晚上,没有讲故事,特拉德非把枕头借给我不可,我至今也不明白他觉得这对我有什么好处,因为我有自己的枕头;不过这个可怜的人也就只有枕头可以借给别人,此外还有一张画满了骷髅的信纸,离别的时候他把这张纸给了我,好为我消愁解闷。

第二天下午,我离开萨伦学堂,没想到竟一去而不复返。一整夜,我们走得很慢,早上九十点钟才来到亚茅斯。我向窗外望去,想找一找巴吉斯,可是他没在那儿,不过倒有一个胖胖的小老头儿,身穿黑色衣服,膝盖下面系着一束束褪了色的带子,脚上穿着黑色长袜,头上戴着宽边礼帽,他气喘吁吁,满脸堆笑,上气不接下气地凑到马车窗口,问道：

"是科波菲尔少爷吗？"

"是，先生。"

"少爷，劳驾跟我来吧，"他说着便开了车门，"我伺候你，送你回家。"

我把手放在他的手里，心里嘀咕，不知他是什么人。我们走进一条狭窄的马路，来到一家商店，门口写着奥默商店，经销布匹，兼营成衣，制作丧服，配料俱全，等等。这是一家又挤又闷的小商店，摆满了各式各样的服装，有做好了的，也有没做好的，有一个窗户里放满了海狸皮帽和女式小帽。我们来到商店后面的一间小屋里，三个年轻女人在那里干活儿。她们加工的黑色料子堆在桌子上，边角碎料扔得满地都是。屋里炉火正旺，有一股黑纱加热的呛人气味。我当时还不知道这是一股什么味儿，不过现在知道了。

这三个年轻女人，好像都很勤快，干得挺来劲儿。她们抬起头来看了我一眼，就又接着干活儿了。一针又一针，一针又一针。同时，窗外小院儿对面的作坊传来用锤子敲打的声音，这声音很有规律，老是一个调子：冬——嗒嗒，冬——嗒嗒，冬——嗒嗒，一点儿变化也没有。

"我说，"带我来的那个人问一个年轻女人，"你们干得怎么样啦，明尼？"

"试样子的时候，准能做好，"她轻松地答道，头也没有抬，"爸爸，你不用担心。"

奥默先生摘下宽边礼帽，坐下喘气。他太胖了，非得喘上一阵子，才说得出一声：

"是啊。"

"爸爸！"明尼顽皮地说道，"看你胖得像只海豚。"

"唉，亲爱的，我也不知道是怎么回事儿，"他一边说，一边还在想，"我的确很像。"

"你看，你这个人老是那么乐呵呵的，"明尼说道，"什么事儿，你都听其自然。"

"不这样，又有什么用，亲爱的？"奥默先生说道。

"也的确是这样,"女儿答道,"谢天谢地,我们在这儿都挺快活!是不是,爸爸?"

"但愿如此,亲爱的,"奥默先生说道,"我现在气儿喘过来了,该给这小学生量尺寸了。科波菲尔少爷,请到前面店里去好吗?"

我遵照奥默先生的要求,走在他前面。他拿了一卷料子给我看,说这料子特别好,只有死了父母,才用这么好的料子做丧服。接着他就给我量了尺寸,记在一个本子上。他一边记,一边还让我看他进的货,还告诉我哪些式样"正时兴",哪些式样"过时了"。

"就这样,我们常常要损失很多钱,"奥默先生说道,"不过式样也和人一样,说兴就兴,谁也不知道什么时候兴,为什么兴,怎么兴起来的,说不兴就不兴,谁也不知道什么时候不兴,为什么不兴,怎么不兴的。我认为,什么东西都像生活一样,假如你从这个角度来看待它的话。"

我因为很难过,没有心思讨论这个问题,其实,在任何情况下,我恐怕也讨论不了这个问题。奥默先生又带我回到后面的小屋,一边走,一边喘着粗气。

接着他就朝着门后一小段很危险的楼梯向下面喊道,"把茶点送上来!"我坐在那里,一边往四下里看,一边琢磨,同时还听着屋里做针线活的声音,听着院子那边用锤子敲出来的那个调子。过了一会儿,茶点来了,盘子里放着茶和抹了黄油的面包,原来是专门为我准备的。

奥默先生看着我吃早饭,看了好半天,但是我没吃多少,因为屋里那些黑色的东西影响了我的胃口。奥默先生说:"我认识你呀,年轻的朋友! 我认识你已经很久了。"

"是吗,先生?"

"从你出生那时候起呀,"奥默先生说道,"我还可以说从你出生以前哩。我在认识你以前就认识你父亲。他身高五英尺九英寸半,坟地长二十英尺,宽五英尺。"

"冬——嗒嗒,冬——嗒嗒,冬——嗒嗒……"院子那边传来的声音。

"他的坟地长二十英尺,宽五英尺,虽然他只占了很小的一部分,"

奥默先生兴致勃勃地说,"这不是他的要求,就是你母亲决定的,我记不清了。"

"我小弟弟怎么样啦,你知道吗,先生?"我问道。

奥默先生摇了摇头。

"冬——嗒嗒,冬——嗒嗒,冬——嗒嗒……"

"他在他妈怀里呆着呢。"他说。

"哦,可怜的小家伙!他也死了吗?"

"管不了的事,就不要管啦,"奥默先生说,"是的,小娃娃也死了。"

一听这消息,我心里的创伤又发作起来。我丢下几乎没有吃的早点,跑到小屋的一个角落里,趴在另一张桌子上。明尼连忙过去收拾,怕我的眼泪把放在那里的丧服弄脏了。她是个又漂亮又善良的姑娘,看见头发遮住了我的眼睛,就好心地用手轻轻替我撩开,但是她很愉快,因为她的活儿快干完了,时间还有富余,她的心情和我可大不一样。

不一会儿,锤子敲打的声音停了,一个漂亮的年轻人穿过院子,进到屋里。他手里拿着一把锤子,满嘴含着小钉子,不把钉子吐出来,他是无法说话的。

"哦,乔兰!"奥默先生说,"你干得怎么样啦?"

"挺好,"乔兰说,"做好啦,先生。"

明尼的脸有点儿红,另外两个女人彼此会心一笑。

"什么!这么说,昨天晚上我去俱乐部的时候,你又点着蜡烛加班儿了。是不是?"奥默先生睁着一只眼,闭着一只眼,问道。

"是的,"乔兰答道,"因为你说过,要是做完了,咱们可以一块去一趟,明尼和我,还有你……"

"哦!我还以为你们要一下子把我甩了呢。"奥默先生边说边笑,笑得咳嗽起来。

"你既然好心说了那样的话,"年轻人接着说,"我当然就加劲儿干哪,你看。去看看我干得怎么样,好不好?"

"好吧,"奥默先生说着,就站起身来,正要走,却转身对我说:"好孩子,你想不想去看看你……"

"不,爸爸。"明尼出来阻拦。

"我原以为这个主意不错,亲爱的,"奥默先生说道,"不过也许你说得对。"

他们去看的是我最最亲爱的母亲的棺材,当时我是怎么知道的,现在我也说不清楚。我没听见过做棺材的声音,也不记得看见过棺材,但是在那声音响的时候,我就意识到那是什么声音,而且我敢肯定,在那个年轻人进来的时候,我知道他刚才在干什么。

活儿干完了。那两个女的叫什么名字,我还没有听到,只见她们刷掉身上的线头儿和布条儿,到店里去,收拾了一下,等候顾客来临。明尼留下来把做好的衣服叠起来,放在两只篮子里。她是跪在地上干的,一边儿干还一边儿哼着轻快的小曲儿。乔兰进来了,我知道他一定是明尼的情人。明尼在那里忙活,他就趁机吻了她一下(好像对我全不在意),还说她父亲备车去了,他自己也得赶紧去做准备。然后他就又出去了。他走了以后,明尼把顶针和剪子放进口袋里,把一根带黑线的针仔细地别在胸前,又对着门后的小镜子,很麻利地在长袍外面加了一件外衣。我在镜子里看见了她脸上那洋洋得意的神气。

这一切,我都是坐在角落里看到的。我坐在桌子旁边,托着脑袋,想的事情可多啦。过了一会儿,马车来到商店门口,篮子先被放到车上,接着是我,随后是那三个女的。我记得这辆车好像一半是轻便马车,一半是运钢琴的货车,车身颜色暗淡,拉车的是一匹黑马,尾巴很长,我们都上了车,还挺松快。

我和他们在一起,有一种奇怪的感觉,这恐怕是以前从来没有过的(也许我现在懂的事多了,不觉得怪了),因为我记得他们刚才干活儿的情景,现在他们坐在车上,却这样愉快。与其说我生他们的气,不如说我怕他们,好像我流落到这伙人当中,而和他们的天性毫无共同之处。他们都非常高兴。老人坐在前面驾车,那一对年轻人坐在他身后,他什么时候跟他们说话,他们就探着身子凑上去,一个贴着他这边的大胖脸,一个贴着他那边的大胖脸,一个劲儿地巴结他。他们本来也会跟我说话的,可是我缩在角落里,显出无精打采的样子,因为他们把我吓坏了。他们在那里打情骂俏,嘻嘻哈哈,不过倒也没有大喊大叫,反正他们弄得我心里有些纳闷,他们心肠这么狠,怎么也不得报应呢。

因此,他们中途停下来喂马,他们自己也连吃加喝,享受一番的时候,我什么也没沾,省了一顿。因此,我们一到家,我就飞快地从车后面溜了,不想和他们一起从窗前走过。那些庄严肃穆的窗户,曾几何时还是一只只明亮的眼睛,现在却像瞎了一样,对我闭了起来。看见母亲卧室的窗户,还有旁边那个窗户,当年光景好的时候,那就是我的卧室的窗户呀——回到家里,看到这一切,哦,哪里还需要想些什么,来促使我伤心落泪呢!

我还没到屋门口,就扑到裴果提怀里去了,是她把我领进屋里去的。她一看见我,就难过得哭了起来,但她很快就克制住自己,小声跟我说话,蹑着脚走路,好像怕惊动了死者。我看得出,她很长时间没睡觉了。直到这时候,她夜里还是不睡,在一旁守着。她说,只要她那可怜又可爱的美人儿还没入土,她就决不离开她。

摩德斯通先生在客厅里,可是我进来的时候,他根本不理睬,他坐在壁炉前一把扶手椅里,一边掉眼泪,一边想事情。摩德斯通小姐正在书桌前面忙活,桌上放着许多信件和单据。她向我伸出了她那冷冰冰的手指甲,用铁一样坚定的语气小声问我量了丧服的尺寸没有。

我说:"量过啦!"

"还有你的衬衫,"摩德斯通小姐问道,"带回来了吗?"

"带回来了,小姐。衣服全都带回来了。"

这就是她凭着她的坚定性给我的全部安慰。我毫不怀疑,在这样一个场合,她最喜欢显示她所说的她的自制力,她的坚定性,她的脑子多么好使,她处理事务多么合情合理,还有她那倒霉的一整套叫人厌恶的品质。她特别为自己的办事能力而自豪,现在她为了显示一下,把一切事情都加以简化,只用笔和墨水打交道,完全无动于衷。那天一直到天黑,还有后来从早到晚,她老坐在书桌旁边用一支硬笔刷啦刷啦地写,泰然自若;对任何人悄悄地说话,也是同样地不动声色。她从不松弛一下脸上的肌肉,从不缓和一下说话的语气,露面的时候,从不让自己的衣服有一丝一毫不平整的地方。

她弟弟有时候拿起一本书,可是我从来不见他读。他常常是把书打开,眼睛看着它,好像是在读;可是他能这样呆上一个钟头,也不翻页,然后就把书放下,在屋里来回地走。我常常两手交叉坐在那里,一个钟头一个钟头地看着他走,数他的步子。他很少跟他姐姐说话,也从来不理我。在整个这所寂静的房子里,除了时钟以外,好像只有他坐立不安。

安葬以前那几天,我很少见到裴果提。上楼或者下楼的时候,我看见她老呆在停放我母亲和她的小娃娃的屋子附近。每天晚上,她来看我,坐在我床头上,等我入睡。在安葬的前一两天——我现在觉得是在安葬的前一两天,不过我知道在当时那沉痛的日子里,时间是怎么过的,没有留下标记——她把我带到那间屋里去了。我只记得床上蒙着白布,周围是一片洁净,一片清新,十分美好。我感到白布下面躺着的就是这所房子里那肃穆宁静气氛的化身。裴果提想轻轻地把白布撩起来,我说:"别动!别动!"拉住她的手不放。

即便这葬礼是昨天举行的,我也不可能记得更清楚了:我来到家里那间最好的客厅里,一进门就感到那里特有的气氛,那明亮的炉火,酒瓶里那闪光的酒,那杯盘上的图案,那糕点的清香,摩德斯通小姐的衣服的气味,还有我们穿的黑衣裳。祁力普先生也在这里,他走过来跟我说话。

"大卫少爷,你好啊?"他和蔼地说道。

我无法对他说我很好,就把手伸过去,他拉住了我的手。

"哎呀!"祁力普先生说着,谦逊地笑了笑,眼睛里好像什么东西在闪光,"我们的年轻朋友就在我们身边长大了,长得我们认不出来了,小姐。"

这话是对摩德斯通小姐说的,可是她没接茬儿。

"这儿比以前可好多了吧,小姐?"祁力普先生说道。

摩德斯通小姐皱了皱眉,一本正经地弯了弯身子,算是回答。祁力普先生感到没趣,就躲到一个角落里,还拉着我和他做伴,再也不开口了。

我提到这些事,是因为有什么情况,我就记什么情况,而不是因为我就想到自己,也不是因为我自从回家以后就想到自己。现在铃响起来了,奥默先生和另一个人走了进来,叫我们做好准备。很久以前裴果提就常对我说,当年也是往这个坟墓里给我父亲送葬的人,就是在这同一间屋里准备好的。

送葬的有摩德斯通先生,我们的邻居格雷珀先生,祁力普先生,还有我。我们走到门口的时候,抬棺材的已经抬着棺材到了院子里,我们跟着他们顺着小路,走过那几棵榆树,出了大门,来到教堂墓地。夏天的早晨,我有多少次到过这里来听鸟叫啊。

我们站在坟的四周。我觉得那一天好像不同寻常,阳光的颜色也和平时不一样——特别阴郁。这里有一种庄严肃穆的气氛,这是我们和在墓穴里安息的人一起从家里带来的。我们光着头站在那里,这时我听见了牧师的声音,在那空旷的地方,这声音好像来自很远的地方,但是听得很清楚。他说:"主说,我即是复活,我即是生命!"接着我就听见有人哭。当时我和旁观的人站在一边,看见哭的不是别人,正是那位善良而忠实的仆人,她是世界上所有的人里我最爱的一个,我那颗幼小的心很有把握,总有一天主会对她说:"做得好。"

在这个不大的人群里,有许多面孔我是熟悉的,有些人是我在那处处使我惊异的教堂里认识的,有些人是在我母亲年轻漂亮的时候刚来到这个村子里就见过她的。这些人,我都没放在心上,放在心上的只有我自己的悲痛,然而我都看见他们了,也都认识他们,就连远远地站在人群后面的明尼我也看见了。她在那里观望,还不时朝着离我不远的她那个情人扫上一眼。

葬礼结束了,土也填好了,我们转身往回走。前面就是我们家的房子,它还是那么好看,一点儿变化也没有,在我那幼小的心灵里,它与失去的东西紧紧地联系在一起,因此它所引起的悲哀远远超过我已有的悲哀。但是他们领着我往前走了,祁力普先生还跟我说话,回到家里,他还拿来水送到我嘴边;我请求他允许我回自己的房间去,他像女人一样温柔地放我走了。

我说了,这一切都像是昨天发生的。后来发生的事情已经离开我而漂到彼岸,所有忘了的事在那里都要重现,但是这一天发生的事,却像一块巨石,屹立在大洋里。

我知道裴果提会到我屋里来看我。当时就像安息日一样宁静(那一天的确很像星期天,我忘了说了),这对于我们俩都是很合适的。她在我的小床上挨着我坐下,拉着我的手,有时把它贴在自己的嘴唇上,有时又用自己的手抚摩它,好像在哄我的小弟弟。就这样,她以自己特有的方式对我述说了与刚刚发生的事有关的所有该说的情况。

"很长时间,"裴果提说,"你妈一直身体不好。她精神恍惚,也不高兴。她生孩子的时候,我起先以为她会好转,但是她更弱了,一天不如一天。生孩子以前,她老爱一个人坐着,坐一会儿,哭上一阵。后来她就老对着孩子唱歌,唱得那么柔和。有一次,我又听见她的歌声,竟以为那是空中的什么声音,越来越远了。

"近来,我觉得她越发胆小,越发容易受惊吓了。谁要是说一句严厉的话,就像打了她一样。对我,她倒总是一个样儿。对她这个傻裴果提,她没有变,我那可爱的姑娘没有变。"

裴果提说到这里,停下来拍我的手,拍了好一阵子。

"最后一次见到她和从前一样,是你回来的那天晚上,我的孩子。你走的那一天,她对我说,'我再也见不到我那可爱的宝贝了。我有这种预感,挺灵的,我信。'

"在那以后,她还尽量挺着。好几回,人家说她无忧无虑,不操心,她也就假装无忧无虑、不操心的样子,不过当时已经不是早先那种情况了。她对我说的话,一直不敢对她丈夫说,除了我,她对谁都不敢说。后来,有一天晚上,就在出事以前一个多星期,她对丈夫说:'亲爱的,我觉得我要死了。'

"'这桩心事总算了结了,裴果提,'那天晚上我扶她上床的时候,她对我说。'我的话,他会越来越相信,他这个可怜的人。几天以后,就都过去了。我真累呀。要是这就算睡觉,我睡的时候,你就坐在旁边,别离开我。愿上帝保佑我的两个孩子呀!愿上帝关照我那没爹的孩子呀!'

"从那以后,我就再没离开过她,"裴果提说,"她常和楼下那两个人说话——因为她爱他们;对于身边的人,不爱哪一个,她都觉得过意不去——但是每当他们从她的床边走开的时候,她就转过身来对着我,好像我在哪儿,她就可以在哪儿得到安宁,不这样,就睡不着觉。

"最后一天的晚上,她亲了亲我,对我说:'要是我的娃娃也死了,裴果提,请你让他们把他放在我怀里,把我们埋在一起吧。'(后来就是这么办的,因为那可怜的小家伙只比母亲多活了一天)'让我那最可爱的孩子陪我们到我们安息的地方去吧,'她说,'你告诉他,他的母亲躺在这里,曾经为他祝福,不是一次,而是一千次。'"

裴果提说到这里,又沉默了一会儿,又轻轻地拍了拍我的手。

"夜已经很深了,"裴果提说,"她向我要水喝,喝完了水,那可爱的人儿呀,她对我微微一笑,笑得多么好看呀!

"天亮了,太阳也慢慢升起来了,她对我说,科波菲尔先生一向对她多么关心,多么体贴,多么宽容,在她缺乏自信的时候,他就对她说,有一颗爱心比有头脑更好,更有力量,他之所以是一个幸福的人,就因为她有爱心。随后她说:'裴果提,亲爱的,扶我靠你近点儿,'因为她非常虚弱。'你真好,快把你的胳膊放在我脖子底下,'她说,'转一转我的身子,让我朝着你,你的脸离我越来越远了,我要它靠近点儿。'我按照她说的做了,哦,大卫,还真应了咱们头一次离别的时候我对你说的话——她会乐意把她那可怜的脑瓜子再放到这又笨又爱发火的老裴果提的胳膊上——她死了,就像一个孩子睡着了一样。"

裴果提说完了。从我听说母亲去世的时候起,她最近的形象就从我的心目中消失了。从那时候开始,我只记得最初的印象,她是一个年轻的母亲,常把自己那光亮的头发绕在手指上,常在天快黑的时候和我在客厅里跳舞。现在裴果提跟我说的这番话,不但没有使我了解后来的情况,反而加深了我先前的印象。这也许有点儿怪,但实际情况就是这样。她这一死,就像插上翅膀飞回她那平静的没有烦恼的青春时代,把后来的日子一笔勾销了。

在坟里躺着的那位母亲,是我幼年时代的母亲,她怀里那个小东西就是我自己,我一度就是那样的,只不过在她怀里永远不再出声了。

第 十 章

我遭冷落,又有了安排

丧事过后,阳光又可以自由地照进屋里。摩德斯通小姐处理的头一件事,就是通知裴果提,给她一个月的期限。裴果提本来就很不喜欢这份差使,但是为了我,我相信她也会继续干,而放弃世界上最好的工作。她对我说,我们必须分手,也告诉我为什么必须这样,我们俩诚心诚意地互相安慰了一番。

至于我,或者说我的未来,没有听到一句话,也没有见到一个举动。我敢说,他们要是能给我一个月的期限,就把我也打发掉,那他们才高兴呢。有一次,我鼓起勇气问摩德斯通小姐,我什么时候回学校去,她很冷淡地答道,她认为我根本就不会再回学校去了。别的什么也没告诉我。我很想知道他们准备拿我怎么办,裴果提也很想知道,但是关于这件事,我们谁也得不到一点儿消息。

我的处境倒是也有一点儿变化,使得我眼前的日子好过多了,不过我要是仔细考虑一下,就会对未来感到更为不安。这变化就是:原来加在我身上的约束通通取消了。不但不要求我到客厅里去干坐着,有几次,我往那儿一坐,摩德斯通小姐还冲着我皱眉,意思是让我走开。他们不但不禁止我和裴果提在一起,而且只要我不和摩德斯通先生在一起,他们就不管不问。起初我还天天害怕,怕他又要亲自教育我,也怕摩德斯通小姐亲自来管这件事,不过我很快就意识到,这种顾虑是没有根据的,我应该料到的不是别的,而是无人照顾。

我觉得这个发现当时并没有使我感到很痛苦。由于母亲去世给我的刺激,我依然昏昏沉沉,对一切无关紧要的事,都处于一种麻木不仁的状态。的确是这样,记得我有时候曾经想过,可能不会再让我上课了,可能不会再有人关心我了,长大以后,也许就成了一个破衣烂衫意志消沉的人,在村子里闲荡。我也想过可能避免这样一个形象,模仿故事里的人物,跑到一个什么地方,想办法发财去。不过这都是些一时的想法,有时候坐在那里做的白日梦,好像淡淡地画在或者写在我屋里的墙上,一旦消失,墙上还是一片空白。

"裴果提,"一天晚上,我在厨房的炉火旁烤手,一副心事重重的样子小声说道,"摩德斯通先生比过去更不喜欢我了。他从来就不大喜欢我,裴果提,现在只要有可能,他连看都不愿意看我了。"

"也许是他心情不好吧。"裴果提说着捋了捋我的头发。

"我肯定我也很难过,裴果提。我要是真的认为那是因为他心情不好,我就根本不介意了。可是并不是因为那个原因,哦,不是因为那个原因。"

"你怎么知道不是因为那个原因?"裴果提沉默了一会儿,问道。

"哦,他心情不好,那完全是另外一回事儿。他这会儿,心情也不好,和摩德斯通小姐在壁炉旁边坐着呢。不过我要是一进去,裴果提,他就是另外一副模样了。"

"什么模样?"裴果提说。

"生气呀,"我说,还不由自主地学了学他拉着长脸皱眉头的样子,"他要是光心情不好,就不会那样看我了。我就光是难过,这倒使得我心肠更软了。"

裴果提沉默了一会儿。我只顾烤手,一声也没吭。

最后还是她说:"大卫。"

"什么事儿,裴果提?"

"我能想到的办法,我都试过了,我的孩子——能行的,不能行的,我都试了试——想在布伦德斯通这地方找一份合适的工作,可就是找不到哇,我的孩子。"

"那你打算怎么办呢,裴果提?"我还是抱着一线希望问她,"你想不想到别处去找出路呢?"

"我估计不得不到亚茅斯,"裴果提答道,"在那里落脚了。"

我一听这话,心里一阵高兴,说道:"我还以为你会走得远远的呢,要是那样,我就找不到你了。亲爱的老裴果提,我会抽空到亚茅斯去看你。你不会跑到世界的另一头去吧,啊?"

"感谢上帝,不会的!"裴果提非常兴奋地大声说道,"只要你在这儿,我的小乖乖,我这一辈子会每个礼拜都来看你的。每个礼拜都会有一天来看你。"

这个许诺使我感到如释重负,而且还不止于此,因为裴果提接着说:

"大卫,你听我说,我要先到哥哥家再住上两个礼拜,利用这段时间,好好考虑考虑,同时也想办法恢复到以前的样子。我一直在想,眼下他们既然不想让你呆在这儿,也许会让你跟我一块儿走一趟。"

要是我和周围的人,裴果提除外,不能改善关系,当时各项计划之中唯一能使我感到乐趣的就是这个计划了。我又可以回到那些诚实的人们中间去了,他们的脸上都带着欢迎我的表情;我又可以回到那宁静的环境里,在晴朗的星期天早上,听那悠扬的钟声,往水里扔石子,还能看见一条条模糊的大船,透过晨雾显现出来;我可以和小艾米丽到处游荡,向她诉说我的烦恼,在海滩上拾贝壳和石子来消除烦恼——我一想到这些事,心里就感到平静。当然,这种平静接着就又被打破了,因为我不知道摩德斯通小姐同意不同意,不过就连这点疑虑也很快消除了,因为那天晚上就在我们议论这件事的时候,摩德斯通小姐到储藏室来找什么东西,裴果提当场提出了这个问题,她那股冲劲儿真叫我吃惊。

"这孩子到了那里也是闲着,"摩德斯通小姐说着,往咸菜坛子里看了看,"而闲着是一切罪恶的根源。不过话又说回来了,他在这儿也是闲着——依我看,不论到哪儿,他也都是闲着。"

我看得出,裴果提想顶她一句,可是为了我的缘故,话到嘴边,又收了回去,什么也没说。

"唉!"摩德斯通小姐说道,两眼依旧看着咸菜,"不能让我兄弟受打扰,不能让他觉得不舒服,这比什么都重要,这是头等重要的大事。我看我最好还是同意吧。"

我向她道了谢,但是没有显得多么高兴,因为怕弄得她改变主意。当她不再往坛子里面看而看我的时候,她那股子酸味儿大得好像她那两只黑眼睛把坛子里的东西全都吸收了。这时我不禁觉得,我没有显得多么高兴,还是明智的。不过,已经答应了的事,倒也没有收回。那一个月的期限结束的时候,我和裴果提都准备停当,可以上路了。

巴吉斯先生到屋里来拿裴果提的箱子。我以前从来没见他进过花园的大门,但是这一次,他进到屋里来了。在他扛起那只最大的箱子往外走的时候,他看了我一眼,我觉得这一眼有特殊的含义,如果说巴吉斯先生脸上的表情有什么含义的话。

临走的时候,裴果提的情绪自然是很低沉的,因为许多年来,这里就是她的家,她在这里疼爱过两个人——我和我母亲——这是她一生中最疼爱的两个人。清早,她还到教堂墓地里去走了一趟。后来她就上了车,坐在那里,直用手绢擦眼泪。

裴果提是这副模样,巴吉斯先生也毫无动静。他坐在老地方,摆着老姿势,像个大草人。后来裴果提开始东看西看,还跟我讲话,他就不时地点头,还咧着嘴笑。我不知道他这是对谁点头,对谁笑,也不知道他的用意何在。

"今天天气真好啊,巴吉斯先生!"我出于礼貌,对他说道。

"天气是不错。"巴吉斯先生说道。他说话总是留有余地,而且轻易不把话说死。

"裴果提现在很舒服了,巴吉斯先生。"我说,为了使他高兴。

"是吗?"巴吉斯先生说。

巴吉斯先生以很有头脑的神气想了一下,看着她说道:

"你是挺舒服吗?"

裴果提笑了笑,说是挺舒服。

"不过,你知道,咱得说实话,舒服吗?"巴吉斯先生以低沉的声音说道,说着就朝她蹭过来,还用胳膊肘儿捅了她一下,"舒服吗?说实话,是挺舒服吗?啊?"巴吉斯先生每问一句,就朝她靠近一点儿,还用胳膊肘儿捅她一下。到后来,我们都挤到车左边的角落里,挤得我简直无法忍受了。

裴果提让他看把我挤得多么难受,巴吉斯先生马上给我腾地方,而且一点点地退了回去。不过我看得出来,他好像觉得发现了一个极好的办法,既可以把自己的意思表达得干净利落,讨人喜欢,又可以免去没话找话之苦。他显然是得意了好一阵子。过了一会儿,他又冲着裴果提来了,还重复刚才说过的话,"你挺舒服吗?"又像刚才一样挤我们,差点儿把我挤扁了。过了一会儿,他又冲着我们来了,还是问那个问题,结果也和前面一样。最后,我一看他又要来了,就赶紧站起来,站在踏板上,假装看风景,这样我就不挨挤了。

巴吉斯先生非常客气,专为我们在一家酒店门前停了车,请我们吃烤羊肉,喝啤酒。甚至就在裴果提喝啤酒的时候,他还像上面说的那样来了一通,差一点儿把裴果提呛着。不过等我们越来越接近目的地的时候,他的事儿多了,就没那么些工夫献殷勤了。等我们来到亚茅斯的石头马路上,摇晃颠簸得太厉害,我想,也就顾不上别的了。

裴果提先生和哈姆还是在老地方等我们。他们亲热地欢迎我和裴果提,也和巴吉斯先生握了握手。巴吉斯先生,帽子挂在后脑勺儿上,脸上腼腆,斜着看人,腿也腼腆,斜着走路,我觉得他显得有些茫然。裴果提先生和哈姆各提了一只裴果提的箱子,我们正要走,巴吉斯先生伸出食指向我认真地打了一个手势,把我叫到一个门洞儿里。

"我看,"巴吉斯先生以低沉的声音说道,"还行。"

我抬头看着他,故意显得深明事理的样子,说道:"哦!"

"事情还没完哪,"巴吉斯先生点着头对我说,好像在说什么秘密,"还行。"

我又说了声"哦!"

"谁愿意,你是知道的,"我这个朋友说道,"巴吉斯呀,就是巴吉斯呀!"

我点了点头,表示同意。

"还行,"巴吉斯先生握着我的手说,"够朋友。从一开头儿就是你的功劳。还行啊!"

巴吉斯先生特别想把话说清楚,可我就是摸不着头脑,要不是裴果提把我叫走,我会站在那里看着他,看上一个钟头,结果就像看一只停了的钟一样,看不出个所以然来。我们一边走,裴果提就问我,他刚才说了些什么,我说,他刚才说还行。

"他就是这么不要脸,"裴果提说,"可是我不在乎!亲爱的大卫,我要是想结婚,你觉得怎么样?"

"哦——你要是结了婚,裴果提,我想你一定会和现在一样喜欢我吧?"我想了一下,回答道。

这个善良的人一听这话,马上情不自禁地停下脚步,把我搂在怀里,反复地说她疼我爱我,决不会变,弄得走在前面的自家人和路上的行人大为惊讶。

在这以后,我们继续往前走,裴果提又问我:"你说,你觉得怎么样,亲爱的孩子?"

"你是说结婚,和巴吉斯先生结婚的事吗,裴果提?"

"是呀。"裴果提说。

"我觉得很好,裴果提,因为你知道,这样一来你就有马有车,老可以坐这套马车来看我,又不用花钱,还一准能来。"

"我这乖孩子真懂事儿!"裴果提大声说道,"这一个月,我也一直这么想。是啊,我的宝贝。到那时候,你看,我想我就更自由了,况且在自己家里干活比在谁家干活都自在。现在要是去伺候一个生人,我还真不知道干什么好呢。再说,和他结了婚,我就老离我那俊姑娘的坟不远,"裴果提带着思念的神情说道,"什么时候想去看看,就可以去看看。等我两腿一伸的时候,就埋在离我那亲爱的俊姑娘不远的地方了。"

我们两个人沉默了一会儿,什么也没说。

"不过要是我的大卫不赞成,"裴果提兴致勃勃地说,"我就不再考虑这件事了——即便他在教堂里问我三十个三次,即便订婚戒指在我口袋里磨旧了,我也不再考虑这件事了。"

"裴果提,你看看我,"我说,"看我是不是真高兴,是不是真心希望你和他结婚。"我的确是打心眼儿里赞成这件事。

"好啦,我的命根子,"裴果提说着,使劲儿搂了我一下,"我白天黑夜,随时都在想,各种情况都想到了,但愿想得对头。不过我还要想,还要跟我哥哥商量商量,咱们先别跟别人说,大卫,就你和我知道。巴吉斯老实忠厚,"裴果提说,"我要对他尽我的责任,要是我——要是我不觉得挺舒服的,我想那就是我的不是了。"裴果提一边说着,一边大笑起来。

在这里引用巴吉斯先生这句话,非常恰当,我们俩都觉得有趣极了,笑了又笑。等我们走到近处,看见裴果提先生的小屋的时候,我们仍感到非常快活。

那小屋看上去和原来完全一样,只是在我眼里可能显得略微小了一点儿。古米治太太在门口等着我们,好像从上次以来,她就一直站在那里。屋里的一切都是原样儿,连我卧室里那蓝色缸子里的海草也没变样儿。我到外面的棚子里看了看,还是那些龙虾、螃蟹和蝲蛄,还是在那个角落里,还是那样互相紧紧地挤在一起,还是那样碰见什么夹什么。

但是没有见着小艾米丽,于是我就问裴果提先生,她在哪里。

"她上学去啦,少爷,"裴果提先生说着擦了擦汗,他刚才给裴果提搬箱子,热得满头大汗。他看了看那只荷兰钟,接着说道:"再过二十分钟到半个钟头,她就回来了。她不在家,我们大伙儿都想她,可想她哩!"

古米治太太叹了一口气。

"提起精神来,大妹子!"裴果提先生大声说道。

"我想她,比谁都想得厉害,"古米治太太说道,"我是个孤苦伶仃的老婆子,恐怕只有她不和我作对呀。"

古米治太太小声嘟囔着,摇着头,到一旁往火里鼓风去了。裴果提先生趁此机会,往四下里看了一眼,用手遮着嘴低声说道:"惦记着她那一口子呢!"我从这里就看出来了,自从我上次来过以后,古米治太太的情绪始终没有变好。

现在整个这个地方和过去一样吸引人,或者说应该和过去一样吸引人,但是我的感受却不同。我有些失望。也许是因为小艾米丽不在家。我知道她回家的路,所以过了一会儿,我就慢慢地走着,到路上去迎她了。

不一会儿,远处出现了一个人影,我很快就认出来了,那就是艾米丽,她虽然长大了,身材却依然不高。她渐渐走近了,我看到她的蓝眼睛比原来更蓝了,两个酒窝儿更好看了,整个身材更漂亮,更有活力,这时候,我忽然有一种奇怪的感觉,促使我假装不认识她,从她身旁走过,好像在看远处的什么东西。我要是没记错,后来我还做过一次这样的事。

小艾米丽毫不介意。她明明看见我了,却不回过头来叫我,而笑着向前跑去。这样一来,我不得不在后面追她,她跑得真快,等我追上她的时候,已经快到家了。

"哎哟,原来是你呀!"小艾米丽说。

"啊,你本来就知道是谁,艾米丽。"我说。

"难道你不知道是谁吗?"艾米丽说。我想吻她一下,可是她却用手捂住了她那通红的嘴唇,还说她已经不是孩子了,说着比刚才笑得更厉害,一边笑,一边跑回家去了。

她好像在拿我开心。她身上的这种变化使我感到非常惊讶。茶点摆好了,我们那个小柜子也放在了原来的位置上,可是她没有过来和我坐在一起,而情愿和那嘟嘟囔囔的古米治太太做伴去了。裴果提先生问她为什么这样,她把头发抓乱,披在脸上,把脸遮住,一个劲儿地笑,什么也不说。

"简直是只小猫儿!"裴果提先生说着,用他的大手拍了拍她。

"是小猫儿!是小猫儿!"哈姆大声说道,"大卫少爷,她是小猫儿!"他坐在那里冲着艾米丽格格地笑了一阵,心里又爱慕,又高兴,涨得满脸通红。

小艾米丽让他们大家给宠坏了,实际上,裴果提先生宠她宠得比谁都厉害。她只要把脸贴在他那扎人的络腮胡子上,让他干什么,他就干什么。至少在我看她那样做的时候,就是这么想的,而且我认为裴果提先生的做法,也是完全对的。但是她那样亲切,那样善良,又诡计多端,又羞涩腼腆,实在讨人喜爱,结果弄得我比过去更加喜欢她了。

艾米丽的心肠也很软。茶点过后,我们坐在炉子旁边烤火,裴果提先生抽着烟,提起我遭到的不幸,这时她眼里充满了泪水,隔着桌子,亲切地看着我,使得我对她非常感激。

"啊!"裴果提先生说着,随手抓起艾米丽的鬈发,让它像水一样在手上滑过,"你看,少爷,这也是个孤儿。还有这一个,"裴果提先生说着,用手背敲了敲哈姆的胸膛,"他也是,只是不大像就是了。"

"我要是有你做我的监护人,裴果提先生,"我说着摇了摇头,"恐怕就不大会觉得自己是个孤儿了。"

"大卫少爷,说得好!"哈姆非常兴奋地大声说道,"哈哈!说得好!不会觉得是孤儿了!哈哈!"说到这里,他也用手背还了裴果提先生一下,小艾米丽也站起来亲了亲裴果提先生。

"少爷,你那个朋友好吗?"裴果提先生问我。

"斯蒂福?"我说。

"是这个名字,"裴果提先生大声说道,接着又对哈姆说,"我记得这名字和咱们这一行有关系。"

"你说过那人名叫拉舵夫呀!"哈姆说着,大笑起来。

"唉!"裴果提先生反驳道,"既要有舵,也要有福嘛!① 这两个名字都跟使船有关系!他怎么样,少爷?"

"我离开的时候,他很好哇,裴果提先生。"

"那可是个朋友!"裴果提先生说着把烟斗往外一伸,"要说朋友,那可是个朋友!哎呀,我的天哪,看一看他,真是一饱眼福呀!"

"他很帅,是不是?"我问道。听他这样赞扬,我心里热乎乎的。

"真帅!"裴果提先生大声说道,"他站在你面前,就像……就像一个……唉,我觉得他无所不像。他可真有闯劲儿!"

"是啊!他就是这种性格,"我说,"他像狮子一样勇猛,你还不知道他有多么坦率呢,裴果提先生。"

"现在我的确认为,"裴果提先生一边说,一边透过烟斗冒出来的烟看着我,"就书本知识而言,他差不多什么都知道。"

"是啊,"我高兴地说道,"他什么都知道。他聪明得要命。"

"那可是个朋友!"裴果提先生一本正经地把头一扬,自言自语地

---

① 斯蒂福,原文 Steerforth,steer,是为船掌舵的意思。

说道。

"他好像从来没有什么为难的事儿,"我说,"无论什么功课,他一看就明白。他打板球也打得很好,你从来没见过打得这么好的。下起棋来,差不多你想叫他让你几个子儿,他就让你几个子儿,而且不用费力,就能把你赢了。"

裴果提先生又把头扬了一下,仿佛在说,"那没问题。"

"他特别会说话,"我接着说,"听他说话的人,没有不信服的。裴果提先生,你要是听一听他唱歌,我还不知道你要说什么哩!"

裴果提先生又把头扬了一下,仿佛在说,"那是肯定的。"

"另外,他这个人还非常大方,非常文雅,非常高尚,"我说,谈起了我最喜欢的这个话题,我越说越来劲儿,"你怎么夸他,恐怕都夸不够。在学校的时候,我比他小得多,年级也低得多,但是他很讲义气,保护了我,我敢说无论怎样感激他,都是远远不够的。"

我正在滔滔不绝地说着,忽然眼光落在了小艾米丽的脸上。她低着头,趴在桌上,屏着呼吸,全神贯注地听着,她的蓝眼睛像宝石一样闪闪发光,两颊泛起了红晕。她显得极为认真,极为美丽,我一阵惊讶,话也停了下来,我一停,他们笑着看她,大家的注意力一下子就集中到她身上去了。

"艾米丽和我一样,"裴果提说,"愿意见见他。"

艾米丽看我们大家都盯着她,感到不知所措,低下了头,羞得满脸通红。接着她抬起头来,从披在脸上的几缕鬈发的缝里一看,看见我们仍然在看着她(我敢说至少我就会一连看她几个钟头),就跑了,一直到快睡觉的时候才露面。

我还是睡在老地方,安在船尾的一张小床上,那风也像我上次来的时候一样,呼呼地从这片荒滩吹过。但是这一次,我不由自主地产生了一个想法:这风是在为故去的人呜咽;我想的不是海水会在夜里涌上来,把我们住的这条船冲走,我想的是自从我上次听到那风声之后,海水已经涌上来,把我这幸福的家淹没了。我记得,那风声和波涛声在我耳朵里减弱了,我在祈祷的时候就加了半句话,祈求长大以后能娶小艾米丽为妻,接着就怀着一颗爱心睡着了。

日子一天天过得和上一次差不多，不同之处——这还是一个很大的不同——就是这次我和艾米丽很少到沙滩上去溜达。她有功课要做，还有针线活儿要做，而且每天都有很大一部分时间不在家里。不过我觉得即便情况不是这样，也不能像过去那样出去溜达了。艾米丽虽然无拘无束，一会儿想这样，一会儿想那样，像个孩子一样，她却比我料想的更像是一个小妇人了。不过一年的时间，她好像和我产生了很大的距离。她还喜欢我，不过她也讥笑我，折磨我；我到路上去接她，她就偷偷地绕路回家，等我失望而归的时候，她就站在门口笑我。最美好的时光，就是她安安静静地坐在门口做功课，我坐在她脚边的木头台阶上，念书给她听。现在我好像觉得，我从来没有见过当时四月间下午那样明媚的阳光，我从来没有见过当时常见的那坐在旧船门口的妩媚的小人儿，我从来没有见过那样的天空，那样的海水，那样辉煌的船只驶向那金色的远方。

　　就在我们来的那天晚上，巴吉斯先生来了，他恍恍惚惚，笨手笨脚，提着一兜橘子，用手绢包着。他只字未提，大家以为他落在这里，忘了带走了。哈姆追上去还给他，回来的时候告诉大家，那是送给裴果提的。从那以后，他每天晚上都准时前来，而且每次都带着一小兜东西，也不说是给谁的，老是放在门后头，就不管了。这些表示心意的东西花样很多，也很古怪。我记得其中有两对猪蹄儿，一个特大的针插，大约半蒲式耳苹果，一对黑玉耳环，一些西班牙洋葱，一盒骨牌，一只金丝鸟，还有鸟笼，另外还有一只火腿。

　　我记得，巴吉斯先生求婚的方式很稀奇。他很少说话，坐在炉子旁边，和坐在车上赶车的时候姿势差不多，两眼使劲儿盯着对面儿的裴果提。一天晚上，我认为他是受爱情的驱使，冲过去，拿起裴果提拉线用的蜡烛头儿，放在坎肩口袋里，带走了。从那以后，他的一大乐事就是在需要的时候把蜡烛头儿掏出来，不过这时候那蜡烛头儿已经有点儿化了，粘在了口袋的里子上；蜡烛头儿用过之后，他再把它放回口袋里。他好像自得其乐，而且完全不觉得有说话的必要。即便是他带裴果提到海滩上散步的时候，我相信他也不会因此而觉得不自在，只要偶尔问她一声，是不是很舒服，也就心满意足了。我还记得，有时候他走了以后,裴果提会把围裙捂在脸上,笑上半个钟头。说实在的,我们都觉得这件事很有意思,唯有可怜的古米治太太除外,因为她受人追求的时候,情况大概是完全一样的,眼前这些事不断地使她想起她那一口子。

最后,我在这里呆的时间快结束了,他们说裴果提要和巴吉斯先生出去玩一天,让我和小艾米丽跟他们一起去。头一天晚上,我一点儿也没睡好,老盼着和艾米丽度过美好的一天。第二天一大早儿,我们就都起来了,吃早饭的工夫,远远地看见巴吉斯先生,他正赶着一辆轻便马车,朝着他心爱的人儿跑来。

裴果提穿得和平时一样,一身颜色暗淡的丧服,整整齐齐。巴吉斯先生则不然,他喜气洋洋地穿着一件新做的蓝上衣,裁缝给他留了很多富余,袖口很长,连最冷的时候也不用戴手套,领子很高,连头顶上的头发也都竖起来了。那锃亮的扣子也是最大号的。此外还有浅棕色的马裤和暗黄色的背心,我觉得巴吉斯先生还真是一位值得尊敬的人物哩。

我们都在门外忙活的时候,我发现裴果提先生准备好了一只旧鞋,要在我们走的时候,朝我们扔来,取个吉利。他把这只鞋递给古米治太太,让她扔。

"不,丹尼尔,还是让别人扔吧,"古米治太太说,"我是个孤苦伶仃的老婆子,看着人家不这么孤苦伶仃的,我就别扭。"

"来吧,大妹子,"裴果提先生说,"你就接过去,扔了吧。"

"不,丹尼尔,"古米治太太答道,还嘟囔着摇了摇头,"我要是不这么苦恼,是可以多做些事的。你和我不一样,丹尼尔,你遇到什么事,都不觉得别扭,你也不去找别扭。还是你自己扔吧。"

这时候,裴果提已经急匆匆地亲了亲每一个人,转完这一圈儿,坐在车上,我们也都上了车(我和艾米丽并排坐在两把小椅子上),裴果提喊着,一定要让古米治太太扔那只鞋。古米治太太只好扔了;不过很遗憾,她一阵冷风吹散了我们起程时的欢乐气氛,因为她马上就大哭起来,无力地倒在哈姆的怀里,还说她知道自己是个负担,最好马上把她送到救济院去。我的确觉得这个主意合乎情理,哈姆应当照办。

不过我们还是出发,到外面度假去了。头一件事就是来到一座教堂,巴吉斯先生把马随手往栏杆上一拴,就带着裴果提到里面去了,留下我和小艾米丽两个人在车上呆着。我乘此机会搂住艾米丽的腰,并且向她提出,既然我很快就要走了,这一整天,我们一定要非常亲热,非常愉快。小艾米丽表示同意,还允许我亲她,我就激动起来;我记得当时对她说,我决不再爱别的人,谁要是想得到她的爱情,我就跟他白刀子进去,红刀子出来。

小艾米丽一听这话,别提多开心了!这个仙女一般的小妇人竟然装腔作势,好像比我大得多,也有见识得多,说我是个"傻孩子",接着就大笑起来;她笑得那样迷人,我看她看得入神,把这难听的称呼给我带来的痛苦完全抛在脑后了。

巴吉斯先生和裴果提在教堂里呆了很长时间,不过最后还是出来了,随后我们就赶着车到乡下去了。走着走着,巴吉斯先生扭过头来,挤了挤眼——顺便说一下,我先前真没想到,他也会挤眼——对我说道:

"我在车上写过一个什么名字来着?"

"克拉拉·裴果提。"我说。

"这里要是有车篷,我现在该写什么名字呢?"

"还写克拉拉·裴果提?"我说。

"克拉拉·裴果提·巴吉斯!"他答道,接着就大笑起来,笑得车身直晃。

总而言之,他们结婚了,他们就是为这个目的而到教堂里去的。裴果提坚持要悄悄地办,就请教堂里的执事做她的主婚人,也没有观礼的人。巴吉斯先生刚才突然宣布他们的结合,弄得裴果提有点儿不知所措,她一个劲儿地搂我,表示她对我的爱没有受到一点儿影响。过了一会儿,她又平静下来,说事情办完了,她很高兴。

我们赶着车拐到一条偏僻的路上,来到一家小旅店,在这家事先定好的旅店里舒舒服服地吃了一顿饭,美美满满地过了一天。即便过去十年中裴果提每天结婚一次,她也不会比现在更显得若无其事的样子,结婚没有给她带来任何变化。她和过去完全一样。吃茶点以前,她带我和小艾米丽出去溜达溜达,巴吉斯先生就在店里抽着烟沉思默想,大概是在品味婚后的幸福吧。如果真是这样,那可增进了他的食欲,因为

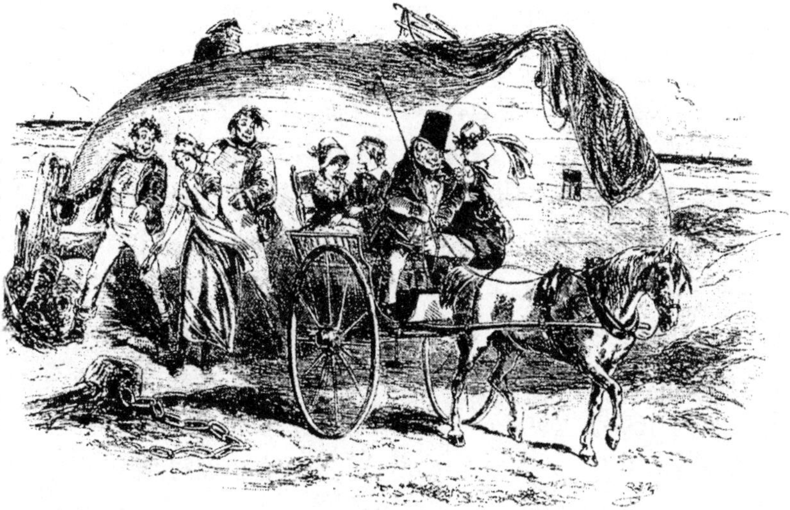

我现在还记得很清楚,他午饭吃了很多猪肉和青菜,临了儿还搭上了一两只鸡,可是到了吃茶点的时候,还非得吃凉了的煮咸肉,而且默不作声地吃了好多。

从那以后,我常常想起这次婚礼,觉得它真古怪,真朴实,真清静。天黑以后,过了一会儿,我们就又登车上路。我们美滋滋地往家走,一路上仰起头来看星星,边看边议论。我是主要解说人,使得巴吉斯先生大开眼界。我把我所知道的,都告诉他了。不过无论我想告诉他什么,他都会相信,因为他非常佩服我的才能,当时他还当着我的面对他太太说我是个"小罗什"——我想,意思是神童。

我们谈完了星星这个话题,或者说我用完了巴吉斯先生的全部思维能力,我就和小艾米丽用一件旧大衣当斗篷,裹在身上,一直裹到家。哦,我多么爱她呀。我当时就想,我们要是结了婚,到一个有树有草的地方住下来,永远不再长大,也不要更懂事儿,永远是孩子,手拉着手,在阳光下,在鲜花盛开的草地上跑来跑去,晚上就枕着青苔,美美地睡上一觉,恬适而宁静,等我们死了,就由鸟儿把我们埋葬,这有多么幸福啊!一路上我脑子里就是这样一幅图画,它并不实际,然而它是鲜明的,因为我们天真无邪的光芒照在上面,它也是模糊的,像远处的星星一样。在裴果提结婚的时候,有我和小艾米丽带着两颗这样诚实的心和他们在一起,现在回想起来,我还感到高兴。爱神和美神以这样虚幻的形式参加他们朴实的庆祝活动,现在回想起来,我还感到高兴。

晚上,我们早早地就回到了我们住的那只旧船,巴吉斯先生和他太太在这里向我们告别之后,就舒舒服服地赶着车回自己家去了。这时我第一次感到我已经失去了裴果提。要不是小艾米丽也在这所房子里,我去睡觉的时候,心里就会非常痛苦了。

裴果提先生和哈姆像我一样,知道我在想什么,给我准备了晚饭,高高兴兴地接待我,为我解闷。小艾米丽过来和我并排坐在小柜子上,我这回来到这里,只有这么一次。对这美满的一天来说,这真是个美满的结束。

夜里涨潮,我们睡下以后,过了一会儿,裴果提先生和哈姆就出去打鱼了。我觉得自己胆子真大,因为在这所孤单的房子里,只有我一个人留下来保护艾米丽和古米治太太。当时我一心盼望有一头狮子或一条巨蟒,或其他什么凶恶的怪物,向我们扑来,我把它杀死,多么光彩。可惜那天晚上,亚茅斯的荒滩上并没有这类猛兽出没,我不得已而求其次,一夜做梦梦见龙,一直到天亮。

天亮以后,裴果提来了,她还像先前一样,在窗户底下叫我,好像那赶车的巴吉斯先生自始至终都是梦里的人物。早饭以后,她把我接到自己家里,房子不大,但很漂亮。家具之中,我印象最深的是一张旧写字台,是用一种深色的木头做的,放在客厅里(厨房地上铺上瓷砖,就是进行各项活动的起居室)。这写字台桌面可以收起来,打开后放下来,就是书桌。里面摆着一本福克斯写的四开的《殉道者传》。这本宝书,我现在连一个字也不记得了。不过当时我一下子就发现了,马上就读了起来。后来我每次到她家去,都跪在椅子上,打开匣子,取出宝书,把胳膊放在桌上,重新读起来,而且读得津津有味。我的收获,我想主要是来自书里的插图。插图多极了,上面画着各式各样阴森森的恐怖场面。从那以后,直到现在,殉道者就和裴果提的家永远联系在一起了。

那一天,我告别了裴果提先生、哈姆、古米治太太、小艾米丽;晚上就在裴果提家里住下了,我住在阁楼上一间小屋里,床头旁边的书架上摆着那本鳄鱼故事。这间小屋,裴果提说就永远是我的了,而且要永远收拾得和现在完全一样。

"无论我年轻还是年老,亲爱的大卫,只要我还活着,还住在这所房子里,"裴果提说,"你就会发现好像我随时都等着你来住。我每天收拾,就像过去收拾你原来那间小屋一样,亲爱的。即使你到中国去,你也可以放心,你不在期间,这小屋也会收拾得和现在一模一样。"

我从心底感到我这位亲爱的老奶妈真是忠心耿耿,所以我尽可能地向她表示感谢。其实我也没有真正做到这一点,因为她是在早上搂着我的脖子说这番话的,而我那天早上就要回家去了。我也的确是在那天早上由她和巴吉斯先生赶着车送回家的。他们把我放在大门口,就依依不舍地走了。我看着那车载着裴果提渐渐远去,剩下我一个人在老榆树底下,看看那所房子,里面再也没有人以爱我或喜欢我的脸色对待我了，这使我心里有一种说不出的滋味。

这时候我已经落到了无人理睬的地步，现在回想起来还不能不感到难过。我一下子就陷入了一种孤独的境地——没有人关心我，没有和我同年的孩子与我做伴，跟随我的只有自己的思虑——这情况好像随着我的笔而在纸上散发出一种忧郁的气氛。

只要让我学到一点儿东西，无论怎么学，无论在什么地方，哪怕是世上管得最严的学校，让我付出什么代价都行！这样的希望，我连想也不敢想。他们不喜欢我，他们沉默，严厉，老不理我。现在回想起来，大概就在这时候，摩德斯通先生感到有些拮据，但这不是主要原因。他是容不得我，我认为他之所以对我冷淡，是想摆脱我，担心我对他提出什么要求——他达到了这个目的。

我倒也没有真的受到虐待。我没有挨打，也没有挨饿，但是我受的委屈却从来没有减轻的时候，因为那都是铁石心肠的人精心设计出来的。日复一日，周复一周，月复一月，我忍受着那种冷遇。有时候我想起当时的情况，不禁感到纳闷，我要是病了，他们会怎样对待我，不知道是要孤单单一个人在屋里躺着，孤独地熬到病好为止，还是会有什么人来关照我一下。

摩德斯通先生和他姐姐要是在家，我就跟他们一块儿吃饭，要是他们不在家，我就一个人吃喝。我整天在家里闲着，或者在附近闲逛，没有人理睬我，我要是交个朋友，他们就忌妒，大概是怕我向人家抱怨。因此，虽然祁力普先生常常叫我去看他（他孤单一人，几年前死了老婆，他老婆生前是个又瘦又小浅色头发的女人，我只记得她像一只浅玳瑁色的猫），我却很少去，不过每次去了，我就高高兴兴地呆上一下午，在他的小手术室里，拿一本没见过的书看看，闻着各种药品的味道，或者在他的耐心指导之下把什么东西放在研钵里捣碎。

由于同样的原因，再加上他们本来就不喜欢裴果提，他们不轻易让我去看望她。但是她说到做到，不是来看我，就是在附近什么地方和我见面，一个礼拜一次，而且从不空着手。我想到她家里去看她，却老得不到允许，非常失望，也非常痛苦。不过，过一阵子他们也让我去一次，所以我也去过几次。到了那里，我才发现巴吉斯先生在一定程度上是个守财奴。裴果提袒护他,说他"有点儿手紧"。他把一大堆钱收在一个箱子里,放在床底下,谎称里头放的都是裤子褂子。他的钱财就这样躲在这个钱柜子里,虽说很不起眼儿,却很严密,裴果提要用一点儿钱,也得靠计谋,因此她为了弄到每个礼拜六要花的钱,必须早早地订出详尽的计策,像英国历史上有名的火药阴谋案①那样。

在这一段时间里,我一直清楚地意识到,即使我曾表现出将来会有成就,现在也都白搭了,我也清楚地意识到自己处于完全无人理睬的境地,毫无疑问,要不是有那些旧书,我可就太悲惨了。我只能从书中得到安慰,它们对我真诚,我对它们也真诚,我一遍一遍地看,自己也不知道又看了多少遍。

下面这段生活经历,只要我还记得什么事情,就永远不会忘记,而且常常不用召唤,就像鬼一样出现在我面前,影响了我的幸福时光。

有一天,我在外边闲逛,当时过的那种生活使得我无精打采,一边走一边想事儿。在离家不远的一条小路上,一拐弯,碰见摩德斯通先生和一位先生走来。我不知所措,想从他们身旁走过,那位先生突然喊道:

"这不是布鲁克斯吗?"

"不是,先生,我是大卫·科波菲尔。"我说。

"我知道。你叫布鲁克斯,"那人说道,"你是谢菲尔德的布鲁克斯。这就是你的名字。"

我一听这话,聚精会神地看了看那位先生。我连他是怎么笑的都想起来了,所以认出他是昆宁先生,我和摩德斯通先生到洛斯托夫特去的时候见过他,至于什么时候,这不重要,也就不必说了。

"你怎么样啊,在哪里上学呀,布鲁克斯?"昆宁先生问道。

这时候,他已经把手搭在我肩膀上,使我转过身来,跟他们一块儿走了。我不知怎样回答才好,就犹犹豫豫地看了摩德斯通先生一眼。

"他现在呆在家里,"摩德斯通先生说,"他没在哪里上学。我不知道拿他怎么办才好。他是个大难题。"

---

① 一六〇五年,天主教徒预埋火药炸国会,以报政府迫害天主教之仇,未成功。

他又像过去那样用斜眼看了看我,接着就皱了皱眉,带着厌恶的神情向别处望去,那目光显得阴沉沉的。

"嗨!"我觉得昆宁先生是一边看着我们俩,一边说,"天气真好。"

沉默了一会儿。我正在想个最好的办法,从他手里挣脱我的肩膀,好离开他们,忽然听见他说:

"我想你大概还是很精吧,是不是,布鲁克斯?"

"啊,他是够精的,"摩德斯通先生不耐烦地说道,"你还是放开他吧。你揪着他不放,他不会感谢你的。"

昆宁先生一听就明白了,便松手放了我,我也就赶紧回家去了。我走进家门口的小花园,回头一看,只见摩德斯通先生靠在教堂墓地的小门儿上,昆宁先生在跟他说话,他们都在看着我,我觉得他们是在说我呢。

那天晚上昆宁先生就在我们家过夜了。第二天早上,吃过早饭,我把椅子放在一边,正要走出屋去,摩德斯通先生把我叫住了。他接着就郑重其事地走到另一张桌子前面,他姐姐正坐在那里写什么东西。昆宁先生两手插在口袋里,站在那里朝窗外看。我就站在那里看他们几个人。

"大卫,"摩德斯通先生说,"对年轻人来说,这个世界是干活儿的地方,不是忧心忡忡地闲逛或瞎哼哼的地方。"

"就像你那样。"他姐姐插嘴说道。

"简·摩德斯通,请把这事儿交给我吧。我说,大卫,对年轻人来说,这个世界是干活儿的地方,不是忧心忡忡地闲逛或瞎哼哼的地方。对于像你这样的小孩子,尤其是这样。你的脾气需要好好地改一改,最好的办法就是强迫它去适应干力气活儿的那一套规矩,把它压弯,把它压断。"

"在这里,拧,可是不行的,"他姐姐说,"拧脾气要打掉。必须打掉——也一定会打掉!"

他看了他姐姐一眼,一半是责怪,一半是赞同,然后他接着说:

"我想你也知道,大卫,我没有很多钱。至少现在你知道了。你已经受了不少的教育。受教育要花很多钱。即便不用花很多钱,而且我也供得起你,我也觉得呆在学校里对你一点儿好处也没有。你的出路就是到外面去闯一闯,而且越早开始越好。"

我觉得我当时以为自己早就开始了,只是干得不怎么样;反正我现在是这么想的。

"你偶尔听说过'账房'吧。"摩德斯通先生说。

"账房吗,先生?"我重复了一声。

"摩德斯通与格林伯公司的账房呀,做酒类买卖的。"他答道。

我大概显得还是不明白,因为他紧接着又说:

"你一定听说过那'账房',或那买卖,或者酒窖,或者码头什么的。"

"我想我是听人说起过这买卖,先生,"我说,这时候我想起来了,关于他和他姐姐的收入来源,我模模糊糊地知道一点儿情况,"不过我不记得什么时候了。"

"什么时候,这无关紧要,"他说,"昆宁先生就在经营这个买卖。"

我毕恭毕敬地看了他一眼,他仍然站在那里往窗外看。

"昆宁先生说,他既然雇别的孩子干活儿,为什么不以同样的条件雇你干活儿呢。"

"他也没别的出路啊,摩德斯通。"昆宁先生把身子转过来一点儿,低声说道。

摩德斯通先生作了个手势,显出不耐烦甚至生气的样子,也不管他刚才说了什么,就接着说:

"条件是:你挣的钱够你自己吃喝零用。你的住处,我已经安排好了,由我付钱。洗衣裳的钱,也由我付。"

"可不能超过我估计的钱数。"他姐姐说。

"你的衣服也不用你自己操心,"摩德斯通先生说道,"短时间内,你是顾不上的。大卫,你现在就跟昆宁先生到伦敦去吧,独立地到外面去闯一闯。"

"总而言之,什么都给你安排好了,"他姐姐说道,"你也尽自己的责任吧。"

虽然我明明知道,他们这样说,是为了赶我走,却记不清我当时是高兴,还是害怕。我的印象是我当时心慌意乱,在这两种感情之间游移,可又两头不沾边儿。我当时也没有多少时间来清理我的思绪,因为昆宁先生第二天就要走了。

看哪,第二天,我带着破旧的小白帽儿,上面加了一道黑箍儿,这就是给我母亲带的孝,我还穿着一件黑褂子,一条硬邦邦的灯心绒裤子,摩德斯通小姐认为这是我即将开始在外面闯荡时候的最好的护腿。看哪,我穿着这样一身装束,面前放着一只小箱子,里面盛着我的全部家当,我一个孤苦伶仃的孩子(古米治太太一定会这么说),坐在驿车上,跟着昆宁先生去亚茅斯,然后转车去伦敦。你看,我们家的房子和那教堂越来越远,也越来越小,树底下那个坟也让别的东西遮住了,我常去玩的地方耸立的塔尖再也看不见了,天空显得空荡荡的!

第十一章

我开始独自生活,但不喜欢这种生活

现在我对世上的一切已经有了足够的了解,几乎是无论遇上什么情况,也不会感到多么惊讶。然而,当时我那么小,就那么轻易地被赶出来,这件事,至今还使我感到有些惊讶。我是一个非常能干的孩子,善于观察,机灵,肯干,心软体弱,身心都经不起伤害,竟然没有人出来为我说句话,直到现在我都觉得奇怪。但是的确没有人为我说话,于是在我十岁那年,我就在摩德斯通与格林伯公司当上了童工。

摩德斯通与格林伯公司的仓库地处河边,地点在黑衣修士区。近年来不断修饰,这个地方已大为改观,但是这仓库当时在那狭窄的街上是最后一家。顺着斜坡下去,头儿上有几磴儿台阶通到水边,人们可以在这里上船。这是一所摇摇晃晃的旧房子,有自己的专用码头,涨潮的时候贴在水面上,退潮的时候下面是一片泥泞,屋里简直到处都是耗子。贴在墙上的木板,经过上百年积尘和烟熏,我敢说已经变了颜色,那地板和楼梯也烂了,大灰耗子在酒窖里吱吱乱叫,互相争斗,到处都是污秽、腐朽的气氛,这一切在我心目中仿佛不是许多年前的事,而是就在眼前。在我倒霉的时候,昆宁先生拉着我那颤抖的手,第一次来到这里,当时的情况又一一浮现在我的面前。

摩德斯通与格林伯公司的买卖要和各式各样的人打交道,不过他们经营的一个重要项目是向一些邮船供应果子酒和烈性酒。这些邮船主要开往什么地点,我不记得了,不过我想其中有的去东印度群岛和西印度群岛。我知道,要做这样的买卖,就需要大量的空瓶子,因此雇了一批大人和孩子,让他们对着亮光检查,把有毛病的挑出来,把好的洗刷干净。空瓶子洗完了，就在装了酒的瓶子上贴标签儿，加瓶塞儿，盖印记，把成品装入木桶。这一切，我都得干，雇来干这种活儿的童工里就有我一个。

连我在内，我们一共是三四个人。我干活儿的位置在仓库的一个角落里，昆宁先生什么时候想从账房里看我一眼，就可以站在他的凳子最下面的掌上，从他桌子旁边的窗口看见我。就在我开市大吉独自谋生头一天的早上，年纪最大的正式童工奉命教我怎样干活儿。他名叫米克·沃克，系着一条破围裙，戴着一顶纸帽子。他对我说，他父亲是个船夫，曾经戴着青丝绒帽子参加过市长就职大游行。他还对我说，还有一个孩子，是我们干活儿的主要伙伴，向我介绍的时候，用了一个很怪的名字，说他叫"白煮土豆"。不过后来我发现这不是他的教名，而是来到仓库以后给他起的绰号，因为他脸色苍白，像白煮土豆一样。土豆的父亲当过水手，还荣幸地当过消防队员，在一家大戏院里就干这个差使。土豆家里还有个年轻人——大概是他妹妹——在这家戏院上演的哑剧里演小鬼。

我和他们在一起干活儿，把这些今后天天在一起的伙伴和幸福的儿童时代的伙伴相比——更不要说和斯蒂福、特拉德那一伙人相比了——我就感到，长大以后成为一个有学问有地位的人，这样的希望在我心中破灭了。我落到这步田地，内心的痛苦是无法用言语形容的。当时我觉得完全没有希望了，我为自己的处境感到难为情，想到我学过的东西、想过的东西、喜欢过的东西、使我振奋的东西、使我为之奋斗的东西，都将一天天一点点离我越来越远，而且永远不再回来，我那幼小的心灵是痛苦的，这一切都深深地印在我的脑海里，是无法用笔墨来表达的。这一上午米克·沃克走开过好几次，我也好几次把眼泪流到洗瓶子的水里，我抽抽搭搭地，觉得就像胸前裂了一个口子，就要炸开似的。

账房里的钟十二点半了，大家都准备去吃午饭，昆宁先生敲了敲账房的窗户，示意叫我进去。我走了进去，看见一个胖乎乎的中年人，他穿着一件棕色大衣，黑色马裤，黑色的鞋子，他的头很大，闪闪发光，头上的头发不比鸡蛋的头发多，脸膛宽宽的，他看我进来，便转过脸来看我。他的衣服虽然破旧,衬衣的领子倒很不错。他手里拿着一根手杖,上面有一对古色古香的大穗子,拿在手里,使他感到很神气的样子。在他的大衣外面挂着一副单镜片眼镜——后来我发现这只是为了装饰,因为他很少用它看东西,如果用它看东西,他是什么也看不见的。

"这就是他。"昆宁先生说,他指的是我。

"这就是科波菲尔少爷呀,"那陌生人说,语气里带着几分怜悯,又有一种难以名状的气派,给我留下了深刻的印象,"你身体可好,少爷?"

我说我身体很好,而且也向他问了好。其实老天爷知道,我当时是很不自在的。但是在我那个年纪,我是不爱抱怨的,所以就说我很好,而且向他问了好。

"我呀,"那陌生人说,"感谢上帝,挺好。我收到摩德斯通先生一封信,他说希望我能接待一位刚开始工作的年轻人,让他住在我家后面的一间房子里,这间房子眼下还空着,……简而言之,这间房子本来是要租出去用做……简而言之,"那陌生人说着微微一笑,显出一种说知心话的神气,"用做卧室的,……现在我荣幸地向这位年轻人……"说到这里,这位陌生人摆了摆手,一低头,把下巴夹在了领子中间。

"这位是米考伯先生。"昆宁先生对我说。

"哦!"陌生人说道,"那就是敝人。"

"米考伯先生,"昆宁先生说,"认识摩德斯通先生。他为我们兜揽生意,揽到生意,可以拿佣金。他收到摩德斯通先生一封信,谈到你的住宿问题,他愿意让你做他的房客。"

"我的地址,"米考伯先生说,"是都会路温莎里。我……总而言之,"米考伯先生又带着那种气派和那种说知心话的神气说,"我就住在那里。"

我向他鞠了一个躬。

"我的印象是,"米考伯先生说,"你在这个大都会里游览过的地方还不多,要想穿过这神秘的现代巴比伦往都会路走,可能会有些困难……总而言之,"米考伯先生又以那种说知心话的神气说,"你也许会迷路……我愿意晚上来接你,带你认认最近的一条路。"

我向他表示了由衷的谢意,因为他不怕麻烦,主动提出要来接我,待我太好了。

"我几点钟,"米考伯先生说,"来……"

"八点钟左右。"昆宁先生说。

"八点钟左右,"米考伯先生说,"我现在就告辞了,昆宁先生,不再打扰了。"

他说完了,就戴上帽子,挟着手杖,向外面走去,等他离开账房的时候,他的腰板儿挺得直直的,还哼起小调来了。

昆宁先生接着就正式雇用了我,让我为摩德斯通与格林伯公司的仓库尽量多干活儿,工钱,我记得是每星期六先令。是六先令还是七先令,我记不清了。因为我说不准,我就觉得一定是起初六先令,后来七先令。他当时就给了我一个星期的工钱(我相信他是自己掏腰包的),我给了土豆六便士,让他当天晚上把箱子给我送到温莎里,因为箱子虽小,我也扛不动。吃晚饭,我又花了六便士,吃了一个肉饼,然后在附近一个水泵喝了一通水。吃饭的时间是一个钟头,剩下的时间,就在街上遛了遛。

那天晚上,到了约定的时间,米考伯先生又来了。我洗了手,洗了脸,这都是为了尽量配上他那副文雅的气派。随后我们就一起往家走,我想我可以称之为我们的家了。我们一边走,米考伯先生就让我记住街道的名字和路口上房子的式样,这样,第二天早上我就很容易沿原路来上工了。

来到温莎里他的家里(我发现他的家和他一样,也很寒酸,同时也和他一样,弄得挺体面的样子),他带我见了米考伯太太。米考伯太太瘦削而憔悴,完全说不上年轻了。她正坐在客厅里(楼上什么家具也没有,百叶窗总是关着的,怕邻居看见),在那里奶孩子。他们家有一对双胞胎,这孩子是其中之一,我还可以告诉你,我住在他们家的这段时间里,几乎从来没见过那两个孩子不在米考伯太太怀里吃奶的时候,总有一个在那里加餐。

他们家还有两个孩子,米考伯少爷,大约四岁,米考伯小姐,大约三岁。此外,还有一个年轻女人,皮肤黑黑的,有哼鼻子的习惯(她是这一家的用人,我来到以后,没出半个小时,她就告诉我说,她是个"古儿",是从附近的路加济贫院来的)。全家上下就是这些人。我的屋子在尽上头,靠后边,是一间憋气的小屋,墙上画满了图案,用我那幼稚的想象力来看,都是些蓝色的小饼,屋里家具很少。

米考伯太太带着双胞胎什么的,领我上楼来看房子,她坐下以后,喘着气对我说:"结婚以前,我跟爸爸妈妈在一起过日子,从来没想到我有一天也得招一位房客来。可是现在米考伯先生有困难,个人的感情顾不上,只好搁在一边了。"

"你说得对,伯母。"我说。

"米考伯先生眼下的困难几乎要把他压垮了,"米考伯太太说,"真不知道他过得去过不去这一关。我在家和爸爸妈妈一起生活的时候,就没弄明白现在我用的这个字眼儿是什么意思。不过阅历深了,就明白了,爸爸常这么说。"

米考伯先生在海军里当过军官,这究竟是米考伯太太告诉我的,还是我自己想象的,现在我也弄不清了。我光知道我至今还深信不疑,他一度的确在海军里干过事,原因则不知道。他这会儿在为五花八门的店铺当中间人,恐怕也挣不了多少钱,或者根本挣不着钱。

"米考伯先生的债主如果不肯给他时间,"米考伯太太说,"他们就得承担一切后果;而且他们越早弄出个结果来越好。石头里是挤不出血来的,现在米考伯先生身上也挤不出还账的钱,更不要说打官司的钱了。"

我一直弄不明白,究竟是我这么小就独立生活使得米考伯太太忘了我才几岁,还是她满脑子里就是这件事,要是没人听她说,她就会对那一对儿双胞胎唠叨;反正她的话就这样说起来了,从那以后,她什么时候跟我说话都是这个调子。

米考伯太太真可怜哪!她说她也曾想办法尽点儿力,我毫不怀疑,她也的确想过办法。临街的大门上,正当中挂着一块大铜匾,上面刻着"青年女子寄宿学堂米考伯太太主办",可是我从没看见有青年女子到这里来上学,也没看见有青年女子到这里来,或打算到这里来,也没见他们做什么准备来迎接哪位青年女子。根据我看到的或听到的,到这里来的都是债主。他们想什么时候来,就什么时候来,有几个人可凶啦。有一个人,满脸污垢(我想他是个鞋匠),往往早上七点钟就找上门来,他斜着身子挤到过道儿里,冲着楼上的米考伯先生喊道:"下来吧!你还没出门儿哪,这你心里也明白。还账吧,好吗?别躲着啦,这你也明白,要是再躲着,可就太小气了。我要是你,就不这么小气。还账吧,好吗?趁早还钱吧,听见了没有?下来吧!"他说了这些讽刺挖苦的话之后,对方没有反应,他就发起火来,用了"骗子"、"强盗"之类的字眼儿。这也不能奏效,他就走极端,跑到马路对面,冲着二层楼的窗户大喊大叫,因为他知道米考伯先生就在那里。碰上这种情况,米考伯先生是又伤心,又惭愧,甚至想用剃刀结束自己的生命(有一次他妻子大喊大叫,才引起了我的注意),可是过了不到半小时,他就特别精心地把鞋擦得干干净净,出去了,嘴里还哼着小曲儿,显得比哪一天都气派。米考伯太太也同样富有弹性。三点钟,我还看见她因为缴纳国王的税款而急得昏了过去,四点钟,我又见她吃裹了面包屑炸的羊肉排骨,喝热啤酒了,这是把两把茶匙送入当铺而买来的。有一次,法院刚对他们家实行强制执行,我碰巧回来得早,六点钟就到家了,我看见她(当然抱着一个双胞胎)躺在壁炉前头,晕了过去,头发披散在脸上;可是我从来没见她比那天晚上更高兴过,在厨房的炉火前,一边吃着牛排,一边对我讲她爸爸妈妈的故事,还谈到常和他们交往的人。

我的空闲时间是在这所房子里和这一家人一起度过的。我单独吃早饭,一便士面包,一便士牛奶,由我自己准备。我还在一个固定的柜子里一个固定的地方,存一点儿面包,一小块儿干酪,晚上回来的时候吃夜宵。这就从我每周挣的六七个先令中开销了很大一部分,这我是很清楚的。我一整天在仓库干活儿,一个星期就靠这点儿钱维持生活。从星期一早上到星期六晚上,没有人给我出主意,提建议,给我鼓励,给我安慰,给我帮助,给我支持,这我记得很清楚,就像我希望上天堂一样清楚。

我当时那么小,那么幼稚,那么不善于独自料理自己的生活——我怎么可能不是这种状况呢——所以,有一天早上,在我到摩德斯通与格林伯公司去上班的路上,看见点心铺门口摆着半价出售的隔夜糕点,忍不住，就把原来准备用来买午饭的钱在这里花掉了。这样一来，我只好不吃午饭，或者买个面包卷或买一片布丁充饥。我记得有两家铺子卖布丁，到哪一家去买，要看我的经济状况来定。一家在圣马丁教堂附近的广场上——在教堂后面——现在已经拆掉了。这家的布丁特殊，是用无核小葡萄干做的，价钱贵，花两便士买一块，不见得比花一便士买的普通布丁大。卖普通布丁的，最好的一家坐落在斯特兰大街，就在后来重修过的那一片里。这家的布丁，样子厚实，颜色灰白，发得不高，倒也松软，扁平的大葡萄干稀稀拉拉地整着摆在里面。每天到我吃饭的时候就做好了，热腾腾的，不少日子，我就吃这个。平常我要是吃得好一点儿，就来一根五香腊肠，再来一便士面包，或者花四便士从饭馆儿里买一盘带血的牛肉，再不就到仓库对面一家不景气的老酒店，这酒店的字号是"狮子"，后面还有什么字，现在不记得了，在这家店里买上一盘面包加干酪，外带一杯啤酒。记得有一次，我夹着一包面包（是早上从家里带来的），用纸包着，像是一本书，来到朱瑞巷附近一家有名的时髦牛肉餐馆，叫了一"小盘"，就着面包吃了。堂倌对于我这样一个陌生的小东西独自一人来吃饭作何感想，我不知道，但是我至今仍记忆犹新，不光他自己睁大两眼，看着我吃，还把另一个堂倌也叫来，一块看着我吃。我给了他半个便士，心里想，他要是不接就好了。

我们大概有半个钟头的时间吃茶点。我要是有钱，就去买半品脱煮好的咖啡，再来一片抹了黄油的面包。没钱的时候，我就到弗利特街往一家鹿肉馆儿里瞧，或利用这段时间，一直走到科文特加登市场，去观赏菠萝。我喜欢在阿德尔菲一带溜达，因为那里有很多黑黢黢的拱门，是个神秘的地方。有一天晚上，我走过拱门，来到河边一家小旅店，旅店门前有一块空地，有几个铲煤工人在那里跳舞。我就坐在一条长凳上看他们跳，不知他们对我作何感想。

我还是个孩子，又那么小，所以每次我来到一家陌生的旅店，走进酒吧，要一杯啤酒或黑啤酒，给吃下去的饭增加一点儿水分，他们往往不敢给我拿。我记得有一天晚上，天很热，我来到一家旅店的酒吧里，对老板说：

"你们最好的——最最好的——啤酒多少钱一杯？"因为那是个特

殊的场合,究竟是什么场合,我也不记得了,可能是我的生日吧。

"两个半便士,"老板说,"是真正斯丹宁啤酒。"

"那么,"我说着把钱掏出来,"就请你给我来一杯真正的斯丹宁,沫要多一点儿。"

老板似笑非笑的样子,隔着柜台把我从头到脚打量了一番。他没给我取酒,却朝屏风看了一眼,对他老婆说了点儿什么。老板娘从屏风后面走出来,手里还拿着活儿,也和他一块儿打量起我来。我们三个人站在那里的情景,现在又出现在我的眼前。老板光穿着衬衫,贴着柜台站着,老板娘隔着柜台的半截小门看我,我有些惶惑,在柜台外面仰着头看他们。他们问了我很多问题,比方说,我叫什么名字,今年几岁,住在哪里,在哪里干活儿,怎么到这里来了。为了不连累别人,我好像编了一些适当的话来回答这些问题。他们给了我酒,不过我怀疑,那不是真正的斯丹宁。老板娘开开柜台的半截小门儿,弯下腰,把钱还给我,还亲了我一下,这一半是表示称赞,一半是表示怜悯,不过我敢说,这可都是出自女人的一片慈爱之心。

我认为我并没有不知不觉地或者是在无意之中夸大了我经济上的窘况,或者夸大了我生活中的困难。我认为只要昆宁先生给了我一先令,我不是用来吃饭,就是用来吃茶点了。我认为我这个衣裳褴褛的孩子与一般大人和孩子一样,从早干到晚。我认为我在街上闲荡,吃不好,也吃不饱。我认为要不是上帝仁慈,就凭我受到的爱护,我早就变成一个小强盗,或者到处流浪了。

然而我在摩德斯通与格林伯公司也有一定的地位。昆宁先生是个大大咧咧的人,又忙得很,还要和我这样一个古怪的小家伙打交道,但他是尽量对我另眼相看的。除此以外,我也从来不对任何大人或孩子说我是怎么到这里来的,也丝毫没有流露出因为来到这里而难过。我暗暗地忍受痛苦,我忍受着剧烈的痛苦,除了我自己,是没有人知道的。我的痛苦有多大,我在上面已经提到,我是完全没有能力加以描述的。我把苦水往肚里咽,一心只顾干活儿。我从一开头就知道,我要是干活儿比不上其他的人,就难免让人家看不起,让人家嫌弃。没过多久,我就至少干得和另外两个孩子一样快,一样好。我和他们虽然非常熟悉,

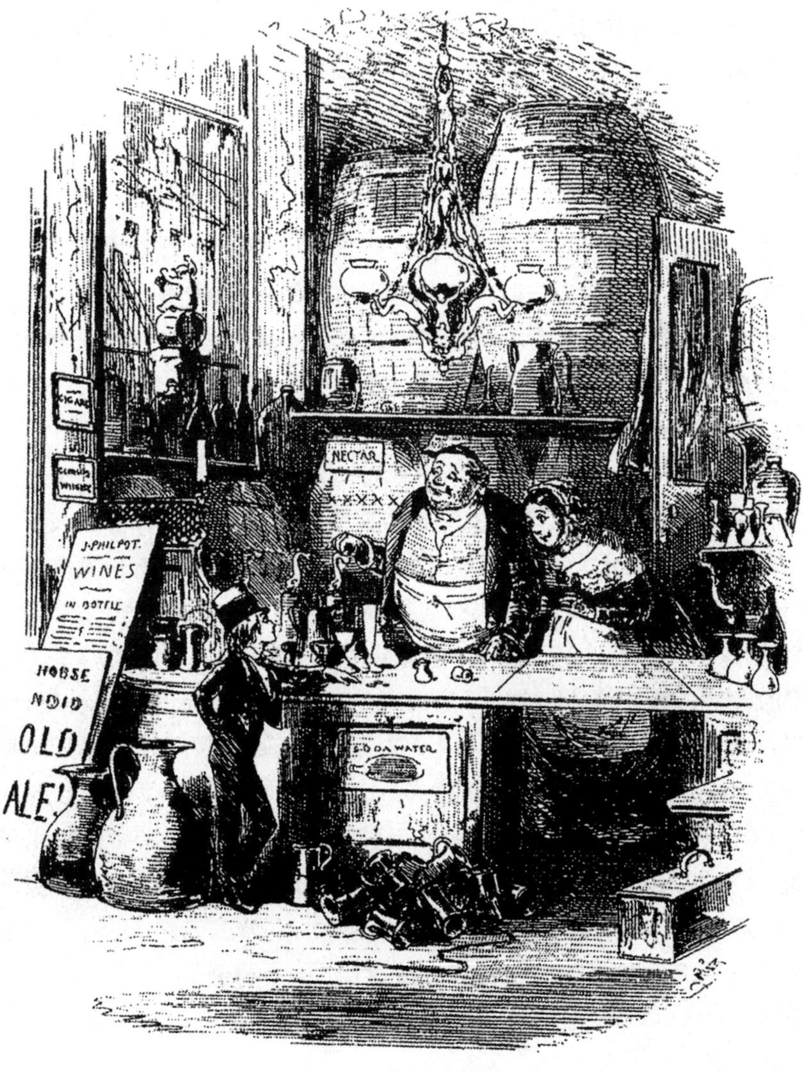
NECTAR
J·PHILPOT.
WINES
IN BOTTLE
OLD
ALE!
SODA WATER

我的言谈举止却和他们不同,因此我们之间存在着一定的距离。他们和那些大人一样都管我叫"小绅士",也管我叫"萨福克的小伙子"。有一个人名叫格雷戈里,他是包装工人的工头,还有一个人名叫蒂普,他是赶车的,老穿着一件红褂子,他们有时管我叫"大卫",不过我记得这大都是在我们说知心话的时候,或者是在我们一边干活儿,我一边设法给他们讲故事听的时候,我讲的都是过去看书时留下的印象,也都快忘光了。有一次,白煮土豆造反了,反对我受到人们另眼相看,不过米克·沃克马上就把他压下去了。

要摆脱这种处境,我觉得是没什么希望了,因此也就不去想了。不过我可以肯定,我没有一时一刻屈服于这样的生活,没有一时一刻不感到伤心难过。然而我忍受了这一切,就连给裴果提写信的时候,也没吐露过真情,虽然我们书信来往频繁,这一方面是由于我疼爱她,一方面也是由于我感到难为情。

米考伯先生境况不好,也使得我愁上加愁。在我那种无人疼爱的情况下,我对这家人家产生了深厚的感情,遛马路的时候,常翻来覆去地考虑米考伯太太盘算的那些出路,也常为米考伯先生债务累累而感到心情沉重。星期六晚上是我最得意的时候(一来口袋里有六七先令,回家的路上往商店里看看,盘算着能用这笔钱买些什么,心里美滋滋的,二来我可以早回家),可是米考伯太太却要对我说她的心里话,叫人听了心如刀绞。星期天早上,我把头一天晚上买回来的茶叶或咖啡拿出来,在刮脸用的小罐儿里弄好,坐下来吃我这过了钟点儿的早饭,她也照样唠叨一通。星期六晚上聊天时,一开头儿,米考伯先生可能哭得死去活来,临了儿,他又唱起"杰克爱的是囡囡",这也是司空见惯的事。记得有一次他回家吃晚饭,泪如雨下,声言走投无路,只好蹲大狱去了,等到睡觉的时候,却又在盘算"一有机会"(这是他的口头禅)就给房子装一个凸出的半圆形窗户,不知要花多少钱。米考伯太太也是这样一个人。

说也奇怪,我和他们两人之间产生了一种平等的友谊,也许是因为我们的处境相同吧,虽然我们年龄相差很大,令人觉得好笑。但是我说什么也不接受他们的邀请,让他们破费来请我吃饭,因为我知道他们在肉店和面包房都不受欢迎,他们的东西自己吃都不富余。后来米考伯太太完全把我看作自己人,我才不再坚持。这是某一天晚上的事,当时的情况是这样的:

"科波菲尔少爷,"米考伯太太说,"我也不拿你当外人,所以爽快告诉你吧,米考伯先生就要大难临头了。"

我一听这话,心里很难过。我看了看米考伯太太那发红的眼睛,报以无限的同情。

"就剩下一点儿荷兰干酪了——家里孩子多,吃这个也不合适呀,"米考伯太太说,"除了这个以外,食品间里什么也没有了,真是连一点渣渣也没有了。我过去和爸爸妈妈一块儿过日子,说食品间说惯了,现在不知不觉又用了这个字眼儿。我只是想说,家里什么吃的也没有了。"

"哎呀。"我极为关切地说道。

那个星期的工钱,还剩下两三先令,在口袋里——从这一点来判断,我们谈话的时间一定是星期三晚上——于是我连忙把钱掏出来,以非常激动的心情恳求米考伯太太把钱收下,就算我借给她用的。可是这个女人亲了亲我,硬是让我把钱放回口袋,还说她决不想这样做。

"不行,亲爱的科波菲尔少爷,"她说,"我可从来没有这样的想法。不过你虽然年纪不大,却很懂事,而且只要你愿意,是可以从其他方面帮我忙的。这样我就愿意接受你的帮助,而且还要感谢你。"

我求米考伯太太明说了吧。

"我已经亲自把一些餐具拿出去了,"米考伯太太说,"六把茶匙,两把盐匙,和一副糖夹子,我是亲手把这些东西陆续拿出去,偷偷地抵押了。现在这一对双胞胎是一大累赘。回想起爸爸妈妈,我感到把东西抵押出去是很痛苦的。我们还有一些小东西可以拿出去。米考伯先生是永远舍不得亲自拿出去的。克里克特——她是从济贫院来的用人——是个粗俗的人,把这样秘密的事托付给她,万一她胡来一气,我们就很为难。科波菲尔少爷,能不能麻烦你……"

这时我明白米考伯太太的意思了,就恳求她尽量利用我,做什么都行。当天晚上,我就开始拿出去处理他们家中比较好拿的物品。随后几乎每天早上去摩德斯通与格林伯公司之前,都要跑这么一趟。

米考伯先生有一些书,放在一个小柜子上,他称之为图书馆,这些书是最先出手的。我把这些书一本一本地拿到都会路上一个书摊去。这条路,靠我们住的那一头儿,有一段几乎全是书摊和鸟店。我拿去的书,给多少钱,就卖多少钱。这个书摊的老板就住在书摊后面一所小房子里,每天晚上喝得醉醺醺的,第二天早上让他老婆臭骂一顿。有好几次,我去得早,他在一张折叠床上接待我,不是脑门子上打破了,就是一只眼睛发青,这都证明他头一天晚上又喝多了(恐怕他喝多了就爱吵架)。他的手哆哆嗦嗦地伸到堆在地上的衣服口袋里,想摸出几个先令付给我,他老婆抱着孩子,趿拉着鞋,在一旁不停地骂他。有时候,他把钱丢了,就叫我以后来拿,不过他老婆倒是老有钱——一定是趁他喝醉的时候拿去的——她一边送我下楼,一边就悄悄地把钱给我了。

在当铺里,我也逐渐为人们所熟悉。柜台后面那位主事的先生对我非常注意。我记得,他常常是一边给我办手续,一边让我凑到他耳边把一个拉丁文名词或形容词变格,或者说出一个拉丁文动词的各种变化形式。跑腿之后,米考伯太太就请请我,一般是吃晚饭,这饭别有一番滋味,至今我还记得很清楚。

最后,米考伯先生真的大难临头了。一天清早,他被抓了起来,关进了巴洛区的国王法院监狱。他在走出家门的时候对我说,白日之神对他来说已经陨落,我还真以为他的心碎了,我的心也碎了。但是后来我听说,还没到晌午,他就高高兴兴地玩儿起九柱戏来了。

他被抓起来以后,第一个星期天,我要去看他,和他一起吃顿饭。问了问路,我得先去某个地方,快到那地方的时候,我会看到另外某个地方,又快到那地方的时候,我会看见一个院子,穿过院子,一直往前走,就会看见一个看守。我沿着这条路走来,最后果真看见了一个看守(当时我是个多么可怜的小家伙),我想起罗德里克·兰登关在债务监狱的时候,那里有一个人,什么都没穿,只披着一块旧地毯,这时我的眼睛模糊了,我的心怦怦地跳,觉得看守在我面前晃悠。

米考伯先生在大门里面等我,我们一起走上楼去(从上边数第二层),来到他的屋里,痛哭了一阵。我记得,他还一本正经地嘱咐我,一定要从他的遭遇中吸取教训,他说如果一个人一年收入二十镑,花掉十九镑十九先令六便士,他就会感到快乐,而如果他花掉二十镑一先令,他就会感到难过。随后他向我借了一先令,准备给看大门的,还写了个条子,让米考伯太太如数还我,接着就把手绢收起来,情绪也好起来了。

我们坐在微弱的炉火前,生了锈的炉算子上,两边各放了一块砖头,免得烧煤太多。过了一会儿,和米考伯先生同住一间牢房的另一债户走了进来,他从面包房拿来一块羊肚儿,这就是我们三个人的午饭了。接着他们叫我到楼上去找"霍普金斯上尉",就说米考伯先生问他好,我是米考伯先生的小朋友,问霍普金斯上尉能不能借我一副刀叉。

霍普金斯上尉借给我一副刀叉,还让我代他向米考伯先生问好。他的小屋里有一个女人,脏得很,还有两个面黄肌瘦的女孩子,头发又脏又乱,是他的女儿。当时我就觉得,问霍普金斯上尉借刀叉倒还可以,问他借梳子可就不好了。上尉本人衣衫褴褛到了极点,长着一大堆络腮胡子,空心儿穿着一件破旧不堪的棕色大衣。我亲眼看到他的铺盖卷着放在角落里,仅有的几只盘碟锅罐放在一个架子上,我猜想(上帝才知道我为什么这么想)虽然那两个头发又脏又乱的女孩子是霍普金斯上尉的女儿,那个脏得很的女人却不是他的妻子。我怯生生地站在门槛上,最多呆了两三分钟,可是等我下楼的时候,我就可以很有把握地说我了解到了那些情况,正如我可以很有把握地说我手里拿着刀叉一样。

我们这顿午饭颇有些吉卜赛人的味道,吃得很不错。过了一会儿,我把刀叉还给霍普金斯上尉以后,就回家去,把这次探监的情况向米考伯太太述说一番,好让她放心。她一见我回来就晕了过去。后来她做了一小杯鸡蛋羹,我们一边喝,一边聊。

他们家的家具怎样一点点地卖掉贴补家用,是谁卖的,我都不记得了,反正不是我干的。不过肯定是卖了,而且是用一辆大货车拉走的,只剩下那张床,几把椅子和一张饭桌。就靠这几件家具,我们——包括米考伯太太、她那几个孩子,那个"古儿",还有我自己——在温莎里那所空荡荡的房子里,在两间客厅里仿佛安营扎寨一样,日日夜夜生活在这两间屋子里。这样的生活好像过了很久,究竟有多长时间,我也记不清了。最后,米考伯太太决定搬到监狱里去住,因为米考伯先生弄到了一间单人牢房。于是我就把房门钥匙给房东送去,房东接到钥匙,很高兴。他们的床都搬到了国王法院监狱,我的床没有搬过去,我在监狱高墙外面不远的地方租了一间小屋。我感到很满意,因为我和米考伯一家已经非常亲密,患难与共,难舍难分了。那"古儿",也给她在附近找了个便宜的住处。我的小屋是房子后边一间清静的阁楼,屋顶是斜的,窗户下面是一个木材厂,景色宜人。我搬进来的时候,一想到米考伯先生的烦恼最终变成了灾难,就觉得自己的小屋真是天堂了。

我在摩德斯通与格林伯公司干活儿的这段时间里,一直像开头一样,老是干那样的活儿,老是和那一拨儿人一起干活儿,老是觉得自己不应当承受这样的屈辱。但是我从来没交新朋友,而且每天在我上班的路上,回去的路上,或饭前饭后在街上闲逛的时候,我看见很多孩子,却从来没有跟他们说话,这对我来说,无疑是件可喜的事。我一直生活得很不愉快,但我不表露出来,而且我一直以那种孤独、自立的态度来对待生活。我记得的仅有的一些变化,首先是我比以前更寒碜了,其次是我现在摆脱了照顾米考伯夫妇的大部分负担,因为有一些亲戚朋友承担了义务,愿意帮助他们渡过难关,他们在监狱里过的日子,比进来以前很长一段时间过的日子强多了。按照某种安排,其中的细节我不记得了,我每天可以和他们一起吃早饭,早上什么时候开大门,放我进去,我也不记得了,不过我记得我常常六点钟起床,去监狱之前,喜欢到伦敦旧桥去溜达溜达,坐在石墙凹进去的地方,看那来往的行人,或者凭栏远望,看那太阳在水面上闪光,或照射在纪念碑上,仿佛点燃了顶端的金色火焰。有时那"古儿"在这里遇见我,我就给她讲一些关于码头和伦敦塔的离奇的故事,现在我只能说但愿我当时相信这些故事是真的。晚上,我常常再到监狱去,陪米考伯先生在院子里散散步,要不就一边陪米考伯太太玩纸牌,一边听她念叨自己的爸爸妈妈。摩德斯通先生知道不知道我住在哪里,我现在也说不好。在摩德斯通与格林伯公司,我始终没告诉他们。

米考伯先生的事,虽然已经渡过难关,却深深地与一张"字据"搅在一起,我曾多次听说过这张字据,虽然不甚了了,现在看来,那大概是他过去与债主订的什么凭据,而我当时竟然把它和一度曾在德国颇为流行的与魔鬼有关的羊皮纸混为一谈了。最后,这张字据似乎不知怎地不构成什么问题了——不管怎么说,它反正不像以前那样是个障碍。于是米考伯太太告诉我,"她娘家"认为米考伯先生应该根据破产债务人法申请释放,据她估计,再过大约六个星期,他就可以得到释放了。

米考伯先生当时也在场,他说,"到那时候,我敢肯定我会顺应天意,手里有钱,生活也面貌一新,只要——简而言之,只要有机遇。"

为了把所有可能发生过的事都说一说,我还记得,大约就在这时候,米考伯先生起草了一份请愿书,准备交给议会的下院,要求修改关于因负债而监禁的法律。我在这里提到这件事,是因为这件事对我说来可以作为一个例子,说明我怎样把过去看过的书和我这变化了的生活结合起来,又利用街头巷尾男男女女编写出自己的故事,也说明我在写这份自传的过程中我认为会不自觉地发展的某些主要特点,在整个这段时间里,是怎样逐渐形成的。

监狱里有一个俱乐部,米考伯先生作为一位绅士,在这俱乐部里有很高的威信。米考伯先生曾把他想写请愿书的事告诉俱乐部,大家非常同意他这个想法。于是米考伯先生(他是个大好人,除了对自己的事以外,对别的事,比谁都热心,遇到对自己毫无好处的事,他忙活起来,别提多高兴了)就着手写这份请愿书,起了草,工整地写在一张特大的纸上,摊在桌上,还定了个时间,让俱乐部全体成员上楼来,到他屋里来签名,监狱里谁想签都可以来签。

我一听说就要举行签字仪式了,就按捺不住内心的激动,虽然大部分人我都认识,他们也认识我,我还是很想看着他们一个接一个地进来签名。为了达到这个目的,我向摩德斯通与格林伯公司请了一个钟头的假,在角落里找了个合适的地方呆着。那小屋能容纳多少人,就有多少位俱乐部的主要成员站在请愿书前面,表示支持米考伯先生。这时候,我的老朋友霍普金斯上尉沐浴已毕,以示郑重,站在请愿书旁边,谁不知道请愿书的内容,他就念给谁听。门哗的一声开了,大家排着长队,开始进入——大家等在门外,一个一个地进来,签名,出去。霍普金斯上尉挨个问:"你看过了吗?"——"没有。"——"我念给你听好吗?"

只要他稍微表示出一点儿愿意听的意思,霍普金斯上尉就以洪亮的声音一字一句地念给他听。要是有两万人要听他念,他也会一个一个地给他们念,念上两万遍。我记得听他读到"聚集于议会之中的人民代表","因此请愿者诚惶诚恐,向贵院呈递此书","仁慈的国王陛下不幸的臣民"等词语的时候,他拖着腔儿,拿着调儿,好像这些字眼儿都是他嘴里的真实的东西,尝一尝还怪有味道哩。与此同时,米考伯先生作为作者,一边听他念,一边感到美滋滋的,两眼盯着对面墙头上的铁尖子,不过他倒也没有显得横眉立目的样子。

  我日复一日在巴洛区和黑衣修士区之间来回奔走,饭后在偏僻的街道上闲逛,我估计那街上铺的石头恐怕也让我这双小脚丫磨损了。回想起来,当年霍普金斯上尉那洪亮的声音在屋里回荡,一个一个在我面前走过的那群人里,不知有多少已经故去。现在我回想起童年受过的煎熬,在我为这些人编造的故事中,不知有多少是幻想,像雾一样笼罩着我确切记得的真实情况。现在我旧地重游,我确知,我似乎看见前面有一个天真的、带有浪漫色彩的孩子,我可怜这个孩子,因为他根据这样不寻常的经历和恶劣的环境,凭借自己的想象力来构筑自己的世界。

第十二章

依旧不喜欢独自生活,我下了大决心

到了一定的时候,米考伯先生的请愿书受到审理。命令下来,根据破产债务人法,米考伯先生获释出狱,我感到非常高兴。他那些债主倒也不是非要钱不可。米考伯太太告诉我,就连那喜欢报复的鞋匠也在法庭上当众宣布,他对米考伯先生并无恶意,只是希望借出去的钱能收回来就是了。他说他觉得这也是人之常情。

米考伯先生的案件结束以后,他又回到国王法院监狱,因为还有些费用需要了结,有些手续需要履行,然后他才能真正得到释放。俱乐部兴高采烈地接待了他,当晚为他开了庆祝会,其乐融融。我和米考伯太太则在他们自己屋里吃了一盘油炸羊杂碎,他们的孩子横七竖八地在我们身旁睡着了。

"在这样一个场合,科波菲尔少爷,"米考伯太太说,"咱们得再来一杯,"——因为我们本来就在喝搀酒热啤酒——"来纪念我爸爸和我妈妈呀。"

"他们都去世了吗,伯母?"我喝了这杯酒,接着问道。

"我妈去世的时候,"米考伯太太说,"米考伯先生还没有遇到困难,至少可以说困难还不大。我爸爸生前好几次把米考伯先生从狱里保释出来,后来他也去世了,很多人都感到惋惜。"

米考伯太太说到这里,摇了摇头,哀伤的眼泪滴下来,滴在当时正好搂在她怀里的双胞胎身上。

我一直想找一个适当的机会问一个我非常关心的问题,现在机会来了,我就对米考伯太太说:

"现在米考伯先生的困难过去了,他也自由了,请问伯母,你和米考伯先生打算怎么办呢?你们拿定主意了吗?"

"我娘家,"米考伯太太说,她一提这几个字,总是很神气的样子,(不过我从来看不出她指的是谁)"我娘家都认为米考伯先生应当离开伦敦,到外地去发挥他的才干。米考伯先生可是个很有才干的人呀,科波菲尔少爷。"

我说,这我相信。

"很有才干呀,"米考伯太太又重复了一遍,"我娘家都认为,只要有人稍微关心一下,像他这样有才干的人,就能在海关找点事儿做。我娘家只在当地有影响,所以他们希望米考伯先生到普利茅斯去。他们认为他非得呆在那里不可。"

"是不是随时准备着?"我问道。

"是啊,"米考伯太太答道,"万一有个机会,他随时有准备呀。"

"你也去吗,伯母?"

这一天发生的事情,加上照顾那一对双胞胎,就算没喝搀酒热啤酒,也足以使得米考伯太太激动失常。这时候,她一边哭着一边说:

"我是永远不会抛弃米考伯先生的。米考伯先生可能一开始对我隐瞒了他的困难,由于生性乐观,总觉得有希望克服那些困难。那珍珠项链和手镯,是我妈留给我的,连一半儿的价钱都没卖上,就出手了。那套珊瑚首饰,是我爸给我的结婚礼物,实际上白白扔掉了。不过我是永远不会抛弃米考伯先生的。决不会的!"米考伯太太大声说道,比刚才显得更不自然了。"我决不这样干!硬叫我干,我也不干!"

我一听这话,觉得很不自在,好像米考伯太太认为我让她干那样的事,所以我坐在那里看着她,感到很惊讶。

"米考伯先生有他的缺点。我不否认,他只顾今天,不顾明天。我不否认,关于他的钱财和债务,他都对我守口如瓶,"她两眼看着墙,继续说道,"但我永远不会抛弃米考伯先生!"

米考伯太太声音越来越大,简直喊叫起来,我吓坏了,连忙跑到俱乐部去打扰米考伯先生。米考伯先生这时正在一张长桌子前面领着大家唱:

吉啊,道宾,
　　吉噢,道宾,
　　吉啊,道宾,
　　吉啊,吉噢——噢——噢!

我告诉他,米考伯太太样子怪吓人的,他一听这话,马上大哭起来,抬腿就跟我走,背心上挂满了虾头、虾尾巴,因为他刚才在吃小虾。

"爱玛,我的天使,"米考伯先生跑进屋来,大声说道,"你怎么啦?"

"我是永远不会抛弃你的,米考伯!"她喊道。

"我的命根子!"米考伯先生一边把她搂到怀里,一边说道,"这我当然明白。"

"是他跟我生了这些孩子! 是他跟我生了这对双胞胎! 他是我亲爱的丈夫,"米考伯太太上气不接下气地喊道,"我永远——不会——抛弃——米考伯先生!"

米考伯先生听了她这番忠心耿耿的表白,甚为感动(我呢,都成了泪人儿了)。他满怀激情,弯着身子劝她抬起头来,不要激动。可是他越劝米考伯太太抬起头来,她越是什么也不看,他越劝她不要激动,她越是激动。一会儿的工夫,弄得米考伯先生也控制不住自己,我们三个人的眼泪都往一块儿流了。后来他说麻烦我拿把椅子到楼梯口上坐一会儿,他好照顾他太太上床睡觉。我说我也该回去睡觉了,可是他说什么也不让我走,非等到送客的铃声响了才行。所以我就坐在楼梯旁的窗户前面,后来他又拿了一把椅子出来,和我坐在一起。

"米考伯太太这会儿怎么样了,先生?"我问道。

"很不好,"米考伯先生摇着头说,"她受不了。唉,今天这一天真可怕! 现在就剩下我们了,我们什么也没有了!"

米考伯先生紧紧地抓着我的手,叹着气,后来流起泪来。我很感动,也很失望,因为我本以为在这个盼望已久的愉快的日子,我们都应当非常高兴。但是米考伯夫妇大概是对过去的困难太适应了,所以他们一想到现在已经从困难之中解脱出来,就觉得好像遇上沉船落了水,无所依托了。他们原有的那种适应能力完全消失了,我从来没见他们像今天晚上这么可怜,等到铃声一响,米考伯先生送我到门房,向我祝福告别的时候,我觉得把他一个人留在那里,真叫人不放心,因为他当时痛苦极了。

我们心里都乱糟糟的,情绪也不好,这是我原来没有料到的,虽然如此,我还是看得很清楚:米考伯夫妇一家要离开伦敦了,我们分手的时刻就在眼前。我是在那天晚上回家的路上,以及后来睡不着觉,在床上躺着的时候开始想到这一点的,不过我也不知道我是怎么产生这个想法的,后来这个想法就演变成了一个坚定的决断。

我对米考伯一家人已经非常熟悉,在他们有困难的时候,和他们亲密无间,离开他们,我又无依无靠,因此,一想到又要另找住处,又要和生人打交道,就觉得好像没有着落的光景突然又闯进了我眼前的生活,而对于这样一种前景,凭我的经验,我是很熟悉的。想到这里,我那惨遭蹂躏的脆弱的感情就更加痛苦,我胸中永不泯灭的耻辱和苦楚就更加剧烈,因此我断然认为这样的生活是无法忍受的。

我看得很清楚,这样的生活是没有希望逃避的,除非我自己逃走。我很少收到摩德斯通小姐的信,从未收到过摩德斯通先生的信,不过有两三个包裹是昆宁先生收到以后转交给我的,里面装的是新做的或补过的衣服。每一次,包裹里都有一张字条,大意是简·摩相信大·科必定认真工作,尽心尽责——丝毫看不出在他们眼里,我除了干简单的苦活儿以外还能做什么别的事儿,而我也的确是很快就干上了这种苦活儿。

就在第二天,我的心因为刚刚想到的那些事而开始焦躁不安,我看出米考伯太太说要搬到别处去,不是没有根据的。他们在我住的那所房子里住了下来,期限一周,到期以后,他们就到普利茅斯去。那天下午,米考伯先生亲自来到公司的账房,对昆宁先生说,从他离开的那一天起,就不能再照顾我了,他还把我的人品称赞了一番,这我觉得也是当之无愧的。昆宁先生把赶车的蒂普叫了进来,他已经成了家,有一间房子可以出租,就让我以后跟他住——就算是我们双方一致同意的,他当然可以这样想,因为我什么也没说,不过这时候我就打定主意了。

我和米考伯夫妇住在一起的最后几天里,我们天天晚上在一起,而且我觉得我们彼此的感情也越来越深。最后一个星期天,他们请我吃饭,我们吃的是猪腰肉蘸苹果酱,还有布丁。前一天晚上,我买了一个带斑点的木马,送给小威尔金斯·米考伯,也就是那个男孩子,还买了一个娃娃,送给小爱玛,留作纪念。我还给了那"古儿"一先令,她马上就要被辞掉了。

虽然离别在即,我们心里都很难受,我们还是过了一个非常愉快的星期天。

"科波菲尔少爷,"米考伯太太说道,"以后我回想起米考伯先生这段困难的日子,是不会不想到你的。你一直对我们热心帮助,关怀备至。你不是房客,你是我们的朋友。"

"亲爱的,"米考伯先生说,"科波菲尔,"近来他常常这样称呼我,"他的心能感受到和他同命运的人时运不济的痛苦,他的头善于思考,他的手——简而言之,要是有什么用不着的东西,他最会处理。"

他这番赞扬,我表示接受了,我还说,我们就要别离了,我心里很难过。

"亲爱的年轻朋友,"米考伯先生说道,"我比你大,有一定的生活经验,而且——而且简而言之,有一定的渡过各种困难的经验。将来我会时来运转(我可以告诉你,我时时刻刻都在盼着这一天),可是在那以前,在今天,我没有什么可以送你的,只能送你几句话。这几句话还是值得你注意的。简而言之,我自己就是因为一直没注意,才落得,"——米考伯先生本来是笑眯眯乐呵呵的,这时突然一变,皱起眉来——"你看到的这个倒霉德行。"

"亲爱的米考伯!"他太太劝他不要说了。

"就是,"米考伯先生接着说下去,他又忘乎所以,喜笑颜开了,"你看到的这个倒霉德行。我要说的是:今天能做的事,决不拖到明天。拖延就是时间的窃贼。就要抓住他!"

"我那可怜的爸爸也有这条规矩。"米考伯太太说道。

"亲爱的,"米考伯先生说,"你爸爸有他自己的长处,我可不能冒犯神明褒贬他。全面地看待他,我们恐怕——简而言之,再也碰不到像他这样的人：在他这般年纪还能打护腿，还能不戴镜子就看他看的那种小字。不过他把那条规矩用在咱们的婚事上了，亲爱的，我至今还觉得为时太早，结果弄得我花了钱，老缓不过来。"

米考伯先生扭头看了看他太太，接着说，"我倒不是后悔了。恰恰相反哪，亲爱的。"说完这话，他又严肃地呆了一两分钟。

"我还有一句话，科波菲尔，"米考伯先生说道，"你已经知道了。一年收入二十镑，一年支出十九镑十九先令六便士，结果是幸福。一年收入二十镑，一年支出二十镑零六便士，结果是苦恼。花也谢了，叶也枯了，日头也落了，一片可怕的景象，还有——还有——简而言之，你就永远倒在地上起不来了，就像我现在这样！"

为了使自己这个例子给我留下更深的印象，米考伯先生喝了一杯果汁酒，显出十分得意的样子，嘴里还吹起了学院号笛舞曲的调子。

我没有忘记对米考伯先生说，一定把他的教导记在心里，其实我也不一定需要这么说，因为我当时显然是受了感动的。第二天早上，我到驿站去送他们一家人，看着他们怀着悲伤的心情，在车的后边就坐。

"科波菲尔少爷，"米考伯太太说道，"愿上帝保佑你！你知道，我永远忘不了过去的一切，即便是能忘，我也忘不了。"

"科波菲尔，"米考伯先生说，"再见啦！祝你生活幸福，前途美好！如果随着岁月的流逝，我确信自己这坎坷的命运对你来说是前车之鉴，我也不会觉得占了别人的位置，枉来世上一场。我相信我会时来运转的，到那时候，我要是有能力帮你一把，我会非常高兴的。"

回想起来，记得当时米考伯太太带着孩子们坐在马车后面，我站在路上看着他们，好像盼望着什么，这时米考伯太太眼前忽然亮了，她看见我是多么小的一个小东西。我现在还是这样想，因为当时她脸上带着少有的慈母般的表情向我招手，让我爬上车去，她搂着我的脖子吻我，像吻她自己的孩子那样吻我。我刚从车上下来，车就启动了。他们朝我挥动手绢，弄得我几乎看不见他们了。一瞬间，马车就没影儿了。我和那"古儿"站在马路当中，面无表情地彼此看了看，握了握手，就告别了。我想她准是又回圣路加贫民院去了，我就回到摩德斯通与格林伯公司，开始我那一天的苦活儿。

然而,这苦活儿,我并不打算再干多久了。真的。我已经决心逃走——不管想个什么办法,到乡下去,去找贝西小姐,把我的情况向她诉说诉说,她是我世上唯一的亲人了。

我已经说了,我走投无路,想出这么一个主意,自己也不知道是怎么想出来的。但是这个想法一旦产生,就在那里扎了根,而且发展成一种志向,我这一生中还从来没有过比这更坚定的志向哩。能不能肯定这件事准有希望,我一点儿把握也没有,不过我已经下定决心,一定要付之行动。

自从那天晚上我想出这个主意,想得睡不着觉,我曾一次又一次,上百次地反复思考我那可怜的母亲先前跟我讲过的一个故事,这故事说的是我出生的情况,过去我最喜欢的事情之中,有一项就是听她讲这段故事,至今我还记得清清楚楚。我姨奶奶来了,又走了,她是个可怕的人物,但是在她的所作所为之中,有一点,我始终不能忘怀,也正是这一点,给了我一线希望。我忘不了母亲说的她认为她感到姨奶奶用手摸了摸她那美丽的头发,那手可不能说是不温柔。虽然这可能完全是我母亲的幻想,毫无事实根据,我却依据这件事在脑子里形成一幅小小的图画:我那可怕的姨奶奶,对我记得那么清楚又那么珍爱的少女般的美貌,表现出宽容的样子。这就使整个故事变得温和了。这个想法很可能在我脑子里呆了很久,使我渐渐地下了决心。

我连贝西小姐住在哪儿都不知道,于是给裴果提写了一封长信,顺便问她记得不记得。我假装听说一位女士,也叫这个名字,住在某个地方,那是我随便说的,我表示很想知道这是不是同一个人。我在信中对裴果提说,我有一笔特殊的用项,需要半个几尼,如果她能借给我这笔钱,等我以后有能力的时候奉还,我会非常感激她,将来我会告诉她,我为什么需要这笔钱。

裴果提很快就寄来了回信,和往常一样,说了许多疼爱我的话。她随信寄来了半个几尼(我估计她一定费了很大的周折才从巴吉斯先生的箱子里拿到这半个几尼的),她还告诉我,贝西小姐住在多佛一带,不过究竟是就在多佛,还是在海斯,桑德盖特,或者福克斯通,她也说不清楚。幸好我问我们那儿的人,这几个地方在哪里,其中有一个人告诉我说,这些地方都离得很近。我觉得为了达到我的目的,了解这些情况就足够了。我决计周末动身。

我是个非常诚实的孩子,我走了以后,不愿意给摩德斯通与格林伯公司留下一个不好的印象,所以我觉得一定要呆到星期六晚上。我初来的时候,预支了一个星期的工钱,所以我想到了发工钱的时候,我就不能再到账房去领钱了。就是由于这个原因,我借了那半个几尼,免得没有路费。这样,到了星期六晚上,我们都在库房里等着领工钱,赶车的蒂普,他总爱抢先,头一个进去领钱,这时候我拉了拉米克·沃克的手,请他进去领钱的时候,告诉昆宁先生,就说我往蒂普家搬箱子去了。我向白煮土豆最后说了声晚安,就溜了。

这时候,我的箱子还在河对面我原来的住处放着。我们有往木桶上钉地址卡片,我拿一张,在背面写了一句话:"大卫少爷的箱子,暂存多佛驿站,待取。"这张卡片放在我的口袋里,准备把箱子从住处取出以后,拴在箱子上。我一边向住处走去,一边向四处张望,看有没有人帮我把箱子弄到售票处去。

有一个年轻人,腿特别长,身边有一辆很小的驴车,是空的。那年轻人在黑衣修士路上,倚着方尖塔站着。我从他身旁走过,眼光对上了他的眼光。他对我说,"就值六便士,还都是半便士的假钱",希望"我认准他将来好作证"——我很清楚,这是指我刚才看了他一眼。我停下脚步,认真地对他说,我刚才看他一眼,不是出于无礼,而是因为有个差使,不知道他要不要。

"什么差使?"那腿长的年轻人问道。

"搬一只箱子。"我答道。

"什么箱子?"那腿长的年轻人问道。

我告诉他,那是我的一只箱子,放在马路那一头儿,叫他送到去多佛的驿车车站,给他六便士脚钱。

"六便士,给你送。"那腿长的年轻人说道。他马上就上了车,那车也不过是个安了轮子的大木槽子,咕隆咕隆跑得倒是飞快,我拼命跑,才勉强跟上那头驴子。

这年轻人很傲慢,我很不喜欢,他一边跟我说话,一边嚼草棍儿,使我特别反感。可是既然已经谈妥了,我只好带他上楼,来到我就要离开的这间屋子。我们把箱子抬到楼下,装到车上。这时候,我又不想把那张卡片拴到箱子上,因为我怕房东家里不定什么人看出我的打算,把我拖住。于是我就对那年轻人说,我希望他在国王法院监狱的高墙外面停一下。我的话还没说完,他就咕隆咕隆跑了起来,好像那年轻人、我的箱子、那车、那驴子一下子都疯了似的。我在他们后面,一边跑,一边喊,等我在约定的地点追上他的时候,已经上气不接下气了。

我因为跑得满脸通红,气喘吁吁,所以从口袋里掏那张卡片的时候,一下子就把那个半几尼的硬币带了出来。为了保险起见,我把这硬币塞到嘴里了。我两手颤抖,把那卡片拴到箱子上,感到很满意,忽然觉得被那腿长的年轻人紧紧地掐住了脖子,眼看着我那半个几尼从我嘴里飞出,落到了他的手中。

"怎么!"那年轻人一边说着,一边抓住我的衣领,脸上露出奸笑。"该叫警察来吧,是不是?你想溜吧,是不是?上警察局去,你这个小坏蛋,上警察局去!"

"我求求你,把钱还给我吧,"我说,我害怕极了,"快别问我了。"

"上警察局去!"那年轻人说道,"向警察证明这是你的钱吧。"

"把我的箱子和钱还给我吧,好不好?"我一边喊,一边哭。

那年轻人还是说"上警察局去!"他还使劲把我往毛驴那里拉,好像这毛驴和地方长官之间有什么联系似的。忽然他灵机一动,跳上车去,坐在我的箱子上,扬言直奔警察局去,比平时更加劲儿地咕隆咕隆飞奔起来。

我拼命在后面追,可是喊不出声了,即便能喊出声,这时候也不敢喊了。没出半英里,我至少有二十次差一点儿没让车轧着。我一会儿看不见他了,一会儿又看见了,一会儿又看不见他了,一会儿挨了一鞭子,一会儿听见有人对我喊叫,一会儿栽到泥坑里,一会儿又站起来,一会儿和谁撞个满怀,一会儿又一头撞在柱子上。我跑到后来,又怕又热,心慌意乱,不知道这时候是不是有一半伦敦人都跑出来抓我了,于是我就不追了,任凭那年轻人带着我的箱子和钱,随便到哪里去吧。我一边喘,一边哭,却没有停步,一直向格林尼治走去,因为我知道去多佛要经过这里。我就这样朝我姨奶奶贝西小姐住的地方走去,我出生的那天晚上曾使她大为不快,和我来到世上时所带的东西相比,现在我能从世上带去的东西也并没有增加多少。

第十三章

下定决心以后

后来我不再追那个赶驴车的年轻人了,而是朝格林尼治走去,这时候,我大概有过一种不切实际的想法,想一直跑到多佛。如果我真有过这种想法,过了一会儿,我也就从这种胡思乱想之中清醒过来,因为我在这通往肯特郡的路上停住了脚步,面前是一排房子,房子前面有个水池,中央有一个塑像,傻呼呼的,在那里吹法螺,却没有水流出来。我在台阶上坐下,已经跑得筋疲力尽,丢了箱子,丢了钱,却几乎连为此而大哭一场的劲儿也没有了。

这时候,天也黑了,我坐在那里歇脚,听见钟打十下。幸好是夏天,天气也好。等我歇够了,嗓子眼儿里那憋气的感觉也消失了,我就站起来,继续赶路。我一肚子苦水,根本就没想走回头路。在那通往肯特郡的路上,即便有像瑞士那样的风雪挡道,我会不会想走回头路,也是个疑问。

我的钱财归里包堆只有三个半便士(至于为什么到了星期六晚上,口袋里还剩下这些钱,我至今还在纳闷),这使我一边走,一边照样感到担心。我忽然想到这样一幅情景:过一两天,有人发现我在一溜矮树篱笆下面死了,还把这作为一条消息登在了报上。我艰难地往前走着,尽量走得快些,可还是感到很苦恼。后来我碰巧路过一个小商店,门口写着收购男女旧衣,破衣烂衫、骨头制品、厨房用具等,均以高价收购。老板穿着衬衫,正坐在门口抽烟。屋里,一件件上衣,一条条裤子,从那不高的天花板上垂下来,只有两支昏暗的蜡烛,使人看出这挂的是什么东西。我当时觉得这老板好像是个喜欢报复的人,他把敌人一个一个都吊起来了,自己在那里逍遥。

从我新近和米考伯夫妇的交往中,我想到也许可以在这里找到出路,暂时免于挨饿。我走到前面一条巷子里,脱下背心,仔细卷好,夹在腋下,又回到那家商店门口。"掌柜的,"我说,"价钱公道,我就把这件东西卖给你。"

多洛毕先生——至少店门上面写的名字是多洛毕——接过背心,把烟斗头朝下靠在门框上,走进店去,我也跟着走了进去。他用手指掐了两支蜡的烛花,把背心铺在柜台上,看了一阵子,又拿起来,对着亮光看了一阵子,最后说道:

"就这么件小背心,想卖多少钱?"

"哦,掌柜的,你最清楚了。"我谦虚地回答道。

"我不能又当卖家,又当买家呀,"多洛毕先生说道,"这么件小背心,你要个价吧。"

"十八便士行不行?"我犹豫了一下,试探着问道。

多洛毕先生把背心卷了卷,还给了我,"我要是出九便士,就可以说是坑害我全家了。"

这样的交易,实在叫人不痛快。我和多洛毕先生素不相识,却不得不干这种讨厌的事,让他为了我去坑害他全家。然而我的境况实在太糟,所以我说就卖九便士吧。多洛毕先生嘟囔着给了我九便士。我说了声再见,走出店门,身上多了九便士,少了一件背心。等我把上衣扣子一扣,觉得并没有多大差别。

说真的,我早就看得很清楚,下一次就该卖我的上衣了,而且光穿着衬衣和裤子,也还得尽快往多佛赶路,要是准能穿着这身衣裳赶到多佛,就算很幸运了。你也许会以为我对这件事想得很多,其实不然。我只笼统地感到前面的路还很长,那个赶驴车的年轻人对我也太狠了,除此以外,我想我当时也没觉得自己的困难有多么紧迫;兜儿里揣着我那九便士,我就又上路了。

怎样过夜,我忽然想出了一个主意,而且说干就干。母校后边有一堵墙,墙角里有一个草垛,我就是想到那里去过夜。我心想,学生们离我这么近,我曾在里面讲故事的那间宿舍离我这么近,对我来说,也可以算是一种陪伴了——虽然学生们并不知道我在那里,那间宿舍也并没有对我提供什么遮挡。

我干了一天活儿,等我顺着山坡爬到布莱克希思的时候,简直累极了。我费了半天事,寻找萨伦学堂,不过我终究还是找到了,墙角里果然有个草垛。我绕到墙那边,抬头向学堂的窗户望去,只见里面一片黑暗,寂静无声,然后我就挨着草垛躺下了。平生头一次没遮没盖地在外边过夜,那种孤独的感觉,我是永远不会忘记的!

困神向我走来,向许许多多流落街头的人走来,对这些人来说,那天晚上家家户户的门都是锁着的,看门狗也都对着他们吼叫——我梦见我又躺在过去在学校里睡过的床上,和住在一起的同学说话;随后我又坐起来,嘴里不停地念着斯蒂福的名字,同时睁大了眼睛,望着头顶上闪烁的群星。等我意识到在这样一个怪时候,我这是在什么地方,突然产生了一种恐惧心理,怕什么,我也说不清,于是我就站起来兜圈子。但是星光渐暗,一天开始的地方天空现出了鱼肚白,我心里又觉得踏实了。我眼皮发沉,又躺下,睡着了——不过我在睡梦中也还是感到冷——后来温暖的阳光照在我身上,萨伦学堂的起床铃也响了,我就醒了。我当时要是希望斯蒂福还在学堂里,就会在那里多呆一会儿,等他单独一个人出来,但是我知道他一定早就离开了。也许特拉德还在,不过这也很难说,而且我虽然很想求助于他,因为他心地善良,却不想把我的情况完全告诉他,因为我对他为人处事和运气好坏都没有很大的把握。所以等到克里克尔的学生们起床的时候,我就悄悄地离开那堵墙,走上了漫长的尘土飞扬的路程。我在这里上学的时候,就知道这条路通到多佛,当时我可没想到会有这么一天,我会像现在这样走在这条路上。

和亚茅斯的星期天早晨相比,这里的星期天早晨可大不一样!我走着走着,听见教堂的钟声响了,接着就看见有人上教堂去。我路过了一两座教堂,里面在做礼拜,唱诗的声音从里面传出来,外面是一片阳光,教区事务员坐在门廊上阴凉的地方乘凉,有时站在紫杉树下面,手搭凉棚,盯着我从前面走过。到处洋溢着过去星期天早晨那种平静悠闲的气氛,只有我是例外。区别就在这里。我浑身是土,头发乱蓬蓬的，自己也觉得不是好人。要不是我想象出一幅宁静的图画，我母亲又年轻，又漂亮，在炉前哭泣，姨奶奶对她表示宽恕，我恐怕就没有勇气坚持走到第二天了。但我眼前老有这样一幅图画，我也就不停地跟着它走。

那个星期天，我顺着那笔直的路走了二十三英里，可是走得并不轻松，因为我对这种苦差使是不习惯的。看看天快黑了，我在罗彻斯特过大桥，又累，脚又疼，一边还吃着路上买的面包，这就是我的晚饭。有一两家小旅店，门外挂着"旅客之家"的招牌，颇有吸引力，但是我不敢花那仅有的几便士，更害怕我在路上碰见的或者赶上的那些流浪汉的凶相。因此我也就别无他求，只求青天作遮挡了。我吃力地来到查塔姆——那天晚上这地方看上去是模模糊糊一片白垩、吊桥、没有桅杆的船只，那些船有篷子，像挪亚方舟一样，漂浮在污浊的河面上。我爬到一个炮台模样的地方，这里长满了青草，居高临下，底下有一个巷子，有个哨兵来回走动。我在这里靠着一门大炮就躺下了，有哨兵的脚步声和我做伴，我感到很高兴，不过他并不知道我睡在上面，正如萨伦学堂的学生不知道我在墙根底下睡觉一样。我睡得很沉，一觉睡到了大天亮。

第二天清早，我浑身发僵，两脚疼痛。我听见敲鼓的声音和军队操练的声音，感到莫名其妙，好像那声音从四面八方围了上来，于是我赶紧朝下面那条又窄又长的马路走去。我觉得，要是想保留体力，好走到目的地，那一天就不能走得太远，于是我就下定决心，当天的主要任务是把我那件上衣卖出去。主意已定，我就脱下上衣，适应一下不穿上衣的滋味。就这样，我夹着那件衣裳，对各家估衣店进行了一番考察。

要想卖上衣，这倒是个不错的去处，因为这里买卖旧衣服的商人很多，一般说来，都在店门口招揽生意。但由于大部分店铺在挂出来的服装里面总有一两件军官穿过的上衣，肩上的饰物等等一应俱全，我就觉得他们都是做大买卖的，因此望而却步，我在这里转悠了好半天，也没敢向任何人兜售我想卖的东西。

我这种胆怯的心理，使我不敢去找一般的商店，而去找海员旧货商店，或者多洛毕先生开的那种商店。最后我找到了一家，看来有希望。

这家商店位于一条脏巷子的拐角处,尽头上是一个院子,长满了荨麻,栏杆上挂着一些海员穿过的衣服,大概是屋里搁不下了,挂在栏杆上随风飘动,那里还摆着一些帆布床、锈步枪、油布帽,还有一盘盘生了锈的旧钥匙,数量大,型号多,要把世界上的门都开开,恐怕也够用了。

我进到这家店里。这是一间又小又矮的屋子,有一个小窗户,前面挂的衣服太多了,屋里不但没有显得亮,而且显得更暗了,门口有几磴台阶,下了台阶才能进到屋里。我进来的时候,心怦怦地直跳,进来以后,那紧张的心情也没有放松,因为一个丑老头子从后面一间肮脏的小屋里窜出来,揪住了我的头发。这个老头子相貌凶恶,脸的下半部全是灰白胡子楂儿,穿着一件脏兮兮的法兰绒背心,散发出强烈的罗姆酒的气味。小屋里,床上罩着用碎布拼成的又皱又破的床罩,也有一个小窗户,窗外也是荨麻,还有一头瘸驴。

"哦,你来干什么?"老头子咧嘴一笑,用严厉的单调的语气说道,"哦,我的老天爷,你来干什么?哦,我的乖乖,你来干什么?哦,嘎鲁,嘎鲁!"

我一听这话,吓得不得了,特别是他重复的最后那个莫名其妙的字眼,简直就是他喉咙里发出的喀啦喀啦的声音。我不知道怎样回答他,这时候他还揪着我的头发,他重复说道:

"哦,你来干什么?哦,我的老天爷,你来干什么?哦,我的乖乖,你来干什么?哦,嘎鲁!"最后这两个字,是他从嗓子眼儿里挤出来的,憋得他眼珠子都快出来了。

"我想问问,"我哆哆嗦嗦地说道,"你想不想买一件上衣。"

"哦,拿来看看!"老头子大声说道,"哦,我的心像着了火一样,快把上衣给我们看看!哦,我的老天爷,快把上衣拿出来!"

他说着,就松开我的头发,收回了他那双颤抖的手,那手和大鸟的爪子一模一样。他接着戴上一副眼镜,不过这一点儿也没有使他那发红的眼睛显得更好看。

"哦,这件上衣卖多少钱?"老头子看了看衣裳,大声说道,"哦,嘎鲁!这件上衣卖多少钱?"

"半克朗。"我定了定神,答道。

"哦,我的乖乖,"老头子大声说道,"不行,哦,我的老天爷,不行!十八便士。嘎鲁。"

他每一次发出这个声音,他的眼珠子好像都有迸出来的危险。他说的每一句话,都是同一个腔调,好像一阵风,开头很低,逐渐升高,然后降下来,我想不出比这更恰当的比喻了。

"唉,"我说,这笔交易就这么定了,我还挺高兴,"就十八便士吧。"

"哦,我的乖乖!"老头子说着,随手把我的上衣扔在一个架子上,"你给我出去!哦,我的乖乖,你给我出去!哦,我的老天爷——嘎鲁!——别要钱啦,换件东西吧。"

我大吃一惊。我一生中,无论是在那以前,还是在那之后,都没有遇见这样令人吃惊的事。不过我还是客客气气地对他说,我要钱,无论什么别的东西,对我来说都无用,不过我可以按照他的要求,到门外去等,我决不想催他。说完之后,我就走到外边,在一个角落里找了个阴凉的地方坐下了。我在那里坐了好几个钟头,阴凉变成了阳光,阳光又变成了阴凉,我还坐在那里等我的钱。

我真希望在他干的这一行里,没有第二个这样的酒鬼,这样的疯子。没有多久,我就从他接待的孩子们了解到,此人是这一带有名的人物,他的名声就是把自己卖给了魔鬼。孩子们不断地在店门口跟他接火,喊着传说的那件事,让他把金子拿出来。"查利,别装蒜啦,你明明知道,你可不穷啊。把金子拿出来吧。你把自己卖给魔鬼得到的金子,拿出一点儿来吧。来呀!在床垫子里缝着呢,查利。把床垫子撕开,给我们一点儿吧!"这还不算,许多人为了达到目的,愿意借把刀子给他使,这可使他大为恼怒,一整天,他不断地追,孩子们不断地跑。有时候,他气昏了头,以为我也是那帮孩子里面的,就冲我来了,张着大嘴,仿佛要把我撕碎,接着他认出我来了,就一头钻到店里,往床上一躺(我从他的声音可以判断得出),疯狂地扯着嗓子用他那刮风似的调子唱起"纳尔逊之死",每一句开头都加一个"哦",还到处加了许多"嘎鲁"。那些孩子好像还嫌我受罪受得不够,认为我和这家店铺有联系,因为我没穿上衣坐在店门口,又耐心,又有毅力,他们就朝我乱扔东西,一整天,对我坏极了。

那老头子好几次想说服我同意跟他换一样东西，有一次拿出一根钓竿，有一次拿出一把提琴，拿出过三角帽，还拿出过笛子。但是我全都不要，只顾坐在那里，每一次都两眼含着泪求他把钱给我，要不就把衣服还给我。后来他开始给我钱了，一次给半便士，整整两个钟头，才不紧不慢地给了一先令。

"哦，我的老天爷！"隔了很久，他又在店门口探出头来，怪吓人的样子，喊道，"再给两便士，你走不走？"

"不行，"我说，"我会饿死的。"

"哦，我的乖乖，再给三便士，你走不走？"

"要是能行，我什么都不要，也可以走，"我说，"但是我要钱，有急用。"

"哦，嘎——鲁！"（他紧挨着门框，光露出他那狡猾的老脑袋瓜子看我，至于他憋着气拐了几个弯儿才说出"嘎鲁"两字，那可真是无法形容）"给你四便士，你走不走？"

我当时头晕眼花，累得不行，就接受了这个条件。我战战兢兢地从他的爪子里接过钱来，就走了，又饿又渴，从来没这么难受过。这时候，太阳就要落了。可是过了一会儿，花了三便士，我的精神就完全恢复了。来了精神以后，我又一拐一拐地赶了七英里路程。

那天晚上，我又找了一个草垛，溜边儿躺下，睡了一觉。我脚上打了泡，睡觉以前，先在小河沟儿里洗了洗脚，又尽我所能用凉凉的树叶把脚裹了起来。一夜休息得不错。第二天清早我又上路的时候，发现沿路是连续不断的啤酒花种植场和果园。按月份来说，早就到了，所以苹果都熟了，果园里一片红，有几个地方，采酒花的工人也已经在干活儿了。我觉得这样的风光实在好，就打定主意当晚在酒花丛里过夜——幻想那一行行的桩子，上面缠绕着美丽的叶子，一定是有趣的伴侣。

那天碰见的流浪的人比我以前见过的更赖，使我产生了一种恐惧心理，至今还记忆犹新。有一些是面貌十分凶恶的二流子，我从他们身旁走过，他们瞪着眼看我，也许还停下脚步，从后面对我喊，叫我回去跟他们说话，我撒腿就跑，他们就朝我扔石头。记得有个年轻人——从他的口袋和小火炉来看,我觉得他是个小炉匠——他带着一个女人。就像上面说的那样,他扭过头来盯着我,然后朝我大吼一声,叫我回来,我不得已停下脚步,回头看了看。

"叫你回来就回来,"小炉匠说,"要不就给你放血,你这小崽子。"

我想最好还是回去吧。我带着一副讨好小炉匠的面孔朝他们走去,快到跟前的时候,发现那女人有一只眼给打青了。

"上哪儿去呀?"小炉匠用他那脏手抓住我衬衫的前胸,问道。

"上多佛去。"我说。

"从哪儿来呀?"小炉匠接着问道,他把抓我衬衫的手一转,抓得更紧了。

"从伦敦来。"我说。

"哪一行的?"小炉匠问道,"梁上君子吧?"

"不——不是。"我说。

"你他妈的不是吗?你要是敢在我面前吹嘘你老实,"小炉匠说,"我就砸烂你的脑袋。"

这时候,他松了手,作了一个要打我的样子,接着就对我上下打量起来。

"买一品脱啤酒,你有钱吗?"小炉匠问道,"要是有,就拿出来,省得我动手。"

我要不是看了那女人的眼色,准就把钱掏出来了。我看见那女人轻轻地摇了摇头,嘴唇作了个说"不!"的样子。

"我很穷,"我强作笑脸,回答道,"没有钱。"

"你这是什么意思?"小炉匠问道,他正言厉色地看着我,我真怕他已经看见我口袋儿里的钱了。

"师傅!"我结结巴巴地说。

"你这是怎么个意思?"小炉匠问道,"怎么围着我兄弟的绸围巾呀?把它还给我!"他说着,一下子就把围巾从我脖子上扯下来,扔给那个女人了。

那女人突然大笑起来,好像她觉得这是一个玩笑,就把那绸围巾扔过来,还给我了,她还点了点头,和刚才摇头时一样轻,并且用嘴唇作了个说"走"的样子。不过我还没来得及照办,小炉匠就把那围巾从我手里夺走了,他是那么粗暴,一下子把我甩出老远,好像我只有羽毛那么轻。他顺手就把围巾随便围在自己脖子上,转身朝那女人骂了一声,就把她打倒了。我永远忘不了我亲眼看见她向后倒在那硬邦邦的路上,帽子也掉了,头发沾了一层土;我永远也忘不了我从远处回头一看,看见她坐在小道上(在路旁的斜坡上),正用披肩的一角擦脸上的血,而他却在往前走。

　　这件事可把我吓坏了,所以从那以后,我再看见这样的人迎面走来,我就往回走,找个地方躲一躲,等他们走得没影了,再出来。这样的事常常发生,耽误了我好多时间。但是遇到这种困难的时候,和我一路上遇到别的困难的时候一样,我好像感到了一股支持我引导我的力量,那就是我想象出来的一幅画:我母亲生我之前在青春时期的像。这张像一直伴随着我。我在啤酒花地里躺下睡觉的时候,它在伴随着我。第二天早上醒来的时候,它还在伴随着我。一整天它都在为我引路。从那以后,我总是把它与坎特伯雷的明媚街道联系在一起,那街道可以说在烈日下昏昏欲睡,还能看到古老的房舍和城门,以及宏伟的灰色大教堂,还有乌鸦围着塔楼飞来飞去。最后我来到多佛附近荒凉辽阔的丘陵地带,这时候,这张像使我面对眼前的景象而不感到多么孤单,它给了我希望;一直到我逃走的第六天,我达到了这次旅行的第一个重大目标,并且确实迈步走进了镇子,只是到了这时候,它才消失。不过说也奇怪,我穿着破鞋,衣不蔽体,浑身是土,脸也晒黑了,这样来到这梦寐以求的地方之后,那画竟然像梦一样消失了,使我感到无依无靠,提不起精神。

　　我先在船家当中打听姨奶奶的消息,他们的回答,五花八门。有的说她住在南福地灯塔,就因为住在那里,害得她把胡子都燎了。有的说她被牢牢地捆在港外的大浮标上了,只有在潮水半涨半落的时候,才能去看她。有的说她因拐卖儿童,关到梅德斯通监狱里去了。还有的说看见她上次刮大风的时候骑着扫帚直奔加来①去了。后来我又去问赶

---

① 法国的海口。

马车的,他们也是嘻嘻哈哈的,没有一点儿敬意。再问那些开商店的,他们讨厌我那副模样,都不等我开口,就说没有我要的。自打我逃出来以后,还从来没有像现在这样痛苦,这样没有着落。钱,都花光了,也没有什么可卖的了,我又饿,又渴,又累,现在离我要达到的目的地好像和呆在伦敦离得一样远。

我问来问去,一个上午就过去了。市场附近路口上有一家倒闭了的商店,我就坐在它门口的台阶上,盘算着怎样到上面提到的另外一些地方去试试。忽见一个人赶着一辆马车过来,一件马衣掉在我面前。我捡起来递给他,这时候,我从他脸上看出,这个人比较和气,就鼓起勇气,问他能不能告诉我特洛乌德小姐住在哪里——虽然这个问题我问的次数太多了,几乎问不出口了。

"特洛乌德?"他说,"让我想想。我听说过这个名字。是个老太太吧?"

"是的,"我说,"不错。"

"腰板儿直挺挺的?"他一边说着,一边直了直腰。

"是的,"我说,"我想是这样的。"

"老挎着个提包,"他说,"那提包能装好多东西,是不是?她这个人很倔,说什么是什么,是不是?"

我一边说他说的丝毫不差,一边心里打起鼓来。

"那就这么办吧,"他说,"你往那儿走,"他用马鞭子指着前面的小山丘说,"等你走到几栋朝着大海的房子,大概就能问到她了。我认为她是不会帮忙的,我给你一便士吧。"

我接了钱,道了谢,用它买了一个面包。我一边走,一边吃,朝着那位朋友指点的方向走去,走了很远,也没看见他说的那几栋房子。后来看见前面有几栋房子,就走了过去,来到一家小商店里(过去我们在家里管这种商店叫杂货店)。我问他们能不能麻烦这里的好心人告诉我,特洛乌德小姐住在哪里。我问的是柜台后面那个人,当时他正在给一个年轻女人称大米,可是那年轻女人把话接了过去,马上转过身来。

"找我主人?"她问道,"你找她有什么事儿,小家伙?"

"我有话对她说,"我说,"麻烦你啦。"

"你是说求她帮忙吧。"那姑娘顶了我一句。

"不是,"我说,"的确不是。"不过我突然想到,实际上我到这里来也没有别的目的,所以我就没有再说什么,也不知如何是好,脸上也烧起来了。

从这个女人的言谈之中,我感觉到她就是我姨奶奶的用人。她把大米放到小篮子里,走出商店,一面对我说,我要是想知道特洛乌德小姐住在哪里,就跟她走吧。那还用说吗,不过我当时又害怕,又着急,腿都发颤了。我跟着那年轻女人,不大的工夫,来到一所小房子前,这房子有几个凸出的半圆形窗户,让人看着愉快。房子前面有一个四方小院儿,碎石铺地,也可以说这就是花园,里面种满了花,那花是精心照料的,散发着芳香。

"特洛乌德小姐就住在这里,"那年轻女人说道,"现在你已经知道了。我也只能告诉你这些。"说完了,她就匆匆地进屋里去了,好像要推卸把我带到这里的责任。她丢下我一个人站在花园门口,我以忧郁的神情从门上边向客厅的窗户望去,只见那细布窗帘半开半合,窗台上有一个圆形的大绿屏风,也许是扇子,还看见一张小桌子,一把大椅子,这使我想到姨奶奶这会儿说不定正坐在那里施威风呢。

到这时候,我的鞋可惨了。底子早就一块一块地掉了,帮儿上的皮子也破了,裂了,这鞋就没个鞋样了。我的帽子(我还戴着它睡过觉),连压加窝,也已经不成样子,垃圾堆里要是有个缺把儿的破汤锅,和它相比,也用不着感到寒碜了。我的衬衫和裤子、汗水、露水、青草以及肯特郡的泥土(我在地上睡过觉),都在上面留下了痕迹,而且也都撕破了,我正站在大门口,说不定会把姨奶奶花园里的鸟儿吓跑了呢。我的头发,自从我离开伦敦,就没梳过,也没刷过。我的脸、脖子和手,因为不习惯于风吹日晒,已经变得黑乎乎的。我身上又是白垩,又是尘土,弄得我从头到脚都是白粉子,就和刚从石灰窑里钻出来差不多。我就是这副模样,而且强烈地意识到自己这个德行,在那里等待机会,向我那难以对付的姨奶奶作自我介绍,给她留下一个最初的印象。

客厅的窗户一直寂静无声,过了一会儿,我断定她不在那里,于是就把视线移到上面那个窗口,看见一位面色红润、头发花白、态度和蔼的老先生,他闭上一只眼,作了个怪样子,一再对我点头,又一再对我摇头,然后笑了一阵,就走开了。

我本来就不知所措,这位老先生的意外举动使我更加不知所措,我想溜到一边,好好想想该怎么办,就在这时候,从屋里出来了一位女士,她帽子上系着一块手绢,手上戴着一副在花园干活儿的手套,胸前挂着一个园子里用的大口袋,和收路捐的人系的围裙一样,她手里还拿着一把挺大的刀。我一下子就认出了,她就是贝西小姐,因为她高视阔步走出来的神气,和我那可怜的母亲常说这位女士在布伦德斯通栖鸦楼的花园里高视阔步的神气一模一样。

"走开!"贝西小姐一边说着,一边摇了摇头,还在离我老远的地方,在空中砍了一刀,"走吧!这儿不许男孩子进来!"

我把心都提到嗓子眼儿了,看着她大步走到花园的一角,弯下腰,在那里挖什么东西的小根儿。我虽然鼓不起一点儿勇气,却豁出去了,于是我就悄悄地走过去,站在她身旁,用手指头杵了她一下。

"对不起,小姐。"我主动说话。

她吃了一惊,抬起头来看我。

"对不起,姨奶奶。"

"嗯?"贝西小姐叫道,她那惊讶的语气,我还从没听见过和它相近似的呢。

"对不起,姨奶奶,我是你甥孙。"

"哦,天哪!"姨奶奶说着,一屁股坐在花园的小路上。

"我叫大卫·科波菲尔,老家是萨福克郡的布伦德斯通。我出生的那天晚上,你到过那里,你还见到了我亲爱的妈妈。她死了以后,我一直很不幸。他们不管我,什么也不教给我,让我养活我自己,逼着我干我干不了的活儿。我只好逃跑,到这儿来找你。我刚一出发,就遭了抢,我是一路走来的,从一上路,就没在床上睡过觉。"说到这里,我一下子支持不住了,我的手动了一下,想让她看看我这破衣烂衫的样子,证明我确实受了不少的罪,接着就放声大哭起来,这大概在我肚子里憋了整整一个礼拜了。

我姨奶奶,满脸的表情都消失了,只剩下惊讶。她坐在那碎石地上，瞪着大眼看着我，见我哭起来了，才蹦起来，抓着我的领子，把我拖到客厅里去。她做的头一件事，就是打开一个很高的柜子，拿出几个瓶子，把每个瓶子里的东西都往我嘴里倒了一点儿。我觉得这几个瓶子她一定是随便拿的，因为我尝得出来，有茴香水，有鳀鱼汁，有沙拉油。她给我服用了这些滋补剂之后，见我仍旧哭叫不止，不能恢复正常，就让我躺在沙发上，用披肩给我垫着头，用她自己头上那块手绢给我垫着脚，怕我把沙发套子弄脏了。然后她就在我提到的绿扇子或屏风后面坐下，这样一来，我就看不见她的脸了，只听她过一会儿就说一声"我的天哪！"，就像一分钟一响的求救信号炮似的。

过了一会儿，姨奶奶拉了拉铃。用人进来以后，姨奶奶说，"珍妮，到楼上去，替我向迪克先生问好，告诉他，我有话对他说。"

珍妮见我直挺挺地躺在沙发上（我因为怕冒犯姨奶奶，一动也不敢动），觉得有点奇怪，但她只顾做事情去了。姨奶奶背着手在屋里走来走去，过了一会儿，在楼上窗口向我挤眼的那位先生笑着走了进来。

"迪克先生，"姨奶奶说，"你可不要犯傻，因为你要是精明起来，谁都精不过你。这我们都是知道的。所以，无论如何，你可别犯傻。"

这位先生一听，马上严肃起来，看了我一眼。我觉得他似乎是在恳求我不要提刚才在窗口发生的事。

"迪克先生，"姨奶奶说，"你听我说起过大卫·科波菲尔吧？这会儿，你可别假装不记得啦，因为你我都知道，那不是真的。"

"大卫·科波菲尔？"迪克先生说道，看样子，他没有多少印象，"大卫·科波菲尔？哦，对啦，是有一个。是叫大卫。"

"那好，"姨奶奶说，"这就是他的孩子，他的儿子。要不是他也挺像他母亲，他就完全像他父亲了，要多像，有多像。"

"他的儿子？"迪克先生说，"大卫的儿子？那当然。"

"是啊，"姨奶奶接着说，"他干得还真不错呢。他是逃出来的。唉！他姐姐贝西·特洛乌德是不会逃跑的。"姨奶奶果断地摇了摇头，对这个并未出生的女孩子的性格和行为显得蛮有把握的样子。

"哦！你认为她不会逃跑吗？"迪克先生说。

"愿上帝保佑这个人，"姨奶奶尖刻地说道，"他怎么这样说话！难道我还不知道她不会逃走吗?她会和教母在一起生活,我们会彼此疼爱。我不禁要问:他姐姐贝西·特洛乌德会从哪里逃,又往哪里去?"

"没有这样的地方。"迪克先生说。

"那好,"姨奶奶接着说,她听了迪克先生的回答,语气已经缓和下来,"既然如此,你为什么还装糊涂呢,迪克,你的脑子一向和外科大夫的手术刀一样好使嘛!现在你眼前就是大卫·科波菲尔,我要问你的问题是:我拿他怎么办?"

"你拿他怎么办?"迪克先生小声说着,挠起头来,"哦!怎么办?"

"是啊,"姨奶奶态度严肃举着食指说道,"说呀!给我出个好主意。"

"唉,我要是你的话,"迪克先生一边说,一边考虑,还有意无意地看了我一眼,"我就……"他一想我的事儿,好像灵机一动,想出一个主意来,就赶紧接着说,"我就给他洗个澡!"

"珍妮,"姨奶奶心里很高兴,却不露声色,这情况我当时是不知道的,只见她转身说道,"还是迪克先生的主意好。烧洗澡水去!"

虽然我对他们之间的这番对话很感兴趣,在他们谈的时候,我还是情不自禁地看看姨奶奶,看看迪克先生,又看看珍妮,同时继续完成我已经开始的对这间客厅的研究。

姨奶奶是个大个子,面容呆板,但决不难看。她的脸色,她的声音,她的举止和仪态,都缺少一种灵活性,这就足以说明为什么她在我母亲那样温柔的人身上产生了那种效果。她虽然脸上显得很严肃,却也算得上眉清目秀。我特别注意到她的眼睛,又明亮,又敏锐。她头发花白,从中间分开,发型朴素,帽子大概叫家常帽——我指的是当时流行的一种帽子,两边有护耳垂下来,系在脖子底下,现在不时兴了。她的长裙是藕荷色的,平平整整,但很简朴,好像她希望尽量减少累赘。我记得当时我觉得她那身衣裳,就其样子来说,很像是一套骑马的服装,多余的下摆剪掉了。她戴着一块表,我要是根据它的大小和式样来判断,会认为那是一块男人用的金表,还有一条与之相配的链子和饰物。她脖子底下有件亚麻布做的东西,有点像衬衫领子,手腕子那里也有什么东西,像衬衫的袖口。

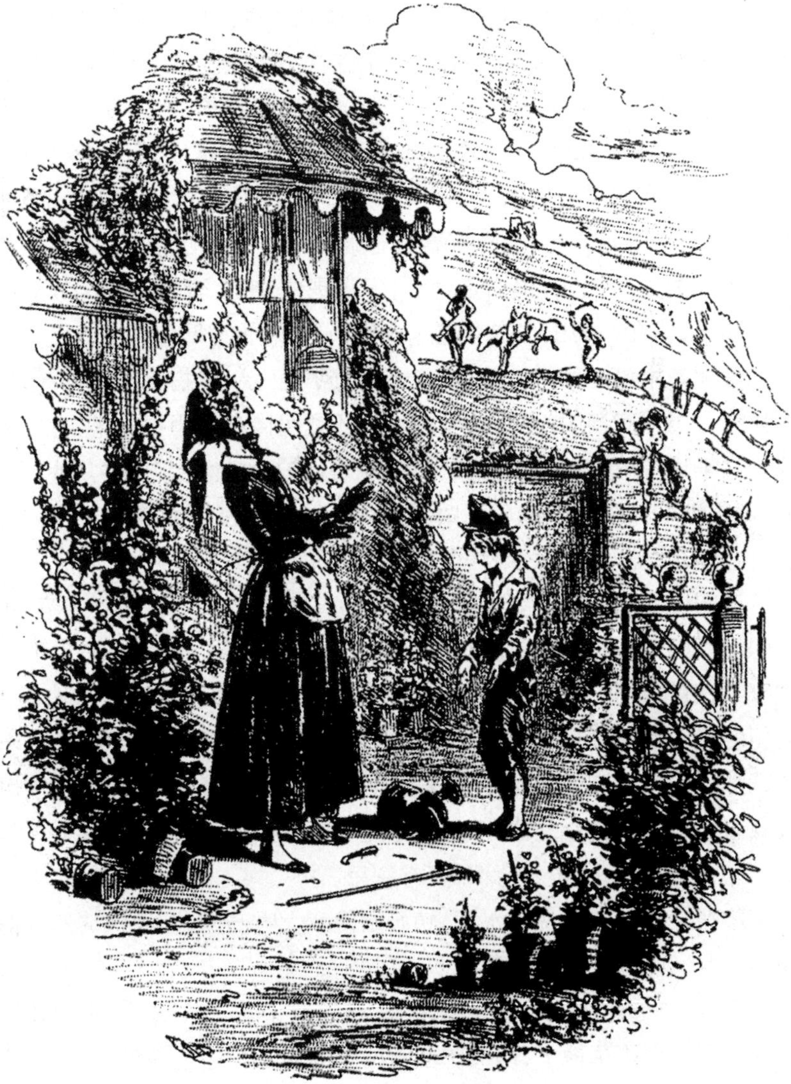

迪克先生，我在前面已经说了，头发花白，面色红润。我这样说，应该是概括了他的全貌，但奇怪的是他老低着头，而这又不是因为上了年纪。这使我想起克里克尔先生的学生，他们之中有一个人挨了打之后就是这个样子。迪克先生的灰色眼睛，又大，又突出，水汪汪的，闪闪发亮，让人觉得有点儿怪，再加上他那恍恍惚惚的样子，他对我姨奶奶那样顺从，我姨奶奶夸奖他的时候，他像孩子一样高兴，这都使我怀疑这个人有点儿病。可是转念一想，他要是有病，他是怎么到这里来的呢，我感到百思不得其解。他的穿着和普通人一样，当时他穿着一件灰色的早上穿的宽松上衣，里面是背心，下身是白裤子，表放在专门放表的小口袋里，钱在口袋里哗啦哗啦地直响，显得他非常得意。

珍妮是个漂亮姑娘，十九或二十岁，风华正茂，打扮得整整齐齐，无可挑剔。虽然我当时没顾上多看她，我还是可以在这里提一下，有件事我是后来才了解到的：我姨奶奶是珍妮的监护人，她还监护过其他一些人，她把她们一个一个地雇来做用人，专门为了对她们进行抵制男人的教育，一般都是以她们嫁给烤面包的师傅而告终。

这间客厅和珍妮或者说和我姨奶奶一样整洁。刚才我放下笔，想一想当时的情况，就觉得海风连带着花香，又吹了进来，我又看见那旧式家具，擦得锃亮，看见圆形窗户前面绿色团扇旁边姨奶奶那神圣不可侵犯的桌子和椅子，那加了罩毯的地毯，那猫，那壶垫儿，那两只金丝雀，那旧瓷器，那盛果汁酒的钵子里装满了玫瑰花瓣，那高高的柜子里收藏着各式各样的瓶子罐子，还有我本人，浑身是土，躺在沙发上观察这一切，和整个屋子很不协调，真有意思。

珍妮去给我准备洗澡水了，姨奶奶使我大吃一惊，因为她突然气得动弹不得，勉强喊了一声"珍妮！驴子！"

珍妮一听，连忙顺着楼梯跑上来，好像房子着了火似的，接着她就窜到前面一小块草地上，两头驴驮着两个女人正想往上面踩，她就把他们撵走了。这时候，姨奶奶也冲到外面，看见还有一头驴子，一个小孩劈着腿骑在上面，就一把抓住笼头，调了个头儿，把它从那圣洁的地方引开了，接着就把那倒霉的赶驴娃打了一顿耳光，因为他竟敢玷污这片神圣的土地。

直到现在,我也不知道姨奶奶对这片草地有没有合法权利,但是她自己认定她是有的,而且有没有,一个样。她一生中感到最气愤的,需要不断加以报复的,就是驴子从这圣洁的地方走过。无论她在做什么,无论她正在谈论的事情多么有趣,驴子一来,马上影响她的思路,她立刻就去处置。罐子里装上水,还有喷壶,都藏在秘密的地方,哪个孩子来冒犯,就往他身上洒水。门后边还藏着棍子。进犯的事不时发生,于是战乱不断。对赶驴的孩子来说,这大概又热闹,又好玩儿。驴子之中,那些比较有头脑的,也许知道这是怎么回事,由着自己的性子,非从这儿走不可,引以自娱。我就知道,洗澡水准备好之前,这种紧急情况就出现过三次。最后一次最为激烈,我看见姨奶奶独自一人与一个十五岁的黄发少年交手,抓住人家的头发就往自己的门上撞,那小伙子还没弄明白这是怎么回事哩。对我说来,她一趟趟往外跑,就尤其可笑。当时她正用大汤匙给我喝肉汤(因为她确信无疑,我真的快饿死了,必须增加营养,一开始不能太多),就在我张着大嘴等着喝的时候,她会突然把汤匙放回盆里,喊一声"珍妮!驴子!",接着就冲出去战斗。

　　澡洗得很舒服。我开始感到因露宿野外而造成的四肢剧烈疼痛了,而且我现在累得要命,无精打采,要是让我支撑着不睡,我连五分钟也支撑不了。我洗完澡之后,她们(我指的是姨奶奶和珍妮)给我穿上迪克先生的衬衫和裤子,又用两三个大披肩把我裹起来。我像一个什么样的包裹,我也不知道,我只感到很热。我还感到发晕、发困,过了一会儿,我就又躺在沙发上,睡着了。

　　这也许是一场梦,是我很久以来一直在想而引起的,反正在我醒来的时候,我的印象是姨奶奶来过,她还弯着身子把头发从我脸上撩开,扶了扶我的头,让我睡得更舒服一点儿,然后就站在一旁看着我。我耳朵里好像还听见"可爱的孩子",也许是"可怜的孩子",这样的话。不过在我醒来的时候,也没有什么别的可以使我相信,那的确是姨奶奶说的,因为当时她在圆形窗前隔着绿扇子看海,扇子装在一种转轴上,怎么转都行。

　　我醒了以后,过了一会儿,就吃晚饭了。我们吃的是烤鸡和布丁。我坐在桌子旁边,也有点像一只别住翅膀的鸡,要想动一动胳臂,是很困难的。既然是姨奶奶把我这样打扮起来的,我就不好抱怨说行动不便了。在这段时间里,我一直很着急,希望知道她拿我怎么办。但她吃起饭来安安静静,一言不发,只是偶尔往对面看我一眼,说一声"我的天哪",而这样一句话丝毫不能消除我的疑虑。

桌布撤下以后,雪利酒放在桌上,我也有一杯。姨奶奶又派人上楼请迪克先生,迪克先生就来了。姨奶奶请他注意听我讲我的经历,接着她就问了我一连串的问题,把我的情况一点一点地都套了出来。迪克先生听的时候,尽量显得很有头脑的样子。在我回答的过程中,姨奶奶老用眼睛盯着迪克先生,否则,我想他就睡着了。每逢他有一点儿笑意,姨奶奶把眉头一皱,他就不笑了。

"那个可怜的倒霉孩子,她究竟中了什么邪,为什么非改嫁不可呢,"姨奶奶听完了我的话,说道,"我真不明白。"

"说不定她爱上了第二个丈夫。"迪克先生提出了自己的看法。

"爱上了!"姨奶奶重复了一下,"你这是什么意思?她怎么能这么干?"

"说不定,"迪克先生想了想,不自然地笑着说道,"是为了享乐吧。"

"什么享乐!"姨奶奶说道,"那可怜的孩子头脑简单,轻易相信了那样一个狗崽子,让他变着法儿地折磨她,这可真是天大的享乐。她这是图什么呢,我真不明白?她已经嫁过一个丈夫。她已经把大卫·科波菲尔送到另外一个世界去了,而他从小就爱追那些蜡娃娃。她也生了孩子——哦,星期五那天晚上,她生下在这儿坐着的这个孩子,当时是两个孩子!——她怎么还不满足呢?"

迪克先生偷偷地朝我摇了摇头,好像他认为没法不让我姨奶奶说下去。

"她连生孩子也和别人不一样,"姨奶奶说道,"这孩子的姐姐,贝西·特洛乌德呢?没来。别提啦!"

迪克先生显出十分吃惊的样子。

"那个小个子大夫,老歪着个脑袋,"姨奶奶说道,"吉力普,不管他叫什么啦,他在那儿干什么呢?他就会像个知更鸟似的——对,他就是个知更鸟——对我说,'是个男孩儿。'男孩儿!哎哟,他们这一帮子统统是白痴!"

她很得意地说这样的话,使迪克先生大吃一惊;说真的,我也大吃一惊。

"还有,好像这还不够,好像她给这孩子的姐姐贝西·特洛乌德造成的危害还不够大,"姨奶奶说,"她又改嫁,嫁了一个磨刀士,好像是叫这么个名字——这就又给这个孩子造成了危害!那必然的后果,除了孩子,谁都可以料到,他不得不到处流浪。他还没长大,就和该隐①一样了。"

迪克先生使劲看着我,好像是要确认我就是这样一个人。

"后来,还有那个女人,她起了个异教徒的名字,"姨奶奶说,"叫裴果提——随后她也嫁了人。听这孩子说,随后她也嫁了人,因为她还没看透这类事情会带来什么恶果。我只希望,"姨奶奶摇着头说道,"她丈夫是报纸上常见的那种专使通火棍的丈夫,好好地管教管教她。"

我的奶妈让人家这样辱骂,受人家这样诅咒,我听不下去,就对姨奶奶说她冤枉人家了。我说裴果提是世上最好、最真诚的朋友和仆人。她最忠实,忠心耿耿,从不考虑个人,只有她真正疼爱我,只有她真正疼爱我母亲。我母亲临死的时候,她用胳臂托着她的头,我母亲最后亲着她的脸,向她表示谢意。想起她们两个人,我一阵哽咽,哭起来了。我哭着说她的家就是我的家,她的一切也都是我的。我原来也可以去求助于她,但她境况不佳,我怕给她添麻烦——我刚才说了,我说着说着哭起来了,就两手捂着脸,趴在了桌上。

"是啊,是啊!"姨奶奶说道,"谁疼过他,他疼谁,这孩子做得对。——珍妮!驴子!"

我完全相信,要不是那些倒霉驴子来打扰,我们本来是会谈得很投机的,因为姨奶奶已经把手搭在我肩膀上了,在这样的鼓励之下,我很激动,正想搂住她,求她照顾。但是驴子一打扰,外面的一番折腾使得她心烦意乱,对我关心的想法暂时也就谈不上了。姨奶奶气愤地对迪

---

① 圣经故事中亚当和夏娃之子该隐因妒忌杀害了其弟亚伯,上帝将他逐出家园。

克先生说,她决定要向地方法院要求赔偿,要跟多佛地区所有养驴的人打官司,告他们非法入侵。这样一折腾,就到了吃茶点的时候了。

吃过茶点,我们坐在窗口,从姨奶奶脸上那严厉的表情来看,我想这是在注意外面的动静,看是不是还有入侵的。我们一直看到天黑,珍妮摆上蜡烛,还在桌上放了一副十五子棋,把窗帘也放了下来。

"迪克先生,"姨奶奶说,这时她和先前一样,脸色严肃,举着食指,"我要再问你一个问题。你看看这孩子。"

"大卫的儿子?"迪克先生说道,脸上显得既全神贯注,又莫名其妙。

"正是他,"姨奶奶答道,"现在你准备拿他怎么办?"

"拿大卫的儿子怎么办?"迪克先生说。

"是啊,"姨奶奶答道,"拿大卫的儿子怎么办。"

"哦!"迪克先生说,"是啊。拿……要是我,我就叫他睡觉去。"

"珍妮!"姨奶奶喊道,又流露出自鸣得意的样子,和我先前说的一样。"还是迪克先生的主意好。床要是铺好了,我们就带他去睡觉。"

珍妮回话说,全铺好了,于是她们就带我去睡觉。她们对我很和气,但还是有点儿像押送犯人——姨奶奶在前,珍妮在后。只有一件事使我产生了新的希望:姨奶奶在楼梯上停下来,问为什么到处是烧东西的味儿,珍妮说她刚才在厨房把我的破衬衫熏了熏,以后引火用。但是除了我身上这一堆怪东西以外,我屋里也没有别的衣服了。她们把我丢下,姨奶奶还提醒我,那支小细蜡烛不多不少只点五分钟,然后就听见她们从外面锁上门走了。我把这些事翻来覆去地想了想,觉得可能是姨奶奶对我不了解,怀疑我有逃跑的习惯,因此采取防范措施,一定把我看住。

那屋子倒还舒服,在那所房子的最高一层,从窗子往外看,下面就是大海,月光照在海面上,闪闪发亮。我记得我做完了祷告,蜡烛也点完了以后,我怎样依旧坐在那里看着海上的月光,仿佛那就是一本明亮的书,我可以希望从中看出自己的命运,或者希望看见我母亲带着她的孩子,从天上降临,顺着那条闪闪发光的小路走来看我,同我最后一次看见她那可爱的面容时她看我的神情一样。我记得最后我带着严肃的心情把视线移到挂着白帐子的床上,这床怎样使我产生了感激的心情,又使我感到安逸,等到我舒舒服服地躺在床上,盖上雪白的单子之后,我的感受就更深了。我记得我怎样回想起我曾在夜空下露宿过的所有那些孤独的地方,我怎样祈求上帝保佑我永不再过那无家无业的日子,永不忘记无家可归的人。我记得我怎样好像飘浮起来,然后就顺着海上那条叫人伤感的光辉小路进入梦乡了。

第十四章

姨奶奶为我作出决定

第二天早上,我下楼来,看见姨奶奶在饭桌上一动不动地愣神儿。她的胳膊肘儿压着托盘,水罐里的水已经把茶壶灌满,溢出来了,整个桌布都泡在水里。我一进来,打断了她的沉思。我敢断定,她考虑的中心就是我,所以我也特别急于知道她对我有什么打算,然而我这种急切的心情又不敢表露出来,怕惹她不高兴。

但是我的眼睛不像舌头那样受约束,早饭期间,老往姨奶奶那边看。我要是连续看她一会儿,准会碰上她看我一眼——她那思虑的眼神显得挺怪,好像我不是坐在小圆桌对面,而是离得很远很远。她吃完早饭,慢条斯理地往椅背上一靠,把眉头一皱,两臂一交叉,从容不迫地注视着我,她那样聚精会神,弄得我特别不好意思。我的早饭还没吃完,就继续吃,想借以掩盖自己内心的不安,但是我的刀子老碰叉子,叉子老挑刀子,我切点儿咸肉,想自己吃,结果它跳得老高老高的,喝茶也呛着,它不走正道儿,非走岔道儿不可,最后我干脆不吃了,红着脸坐在那里,让我姨奶奶仔细观察吧。

"喂!"过了好一会儿,姨奶奶说。

我抬起头来,恭恭敬敬地迎着她那敏锐、明亮的目光,看着她。

"我给他去信了。"姨奶奶说。

"给……"

"给你继父,"姨奶奶说,"我给他写了一封信,麻烦他认真对待,否则别怪我翻脸不认人!"

"他知道我在什么地方吗,姨奶奶?"我问道,心里很害怕。

"我告诉他了。"姨奶奶说着,点了点头。

"要把我……交给……他吗?"我吞吞吐吐地问道。

"不知道,"姨奶奶说,"看情况吧。"

"哦!我要是非得回到摩德斯通那儿去不可,"我大声说道,"我可真不知道怎么办才好了!"

"我也说不准,"姨奶奶说着,摇了摇头,"我知道,我现在也说不出个所以然来。看情况吧。"

我一听这话,心就凉了。我的情绪很不好,心情很沉重。姨奶奶似乎没太注意,从柜子里拿出一个粗布大围裙,系上以后,就亲手刷起茶杯来。该刷的都刷了以后,又在托盘里摆好,桌布也叠好,盖在上面,这时候,姨奶奶拉了拉铃,叫珍妮来把这餐具拿走。接着她就戴上一副手套,拿起小扫帚,扫起面包渣来,一直扫到地毯上的面包渣连用显微镜也看不见为止。随后她又掸土、收拾屋子,其实那土早已掸得干干净净,那屋子早已收拾得整整齐齐。她做完了这些事,感到称心如意了,才摘下手套,解下围裙,叠好,打开柜子,从哪个角落里拿出来的,又放回原处,拿出她那针线盒,放到开着的窗口她专用的桌子上,在绿扇子后面背光的地方坐下,做起活儿来。

"我希望你到楼上去一趟,"姨奶奶一边纫针,一边说,"替我向迪克先生问好,告诉他,我很想知道他的呈文写得怎么样了。"

我赶紧站起来,去完成任务。

"我想,"姨奶奶说,一边就像纫针的时候那样眯缝着眼看我,"你是不是觉得迪克先生这个名字太简略了,嗯?"

"昨天我觉得这名字是简略了一点儿。"我承认了。

"你可不要以为,他要是想用一个完整的名字,就没有,"姨奶奶说,也显得神气起来了,"巴布利——理查德·巴布利先生——这就是这位先生的真名。"

因为我感到自己年幼,而且已经过于随便,正想说我最好称呼他的全名,姨奶奶又接着说:

"不过你可千万不要用这个名字称呼他。要是有人用这个名字称呼他,他就受不了。他就有这么个怪脾气。不过我觉得这也算不上什么怪脾气,因为有些也叫这个名字的人,老欺负他,所以他对这个名字讨厌死了,上帝知道。现在他的名字就是迪克先生,无论是在这里,还是什么别的地方——假如他去什么别的地方的话,其实他哪里也不去。所以,小心点儿,小家伙,你可不要叫他别的名字,只能叫他迪克先生。"

我说一定听话,就到楼上传话去了。我一边走,一边想,迪克先生写这呈文,要是写了很长时间,而且速度就像我下楼的时候从门缝里看见他写得那么快,他就该很有进展。可是进去一看,他拿着一支大笔,还在那儿使劲地写呢,脑袋都快贴到纸上了。他专心致志地在那里写,所以我有充分的时间,从从容容地看角落里放着的大纸风筝,胡乱堆在那里的一捆捆手稿,那么些笔,特别是那么些墨水(每瓶半加仑,他好像存了好几打),后来他才发现我进来了。

"哈哈!太阳神!"迪克先生说着放下了笔,"人世间怎么样啊?你听我说呀,"他压低了声音,接着说,"你可别出去说呀,那儿……"他说到这里,朝我招了招手,把嘴唇凑到我耳边说,"那儿全是疯子。和贝德拉姆疯人院一样啊,小家伙!"迪克先生说着,一面从桌上拿起一个圆盒,从里面拿出鼻烟,一面放声大笑起来。

我没有冒昧地对这个问题发表意见,只传达了我带来的口信儿。

"那就请替我向她问好,"迪克先生回答说,"另外,我……我相信我已经开了个头儿。我想我已经开了个头,"迪克先生说着,把手插到灰白的头发里,同时向自己的手稿看了一眼,没有表现出一点儿有信心的样子,"你上过学吧?"

"是的,先生,"我回答说,"只有很短的时间。"

"你记不记得,"迪克先生说着,认真地看了我一眼,拿起笔来,要把我的话记下来,"国王查理一世是什么时候砍头的?"

我说我认为那是一千六百四十九年的事。

"是啊,"迪克先生答道,他一边用笔搔耳朵,一边用怀疑的眼光看着我,"书上都是这么说的,但是我不明白这怎么可能。因为如果那是这么多年以前的事,他周围的人怎么会犯这样的错误,竟然会在他砍头之后,把一些烦恼从他的脑袋里拿出来,放到我的脑袋里呢?"

他这个问题,我觉得很怪,但是我没有什么好说的。

"说也奇怪,"迪克先生说着,以失望的神情看了一眼自己的稿子,又把手伸到灰白的头发里,"我怎么老也写不成个样子,老也说不清楚呢。不过没关系,没关系!"他兴奋地说,又提起精神来了,"有的是时间!替我向特洛乌德小姐问好——我的确进展不错。"

我正要走,他让我看看他的风筝。

"这风筝,你看怎么样?"他说。

我说那风筝很好看。我估计一定有七英尺高。

"是我做的。以后,你和我,咱俩一块儿出去放,"迪克先生说,"你看见这个了吗?"

他指给我看,那风筝上糊的全是他的手稿,写得密密麻麻的,很费了一番功夫,不过写得倒很清楚,我一行行顺着往下看,好像有一两处又提到国王查理一世砍头的事。

"线绳有的是,"迪克先生说,"风筝飞得高,事情就传得远。历史上的事情,我就是这样传播的。风筝会在什么地方落下来,我不知道。那要看情况,看风向,等等,不过我听其自然就是了。"

他表情非常亲切,非常和蔼,虽然显得又健康、又热情,却包含着什么令人肃然起敬的东西,弄得我说不清他是不是在跟我开玩笑。所以我就笑了起来,他也笑了起来,我们分手的时候,别提多么要好了。

"啊,小家伙,"我来到楼下,姨奶奶问我,"迪克先生今天早上怎么样?"

我说迪克先生向她问好,他很有进展。

"你觉得他怎么样?"姨奶奶说。

我隐隐约约想回避这个问题,就说我觉得他是个大好人,但是这样搪塞她可不行,她把手里的活儿放在腿上,两手交叉放在活儿上,说道:

"说呀!要是你姐姐贝西·特洛乌德,问她对谁有什么看法,她都会马上告诉我。你要尽量学你姐姐的样子,说吧!"

"那么他……迪克先生——我问问,因为我不知道,姨奶奶——他真是神经不正常吗?"我结结巴巴地说,因为我觉得我在冒风险。

"根本不对。"姨奶奶说。

"哦,是吗!"我轻轻地说。

"要是说迪克先生无论如何也不是神经不正常,那倒说到点子上了。"

我没有什么好说的,就怯生生地又说了一声"哦,是吗!"

"人家说他疯,"姨奶奶说,"我说人家说他疯,我自己也乐意,要不这十来年——说真的,自打你姐姐贝西·特洛乌德叫我失望以后——我就不能和他在一起,听他指教了。"

"这么长时间?"我说。

"那些厚着脸皮说他疯的人,可是好人哪,"姨奶奶接着说,"迪克先生是我的一门远亲。什么关系,无所谓,不必细说。要不是我,他亲哥哥会关他一辈子——就是这样。"

我看着姨奶奶说起这件事,非常气愤的样子,我也显得好像非常气愤的样子。现在我觉得当时这样做是虚伪的。

"那个人真是又傲慢,又无知,"姨奶奶说,"因为他弟弟脾气有点儿怪——其实,和许多脾气怪的人相比,他差远啦——就不愿意让他呆在家里,怕人家看见,于是就把他送到一家私人开的疯人院去了,虽然父亲生前曾嘱咐大儿子要好好照顾小儿子,因为他认为小儿子几乎是个白痴。他这样想,那才真叫聪明!毫无疑问,他才疯了呢。"

和刚才一样,我看着姨奶奶显得很有把握的样子,我也努力显得很有把握。

"所以我就介入了,"姨奶奶说,"答应为他做件事情。我说,你弟弟头脑是健全的,比你健全得多,将来也比你健全,这是可以预料得到的。让他带着他那为数不多的进项,来和我一起生活吧。我不怕他,我不怕丢人,我愿意照顾他,不会像有些人(我指的是疯人院以外的人)那样虐待他。争执了很久,"姨奶奶说,"我赢了;从那以后,他就一直呆在这里。他是世界上最善良最随和的一个人。至于出主意,就更不用说了。但是除了我以外,谁也不了解那个人的心思。"

姨奶奶捋了捋衣裳,摇了摇头,好像这一捋,一摇,就把世上对她的敌意一扫而光了。

"他有过一个心爱的妹妹,"姨奶奶说,"她是个好姑娘,对他很好。

但是她和其他人一样——嫁了个丈夫。他也和其他人一样——让妻子受罪。这件事对迪克先生刺激很大(我希望这可不能算是发疯),再加上他怕他哥哥,觉得他没有情义,于是就发起烧来。这都是他到这里来之前的事,不过直到现在,回想起来还感到很压抑。他对你说起国王查理一世没有,小家伙?"

"说啦,姨奶奶。"

"哦!"姨奶奶说着,揉了揉鼻子,好像有点儿不高兴。"他就是爱用比喻来表达他的意思。他把自己的病和重大的社会动乱联系在一起,这是很自然的。他就喜欢用这个比喻,也许是明喻,不管叫什么吧。只要他觉得合适,有何不可呢?"

"那当然,姨奶奶。"我说。

"这个写法,既不正式,也不具体,"姨奶奶说,"这我是知道的。这就是我为什么坚持他在呈文里关于这件事,一个字也不要写。"

"他这呈文是关于他自己的历史吗,姨奶奶?"

"是呀,小家伙,"姨奶奶说着,又揉了揉鼻子,"他这呈文是写给上院议长的,也许是写给另外某一位长官的,反正是写给花钱雇来专门受理呈文的人的。那呈文写的是他个人的私事。估计过几天就可以递上去了。不用他那个表达方式,他还没写完呢。不过没关系,这样他就有事儿干了。"

实际上,我后来发现,实际上迪克先生在十几年的时间里一直努力不把国王查理一世写到呈文里去,可是这位国王非得往里挤,所以现在他还是在里面了。

"我还要说一遍,"姨奶奶说,"除了我以外,谁也不了解那个人的心思;他是世界上最善良最随和的一个人。他要是有时候想放放风筝,有什么关系呢?富兰克林当时就常常放风筝。假如我没记错的话,富兰克林是个教友会教徒,或者是这一类的人。一个教友会教徒放风筝,这比任何人放风筝都更可笑得多。"

我当时要是能够认为姨奶奶这番话是特意说给我听的,表示对我信任,我就该感到非常光荣,感到她现在这样器重我,以后一定错不了。可是我不由自主地看到了,她讲这番话,主要是因为她自己心里有这么个问题,和我关系不大,周围没人听,才说给我听。

同时,我还要说,姨奶奶这样仗义执言,为可怜而又无害的迪克先生说话,在我这幼小的心灵里,不仅产生了一种自私的心理,觉得自己有了希望,而且产生了一种并非自私的心理,对她有了感情。我想我从这时候开始,看到我姨奶奶虽然脾气古怪,性情奇特,她身上却有一种东西,值得尊敬,值得信赖。那一天,虽然她和前一天一样严厉,和前一天一样为了驴子的事儿跑出跑进,而且一个年轻男人路过这里,在窗口向珍妮投来爱慕的目光(这是触犯我姨奶奶尊严的一种最严重的劣迹),惹得我姨奶奶大发雷霆,然而这即便没有减少我对她的恐惧,似乎也增加了我对她的尊敬。

姨奶奶给摩德斯通先生去信以后,要隔一定的时间才能收到回信。在这段时间里,我焦急到了极点。但是我努力克制着自己,安安静静的,尽量使姨奶奶和迪克先生对我感到满意。迪克先生本来是可以和我一起出去放那只大风筝的,但是我还没有衣服,只有头一天把我打扮起来的时候给我穿的那些绝对说不上好看的衣服,因此我只能呆在家里,只有天黑以后,姨奶奶考虑到我的健康,带我出去到岩石上遛一个钟头,然后睡觉。摩德斯通先生的回信终于到了,姨奶奶告诉我,摩德斯通先生第二天就到,他要亲自来和她谈这件事,这可把我吓坏了。到了第二天,我还是那身古里古怪的打扮,坐在那里数钟点儿,心里的希望越来越小,恐惧越来越大,急得我脸上直发烧。我就这样等着那阴沉的面孔来吓我一跳,其实他还没到,我就时时刻刻胆战心惊了。

我姨奶奶显得比平时气更粗了一点儿,话更重了一点儿,此外看不出她为了接待我最怕见的那个人,还作了什么准备。她坐在窗口做活儿,我在一旁坐着胡思乱想,把摩德斯通先生这次来访可能产生的和不可能产生的结果都想了一遍。我们一直呆到下午很晚的时候。我们的晚饭推迟了,谁也不知道推迟到什么时候。看看天色很晚了,姨奶奶发话,叫准备开饭,这时她忽然惊叫一声"驴子",我一看,大吃一惊,只见摩德斯通小姐坐在偏鞍上,故意来到这片神圣的草地上,在房前停下,四下里张望。

"走开!"姨奶奶喊道,在窗口又摇头,又挥拳头,"你不能到这儿来。你怎么敢擅自闯进来？走开！哦,你这不要脸的东西！"

摩德斯通小姐沉着冷静地东张西望,使我姨奶奶大为恼火,我真的认为她一下子愣住了,不能像平时那样冲到门外去。我趁此机会告诉她这来人是谁,还告诉她现在朝这个乱闯的人走来的不是别人,正是摩德斯通先生(因为上坡的路很陡,他落在后头了)。

"来人是谁,我管不着！"姨奶奶喊道,仍然在圆形窗口,一面摇头,一面以各种手势表示不欢迎。"我不容许在这里擅自闯入。决不答应。走吧！珍妮,快让它调头,把它牵走！"我在姨奶奶身后看到了一种紧张的战斗场面,那驴子四条腿朝着不同的方向牢牢地钉在那里,谁拉它,它也不动,这时候,珍妮正拉着缰绳,想让它转身,摩德斯通先生想牵着它往前走,摩德斯通小姐用阳伞打珍妮,几个男孩子凑过来看热闹,又喊又叫。姨奶奶忽然在人群里看见那小罪犯,也就是那个赶驴的,虽然年纪不见得有十岁,这种人却一向最惹姨奶奶生气,于是姨奶奶便冲到出事地点,扑到那孩子身上,揪住他,拉着就走,弄得那孩子褂子盖着头,两脚在地上蹭,他们就这样来到花园里,姨奶奶一边喊着叫珍妮去叫警察,请法官,好把他抓起来,当场审判,当场处决,一边继续惩罚那孩子。不过这一情况持续的时间并不长,因为那小无赖颇会几下子武术,而姨奶奶却一窍不通,所以,不一会儿,那孩子就吆喝着脱了身,他那钉了钉子的靴子在花坛上留下了深深的脚印,还耀武扬威地把驴子也牵走了。

在这场武打进行到后半场的时候,摩德斯通小姐从驴背上下来,现在正和她弟弟一起在台阶下面等着,看我姨奶奶什么时候有工夫接待他们。由于刚才那场搏斗,姨奶奶心里有点儿乱,但她仍十分庄重地从他们面前走过,进到屋里,而没有理睬他们,后来珍妮为他们作了通报。

"我要不要出去,姨奶奶？"我哆嗦着问道。

"不用,孩子,"姨奶奶说:"当然不用！"她说着就把我推到她身旁的一个角落里,用椅子把我挡在里面,像是监狱,也像是法庭上的被告席。他们见面的时候,我从头到尾都呆在这个位置上,我就是从这里看着摩德斯通先生和他姐姐进屋来的。

"哦！"姨奶奶说道,"起初我没注意我这是有幸和谁交手呢。不过我不允许任何人骑着驴从那片草地上经过。谁也不能破例。我不许任何人那样做。"

"你的规定对生人来说,可很不方便哪。"摩德斯通小姐说。

"是吗?"姨奶奶说。

摩德斯通先生好像怕再发生冲突,就插嘴说:

"特洛乌德小姐!"

"对不起,"姨奶奶以敏锐的目光看着他说,"我外甥大卫·科波菲尔生前住在布伦德斯通的栖鸦楼——不过为什么叫栖鸦楼,我不明白,——他死后,留下一个寡妇,一位摩德斯通先生娶了她,这个人就是你吧?"

"是的。"摩德斯通先生说道。

"请恕我冒昧,先生,"姨奶奶说道,"我认为,你当时要是没去打扰那可怜的孩子,那可真是做了一件大好事,也省去很多麻烦。"

"说到这里,我同意特洛乌德小姐所说的,"摩德斯通小姐把头一仰,挺神气地说道,"我认为我们那个令人遗憾的克拉拉在一切主要方面都还是个孩子呢。"

"谁也不能拿这样的话来说咱们俩了,小姐,"姨奶奶说,"因为你我都上了年纪,不大可能再因为个人的美貌而倒霉,我们可以感到欣慰了。"

"当然是这样!"摩德斯通小姐回答说,不过我觉得她这样附和,有点儿言不由衷,而且让人听了也不舒服。"正如你所说的,对我兄弟来说,他当时要是没结这门亲事,那可真是做了一件好事,也省去很多麻烦。我一直是这么看的。"

"这我完全相信,"姨奶奶说,接着拉了拉铃,"珍妮,代我向迪克先生问好,请他到楼下来。"

姨奶奶挺着腰板儿端端正正地坐在那里,对着墙皱眉头,等他下来。他下来以后,姨奶奶作了介绍。

"这是迪克先生,我们很熟,是老朋友了,他的判断,"姨奶奶说到这里加重了语气,这是在暗中提醒迪克先生,因为他正在咬他的食指,显得傻乎乎的样子,"我信得过。"

迪克先生得到暗示,便把食指从嘴里拿出来,站在这一伙人当中,显出又严肃又认真的样子。姨奶奶把头朝着摩德斯通先生一歪,摩德斯通先生就说:

"特洛乌德小姐,收到你的信以后,我考虑了一下,认为这件事要是做得更合乎我的身份,可能也显得对你更为尊重……"

"谢谢,"姨奶奶说,她还在用敏锐的目光看着他,"你不用管我。"

"不管路途多么不便,也得亲自来答复,"摩德斯通先生接着说道,"而不能用回信的方式来答复。这个倒霉孩子,丢下自己的朋友,丢下自己的工作,逃之夭夭……"

"看他那副样子,"他姐姐插嘴说,这就把大家的注意力都引到我这不可名状的衣服上来了,"真是丢人现眼。"

"简·摩德斯通,"她弟弟说道,"请不要插嘴好不好?特洛乌德小姐,这倒霉孩子,在我那已故亲爱的妻子在世的时候,以及她去世以后,都在我们家引起过麻烦和不安。他性格阴郁,有逆反心理,性情粗暴,脾气又倔又拗。我和我姐姐都花过很大的力气,来纠正他这些毛病,然而无效。我觉得——也可以说我们俩都觉得,因为我对我姐姐是完全信赖的——你应该听我们亲口严肃地心平气和地说一说。"

"我兄弟说的话,是不大需要由我来印证的,"摩德斯通小姐说,"不过请允许我这么说吧:世界上所有的孩子当中,这是最坏的一个。"

"言过其实!"姨奶奶直截了当地说。

"和实际情况相比,一点儿也没有言过其实。"摩德斯通小姐回答道。

"哈哈!"姨奶奶说,"怎么样,先生?"

"关于用什么方式教育他最好,"摩德斯通先生接着说道,他和我姨奶奶越眯缝着眼睛互相对视,他的脸色越阴沉,"我自有看法。我的看法一方面基于我对他的了解,一方面基于我对自己的财力物力的了解。关于这些想法,我对自己负责,我按照这些想法行事,这里就不多说了。我只需要说明:我把这孩子托付给了一个朋友,给他找了个体面的工作;他不喜欢那工作,就逃跑了,成了乡下的无业游民,破衣烂衫来到这里,求助于你特洛乌德小姐。你要是想帮他,会有什么后果——就我所知的情况——我想光明正大地在你面前摆一摆。"

"还是先说说那件体面的工作吧,"姨奶奶说,"他要是你的亲生儿子,我想你也会照样让他去干吧?"

"他要是我兄弟的亲生儿子,"摩德斯通小姐插进来反驳道,"我敢说,他的性格就完全不是这个样子了。"

"还可以这么说,要是他母亲那孩子当时活着的话,他也仍然要去干那份体面的工作,是不是?"姨奶奶问道。

"我认为,"摩德斯通先生说着把头往旁边一歪,"凡是我和我姐姐简·摩德斯通一致认为最好的办法,克拉拉是不会提出异议的。"

摩德斯通小姐口中念念有词,表示支持她兄弟的说法。

"哼!"姨奶奶说,"倒霉的孩子!"

在这段时间里,迪克先生一直把钱弄得哗啦哗啦直响,这会儿就更响了,姨奶奶觉得有必要制止他,就看了他一眼,接着说:

"难道那可怜的孩子一死,她的年金也完了?"

"年金也完了。"摩德斯通先生答道。

"那份小小的产业,那房子和花园——叫什么来着?栖鸦楼,里面却没有乌鸦——也没有规定给她儿子吗?"

"那是她的前夫无条件地留给她的。"摩德斯通先生正要说下去,姨奶奶极不耐烦地打断了他的话。

"天哪!你这个人,没有必要说这个嘛。无条件地留给她的!我觉得我现在还能看见大卫·科波菲尔,各种条件明明摆在他眼前,他却还在等待什么条件。当然是无条件地留给她的!但是在她改嫁的时候,简而言之,说得直截了当一点儿,在她迈出致命的一步,嫁给你的时候,"姨奶奶说,"难道这时候就没有人出来为这孩子说句话吗?"

"我故去的妻子很爱她的第二个丈夫,小姐,"摩德斯通先生说,"对他绝对信任。"

"你故去的妻子,先生,她是个阅历最浅,最痛苦,最不幸的孩子,"姨奶奶说着,冲他摇了摇头,"她就是这样一个人。现在,你还有什么要说的?"

"我要说的,特洛乌德小姐,"他答道,"不过是我是来接大卫回去

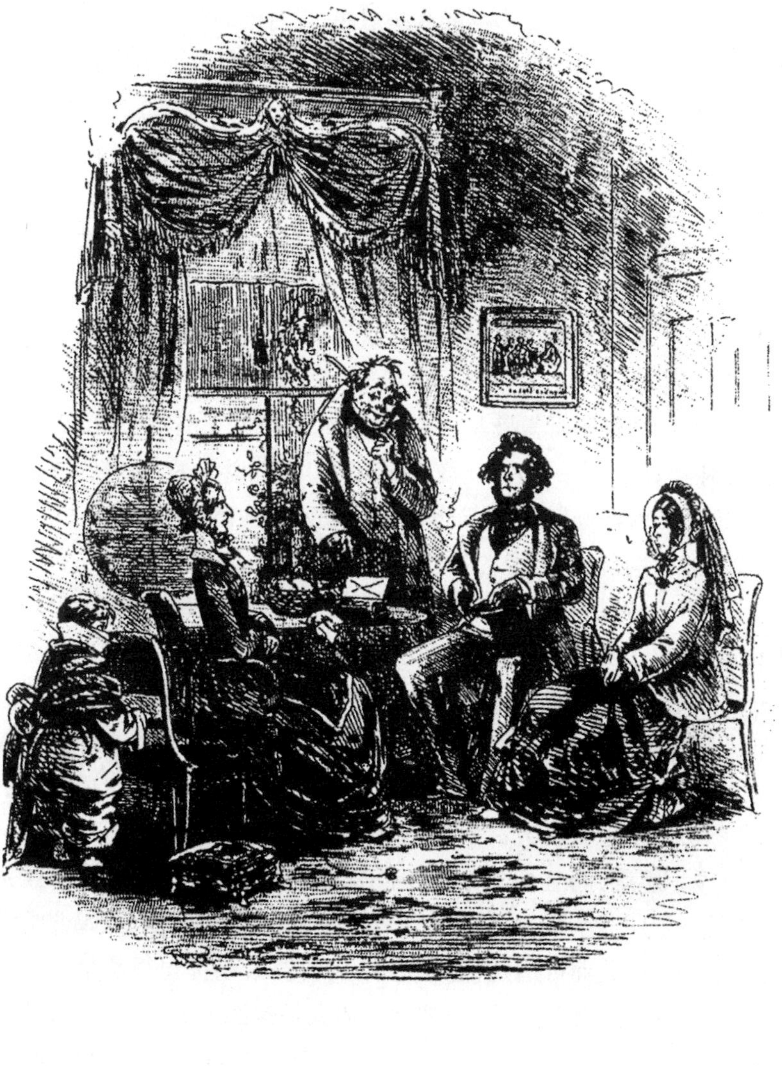

的,无条件地接他回去,我觉得怎么合适就怎么处置他,该怎么对付就怎么对付他。我到这里来,不是为了向谁许诺什么,也不是为了向谁作出保证。特洛乌德小姐,你可能有些想法,想对他的逃跑,对他的抱怨,采取姑息的态度。我有这种感觉,因为你的做法似乎证明你并不想平息这件事。现在我可要提醒你,你只要姑息他一次,就得永远对他姑息下去,你要是现在介入我和他之间的事,特洛乌德小姐,你就得永远介入下去。我决不没事找事儿,也不允许别人跟我找麻烦。我这是第一次也是最后一次到这里来接他走。他是不是愿意走？他要是不走——而且是你告诉我他不走,无论用什么借口都无所谓——从今以后,我家的大门就永远对他关上了,我还认为你家的大门理所当然是为他开着的。"

这番话,姨奶奶听得极其认真,她挺直了腰板儿坐在那里,两手交叉搭在膝上,以严肃的神情听着对方说话。对方说完了,她仍然一动不动,只把目光朝摩德斯通小姐一转,以引起她的注意,然后说道:

"小姐,你有什么要说的吗？"

"说真的,特洛乌德小姐,"摩德斯通小姐说道,"我想说的,我兄弟都说到了,我了解的真实情况,他也说得一清二楚,所以我没有什么需要补充的了,只想感谢你,你对我们那么客气,你实在太客气了。"摩德斯通小姐以讥讽的口气说道。但这对我姨奶奶毫无影响,这对我在查塔姆过夜时身旁的大炮不是也毫无影响吗,情况是一样的。

"听听孩子怎么说吧？"姨奶奶说道,"你愿意走吗,大卫？"

我说不愿意,而且恳求她不要让我走。我说,无论是摩德斯通先生,还是摩德斯通小姐,他们从来不喜欢我,从来不关心我,我妈非常疼爱我,他们就因此而折磨她,这我是很清楚的,裴果提也很清楚。我说我受的罪大极了,无论是谁,只要他知道我是这么小的一个孩子,就不会相信我受了那么大的罪。我向姨奶奶苦苦哀求——我不记得当时说了些什么话,只记得我当时是真动了感情的——求她看在我父亲的份上,可怜可怜我吧,救救我吧。

"迪克先生,"姨奶奶说,"我该拿这个孩子怎么办呢？"

迪克先生考虑了一下,犹豫了一下,忽然兴奋起来,答道,"给他量量尺寸,马上做身儿衣服吧。"

"迪克先生,"姨奶奶兴高采烈地说,"握握手吧,因为你的话说得在理,太难得了。"她和迪克先生热烈握手之后,把我拉到她跟前,对摩德斯通先生说:

"你们什么时候想走,就走吧。我留下这孩子,听天由命啦。要是他真像你们说的那样,到时候,我至少可以像你们那样对付他嘛。但是,你的话,我一句也不信。"

"特洛乌德小姐,"摩德斯通先生说着,缩着肩膀站了起来,"你要是个男子汉⋯⋯"

"呸!胡说八道!"姨奶奶说,"你别跟我说话!"

"真够客气的!"摩德斯通小姐说着站了起来,"客气得都让人受不了啦!"

"你以为,"姨奶奶对那位姐姐的话置之不理,继续对她兄弟说,而且是非常激动地摇着头对他说,"我不知道那可怜的、不幸的、一步走错了的孩子跟着你过的是什么日子吗?那温柔的小东西头一次碰上你的时候,你一定装出一副笑脸,极力向她飞眼儿,好像连冲着鹅吆喝一声的胆量都没有,那对她来说是多么可悲的日子,你还以为我不知道吗?"

"我从来没听见谁说话说得这样文雅!"摩德斯通小姐说道。

"难道你以为我过去没见过你,就不能了解你吗?"姨奶奶接着说,"现在我看到你了,也听你说话了——坦率地说,这绝不是什么愉快的事。的确是这样,老天保佑!谁乍一看能像摩德斯通先生那么随和,那么温柔!那可怜无知的人哪里见过他这样的人?他可以说是糖做的。他崇拜她。他一心一意地疼爱她的孩子,对他可亲啦!他要像爸爸一样对待他,他们要一起过美好的生活,像在玫瑰园里一样,是不是?呸!你给我滚,滚!"姨奶奶说道。

"我一辈子都没听见有这样说话的!"摩德斯通小姐说。

"等你觉得你已经控制住了那个可怜的小傻瓜,"姨奶奶说,"——请上帝原谅我这样称呼她,况且她已经到了你暂且还不急于去的地方——因为你害她和她的亲人还害得不够,你就开始训练她,对不对?

像驯服可怜的笼中之鸟一样驯服她,教她唱你的调子,一直把她那受人欺骗的一生完全耗尽,是不是?"

"这个人不是发疯,就是喝醉了,"摩德斯通小姐说,她因为无法使姨奶奶对着她说话而难受得要命,"我看是喝醉了。"

贝西小姐对摩德斯通小姐的插话根本不予理睬,还是冲着摩德斯通先生说话,就像没那回事儿一样。

"摩德斯通先生,"她用手指不断指着他说,"对那个纯朴的孩子来说,你是个暴君,伤透了她的心。这孩子心肠软——我最清楚;在你见着她好多年以前我就知道——你就利用她这个弱点,伤害她,把她弄死了。你爱听也好,不爱听也好,这就是事实真相,这会儿你该舒服了吧?你和你的帮凶去好好痛快一番吧!"

"请问,特洛乌德小姐,"摩德斯通小姐又插嘴说,"承蒙你称作我兄弟的帮凶的这个人,他是谁呀?这个词儿,我怎么不熟悉呢?"

贝西小姐对这段话是充耳不闻,也完全无动于衷,只顾讲下去。

"显而易见,我在前面已经告诉你了,在你见着她好多年以前——上帝的神秘安排怎么会让你有机会见着她,世人实在难以理解——显而易见,那可怜的善良的小东西总有一天是要嫁人的,但是我的确不希望见到最后出现的那种坏结果。摩德斯通先生,那时候,她生了这个孩子,"姨奶奶说,"生了这个可怜的孩子,后来你有时候就是通过这个孩子来折磨她,这件事让人一想起来就感到痛心,使得这孩子也让人一看就产生反感。哎呀,你不必惊慌,"姨奶奶说,"你不这样,我也知道这是真的。"

在这段时间里,摩德斯通先生一直站在门边,注视着我姨奶奶,脸上带着微笑,不过两道浓眉皱得很紧。这时候我看到,虽然那笑容依然挂在脸上,脸色却忽然变得煞白,喘气也好像刚跑了一阵似的。

"再见,先生,"姨奶奶说,"再见!"她突然又转身对他姐姐说,"还有你,小姐,再见。让我看看你要是敢再骑着驴在我的草地上走,我非把帽子给你打掉,用脚踩不可,这是肯定无疑的,就像你两个肩膀扛着一个脑袋一样。"

姨奶奶出人意料地发泄这一通怒气时脸上的表情,和摩德斯通小姐听她发泄时脸上的表情,需要一位画家,还得是一位不同寻常的画家,才能描画得出。但是既然姨奶奶说话的方式和内容都那么激烈,摩德斯通小姐什么也没说,老老实实地挽上她兄弟的胳膊,气呼呼地走了出去。姨奶奶仍然留在窗口看着他们——我想她一定是准备好了,驴子要是再来,就把那段威胁的话马上付诸实施。

然而他们并没有对着干,于是姨奶奶的脸色也渐渐缓和下来,而且显得和蔼可亲,我的胆子也大了起来,我就满怀热情,搂着她的脖子吻她,感谢她。接着我就和迪克先生握手,他和我握了又握,用一阵阵笑声来庆祝这件事圆满结束。

"迪克先生,请你和我一起做这孩子的监护人吧。"姨奶奶说。

"为大卫的儿子做监护人,"迪克先生说,"我很高兴。"

"很好,"姨奶奶答道,"就这么定了。你知道吗,迪克先生,我一直在想,也许可以管他叫特洛乌德吧。"

"当然,当然。叫他特洛乌德,当然可以,"迪克先生说,"大卫的儿子叫特洛乌德。"

"你的意思是叫他特洛乌德·科波菲尔?"姨奶奶说。

"是的,是的。是这个意思。特洛乌德·科波菲尔。"迪克先生说,还显得有点儿不好意思。

姨奶奶对这个想法很赞成,所以下午买来了现成的衣服以后,她先亲手用洗不掉的墨水写上"特洛乌德·科波菲尔",然后才让我穿。同时决定,所有为我定做的衣服(当天下午就给我定做了一整套),都要写上同样的字样。

这样,我有了一个新的名字,周围的一切也都是新的,我开始了新的生活。那种前途未卜的日子结束以后,一连好多天,我觉得就像生活在梦里一样。我从来没想过我有两个古怪的监护人:我姨奶奶和迪克先生。关于我自己,我也从来没有好好地想过。我记得最清楚的两件事,一件是过去在布伦德斯通的生活已经显得很遥远,因为隔着一段无法估量的距离而模糊不清;一件是我在摩德斯通与格林伯公司的生活也已落下帷幕。从那以后,谁也没有再拉开这片帷幕。在这本书里,我把幕拉开了一会儿,但我是不情愿的,所以在我把幕落下来的时候,我感到很高兴。回想这一段生活,我经受了那么多痛苦,那么多精神上的苦恼,感到那么绝望,连我究竟熬了多长时间,都没有勇气来计算一下。这段生活究竟延续了一年,还是更长,还是不到一年,我也不知道。我只知道有过这么一段生活,后来结束了;我已经把它写下来了,就留在这里吧。

第十五章

我又从头开始

我和迪克先生很快就成了最要好的朋友,他每天干完活儿以后,我们常一起出去放那只大风筝。在他一天的生活里,他要花很多时间坐在那里写呈文,不管他多么努力,都毫无进展,因为不定什么时候,国王查理一世就意外地出现在他的呈文里,这样一来,就得扔掉重写。他不断感到失望,却又怀着希望,耐心地忍受着,隐隐约约地意识到,国王查理一世准是有什么问题,他尽了自己微弱的力量,想把这位国王排除在呈文以外,国王却非要挤进来,把呈文搞得一团糟。这一切都给我留下了深刻的印象。假如呈文一旦写好了,迪克先生认为会有什么结果呢——他认为应该递到哪里去呢,他认为这呈文应该起什么作用呢——别人不知道,我看他也同样不知道。其实他也完全没有必要为这样的问题而操心,因为如果说世上有什么肯定无疑的事情,这份呈文永远也写不完,便是肯定无疑的了。

我当时常常想,看着他放风筝,把风筝放得很高很高的,真是个十分感人的场面。他以前在屋里对我说过,他相信这样可以把贴在风筝上的那些议论传播出去,而风筝上贴的不过是未写完的呈文的废稿,所以他这想法只是有时产生的一种幻想,但是一到外边,他看着那风筝在空中飞翔,觉得出那风筝从他手里一拉一拽的,情况就不同了。他从来没有像这时候显得这样心情平静。有时候,傍晚我陪他坐在一片斜坡的草地上,看他望着在那宁静的天空中飞得很高的风筝,我就觉得好像那风筝把他的头脑从混乱中解脱出来,把它带到了空中,这就是我幼稚的想法。等他慢慢收线,风筝一点儿一点儿地落下来,落到美丽的晚霞照不到的地方,最后撞在地上,呆在那里,像是死了的什么东西,这时候,他就仿佛从梦中渐渐醒来;我记得看见他拿起风筝,往四下里看看,茫然不知所措,就像是他和那风筝一块儿落下来的一样,看到这种情况,我就对他产生了无限的同情。

我与迪克先生越来越友好,越来越亲密,但我同时并未失去他的忠实朋友我姨奶奶的宠爱。她很喜欢我,不出几个星期,就把收养我的时候给我起的名字特洛乌德,缩短成特洛,甚至使我产生了一种希望:假如我能老像开始的时候这样,我就能和我姐姐贝西·特洛乌德受到她同等的喜爱。

有一天晚上,十五子棋的棋盘照例为姨奶奶和迪克先生摆好了,姨奶奶说,"特洛,咱可不能忘了受教育哟。"

我就是担心这件事,所以她这么一提,我就大为高兴。

"上坎特伯雷去上学,你愿意不愿意?"姨奶奶问道。

我说非常愿意,因为离开她不远。

"那好,"姨奶奶说,"明天就去,好不好?"

我对姨奶奶那种说干就干的脾气早就熟悉了,她突然这么说,我也并不感到意外,就说,"好。"

"那好,"姨奶奶又说了一声,"珍妮,租下那辆灰马马车,叫它明天早上十点钟来,今天晚上把特洛乌德少爷的衣服打点一下。"

我听她这样一项项吩咐,非常高兴,可是在我看到这吩咐在迪克先生身上产生的影响时,我内心里又责备自己太自私了,因为迪克先生想到我们很快就要分手,情绪非常低沉,结果棋下得一塌糊涂,姨奶奶用骰子盒敲他的指关节以示警告,敲了几次也不管用,后来姨奶奶把棋盘一合,不跟他下了。但他一听姨奶奶说有时候星期六我可以回来,有时候星期三他还可以看我,就又振作起来,还发誓要再做一个风筝,比现在这个大得多,见面的时候放。第二天早上,他又心情不好,非要把他所有的钱,金币,银币,都给我,否则就活不下去,后来还是姨奶奶出面干涉,限定五先令,经他恳求,后来又涨到十先令。我们非常依依不舍地在花园门口告别,迪克先生不肯回屋里去,后来姨奶奶赶着马车送我走远了,也就看不见了。

我姨奶奶对别人的议论是决不考虑的,她大模大样地坐在高处,赶着小灰马在多佛招摇过市,把腰板挺得直直地,像参加庆典的车把式一样。无论走到哪里,她都紧紧地盯着那匹马,不管在哪一方面,都不能让它为所欲为。不过到了乡下,就容许它放松一点儿了。我在姨奶奶身旁,坐在坐垫上,就像坐在山谷里,她朝下看了看我,问我高兴不高兴。

"我很高兴,真的,谢谢你,姨奶奶。"我说。

她很满意,但她两只手都占着,就用马鞭子轻轻地拍了拍我的头。

"姨奶奶,那学校大吗?"我问道。

"哎哟,我不知道,"姨奶奶说,"咱们先去找威克菲尔先生。"

"他开学校吗?"我问道。

"特洛,他不开学校,"姨奶奶说,"他开事务所。"

关于威克菲尔先生的情况,姨奶奶不说,我也就不再问了,我们换了话题,改谈别的了。到了坎特伯雷,正好逢集,姨奶奶大显身手,驾着小灰马在大车、箩筐、青菜、杂货之间穿行。我们的马车拐来拐去,只有一头发丝的余地,惹得周围的人议论纷纷,说的可不都是恭维话。但我姨奶奶毫不在乎,继续前进,我敢说,她就是到了交战国,也会同样泰然自若地想怎么走,就怎么走。

最后,我们在一所很古老的房子门前停下了。这所房子临街的一面上部突出,那又长又矮的格子窗又突出一块,椽子头儿上刻着头像,还要突出一块,所以我觉得好像整个房子都向前弯着腰,想看看下面狭窄的人行道上都是什么人在那里走来走去。这房子真干净,一尘不染。低矮的拱门上有一个旧式的铜门环,上面刻着一圈水果和花朵,像星星一样闪闪发光。两磴石头台阶下去就是大门,那台阶白得就像蒙上了一层细麻布。无论是鼓的洼的,还是整雕零刻的,还有那稀奇的小块儿玻璃,古怪的小窗户,虽然像山一样古老,却和山上的雪一样洁白。

马车在门口停下以后,我两眼盯着这所房子,这时候只见房子一侧小圆塔一层有一张死人般的脸在一个小窗户后面出现,很快又消失了。那低矮的拱门接着就开了,那人走了出来。他的脸色,还是像刚才在窗口那样,与死人一般,不过肉皮底下倒也透出微红,就是有时候能在红发人皮肤上看到的那种颜色。这人果然长着一头红发——我现在认为这个年轻人当年十五岁,不过很老相——他的头发剪得很短,就像庄稼地里的茬子一样,他的眼睛是枣红色的,他眉毛很稀,没有睫毛,我记得当时我还纳闷,他这样没遮掩,怎么睡觉呢。这个人肩膀高耸,骨瘦如柴,穿着一身整齐的黑衣服,系着一条小小的白围巾,扣子一直扣到脖子底下,手又瘦又长。他站在马头旁边,用手抚摩着下巴,仰起头来看我们在车里坐着,这时候他的手特别引起了我的注意。

"威克菲尔先生在家吗,尤利亚·希普?"姨奶奶说道。

"威克菲尔先生在家,小姐,"尤利亚·希普说,"请到里边去吧。"说着用他那长手指了指让我们去的屋子。

我们下了车,把小马交给他照料,就进到客厅里去了。那客厅又长,又矮,是一间临街的屋子。我往里走的时候,往窗外看了一眼,看见尤利亚·希普往小马的鼻孔里吹气,然后赶紧用手捂上,好像在对它施什么法术。高大的老式壁炉对面有两幅肖像——一幅是一位先生,头发花白(不过他无论如何不是一个老人),眉毛黑黑的,眼睛看着一捆用红带子捆着的文件;另一幅是一位姑娘,脸上的表情非常安详,非常温柔,她在看我呢。

我想我正转身寻找尤利亚的肖像,屋子另一头儿有一扇门忽然开了,进来了一位先生,我一见他,连忙转身又去看先提到的那幅肖像,好证实一下他确实不是从那框子里走出来的。但那肖像却纹丝不动。等那位先生来到亮处的时候,我发现他比找人画像的时候又老了几岁了。

"贝西·特洛乌德小姐,"那先生说,"请进来。我刚才正好有事儿,不过你不会怪我太忙吧。你知道我的动机。我一辈子只有一个动机。"

贝西小姐向他道了谢,我们就到屋里去了。这间屋子,从陈设来看,是一间办公室,屋里摆着书、文件、铁柜子等等。窗外是一个花园,屋里壁炉上方,紧贴着横板,墙里装着一只铁保险柜,我坐下的时候,感到纳闷,工人清理烟道,怎么绕得过去呢。

"哦,特洛乌德小姐,"威克菲尔先生说道——我很快就发现这就是威克菲尔先生,他是个律师,为郡里一个大户经管产业——"什么风把你刮来了?可别是什么怪风啊?"

"不是,不是,"姨奶奶答道,"我不是为法律问题而来的。"

"那很好,小姐,"威克菲尔先生说道,"除了这个,你来干什么都行。"

他的头发已经很白了,眉毛倒还挺黑。他面容非常和蔼,而且我还觉得他挺漂亮。他肤色红润,我早就听裴果提说,这种现象与喝葡萄酒有关,我还觉得他的嗓音也受到影响,他越来越胖,也是这个原因。他衣着干净,上身是条纹背心,蓝上衣,下身是本色布裤子,他那考究的胸前镶着荷叶边儿的衬衣,和那麻纱围巾,看上去异乎寻常地柔软洁白,现在回想起来,当时不知怎地,我竟联想起天鹅脖子底下的绒毛来了。

"这是我甥孙。"姨奶奶说。

"没听说你有外甥啊,特洛乌德小姐。"威克菲尔先生说。

"我是说,我的甥孙。"姨奶奶说。

"也没听说你有个甥孙啊,真的。"威克菲尔先生说。

"是我收养的,"姨奶奶说着,摆了摆手,意思是他知道也好,不知道也好,无所谓,"我带他到这里来,是想给他找个学校,让他好好地受教育,也受到很好的照顾。请你告诉我,什么地方有这样的学校,情况怎么样,以及有关的事情。"

"要让我好好地给你出主意,"威克菲尔先生说,"你知道,就得先解决那个老问题:你这样做,动机何在?"

"真见鬼!"姨奶奶喊道,"老问动机,那不是明摆着吗?这不就是为了让这孩子生活幸福,成为有用的人。"

"我看,这就是混合动机。"威克菲尔说着,一边摇头,一边微笑,觉得不可思议。

"别胡说了!"姨奶奶答道,"你说你自己无论干什么都只有一个动机,而且是一清二楚的。希望你不要以为世上只有你一个人和别人打交道是一清二楚的,好不好?"

"唉,我在生活中只有一个动机,特洛乌德小姐,"他笑着答道,"别人有几十个,几百个。我只有一个。区别就在这里。不过这都是题外话。你问最好的学校吗?不管你动机如何,你都要最好的学校吗?"

姨奶奶点头,表示同意。

"这里最好的学校,"威克菲尔先生想了想,说道,"你外甥暂时不能在里面寄宿呀。"

"不过他可以在别处寄宿吧?"姨奶奶说。

威克菲尔先生认为可以。又商量了一会儿,他说他想带我姨奶奶到学校去,让她亲自去看看,再作定论,还想带她去两三处他认为我可以寄宿的地方,也是这个意思。姨奶奶欣然同意,于是我们三人就一起往外走,但他忽然停下来,说道:

"我们这位小朋友说不定出自某种动机,不同意我们的安排。我想最好还是把他留下来吧。"

姨奶奶好像要表示异议,我怕耽误工夫,就说我愿意留下来,只要他们同意。接着我就回到威克菲尔先生的办公室,坐在方才坐的椅子上,等他们回来。

我坐的这把椅子恰巧对着过道,过道那一头是一间圆形小屋,我进来之前就曾看见脸色苍白的尤利亚·希普从这间屋子的窗口往外看。尤利亚把小马牵到附近的马棚以后,就回到这间屋里,趴在桌子上干活儿。桌面上有一个铜架子,是挂文件用的,当时就挂着他正在抄写的文件。虽然他的脸是冲着我的,我觉得,因为我们中间隔着那文件,好长时间他看不见我。可是我朝他仔细一看,感到很不舒服,因为我看到他那双缺觉的眼睛像两颗红太阳一样,时不时地从文件下面偷偷地看我,而且我敢说,他每次只能看上一分钟,同时手还照样不停地写,或者是假装照样不停地写。有好几次,我试着躲开那两只眼睛,比如我站在椅子上看对面墙上的地图,或者埋头看肯特郡一份报纸上的消息,但是那两只红太阳老要把我重新吸引回去,而且我每次往那边一看,肯定看见那两颗红太阳,不是正在升起,就是正在落下。

过了很长时间,姨奶奶和威克菲尔先生终于回来了,我才松了一口气。他们并不像我想象的那样顺利。学校的条件不错,这是无可否认的,但是那几处让我去寄宿的地方,姨奶奶一处都不同意。

"真倒霉,"姨奶奶说,"我也不知道怎么办才好,特洛。"

"有时候,就是倒霉,"威克菲尔先生说,"不过我倒有个主意,特洛乌德小姐。"

"什么主意?"姨奶奶问道。

"把你甥孙先留在这儿吧。他挺乖的,一点儿也不会打扰我。要说学习,这所房子,再好不过了——清静得像寺院,也差不多和寺院一样宽敞。把他留在这儿吧。"

姨奶奶显然很喜欢这个主意,但不大好意思接受。我也是这样。

"行啦,特洛乌德小姐,"威克菲尔先生说道,"这困难就这么解决吧。这不过是个临时的安排嘛,是不是?要是不满意,或者双方都觉得不大方便,他可以马上搬走。住下来以后,再慢慢物色更合适的地方嘛。你还是赶快拿定主意,暂时把他留在这里吧。"

"我非常感谢你盛情邀请,"姨奶奶说,"我看他也是这样,不过……"

"行啦!我明白你的意思,"威克菲尔先生说道,"特洛乌德小姐,你不必因为受到照顾而过意不去。你要是愿意,可以花钱嘛。我们的条件不会很苛刻,你只要想付钱,可以付钱。"

"有了这个谅解,"姨奶奶说,"虽然我对你的感激心情丝毫没有改变,我也就愿意把他留在这里了。"

"那就来见见我的小管家吧。"威克菲尔先生说道。

于是我们就走上楼去。那是一段古色古香的楼梯,栏杆很宽,即便是踩着扶手,也可以毫不费力地走上楼去。上了楼,来到一间古老昏暗的客厅里,三四个窗户透进一些亮光,这就是我在街上看见的那些古怪的窗户。屋里摆着几把古老的椅子,看来和那闪闪发光的橡木地板和屋顶上粗大的房梁一样,都是用橡木做的。屋里的陈设很精致,有一架钢琴,还有一些色彩鲜艳的红绿家具,还养了一些花。四壁看上去有很多洼进去的地方,不是摆着奇特的小桌子,就是摆着橱子,或者是书柜,或者是椅子,或者不定什么东西,有时候,我觉得屋里不会再有这么好的角落了,可是马上又看到一处,即便没有超过前面那一处,至少也可以与之相媲美了。每件东西都笼罩着一种清闲与洁净的气氛,这与房子的外表是一样的。

威克菲尔先生在护壁洼处一扇门上敲了几下,一个小姑娘,年纪与我相仿,快步走出来,吻了他一下。我立刻在她脸上看到一种又安详又温柔的表情,这正是楼下看着我的那幅女人肖像脸上的表情。在我的想象之中,似乎那肖像长成了大人,而原来的真人却仍然是个孩子。虽然她的脸色非常开朗,非常愉快,她脸上乃至全身却有一种恬静的气氛,一种善良文静的精神,这是我一直不能忘怀的,也是我永远不能忘怀的。

据威克菲尔先生说,这就是他的小管家,他的女儿艾妮斯。我一听他怎样介绍,一看他怎样拉着她的手,就猜出他生活的唯一动机是什么了。

艾妮斯腰里挂着一个很小很小的篮子,里面放着钥匙。她看上去非常稳重,非常谨慎,正是这样一所古老的房子所需要的管家。她父亲向她说明我的情况,她愉快地听着,听完以后,她对我姨奶奶说,请我们上楼去看看我的房间。她在前面带路,我们一起上楼去。我们顺着宽宽的栏杆,来到一间华丽的旧式的屋子,屋里有更多的橡木房梁,更多的菱形玻璃窗。

我小时候,在一座教堂里看见过一个彩色玻璃窗,那是什么地方,什么时间,现在回想不起来了。那图案的内容是什么,也不记得了。但是我记得,当时她在那古老的楼上,在那阴沉的光线中转身,在上面等我们的时候,我就想起了那彩色玻璃窗。从那以后,我老把这窗户的幽静的光线与艾妮斯·威克菲尔联系在一起。

我对他们为我所作的安排感到很满意,姨奶奶也很满意,于是我们高高兴兴地来到楼下的客厅里。因为姨奶奶说什么也不肯留下来等着吃饭,她是怕万一驾着小灰马天黑以前回不到家,而且看样子威克菲尔先生也知道拗不过她,人家就给她上了一点儿点心,艾妮斯回到家庭教师那里,威克菲尔先生到自己的办公室去了,留下我们两个人告别而不必感到拘束。

姨奶奶告诉我,一切都由威克菲尔先生为我安排,什么都不会缺的,还说了一些极为亲切的话,而且还嘱咐了又嘱咐。

"特洛,"姨奶奶最后说,"你要为自己争气,为我争气,为迪克先生争气,愿上天保佑你!"

我非常激动，只顾一个劲儿地谢她，托她代我问候迪克先生。

"千万不要吝啬，"姨奶奶说，"千万不要虚伪，千万不要残忍，特洛，你要能避免这三种罪过，我就永远对你充满希望。"

我以最诚恳的态度答应她，决不辜负她的好意，决不忘记她的教诲。

"马车在门口等着呢，"姨奶奶说，"我走啦！你别动啦。"

说完了，她就匆匆地搂了我一下，走出房门，还顺手把门关上了。她这样突然离去，起初使我感到很惊讶，以为我说不定冒犯了她。但是我往街上一看，见她怀着那么低沉的情绪登上马车，也没仰起头来看一眼，就驾车离去，我才对她有了更好的了解，才没有错怪她。

五点钟是威克菲尔先生吃晚饭的时候。我已经重新振作起来，准备进餐了。餐桌已为我们两个人摆好，但是艾妮斯在开饭以前就在客厅里等候了，现在就跟她父亲走下楼去，坐在他的对面。我当时就怀疑，他离开女儿能不能吃饭。

饭后，我们没有在那里多呆一会儿，马上就回到楼上客厅里。在一个舒适的角落里，艾妮斯为父亲摆了几个酒杯，还有一瓶葡萄酒。我想，这酒如果是别人为他放在那里的，他一定会说喝不出应有的味道了。

他坐在那里喝酒，一坐就是两个钟头，喝了很多酒。艾妮斯则弹弹钢琴，做做针线，和父亲说说话，和我聊聊天。威克菲尔先生大部分时间，对我们是兴致勃勃的，但有时候，他的目光落在女儿身上，陷入沉思，就一声不吭了。我觉得艾妮斯总是很快就发现，于是就提个问题，或者抚摸他一下，使他提起精神来。他也就不沉思了，再喝一点儿酒。

茶点是艾妮斯亲自张罗的。茶点过后，和饭后一样，呆了一会儿，她就睡觉去了。她临走的时候，父亲把她搂在怀里，吻了她一下，等她走了以后，就吩咐把办公室的蜡烛点上。随后我也睡觉去了。

不过那天晚上我还是抽时间来到大门口，在街上转了转，因为我想再看看那些古老的房舍和那年代久远的大教堂，想一想我过去路经这座古城的情景，想一想我过去从这所房子前面经过，没想到如今竟住在里面了。等我回来的时候，我看见尤利亚·希普正在事务所收拾东西准备关门,我当时对谁都很热情,就进去跟他说话。分别的时候,我朝他伸出了手。可是,哎呀,他那只手又湿又冷,无论是看上去,还是握上去,都像是死人的手。随后我揉了揉自己的手,使它暖起来,也把他的手给我留下的感觉揉掉。

那只手实在叫人不舒服,我来到自己屋里以后,还丢不掉那又湿又冷的印象。我往窗外一探身儿,看见椽子头儿上刻的人头正在斜着眼看我哩。我就觉得好像是尤利亚·希普不知怎地跑到那上头去了,于是我连忙把窗户关上,免得他进来。

第 十 六 章

在各方面开始新的一页

第二天早上,吃过早饭以后,我又开始了学校生活。威克菲尔先生陪着我,来到今后学习的地方。那是一座庄严肃穆的建筑,周围是个大院子,笼罩着一种学术气氛。白嘴鸦和寒鸦离了群,从教堂塔楼上飞下来,大模大样地在草地上走来走去,那学术气氛对它们来说,似乎也很合适。威克菲尔先生把我介绍给了我的新老师斯特朗博士。

斯特朗博士面带锈色,我觉得他就和外面的铁栏杆和大铁门差不多;他长得又僵硬,又敦实,就和大门两旁的大石盆差不多,那大石盆一个个砌在红砖院墙的墙头上,拉开一定的距离,加以理想化,就像九柱戏里的柱子,等待"时光"来玩耍。他正呆在自己的图书室里(我说的是斯特朗博士),他的衣服并没有刷得很干净,头发也没有梳得很整齐,膝盖下面的带子没有系好,护腿的扣子没有扣好,他的鞋放在壁炉前的地毯上,张着大嘴,像是两个黑窟窿。他那无精打采的眼睛一看我,使我想起一段早已忘却的故事——有一匹瞎马,在布伦德斯通教堂墓地吃草,常让坟墓绊倒——他接着对我说,他很高兴见到我,还向我伸出一只手,弄得我不知如何是好,因为这只手毫无动作。

然而,就在离斯特朗博士不远的地方,坐着一个很漂亮的年轻女子,在那里做活儿——斯特朗博士管她叫安妮,我当时认为,她就是他的女儿——她跪在地上,为他穿鞋,为他扣上护腿,她兴致勃勃地做这些事,而且动作十分敏捷,这样一来,也就为我解了围。她做完了这些事以后,我们就要到教室去,这时候,我听见威克菲尔先生向她告别,称呼她"斯特朗太太",这使我感到十分惊讶,我不明白,她究竟是斯特朗博士的儿媳妇呢,还是斯特朗博士的太太,就在这时,斯特朗博士无意识地解答了我这个问题。

"顺便问一下,威克菲尔,"他在走廊里停下来,扶着我的肩膀说,"你还没给我妻子的表哥找到合适的工作吧?"

"没有,"威克菲尔先生说,"还没有。"

"我希望越快越好,威克菲尔,"斯特朗博士说,"因为杰克·马尔登又没钱,又闲着,这两件坏事有时候还会滋生出更坏的事来。瓦茨博士怎么说来着?"他看着我,摇头晃脑以表示引文的节奏,说道:"'如若游手好闲,撒旦引他把坏事干。'"

"哎呀,博士,"威克菲尔先生答道,"瓦茨博士要是熟悉人生,也许会这样写:'如若忙个没完,撒旦引他把坏事干,'不也同样合乎实际吗?那些终日忙个没完的人,在世界上也没少干坏事,绝对是这样。一两百年以来,那些最忙着捞钱捞权的人都干了些什么?没干坏事儿?"

"我觉得,杰克·马尔登既不会忙着捞钱,也不会忙着捞权。"斯特朗博士一边摸着下巴沉思,一边说。

"也许不会吧,"威克菲尔先生说,"你这句话提醒我回到原来的话题,我应该道歉,说了题外话。是的,我还没有为杰克·马尔登先生找到个解决办法。我想,"他说到这里犹豫了一下,"我看透了你的动机,这就使得这件事更加困难了。"

"我的动机,"斯特朗博士答道,"是为安妮的表哥找个适当的工作,他俩从小是一块儿长大的。"

"这我知道,"威克菲尔先生说,"在国内,或者在国外。"

"哎!"博士回答道,显然不明白他为什么这么强调这几个字,"在国内,或者在国外。"

"你要知道,这可是你自己说的,"威克菲尔先生说,"或者在国外。"

"当然,"博士答道,"当然。这里或者那里。"

"这里或者那里?难道对你无所谓吗?"威克菲尔先生问道。

"无所谓。"博士答道。

"无所谓?"威克菲尔先生惊异地问道。

"完全无所谓。"

"你表示可以在国外,而不在国内,"威克菲尔先生问道,"难道没有动机?"

"没有。"博士答道。

"我应当相信你,我当然相信你,"威克菲尔先生说道,"我要是早知道,这事儿就好办多了。不过,说真的,我原来的印象可不是这样。"

斯特朗博士看了看他,脸上露出迷惑不解和怀疑的神情,这神情几乎马上又化作微笑,使我感到勇气倍增,因为这微笑之中充满了善意和美好的感情,而且显得质朴,说真的,他那整个态度本是沉思好学,冷若冰霜,一旦融化,也显得质朴,使得我这样一个小学生愿意接近,感到充满希望。斯特朗博士一边不断重复"无所谓","完全无所谓"之类表示他的坚决态度的话语,一边以一种奇怪的忽快忽慢的步子在前面带路,我们在后面跟着——威克菲尔先生脸色阴郁,自己在那里摇头,我都看在了眼里,他不知道就是了。

那教室是一个很漂亮的大厅,在房子的最安静的一面,外面正对着大约六个大石盆,还可以看到一个幽静的花园,这花园是博士的,贴着朝南向阳的院墙,桃子快熟了。窗前的草地上摆着两大棵龙舌兰,种在木盆里,那叶片宽阔硬实(仿佛是用铁片儿做的,又涂了一层油漆),从那以后老使我产生一种联想,觉得它们是清闲幽静的象征。我们进去的时候,教室里大约有二十五个学生在专心致志地看书,他们站起来向博士说了声早安,看见我和威克菲尔先生,就没有坐下。

"年轻的先生们,来了一位新同学,"博士说道,"名叫特洛乌德·科波菲尔。"

接着,一个名叫亚当斯的学生,他是班长,就离开座位,向我表示欢迎。他打着白色领带,像一位年轻的牧师,但他很和蔼,很友好,把我领到我的座位,还把我介绍给各位老师,当时要是有什么东西能消除我的紧张情绪的话,那就是他这文雅的举止了。

然而我觉得好像很久没有和这样的学生在一起了,除了米克·沃克和白煮土豆以外,也很久没有和我这么大的孩子相处了,所以感到从未有过的生疏。我强烈地意识到,我有许多经历,他们是不可能知道的,意识到我混在他们中间,我的经历和我的年纪、外表以及条件都是不相称的,因此我就觉得我以一个普通小学生的身份来上学,简直是骗人。我在摩德斯通与格林伯公司呆的时间,长也罢,短也罢,我对儿童游戏和活动却已变得非常生疏了,我知道,就连他们做的最普通的事情,我做起来都显得笨手笨脚,毫无经验。我过去学过的东西,却因为一天到晚净干那些脏活儿累活儿,而忘得一干二净,结果人家一考我,看我知道些什么,我什么也不知道,就被分到全校最低班。但是,我一无学生们的技能,二无学问,固然烦恼,我知道的事情比我不知道的事情使我与同伴们更疏远了很多,想到这里,我更加痛苦万分。我想到,他们要是知道我对国王法院监狱那样了如指掌,会作何感想。我身上有没有什么东西会在我不知不觉之中泄露我和米考伯一家的瓜葛呢,例如我替他们当东西,卖东西,和他们一起吃晚饭,等等?要是在我来的时候,累得要命,穿着一身破衣裳,经过坎特伯雷,当时有些学生看见了,现在又把我认出来了,那可怎么办呢?他们花钱都大手大脚,要是知道我曾经把半便士半便士积攒起来,去买一天吃的五香腊肠和啤酒,或者买布丁,他们会怎么说呢?他们对伦敦的生活和伦敦的街道一无所知,而我对这两方面最肮脏的地方又那么熟悉(连我自己都觉得难为情),他们要是知道我这种情况,会作何感想呢?我在斯特朗博士的学校上学的头一天,就不断地想这些事,弄得我连自己最微小的举动都不放心,哪位新同学一和我接近,我就从内心里退缩,一到放学的时候,我就赶快溜,生怕引起别人注意,或有人向我接近,人家虽是好意,我却不得不应酬而露出马脚。

然而,威克菲尔先生那所古老的房子却有一种神奇的力量,我夹着新课本敲大门的时候,就觉得紧张情绪开始消退了。等我上楼往我那间悬空的古老的屋子走的时候,楼梯的阴影好像消除了我的疑虑和恐惧,也使得过去的一切模糊起来。我坐在那里,聚精会神地读我的课本,读到吃晚饭的时候(我们下午三点钟放学),下楼去吃饭,觉得自己还是有希望成为一个不错的学生的。

艾妮斯在客厅里等候父亲,因为有人把他拖住了,还在办公室里。艾妮斯见了我,愉快地对我笑了笑,问我喜欢不喜欢这个学校。我对她说,希望我会非常喜欢这个学校,不过刚开始觉得有些不习惯。

"你没上过学吧,"我说,"是不是?"

"哦,不对。我每天都上。"

"噢,你的意思是就在这里,在自己家里上吧?"

"我爸离不开我,哪儿也不让我去,"她一边微笑,一边摇着头答道,"你知道,他的管家一定要呆在家里。"

"我想他一定很喜欢你。"我说。

她点点头,说了声"是的",接着就到门口去听他是不是上楼来了,她准备到楼梯上去迎他。但是他没有上楼来,她也就又回来了。

"我一出生,我妈就死了,"她以她那不紧不慢的语气说道,"我只见过她的画像,就在楼下。昨天我看见你在看那幅像。你当时认为那是她的像吗?"

我说是的,因为那像很像她本人。

"我爸也这么说,"艾妮斯说道,她很高兴,"嘘!我爸来了!"

她那张愉快而平静的脸顿时兴奋起来,她出去迎上他,两人手拉着手,走了进来。威克菲尔先生热情地跟我打招呼,对我说,在斯特朗博士的照料下,我一定会感到很快活,因为他是一个非常文雅的人。

"可能有些人——我倒还没看见这样的人——他们会随便利用斯特朗博士的好心,"威克菲尔先生说道,"特洛乌德,无论做什么事情,千万不要向那些人学。斯特朗博士从来不对别人存戒心,这算是优点也罢,算是缺点也罢,和博士打交道的时候,不管是大事,还是小事,都应该想到这一点。"

我觉得他说话的时候好像累了,也许是对什么事情不满意,不过我对这个问题没有想下去,因为就在这时候,说是饭准备好了,我们就走下楼去,和先前一样坐在各自的座位上。

我们刚坐下,尤利亚·希普顶着一头红头发,在门口探进头来,还把那又湿又冷的手伸进来,说道:

"先生,马尔登先生求见,有话跟你说。"

"我刚送走马尔登先生呀!"主人说。

"是啊,先生,"尤利亚答道,"不过马尔登先生又回来求见,有话跟你说。"

尤利亚用手开着门,看了看我,看了看艾妮斯,看了看碟子,看了看盘子,我觉得他看了看屋里的每一件东西,然而他又像是什么也没看;表面上,他装着一直在毕恭毕敬地用两只红眼睛盯着主人。

"请原谅。我考虑了一下,只是想说,"尤利亚身后有个声音说道,这时候,尤利亚的头就被挤到一边去了,说话人的头露了出来,"——对不起,打扰了——只是想说既然我这件事好像没有选择的余地了,那就让我到国外去吧,越快越好。我和安妮表妹谈话的时候,她的确说过希望朋友们呆得近点儿,便于联系,而不希望他们走得很远,而且老博士……"

"你是指斯特朗博士吗?"威克菲尔先生严肃地插问道。

"当然是指斯特朗博士,"对方回答道,"我管他叫老博士;你知道,这完全一样啊。"

"我不知道。"威克菲尔先生答道。

"那就管他叫斯特朗博士吧,"对方说,"我曾经认为斯特朗博士也是那个看法。不过从你对待我的情况看,他似乎改变了主意,既然如此,那就没有什么可说的了,我越早走越好。所以我想我还是回来告诉你,我越早走越好。既然非得往水里跳不可,在岸上拖延时间就没有意思了。"

"在你这件事情上,一定尽量不让你拖延,马尔登先生,你放心好了,"威克菲尔先生说道。

"谢谢你,"对方说道,"非常感激。我不能受人之惠还要挑剔,那就太不顾情面了;否则,我敢说,我表妹安妮自有办法安排,并不费事。我想安妮只需要对老博士说……"

"你的意思是斯特朗太太只需要对丈夫说——我可以这样理解吗?"威克菲尔先生说道。

"太对了,"对方答道,"只需要说有怎样怎样一件事情,她要求如何如何处理,那就理所当然会如何如何处理了。"

"为什么说理所当然呢,马尔登先生?"威克菲尔先生一边不紧不慢地吃饭,一边问道。

"唉,因为安妮是个迷人的年轻女子,而老博士——我是说斯特朗博士——却算不上是迷人的小伙子了。"杰克·马尔登先生笑着说道,"我并不想冒犯任何人,威克菲尔先生。我只想说,在这种结合之中,有一定的补偿,也是合情合理的。"

"向女方作补偿吗,先生。"威克菲尔先生一本正经地问道。

"是向女方作补偿,先生。"杰克·马尔登笑着答道。但他似乎注意到威克菲尔先生无动于衷,照旧不紧不慢地吃饭,而且看来也没有希望使他把脸上的肌肉放松一下,便说:

"不过我回来想说的话,现在说完了,我对于这样来打扰,再一次表示歉意,现在我要告辞了。当然我会听你的话,把这件事纯粹看做你我之间的一件事,在博士那里就不提了。"

"你吃过饭了吗?"威克菲尔先生说着,朝着饭桌挥了挥手。

"谢谢你,"马尔登先生说,"我要和安妮表妹一起吃饭。再见!"

威克菲尔先生没有起来送客,一边沉思,一边看着他走出去。我觉得他是个比较浅薄的年轻人,相貌英俊,谈吐爽快,显得自信而有胆量。这是我初次见到杰克·马尔登先生,那天早上我听见博士提到他,没想到这么快就见到他了。

晚饭后,我们又回到楼上,当晚的情况和头一天完全一样。艾妮斯又在那个角落里摆上酒杯和酒,威克菲尔先生坐下喝起来,而且喝得很多。艾妮斯弹钢琴给他听,坐在他身旁,有时做活儿,有时聊天儿,有时和我玩一会儿多米诺骨牌。到了时候,她就准备茶点。随后等我从楼上拿下书来,她就看一看,告诉我哪些东西她明白(这是很不简单的,不过她说这没什么),她还告诉我怎样才能学好功课,怎样才能很好地理解。现在我写到这里,我还能看见她,看见她那谦虚、宁静、有条不紊的仪表,听见她那悦耳的、平静的声音。她促使我做各种好事的那股力量,后来作用在我身上,却在当时就开始降落在我的心上。我爱小艾米丽,而不爱艾妮斯——根本不那样爱她——但是我感到,艾妮斯走到哪里,哪里就有善良、祥和、真诚的气氛;我感到,透过很久以前看到的教堂里的彩色玻璃窗而变得柔和的光线,随时洒落在她身上,我若靠近她,也洒落在我身上,洒落在周围一切东西上。

到了该睡觉的时候,艾妮斯就去睡了,我也向威克菲尔先生伸出手,准备去睡了。但是他留住我,问道,"特洛乌德,你是愿意跟我们住下去呢,还是打算搬到别处去?"

"住下去。"我爽快地答道。

"真的吗?"

"那就看你啦。只要可以住下去,我就住下去!"

"哦,我们这儿的生活恐怕很枯燥吧,孩子。"他说。

"艾妮斯不觉得枯燥,我就不觉得枯燥,先生。一点儿也不枯燥。"

"艾妮斯不觉得,"他重复了一遍,慢慢地走到大壁炉前,倚着壁炉说,"艾妮斯不觉得!"

那天晚上他喝酒喝得眼睛都发红了(也许这是我的想象)。不是说那时候我还看得见他的眼睛,因为他是往下看,而且还用手遮着,我是在那以前看见的。

"不知道,"他含含糊糊地说道,"艾妮斯是不是对我感到厌烦了。有一天,我会对她感到厌烦吗?不过那可不一样——非常不一样。"

他陷入了沉思,不说话了,我就静静地呆在那里。

"一所枯燥的老房子,"他说,"一种单调的生活,但是我一定要她呆在我身边,一定要她继续呆在我身边。如果我想到我会死去,撇下我那可爱的女儿,或者我那可爱的女儿死去,剩下我一个人,如果这个想法像鬼魂一样在我最高兴的时候来打扰我,那就只有沉溺于……"

沉溺于什么,他没说出来,只见他慢慢走到原来坐的地方,拿起空瓶,做了一个机械的倒酒的动作,然后放下酒瓶,又走了回来。

"要是她在这儿的时候,我还这样痛苦难熬,"他说,"要是她不在这儿,情况会怎么样呢?不,不,不!我不能那样干。"

他倚着壁炉,沉思了很长时间,弄得我不知道是该冒着打扰他的危险而离去,还是该悄悄地呆在那里,等他清醒过来。最后,他又振作起精神,往四下里看了看,目光对上了我的目光。

"在这儿住下去吧,特洛,好吗?"他以平时说话的语气说道,仿佛我刚才说了什么,他是在回答我似的,"这使我很高兴。你为我们两个人做伴儿。有你在这儿,是有好处的——对我有好处,对艾妮斯有好处,也许对我们大家都有好处。"

"肯定是对我有好处的,先生,"我说,"我非常愿意呆在这里。"

"真是好孩子!"威克菲尔先生说道,"你愿意在这里呆多久,就呆多久。"他说着,和我握了握手,拍了拍我的肩膀,他还对我说,晚上艾妮斯睡了以后,我要是有什么事要做,或者我想看书消遣,只要他在,尽管下楼到他书房里来,要是愿意有人做伴儿,就来陪他坐坐。对于他这样关心我,我向他表示感谢。过了一会儿,他下楼去了,我不觉得累,手里也拿着一本书,来到楼下,想利用他给我的机会,呆上半个钟头。

但是,我看见那不大的圆形办公室里还有灯光,我的兴趣马上就转到尤利亚·希普身上去了,因为他对我有一种魅力,于是我就改变了主意,走了进去。我看见尤利亚在看一本又大又厚的书。他全神贯注,而且读到哪里,就用他那干瘦的食指一行一行地指到哪里,像蜗牛一样,在书页上留下了潮湿的痕迹(至少我认为完全是这样的情况)。

"这么晚了,你还加夜班呀,尤利亚。"我说道。

"是呀,科波菲尔少爷。"尤利亚说道。

我坐到他对面的凳子上,和他说话方便些,这时候,我发现他脸上谈不上有什么笑容,他只会把嘴一咧,腮帮子上显出两道硬褶子,一边一道,充作笑容罢了。

"我不是在加班,科波菲尔少爷。"尤利亚说。

"那你在干什么呢?"我问道。

"我在提高我的法律知识,科波菲尔少爷,"尤利亚说,"我在看蒂德写的《审理规程》。哎呀,蒂德先生可真会写呀,科波菲尔少爷!"

我坐的凳子很高,是个很好的瞭望塔,在他兴高采烈地说了那番话之后,我见他又继续读下去,读到哪一行,就用食指指到哪一行。这时候,我发现他的鼻孔又薄又尖,表面上还有几个小深坑,一张一合,样子显得很怪,叫人看了非常不舒服——仿佛他眼睛不大会眨巴,而以鼻子眼儿代劳了。

"我想你一定是个大律师吧?"我看了他一阵子以后说道。

"我吗,科波菲尔少爷?"尤利亚说道,"哦,不是。我是一个很卑贱的人。"

据我观察，我对他的手的印象可不是凭空想出来的，因为他常把两个手掌合起来揉搓，好像要把手搓干搓暖，此外，他还常偷偷地用手绢儿擦手。

"我很清楚，我是世界上最卑贱的人，"尤利亚·希普谦逊地说，"别人怎么样，我就不管了。我母亲也是个非常卑贱的人。我们住在一所卑贱的房子里，科波菲尔少爷，就这样，我们也有很多值得我们感恩戴德的地方。我父亲先前的工作也是很卑贱的，当时他在教堂里干杂活儿。"

"他现在干什么？"我问道。

"他上西天享受荣耀去了，科波菲尔少爷，"尤利亚·希普说，"不过我们需要感恩戴德的地方还不少。我住在威克菲尔先生这里，就不知道怎样感激他才好哇！"

我问尤利亚，他在威克菲尔先生这里是不是已经呆了很久了。

"我在他这里呆了快四年了，科波菲尔少爷。"尤利亚说着，在书上停下来的地方仔细作了记号，然后把书合上了，"是从我父亲死后第二年开始的。就凭这件事，我就该多么感恩戴德呀！威克菲尔先生好心让我跟他学徒，否则我和母亲可花不起这个钱，这我又该多么感恩戴德呀！"

"这么说，你的学徒期一满，我想你就是正式律师了吧？"我说。

"那得靠上帝保佑啊，科波菲尔少爷。"尤利亚答道。

"也许你不久就和威克菲尔先生合伙经营了吧，"我为了讨好，说道，"招牌也要改作威克菲尔与希普事务所，或者改作希普（原威克菲尔）事务所吧。"

"哦，不能那样，科波菲尔少爷，"尤利亚摇着头答道，"我太卑贱，没有资格那样做。"

尤利亚坐在那里，显得很谦逊的样子，斜着眼看了看我，咧了咧嘴，腮帮子上显出两道褶子，这时他看上去的确和我窗外房梁头儿上刻的那张脸异乎寻常地相似。

"威克菲尔先生这个人，再好不过了，科波菲尔少爷，"尤利亚说道，"要是你认识他的时间长了，你一定比我所能告诉你的，了解得更清楚。"

我回答说，我相信威克菲尔先生是那样一个人，不过，虽然他是我姨奶奶的朋友，我认识他的时间并不长。

"哦，是吗，科波菲尔少爷，"尤利亚说，"你姨奶奶可真和气，科波菲尔少爷！"

尤利亚想表示热情的时候，喜欢浑身扭动，十分难看，他这样一来，就使我顾不上听他对我姨奶奶的赞扬，光注意看他的脖子乃至全身像蛇一样扭动了。

"可真和气，科波菲尔少爷！"尤利亚·希普说道，"我觉得她很喜欢艾妮斯小姐，科波菲尔少爷，是不是？"

我鼓着勇气说了声"是的"，其实我一点儿也不知道，请上帝宽恕我！

"我希望你也喜欢她，科波菲尔少爷，"尤利亚说道，"不过我想你一定很喜欢她。"

"一定是人人都喜欢她。"我答道。

"谢谢你说这样的话，科波菲尔少爷！"尤利亚·希普说道，"你这话太对了！我虽然卑贱，却也知道这话太对了！哦，谢谢你，科波菲尔少爷！"

由于激动，他三扭两扭从凳子上扭下来了，既然从凳子上下来了，他也就开始收拾东西，准备回家了。

"母亲等我，该等得着急了，"他说着，掏出一块外壳发乌表盘无光的怀表，看了看，"因为我们虽然很卑贱，科波菲尔少爷，我们却相依为命。你要是哪一天下午来看我们，在我们那个破地方喝上一杯茶，我母亲会和我一样，因为你来做客，而感到非常荣幸。"

我说我很愿意去看他们。

"谢谢你，科波菲尔少爷，"尤利亚说着，把书放到书架上，"我想你要在这里住些时候吧，科波菲尔少爷？"

我说只要我继续上学，我想我就会在这里受到抚养。

"哦，是吗！"尤利亚大声说道，"我想你最终是会干这一行的，科波菲尔少爷！"

我不同意他的说法,我说我没有那种想法,谁也没有为我作过那样的安排,可是不管我怎么说,他还是婉转地坚持己见,说,"哦,是的,科波菲尔少爷,我想你是会这样做的,真的!"还说,"哦,真的,科波菲尔少爷,我想你是会这样做的,一定会的!"这样说了一遍又一遍。最后,他准备离开办公室去睡觉了,就问我把灯熄了对我有没有什么不便,我说"没有",他就马上把灯熄了。他和我握了握手——在黑暗之中握他的手,感觉好像握着一条鱼——把大门开了一点儿,悄悄地走出去,又把大门关上了,剩下我一个人摸着黑儿往里边走,还让他的凳子绊了一跤。我想大概就是因为这个原因,我觉得那一夜大约有一半时间我都梦见他。我梦见了很多事情,其中一件就是,他把裴果提先生的房子开到海上,成了海盗,桅杆顶上挂着黑旗,上面写着"蒂德审理规程"六个大字,在这罪恶的旗帜下面,他正把我和小艾米丽弄到西班牙海,准备把我们淹死。

第二天,我再去上学的时候,就不那么紧张了,第三天,就好多了。这样,我的紧张情绪渐渐消失,不到半个月,我在新伙伴中间就感到很随便、很愉快了。不过我和他们一起作游戏,还显得笨手笨脚的,和他们一起学习,也落在后头,但是游戏作多了,也就好了,我还希望经过努力,在学习方面也能赶上他们。于是无论在娱乐方面,还是在学业方面,我都很努力,因此受到很多表扬。过了不久,摩德斯通与格林伯公司的生活变得非常生疏,我简直不敢相信自己有过这么一段经历,而眼前的生活又变得那样熟悉,好像这样的日子已经过了好长时间。

斯特朗博士这所学校办得非常好,和克里克尔先生的学校相比,有天渊之别。这所学校庄重、文雅、井井有条,有一套健全的制度,凡事都依靠学生发挥他们的荣誉感和责任心,而且明白宣告,相信他们具有这样的品质,除非有人证明自己辜负了学校对他的信任。这样的制度产生了奇迹。我们都觉得在管理方面,在维护学校的传统和尊严方面,自己也有一份责任。就这样,过了不久,我们都对学校产生了深厚的感情——我肯定是这样,我在校期间,也从来没听说谁不是这样——我们都自觉地学习,希望为学校争光。正课之外,我们有高尚的娱乐,有充分的自由,但是就我记忆所及,即便在这种情况下,我们也受到镇上的赞扬，很少在仪表或行为方面有什么不光彩的事，有损于斯特朗博士及其学生的名声。

有几个高班的学生寄宿在博士家中，我通过他们间接地了解到博士过去的一些情况——比如，他和我在书房里看见的漂亮年轻女人结婚还不到一年，他们是为了爱情而结合的，因为她连半个先令也没有，却有一大帮穷亲戚（这是同学们说的），大有蜂拥而至鸠占鹊巢之势。还有，博士之所以老显得沉思默想的样子，是因为他一直在寻找希腊根。我天真无知，竟以为这是博士对植物的一种癖好，特别是由于他走路的时候眼睛老看着地。后来我才知道，这根指的是词根，原来他正盘算着要编一部新词典。我们的班长亚当斯，特别擅长数学，听说他根据博士的计划和他的实际进度计算了一下，需要多少时间，才能完成这部词典。他认为，从博士上一次过生日也就是他的六十二岁生日算起，需要一千六百四十九年才能完成。

然而博士是整个学校崇拜的偶像，否则的话，这学校可就混乱不堪了，因为他是个最和善的人，他以真诚待人，墙头上的石盆如若有心也会被他感动的。他在院子里顺着房子来回溜达，离了群的白嘴鸦和寒鸦狡狯地翘着脑袋在他身后看着他，好像他们觉得自己在待人接物方面比他可精明多了。这时候，不管哪个无赖，只要接近他那咯吱吱响的皮鞋，引起他的注意，给他讲一段悲惨的故事，他只要听上一句，这个无赖以后两天就有着落了。这种情况在学校里是无人不知，无人不晓，因此，老师们和班长们看见有无赖进来，就从一旁冲上去，或者从窗口跳出去，把他拦住，不等他引起博士注意，就把他赶出校园——有时候，干得干净利落，虽然博士就在几码开外的地方迈着艰难的步子走来走去，却全然不知发生了这样的事。在他管辖的范围以外，在无人保护的情况下，他就成了任人宰割的羔羊。他会把自己的护腿解下来送人。实际上，当时就有一个故事在我们中间流传（我说不出什么根据，从来也不知道有什么根据，不过这些年来我一直信以为真，所以现在也就十分相信确有其事了）。那故事说，有一年冬天，在一个严寒的日子里，他果真把自己的护腿给了一个要饭的女人。那女人用那副护腿裹着一个可爱的婴儿，挨家挨户让人看，那副护腿像当地的大教堂一样有名，谁都能一眼就认出来,因此闹得满城风雨。这还不算,据传说,唯一认不出那副护腿的就是博士本人了。这是因为过了不久那副护腿出现在一家小旧货店的门口,这家旧货店名声不大好,因为人们可以用这类物品来换杜松子酒喝,有人看见博士不止一次把那副护腿拿在手里颠来倒去地欣赏,好像很喜欢上面一些新奇的图案,而且认为那护腿比自己那一副要好。

看到博士和他那年轻漂亮的妻子在一起,是令人感到很愉快的。他像父亲一样,慈祥地表现出对她的疼爱,这本身好像就说明他是一个好人。我常看见他们在花园里靠近桃树的地方散步,有时候还在书房里或客厅里离他们更近的地方看他们。我觉得博士的妻子对他细心照顾,而且很喜欢他,虽然我一直认为她对编词典并没有浓厚的兴趣,博士却不怕麻烦,随身在口袋里或帽子里带上一部分,给人的印象仿佛是一边散步,一边向她讲解。

我经常见到斯特朗太太,一方面因为我初次来见博士的那天早上,她就对我产生了好感,从那以后一直疼爱我,关心我,另一方面因为她很喜欢艾妮斯,和我们常来常往。我觉得她和威克菲尔先生不知为什么显得很拘束(她好像惧怕威克菲尔先生),而且这种拘束始终没有消失。她晚上到我们这儿来,总是不肯让他送她回去,而让我陪她走。有时候,我们一起愉快地穿过大教堂的院子,没想到会碰上什么人,却会碰上杰克·马尔登先生,他总是说没想到在这里见到我们。

斯特朗太太的母亲使我感到非常愉快。她名叫马克勒姆太太,但是我们学生们管她叫老将,因为她有帅才,善于指挥众多的亲戚列队向博士进攻。她是一个眼光敏锐、个子不高的女人,打扮起来的时候,喜欢戴一顶从来不换样的帽子,上面有几朵假花作装饰,还有两只假蝴蝶,看上去像是飞落在花上的样子。我们中间有一种神秘的传说,说那帽子是从法国买来的,只有手艺精湛的法国人能做出这样的帽子。不过我确实了解的情况是:不论马克勒姆太太晚上在哪里出现,这帽子就一定在哪里出现。亲朋好友聚会的时候,就把这帽子放在印度篮子里随身带去;那两只蝴蝶有不断颤动的本领;它们像忙碌的蜜蜂一样,为这次美好的聚会增添光彩,不过这倒使得斯特朗博士为之逊色了。

一天晚上,我看老将看得相当仔细——我称她老将,决没有对她不尊敬的意思。那个夜晚是因为别的事情才使我难以忘怀,现在我来说一说。那天晚上,博士家中举行一次小型的聚会,给杰克·马尔登先生送行,他要到印度去当军官,或者做类似的事情,这是威克菲尔先生最终为他作出的安排。那天碰巧也是博士的生日。我们放了一天假,上午给他送了礼物,班长代表我们致词,向他表示祝贺,我们则向他欢呼,喊得嗓子都哑了,他也流下了眼泪。到了晚上,威克菲尔先生和艾妮斯,还有我,作为他的私人朋友,到他家里去喝茶。

杰克·马尔登先生比我们到得早。我们进门的时候,看见斯特朗太太身穿白色衣服,系着樱桃色的带子,正在弹钢琴,杰克·马尔登先生则站在她身后,弓着身子为她翻乐谱。她朝我们转身的时候,我觉得她那又红又白的容貌并不像平时那样好似盛开的花朵一样鲜艳,不过她还是显得很漂亮,漂亮得令人惊讶。

我们坐下以后,斯特朗太太的母亲说,"博士,我忘了向你表示生日的祝贺了。不过你大概也知道,对我说来,就决不限于祝贺了。请允许我祝愿你多福多寿。"

"我谢谢你,老太太。"博士回答道。

"多福多寿,多福多寿,"老将说道,"不仅祝你,也祝安妮,祝杰克·马尔登,祝其他许多人。杰克,我觉得那就像是昨天的事,当时你还是个小东西,比科波菲尔少爷矮一头,你和安妮在后花园里,躲在醋栗树后面,可亲热啦。"

"亲爱的妈妈,"斯特朗太太说道,"快别提这个了。"

"安妮?这就不对了,"她母亲说道,"你已经是个结了婚的老婆子,要是现在听了这样的话还难为情,什么时候才不难为情呢?"

"老婆子?"杰克·马尔登大声说道,"安妮,得了吧!"

"是的,杰克,"老将答道,"实际上,她就是个结了婚的老婆子。虽然,论年纪,并不算老——你什么时候听我说过,有谁听我说过,二十岁的姑娘就算老呢?——你表妹现在是博士的妻子,我不过如实地说出了她的情况。算你走运,杰克,你表妹现在是博士的妻子。你有了他,就有了一个有影响的善良的朋友,我还可以冒昧地预言,只要你受之无愧,他还会对你更加善良。我不爱虚荣。我从来是毫不含糊地坦白承认,我们家里有的人是需要有个朋友的。你就是这样一个人,要靠你表妹的影响来为你找一个朋友。"

博士出自好心,挥了挥手,好像表示这没什么,这样一来,杰克·马尔登先生也就不用再听更多的教训了。但是马克勒姆太太站起来,坐到博士身旁的椅子上,把扇子搭在博士的袖子上,说道:

"别这样,亲爱的博士,在这一方面,我感受得太深了,要是我说得太啰嗦,你一定要原谅我。这是我的一块心病,我老爱谈这个话题。你和我们在一起,是我们的福气。你真是个大救星,你知道。"

"哪里,哪里。"博士说道。

"不对,不对,请你原谅,"老将答道,"这里除了我们亲爱的知心朋友威克菲尔先生,没有外人,不让我说话,我可不干。你要是再这样下去,我可就要摆出丈母娘的架子,骂你一顿了。我是个老实人,有什么,说什么。我现在要说的,也就是我当年说过的话,那时候,你提出要和安妮结婚,我从来没感到那么吃惊——你还记得我当时是多么吃惊吧?按说,求婚这件事本身并没有什么值得大惊小怪的——要是那么想,就太可笑了——我感到吃惊是因为你认识她那可怜的父亲,从她只有六个月的时候,你就看着她长大的,所以我对于你,从来不往这方面想,也从来没想到你会要结婚——我就想说说这个,你知道。"

"得啦,得啦,"博士好心好意地答道,"快别提啦。"

"可是我就是要提,"老将说着,把扇子压在他的嘴唇上,"我非提不可。我回忆这些事,要是有说得不对的地方,你们可以纠正。后来,我见到安妮,就告诉她发生了什么事情。我说,'亲爱的,斯特朗博士一片诚心,把你赞扬了一番,还向你求婚了。'我施加了一丝一毫压力吗?没有。我说,'安妮,你现在要跟我说实话,你心上有人吗?''妈妈,'她哭着说,'我还年轻得很哪。'——这倒也是真的——'我究竟有没有心,我也说不清楚。''这么说来,亲爱的,'我说,'你可以放心,你还没有心上人。不管怎么说,亲爱的,'我说,'斯特朗博士坐立不安,等着回信儿呢。咱不能老让他这样提心吊胆的。''妈妈,'安妮还是一边哭着一边说,'他要是没有我,会感到痛苦吗?他要是感到痛苦,我又既然那么敬重他,我就要他吧。'事情就这么定了。这时候,而且只是在这时候,我才对安妮说,'安妮,斯特朗博士以后不光是你的丈夫,而且要代表你故去的父亲。他就是我们的一家之主,体现我们家的聪明才智和社会地位,还有我们家的生活来源,总而言之,他是我们家的大救星。'我当时用了这个字眼儿,今天我又用了这个字眼儿。我要是有什么优点,那就是我前后一致。"

在她讲这番话的时候,她的女儿坐在那里,一声不吭,一动不动,两眼呆呆地看着地上,她表哥站在她身旁,也在看着地上。这时候,她用颤抖的声音轻轻地说道:

"妈妈,我希望你说完了吧?"

"没有,亲爱的安妮,"老将答道,"我还没太说完。既然你问我了,亲爱的,我就要说我还没有说完。我要抱怨,你对待自己家里的人,真有点儿不像话。向你抱怨也没有用,我还是向你丈夫抱怨吧。——亲爱的博士,现在请你看看你那个傻太太吧。"

博士转过他那慈祥的脸,带着朴实温柔的微笑朝她看去,她的头低得更低了。我还注意到威克菲尔先生也在目不转睛地看着她。

"前两天,我偶然和那个淘气的小东西说起来,"她母亲摇着头,还用扇子风趣地指着她,继续说道,"家里出了点儿事,她也许可以向你提一提——说真的,我认为她就应该向你提一提——她却说向你提就等于求你帮忙,而你又那么慷慨,她只要提出来,准行,所以她不肯提。"

"安妮,亲爱的,"博士说道,"这就不对了。我会感到愉快的。"

"我对她差不多也是这么说的!"她母亲大声说道,"下一回,我要是知道她应该对你说,可是由于上面说的原因,而不肯说,亲爱的博士,我就很想亲自对你说了。"

"要是那样,我才高兴哩。"博士答道。

"是吗?"

"当然是。"

"好吧,那以后我就说!"老将说道,"一言为定。"我想,这时候,她把要说的都说了,就先吻了吻扇子,又用扇子在博士的手上轻轻拍了几下,怀着胜利的喜悦回到原来的座位上。

客人又来了一些,其中有两位老师和亚当斯,话题也就比较广泛了,大家很自然地谈起杰克·马尔登先生,他的海上旅行,他要去的国家,以及他的各种计划和前景。当天晚上,吃过夜宵,他就该启程了,先坐驿车到格雷夫森,他要乘的船就停泊在那里。他这次出国——除非休假或因健康原因而回国——要呆多少年,我说不清楚。只记得当时大家一致认为人们对印度的了解是不正确的,其实印度并没有什么不好,只是有一两只老虎,每天暖和的时候有点儿热罢了。至于我呢,我把杰克·马尔登先生看做现代辛伯达①,想象他是东方王公们的密友,坐在华盖下面抽水烟,那金制的烟袋弯弯曲曲,如果拉直了的话,足有一英里长。

斯特朗太太唱歌唱得很好,我常听见她独自一个人唱歌,所以知道。但是她究竟是怕在人前唱歌,还是那天晚上嗓子不好,谁也不知道,反正当时她完全唱不了。起先,她和马尔登表哥想来个二重唱,可是连个头儿也开不了。后来她又想自己单独唱,开头儿倒还唱得挺好听,突然声音出不来了,她心里很难受,只顾低着头看琴键。好心的博士说她太紧张了,为了替她解围,就建议玩儿牌。他玩儿牌的本事,和他吹长号的本事一样,根本不会。我注意到了,老将和他搭档,一下子就把他控制住了,未曾教他,就先要求他把口袋里的银币都拿出来给她。

我们玩得很开心。虽有蝴蝶密切监视,博士还是屡犯错误,弄得蝴蝶非常着急,不过这倒并没有扫我们的兴。斯特朗太太以身体不适为理由,没有参加。她表哥马尔登则因为需要收拾行装而先走了。不过等他收拾完了以后,他又回来了,这时候,他们就坐在沙发上聊天。她时不时地过来看看博士手中的牌,告诉他该出哪一张。她在他身后弯腰看牌的时候,显得脸色非常苍白,而且我觉得她伸出手来指牌的时候,手指是颤抖的。但是博士见她这样关心,感到很高兴,即或真是那样,他也没有注意。

---

① 辛伯达,《天方夜谭》中的航海家。

吃夜宵的时候,我们的兴致就不那么高了。显然每人都感到这样的离别是很难堪的,而且越靠近离别的时候,越是难堪。杰克·马尔登先生想尽量多说话,可是很不自然,不如不说。老将不断地回忆起杰克·马尔登小时候的情景,我觉得也无济于事。

然而博士肯定是觉得他使得人人愉快,因此他感到很高兴,毫不怀疑我们都万分地开心。

"安妮,亲爱的,"他说着,看了看表,又把自己的酒杯斟满,"你表哥杰克走的时间已经过了,我们不能再拖着他了,因为眼下时间和潮水都有关系,而这二者都是不等人的。——杰克·马尔登先生,你就要开始一次漫长的航行,去一个陌生的国度,不过许多人都有过这两种经历,今后也总会有许多人有这两种经历。你现在就要乘风远航,这风曾把成千上万的人送到幸福宝地,也曾把成千上万的人愉快地接回来。"

"真让人伤心哪,"马克勒姆太太说道,"不管怎么说,都让人伤心哪,因为好端端一个年轻人,从小你就看着他长大的,现在要走了,要到世界的另一边去了,把自己熟悉的一切抛在身后,前途怎样又一无所知。一个年轻人作出了这样的牺牲,应该经常得到支持和关心。"她说着,看了博士一眼。

"杰克·马尔登先生,你会觉得时间过得很快,"博士继续说道,"我们大家也都会觉得时间过得很快。随着自然规律的发展,我们之中有的人也许不可能在你回来的时候欢迎你了。那就退一步,希望还能欢迎你。我就属于抱有希望的这一类。我就不提什么忠告了,免得你厌烦。你身边就一直有一个很好的榜样,那就是你表妹安妮。尽量照着她的品德去做吧。"

马克勒姆太太这时候使劲用扇子扇自己,还不断地摇头。

"再见吧,杰克先生,"博士说着,站起身来,我们也都跟着站了起来,"祝你一路顺风,在国外事业发达,将来高高兴兴地回来!"

博士祝酒之后,我们都喝了酒,也都和杰克·马尔登握了手,随后他匆匆地向在场的女士们告了别,急促地来到门口,上车的时候,学生们齐声向他热烈欢呼,他们是专门为此而聚集在草坪上的。我跑到他们中间以壮声势,所以马车启动的时候,我靠它很近,在人声嘈杂、尘土飞扬的情况下,我留下了一个生动的印象:马车轰隆轰隆地驶过,我看见杰克·马尔登先生脸上显出焦躁不安的神色,手里拿着一件樱桃色的东西。

马车走后,学生们向博士欢呼了一通,又向博士的妻子欢呼了一通,随后也就散了。我回到屋里,看见客人们都围着博士站在那里,议论杰克·马尔登先生怎样离开的,他怎样忍受着一切,他感觉如何,等等,等等。就在这你一言我一语议论的时候,马克勒姆太太大喊一声,"安妮在哪儿?"

屋里没有安妮,大家喊她,也没有人回答。大家一齐拥到门外,想看个究竟,发现她在走廊里的地上躺着哩。起初大家吃了一惊,后来发现她是晕过去了。用普通的办法一治,她就缓过来了。博士把她的头扶起靠在他的膝盖上,用手把她的鬈发往旁边捋了捋,向周围看了看,说道:

"可怜的安妮!她这么重感情,心肠又这么软!她最喜欢表哥,从小在一起长大的,很要好,所以他一走,弄得她这个样子。唉!真可怜!真叫我难过。"

安妮睁开眼,看了看她这是在哪儿,看见我们都围着她站在那里,就在别人搀扶之下站了起来。起来的时候,她把头一扭,想靠在博士的肩上,也许是有意不让人看见,究竟是为什么,我也说不清楚。我们到客厅里去了,想让她和博士还有她母亲单独在一起呆一会儿。可是她好像说,从早上起,一天的精神都没有这会儿好,愿意和我们在一起。于是他们就扶她来到客厅,让她坐在沙发上,我觉得她脸色苍白,身上一点儿力气也没有了。

"安妮,亲爱的,"母亲给她拽了拽衣服,突然说道,"你看这儿!你丢了一个飘带结儿。请大家费心帮着找一条飘带,一条樱桃色的飘带。"

丢的就是她胸前戴的那个飘带结儿。大家都帮着找了——我反正知道,我自己到处都找遍了——可是谁也没找着。

"安妮,你记不记得,最后戴着它,是在什么地方?"她母亲问道。

她回答说,她觉得刚才还戴得好好的,不过这东西也不值得找了。

她说这话的时候,我不知怎地,就觉得她脸色灰白,即或算不上灰白,也绝不是满脸通红。

不过大家又找了一阵,还是找不着。她恳求大家不要再找了,可大家还是有一搭无一搭地找。后来她完全缓过来了,客人也告辞了,才作罢。

我和威克菲尔、艾妮斯三个人溜达着往家走,我跟艾妮斯都喜欢看那月光,可威克菲尔先生却一直看着地,没怎么抬头。最后我们走到家门口的时候,艾妮斯发现把小网兜儿落下了。我非常愿意为她效劳,就跑回去取。

我来到吃夜宵的屋里,那网兜儿就是落在这里的,可是屋里没有人,而且很黑。不过有个门,和博士的书房相通,书房里有亮光,门又开着,我就走了进去,想说明来意,要根蜡烛。

博士正坐在壁炉旁柔软的扶手椅上,他那年轻的妻子坐在他脚边的小凳上。博士面带笑容,显出满足的样子,正拿着他那永远编不完的词典手稿,朗读对某一种理论所作的解释或说明,她则仰头看着他,但是那样的脸色,我却从未看见过——面庞俊秀,面色惨白,两眼出神,像一个梦游的人梦见了可怕的东西,脸上充满了极为恐怖的神情,我至今不解。她的眼睛睁得大大的,她的棕色头发分成粗粗的两绺儿披在肩上,披在她那白色的衣服上,那衣服因为少了那丢失的飘带结儿,而显得有些零乱。她当时的模样,我现在还记得很清楚,但是我说不出其中的含义是什么。即便现在我的判断力更加成熟了,她那副模样重新浮现在我的眼前,我仍然说不出其中的含义是什么。悔恨、羞愧、耻辱、傲慢、疼爱、信赖,我都看到了,而在所有这些感情之中,我也看到了我至今不解的恐怖神情。

我走进屋里,说明了来意,这就唤醒了她,也惊动了博士,因为等我把蜡烛放回桌上的时候,看见他以慈父的样子在轻轻拍着她的头,一边说自己是个没良心的老东西,竟然在她的吸引之下,没完没了地念稿子给她听;他还说她可以睡觉去了。

但是她以急切的口吻求他让她呆在那里,让她确实感到那天晚上丈夫对她是信得过的(我听见她小声断断续续地说出了这个意思)。

我走出屋子,朝大门走去,她看了我一眼,又回过头去对着博士,这时候,我看见她两手交叉搭在博士膝上,以同样的面容仰着头看他,比先前平静了一些,博士又继续读起手稿来。

　　这件事给我留下了很深的印象,过了很久以后我还记得,下面有机会我还要谈到这件事。

第十七章

遇见一个人

自从我说完了我怎样逃跑的故事以后,还没顾上提到裴果提。不过我当然给她写过信,我在多佛一住下来,几乎马上给她写了一封,后来姨奶奶正式把我置于她的保护之下,我又给她写过一封,而且是一封长信,我在信中把各种具体情况作了详细的叙述。我在斯特朗博士的学校上学以后,又给她写过一封信,仔仔细细地说了我的情况很好,前途也很好。我在最后这封信里,随信给裴果提寄去一枚半几尼的金币,以归还先前向她借的那笔钱,我这样使用迪克先生给我的钱,比做什么事情都愉快。一直到写这封信的时候,我才提到那个赶驴车的年轻人,在那以前,始终没有告诉她。

裴果提收到我的信以后,虽然没有像公司职员那样以简练的语言回信,却像公司职员一样及时答复的。关于我长途跋涉这件事,她为了告诉我她的感想,最大限度地使出了她的表达能力,而她笔头上的表达能力肯定是不强的。四页纸上写的前言不搭后语的句子,以感叹词开头的句子,有头无尾,只有墨渍水迹,但这仍不足以消除她的挂念。可是这些墨渍水迹却比最好的文章对我更有感染力,因为这说明裴果提一页一页是哭着写的,我还能有什么别的要求呢?

我没怎么费劲儿就看出来了,裴果提对姨奶奶一时还不可能有什么好的印象。过去,那么长时间都是另外一种看法,现在要改变,时间太短了。我们永远无法真正了解一个人,她写道,不过想一想,我们过去对贝西小姐有看法,而她却完全不是那样一个人,这真是个教训!她的确用了这个词。她显然还怕贝西小姐,因为她在表示感谢的时候,还显出了胆怯。很明显,她也怕我,觉得我不久可能又要逃跑了,我之所以这样想,是因为她反复表示,上亚茅斯的路费,我什么时候要,她就什么时候给。

她告诉我一个消息,使我感触很深,那就是我原来的家,家具卖掉了,摩德斯通先生和他姐姐走了,房子锁起来了,不是出租,就是出卖。上帝知道,当年他们住在那儿的时候,这房子与我无关,但是现在想一想,我所眷恋的旧居完全荒废在那里,花园里杂草丛生,小路上积满厚厚一层湿漉漉的落叶,也着实叫人心疼。我可以想象,那冬季的冷风怎样在房子周围吼叫,那苦雨怎样拍击着窗玻璃,那月光怎样在空屋的墙上照出鬼影,看着它们彻夜孤独。我又想起墓地里树底下的那座坟,这时候,好像我们家的房子也死了,与我父亲和母亲相联系的一切东西也都消失了。

除此之外,裴果提的信里就没有别的消息了。巴吉斯先生是个很好的丈夫,她说,虽然他还是有点儿小气,不过我们大家都有缺点,她自己就有许多缺点(我可不知道她有什么缺点);她还说,巴吉斯先生也向我问好,我那间小卧室随时都准备接待我。裴果提先生身体很好,哈姆身体也很好,古米治太太身体不大好,小艾米丽不愿意向我问好,不过她说要是裴果提想问好,那就随她的便吧。

所有这些消息,我都原原本本地告诉了姨奶奶,只把小艾米丽留在自己心里,没有提她,因为我本能地感到姨奶奶不会对她有多少好感。我初到斯特朗博士的学校上学的时候,姨奶奶到坎特伯雷来看过我几次,而且都是在不适宜的时候来的,我想大概是趁我不备吧。可是她看到我干的都是正经事儿,名声很好,还听大家说我在学校里进步很快,过了没多久,也就不再来看我了。每隔三四个星期,在星期六我回多佛去享受一番,这时候,我就能见到姨奶奶了。迪克先生每两个星期来一次,星期三中午,他乘驿车来到这里,一直呆到第二天早上,这样我就可以见到迪克先生。

迪克先生来看我的时候,总要随身带着一张皮制的写字桌,里面放着一套文具,还有他写的呈文。关于这呈文,他现在意识到时间很紧,非脱手不可了。

迪克先生非常喜欢吃姜味糕。为了使他来看我的时候感到更加称心如意，姨奶奶让我在一家糕点铺为他开了一个户头，但有一条规定：一天之内给他提供的点心，价值不能超过一先令。这件事，再加上他在住宿的客店里零星开支的账单都得经姨奶奶过目才能付钱，这就使我怀疑他的钱只能听响儿，不能花。我进一步调查，就发现情况果真是这样，或者说，至少他和我姨奶奶之间有一个协议，他的一切开销，都要向姨奶奶报账。因为他不想欺骗姨奶奶，而且总想讨好她，所以花起钱来特别谨慎。在这件事情上，以及一切可能发生的其他事情上，迪克先生都深信不疑，姨奶奶是一个最有头脑、最精明的女人。他曾在极为秘密的情况下反复对我说过这样的话，而且都是悄悄地说的。

"特洛乌德，"有一个星期三，迪克先生对我说了那知心话以后，以一种神秘的口吻问道，"有一个人藏在我们的房子附近，弄得她很害怕，这个人是谁？"

"你是说弄得我姨奶奶很害怕吗，先生？"

迪克先生点了点头，"我原来以为无论什么东西也不会使她害怕的，"他说，"因为她是——"说到这里，他压低了声音，"你可别往外说——最有头脑、最精明的女人。"他说完了，往后撤了撤身子，想仔细看一看，对于他形容姨奶奶的这番话，我有什么反应。

"他头一次出现，"迪克先生说道，"是——让我想想——一六四九年处决了查理国王，我记得你说过，是一六四九年，是不是？"

"是的，先生。"

"我不明白，怎么会是那一年呢，"迪克先生说道，他觉得不可理解，直摇头，显出痛苦的样子，"我觉得自己没有那么大年纪啊。"

"那个人是那一年开始出现的，先生？"我问道。

"是啊，"迪克先生说道，"我不明白，怎么可能是那一年呢，特洛乌德。这个年代，你是从历史书上查到的吗？"

"是的，先生。"

"我想历史书是不会撒谎的，是不是？"迪克先生说道，他还抱有一线希望。

"当然不会，先生！"我毫不含糊地答道。我当时很年轻，很单纯，所以我的确是这样想的。

"我真不明白,"迪克先生摇着头说道,"一定是什么地方出了差错。不过就在他们错误地把一些烦恼从查理国王的脑袋里拿出来,放到我的脑袋里以后,过了不久,那个人就开始出现了。那一天,天刚黑,我和特洛乌德小姐喝过茶,在外面散步,就看见他呆在那里,离我们家的房子很近。"

"是在走动吗?"我问道。

"是在走动吗?"迪克先生重复了一遍,"让我想想。我一定能想起一点儿。不,不,他不是在走动。"

为了尽快弄清情况,我就直截了当地问他,那个人究竟在干什么。

"哦,他根本就没在那里,"迪克先生说道,"后来他突然出现在她身后,悄悄地说起话来。接着她一转身,就晕倒了。我一动不动地站在那里,看了他一眼,他就走了。不过从那以后,他一直在藏着(藏在地底下,也许是别的什么地方),这可真是再新奇不过了!"

"他真是一直在藏着吗?"我问道。

"肯定是的,"迪克先生反驳道,一边说,一边严肃地点着头,"他一直没有露面,可昨天晚上突然出现了。昨天晚上,我们在外面散步,他又出现在她身后,我一下子就看出来了,还是那个人。"

"他又让姨奶奶感到害怕了吗?"

"她浑身打颤,"迪克先生说着,模仿起打颤的样子,上牙碰下牙,"她靠在栏杆上,才没有跌倒。她哭了起来。不过,特洛乌德,你过来,"他把我拉到他身边,这样他就可以小声说话了,"孩子,她为什么要在月光底下给他钱呢?"

"也许他是要饭的吧。"

迪克先生摇摇头,完全否定了这个说法。他很有把握地一再重复,"不是要饭的,不是要饭的,不是要饭的呀,孩子!"接着又说,他后来从窗口看见我姨奶奶深夜在月光下在花园栏杆外面给那个人钱,那人拿了钱就溜了——他觉得那人可能又溜到地底下去了——一直没有再露面,我姨奶奶则赶紧偷偷地回到屋里,甚至到了第二天早上,她还显得颇有些异样,这就使得迪克先生百思不得其解。

起初,我对这件事全然不相信,认为这个来历不明的人不过是迪克先生的幻觉,和那个给他带来许多困难的倒霉国王是一样的。可是仔细一想,我脑子里就产生了一个问题,是不是有人曾两次打算或者威胁说打算使可怜的迪克先生脱离姨奶奶的保护,是不是姨奶奶因为对迪克先生怀有深厚的感情,这是我从她那里直接了解到的,于是姨奶奶可能就宁愿花钱为他买个清静。我因为已经对迪克先生产生了很大的好感,对他的情况非常关心,感到害怕,所以作出了这样的推测。从那以后,很长一段时间,快到星期三的时候,我往往心里嘀咕,他也许不会像往常那样坐在车厢里了。可是他还是来了,长着一头灰白的头发,笑呵呵的,挺高兴的样子,再也不提让我姨奶奶害怕的那个人了。

星期三迪克先生来看我,这是他一生中最快活的日子,也是我一生中最快活的日子。没过多久,学校里的每个学生就都认识他了。虽然他从不积极地和学生们一起作游戏,光知道放风筝,却和我们每个学生一样,对于我们的各项运动都有浓厚的兴趣。我常看见他聚精会神地看弹球儿比赛,或陀螺比赛,站在一旁,脸上显出难以形容的兴趣,到了紧张的时候,几乎连气儿都不喘的!多少次我看见他在小山头上观看学生们在野地里赛跑,把帽子举在他那一头灰发上面摇晃,为大家加油鼓劲,把那殉道者查理国王的头和一切与之有关的事全丢在脑后!夏天,在板球场上,呆上几个钟头,我知道他却觉得只愉快地呆了几分钟!冬天,我看见他有多少次站在雪地里,吹着东风,鼻子都冻青了,看着学生们顺着下坡往下滑,高兴得戴着绒线手套直拍手!

迪克先生是个人人喜爱的人,他那双手做起小东西来,更是技艺超群。他能把橙子雕成各种式样,我们连想都不敢想。他能用做肉食用的穿针和任何大一点儿的东西,做成一条小船儿。他能用羊膝骨做棋子,用旧纸牌做威武的古罗马战车,用线轴做带辐条的车轮,用旧铁丝做鸟笼。但是他最拿手的,恐怕是用线绳和稻草做东西。我们大家都认为有了线绳和稻草,凡是能用手做的东西,他都能做出来。

迪克先生的名声,没有多久,就不限于我们学生范围之内了。他星期三来过几次之后,斯特朗博士亲自向我询问他的情况,我把姨奶奶告诉我的情况都告诉了他。他一听,很感兴趣,就要求我在迪克先生下次来的时候，介绍给他。我为他们作了介绍。博士对迪克先生说，他要是在车站找不到我，就到学校里来，一边歇息，一边等我们上完上午的课。过了不久，这就成了习惯，迪克先生径直来到学校，要是我们下课晚了一点儿，这在星期三也是常事儿，他就在校园里散步等我。他在这里认识了博士年轻漂亮的妻子（在这段时间里，她比以前更苍白了，我觉得，我和大家一样，都不像以前那样经常见到她了，她也不那么活跃了，但她依然是那么漂亮），这样，他越来越熟，后来就到教室里来等了。他老呆在一个固定的角落里，坐在一个固定的凳子上，后来这凳子就以他的名字命名"迪克"了。他坐在这里，满头灰发，无论在讲什么，他都伸着脑袋仔细地听，对于自己过去没有学到的知识，表现出极大的敬意。

迪克先生将这种敬意加以扩大，便对博士产生了敬意，因为他认为博士是从未有过的最深奥最有学问的哲学家。很长一段时间，迪克先生和他说话，总要先把帽子摘掉，即便后来他和博士建立了相当深厚的友谊，两人在校园里学生们称之为"博士路"的那一边散步，一走就是一个钟头，迪克先生还是不时地摘下帽子，表示对智慧与知识的敬意。至于后来博士怎样在他们一起散步的时候朗读起那部著名词典的片断来，我不得而知；起初他也许觉得这和念给自己听是一样的。不过后来就形成了习惯，迪克先生听得认真，脸上闪耀着骄傲和愉快的光芒，因为他觉得这部词典是世界上最引人入胜的一本书了。

现在我回想起他们俩在教室窗前走来走去的情景——博士带着得意的微笑，有时挥舞一下手稿，有时认真地摇动脑袋；迪克先生则兴致勃勃地听着，遇到难懂的字眼儿，他那可怜的脑子就像扎了翅膀，静静地遨游起来，游到了什么地方，只有上帝知道——这情景那么幽静，我觉得我所见过的最令人愉快的情景也莫过于此了。我觉得似乎他们可以来回地走下去，永不停歇，而世人也不知怎地会因此而受益，似乎世人熙熙攘攘追求的事物虽有千百种，无论是对他们本人，还是对我，和这情景相比，却都相形见绌了。

过了不久，艾妮斯也成了迪克先生的朋友，迪克先生由于常到家里来，尤利亚也认识了他。我和他之间的友谊更是与日俱增，这友谊是建立在一种很不寻常的基础之上的——迪克先生口口声声说他是我的监护人,来照顾我,实际上,他碰到任何一点没有把握的小事,都要和我商量,并且总是按照我的意见去办,因为他不仅非常尊重我天生的聪明才智,而且认为很大一部分是我从姨奶奶身上继承来的。

有一个星期四的早晨,我正打算去把迪克先生从旅店送到驿站,然后再去上学(因为我们在早饭前有一小时的课),我在街上碰见了尤利亚,他提醒我,说我曾答应与他和他母亲一起喝茶,还扭扭捏捏地说,"不过我并没指望你能履行这个诺言,科波菲尔少爷;我们的地位非常卑贱呀!"

一直到这个时候,我还没想清楚,对尤利亚这个人,我究竟是喜欢他,还是讨厌他。这会儿,我在街上站在他面前看着他,心里还是拿不定主意。不过我觉得人家认为我骄傲,是对我很大的侮辱,于是我说就等你请呢。

"哦,要是这样,科波菲尔少爷,"尤利亚说道,"而不是因为我们卑贱你才不来,那你今天晚上就来,好不好?不过,要真是因为我们卑贱,我希望你不妨直说,科波菲尔少爷,因为我们对自己的地位很清楚。"

我说我要对威克菲尔先生提提这件事,他准会同意,只要他同意,我一定乐意来。就这样,那天赶上是下班早的日子,到了下午六点钟,我对尤利亚说,准备好了。

"母亲一定会感到骄傲,"他一边说着,一边和我一块儿走出来,"或者说,她会感到骄傲,假如骄傲不是什么罪过的话,科波菲尔少爷。"

"可是今天早晨你还毫不在意地说我骄傲哩。"我回答道。

"哎呀,不是的,科波菲尔少爷!"尤利亚说,"哦,请你相信我,不是的!我从来就没有那样的想法。即便你觉得我们对你说来是太卑贱了,我也决不会认为这就是骄傲,因为我们的确是非常卑贱。"

"你最近又研究了不少法律吗?"我问道,想换一个话题。

"哦,科波菲尔少爷,"他以一种贬低自己的口吻说道,"我看书,恐怕算不上研究吧。有时候,在晚上,我就和蒂德先生泡上一两个钟头。"

"我想,一定很难啃吧?"我问道。

"对我说来,有时候,是很难啃,"尤利亚答道,"对聪明人来说,怎么样,我就不知道了。"

我们一边走着,他用他那皮包骨的右手食指和中指在下巴颏儿上敲了一段小曲,接着说道:

"你知道,科波菲尔少爷,蒂德先生的著作里有些词语,是拉丁词语,对我这样才疏学浅的人来说,是很叫人头疼的。"

"你想学拉丁文吗?"我直截了当地问道,"我很愿意一边学,一边教你。"

"哦,谢谢你,科波菲尔少爷,"他摇着头说,"你主动提出来教我,我知道,这是你的一番好意,不过我的地位太卑贱了,实在不敢接受。"

"你瞎说些什么,尤利亚!"

"哦,千万请你原谅我,科波菲尔少爷!我非常感激你,说真的,这也是我最向往的一件事,不过我太卑贱了。我并没有因为有学问而使别人不自在,就已经有那么多人因为我地位低下,而把我踩在脚底下了。我是不能有学问的。像我这样一个人,最好不要存什么妄想。即便有了出头之日,也得有自知之明呀,科波菲尔少爷。"

在他这样表达自己感情的时候,他谦逊地扭着身子,不住地摇头,嘴咧得那么大,脸上的褶子那么深,我从来都没见过。

"我觉得你说得不对,尤利亚,"我说道,"只要你想学,我敢说,我有好几样东西可以教给你。"

"哦,这我相信,科波菲尔少爷,"他答道,"我毫不怀疑。你不处在卑贱的地位,大概不善于对卑贱的人作出判断。谢谢你,我不想有学问,省得比我地位高的人恼火。我太卑贱了。咱们到了,这就是我的小破屋,科波菲尔少爷!"

我们走进了一间低矮临街的旧式房子,见到了希普太太,她的相貌跟尤利亚一模一样,只是矮一点儿。她以极为谦恭的态度向我打招呼,并且为亲吻自己的儿子而向我表示歉意。她说他们虽然地位低下,也和大家一样,是有感情的,希望不至于因此而冒犯任何人。屋子收拾得很不错,半间客厅,半间厨房,但说不上温暖舒适。茶具已经在桌上摆好了，炉台上的壶也开了。屋里有一个五斗柜，带一个活动桌面，供尤利亚晚上看书写字用。尤利亚的蓝书包扔在那里，有些纸露在外面。尤利亚的书能组成一个连，由蒂德先生指挥。墙角里放着一个小柜子，屋里还有几件常用的家具。就每件东西而言，我不记得有简陋贫寒的印象，但就整个地方来说，我还真记得有这样一种印象。

希普太太依然穿着丧服，这大概也体现她的谦卑态度吧。虽然希普先生已经故去很长时间，她却还穿着丧服。我想她在帽子上作了一点儿让步，在其他方面，和她开始居丧的时候是一样的。

"尤利亚，今天科波菲尔少爷来看我们，"希普太太一边倒茶，一边说，"我觉得，这是一个值得纪念的日子。"

"母亲，我说过，你会这样想的。"尤利亚说道。

"我要是有什么理由希望你父亲仍旧活在我们中间，"希普太太说道，"那就是他可以认识一下今天下午的客人呀。"

我听了这些奉承话，感到不好意思，但我同时也感觉得出，他们是把我作为上宾来款待的，因此我对希普太太的印象很不错。

"少爷，我们尤利亚，"希普太太说道，"很早就盼你来了。他有顾虑呀，怕你不肯来，我们太卑贱啦。我们现在卑贱，过去卑贱，以后也永远卑贱。"希普太太说道。

"希普太太，我想你们一定不会那样，"我说道，"除非你们愿意。"

"谢谢你吧，少爷，"希普太太答道，"我们的地位，我们知道，这就谢天谢地啦。"

我发觉希普太太慢慢地向我靠近，尤利亚慢慢地转到我对面去了，他们都毕恭毕敬地把桌上最好吃的菜夹到我的碟子里。当然，桌上并没有什么特别好吃的东西，但是我把心愿视作行动，觉得他们尽心尽意了。过了一会儿，他们议论起姨奶奶来，我就告诉他们我的姨奶奶如何如何；后来他们议论起父母来，我就告诉他们我的父母如何如何；后来希普太太议论起继父来，我刚对她谈起我的继父就住了口，因为姨奶奶曾告诫我，在这个话题上，要保持沉默。然而，我面对着尤利亚和希普太太，就像一个弱小的软木塞子，怎么抵挡得住一副开瓶的起子，就像一颗弱小的牙齿，怎么抵挡得住一对牙科医生，就像一个小小的板羽球，怎么抵挡得住两个大拍子呢。他们对我想怎么样，就怎么样，我本不想告诉他们的事，他们也问，而且非问出来不可，我现在回想起来都觉得脸红，尤其是我当时年纪小，心地坦白，把自己的秘密告诉了人家，还觉得挺不错，对那两个毕恭毕敬地款待我的人，我觉得是看得起他们，才上他们家来的。

他们两个人互相疼爱，这是肯定的。我觉得这体现了一种人之常情，我也为之感动。但是他们一唱一和的本事却体现了一种艺术，这我就更抵挡不住了。关于我本人，看看再也问不出什么来了（因为我在摩德斯通与格林伯公司的经历，以及旅途的情况，我都闭口不谈），他们就谈起威克菲尔先生和艾妮斯来了。尤利亚把球扔给希普太太，希普太太接住以后，又扔给尤利亚，尤利亚拿了一会儿，又还给希普太太，他们就这样不停地扔来扔去，到后来我也弄不清球在谁手里了，弄得我目瞪口呆。那球本身也在不断地变化。一会儿是威克菲尔先生，一会儿是艾妮斯；一会儿是威克菲尔先生的高尚人品，一会儿是我对艾妮斯的羡慕与钦佩；一会儿是威克菲尔先生的业务范围和收入情况，一会儿是晚饭后家中的生活；一会儿是威克菲尔先生喝什么酒，为什么喝酒，喝那么多实在是不好，一会儿是这个，一会儿是那个，后来就无所不包了。在这段时间里，我好像说话不多，只是有时候鼓励他们一下，怕他们觉得自己卑贱，觉得我这个客人尊贵，因此感到拘束，所以我不时地透露一点儿不该透露的什么情况，然后在尤利亚那呼扇呼扇的鼻子翅儿上看出效果。

后来我觉得不那么自在了，因此很想脱身，忽见街上一个人影从门前经过——门是开着的，为了透气，因为季节到了，屋里闷热——他又走了回来，往屋里看了看，走了进来，大声说道，"科波菲尔！这可能吗？"

原来是米考伯先生。这位米考伯先生，还是那副眼镜，还是那根手杖，还是那种衬领，还是那副温文尔雅的神气，还是那谦和的语气，一样也不差！

"亲爱的科波菲尔，"米考伯先生说着伸过手来，"这次见面真可以说是精心安排的，是为了让人深深地意识到，人世间的事都是捉摸不定的——总而言之,这真是一次难得的见面。我走在街上,心想说不定会发生什么事情(我现在已经很有把握了)。就在这时候,一位年轻而可贵的朋友出现了,他与我一生中多灾多难的岁月相关,我甚至可以说,他与我一生的转折点相关。科波菲尔,亲爱的孩子,你好吗?"

我不能说——我实在不能说——我很高兴在那里见到米考伯先生;不过我倒也是高兴见到他的,于是就热情地和他握了手,还对米考伯太太表示问候。

"谢谢你,"米考伯先生说着,像往常一样把手一挥,把下巴也缩到了衬领里面,"她恢复得还算可以。那一对双胞胎已经不再靠自然的源泉来维持生存了——总而言之,"米考伯先生忽然又以非常机密的神气说道,"他们断奶了,米考伯太太眼下正和我一道旅行哩。科波菲尔,一个在各方面都证明自己是神圣友谊祭坛上的称职牧师的人,她要是再次见到,一定会非常欢喜的。"

我说非常愿意见到她。

"你真是个好人。"米考伯先生说。

米考伯先生说完了就笑了,他又把下巴一缩,往四下里扫了一眼。

"我找到了我的朋友科波菲尔,"米考伯先生文质彬彬、自言自语地说道,"他不是孤身一人,而是在进行社交活动,和他一起吃饭的是一位寡妇,还有一个人,显然是她生的——简而言之,"米考伯先生忽然又以非常机密的神气说道,"是她的儿子。如果为我引见,我将感到荣幸。"

在这种情况下,我不把米考伯先生介绍给尤利亚·希普和他的母亲也不行了,于是就为他们作了介绍。他们母子二人在他面前显得低三下四的样子,米考伯先生就坐下,还以他那最尊贵的样子摆了摆手。

"我的朋友科波菲尔的每一位朋友,"米考伯先生说道,"都可以要求我把他当朋友看待。"

"我们太卑贱了,先生,"希普太太说,"我和我儿子,我们算不上是科波菲尔少爷的朋友。承蒙他好心,和我们一起喝茶。他来做客,我们是很感激的。先生,你能注意到我们,我们对你也是很感激的。"

"夫人,"米考伯先生说着鞠了一个躬,"你太客气了。哦,科波菲尔,你在干什么呀?还在卖酒吗?"

我恨不得马上把米考伯先生弄走,于是就手里拿着帽子,而且肯定是满脸通红,回答说我现在是斯特朗博士学校里的学生。

"学生?"米考伯先生说着把眉毛朝上一扬,"听到这样的消息,我高兴极了。虽然像我的朋友科波菲尔那样的头脑,"——他对尤利亚和希普太太说——"并不需要这样的训练,如果没有他对人情世故的了解,那自然是需要的,然而他的头脑是一块沃土,充满生机——简而言之,"米考伯先生又笑着以非常机密的神情说道,"无论多么深的古典著作他都能学。"

尤利亚慢慢地揉搓着瘦削的两手,腰部以上扭动得叫人害怕,以表示他同意对我的这一评价。

"先生,咱们去看米考伯太太好不好?"我说,想这样把米考伯先生弄走。

"你要是这样看得起她,科波菲尔,咱就去吧,"米考伯先生说着站起身来,"今天当着在座朋友的面,我可以毫不迟疑地说,我这个人,许多年来在经济困难的压力之下挣扎。"我就知道他一定会说些类似的话,他一向喜欢吹嘘自己经历过什么困难。"有时候,我战胜了困难,有时候,困难——简而言之,战胜了我。有的时候,我迎着困难连续出击,有的时候,困难太多,我对付不了,只好作罢,引用加图的话对米考伯太太说,'柏拉图,你善于推论。现在一切都已结束。我已不能继续战斗。'但是,"米考伯先生说,"如果我的悲哀可以说主要是来自诉讼代理委托状和两个月或四个月的期票,那么,我一生中感到最满意的时候,莫过于把自己的悲哀宣泄到我的朋友科波菲尔胸中的时候了。"

米考伯先生对我赞扬了一番,结束的时候说道,"希普先生!晚安。希普太太!再见。"说罢就以他那最时髦的样子和我一齐走了出去,他的鞋在人行道上发出很大的响声。我们一边走,他还一边哼着小调儿。

米考伯寄居在一家小旅店里,他在里面租了一间小屋,那是从业务部隔出来的一间小屋,有一股浓烈的烟味。我想这间屋子下面就是厨房,因为有一种热烘烘的油腻味儿从地板缝里透过来,墙上也挂着水珠。我知道这间小屋离酒吧不远,因为可以闻到烈性酒的味道,还可以听到叮当碰杯的声音。墙上有一幅画,画的是一匹赛马。下面的小沙发上斜躺着一个人,头朝着壁炉,脚蹬着屋子另外一头立着的假堂倌,把他举着的芥末都蹬掉了,这个人就是米考伯太太。米考伯先生率先进门,对她说,"亲爱的,请允许我向你介绍斯特朗博士的一位学生。"

顺便说一下,我注意到了,虽然米考伯先生从来弄不清我的年龄和身份,他却永远记得我是斯特朗博士的学生,这是他文雅的一种表现。

米考伯太太感到很意外,不过见到我,她很高兴。我见到她,也很高兴。双方亲热地互致问候以后,我就挨着她在小沙发上坐下了。

"亲爱的,"米考伯先生说道,"你给科波菲尔说说咱们眼下的处境,他一定很想知道,我就出去找份报纸,看看广告栏里有没有什么情况。"

"伯母,我以为你们在普利茅斯哩。"米考伯先生走后,我对他太太说。

"亲爱的科波菲尔少爷,"她答道,"我们是去过普利茅斯。"

"在当地等着。"我婉转地说。

"是呀,"米考伯太太说,"在当地等着。然而实际上海关不用有才华的人。我娘家在当地的影响不大,无法在海关里为米考伯先生这样有才干的人找到工作。他们宁肯不要米考伯先生这样有才干的人。他要是去了,就显得那些人太无能了。再说,"米考伯太太说,"我也不瞒你了,亲爱的科波菲尔少爷,我娘家在普利茅斯落户的这一支,看到来的不光是米考伯先生,还有我本人,还有小威尔金斯和他妹妹,还有那一对双胞胎,米考伯先生本以为,因为他刚放出来,人家会以应有的热情接待他,可是人家却没有这样做。实际上,"米考伯太太压低了声音说道,"你可别对别人说啊,人家对我们是很冷淡的。"

"是吗?"我说。

"就是,"米考伯太太说,"想一想,人竟然做出这样的事,科波菲尔少爷,真叫人难受。但是我们受到的接待的确是很冷淡的。这是毫无疑问的。实际上,我们在那里呆了还不到一星期,我娘家在普利茅斯落户的这一支就对米考伯先生非常无礼了。"

我说,而且我也是这么想的,他们这样做,应该感到没脸见人。

"不过事实就是这样,"米考伯太太继续说道,"在这种情况下,米考伯先生又是那样的性格,他有什么办法呢?显而易见的出路倒也有一条,那就是向我娘家这一支借钱回伦敦,不管什么代价,也要回伦敦。"

"后来你们就都回来了,是不是,伯母?"我说。

"我们就都回来了,"米考伯太太答道,"从那以后,我就询问我娘家其他几支,米考伯先生最好的出路是什么——因为我认为他必须有个出路呀,科波菲尔少爷,"米考伯太太振振有词地说道,"一家六口,还不算用人,不能喝西北风呀,这是很清楚的。"

"当然,当然,伯母。"我说。

"我娘家其他几支的意见是,"米考伯太太接着说,"米考伯先生应该立即把注意力转向煤炭。"

"转向什么,伯母?"

"转向煤炭,"米考伯太太说道,"转向煤炭行业。米考伯先生了解了一下,就觉得像他这样有才华的人在梅德韦河上的煤炭行业里会有活儿干。米考伯先生说得对,第一步显然是到梅德韦河上来看一看。于是我们就来了,也看了。我用'我们'这个字眼儿,科波菲尔少爷,是因为我永远也不,"米考伯太太激动地说,"我永远也不抛弃米考伯先生。"

我含含糊糊地说我赞成她这种做法,而且表示钦佩。

"我们来到梅德韦河,"米考伯太太重复了一遍,"看了看。我对这条河上的煤炭行业的看法是,才华也许是需要的,但是资本却是必不可少的。要说才华,米考伯先生有;要说资本,米考伯先生没有。梅德韦河,我估计我们看了一大半,那就是我个人得出的结论。既然离这里很近,米考伯先生就觉得要是不来看看这大教堂,可太失算了——首先因为它实在值得一看,而我们却从来没看过;其次因为大教堂所在的这个镇上,很可能出现什么意想不到的事情。我们在这里,"米考伯太太说,"已经呆了三天了。到现在为止,还没有出现什么意想不到的事情。还有一件事,生人听了会感到奇怪,亲爱的科波菲尔少爷,你就不会感到奇怪了:我们眼下正等着伦敦寄钱来,钱到了,才能和旅馆结账。钱要是不到,"米考伯太太非常激动地说,"我就回不了家(我指的是我们在彭腾维尔区的寓所),见不到我的儿子女儿,和我那对儿双胞胎了。"

米考伯先生和他太太处于这样山穷水尽的境地,我非常同情他们。这时候,米考伯先生已经回来了,我向他表示了我的同情,还说我要是有钱,他们需要多少,能借给他们多少,就好了。从米考伯先生的回答,可以看出他心里乱到了什么程度。他握着我的手说,"科波菲尔,你真够朋友;不过要是到了穷途末路,无论谁也有个朋友能给他提供一套刮脸的用具的。"米考伯太太一听这话里那可怕的含意,连忙伸出胳膊,搂住米考伯先生的脖子,求他不要激动。他哭了起来,但几乎马上又止住了,而且拉了拉铃,把堂倌找来,定了一份热腰花布丁,一盘小虾,作为第二天的早餐。

我告辞的时候,他们俩都一个劲儿地约我在他们走之前,和他们一起吃顿饭,弄得我无法推辞。但是我知道第二天不行,因为晚上我有很多功课要准备,所以米考伯先生就打算第二天上午到斯特朗博士的学校来(因为他预感到那趟邮车会把汇款带来),要是第三天对我合适,就安排在第三天。就这样,第二天上午,我听说有人找,就出来了,在客厅里见到米考伯先生,他是来告诉我,按原计划请我吃晚饭。我问他汇款到了没有,他抓了一下我的手,就走了。

当天晚上,我向窗外望去,感到很惊讶,心里非常不安,因为我看见米考伯先生和尤利亚·希普挽着胳膊从窗前走过——尤利亚谦逊地意识到,这对他是一种荣誉,米考伯先生则为能在尤利亚面前显得尊贵而感到美滋滋的。使我感到更为惊讶的是第二天我按照约定的时间四点钟来到小旅店,从米考伯先生的言谈之中了解到,他跟着尤利亚回过家,在希普太太那里喝过稀释白兰地。

"你听我说呀,亲爱的科波菲尔,"米考伯先生说道,"你的朋友希普,这个年轻人可以当总检察长。我大难临头那会儿,要是认识这个年轻人,别的不说,至少准会用更好的办法来对付那些债主,而不像当时那样。"

我简直不理解这怎么可能,因为事实上米考伯先生什么也没给那些债主,不过我也不愿意问了。另一方面,我也不想说我希望他和尤利亚没有谈得很深,也不想问他们是不是谈到过我。我不愿意伤害米考伯先生的感情,无论如何,也更不想伤害米考伯太太的感情,因为她很敏感。但是我自己对这件事心里很不踏实,一直到后来还常常想起这件事。

我们吃了一顿非常美好的晚餐——一道鱼,很可口,一道烤牛腩,一道肠子煎肉,一道鹧鸪,还有布丁。喝的是葡萄酒和加料啤酒,饭后米考伯太太还亲手给我们做了一盆热果汁酒。

那天晚上,米考伯先生显得格外快活。我和他在一起,从来没见过他有这么好的兴致。他喝了点儿果汁酒之后,容光焕发,看上去就像涂了一层清漆一样。他兴高采烈地抒发起他对这座镇子的感情来了,祝愿它兴旺发达,还说他和他太太在这里感到非常温暖,非常舒适,他永远也不会忘记他们在坎特伯雷度过的美好时光。随后他还向我祝酒,我就与他和他太太把我们过去相识的那段经历回顾了一番,在这过程中,我们把家里的东西又重新卖了一遍。我接着向米考伯太太祝酒——或者说,我至少谦逊地说了这样一句话,"米考伯太太,请允许我愉快地向你祝酒,伯母,祝你身体健康。"米考伯先生一听这话,马上发表讲话,赞扬米考伯太太的性格,他说米考伯太太一直是他的向导,哲人和朋友,他还建议我到了该结婚的时候,要是能找到的话,也要找一个像她这样的女人。

随着果汁酒渐渐消失,米考伯先生更加热情,更加快活。米考伯太太的情绪也越来越高涨,我们就唱起了"友谊地久天长"。我们唱到"忠实的朋友,伸出你的手"的时候,我们就围着桌子拉起手来;后来我们唱到我们要"痛饮一杯欢乐酒"①,虽然我们并不明白这句话的含意,却真是深受感动。

总而言之,我从来没有看见谁有米考伯先生那天晚上玩儿得那么

---

① 此处诗句,用的是王佐良的译文。见《彭斯诗选》,人民文学出版社 1985 年版,第 27 页。

痛快，一直到我向他和他那和蔼可亲的太太热情告别的时候，他始终是那个样子。因此，第二天早上七点钟我收到下面这封信的时候，我没有思想准备。写信的时间是晚上九点半，也就是我离开他们一刻钟的工夫。信是这么写的：

亲爱的年轻朋友：

　　结局已定，一切都已过去。今天晚上，我强作欢笑，掩盖着生活的煎熬，没有告诉你，汇款之事已完全无望。在此情况下，我羞于忍受，羞于思虑，亦羞于启齿。为了结在此旅店欠款之事，我已立下字据一张，言明自即日算起，十四日后，在伦敦彭腾维尔区本人寓所归还。到时也无力归还，唯有以毁灭告终。雷电将至，大树必倾无疑。

　　亲爱的科波菲尔，愿穷困潦倒的此信作者成为你毕生的灯塔。他写此信正是为此目的，为此希望。如果他觉得自己还能起到这样的作用，那就可能有一线光明射入他苦闷的余生——他能否长寿，眼下往轻里说，也是很成问题的。

　　亲爱的科波菲尔，这是我写给你的最后一封信。

流落街头的乞丐
威尔金斯·米考伯

　　看完这封令人伤心落泪的信之后，我大吃一惊，连忙向小旅店跑去，想在上学的路上到那里去一趟，安慰安慰米考伯先生，劝他想开一点儿。可是，半路上，碰上了去伦敦的驿车，米考伯先生和他太太就坐在车的后面。米考伯先生完全是一副安详愉快的样子，笑着听他太太说话，一边从纸口袋里拿出核桃吃着，胸前的口袋里还插着一只酒瓶。他们没看见我，经过多方考虑，我觉得还是不见他们为好。就这样，我如释重负，拐上了去学校的最近的一条小路，总的感觉是他们这一走，我也松了一口气——不过我还是很喜欢他们的。

第十八章

一段回顾

我那上学的日子哟！我的生活从幼年时代悄悄地滑进了青年时代！这是我生活中不知不觉的演变。昔日河水流过的地方，现在已是干涸的河道，杂草丛生，回顾起来，看我是否还能忆起沿途的痕迹，帮我想起那河水是怎样流过的。

转眼之间，我又坐到大教堂里我的座位上。每个星期天早上，我们先在学校里集合，然后一起来到大教堂。那泥土的气息，那阴沉的氛围，那与世隔绝的感觉，那黑白两色的拱形侧楼和侧厅里回荡着的风琴声，像翅膀一样带着我飞回过去的时光，让我在半睡半醒的梦中在那里翱翔。

我不是学校里最差的学生。几个月以后，我就赶过了好几个人。但是那个考第一的，在我心目中，是个了不起的人物，高不可攀。他的个子，叫人看了头晕，觉得永远也赶不上。艾妮斯说"不是那样"，可我说"就是那样"。我对她说她没看到那个出类拔萃的人物知识多么渊博，她却认为就连我这样一个软弱无力一心向上爬的人，也能达到他那样的境地。他和过去的斯蒂福不一样，不是我私下里的朋友，公开场合的保护人，但我对他是非常尊重的。我主要是纳闷，他从斯特朗博士的学校毕业以后做什么，世人怎样才能稳住阵脚，和他对抗。

那么现在一下子出现在我面前的又是谁呢？这是我爱的谢泼德小姐。

谢泼德小姐是尼丁格尔太太的学校里的寄宿生。我很喜欢谢泼德小姐。这姑娘个子不高，穿着一件短大衣，圆圆的脸蛋儿，一头拳曲的浅棕色头发。尼丁格尔太太的学校里的年轻女生也到大教堂来。我无法看我的经书，因为我非看谢泼德小姐不可。唱诗班一唱，我听见的是谢泼德小姐的声音。在做礼拜的过程中，我常把谢泼德小姐的名字加进去，把她加到王室的成员里。回到家里，在我自己的屋子里，我常常激动地喊道，"哦，谢泼德小姐！"以表达我的爱情。

　　有一段时间，我说不准谢泼德小姐是怎么想的。后来，天赐良机，我们在舞蹈学校见面了。我请谢泼德小姐做舞伴儿，我一触到她的手套，就感到一阵激情顺着右边的袖子往上走，一直传到我的头发。我并没有对她说什么温柔的话，但是我们俩心心相印。我和谢泼德小姐是命里注定要结合的。

　　我为什么把十二只巴西胡桃作为一份礼物偷偷地送给谢泼德小姐，我自己也说不清楚。胡桃并不能代表感情，很难把胡桃包成一个方方正正的包裹，也很难把它弄碎，即便是用门挤，也很费劲儿，弄碎了，还油糊糊的。然而我就是觉得把胡桃送给谢泼德小姐是合适的。带果仁的软饼干我也送过，还有无数的橙子。有一次，我在存衣室里吻了谢泼德小姐。真销魂！谁知第二天，消息传开，尼丁格尔太太给谢泼德小姐脚上上了枷，说是要矫正她的外八字，我听了以后，多么痛苦，多么气愤，就别提了。

　　既然我在生活中脑子想的眼睛看的只有谢泼德小姐，怎么又和她吹了呢？我也想象不出来。不过我和谢泼德小姐之间，倒的确是越来越冷淡了。有人悄悄地对我说，谢泼德小姐说她希望我不要用那样的眼神盯着她，她已经承认她喜欢琼斯少爷——喜欢琼斯少爷！他一点儿值得称赞的地方都没有。我和谢泼德小姐的距离越来越大。后来，有一天，我碰上尼丁格尔太太的学生在外面散步。谢泼德小姐从我身旁走过，朝我做了个鬼脸，随后就朝着她的同伴笑起来。这就全完了。忠心耿耿一辈子（好像是一辈子——反正是不是都一样），到此为止了。早礼拜没有人再提到谢泼德小姐，王室里再也没有她这个人了。

　　我在学校里升级了，生活过得很平静，无人打扰。对尼丁格尔太太学校里的年轻女子，我现在也不注意礼貌了，即使她们人数增加一倍，模样漂亮二十倍，我也不会傻乎乎地对她们哪一个动心了。我觉得那舞蹈学校很无聊,姑娘们自己跳不就行了吗,为什么要来找我们呢。我的拉丁文诗歌写得特别棒,鞋带系好了没有,却不在意。斯特朗博士当众表扬我,说我很有前途。迪克先生听了这话高兴得要命,姨奶奶则通过下一班驿车寄来了一几尼。

现在我面前出现了一个年轻屠夫的鬼魂,和《麦克白》剧中戴头盔的鬼魂一样。这个年轻屠夫是谁呢?他是坎特伯雷镇上年轻人当中最凶恶的一个。当地流传着一种模糊的看法,认为他用牛油擦头发,所以膂力过人,打得过成年男人。这年轻屠夫,方脸膛,脖子赛公牛,腮帮子红红的,疙里疙瘩,一肚子坏心眼儿,说起话来出口伤人。他那个舌头主要是用来辱骂斯特朗博士学校里年轻的先生们。他扬言说,他们要是想怎么样,他一定奉陪。他点了几个人的名字(其中也包括我),还说他把一只手捆在身后,只用一只手,就能对付得了。他拦路截住比较小的学生,使劲儿敲他们的秃脑瓜儿,还在大街上公然向我挑战。这些原因足以使我下决心和这个卖肉的较量较量。

夏天的一个傍晚,在一面墙的拐角处,有一片绿草洼地,我按事先约好的和屠夫在那里见面。我选了几个同学做帮手,那屠夫又请了两个屠夫,还有一个年轻的酒店老板,一个打扫烟囱的。开头几件事办完之后,我就和那屠夫面对面站在一起了。一转眼,那屠夫在我左眼眉上点起了万支蜡。再一转眼,不知道那堵墙哪里去了,不知道我在哪里,也不知道别人都在哪里了。哪是我自己,哪是屠夫,我几乎也分不清了,因为我们俩一直纠缠在一起,打来打去,把草地都踩坏了。有时候,我看见那屠夫,脸上流着血,但仍然很自信;有时候,我什么也看不见,坐在我的帮手腿上喘粗气;有时候,我疯狂地朝那屠夫扑过去,我的手打在他脸上,骨头节都破了,好像还是无法打乱他的方寸。最后我终于清醒了,脑袋有一种奇怪的感觉,好像晕晕乎乎地睡了一觉,只见那屠夫穿上衣裳就走了,另外那两个屠夫,那扫烟囱的和酒店老板一起向他祝贺;我因此而预感到他赢了,结果正是这样。

我狼狈不堪,他们把我送回家去。他们在我眼睛上糊上牛肉,还用醋和白兰地在我身上揉搓。我发现上嘴唇翘着一大块白色的东西,肿得很厉害。我在家里呆了三四天,戴着绿色眼罩,样子难看极了。幸亏艾妮斯像姐姐一样,安慰我,念书给我听,使我这段时间过得轻松愉快,否则可就太无聊了。我对艾妮斯一向是绝对信得过的。我把那屠夫的情况以及他怎样欺负我,都一五一十地对她讲了,她也觉得没有别的办法,只好与那屠夫较量较量,但她一看这较量的结果,却又缩作一团,吓得发抖了。

时光不知不觉过得很快。这时候,亚当斯已经不当班长,而且也不是一两天了。亚当斯很久以前就离开了学校,有一次他回来看望斯特朗博士,除了我以外,没有几个人认得他。他几乎马上就要当律师,为人家辩护,还要戴假发哩。使我感到惊讶的是我觉得他不像以前那么神气了,模样也不那么出众了。他还没有使得世界为他而震动,因为(据我观察)世界还是大致上照原样运行,就像没他这个人儿似的。

现在出现了一段空白,诗歌和历史中的勇士们,堂皇列队前进,队伍永无尽头。后来者是谁呢?我现在是班长了!我看一看下面那一排学生,对一部分学生有一种关心爱护的感觉,因为他们使我回想起我刚来的时候那副样子。那个小家伙似乎和我没有什么关系。回想起来,我觉得他是生活道路上丢在后面的什么东西,我从他旁边走过,但那并不是我自己,我想到他,觉得好像是想到另外一个人。

我头一天到威克菲尔先生家里来,见过一个小女孩儿,她到哪里去了?也不见了。现在换了一个人料理家务,那孩子气已经全然没有了,和那张肖像一模一样了;艾妮斯——可爱的阿妹(我在心里就是这样称呼她的),她曾为我指路,是我的好朋友,也曾为所有受过她那安详、和善、自我克制的影响的人造福——她已经是一个成熟的女人了。

除了我的身材、相貌和在这段时间里所学的知识有了变化以外,我还有什么别的变化吗?现在我戴着一只金表和金链子,小拇指上戴着戒指,身上穿着燕尾服,头上擦着大量的熊油。这熊油和那戒指放在一起并不雅观。我是不是又爱上谁了?是的。我爱上了拉金斯家的大小姐。

拉金斯大小姐可不是个小姑娘了。她是个大个子、深皮肤、黑眼睛、身材美的女人。拉金斯大小姐已经不是黄毛丫头了,因为就连拉金斯家最小的小姐都不是黄毛丫头了,何况大小姐还要大个三四岁呢。

说不定大小姐年纪在三十上下。我对她那股强烈的爱真是无边无际。

拉金斯大小姐认识几个军官。这真让人难以忍受。我看见他们在街上跟她说话。我看见,他们一发现她的软帽(她对软帽的口味与众不同),还有她妹妹的软帽陪着,顺着人行道过来,他们就穿过马路,迎上前去。她和他们有说有笑,显得很开心的样子。我花了不少空闲时间在街上走来走去,想见她一面。一天之内,要是能向她鞠个躬(我认识拉金斯先生,所以也认识她,可以向她鞠躬),就感到格外快活。有时候,我也应该有机会鞠一躬。晚上举行赛马舞会的时候,我知道拉金斯大小姐要和军官们跳舞,心里火烧火燎的,痛苦极了。世上要是有对等的公正,也该给我些补偿吧。

我对大小姐那股强烈的爱使我不思饮食,却总要戴最新的绸领巾。我非得穿上我最好的衣服,靴子擦了又擦,心里才觉得舒服。这时候,我好像才比较配得上拉金斯大小姐。她的任何东西,或与她有关的任何东西,我都视作珍宝。拉金斯先生是位粗鲁的老先生,双下巴,脸上那两只眼睛还有一只不会动,就连他也处处使我感兴趣了。我碰不见他女儿,就上可能碰见他的地方去见他。我对他说,"你好啊,拉金斯先生?姑娘们和家里人都好吧?"不过这用意太明显了,连我自己都觉得不好意思了。

我不断地想到我的年龄。比方说,我十七岁,比方说十七岁要配拉金斯大小姐,太年轻了,可是这有什么关系呢?再说,我很快就二十一了。晚上,我常在拉金斯先生的住宅外面溜达,看见军官们走进去,或者听见他们在楼上的客厅里,拉金斯大小姐为他们弹竖琴,我心如刀绞一般。有两三次,我竟然在他们全家歇息之后,还在他们的住宅外面绕了一圈又一圈,琢磨哪一间是拉金斯大小姐的闺房(现在我敢说了,我选中的不是大小姐的闺房,而是拉金斯先生的卧室),我还希望这房子着火,人们聚在一起,都吓呆了,我扛着梯子冲过去,把梯子靠在她的窗口,抱着她把她救出来,然后我又冲进去取她落下的东西,从而葬身火海。因为一般说来,我的爱情里是没有私心的,我觉得只要能在拉金斯小姐面前表现出众,就是死了,也心甘情愿。一般说来是这样,但不总是这样。有时候觉得也有更美好的前景。我打扮起来(需要两个钟头),去参加拉金斯家的盛大舞会(从三个星期以前就盼着参加了),这时候,我发挥自己的想象力,想得美极了。我想象自己鼓起勇气来向拉金斯小姐表白我的爱情。我想象拉金斯小姐把头靠在我肩膀上,说道,"哦,科波菲尔先生,我能相信自己的耳朵吗?"我想象拉金斯先生第二天早上来看我,还说,"亲爱的科波菲尔,我女儿把一切情况都告诉我了。年轻不是什么障碍。这儿是两万镑。祝你幸福!"我想象姨奶奶也改变了态度,不反对了,而且还祝福我们;迪克先生和斯特朗博士还都来参加我们的婚礼呢。我认为自己是个有自知之明的人——我的意思是说,现在回过头来看,我认为是这样——而且我相信自己也是个谦逊的人;尽管如此,还是发生了这样的事。

我来到那神奇的住宅,这里是一片灯火辉煌,到处是欢声笑语,音乐悠扬,还有那鲜花四处飘香,军官们出出进进(我一看见他们,心里就难受),还有拉金斯大小姐,放射着美的光芒。她身穿蓝色长裙,头戴蓝色小花——勿忘我。仿佛她还有必要戴勿忘我似的!这是我第一次应邀参加真正成年人的聚会,感到有些不自在,因为我好像和谁都凑不到一块儿,别人也好像对我无话可说。只有拉金斯先生问我学校里的同学怎么样,其实他不必问我这个问题,因为我不是来让人羞辱的。

我在门廊里站了一会儿,尽情地看着我那心中的女神,这时她向我走来——真是她,拉金斯大小姐!——问我跳不跳舞,真叫人愉快。

我一边鞠躬,一边结结巴巴地说,"只和你跳,拉金斯小姐。"

"不和别人跳吗?"拉金斯小姐问道。

"和别人跳,我觉得没意思。"

拉金斯小姐笑了笑,脸也红了(也许是我觉得她脸红了),说道,"隔一个曲子,我愿意和你跳。"

该我们跳了。"这是华尔兹吧,我觉得,"拉金斯小姐以怀疑的口气说道,这时候,我已经准备和她跳了。"你会跳华尔兹吗?要不就请贝利上尉……"

但是我会跳华尔兹(而且说来也巧,跳得还不错),于是我就拉着拉金斯小姐出场了。我是硬把她从贝利上尉身边拉走的。他是一副倒霉相,这是肯定无疑的,不过这我就管不着了。我也有过倒霉的时候嘛。我带着拉金斯大小姐跳华尔兹,跳啊,跳啊!跳到什么地方去了,周围是什么人,跳了多长时间了,连我自己也不知道。我只知道我带着一个蓝色天使在空中游来游去,处于一种朦胧的幸福之中,最后我发现我单独和她在一间小屋里,坐在沙发上休息。她对我扣眼儿里的一朵花(一朵粉红色的山茶花,价值半克朗)倍加赞扬。我当时就把这朵花送给她了,还对她说:

"拉金斯小姐,我可要讨一件无价之宝哟。"

"真的吗!你要什么?"拉金斯小姐问道。

"你戴的一朵花,我会像守财奴护卫金子一样来护卫它。"

"你这孩子真大胆,"拉金斯小姐说,"拿去吧!"

她给了我一朵花,并没有显出不高兴的样子,我把它放在唇边吻了吻,放在了胸前。拉金斯小姐笑着挽起了我的胳膊,说道,"现在把我送回贝利上尉身边去吧。"

我还在那里沉思刚才那甜美的会见和跳华尔兹的情景,忽见她又回来了,和她挽着胳膊的是一位相貌一般、上了年纪的先生,这个人一晚上都在打惠斯特牌。拉金斯小姐说:

"哦!这就是我那位大胆的朋友!戚肃尔先生想和你认识认识,科波菲尔先生。"

我立刻就感觉出来了,这个人是她们家的老朋友,所以感到很高兴。

"先生,你的品位令我钦佩,"戚肃尔先生说道,"它有助于提高你的声誉。你恐怕对啤酒花没有多大兴趣吧。不过我种了很多啤酒花,你要是什么时候想上我那边去,就在阿什福附近,到处走一走,想呆多长时间我们都欢迎。"

我向戚肃尔先生表示衷心的感谢,并和他握了手。我觉得好像在做一场美梦。我和拉金斯小姐又跳了一次华尔兹。她夸我跳得很好!我回到家里,心里有说不出的高兴,整夜幻想搂着我那亲爱的蓝衣女神的腰跳华尔兹。随后一连几天,我都沉醉在愉快的回忆之中,不过无论是在街上,还是在她家里,我都没有再见到她。虽然那件神圣的信物,那朵枯萎了的花能够给我一些安慰,可我那失望的心情却远远不能得到满足。

"特洛乌德,"有一天饭后艾妮斯说,"你猜明天谁结婚呀?是你非常喜欢的一个人。"

"我想不会是你吧,艾妮斯?"

"不是我!"她说着,把头愉快地从正在抄写的乐谱上抬起来,"爸爸,你听见他说什么了吗?——拉金斯家的大小姐呀。"

"和——和贝利上尉结婚吗?"我的力气也就够问这个问题了。

"不,不是和什么上尉。是和戚肃尔先生,一个种啤酒花的。"

随后一两个星期,我非常消沉。我把戒指摘掉了,我穿最坏的衣服,熊油也不擦了,我还常为现已不复存在的拉金斯小姐那朵枯萎的花而悲伤。这时候,我对这种生活也很厌倦了,再加上那屠夫又向我提出新的挑战,我就把花一扔,和那屠夫打了一通,大获全胜。

这件事,以及重新戴起戒指,还有继续擦熊油,只是擦得少了一些——我进入十七岁的痕迹,现在还能辨认得出的,只有这一些了。

第十九章

我一走一看,有所发现

我的学校生活结束了,我该离开斯特朗博士的学校了,当时我内心里究竟是愿意,还是不愿意,现在我也说不清楚了。我在那里一直生活得很愉快,我对斯特朗博士感到很亲切,我在那个狭小的天地里地位显赫。由于这些原因,我是不愿意走的。然而由于另外一些原因,虽然很不具体,我又是愿意走的。我模糊地意识到我已经是一个独自处理自己事务的年轻人,意识到一个独自处理自己事务的年轻人享有的重要地位,意识到这个风华正茂的人能看多么美好的东西,能做多么美好的事情,也意识到他必然会对社会产生的美好的效果——这一切又吸引着我早日离去。这些想象中的情况在我这少年的头脑里形成了一股强大的力量。现在看来,我当时并没有产生什么内心的悔恨,就离开了学校。离别时的情景也不像其他离别的场合那样给我留下了深刻的印象。我尽量回想当时的心情如何,当时的情景如何,但是想不起来,在我的印象里,这不是什么了不起的事情。我想大概是正在展开的前景把我弄得眼花缭乱。我知道,童年时代的经历这时对我影响不大,也许全然没有影响,把生活比做什么,都不如比作一部长篇童话,我正要开始从头读起来。

我和姨奶奶曾多次认真讨论我应当从事哪一种职业。她常常提出这样一个问题:"我要成为一个什么样的人?"我考虑了一年多的时间,想找到一个满意的答案。但是我始终看不出我对什么特别感兴趣。我要是灵机一动就有了航海知识,率领船队高速远航,绕着地球探险,胜利归来,我大概就会认为这项工作对我最合适。可惜没有出现这样的奇迹,因此,我的愿望是从事某一种职业,既不必依靠姨奶奶大力资助,我又能完成任务,无论什么职业都行。

我们讨论这个问题的时候,迪克先生全都参加,他沉思默想,显得很有头脑的样子。他从不出什么主意,只有一次(我不知道他怎么会心血来潮)他突然建议我当铜匠。姨奶奶一听这话,很不高兴。从那以后他就没敢再贸然提出第二条建议,只在一旁盯着姨奶奶,看她提出什么建议,一边把口袋里的钱弄得哗啦哗啦直响。

"特洛,你听我说,亲爱的,"我离开学校之后,在圣诞节期间,有一天早上,姨奶奶说,"既然这个棘手的问题还没有解决,而且我们作出的决定要尽量避免有任何差错,我认为我们最好是停下来,喘口气儿。你一定要利用这段时间,从一个新的角度,而不要像小学生那样,来考虑这个问题了。"

"一定照办,姨奶奶。"

"我有一个想法,"姨奶奶接着说道,"稍微换一换环境,看一看外面的生活,也许有助于你理清思路,更冷静地作出判断。比方说,你现在就出去作一次短期旅行。比方说,你再到过去呆过的地方,去看看那个——那个穷乡僻壤的、名字也特别难听的女人,"姨奶奶说着,揉了揉鼻子,因为她始终不能真正原谅裴果提,嫌她起了那么一个怪名字。

"姨奶奶,这个主意再好不过了,我真喜欢!"

"好哇,"姨奶奶说,"真太巧了,我也喜欢这个主意。你愿意这样做,既顺其自然,又合乎情理。我非常相信,不管你做什么,特洛,你总是既顺其自然,又合乎情理的。"

"但愿如此,姨奶奶。"

"你姐姐,贝西·特洛乌德,"姨奶奶说道,"要是活着的话,也会和世上的一切女孩子一样,既顺其自然,又合乎情理。你可要对得起她呀,是不是?"

"希望我能对得起你,姨奶奶。这我要是做得到,也就不错了。"

"你那可怜的可爱的长得像娃娃似的母亲没有活到今天,这也是她的福气,"姨奶奶说道,一边用肯定的眼光看着我,"否则,她现在就该为自己的儿子感到骄傲,她那傻乎乎的小脑袋瓜儿要是还有一部分好使的话,也该弄得完全头昏脑涨了。"(姨奶奶为了疼我,总爱怪罪我那可怜的母亲。)"上帝保佑,特洛乌德,我一看见你,就想起她来。"

"我希望你会感到高兴,姨奶奶。"我说。

"迪克,他真像他妈,"姨奶奶加重语气说道,"他真像她那天下午开始烦躁之前的模样——老天爷知道,他那两只眼睛往我这儿一看,那模样和他妈完全一样!"

"真的吗?"迪克先生说道。

"他也像大卫。"姨奶奶斩钉截铁地说。

"他非常像大卫!"迪克先生说。

"不过,特洛,我希望你——"姨奶奶接着说,"我指的不是身体素质,而是精神面貌;你的身体素质是很好的——我希望你成为一个坚强的人。一个善良的坚强的人,有独立的意志,有自己的决心。"姨奶奶说着,一边朝我甩动小帽,一边紧攥着拳头,"要坚决。要有个性,特洛——那个性的力量,除了有正当的理由,在任何人或任何事情的压力下都不屈服。我就是希望你成为这样的人。你的父母本来都可能成为这样的人,这是上帝都知道的,真要那样,他们也会生活得好一点。"

我表示希望成为她说的那样的人。

"为了使你从小处着手,开始依靠自己,独立活动,"姨奶奶说,"我要让你独自去旅行。我也曾想过让迪克先生和你同去,可是后来一想,还是留下他来照顾我吧。"

迪克先生有一会儿的工夫显得有些失望,后来听说需要他来照顾世上最了不起的女人,他感到既光荣又体面,脸上才重新现出了阳光。

"此外,"姨奶奶说道,"还有那呈文呢。"

"哦,当然啦,"迪克先生连忙说道,"特洛乌德,我打算马上把它写完——的确是非马上写完不可了!写完了,还要递上去,你知道;然后,"迪克先生说到这里突然停下了,停了好久,才接着说,"你就等着看热闹吧!"

按照姨奶奶的美意,很快就给我准备好了行装,一个鼓鼓的钱袋,和一个提包,被亲切地打发上了征途。离别的时候,姨奶奶对我再三叮咛,亲了又亲,还说她的意图是让我出去看看,用心想想,因此她建议,如果我愿意的话，就在伦敦呆上几天，去萨福克的时候也行。从那里回来的时候也行。总而言之，三个星期，或一个月，我可以自由地安排我的活动，除了上面说的出去看看，用心想想，还要保证每星期写三封信，如实地汇报自己的情况，除此再也没有别的条件限制我的自由了。

我先到了坎特伯雷，以便向艾妮斯和威克菲尔先生告别（我在人家那里占用的那间房子还没有归还哩），也向那位善良的博士告别。艾妮斯见到我很高兴，对我说自从我走了以后，她们家和以前可大不一样了。

"我不在期间，我自己一定也和过去很不一样，"我说，"离开你，我就好像少了左右手，不过这也不能充分表达我的意思，因为左右手是既没有头，也没有心的东西。凡是认识你的人，都找你商量，听你教导，艾妮斯。"

"我觉得，认识我的人都把我惯坏了。"她笑着答道。

"不能这么说。那是因为你和别人不一样。你那么善良，脾气又那么好。你性情那么温柔，看问题又一看一个准儿。"

"看你说的，"艾妮斯说道，她一边坐在那里做活儿，一边甜甜地一笑，"好像我就是那位拉金斯小姐了。"

"你看，你听了人家的心里话就来胡扯，这可不对呀。"我回答道，这时我又回想起自己怎样拜倒在那位蓝衣女神的脚下，脸也红了起来，"不过以后我有心里话，还是照旧要对你说的，艾妮斯；这我永远也改不了啦。我要是遇到困难了，或者恋爱了，只要你愿意听，我一定告诉你——即便是我认真地恋爱了，也是这样。"

"哎呀，你可从来都是认真的呀！"艾妮斯说着又笑了起来。

"哦，那是小的时候，上学的时候，"我说着也笑了，而且不免感到有些不好意思，"时代不同了，我想总有一天，我也会认真得令人可怕。我感到奇怪的是，你怎么到现在还不认真呢，艾妮斯？"

艾妮斯又笑了，接着摇了摇头。

"哦，我知道你还没有！"我说，"否则，你就会告诉我了，至少，"（因为我看见她脸上有一点不好意思的样子）"也会让我自己觉察出来了。但是在我认识的人里面，没有一个有资格爱你呀，艾妮斯，一定要有比我在这里见过的人更高尚,各方面更合适的人出现,我才能表示同意。从今以后,我要好好盯着那些向你表示好感的人,谁要是成了,我向你保证,我对他的要求是很高的。"

到这时为止,我们的交谈既有知心人之间的玩笑,又有严肃的对话,这是我们从小亲密无间,长期自然形成的一种谈话方式。但是这时候,艾妮斯突然抬起头来看着我,换了一副神气,说道:

"特洛乌德,有件事,我想问你,否则恐怕今后很长一段时间都不一定有机会问你了——我问的这件事,我想我是不能问别人的。爸爸渐渐有些什么变化,你注意到了没有?"

我注意到了,我还时常纳闷,不知道她注意到了没有。我一定是把内心想的都表现在脸上了,因为她突然低下了头,我还看见她眼睛里含着泪水。

"告诉我,他有什么变化。"她低声说道。

"我想——我还是直说吧,艾妮斯?我可非常喜欢他呀!"

"是啊,直说吧。"她说。

"自从我初次来到这里以来,他有个毛病越来越厉害了,我想这对于他的身体可没有好处。他常常非常紧张,也许这是我瞎想的。"

"不是你瞎想的。"艾妮斯说着摇了摇头。

"他的手发抖,话也说不清楚,两只眼睛让人害怕。我注意到了,在这样的时候,在他失去常态最厉害的时候,准有人叫他去处理什么事情。"

"是尤利亚叫他。"艾妮斯说道。

"对。他感到不能胜任,或者没弄明白,或者不由自主地暴露了自己的情况,这好像都使他觉得很不自在,第二天情况就更糟,一天比一天糟,结果弄得他筋疲力尽。我告诉你个情况,你可别害怕,艾妮斯,就在几天以前的一个晚上,我看见他处于这种状态,他趴在书桌上哭起来,像个孩子似的。"

我的话还没说完,她用手在我嘴唇前面轻轻一晃,马上就到屋门口儿去迎接她父亲,靠在父亲的肩膀上了。他们俩都在看着我,这时她脸上的表情实在动人。她那美丽的容貌充满了对他的深厚的爱,充满了回报他的疼爱与关怀的感激之情。她脸上还有一种热情乞求的表情，希望我即便在内心深处，也对他采取温和的态度，而不要对他有任何粗暴之处——她为父亲感到骄傲，又对他一片忠心，然而又觉得他那么可怜，对他那么同情，而且那样殷切地期望我也这样对待他——这比她说什么话都更充分地向我表达了她的意思，使我更受感动。

我们安排好了，要到博士家里去喝茶。我们在通常喝茶的时候来到他家，在书房的壁炉前见到博士和他年轻的妻子，以及他的岳母。博士觉得我这一去就像出远门儿到中国去一样，把我当做贵客接待，叫人在炉火上加了一大块木头，他想看一看他这昔日的学生在炉火照耀下满面红光。

"特洛乌德走了以后，我不打算再收很多新生了，威克菲尔，"博士搓着手说道，"我越来越懒得动了，想过得安逸一些。再过六个月，我就要把那些年轻人都打发走了，过一种较为平静的生活。"

"这话你已经说了十年了，博士。"威克菲尔先生说道。

"不过我现在真想这样做了，"博士答道，"为首的一位教师要接替我的工作——我终于真要这么做了——所以不久以后，你就要给我们立合同，把我们两家拴在一起，像拴住一对儿坏蛋一样。"

"还要注意，"威克菲尔先生说道，"不要让你上当，是不是？因为你要是自己订合同，就非得上当不可。好吧，我已经准备好了。干我这一行，这还不是最坏的差事哩。"

"这样一来，我就没有什么要担心的了，"博士笑着说道，"剩下的只有我那部词典，和另外这个需要订合同的——安妮了。"

当时安妮正挨着艾妮斯坐在茶几旁边，威克菲尔先生朝她看去，我觉得她好像想躲开他的视线，但是她又犹豫，又胆怯，显得很不自然，这就反而使他盯着她看，仿佛突然想起了什么事情。

"我看到有印度的信来呀。"他沉默了一会儿，说道。

"顺便告诉你，杰克·马尔登先生也有信来。"博士说道。

"真的吗？"

"亲爱的杰克真可怜呀！"马克勒姆太太摇着头说，"那气候真叫人受罪！他们告诉我，在那里就像生活在沙堆上，头顶上还有聚光镜烤着。他看上去挺结实,其实不然。亲爱的博士,促使他这样大胆地出去冒险的,不是他的身体,而是他的精神。安妮,亲爱的,我想你一定记得很清楚,你表哥的身体从来不结实——他够不上人们所说的壮,"马克勒姆太太强调说,同时扫了我们一眼,"你们知道,从我女儿和他小的时候手拉手成天到处乱跑的时候,他长得就不结实。"

安妮听了这话,没有做声。

"老太太,你这话的意思是不是马尔登先生病了?"威克菲尔先生问道。

"病了!"老将答道,"亲爱的威克菲尔先生,他可是什么都有啊。"

"就是不健康,对不对?"威克菲尔先生问道。

"就是不健康,的确是这样!"老将说道,"他肯定中过暑,病得很厉害,得过森林热,得过疟疾,你能说得出的病他都得过。至于他的肝脏,"老将以无可奈何的神气说,"他当然是刚一出国就觉得完全没有希望了。"

"这都是他说的吗?"威克菲尔先生问道。

"他说?亲爱的威克菲尔先生,"马克勒姆太太答道,她一边摇头,一边扇扇子,"从你这个问题我就听出来了,你对我那可怜的杰克·马尔登是不大了解的。他说?他才不说呢。你用四匹野马把他在地上拖,他也不说呀。"

"妈!"斯特朗太太说。

"安妮,我的孩子,"她母亲说道,"我再说最后一遍:凡是我说话的时候,请你务必不要插嘴,除非你想证实我的话。你和我心里都明白,你表哥马尔登,无论多少匹野马在地上拖他——为什么要限于四匹吗?不要限于四匹嘛——八匹,十六匹,三十二匹,他都宁可那样,也不说什么话,故意推翻博士的计划。"

"那是威克菲尔先生的计划,"博士说着搓了搓脸,对为他出谋划策的人表现出歉意,接着说,"我是说,那是咱俩共同为他拟订的计划。我亲口说过,在国外。或者在国内。"

"我就说,"威克菲尔先生以沉重的心情接着说,"在国外。他是通过我安排到国外去的。我有责任。"

"哦,别提责任了!"老将说道,"咱们做的一切都是出自好意,亲爱的威克菲尔先生——咱们做的一切都是出自美意,出自好意,这我们是知道的。不过我们这个亲人要是在那里活不下去,他就是在那里活不下去。他要是在那里活不下去,他就宁可死在那里,也不愿意推翻博士的计划。我是了解他的,"老将像一位先知那样平静地忍受着痛苦,扇着扇子说道,"所以我知道,他宁愿在那里死去,也不愿意推翻博士的计划。"

"哎哟,哎哟,老太太,"博士兴致勃勃地说,"我并不坚持我的计划,我可以亲自把它们推翻,再提出别的计划。要是杰克·马尔登先生因为身体不好而回国,那就不能让他再回去了,我们一定要在国内给他安排更合适、更好的工作。"

马克勒姆太太听了这一番慷慨大度的话,深受感动(不用说,她并没料到会有这样一番话,也没想到会引出这样一番话),只顾称赞博士,说他处世历来如此,并亲吻那把扇子,接着用它轻拍他的手。这一行动反复进行了多次,然后她就温和地责怪自己的女儿安妮,人家看在她的份上,对她幼年的朋友给以这样的恩惠,她应当更多地有所表示。后来她说家中还有一些人需要帮助,把他们的情况向我们述说了一番,希望帮助他们自立。

在这段时间里,她的女儿安妮始终一言不发,也不抬眼皮。在这段时间里,威克菲尔先生两眼一直盯着安妮,安妮就坐在他女儿的身旁。我觉得他根本没想到会有人注意他,而是专心致志地看着她,想一些与她有关的事,简直到了出神的地步。现在他问道,杰克·马尔登先生关于他自己的情况在信里究竟说了些什么,信又是写给谁的?

"哦,在这儿哪,"马克勒姆太太说着,从博士头顶上壁炉横板上拿起一封信来,"我们那个亲人对博士说——哪儿去啦?哦,在这儿!——'我很抱歉,但我要告诉你,我现在身体很不好,恐怕最后非得回国一段时间,只有这样,才有希望恢复健康。'这话说得够清楚了,可怜的亲人!他只有这样,才有希望恢复健康!但是他给安妮的信,说得还要清楚。——安妮,把那封信再给我看看。"

"以后再看吧,妈。"她低声恳求。

"我的孩子,在有些事情上,你完全是世界上最可笑的那种人,"她母亲答道,"也许是对于自己家里的人提出的要求最无动于衷的那种人。我想,要是我不亲自问你要,我们就永远不会知道有这封信了。难道这样就会让斯特朗博士信得过吗,我的乖孩子?你真叫我吃惊。你怎么这么糊涂啊。"

信勉强拿出来了,我接过来递给了老太太,这时候,我看见在无可奈何的情况下交出信来的那只手抖得多么厉害呀。

"来,咱们看一下,"马克勒姆太太说着戴上了眼镜,"那段话在哪里。'回忆昔日的时光,我最亲爱的安妮'——这儿都是这类话,不在这儿。'和蔼可亲的老傅士'——这是谁呀?哎呀,安妮,看你表哥马尔登这笔字儿,多难认!我怎么也这么糊涂呢!当然是'博士'喽。他可的确是和蔼可亲呀!"说到这里,她停下来,又把手里的扇子吻了吻,朝着博士摇了摇,当时博士正看着我们,显出一副恬静、满意的样子。"现在找到了。'你听到我的情况,不会感到惊讶,安妮,'——当然不会,因为她知道他的身体从来就不行。我刚才念到哪儿啦?——'我在这遥远的地方受的罪太大了,我已经决定无论如何也要走;如果可能,就请病假,请不下来,就辞职算了。我在这里受过的罪,现在受的罪,谁也受不了。'要不是这个大好人及时采取行动,"马克勒姆太太说着,仍像刚才那样向博士发出信号,并顺手把信叠了起来,"我可就连想也不敢想了。"

威克菲尔先生一句话也不说,虽然老太太朝他看去,仿佛想听听他在知道这些情况以后有什么意见,但他态度严肃,沉默不语,两眼看着地上。后来我们不谈这件事了,换了别的话题,过了半天,他还是那个样子,只有他若有所思地皱着眉看看博士或他的妻子,或看看他们俩的时候,才偶尔抬起头来。

博士很喜欢音乐。艾妮斯唱起歌来,歌声优美,富有表现力,斯特朗太太也是这样。她们一起唱歌,一起表演二重奏,我们举行了一个精彩的小音乐会。但我注意到了两件事:一件是,虽然安妮很快恢复了自然,和原来一样,她和威克菲尔先生之间却有一段距离,把他们两个人截然分开了。另一件是,威克菲尔先生好像不喜欢她和艾妮斯过于亲密,正怀着不安的心情注意这一方面的情况。现在,我必须承认,马尔登先生出国的那天晚上我所看见的情景,回想起来,第一次觉得它具有以前不曾有过的新的含意,使我感到不安。我觉得她那天真漂亮的脸蛋儿不像以前那样天真了。我开始怀疑她那自然而优美的举止;我看一看她身旁的艾妮斯,觉得艾妮斯多么善良,多么真诚,这时我心中骤然起了疑团,觉得她们之间的友谊恐怕不无蹊跷。

然而这友谊使得艾妮斯非常快活,另一位也非常快活,有她们两位在场,那天晚上很快就过去了,好像只过了一个钟头。临走的时候,发生了一件事情,我还记得很清楚。她们俩在彼此告别,艾妮斯正要过去和安妮拥抱亲吻,威克菲尔先生好像偶然插在她们中间,赶紧把艾妮斯拽走了。然后,似乎相隔的这段时间完全消失了,当时仍然是为马尔登先生送行的那天晚上,我站在门口,看见了斯特朗太太那天晚上和她丈夫面面相觑的时候她脸上的那种表情。

这件事给我留下了什么印象,我说不清。后来我想到她的时候,想把她和她今晚的表情分开,仍然记住她原来那副天真可爱的面孔,怎样无论如何也办不到,我也说不清。我回到家里以后,这件事还在缠绕着我。我离开了博士的家,却觉得好像有一块乌云朝着它慢慢落下。我一方面对他的灰白头发而起敬,另一方面,为他相信那些算计他的人而对他同情,也对那些伤害他的人感到愤怒。一场大灾难的阴影,一件大丑事的不甚清晰的轮廓,像污点一样落在了这块平静的地方,我小时候学习、玩耍过的地方,并且残忍地毁坏了它。那古老庄重、叶片宽阔的龙舌兰,沉默不语已上百年,那修剪平整的草地,那墙头上的石盆饰物,那博士散步的小路,那萦绕在上空的由大教堂发出的悦耳钟声,这一切,我回想起来,都不再感到有什么乐趣。我觉得仿佛我儿童时代那宁静的环境当着我的面儿毁掉了,它那和平的气氛和光辉的声誉也已随风飘逝。

第二天早上,我该向那所古老的房子告别了。这所房子处处都有艾妮斯的影子,我也就顾不上再想别的了。不久以后,我肯定还会回来,也许还住在以前住过的那间屋里,而且常来住住,但在这里生活的日子已经一去不复返,昔日的时光已成过去。我把准备寄回多佛的书本和衣服打点了一下,心情非常沉重,但在尤利亚·希普面前,我不愿意显得心情那么沉重,因为他在帮忙的时候做得非常过分,我不但不领情,还觉得我走正好称了他的心愿。

我不动感情,显出了男子汉的气概,这样才离开艾妮斯和她父亲,得以脱身,上了去伦敦的马车,在车夫旁边就了座。在镇上穿行的时候,我的心肠软了下来,愿意采取宽容的态度,甚至有心向我的凤敌屠夫点点头,扔给他五先令买酒喝。但是我看见他在店里刷洗大砧板,显得那样顽固,此外,我把他的门牙打掉一颗以后,他的容貌也没有什么改善,所以我想最好还是不要理他了。

我们走了一程之后,我记得我心里想的主要是在车夫面前尽量显得大一些,说起话来尽量粗声粗气。粗声粗气地说话,对我来说,很不习惯,但我坚持这样做,因为我觉得这才显得有成年人的样子。

"你一直坐到底吗,先生?"车夫问道。

"是啊,威廉,"我以既尊贵又和蔼的口气说道(我认识这个人),"我到伦敦去。以后我还要到萨福克去呢。"

"去打鸟吗,先生?"车夫问道。

他明明知道,这个季节,去打鸟的可能性和到那儿去捕鲸鱼一样,不过我还是觉得受到了恭维。

"我不知道,"我说,假装还没决定的样子,"也许去,也许不去。"

"听说鸟儿现在怕见人呀。"威廉说道。

"我也听说了。"我说。

"萨福克是你的老家吗,先生?"威廉问道。

"是啊,"我郑重其事地答道,"萨福克是我的老家。"

"听说那里的团子特别好吃呀。"威廉说道。

这我并不知道,但我觉得家乡风味应当提倡,应当显出熟悉的样子,于是我就晃了晃脑袋,意思是"我同意你的说法"。

"还有那潘趣马,"威廉说道,"真棒!一匹萨福克的潘趣马,要是好的,它有多重,就值多重的金子。你养过潘趣马吗,先生?"

"没——没有,"我说,"不敢说养过。"

"后面这位先生,我敢说,"威廉说道,"成群地养过潘趣马。"

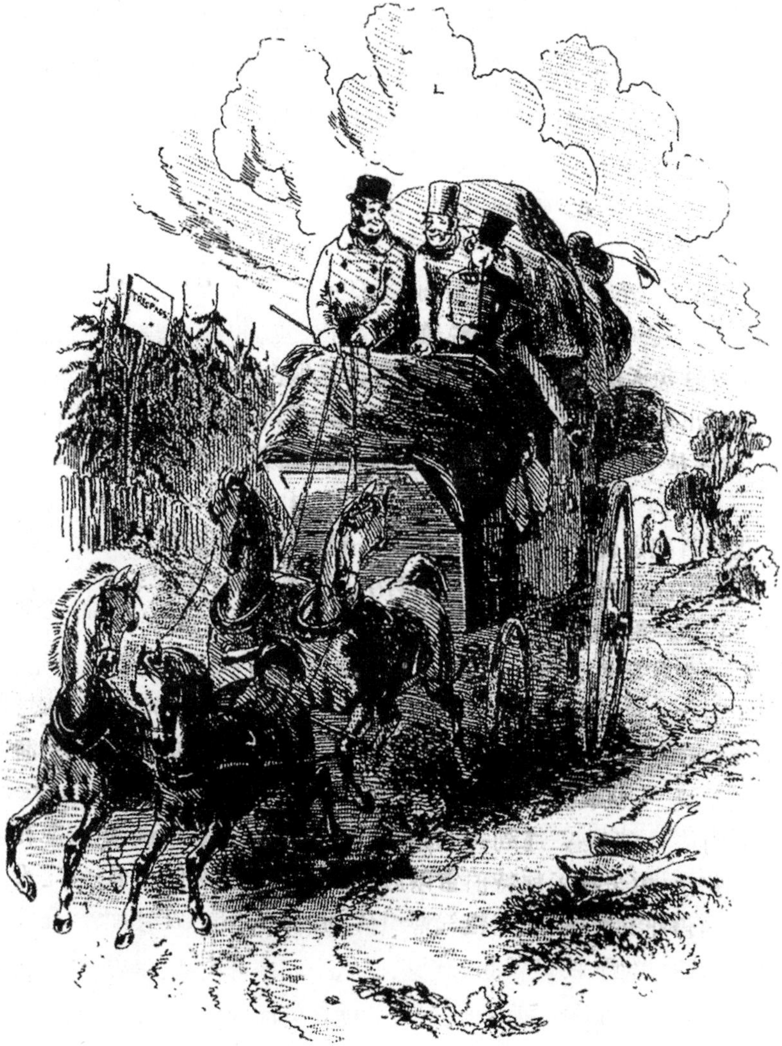

这里提到的这位先生是个斜眼，治好的希望是不大的，他下巴突出，头戴一顶白色高帽儿，帽檐儿又平又窄，下身是浅棕色紧腿裤，颜色并不鲜亮，外侧有扣子，好像从靴子一直扣到大腿。他的下巴翘着，紧靠着车夫的肩膀，离我也很近，他的呼吸弄得我后脑勺儿直痒痒。我回头一看，他正在用不斜的那只眼睛斜着看尽前头那匹马，显出什么都知道的样子。

"你是不是？"威廉问道。

"我是不是什么？"后面那位先生问道。

"是不是成群地养过萨福克潘趣马？"

"对喽！"那人说道，"没有我没养过的马，也没有我没养过的狗。马呀，狗呀，有些人，就是爱养。这样，我就有了吃喝儿——有了房子，老婆，孩子——就能识字，能写，会算——就能吸鼻烟，抽烟斗，睡大觉。"

"让这样一个人坐在车夫后面，不合适吧，是不是？"威廉一边抖动着缰绳，一边咬着我的耳朵说道。

我对这句话的理解是要我把座位让给那个人，于是我就红着脸说愿意让出座位。

"你要是不介意呀，先生，"威廉说道，"我觉得这样的确是更合适。"

我一直把这件事看做生活中的第一次失败。我在驿站订座儿的时候，明明在登记册上写了"厢座"两字，还给了账房先生半克朗。我特意穿了大衣和披肩，一心想为那样一个显著的位子增光，而且我大模大样地坐在那里，还觉得自己为这辆驿车增添了荣誉。可是现在，走了还不到一站地，就让一个人取而代之，而这个人衣衫褴褛，斜眼，除了散发驿马马厩的气味以外，别无他长，竟然能在前面的马匹一溜小跑的情况下，从我身上过去，他简直不像人，而像苍蝇。

我有一种自卑感，遇到一点小事，本来好好的，也会发作。现在这种自卑感，由于出了坎特伯雷以后驿车上发生的这件小事，肯定没有就此而停止其发展，粗声粗气地说话，也无济于事。在后来的旅途中，我说话的时候，使出了我的丹田之气，但我仍然感到我被彻底压下去了，真是幼稚得可怕。

然而坐在那高处,前面有四匹马拉车,还是又新鲜,又有趣,何况我还受过良好的教育,穿着讲究的衣服,口袋里装着足够的钱,而且可以注意再看看我那次长途跋涉的时候睡过觉的地方。沿途每一个重要的景物都使我浮想联翩。我朝下看看路上的流浪者,看见我记忆犹新的那种面孔往上看着,我觉得好像那个补锅的又用他那双黑手揪住了我胸口的衬衫。到了查塔姆,马车隆隆驶过狭窄的街道,在行进中,我一眼看见了买我上衣的老妖精住的那条街,于是我就伸长了脖子很想再看一看我坐过的地方,当时我曾一会儿坐在太阳地里,一会儿坐在阴凉地里,等着拿钱。后来我们离伦敦不到一站地了,路过那真正的萨伦学堂,想起克里克尔先生在那里死命地抽打学生,这时候,我宁愿放弃我的一切,只要法律允许,我就下车去揍他一顿,把所有的学生像释放笼中麻雀一样通通放掉。

我们来到查令十字架的金十字旅馆,这是当时熙熙攘攘的市区里一家老得发霉的旅馆。茶房把我引到餐厅,一位女侍带我来到一间小客房里,这客房有一股出租马车的气味,而且像某个家族的墓室一样闷。我依然由于感到自己幼稚而苦恼,因为无人对我有任何敬畏的表示。无论我对什么事发表意见,那女侍都全然不予理睬,那茶房则对我很随便,见我没有经验,老给我出主意。

"你说,"茶房用一种说悄悄话儿的语气说道,"午饭吃点儿什么?年轻的先生一般都喜欢吃鸡。来只鸡吗?"

我神气十足地对他说,我不喜欢吃鸡。

"你不喜欢?"茶房说,"年轻先生一般都吃腻了牛羊肉。你来一份炸牛排,怎么样?"

我说不出什么别的菜来,就同意了他的意见。

"你喜欢吃土豆吗?"茶房为了讨好,把头一歪,微笑着说,"年轻先生一般都吃很多土豆。"

我尽量用深沉的声音吩咐他去订一份炸牛排带土豆,什么合适就再配上点儿什么。还让他问问柜台,有没有特洛乌德·科波菲尔先生的信——其实我知道没信,也不可能有信,但我觉得做出等信的样子,会显得有男子汉的气概。

茶房很快就回来说没有我的信,我显得很惊讶。随后他就在靠近壁炉的一个用栏杆隔开的座位上为我摆桌子。他一边摆桌子,一边问我喝点儿什么,一听我说要"半品脱雪利酒",他大概以为机会来了,可以把几个小酒瓶里的剩酒折在一起给我。我之所以这样想,是因为我看报的时候,发现他在一段矮的木隔断后面,也就是在他专用的地方,非常匆忙地把几个酒瓶里的剩酒倒在一起,就像药剂师按照处方配药一样。酒上来以后,我也觉得那酒没有多少酒性,而且肯定有很多英国酒的渣子,任何比较纯的外国酒里都没有这么多。不过我碍于情面,什么也没说,就喝了。

我当时兴致来了(我从这里联想到喝毒药,在整个过程的某个阶段,也不一定就很痛苦),就决定去看戏。我去的是科文特加登剧院,坐在中央包厢的后排,看了《裘力斯·凯撒》①,还看了新哑剧。过去在学校里,那些罗马贵族对我严加管教,现在他们都活了,在我面前进进出出,我在这里消遣,当时的感觉十分新鲜,令人神往。不过整个演出是神秘与现实的结合,再加上那诗意、灯光、音乐、观众,那五光十色的巨大布景有条不紊地更换,使得我眼花缭乱,给我带来了无限的欢乐,因此午夜十二点,我离开剧院,冒雨来到街上的时候,我觉得仿佛在云彩里的虚幻境界生活了多少年,现在来到世间,这里吵吵嚷嚷,污水四溅,火把通明,雨伞碰撞,出租马车跑来跑去,木头套鞋嘎嘎作响,道路泥泞,生活忧伤。

我从另一个门走出剧院,在街上站了一会儿,好像我真是一个生人来到世界上。但是人们毫不客气地推我撞我,使我很快清醒过来,走上了回旅馆的路。一路上我反复回忆那宏伟的场面,到了旅馆,就着牡蛎喝了一点黑啤酒之后,我还在餐厅里望着炉火回忆,一直呆到一点多钟。

我一心在想戏里的情景,一心在想过去的事情——因为我觉得就像是在看一出背面投光的皮影戏,看到了我童年的生活情景——所以

---

① 莎士比亚的历史剧。

不知道什么时候有一个人出现在我的面前。这是一个年轻人,面貌俊秀,身材匀称,衣着考究而潇洒,我至今理应记忆犹新。只记得我当时意识到他在那里,却不知他是怎样进来的,我依旧坐在那里沉思,望着餐厅里的炉火。

我终于站起来,要去睡觉了。这使得困倦的茶房长舒了一口气,他的腿已经麻了,正在存放食品的小屋里揉搓,拍打,扭来扭去。我往门口走的时候,从进来的那个人身旁走过,看得真切。我马上转身走了回来,再看一眼。他没认出我,我可一下子就认出他了。

要是在别的场合,我也许没有把握,也拿不定主意要和他说话,也许推迟到第二天再说,也许就此和他失之交臂。但我当时满脑子想的都是那出戏,在这种心情之下,就觉得他过去保护过我,非常值得我感谢,而且昔日我对他的爱戴之情又不由自主地充满了我的胸怀,于是我马上走上前去,怀着激动的心情对他说:

"斯蒂福!怎么不跟我说话呀?"

他看了看我——他过去有时候就是这样看人——但我从他脸上可以看出,他没认出我来。

"你大概不记得我了吧。"我说。

"哎呀!"他突然喊道,"这不是小科波菲尔吗!"

我抓住他的两手,紧紧地攥着不放。要不是不好意思,要不是怕惹他不高兴,我就会搂着他的脖子大哭起来。

"我从来没有从来没有这么高兴过!亲爱的斯蒂福,见到你,我真高兴极了。"

"见到你,我也高兴极了,"他一边说着,一边兴奋地和我握手,"科波菲尔老弟呀,不要过于激动嘛!"然而我觉得他看到我和他见面时那么欢喜,那么动感情,也是很高兴的。

我以最大的毅力来克制自己,还是止不住我的眼泪。我抹掉泪水,尴尬地笑了笑,就和他并排坐了下来。

"哎呀,你怎么在这儿呀?"斯蒂福说着,拍了拍我的肩膀。

"我是今天坐驿车从坎特伯雷来的。我有个姨奶奶,住在那一带,她收养了我。我刚在那里受完教育。你怎么在这儿呢,斯蒂福?"

"唉,他们管我叫牛津人,"他答道,"换句话说,我过一阵子就觉得那里闷死人了。现在我是去看我母亲。你这个小鬼可真是个漂亮小伙儿,科波菲尔。现在看一看你,还是以前的老样子。一点儿也没变。"

"我一下子就认出你来了,"我说,"不过你的样子是比较容易让人记住的。"

他笑着用手抓了抓自己那拳曲的头发,兴奋地说:

"说真的,我这次出来是为了尽尽孝道。我母亲住在城外不远的地方。既然路这么难走,我们家又无聊透顶,我就在这里过夜,先不去了。我在城里呆了不过五六个钟头,在这段时间里,我在戏院里不是打盹,就是抱怨戏不好了。"

"我也去看戏啦,"我说,"在科文特加登剧院。演得是真精彩,真好看,斯蒂福!"

斯蒂福捧腹大笑。

"亲爱的小大卫,"他说着又拍了拍我的肩膀,"你可真是一棵雏菊。就连太阳初升时候野地里的雏菊也不像你这样没见过世面。我也是在科文特加登剧院看戏,那戏演得不能再糟了。——喂,老兄,叫你呢!"

他这话是对茶房说的。那茶房见我们互相认识,就在远处留心看着我们,听见呼唤,就毕恭毕敬地走上前来。

"你把我的朋友科波菲尔先生安排在什么地方了?"斯蒂福问道。

"对不起,先生,你说什么?"

"他睡在哪儿?他住几号?你明白我的意思。"斯蒂福说道。

"哦,先生,"茶房略带歉意地说,"科波菲尔先生眼下住在四十四号,先生。"

"让科波菲尔先生住在马厩上面的小屋里,"斯蒂福质问道,"你他妈的是什么意思?"

"哎呀,你看,我们没想到,先生,"茶房依然略带歉意地说,"科波菲尔先生还会这么挑剔。要是觉得合适,先生,我们可以给科波菲尔先生七十二号,紧挨着你,先生。"

"当然合适,"斯蒂福说,"马上就办。"

茶房马上退下，调换房间去了。对于把我安排在四十四号一事，斯蒂福觉得很有趣，又笑了一阵，又拍了拍我的肩膀，还邀请我第二天早上十点钟和他一起吃早点。我接受了这一邀请，感到又荣幸，又愉快。天色不早了，我们拿着蜡烛走上楼去，在他门前热情告别，我的新房间也比原来那间好多了，没有一点儿霉味儿，里面有一张带有四根床柱的大床，像一小块地产一样。床上有足够六个人枕的枕头，我躺在上面美滋滋地睡着了，梦见古罗马、斯蒂福和友情，后来早班驿车轰隆轰隆地从下面的拱门出去，我又梦见雷声大作，天神降临。

第二十章

斯蒂福的家

早上八点,女侍敲我的房门,告诉我刮脸水在外面准备好了。我因为还没有刮脸的必要,感到很痛苦,躺在床上直脸红。我怀疑那女侍刚才说话的时候就在暗自发笑,在我穿衣服的时候,这个想法一直困扰着我,后来我下楼去吃早饭,在楼梯上从她身旁走过,这时我意识到自己有一种做了亏心事,要溜走的感觉。我满心希望自己不这么年轻,我的确是很敏锐地感到这一点,因此在这不光彩的情况下,有一段时间我犹豫不决,究竟要不要从她身旁走过,但是我一听她在那里拿着扫帚干活儿,就停下脚步,站在一边往窗外看,看见查理国王骑在马上的雕像,四周围着好多出租马车,在那濛濛细雨和昏暗的雾中,皇家的威风一扫而光。后来茶房来叫我,说那位先生在等我呢。

我下了楼,发现斯蒂福不是在餐厅里,而是在一间舒适的专用套间里等着我,屋里挂着红色窗帘,铺着土耳其地毯,炉火旺旺的,桌上铺着干净桌布,上面摆着精美的热早餐。条几上边的小圆镜子具体而微地反映出屋里的情况,里面有炉火,有早餐,有斯蒂福,还有一些别的东西,显出一种欢乐的气氛。起初我有些拘谨,因为斯蒂福非常自信,非常庄重,在各方面(包括年龄在内)都比我强。但是他很亲切地照顾我,使我很快就不再拘束,觉得非常舒服了。我对他在金十字旅馆给我带来的变化感激不尽,不停地对比我昨天那可怜、无聊的处境和今天早晨的舒适生活,和受到的款待。茶房那种对我很随便的态度也不见了,就像从来没有那回事儿一样。他在伺候我们的时候,可以说披麻抹灰,表现出悔过的样子了。

后来茶房走开了,斯蒂福说道:"我说,科波菲尔,你给我说说,现在你在干什么,你这是上哪儿去,以及所有和你有关的情况。我就觉得你好像是属于我的。"

我一听这话,知道他还是这样关心我,高兴得不得了,就把姨奶奶怎样叫我出来走走,我正要做这件事,以及想到哪里去,都对他说了。

"这么说来,你并不急着赶路,"斯蒂福说,"那就跟我到海格特来,在我家住一两天吧。你会很喜欢我母亲的——她因为有我这么个儿子,挺得意的,一谈到我就没完没了,不过你不必介意——而且她也会很喜欢你的。"

"既然你好意告诉我你那么有把握,我就试试看吧。"我笑着答道。

"哦!"斯蒂福说道,"凡是喜欢我的人,都理应受到她的喜爱,而且一定会受到她的喜爱。"

"这么说来,我想我是会受到她的喜爱的。"我说道。

"好!"斯蒂福说道,"你就来证实一下吧。咱们先花一两个钟头去看看城里那些可看的地方——带着你科波菲尔这样一个年轻的朋友去逛那些地方,真是太好了——然后咱们就坐马车走,到海格特去。"

我简直不敢相信这是真的,只觉得自己是在做梦,马上就会醒来,睁眼一看,还是四十四号房,还是餐厅里那孤单的专座,还是那对我很随便的茶房。我给姨奶奶写了封信,告诉她我有幸遇见了我敬佩的老同学,而且接受了他的邀请,然后我们就坐出租马车出去了,我们看了一幅全景画,还看了其他一些景点,随后又在博物馆里转了转,我在那里注意到斯蒂福对各种各样的事情知道得真多呀,但他对自己的知识并不觉得有什么了不起。

"你上大学,一定能取得很高的学位,斯蒂福,"我说,"假如你现在还没有拿到,以后一定能拿到手。他们应该为你感到骄傲。"

"我取得学位!"斯蒂福大声说道,"我可不行! 亲爱的雏菊——我叫你雏菊,你介意吗?"

"一点儿也不介意!"我说。

"够朋友! 亲爱的雏菊,"斯蒂福笑着说道,"那样出人头地,我既无这种欲望,也无这种打算。我为了达到自己的目的,已经做得够多了。我觉得我这个人可以说是够木的了。"

"不过那名声……"我正要说下去。

"你这异想天开的雏菊!"斯蒂福说,比先前笑得更厉害了,"我为什么要给自己找麻烦,就为了让那些昏头昏脑的人在我面前目瞪口呆,伸大拇指吗?让他们那样对待别人去吧。名声在那里等着他呢,欢迎他去享用。"

我犯了这样一个大错误,感到很不好意思,很想换一个话题。幸好换话题并不难,因为斯蒂福总是以他特有的那种无拘无束的样子轻而易举地从一个话题转到另一个话题。

我们逛完了以后就去吃午饭;冬季天短,时间过得很快,我们坐着驿车来到海格特的时候,已是黄昏时分了。驿车在这个小山包的最高处停在一所旧砖房门前。下车的时候,看见门廊里有位老太太,年纪不算太大,举止端庄,面目清秀,她跟斯蒂福打招呼,叫他"我最亲爱的詹姆斯",顺手把他搂在了怀里。斯蒂福为我引见的时候说这是他母亲,这位老太太郑重地向我表示了欢迎。

他们住的是一所古雅的房子,非常清静,而且井井有条。在我的房间里,从窗口望去,我看见整个伦敦在远处就像一大团雾气,间或有一些灯光在雾气中闪烁。饭前更衣的时候,我看了两眼屋里那结实的家具,镶了框子的手工(我想那一定是斯蒂福的母亲小时候做的),还有几张蜡笔画的女人像,头上洒着香粉,身上穿着紧身上衣,因为刚生的炉火劈啪作响,火舌飘动,照得那些女人像在墙上忽隐忽现。我刚看到这里,就听见叫我吃饭了。

饭厅里还有另外一个女人,她身材瘦小,皮肤黝黑,看上去并不可爱,但也颇有几分姿色,引起了我的注意——这或许是因为我没有料到会见到她,或许是因为我就坐在她对面,也或许是因为她确实是有什么不同寻常的地方。她的头发是黑色的,一双黑眼珠发出殷切的目光,脸膛儿瘦削,嘴唇上有一个疤。那是很久以前落下的疤——也许叫它是一条缝儿更合适,因为它的颜色没有变,而且多年以前就愈合了——这疤竖着落在她嘴唇上,朝着下巴伸延过去,现在隔着桌子,只是勉强看得出来,上唇以上则不然,让这疤弄得变了形。我心里盘算着,她也就是三十岁上下,而且很想结婚。她有些憔悴,好像一所等待出租的房子,等久了,显得有些破旧,但是她正如我在上面所说,还是有些姿色的。她之所以这样瘦,似乎是内心的欲火消耗所致,那欲火从她那双如饥似渴的眼睛里喷射出来。

她是以达特尔小姐的身份介绍给我的,不过斯蒂福和他母亲都管她叫罗莎。我发现她就住在那里,陪伴斯蒂福太太已经很久了。我觉得她好像从不有话直说,而是拐弯抹角,这样一来,她就更是话里有话了。比方说,斯蒂福太太并没有认真,多半是开玩笑,说她怕儿子在大学里生活放荡,达特尔小姐就这样接茬儿:

"哦,真的吗?你知道我什么都不懂,只是想了解情况才发问,不过不都是那样吗?我觉得那种生活人们都认为是……哦?"

"你要是这么说,罗莎,那可是为了从事一种非常严肃的职业而受的教育。"斯蒂福太太以比较冷淡的语气答道。

"哦!是啊!这话非常对,"达特尔小姐答道,"不过,难道情况不是那样吗?——我要是说得不对,愿意听你指教——情况真的不是那样吗?"

"真的不是哪样啊?"斯蒂福太太问道。

"噢,你的意思是情况不是那样!"达特尔小姐答道,"那好,听了这话,我很高兴。现在我知道该怎么办了!这就是提问的好处呀。从今以后,任何人在我面前谈起那种生活,我决不许他再说什么浪费、挥霍之类的话。"

"你这样做就对了,"斯蒂福太太说,"我儿子的导师是个严肃认真的人。即便我不能完全信得过我的儿子,我也该信得过他呀。"

"是吗?"达特尔小姐说,"我的天哪!严肃认真,他是那号人吗?现在真的严肃认真吗?"

"是的,我有把握。"斯蒂福太太说。

"那好极了!"达特尔小姐大声说道,"多么叫人高兴啊!真的严肃认真吗?那他就不是……他要真是严肃认真,自然就不会那样了。好哇,从今以后,我对他的看法也就很好了。现在我知道他确实是一个严肃认真的人,你不知道他在我心目中的形象提高了多少哟!"

达特尔小姐对每个问题发表自己的看法,或者别人说了什么话,她不同意,要加以反驳,她总是这样转弯抹角地说话,有时候可起劲啦,即便对手是斯蒂福,她也这样,这种情况我是不可能视而不见的。那天饭还没吃完,就发生了一件事,可以作为例证。斯蒂福太太在跟我谈论我准备去萨福克的想法,我随便说假如斯蒂福和我一块儿去,我该多么高兴啊。我对斯蒂福说我要去看看我的老奶妈,去看看裴果提先生一家,我还提醒他说,裴果提先生就是那个船夫,他在学校的时候见过。

"哦,就是那个豪爽的人呀!"斯蒂福说,"他有个儿子,跟他一起来的,是不是?"

"不是,那是他侄子,"我回答说,"不过他过继过来,给他当儿子了。他还有个很漂亮的小外甥女,过继过来,给他当女儿了。总而言之,他的家里(或者说他的船里,因为他住在一条船里,停在旱地上),人人都受到他的关怀和慷慨的帮助。你见到这一家人,会非常高兴的。"

"是吗?"斯蒂福说,"嗯,我想我会非常高兴的。我一定要去看看能为他们做些什么。去看看这种人怎样在一起生活,也成为他们当中的一员,走一趟是值得的(且不说和你雏菊一起旅行也是愉快的)。"

我觉得又有希望快乐一番了,心直跳。但是达特尔小姐一直在瞪着大眼盯着我们,这时开了腔,她嫌斯蒂福说"这种人"的时候语气不对。

"哦,不过,真是这样吗!请告诉我。可他们真是这样吗?"她说道。

"真是哪样呀?究竟是谁真是哪样呀?"斯蒂福问道。

"这种人呀。他们真的是动物吗?是乡巴佬吗?是另外一种类型的人吗?我真想好好地了解了解。"

"本来嘛,我们和他们之间就是有一段相当大的距离,"斯蒂福漠不关心地说,"不能指望他们也和我们一样感觉敏锐。他们的感情不是很容易受到刺激,受到伤害的。我敢说,他们都善良极了。反正有人为这一点而争辩,我也决不提出异议。但是他们天生的性格不甚细腻,他们的感情和他们那粗糙的皮肤一样,不容易受到伤害,这是他们的福气哟。"

"是吗!"达特尔小姐说道,"我从来没有过比听到这样的话更高兴的时候了。真叫人感到欣慰。我明白了,原来他们受苦的时候,并不觉得苦,我真高兴极了。过去我有时候为那种人感到不安,从今以后我把他们统统都忘了就是了。活到老,学到老啊。坦白说,我也有过疑问,不过现在都澄清了。过去我不明白,现在我明白了,这就说明提问的好处,是不是?"

我认为斯蒂福说那样的话是开玩笑,或者是故意引达特尔小姐说话,等她走了以后,我们俩在炉火前面坐着,我估计他也会说上那么一通。但他只问我觉得达特尔小姐怎么样。

"她很聪明,难道不是吗?"我问道。

"聪明!无论什么东西,她都要拿到磨刀石上去磨,"斯蒂福说,"磨得非常锋利。这些年来,就连她自己的脸膛和身材也都照样磨过了。磨来磨去,把自己也磨瘦了。她浑身都是刀刃了。"

"她嘴唇上那个疤可是够明显的!"我说道。

斯蒂福把脸一沉,半天没做声。

"唉,那是我干的。"他答道。

"是不幸失了手吧?"

"不。当时我还很小,她把我逼急了,我就把斧子朝她扔了过去。我当时准是一个前途无量的小天使吧!"

我提起了这样一个令人伤心的话题,感到很内疚,不过内疚也无济于事了。

"从那以后,她就留下了那个痕迹,你也看见了,"斯蒂福说,"她要把那痕迹一直带到坟墓里去,假如她在坟墓里能够安息的话——不过我觉得她恐怕到了哪里也安息不了。她母亲早就去世了,她父亲和我父亲算是表亲。后来他也去世了。当时我母亲守寡,就把她接来做伴。她现在手上大概有两千镑,每年把利息存起来,放到本金里。关于罗莎·达特尔小姐的来历,就先告诉你这一些吧。"

"我想她一定像爱亲兄弟一样爱你吧?"我说道。

"哼!"斯蒂福眼睛看着炉火反驳道,"有些兄弟没有得到多少爱,有的爱……还是随便吃吧,科波菲尔!咱们向野地里的雏菊祝酒,向你致意;咱们向山谷里既不种地也不纺织的百合祝酒,向我致意——我可是受之有愧呀!"刚才他脸上的苦笑,经他这么乐呵呵地一说,就全然消失了,他也恢复了原来那坦率、讨人喜欢的样子。

到了喝茶的时候,我又情不自禁地去看那伤疤,心里挺难受,可是又想看。过了一会儿,我就发现那是她脸上最敏感的地方。她要是脸色变得发白,那疤痕就先变,变成一条暗灰色的线,慢慢伸延到末端,就像是密写墨水留下的痕迹,用火烤了一样。后来下十五子棋,她和斯蒂福为掷骰子而发生了小小的争执,有一段时间,我觉得她真火了,我看到她脸上的疤就很突出,像古人在墙上题的字一样。

我看见斯蒂福太太时刻想着自己的儿子,一点儿也不觉得奇怪。儿子之外,她是什么也不想,什么也不谈。她给我看一个小金盒,里面装着斯蒂福婴儿时代的照片,还有当时剪下来的一绺头发。她还给我看了他的一张照片,是我最初认识他的时候的样子。眼下她胸前佩戴的是他现在的照片。所有他写给她的信,她都收在一个小柜子里,那小柜子就搁在靠近壁炉旁边她的专用椅子的地方。她想拿出几封来念给我听,我也很想听,斯蒂福却花言巧语地阻拦,她才作罢。

"听我儿子说,你们最初是在克里克尔先生的学校里认识的,"斯蒂福太太说,当时她和我在一张桌子旁聊天,他们俩在另一张桌上下十五子棋,"是啊,我记得当时听他说,有个同学比他还小,他很喜欢。不过你的名字,你也可以想象得到,没有在我脑子里留下印象。"

"在那些日子里,他对我非常慷慨,非常大度,这是千真万确的,伯母,"我说,"我当时的确需要这么一个朋友。要不是他,我就吃大苦了。"

"他一向是慷慨大度的。"斯蒂福太太得意地说道。

我打心底里赞成这个看法,上帝可以作证。这一点,她是知道的,因为她对我摆出的那副显得很尊贵的样子已经缓和下来,只有在称赞斯蒂福的时候才又显出高傲的神气。

"那个学校总的说来对我儿子是不合适的,"她说,"很不合适。不过当时有些具体情况需要考虑,这比选择哪所学校更为重要。我儿子性情高傲,最好给他找个地方,那里有人能领会这种性情的高贵之处,并且甘愿顺从;我们在那所学校里找到了这样一个人。"

我认识那个家伙,也知道这些情况。但我并没有因此而更加鄙视他,因为我觉得要是他没有抗拒那个无法抗拒的人人喜欢的斯蒂福,这点也算是个优点的话,倒也可以弥补一下他的缺点了。

"我儿子在学校里受到自愿竞争精神和荣誉感的驱使,发挥了自己的巨大才干,"这位溺爱儿子的女人继续说道,"他会起来反对一切约束,但是他看到自己就是当地的君主,他也就毫不客气地下决心一举一动要和自己的地位相称。他就是这样一个人。"

我诚心诚意地随口响应,说他就是这样一个人。

"所以我儿子出于自愿,而不是被迫,采取这样一种做法,只要他高兴,就一定胜过任何一个竞争对手。"她接着说道,"我儿子告诉我,科波菲尔先生,你对他是一片忠心,而且昨天你们相见的时候,你都高兴得掉下泪来。听说我儿子使人这样激动,我要是假装感到惊讶,就显得矫揉造作了;但是任何人这样看重我儿子的优点,我是不会对他漠不关心的,所以我在这里见到你,感到很高兴,我还可以向你担保,他对你怀有一种不同一般的友情,你可以信赖他,他一定会保护你。"

达特尔小姐下十五子棋,是和做别的事情一样认真的。如果我是在她下棋的时候初次见到她的,就会以为她身材之所以瘦,眼睛之所以大,完全是下棋所致,而不是因为别的缘故。不过我要是以为斯蒂福太太这番话她有一个字没听见,以为我在听这番话的时候向她投去的目光她有一次没看到,那我就大错而特错了。我怀着极大的兴趣听斯蒂福太太这番话,而且很荣幸,斯蒂福太太把我当做知己看待,自从离开坎特伯雷之后,我还从未感到自己这样老成哩。

大半个晚上过去了,酒杯和酒用托盘送了进来。斯蒂福在炉前对我说,和我一起到乡下去这件事,他要认真考虑。不用着急,他说——一星期以后去就行;他的母亲热情待客,也这么说。我们交谈的时候,他不止一次地叫我雏菊,这又惹得达特尔小姐插了进来。

"说真的,科波菲尔先生,"她问道,"那是你的绰号吗?他为什么给你起这么一个绰号呢?是不是——哦?——因为他觉得你又年轻又天真？在这些事情上，我是非常糊涂的。"

我红着脸答道，我想是这个原因。

"哦！"达特尔小姐说道，"现在我明白了，我真高兴。我是想了解情况才发问，现在我明白了，我很高兴。他觉得你又年轻又天真；你就成了他的朋友？唉，真有意思！"

过了一会儿，达特尔小姐睡觉去了，斯蒂福太太也歇息去了。我和斯蒂福在炉旁多呆了半个钟头，谈起了特拉德，还谈起了当年萨伦学堂所有别的人，然后我们就一起上楼去了。斯蒂福的屋子和我们挨着，我进去看了看，就像来到了舒适的画境。屋里摆满了扶手椅、靠垫、脚凳，都是他母亲自己绣的，该有的东西，一样儿也不缺。最后，墙上还有一张肖像，她那美丽的容貌还要向下看着自己亲爱的儿子。对她来说，似乎在她儿子睡觉的时候，她的肖像在那里看着他，也是很重要的。

在我自己的屋子里，我看到炉火已经烧得够旺的了，窗帘已经拉上了，床周围的帷幔也拉上了，整个屋子显得温暖而舒适。我在炉前坐在一把大椅子上，品味这幸福生活，心里美滋滋的。过了一会儿，忽然见到达特尔小姐的一张肖像，她正从壁炉上方殷切地看着我。

这张像画得很可怕，那眼神自然也很可怕。画家没有画那个疤，但是我给她画上了，画在那里，时隐时现——有时候只在上嘴唇上看得出，就像吃饭的时候我见到的那样，有时候则把斧头砍的整个伤痕显露出来，就像她激动的时候我见到的那样。

我有些不满，心想他们为什么不把她放到别处，而非放到我这里呢。为了把她赶走，我连忙脱了衣服，吹了蜡，上床睡觉了。不过等我睡着了以后，我还忘不了她在那儿看着我，一边说"不过这是真的吗？我想了解一下"。夜里醒来，我还发现自己在梦里也焦急地问各种各样的人究竟是不是真是这样——至于我问的是什么，我也不知道。

第二十一章

小艾米丽

斯蒂福家里有一个仆人,据我了解,此人经常跟着斯蒂福,是他上大学的时候雇的。此人的外表可以说是体面的一个典型。我敢说,处于他那种地位的人,从来没有看上去比他更体面的了。他言语少,脚步轻,彬彬有礼,举止文静,善于察言观色,需要他的时候,他总在身边,不需要他的时候,他决不在近旁。他最值得人注意的地方是他的体面。他脸上显得并不随和,脖颈有些僵直,头顶平滑,两鬓留着短发,说起话来细声细气,还有个特殊的习惯:小声发 S 这个音,发得清楚极了,好像他用这个音比谁都用得多,但是他把自己的每个特殊之处都弄得很体面。如果说他的鼻子是倒着长的,他也会把它弄得很体面。他在周围造成了一种体面的气氛,自己就稳稳当当地在里面活动。要想怀疑他有什么过错,那几乎是不可能的,因为他是一个绝对体面的人。谁也不会想到叫他穿上仆人的服装,他是个非常体面的人。让他干有失身份的活儿,就等于无端糟蹋一个最体面的人的感情。我注意到了,这家的女仆们都本能地意识到这一点,所以她们有了这种活儿都是自己干,而且通常是在他在食品储藏室的壁炉旁看报纸的时候。

这样沉默寡言的人,我从来没有见过。但是他这个特点和他具有的其他特点一样,似乎反而使得他更加体面了。他叫什么名字,谁也不知道,这种情况也竟然成了他体面的一个方面。大家都知道他姓黎提摩,这姓是无可挑剔的。彼得可能被绞死,汤姆可能被流放,但黎提摩是绝对体面的。

在这个人面前,我觉得自己特别年轻,我想这是因为抽象地谈体面,容易使人肃然起敬。他有多大年纪,我猜不出。由于同样的原因,这也提高了他的身价,因为他体面而稳重,说他三十也可,说他五十也行。

第二天早上,我还没起床,黎提摩就到我屋里来了,给我送那讨厌的刮脸水,同时把我的衣服摆出来。我拉开帷子,往床外一看,只见他体面地有条不紊地在那里干活儿,全然不受一月份刺骨的东风的影响,呼吸也不出水气,把我的靴子左边一只右边一只放在跳舞起步的位置上,把落在我衣服上的灰吹干净,平着放在那里,就像放下一个婴儿一样。

我对他说了声早安,问他几点钟了。他从口袋里掏出一只打猎用的怀表,我从来没见过那么体面的表。他用拇指挡着,以免开得太大,他往里面看了看表盘,就像看一只问卜的牡蛎,然后把表合上,对我说,回你的话,现在八点半。

"斯蒂福先生问你休息得可好,先生。"

"谢谢你,"我说,"休息得很好。斯蒂福先生好吗?"

"谢谢你,先生。斯蒂福先生还好。"这也是他的一个特点,不用很重的字眼儿,总是冷静地用一个一般的字眼儿。

"我还能荣幸地为你做些什么,先生?这里是九点钟打预备铃,九点半吃早饭。"

"没有事了,谢谢你。"

"应该是我谢你呀,先生。"他说完这话,走过床边的时候还微微低了低头,因为纠正了我的话而表示歉意,然后走了出去,悄悄地把门关上,似乎我刚刚睡熟,而这一觉对我来说是性命攸关的。

我们俩每天早上都把这段对话重复一遍——不多,也不少,一字不差。然而,无论我一下子可能长高了多少,无论我在斯蒂福的陪伴下,还是斯蒂福太太以诚相待的情况下,还是经过与达特尔小姐交谈,我又朝着较为成熟的年纪靠近了多少,一来到这个最体面的人面前,我就像那些不甚有名的诗人所说,"又成了一个孩子"。

黎提摩为我们鞴了马,斯蒂福什么都会,就教我怎样骑马。他为我们备了剑,斯蒂福就教我怎样击剑。有了手套,我就跟着这位师傅练拳击。斯蒂福发现我这些方面是个外行,并没有使我感到担心,但是在黎提摩面前显得没有能耐,我就觉得无法忍受了。我没有理由认为黎提摩对这些技能有所了解——他从来没给我留下这样的印象,即便是用他一个体面的眼皮眨巴眨巴,来显示一下,也不曾有过——可是在我们练习的时候,只要他在场,我就觉得世上没有比我更幼稚更无经验的人了。

我之所以特别详细地介绍这个人,是因为他当时就对我产生了某种特殊的影响,还因为从那以后发生的事情。

一个星期极其愉快地过去了。对于我这个神魂颠倒的人来说,可以想象,时间是过得很快的。不过这段时间倒给了我很多机会更好地了解斯蒂福,使我在各方面更钦佩他,因此在这段时间结束的时候,我觉得好像和他一起在这里呆的时间比实际情况要长得多。他活泼地把我当个玩艺儿来对待,我觉得比用任何别的方式都更合适。这就使我回想起我们过去的友谊;这好像是那段友谊的天然的延续;这说明他没有变;这也解除了我可能产生的各种顾虑,假如我把自己的优点和他比,假如我用相同的标准来衡量我根据友谊向他提出的要求;总而言之,这是一种熟悉的、无拘无束的、亲切的举止,是他对任何别人都不采取的。因为他过去在学校的时候对待我就和对待别人不同,我就觉得他在生活中对待我也和对待别的朋友不一样,而且为此而感到高兴。我觉得我在他心中比别的朋友更为亲近,我自己心里也因为向着他而暖烘烘的。

斯蒂福决定跟我到乡下去,转眼就到了出发的日子。起初他也犹豫过,要不要带黎提摩,后来决定还是不带了。这个体面的家伙,怎么对待他都行。他把箱子装到送我们去伦敦的小马车上,那个稳当劲儿,就像是要经受多少年的颠簸一样。我给了一点小费,他收下了,显出毫无表情的样子。

我们向斯蒂福太太和达特尔小姐告了别。我说了许多感谢的话,那位关怀备至的母亲则说了许多关心的话。我最后看到的是黎提摩那一眨不眨的眼睛,从他的眼神里我可以看出,他虽然没有说,却深信不疑:我实在是非常年轻。

我现在混得不错了,旧地重游,有何感想,在这里就不详细叙述了。我们是坐驿车去的。我记得我当时非常关心亚茅斯的声誉。在我们乘车穿过黑暗的街道往旅店去的路上,斯蒂福说就他所看到的而论,这地方像是一个美好、奇异、清静的洞。我一听这话,大为高兴。我们一到旅店就睡觉了(我从老友海豚门前经过时,看见门口摆着一双脏鞋,一副裹腿),第二天早上很晚才吃早饭。斯蒂福兴致很高,在我起床以前,他就到海滩上溜达,据他说,当地的船夫,有一半他已经认识了。他还看见了一所房子,烟囱里冒着烟,他认为那一定是裴果提先生的家,他说当时他真想闯进去,就说他就是我,只是长大了,他们认不出来了。

"你什么时候把我介绍给他们呀,雏菊?"他说,"我听你吩咐。你想怎么安排,就怎么安排。"

"是啊,我也在想这件事,今天晚上就不错,斯蒂福,晚上他们都坐在炉火旁边。我想让你看到一个温暖的家,一个奇异的地方。"

"就这么办吧!"斯蒂福答道,"今天晚上去。"

"我想事先不告诉他们我们已经在这儿了,"我高兴地说道,"你知道,咱们一定要叫他们感到意外。"

"哦,当然,当然。要是不让他们感到意外,就没意思了。咱们看看土人的土样儿吧。"

"虽然他们的确是你说的那种人,咱也得看。"我答道。

"哈哈!怎么样,你还记得我跟罗莎短兵相接的情况吧?"他说着,扫了我一眼,"那倒霉丫头,我还真有点儿怕她。我觉得她就像个小妖精一样。不管她了。你现在打算干什么?我想你是要去看奶妈吧?"

"啊,不错,"我说,"我得先去看裴果提。"

"那好,"斯蒂福说着,看了看表,"我送你去吧,让他们守着你哭上两个钟头,两个钟头够长吗?"

我笑着说,大概够了,不过他也得来,因为他会发现他的名声比他到得早,他和我几乎是同样重要的人物。

"你愿意让我上哪儿,我就上哪儿,"斯蒂福说,"你愿意让我做什么,我就做什么。你告诉我到哪里去,再过两个钟头,我一定到,你希望我以什么模样出现,愁眉苦脸,或嬉皮笑脸,都行。"

我详细地告诉他怎样找到巴吉斯先生的住处,巴吉斯先生是个赶车的,专跑布伦德斯通等地;安排好了以后,我就一个人走了。外面冷飕飕的,使人振奋,地上干干的,海水碧波清澈,太阳并不很热,但格外光亮,万物都朝气蓬勃。我也朝气蓬勃,因为我在这里感到很高兴,几乎要在街上把人拦住,和他们握手了。

街道看上去当然显得很窄——我想只在小时候见过的街道,长大了再回去看,总是显得很窄的。街上的一切,我都没有忘记,也没看见有什么变化。后来我来到奥默先生的商店,原来写着"奥默"的地方,现在改成"奥默与乔兰"了,经销布匹,兼营成衣,制作丧服,配料俱全,等等,还是原样未改。

我隔着马路看了门脸儿上的字以后,我的脚步很自然地朝着店门走去,所以我就过了马路,往店里望去。靠里边儿,有一个漂亮女人,怀里有个婴儿在跳动,旁边还有一个小家伙,揪着她的围裙。我毫不困难,一下子就认出了明尼,也认出了明尼的孩子。会客室的玻璃门是关着的,但我隐隐约约听见院子对面的作坊里传来的声音,那声音很耳熟,好像从来没有停过。

"奥默先生在家吗?"我说着走了进去,"要是在家,我想见一见他。"

"哦,好啊,先生,他在家,"明尼说道,"他有哮喘病,这种天气,出去不合适。乔,叫你爷爷来。"

揪着她的围裙的小家伙扯着嗓子喊了一声,他自己听了那喊声也觉得不好意思,连忙拽着她的裙子捂在脸上,他妈倒挺高兴。我听见有人喘着粗气朝我们走来,过了一会儿,奥默先生就出现在我的面前,他没怎么显老,但比先前喘得更厉害了。

"伺候着哩,先生,"奥默先生说道,"你有何贵干,先生?"

"你要是愿意,奥默先生,就和我握握手吧,"我说着伸出手去,"有一次,你对我非常善良,不过我当时大概没有为此而表示什么。"

"是吗?"老人答道,"听你这么说,我很高兴,不过我记不得那是什么时候的事了。你准知道那是我吗?"

"肯定无疑。"

"我觉得气不够使,记性也不济了,"奥默先生说着看了我一眼,摇了摇头,"我不记得你呀!"

"你不记得了吗?有一次你跑到驿站去接我,我还是在你这里吃的早饭,后来我们一起坐车到布伦德斯通去——你,我,乔兰太太,还有乔兰先生,当时他还不是她丈夫呢。"

"哎呀,老天保佑,"这意外的情况使得奥默先生大咳一阵,随后他说,"快别说了!——明尼,我的孩子,你还记得吧?——哎哟,对呀。我记得当事人是个太太,是吧?"

"是我母亲。"我答道。

"对了,对了,"奥默先生说道,一面用食指捅了捅我的背心,"当时还有一个小孩儿!一共是两个人,那小孩儿就放在大人的身边。是在布伦德斯通,一点儿不错。哎哟!你一向可好啊?"

我说我很好,谢谢他关心我,我希望他也很好。

"哦!没什么可抱怨的,你知道,"奥默先生说道,"我的气越来越短了,不过人老了,没听说谁的气越来越长的。我这个人随遇而安,尽力而为就是了。这个办法最好,是不是?"

奥默先生一笑,又引起了一阵咳嗽,女儿帮他止了咳,这时候她正站在我们身边,扶着最小的孩子在柜台上蹦呢。

"哎哟!"奥然先生说,"是啊,一点儿也不错。是两个人。对了,就是那一次,在车上为俺明尼和乔兰结婚定的日子,的确是这样。'说个日子吧,大伯,'乔兰说。'是啊,说个日子吧,爹。'明尼说。现在乔兰和我一块儿干了。再看看这个,这是最小的!"

明尼还扶着孩子在柜台上跳,她父亲把一个粗大的手指放到孩子的手心儿里,明尼笑了,把系着发带的头发朝两鬓拢了拢。

"不错,当时是两个人,"奥默先生说道,一边带着回忆往事的样子点了点头,"的确是两个。眼下,乔兰正在做一口灰色的,钉银白色钉子的棺材,尺寸要比这个……"——指在柜台上跳的孩子——"足足大两寸。你吃点什么好吗?"

我婉言谢绝了。

"让我想想!"奥默先生说道,"车夫巴吉斯的老婆——船夫裴果提的妹妹——她和你们家有什么关系吧?她一定是在那儿干活儿吧?"

我作了肯定的回答,使他非常满意。

"我的记性好多了,我想我的哮喘也会跟着好起来的,"奥默先生说道,"说起来,先生,我们这里有她一个年轻的亲戚,跟我们学徒,她做的衣服格调高雅——我敢说整个英国没有哪位公爵夫人能比得上她的。"

"不是小艾米丽吧?"我脱口而出。

"正是艾米丽,"奥默先生说道,"她的个子也不算高,但是你要是肯相信我的话,她的脸蛋儿可与众不同,弄得镇上一半的女人都跟她作对。"

"别胡说了,爸爸!"明尼大声说道。

"我的孩子,"奥默先生说道,"我没说你也跟她作对,"他说着朝我挤了挤眼睛,"我是说亚茅斯一半的女人——哦,方圆五英里以内的女人,都起劲儿地和那个女孩子作对。"

"那她就应该安分守己才是,父亲,"明尼说道,"别给人家留下话把儿呀,那他们就没辙了。"

"就没辙了,我的孩子,"奥默先生反驳道,"就没辙了!这就是你对生活的了解吗?女人有什么事做不出,又有什么事不该做,特别是涉及另外一个女人的美貌的时候?"

奥默先生说完这段挖苦人的笑话之后,我真觉得他要玩儿完了。他一个劲儿地咳嗽,气怎么也喘不上来,我满以为要看着他一头栽到柜台后面,他那黑色短裤,连同膝头一束束褪了色的带子,抖动着翘起来,最后作一次无用的挣扎。不过最终他还是缓过来了,虽然他还在那里大口喘气,浑身无力,不得不坐到桌子旁边的凳子上。

"你看,"他说着擦了擦头上的汗,一边吃力地喘着气,"她在这里和别人没有什么交往——她没有什么特别要好的熟人和朋友,更不要说知心人了。结果,不怀好意的人就散布流言蜚语,说艾米丽要当阔太太。我觉得这主要是因为她有时在学校里说,她要是当了阔太太,就要为她舅舅做这做那——你还看不出来吗?——还要给他买什么好东西呢。"

"你听我说,奥默先生,"我急切地说,"我们小的时候,她也对我说过这样的话。"

奥默先生点了点头,摸了摸下巴。"是啊。还有,她用很少的材料,你看,就能把自己打扮得很漂亮,而许多人用很多材料,却打扮得不如她。这样,不愉快的事情就来了。再就是她挺任性,我就是要说她任性,"奥默先生说,"究竟在想些什么,连她自己也闹不大清楚;有点儿惯坏了;从一开头就没有严格地约束自己。对她的指责,也就这些吧,明尼?"

"也就这些,爸爸,"乔兰太太说,"最难听的话,我想,也就是这些了。"

"有一次,她找了个活儿干,"奥默先生说,"为一个很难伺候的老太太做伴,她们合不来,她就没有干下去。后来她来到我们这儿,学徒三年,现在已经快两年了,她可是个好孩子。一个人顶六个!明尼,她是不是一个顶六个?"

"是的,父亲,"明尼答道,"你可别说我糟践她了。"

"很好,"奥默先生说道,"你说得很对。年轻人,"他摸了一阵子下巴,接着说,"我想,就说到这里吧,免得叫你觉得我气短舌头长。"

他们父女俩谈到艾米丽的时候是压低了声音说话的,我就断定艾米丽一定就在附近。我一问,奥默先生点了点头,果然是这样,他还朝着会客室的门点了点头。我连忙问,能不能往里看,得到的回答是随便看。我隔着玻璃一看,见她坐在那里做活儿。她真是一个漂亮极了的小东西,那双清澈的蓝眼睛看到过我的幼小心灵,这时她正笑着转向明尼的另一个孩子,这孩子正在她身边玩耍。我在她那容光焕发的脸上看出一种任性的样子,足以证明我刚才听到的话是不错的,还隐约看到昔日因喜怒无常而露出的羞涩表情,但她那漂亮的容貌,我敢说,无一处不意味着善意与幸福,而且她已经走上了善意与幸福的道路。

院子对面传来的声音似乎从未停止过——唉,这声音是永远不会停止的——那轻微的敲打声一直在继续。

"你不想进去,"奥默先生说,"和她谈谈吗?进去和她谈谈吧,少爷!不要客气!"

我当时很不好意思,没有进去。我怕弄得她不知所措,也怕弄得我自己不知所措。不过我打听到了她晚上下班的时间,这样我就可以相应地安排我们什么时候到她家去了。我向奥默先生告了别,向他的漂亮女儿和孩子们告了别,我就出来,到亲爱的奶妈裴果提家去了。

裴果提正在镶着瓷砖的厨房里做饭。我刚一敲门,她就把门开开了,问我有什么事儿。我对她笑了笑,但她并不对我笑。我没断了给她寄信,不过自从我们上次见面以来,过了准有七年了。

"巴吉斯先生在家吗,太太?"我假装粗声粗气地对她说。

"在家,先生,"裴果提答道,"他风湿病闹得很厉害,在床上躺着哩。"

"他现在不跑布伦德斯通了吗?"我问道。

"不犯病的时候就去。"她答道。

"你到那儿去过吗,巴吉斯太太?"

她更仔细地看了看我,这时候,我注意到她的两只手猛然一动,靠得更近了。

"因为我想问一个问题,涉及那里的一所房子,大家都管它叫——叫什么来着?——叫栖鸦楼。"我说。

她倒退了一步,又犹豫,又害怕,伸出两手,好像不让我靠近她。

"裴果提!"我朝她喊道。

她喊了一声"我亲爱的孩子呀!"接着我们俩就搂在一起,大哭起来。

她怎样克制不住自己的感情——怎样对着我又哭又笑——感到多么骄傲,多么高兴——多么悲哀,因为本来应该为我感到骄傲感到高兴的那个女人永远不可能把我亲热地搂在怀里了——这一切,我在这里都不忍心再说了。因为我年轻,我的情绪跟着她波动,但我并不觉得这有什么不好,从而感到不安。我敢说,我这一辈子,即便是在她面前,也从来没有像那天早上那样尽情地哭,尽情地笑。

"巴吉斯一定会很高兴,"裴果提说着用围裙擦了擦眼睛,"这比他用几品脱的药来搓他的关节还见效。我去告诉他你来了,好不好?你愿意上来看看他吗,我的孩子?"

我当然愿意。不过裴果提虽说要去,却没有那么容易,因为她每次走到门口,扭头朝我一看,就回来趴在我肩膀上又哭一阵,笑一阵。最后,为了好办一点儿,我就和她一块儿上楼去了。我在门外等了一会儿,她先去跟巴吉斯先生说一声,让他有个思想准备,然后我就来到了病人的面前。

他一见我,热情极了。他的风湿病很厉害,不能和我握手,但他请我摸一摸他的睡帽上的穗子,我就极其热情地摸了一番。我在床边坐下以后,他对我说,他觉得好像又在赶着车送我到布伦德斯通去,这种感觉对他的好处是很大的。他仰卧在床上,又盖得那么严,只露着一张脸,好像他只有一张脸——就像传统画里的小天使一样——看上去可真是我见过的最怪的一件东西了。

"我在车上写过一个名字,少爷,那是个什么名字来着?"巴吉斯说着,因患风湿而痛苦地慢慢一笑。

"哦,巴吉斯先生,我们多次认真地谈过这件事,对不对?"

"我表示愿意,还等了很长时间,是不是,少爷?"巴吉斯先生说。

"是等了很长时间。"我说。

"可是我不后悔,"巴吉斯先生说,"你还记得吗,有一次你对我说,苹果饼都是她做,饭也都是她做?"

"记得,记得很清楚。"我答道。

"真是这样,"巴吉斯先生说道,"好比萝卜就是萝卜,"巴吉斯先生说着,甩了甩睡帽,他也只有这样来加强语气了,"税就是税。一点儿不假。"

巴吉斯先生转过脸来看了看我,好像希望我同意他在病床上作出的这一论断,我也就表示同意了。

"一点儿不假,"巴吉斯先生又说了一遍,"像我这样一个穷人,躺在病床上,就认这个理儿。我是个很穷的人啊,少爷。"

"听你这样说,我很难过,巴吉斯先生。"

"是个很穷的人,的确是这样。"巴吉斯先生说道。

说到这里,他的右手无力地从被单下面慢慢伸出来,漫无目的地乱抓了一阵,抓住了一根松松地捆在床边的手杖,他用这手杖乱指了一阵,脸上显出了各种痛苦的表情,最后他指了指一个箱子,箱子的一头儿一直露在外面,我看得见。随后他脸上的表情渐渐平静下来。

"旧衣裳。"巴吉斯先生说道。

"哦!"我说。

"要是一箱子钱就好了,少爷!"巴吉斯先生说道。

"那可真的就好了。"我说。

"可那不是呀。"巴吉斯先生说着,把两只眼睛睁得大大的。

我表示那是肯定无疑的;巴吉斯先生转过脸去,以更温柔的眼光看着自己的妻子,说道:

"克·裴·巴吉斯,她是个最能干、最好的女人。无论是谁说什么话来称赞克·裴·巴吉斯,她都当之无愧,而且有余。我的孩子,你今天就陪我们吃饭吧,好吗? 有好吃的,好喝的呀。"

我本来想说不要为我而这样做,没有必要,但我看见裴果提坐在床那边,非常希望我不要推辞,所以我没有吭声。

"我身边还有点儿钱,亲爱的,"巴吉斯先生说道,"可是我有点儿累了。要是你和大卫先生出去一下,让我睡一会儿,睡醒了,我想法儿把它找出来。"

听他这样要求,我们就从屋里出来了。我们来到门外,裴果提告诉我,巴吉斯先生比以前"更加拮据"了,每次从他放钱的地方拿出一个子儿来,他都采取这个办法;他忍受着闻所未闻的痛苦,独自爬下床来,从那个倒霉的箱子里拿出钱来。实际上,我们接着就听见他那强忍着的呻吟,叫人听了实在难受,因为这项与喜鹊的习性一般的活动使他浑身的关节疼痛难忍。但是裴果提虽然两眼充满了对他的疼爱,却说他肯慷慨解囊,对他是有好处的,最好不要阻拦。所以他就继续呻吟,一直到他回到床上为止,我敢肯定,他经历了一场殉道者经历的苦难。后来他叫我们进去,他还假装睡了一觉,刚刚醒来,精神很好,接着就从枕头底下摸出一几尼。他很满意,一来骗过了我们,二来保住了那无人知晓的箱子的秘密,这对他来说好像就足以补偿他所经受的那些痛苦了。

我告诉裴果提说斯蒂福要来,让她有所准备,过了一会儿,斯蒂福就来了。我相信,无论斯蒂福给过她个人什么恩惠,还是他只是我的好朋友,裴果提都不会采取不同的态度,都会极其热情地、诚心诚意地接待他。但是不出五分钟,他就把她吸引住了,因为他又随和,又热情,态度和蔼,面貌俊秀,生来就善于和人打交道,想和谁接近就能和谁接近,想打动谁的心,就能抓住他最关心的东西,一下子打动他的心。光凭他对我的态度,他就能赢得她的好感,可是把所有这些原因加在一起,我完全相信那天晚上他还没有走,裴果提就对他有些崇拜了。

他和我一起留下来吃晚饭,我要是说他愿意,那可远没有说出他那副求之不得、兴高采烈的样子。他来到巴吉斯先生屋里,像阳光和空气一样,给人以明亮、清新的感觉,仿佛他就是有助于身体健康的自然条件一样。他无论做什么事情都不出声音,不费力气,不用有意识地去做;他每做一件事情都显得格外轻快,好像不可能做别的事情,也不可能做得更好,而他这种轻快又显得那么优美,那么自然,那么叫人欢喜,直到现在,我回想起来,还钦佩不已。

我们在小小的客厅里玩得很开心。那本《殉道者传》,从我上次来过以后,就没有人打开过,原样摆在书桌上,现在我再翻开看看里面那些可怕的插图,回想起上一次看这些插图的感受,现在已经不再有了。裴果提提到一间屋子,称它是我的屋子,说已经为我过夜准备好了,希望我使用。我还没来得及看斯蒂福一眼,正在那里犹豫,他却对当时的情景看得一清二楚了。

"当然是这样,"斯蒂福说,"我们在这儿的这段时间里,你在这里睡,我到旅店去睡。"

"可是这么远把你带到这里,"我答道,"又不和你同住,显得太不够意思了,斯蒂福。"

"哦,看在上帝的分上,你说你理应睡在哪里?"他说,"和这相比,'显得'怎么样又有什么关系?"问题马上得到了解决。

整个晚上,一直到八点钟我们离开这里,向裴果提先生住的船走去,他始终表现出自己那些讨人喜欢的品质。说真的,他呆的时间越长,这些品质表现得越突出;因为我当时就想,现在也不怀疑,他决心讨人喜欢,已经获得成功,他意识到这一点,这就促使他从新的角度细心观察,而且虽然微妙,却使他更容易讨人喜欢了。要是当时有人对我说,这一切都是一场漂亮的把戏,只是为了一时的兴奋,为了热闹一番,实际上是在无意识地喜欢高人一等,毫无意义地、随随便便地把对他没有价值的东西弄到手,又随手把它扔掉——我说,那天晚上要是有人对我说这样的谎话,我真不知道我会怎样对待,怎样发泄我的怒气了。

也许我只会加深对他的忠实和友谊,如果这种虚幻的感情还有可能加深的话;反正我当时是带着更深厚的感情陪着他在那黑暗、寒冷的海滩上朝着那条旧船走去,风在我的耳边叹息,比我第一次来看望裴果提先生的那天晚上的叹息和呻吟声,听起来更为悲惨。

"这地方够荒凉的,斯蒂福,是不是?"

"天黑了,是够凄凉的,"他说,"海水咆哮,好像饿了,要把我们吃掉。我看见远处有灯光,那就是那条船吧?"

"那就是那条船。"我说道。

"和我今天早上看到的一模一样,"他答道,"我一下子就奔那儿去了,这也许是本能吧。"

快到那灯光的时候,我们就不说话了,悄悄地朝门口走去。我把手放在门栓上,小声叫斯蒂福跟上,接着我就走了进去。

我们在门外就隐隐约约听见屋里有嘈杂的说话声,进门的时候,听见一阵拍手的声音,使我惊讶的是这拍手声来自古米治太太,而她平时总是闷闷不乐的。异常兴奋的还不止古米治太太一人。裴果提先生容光焕发,显得格外满意的样子,哈哈大笑,张着粗壮的两臂,好像正等着小艾米丽扑到他的怀里;哈姆脸上表情复杂,有爱慕,有欣喜,还有一种尴尬的难为情的神气,这神气配在他的脸上倒正合适,他拉着小艾米丽的手,好像正要把她介绍给裴果提先生;小艾米丽本人又胆怯,又难为情,但是从她的眼神儿里可以看出,她为裴果提先生高兴而感到高兴,她正要从哈姆身旁扑向裴果提先生,偎依在他的怀里,我们一进来,她立刻停住了,因为她第一个看见了我们。我们第一眼看见他们的时候,我们从寒冷黑暗的冬夜进入温暖明亮的屋子的时候,屋里的情景就是这样——古米治太太站在后面,拼命拍手,像发了疯似的。

这幅小小的图画,我们一进来,马上就消失了,快得甚至叫人怀疑原来是否有过这样一幅图画。我在这群吃惊的人们中间,面对面地看着裴果提先生,向他伸出了手,这时候,哈姆叫道:

"大卫少爷!这是大卫少爷呀!"

我们顿时互相握起手来,互相问好,彼此都说再次见面多么高兴,人人都在说话。裴果提先生见到我们,感到又骄傲,又愉快,一时竟不知说什么好,做什么好,只是一个劲儿地和我握手,和斯蒂福握手,然后又和我握手,把一头厚发弄得乱糟糟的,他笑得那么开心,那么得意,让人看了实在高兴。

"哎呀,你们两位先生——都长大了——今天晚上来到我们家,又赶上我一生中最难得的一天,"裴果提先生说,"这样的事,以前可从来没有发生过,我的确是这样想的,而且是有道理的!——亲爱的艾米丽,过来!快过来,我的小妖精!这是大卫少爷的朋友,亲爱的!这就是你听我们谈到过的那位先生啊,艾米丽。他和大卫少爷一起来看你了,今天晚上又赶上是你舅舅一生中,无论是过去,还是将来,最快活的日子。让别的日子见鬼去吧。"

裴果提先生兴致勃勃地一口气说了这番话之后,非常快活地用两只大手捧着外甥女的脸亲了十多次,又以骄傲与疼爱的心情温柔地把它贴在自己宽阔的胸膛上,用手轻轻地拍了拍,好像他的手是一只贵妇人的手。然后他松开了手,在她跑进我住过的小屋的时候,他扫了我们一眼,满脸通红,气喘吁吁,显出格外满意的样子。

"要是你们两位先生——两位先生现在都长大了——都长大了——"裴果提先生说道。

"是啊,是啊!"哈姆叫道,"你说得对!他们是长大了。大卫少爷——两位先生都长大了——都长大了。"

"要是你们两位先生,两位先生都长大了,"裴果提先生说道,"看到我现在这个样子,不能谅解我,那就等你们了解了情况以后,我再求你们原谅我吧。——我亲爱的艾米丽!——她知道我要说出来,"说到这里,他那个高兴劲儿又上来了,"就跑掉了。——老大姐,你费心去照料她一会儿,好不好?"

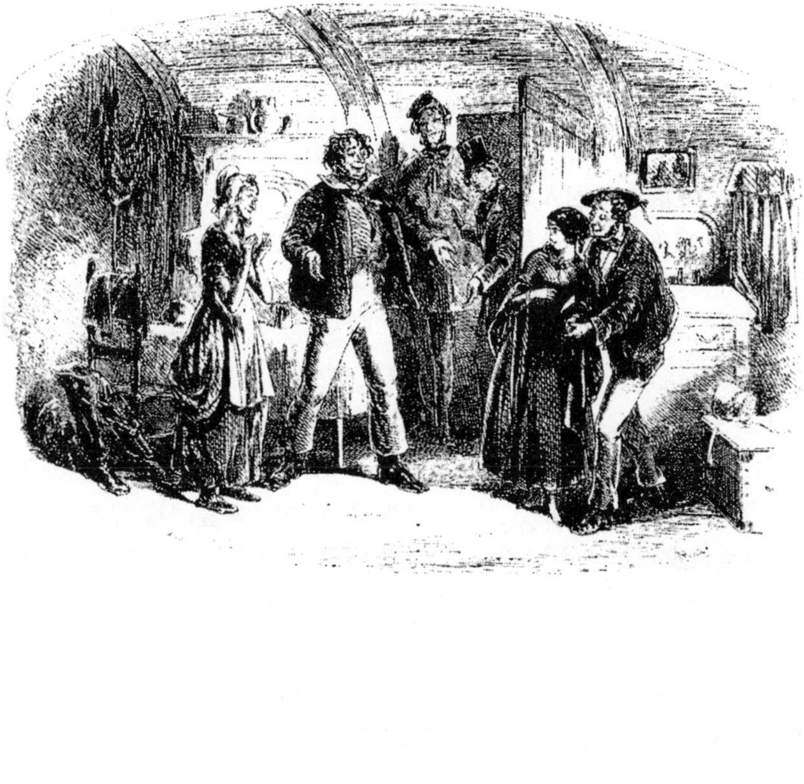

古米治太太点了点头,就走了。

"要是今天晚上,"裴果提先生说着,靠近壁炉在我们中间坐下,"还不算我一生中最快乐的一个晚上,那么我就是一只虾,而且是一只煮熟了的虾——别的什么就不说了。这个小艾米丽,先生,"他压低了声音对斯蒂福说,"你刚才看见了,她脸红了……"

斯蒂福只点了点头,但他很高兴,而且显得又关心,又和裴果提先生有同样的感情,使裴果提先生觉得他好像说了点儿什么,就接着说:

"那当然。她就是这个样子,就是这么个人。谢谢你,先生。"

哈姆朝我不断地点头,好像要是让他说,他也会这么说。

"我们这个小艾米丽,在我们家受到的待遇,我认为只有眼睛明亮的小东西才能在任何人的家里受到,我是个愚昧无知的人,但是我相信这一点。她不是我的孩子——我没生过孩子,可是我最疼她。你明白吗?我最疼她!"

"我非常明白。"斯蒂福说道。

"我知道你是明白的,先生,"裴果提先生答道,"我再谢你一次。大卫少爷记得她过去的情况;你可以亲自判断她现在的情况,不过你们俩都不完全清楚,她的过去、现在和将来对于我这颗疼爱她的心来说,意味着什么。我是个粗人,先生,"裴果提先生说道,"像海刺猬一样粗,可是我觉得谁也不可能知道我们的小艾米丽对我来说意味着什么,除非是个女人,而且咱们关起门来说,那女人还不能是古米治太太,虽然她也有无数的长处。"

裴果提先生又用两手把头发弄得乱蓬蓬的,这是进一步为下面要说的话做准备。接着,两手分别搭在膝盖上,继续说道:

"有这么一个人,从艾米丽的父亲淹死的时候就认识她,是看着她长大的——从一个孩子,到一个少女,到一个女人。这个人看上去并不起眼,很不起眼,"裴果提先生说道,"和我长得差不多,是个粗人,他饱经风霜,浑身发咸,但是总的说来,他是那种诚实的人,是个好心人。"

哈姆坐在那里冲着我们笑,我觉得从来没有见他笑得这样开心。

"这里这个有福气的打鱼的干什么了呢?"裴果提先生兴高采烈地说道,"他一下子爱上了我们的小艾米丽,到处跟着她转,像仆人一样伺候她,连饭也不想吃了,后来他把出的这件事儿对我明说了。你看,我现在可以祝愿我们的小艾米丽顺利成亲了。但愿她在任何情况下都有一个诚实的人有权保护她。我不知道自己还能活多久,也不知道多快就会死了,不过我知道,要是哪天晚上在亚茅斯附近的海面上,大风吹翻了我的船,我贴着浪尖最后看一眼镇上闪烁的灯光,然后就再也露不出头的时候,我会较为坦然地沉下去,心想:'岸上有个人,对我的小艾米丽一片忠心,上帝保佑她,只要他活着,我的艾米丽就不会受委屈。'"

裴果提先生朴实认真地把右胳膊一挥,仿佛是最后一次朝着镇上的灯光挥动,随后他对着哈姆的目光,两人互相点了点头,他像刚才一样接着说道:

"唉,我劝他找艾米丽谈谈。他也不小了,可是他比小孩子还害羞,不愿意去。于是我就去和她谈。'什么!就是他?'艾米丽说,'这么多年,我跟他这么熟,又这么喜欢他!哦,舅舅,我可不能要他。他是那么好的一个人!'我吻了她一下,没有多说,只对她说,'亲爱的孩子,你说出了自己的想法,这很好,你应该自己来选择,你像小鸟一样自由。'随后我又去找他,我对他说,'我本来也希望这件事能成,但是没有成。不过你们可以和过去一样,我要对你说的是,你要像个男子汉,像过去一样对待她。'他握着我的手对我说,'我一定照办!'他说。有两年的时间,他就是这样,大大方方,是个男人的样子,我们在家里完全和过去一样。"

裴果提先生脸上的表情随着他说的话而不断变化,现在又恢复了原来那种得意的、愉快的神情。他把一只手搭在我的膝盖上,另一只手搭在斯蒂福的膝盖上(事先还在手心里吐了点儿沫,以突出他这个动作),然后就冲着我们俩说了下面这段话:

"忽然有一天晚上——其实就是今天晚上——小艾米丽下班回来,是他陪她回来的。你会说,那有什么了不起的。的确是这样,因为天黑以后,他总是像个哥哥一样照顾她,天黑以前以及别的时间也是一样。但是这个打鱼的拉住她的手,高兴地对我喊道,'看哪!她就要做我的小媳妇了!'她接着就又大胆,又害羞,半笑半哭地说,'是的,舅舅！只要你同意。'——只要我同意！"裴果提先生大声说道,想到这里,他高兴得摇头晃脑,"我的天哪,好像我还会不同意哩！——'只要你同意就行啦,我不像以前那么犹豫了,考虑得比较成熟了,做他的小媳妇,我一定好好地待他,他可是个大好人哪！'古米治太太一听这话,好像在看戏一样,鼓起掌来,就在这时候,你们进来了。这样一来,秘密全暴露了！"裴果提先生说道,"你们进来了！这就是刚才在这里发生的事,要娶媳妇的就是他,等她一出师就结婚。"

裴果提先生感到无比的高兴,就给了哈姆一拳,就是一种信任与友好的表示,这一拳打得他站立不稳,倒退了两步。哈姆觉得理应对我们说点儿什么,就非常吃力地、吞吞吐吐地说道:

"你头一次来的时候,大卫少爷——她的个子并不比你高——当时我就想,不知道她长大了是个什么样子。我是看着她长大的——先生们——像一朵花一样。为了她,我可以不要命——大卫少爷——哦！我还很满足,很高兴！对我说来,她超过了——先生们——超过了——她就是我想要的一切,超过了我——超过了我能说出来的我想要的一切。我——我真爱她。地上也罢——海上也罢——没有哪位先生爱他的女人能超过我对她的爱,虽然有许多人——嘴里说得好听——心里却是另外一码事儿。"

像哈姆这样一个强壮的汉子,因为倾心于一个可爱的小东西,谈起来激动得发抖,看到眼前这种情况,我也觉得很受感动。我觉得,裴果提先生和哈姆本人给我们的这种纯朴的信任也很令人感动。他们说的这些事都使我很受感动。我对童年的回忆对我的情绪产生了多大的影响,我不知道。是不是我来的时候脑子里还残存着一种幻想,觉得我还应当爱小艾米丽,我也不知道。我只知道这里的情况使我感到愉快,不过在一开始的时候,我感到的是一种无法形容的易受影响的愉快,是很容易转化为痛苦的。

因此,要是由我来运用技巧,拨动琴弦,来为大家定一个调子,我非把事情弄糟不可。幸好这件事是由斯蒂福来做的;而且他技艺高超,几分钟之后,我们就都能多逍遥就多逍遥,能多快活就多快活了。

"裴果提先生,"他说,"你可是个大好人,应该像今天晚上这样高兴。我伸出手来作保证!——哈姆,我祝你快活,老兄。我也伸出手来作保证!雏菊,你把火拨一拨,让它着得旺一点儿!——还有,裴果提先生,我现在把墙角里这把椅子空出来,你要是不能把你那温柔的外甥女劝回来,我可就要走了。在这样一个夜晚,我不能让你家的炉火边上有空位子呀——这样一个空位子更是绝对不行——即便是把印度群岛的财富给了我,我也不干!"

于是裴果提先生就到我住过的那间屋里去把小艾米丽找回来。起初,小艾米丽不肯回来,后来哈姆也去了。一会儿的工夫,他们陪她来到炉火旁边,她不知如何是好,也显得很不好意思。但她很快就镇静下来,因为她看到斯蒂福跟她讲话那么文雅,那么有礼貌,那么善于避开可能使她难堪的话题;看到他怎样和裴果提先生谈论小船、大船、潮水和鱼类;怎样和我谈起在萨伦学堂见到裴果提先生的情况,他怎样喜欢这条船以及船里的一切;他怎样轻松自如地与大家周旋,最后他把我们都引进了如醉如痴的境地,我们都无拘无束地说个没完。

说真的,艾米丽一晚上很少说话;她一边看,一边听,脸上的表情很丰富,看上去很迷人。斯蒂福讲了一个悲惨的沉船的故事(这是从他和裴果提先生的谈话中引出来的),就好像他亲眼看着一样,小艾米丽两眼一直盯着他,好像她也亲眼看着一样。为了缓和一下紧张气氛,他又给我们讲了一件他自己的有趣的经历。他讲得非常生动,好像我们对这段经历和他一样记忆犹新。小艾米丽笑得全船都回荡着她那悦耳的笑声,我们都笑了(斯蒂福也笑了),因为我们面对那轻松欢快的情景,也不禁产生了共鸣。他非让裴果提先生唱歌,与其说唱,不如说吼,唱的是"狂风呼叫,呼呼叫"。斯蒂福自己也唱了一支水手歌曲,唱得那么委婉动听,我几乎觉得那真正的风悲哀地在房子周围吹过的时候,它在我们鸦雀无声的寂静之中轻轻发出低沉的声音的时候,它也在那里听呢。

至于古米治太太这个精神沮丧的受害者,斯蒂福也帮她解脱出来,裴果提先生告诉我,自从她的老伴儿去世以来,谁都没有取得这样好的效果。斯蒂福不给她留下时间去让她苦恼,所以第二天她说她觉得头一天晚上一定是中了邪了。

不过斯蒂福并没有垄断大家的注意力,也没有垄断大家的谈话。小艾米丽渐渐地不那么胆怯了,隔着炉火和我谈起话来,但仍然有些不好意思。她谈到过去我们怎样在海滩上溜达,收集贝壳和石子。我问她是否记得我当年对她多么忠心耿耿。回想起昔日美好的时光,我们俩都笑了起来,脸也红了。现在,回顾那段往事,好像不曾有过那样的事。在这段时间里,斯蒂福一声不吭,专心致志地仔细观察我们。这时候,乃至整个晚上,艾米丽一直坐在炉旁角落里的小柜子上,哈姆坐在他身边,那是过去我坐的地方。我无法断定,那究竟是她特有的折磨人的伎俩,还是在我们面前表现出来的少女的拘谨,反正她是紧靠着墙坐在那里,和他保持一段距离,不过我注意到了,她整个晚上都是那个样子。

我记得,我们告辞的时候已经快半夜了。临走以前,我们一起吃了夜宵,吃的是饼干和鱼干儿,斯蒂福从口袋里掏出满满一瓶荷兰酒,我们几个男人(现在我可以说我们几个男人而毫无愧色了)一饮而尽。我们高高兴兴地告了别,他们都聚在门口,想尽量多照亮一点儿我们的路,这时我看见小艾米丽那双漂亮的蓝眼睛从哈姆身后朝我们张望,我还听见她那温柔的声音冲着我们喊,叫我们路上多加小心。

"真是一个很有吸引力的小美人儿,"斯蒂福拉着我的胳膊说道,"哦,这地方真有意思,这些人也真有意思,和他们在一起,有一种全新的感觉。"

"咱们也真幸运,"我答道,"来到这里正好看到他们订婚的欢乐情景。我从来没有见过有人这么快活。咱们像刚才那样亲眼看见了,而且分享了他们纯朴的欢乐,多么叫人高兴啊!"

"那个呆头呆脑的家伙可配不上那姑娘,是不是?"斯蒂福说。

他对哈姆,对他们所有的人,一直都很热情,所以我没想到他会说出这样冷淡的话,感到吃惊。但我马上扭头看了看他,见他眼神里露出笑意,才大大松了一口气。我说:

"唉,斯蒂福!你可真会拿穷人开玩笑!你可以跟达特尔小姐拌嘴,也可以用玩笑对我掩盖你的热心肠儿,但是我看得很清楚。我知道你对他们了解得多么深,多么善于洞察像这个渔民一样的普通人的幸福,善于体谅像我的老奶妈这样的人的一颗爱心,所以我知道你对这种人的喜悦,对他们的悲哀,对他们的任何一种感情,都不会是无动于衷的。所以,斯蒂福,我对你的敬重与仰慕增加了二十倍!"

他停下了脚步,看着我的脸说,"雏菊,我相信你这都是真心话,你真好。但愿我们都是这样!"接着他就兴致勃勃地唱起裴果提先生刚才唱的那支歌来,我们就这样迈着轻快的步子走回亚茅斯。

第二十二章

几处旧地，几位新人

我和斯蒂福在这一带呆了两个多星期。我们很多时间是在一起的，这就不用说了，不过有时候，我们也一连几个钟头不在一起。他水性很好，我却不行；他又特别喜欢坐船去玩儿，他和裴果提先生乘船出游的时候，我往往留在岸上。我住在裴果提家空闲的屋里，受到一定的约束，而他就不受这种约束，因为我知道裴果提整天照顾巴吉斯先生有多辛苦，所以晚上不愿意在外面呆得很晚，而斯蒂福住在旅店里，可以由着自己的性子去做，别的不必考虑。这样我就听说，我睡了以后，他还在裴果提先生常去的顺兴楼花点儿钱，请渔民们聚一聚。我还听说，他披着渔民的衣服，趁着月光，整夜在外面游荡，早上涨潮的时候才回来。不过我这时候已经知道，他有好动的天性和勇敢的精神，喜欢在艰苦的劳动和恶劣的天气里表现一番，遇到别的能使他兴奋的机会，只要他觉得新鲜，他也会表现一番。所以我对他做的这些事，并不感到意外。

我们有时候不在一起，还有一个原因：我有兴趣到布伦德斯通去，再看一看我童年时代熟悉的老地方，这是很自然的，而斯蒂福去过一次了，自然没有多少兴趣再去一次。因此我马上就能回想起来，有三四天，我们很早吃过早饭就分道扬镳，很晚再一起吃晚饭。在我们分开的时候，他是怎样打发时间的，我不得而知，只笼统地知道他在这里人缘很好，能找到二十种活动方式来进行消遣，要是别人，恐怕连一种也找不到。

至于我，独自一人重归故里，我顺着老路走去，每一码都唤起我的回忆,昔日去过的地方,也都使我流连忘返,而且从不感到厌倦。我在这些地方流连,我对这些地方眷恋,其实在我远在他乡的时候,我的心思也常在这里流连,我那幼小的心灵也曾对这里眷恋。树底下有座坟,我的父母都葬在那里——起初那只是我父亲的坟,我曾怀着一种莫名其妙的怜悯之心从远处望它,我也曾站在它旁边,孤独一人,看着他们把坟刨开,把我那漂亮的母亲和她的孩子埋葬进去——从那以后,这座坟在裴果提精心照顾之下一直整整齐齐,成了一座花园。我一个钟头一个钟头地在近处走来走去。这座坟没有紧靠着墓地的小路,坐落在一个僻静的角落里,但离得也不太远,我走来走去的时候,还能看清墓碑上的名字。教堂打点的钟声使我吃惊,因为我觉得那好像是长眠者发出的声音。在这种情况下,我所想的总是和我在生活中要成为怎样一个人联系在一起,总是和我要做的出人头地的事联系在一起。我的脚步声产生的回响也没有形成别的曲调,而是围绕着这一主题,仿佛我这次回来,母亲还活着,我要在她身旁建功立业,而这一切都是幻想。

我旧日的家发生了很大的变化。那七零八落的鸦巢,早就没有乌鸦在里面栖息了,现在连巢也不见了。那些树的枝叶,砍的砍,去的去,也不再是我记得的样子了。花园一片荒芜,房子的窗户,有一半是关着的。房子里面住着一个可怜的男人,是个疯子,还有几个人在照顾他。他老坐在我那个小窗口,往外朝墓地那边看,不知他那杂乱的思绪是否与我先前的想法相吻合,当年我穿着睡衣,就是从这个小窗户迎着朝霞往外看,看见羊群在初升太阳的照耀下,在那里静静地吃草。

我们的老邻居葛雷波夫妇到南美洲去了,雨水顺着他们家空房子的屋顶往下流,把外面的墙都弄脏了。祁力普先生又结婚了,娶了一个大个子、高鼻梁、瘦骨嶙峋的女人,他们生了个孩子,也是皮包骨头,头重得挺不起来,两眼无神,目光呆滞,好像始终不明白自己为什么要到世界上来。

我怀着一种奇特的悲喜交集的心情在我的家乡流连忘返,直到那冬天的太阳发红了,提醒我该走了,才踏上归途。但是离开那里以后,特别是和斯蒂福愉快地坐在熊熊燃烧的炉火边一起吃晚饭的时候,回想一下访问故乡的情况,心里感到美滋滋的。晚上我带着这美滋滋的心情回到我那整洁的卧室,只是不如刚才感受的那么强烈罢了。我在卧室里翻看那本鳄鱼的故事(这本书总是摆在一张小桌子上),这就使我怀着感激的心情想到自己多么幸福,因为我有斯蒂福这样一位朋友,我有裴果提这样一位朋友,虽然我失去了父母,却有这样一位慈爱善良、慷慨大方的姨奶奶。

我每天长途跋涉赶回亚茅斯,最近的路是经过一个渡口。下了渡船就是一片海滩,一边是海,一边就是镇子,我穿过海滩走,比顺着大路可以少绕一个大圈子。裴果提先生的家就在这片荒滩上,离我走的路不到一百码,我每天路过这里,都要进去看看。斯蒂福肯定在那里等我,我们一起冒着寒气,穿过越来越浓的雾,朝着镇上闪烁的灯光走去。

一天晚上,天很黑,我回来得比平时晚一点儿——因为我那一天到布伦德斯通,是去向它告别的,我们很快就要回去了——我看见斯蒂福独自一人在裴果提先生家里,坐在炉前沉思。他想得那样入神,我朝他走去,他竟然一点儿也没有觉察。即便他没有想得那么入神,他也很可能会毫不觉察,因为脚步落在外面的沙地上是不出声的,可是就连我进门也没有惊醒他。我站在他身边,朝着他看,他还是皱着眉头在那里沉思。

我把手搭在他肩膀上,他大吃一惊,弄得我也吃了一惊。

"你吓了我一跳,"他以近乎生气的语气说道,"像个冤魂似的!"

"我总得让你知道我来了吧,"我答道,"我是不是把你从天上请下来了?"

"不是,"他答道,"不是。"

"那就是我从地底下什么地方把你请上来了?"我说着在他旁边坐了下来。

"我在看火里的图画呢。"他答道。

"可是你把那些画儿都毁了,不让我看,"我说,因为他拿起一块燃烧着的木头,捅了捅那炉火,捅出了一溜灼热的火星,那火星蹿进狭窄的烟囱口,呼啸着升空去了。

"我不捅,你也看不见那些图画的,"他答道,"我讨厌这种不清不楚的时间,说它是白天,不是白天,说它是晚上,不是晚上。你怎么这么晚才回来！你上哪儿去啦？"

"我连续去了几天,今天是告别去了。"我说。

"而我却一直坐在这里,"斯蒂福说着朝四下里扫了一眼,"我觉得我们来的那天晚上,我们看到大家都很高兴,可是从眼下这里这种凄凉的样子来看,大家也许是散了,也许是死了,也许是遇上了什么我不知道的灾难。大卫,我真希望二十年来我有过一个有眼光的父亲！"

"亲爱的斯蒂福,你怎么了？"

"我衷心希望我受到过更多的指导！"他大声说道,"我衷心希望我能更好地指导我自己！"

他表现出一种极度消沉的情绪,这使我非常惊讶。我绝没有料到他会变成这个样子。

"我宁可当裴果提这样的穷人,当他那笨蛋侄子,"他说着站起来,面对着炉火,忧郁地靠在壁炉前的横板上,"也不愿意像我现在这样,比他们阔二十倍,比他们精二十倍,却在过去半个钟头里,在那该死的小船上,给自己找麻烦！"

我看到他身上的变化,感到莫名其妙,所以起初我只能静静地观察,这时候,他站在那里,用手托着脑袋,用阴郁的眼光向下看着炉火。最后我极其认真地求他告诉我,出了什么事儿,使他这样异乎寻常地不高兴,即便我不能妄想给他出什么主意,也可以让我向他表示同情嘛。我还没怎么说完,他就大笑起来——起初还有些焦躁,过了一会儿,就欢快如故了。

"好啦,没什么,雏菊！没什么！"他答道,"我在伦敦的旅店里对你说过,有时候,我自己都发现自己难以对付。我刚才像做噩梦一样,跟我自己过不去了——我想,我一定是做了一场噩梦。人在无聊的时候,就会想起童话①,但不意识到这是童话。我相信,我刚才就把自己和那个'不管不顾',最后让狮子吃掉了的坏孩子混为一谈了——要想完蛋,让狮子吃掉大概是个比较好的办法。老太太们说吓死人的东西,我浑身上下都感到了。我对自己都感到害怕了。"

---

① 据说有个孩子因爱发誓赌咒,而被狮子吃了。

"别的你是什么都不怕的,我觉得。"我说。

"也许是这样,不过也可能还有很多东西叫我害怕。"他答道,"好啦!过去啦!我不会再闹情绪啦,大卫;不过我要再告诉你一次,我的好朋友,我要是有过一个稳重、明智的父亲,那么对我(其实还不光是对我)可就太有好处了。"

他的脸上总是有许多表情,但是他刚才眼睛盯着炉火说那番话的时候,脸上出现的那种阴郁、严肃的表情,我却从来没有见到过。

"这件事,就说到这里吧!"他说着把手一挥,好像把一件很轻的东西扔到空中去了。

"'嘿,他一去,我的勇气又恢复了,'①就像麦克白一样。雏菊,咱们吃饭吧——假如我还没有像戏里的麦克白那样以惊人的骚乱使宴会中断。"

"可他们都上哪儿去了呢,我真纳闷?"我说。

"上帝才知道,"斯蒂福说道,"我溜达着到渡口去找过你,随后我就溜到这儿来了,发现这里没有人。于是我就沉思起来,就是你看到的那个样子。"

古米治太太提着篮子回来了,这才弄明白家里怎么会没有人。原来等涨潮的时候,裴果提先生就回来了,所以古米治太太急忙出去买点东西准备着,可又怕她不在的时候哈姆和小艾米丽回来,因为今天他们回来得早,所以她敞着门就走了。斯蒂福热情地向她打招呼,装模作样地和她拥抱,一下子就把古米治太太的精神提起来了,随后他就拉起我的胳膊,连忙把我拽走了。

斯蒂福提起了古米治太太的精神,也同样提起了自己的精神,他的情绪已经恢复正常。我们一边走,一边兴奋地聊了起来。

"这么说来,"他兴致勃勃地说,"咱们明天就要结束这海盗式的生活了,是不是?"

"这是咱们说好了的呀,"我答道,"咱们在驿车上的座儿都订好

---

① 此句为朱生豪的译文,引自《麦克白》第3幕第4场,见《莎士比亚全集》,人民文学出版社1991年版,第353页。

了,你知道。"

"唉,大概没有办法变了吧,"斯蒂福说道,"除了在这里到海上去漂流,我几乎不记得世界上还有别的事情可做了。我真希望没有别的事情可做。"

"那得看这新鲜劲儿能保持多久了。"我笑着说道。

"恐怕是这样,"他答道,"不过像你这样一个年轻朋友,又和蔼,又天真,说这样的话,未免太挖苦我了。唉,大卫,我敢说我这个人反复无常。我知道我是这么个人。不过要是铁真是热的,我也打得挺带劲儿。我想在这一带水域考领航员,一般难度的考试,我是能通过的。"

"裴果提先生说你是个奇才呀。"我答道。

"航海的奇才,是不是?"斯蒂福笑着问道。

"他就是这么说的,你也知道他这话说得一点儿不错,因为你知道你是干什么爱什么,而且一学就会。斯蒂福,你最叫我惊讶的是,你的才能,就这么偶尔用一用,怎么就满足了呢。"

"满足?"他愉快地答道,"我永远也不满足,除非是看到你的清新的面貌,我温柔的雏菊,至于偶尔一用,我可没学会像现代的伊克西翁那样把自己绑在轮子上,没完没了地转。① 我不知怎么样,当时学得不好,没学会,现在就更无所谓了。——你知道吗,我在这里买了一条船?"

"你这个人可真怪,斯蒂福!"我大声说着,停住了脚步,因为这是我第一次听到这个消息,"你明明知道,你可能永远也不想再走近这个地方呀!"

"这很难说,"他答道,"我已经爱上了这个地方。不管怎么说,"他踏着轻快的步子和我继续往前走,"有人卖船,我就买下了。裴果提先生说这船再好不过了,那的确是条好船。我不在的时候,裴果提就是这条船的主人。"

"现在我明白了,斯蒂福!"我以赞扬的语气说道,"你假装是为自己买的,而实际上你买这条船,是为了给他一些好处。我了解你,我应

---

① 希腊神话,宙斯把伊克西翁绑在不停旋转的轮子上,以示惩罚。

该从一开始就看清楚了。亲爱的好心人,斯蒂福,你这样慷慨大方,我怎样才能表达我对这件事的想法呢?"

"得啦!"他回答道,脸红了,"越少说越好。"

"我还不知道吗?"我说,"我不是说过吗,这些老实人心里无论是高兴,还是悲伤,还是别的什么感情,你都不会漠不关心的。"

"哦,哦,"他答道,"这些话,你都对我说过,别再提了。咱们说得够多的了!"

我怕再说下去会惹得他不高兴,因为他把这件事看得很轻,所以只得暗自继续往下想,这时候,我们比先前更加快了脚步。

"那条船必须重新装修一下,"斯蒂福说,"我准备让黎提摩留下来监督这项工作,这样我就可以知道,船的确装修好了。黎提摩来了,我告诉你了没有?"

"没有。"

"哦,他来了,是今天早上到的,还带来了一封我母亲的信。"

我们互相看了一眼,这时候我发现他脸色苍白,连嘴唇都白了,不过他的眼睛倒是牢牢地盯着我不放。我怕他和他母亲之间发生了什么不和,使得他陷入了我看见的他在炉旁独自的沉思之中。我婉转地表达了这个意思。

"哦,不是!"他说着摇了摇头,并轻轻一笑,"没有那种事! 不过他的确是来了,伺候我的那个人。"

"还是老样子吗?"我问道。

"还是老样子,"斯蒂福说,"像北极一样,离得又远,又安静。由他负责这条船重新命名的事。它现在叫'暴风雨里的海燕'。裴果提先生怎么会喜欢暴风雨里的海燕呢? 我要给它重新起个名字。"

"起个什么名字?"我问道。

"'小艾米丽'。"

他的眼睛还牢牢地盯着我不放,我认为这就是提醒我,他不喜欢因为做好事就受人称赞。我情不自禁地在脸上表现出来,他的这个想法使我多么高兴。但是我几乎什么也没说,他也恢复了往常的笑容,显出松了一口气的样子。

"快看哪,"他一边看着前面一边说,"小艾米丽本人来了！还有人陪着她哩,是不是？我认为他可是个真正的骑士,和她形影不离！"

哈姆眼下是个造船工人,他生来就擅长这一行,现在又有所提高,已经是一名技术工人了。他身穿工作服,虽说是个粗人,倒也颇有男子汉的气概,对他身边那个鲜花似的小东西来说,是个很合适的保护人。说真的,从他脸上可以看出他坦率、诚实,毫不掩饰他对她的爱,为她而感到骄傲。这样的相貌,我认为是最好的相貌了。看着他们朝我们走来,我觉得即便在这一方面,他们也是天生的一对儿。

我们停下脚步,和他们说话,艾米丽怯生生地把手从哈姆胳膊底下抽出,不好意思地伸过来与斯蒂福和我握手。他们和我们简短地交谈了几句,然后继续向前走去。这时候,她就不愿意再把手放回去,而是独自走着,依然显出又胆怯又拘束的样子。我们目送他们远去,渐渐消失在一弯新月的月光中。我觉得这一切都很美,很吸引人,斯蒂福似乎也有同感。

忽然有一个年轻女人从我们身边走过,显然是在追他们。她是怎么来的,我们没有注意,但是当她从我身边走过时,她的脸我是看见了的,当时我就觉得有点儿熟悉。她衣服穿得不多,看上去气势汹汹、面容憔悴、挺神气、也挺贫穷的样子,不过眼下似乎这一切全都顾不上,任其随风飘去,脑子里什么也不想,一心一意追赶他们。远处昏暗的荒滩吞噬了他们的身影之后,在我们与海和云彩之间只有那荒滩依稀可见,随后这个女人的身影也那样消失了,仍然落得那么远,没有追上。

"那黑影在追那个女孩儿哩,"斯蒂福说,一动不动地站在那里,"这是怎么回事儿？"

他说话的声音很低,我听起来觉得有些怪。

"我想她准是个要饭的,想问他们要点儿什么。"我说。

"如果是个要饭的,就不新鲜了,"斯蒂福说,"不过一个要饭的像今天晚上这个样子,倒是奇怪。"

"为什么？"我问道。

"说真的,没有别的原因,只是因为,"他停了一下,接着说道,"它从这儿经过的时候,我正在想一件和它相像的东西。它究竟是从哪里跑出来的呢,我真纳闷?"

"我想准是从这堵墙的阴影里跑出来的。"我说道,因为这时候我们来到一条大路上,路边有一堵墙。

"走了!"他回过头去看了看,回答道,"但愿一切邪恶的东西都跟它走了。现在咱们去吃饭吧!"

但是斯蒂福又回过头去,朝着远处闪闪发光的海面,看了又看。在我们剩下的一段不长的路上,有好几次,他口中念念有词,还在琢磨这件事。一直等到炉火和烛光照在我们身上,我们暖暖和和快快活活地在桌子前边就座以后,他好像才忘了这件事。

黎提摩在那里伺候,他对我的影响和过去一样。我对他说,希望斯蒂福太太和达特尔小姐她们身体都好,他彬彬有礼(这是不言而喻的)地回答说,她们身体都还可以。他向我致谢,还说她们托他向我表示问候。就这些,不过我觉得他再清楚不过地在那里说,"你很年轻呀,先生;你真年轻极了。"

黎提摩在角落里看着我们,或者说看着我,这是我的感觉。我们快吃完的时候,他向桌前走了一两步,对主人说:

"请原谅,少爷。毛奇尔小姐来了。"

"谁?"斯蒂福大声说道,显出非常惊讶的样子。

"毛奇尔小姐,少爷。"

"嗯,她上这儿来干什么?"斯蒂福说道。

"好像这一带是她的家乡,少爷。她告诉我,由于工作关系,她每年来一趟,少爷。我今天下午在街上遇见她,她向我打听,晚饭后能不能荣幸地前来伺候,少爷。"

"你认识我们说的这位巾帼巨人吗,雏菊?"斯蒂福问道。

我不得不承认,我和毛奇尔小姐尚无缘相会——在黎提摩面前,就连这一点不是之处也使我感到难为情。

"那你一定要见见她,"斯蒂福说道,"因为她是世界七大奇迹之一呀。——毛奇尔小姐来了,就请她进来。"

我对这位女士产生了好奇心和浓厚的兴趣,特别是我一提到她,斯蒂福就大笑不止,我问一个关于她的问题,斯蒂福说什么也不肯回答,这就使我更加好奇,更感兴趣。于是我就盼哪,盼哪,桌子撤了以后,又过了大约半个钟头,我们正坐在炉前喝酒,门忽然开了,黎提摩和平时一样沉着稳重,说道:

"毛奇尔小姐来了!"

我往门口一看,什么也没看见。我还在往门口看,心想毛奇尔小姐怎么这么大工夫还不露面,忽然大吃一惊,因为我看见从我身边一个沙发后面一跛一跛地走出一个矮胖子,大约四十或四十五岁年纪,头很大,脸也很大,两只灰眼睛不像好人,胳膊极短。她向斯蒂福飞眼儿,想把手指摁在自己的扁鼻子上,可是只有把鼻子凑过去,才能够得着。她的下巴,就是人们所说的双下巴,肉多得把帽子的带和结儿全埋住了。脖子,她没有;腰,她没有;腿,不值一提,因为她虽然上半身一直到腰部,如果她有腰的话,比一般人还长,虽然尽下头也和普通人一样,有两只脚,但是她矮得站在一把一般大小的椅子旁就像站在桌子旁边一样,把她的提包放在椅座上就像放在桌上一样。这位女士——衣着宽松随便;用食指摸鼻子有困难,已如上述;站在那里,脑袋非往一边儿歪着不可;两只尖锐的眼睛闭着一只,显出一种无所不知的样子——她先向斯蒂福飞了一阵眼儿,接着就滔滔不绝地说起来了。

"哎哟!我的花郎!"她俏皮地说道,一面向他摇晃着她的大脑袋,"你怎么上这儿来了?哦,你这个小淘气儿,真不害羞!你离开家这么远,上这儿来干什么?一定是来干坏事儿吧。哦,你真鬼,斯蒂福,真的;我也够鬼的,是不是?哈!哈!哈!看起来,你本来会拿一百镑对五镑来打赌,说不会在这里看到我,是不是?上帝保佑你,我的孩子,我是哪儿都去的。我去这儿,我去那儿,我无处不去,就像魔术师拿着半个克朗,用哪位太太小姐的手绢变戏法一样。说起手绢——说起太太小姐——你那有福气的母亲有你这么个儿子,可是一大安慰,是不是,我的乖孩子,此话是真是假,我就不说了。"

毛奇尔小姐说到这里,解开帽带,往后一撩,在炉前一只脚凳上坐下,喘起气来,那餐桌的红木桌面探在她的头顶上,像凉棚一样。

"哦,我的星哟,还有那叫不出名儿的什么东西哟!"她继续说道,一面用两手拍着小小的膝盖,一面世故地瞟了我一眼,"我的身材过于富态了,的确是这样,斯蒂福。爬一段楼梯之后,每喘一口气,就像从井里打水那么费劲儿。你要是看见我从楼上一个窗口往外看,也许会以为我是个大美人儿呢,对不对?"

"不管在哪里看见你,我都会这样想的。"斯蒂福答道。

"去你的,你这小狗,去!"那小东西叫道,随手用她擦脸的手绢向他甩了一下,"没大没小的!说真的,我拿名誉担保,上星期我到米塞尔夫人家去过,那才真是大美人儿呢,长得多么少相!我在屋里等她的工夫,米塞尔进来了,那才真是美男子呢,长得多么少相!他那假发也不显得旧,用了十年了。接着他就一个劲儿地奉承起我来,我甚至都想非拉铃叫仆人不可了。哈!哈!哈!他是个挺有趣的可怜虫,就是不正派。"

"你在那儿为米塞尔太太干什么呢?"斯蒂福问道。

"这可不能说,有福气的小宝宝,"她回答说,一面又摁鼻子,又满脸抽动,两眼闪光,像神通广大的小精灵一样。"你就别管啦!你想知道我是不是让她不掉头发,是不是给她染了发,是不是美化了她的皮肤,是不是修整了她的眉毛,对不对?你会知道的,亲爱的,只要我告诉你!我家的老爷爷叫什么名字,你知道吗?"

"不知道。"斯蒂福说。

"他叫沃克,可爱的小东西,"毛奇尔小姐答道,"他们几辈人都叫沃克,到了他这里,我才继承了胡吉家的全部产业。"

毛奇尔小姐眨眼的神情,除了她自我克制的神情以外,我没见过别的能够与之相比的东西。她还有个很奇妙的办法,在她听别人说话的时候,或者在自己说了一段话,等别人回话的时候,她能狡猾地歪着头等候,同时像喜鹊一样把一只眼睛向上翻。我惊讶得完全忘乎所以了,只顾坐在那里盯着她看,恐怕全然不顾礼貌不礼貌了。

这时候,她已经把椅子拉到自己身边,正忙着从提包里往外拿东西,每次把短胳膊伸进去都要伸到肩膀。她拿出来的东西有几个小瓶、海绵、梳子、刷子、法兰绒、火剪,还有一些别的工具,都堆在椅子上。她正往外拿着,忽然停了下来,问了斯蒂福一个问题,弄得我莫名其妙:

"你这位朋友是谁?"

"科波菲尔先生，"斯蒂福说道，"他想和你认识认识呢。"

"那好，就认识认识吧。我看他好像是这个意思。"毛奇尔小姐说着，拿着提包一跩一跩地向我走来，而且一边走，一边冲着我笑，"脸像个桃子！"她说着就踮着脚来捏我的腮帮子，当时我坐在那里。"真吸引人！我很喜欢桃子。认识你，我很高兴，科波菲尔先生，的确很高兴。"

我说认识她，我感到很荣幸，我和她同样感到高兴。

"哎哟，咱们多么有礼貌呀！"毛奇尔小姐大声说道，还想用她的小手去捂她那张大脸，显得十分滑稽可笑，"不过这世界上全是腊肉烧菠菜——胡扯，对不对？"

这是作为心里话，说给我们两个人听的，这时候，她那小手已经从脸上移开，又连胳膊什么的一齐伸到包里去了。

"这话怎么讲，毛奇尔小姐？"斯蒂福说。

"哈！哈！哈！咱们是一伙独出心裁的骗子，的确是这样——难道不是吗，可爱的孩子？"那小妇人一边说着，一边从提包里摸东西，脑袋歪着，两眼朝上看。"你们看！"她说着从包里拿出一样东西，"俄国王爷的碎指甲！我管他叫颠倒字母王爷，因为他的名字把所有字母都收进去了，乱七八糟堆在一起。"

"那位俄国王爷也是你的老主顾吗？"斯蒂福问道。

"你说得对，我的小东西，"毛奇尔小姐答道，"我替他修指甲，一星期两次。手指甲，还有脚趾甲。"

"他肯花大钱吧？"斯蒂福问道。

"他花钱跟说话一样，亲爱的孩子，好说大话，也好花大钱。"毛奇尔小姐答道，"王爷可不像你们这些把胡子刮干净的人。你要是见了他那两撇胡子，你也会这么说——那胡子本是红的，一变就变成了黑的。"

"当然是你给变的喽？"斯蒂福说道。

毛奇尔小姐挤了挤眼，表示同意他的话，"没办法，非请我不可呀。他那颜色受气候影响，在俄国挺好，在这里不行。你可一辈子没见过王爷那样的人，生了锈似的，跟旧铁器一样！"

"你刚才就是因为这个,管他叫做骗子吗?"斯蒂福问道。

"哦,你可真是个好孩子,"毛奇尔小姐使劲儿摇着头说道,"我刚才说的是,咱们都是一伙骗子,为了证明这一点,我还拿出王爷的碎指甲给你们看。在那些追求时髦的人家,王爷的指甲比我所有的本事能起的作用都大。我老随身带着这些碎指甲,这对我就是最好的推荐了。毛奇尔小姐要是给王爷剪指甲,她准没问题。我想,我把碎指甲送给那些年轻妇女,她们准收藏在册子里。哈!哈!哈!我敢担保,'整个社会制度'(那些人在议会里演讲的时候就这么说的)就是王爷的指甲构成的制度嘛!"这个小女人说着把大脑袋点了又点,还想把两臂交叉在胸前。

斯蒂福开怀大笑,我也笑了。毛奇尔小姐还在摇晃她的脑袋(那脑袋朝一边歪得很厉害),她用一只眼往上看,另一只眼直眨巴。

"好啦,好啦!"她说着,拍了拍自己的小膝盖,站了起来,"这不是正经事。来吧,斯蒂福,咱们到两极地区去探一探,把事儿办完就完了。"

她接着选了两三件小工具,还有一个小瓶,使我感到惊讶的是,她还问桌子是否禁得住。斯蒂福回答说禁得住,她就把一把椅子推到桌子旁边,还求我帮她一把,接着她就相当敏捷地爬到桌面上,好像站在舞台上一样。

"你们谁要是看见了我的脚脖子,"她在高处站稳以后说道,"那就直说,我回去就把自己弄死。"

"我没看见。"斯蒂福说。

"我没看见。"我说。

"那好,"毛奇尔小姐叫道,"我同意活下去。好,小鸭,小鸭,快过来,邦德太太把你宰。"

她这是招呼斯蒂福过去坐好,她好开始,于是斯蒂福就坐好了,背靠着桌子,笑脸冲着我,把头伸到她面前,让她检查,这显然都是为了好玩儿,并没有别的目的。毛奇尔小姐站在他身后,居高临下,从口袋里掏出一个大号的放大镜,用来检查斯蒂福那一头厚厚的棕色头发,那样子看上去真好玩极了。

"你现在是个漂亮小伙儿,"毛奇尔小姐查了一会儿说道,"不过我要是不给你想办法,再过一年,你这头顶就和那和尚一样光了。只需要半分钟,我的年轻朋友,我们给你上一点儿油,这样一来,你这发卷几十年都不会变样儿!"

她说着,就把那小瓶里的东西往一小片法兰绒上倒了一些,又往一把小刷子上匀了一些,然后就拿着这两样东西在斯蒂福头顶上又擦又刷,那个忙活劲儿,我从来没见过,一边儿忙,一边儿还不停地说。

"有个人叫查利·派格雷夫,是位公爵的儿子,"她说,"你认得查利吧?"她从一旁看着他的脸说。

"有点儿认识。"斯蒂福说。

"他可真行!他那才是络腮胡子哩!至于查利那两条腿,可惜不成对儿,要是成对儿的话,谁也比不了。你相信吗,他想不用我了?他还是个近卫军呢。"

"他疯了!"斯蒂福说。

"看样子是疯了。不过,疯了也好,没疯也好,反正他想不用我了。"毛奇尔小姐说道,"你猜他干了什么呢?他跑到一家化妆品商店,要买一瓶马达加斯加水。"

"是吗?"斯蒂福说。

"可不是吗。可是人家没有马达加斯加水呀。"

"那是什么东西——是喝的吗?"斯蒂福问道。

"喝的?"毛奇尔小姐说着,停下手来拍了拍斯蒂福的腮帮子,"抹在他那八字胡上啊,这你还不知道吗?店里有个女人——是个上了年纪的女人——很像个怪物——从来没听说过这种东西。'对不起,先生,'那怪物对查利说,'那东西不——不——不是胭脂吧?''胭脂!'查利对那怪物说,'我要胭脂有什么见不得人的用处?''你别生气,先生,'那怪物说道,'大家用各种不同的名字来要那种东西,我想你可能也是要那种东西了。'我的小家伙,"毛奇尔小姐一面像刚才一样忙着揉搓,一面继续说道,"这个例子也说明我刚才提到的那种叫人兴奋的骗人把戏。这种事儿,我多多少少也干点儿,要干得精,我的小家伙——没关系。"

"你说的是哪种做法呀——是胭脂那种做法吗?"斯蒂福问道。

"把这个和那个拼凑到一块儿,你这没见过世面的小学生,"眼睛特别尖的毛奇尔小姐说着,摸了摸鼻子,"用各行各业的秘诀处理一下,就能得出你要的结果。我说,这种事儿,我也干点儿。有一位有钱有势的老太太,她管它叫唇膏。还有一位,她管它叫手套。还有一位,她管它叫衣领花边儿。还有一位,她管它叫扇子。她们怎么叫,我就怎么叫。我给她们供货,但是我们的把戏只有自己知道,而且装出那么一副样子,过了不久,她们就觉得可以像在我面前一样,在一屋子客人面前使用这种东西。在我伺候她们的时候,她们有时候对我说——用这东西吧——厚厚的,没错——'我看上去怎么样,毛奇尔?我苍白不苍白?'哈!哈!哈!哈!这是不是叫人兴奋,年轻的朋友?"

我从来没看见过像毛奇尔这样的人,站在饭桌上,一面兴高采烈地讲这叫人兴奋的故事,一面忙着在斯蒂福的头上揉来搓去,同时还朝着我挤眉弄眼。

"唉!"她说,"这里不大需要这样的故事。真扫兴!我到了这儿以后,还没见着一个漂亮女人哩,杰米。"

"没见着吗?"斯蒂福说。

"连个影子也没见着哇。"毛奇尔小姐答道。

"咱们可以给她看个真的吧,我想,"斯蒂福说着,看了我一眼,"你说呢,雏菊?"

"的确可以。"我说。

"啊哈?"那小东西喊道,以锐利的目光看了我一眼,接着又从侧面看斯蒂福,"嗯?"

她的头一声叫喊,听起来像是向我们两人提出的问题,第二声则像是只向斯蒂福提出的问题。她似乎两个问题都没得到回答,于是就继续揉搓起来,把头歪向一边,眼珠往上转,好像她想在空中找到答案,而且认为答案马上就会出现。

"是你妹妹吧,科波菲尔先生?"她愣了一会儿之后,大声说道,眼睛依然往上面看着,"是不是?"

"不是,"斯蒂福没等我回答,就抢先说了,"不是这么回事儿。正好相反,科波菲尔先生曾经——我要是没有太弄错的话——喜欢她喜欢得不得了。"

"现在怎么不喜欢了?"毛奇尔小姐问道,"他是不是老变心呀?——那可就太丢人了!他是不是见花必采时时变,直到波丽来相见呀?——她是叫波丽吗?"①

那小东西突然发问,还以搜索的眼光看着我,弄得我一时不知如何是好。

"不是,毛奇尔小姐,"我答道,"她叫艾米丽。"

"啊哈?"她又喊道,那神气和刚才完全一样,"嗯?看我多啰嗦!科波菲尔先生,我是不是真会东拉西扯呀?"

说起艾米丽这个话题,我觉得她那个腔调,她那副样子,都有些叫人讨厌,就严肃起来,我们谁都没有那么严肃过。我说:

"她长得又漂亮,人品又好。她已经订了婚,对方和她地位相同,非常值得尊敬,和她也很般配。我喜欢她,因为她长得漂亮;我尊敬她,因为她有头脑。"

"说得好!"斯蒂福喊道,"我同意,我同意!亲爱的雏菊,咱们这个小法蒂玛②,别让她猜了,我来满足她的好奇心吧。——毛奇尔小姐,眼下她在奥默与乔兰商店学徒,或者说学手艺什么的。奥默与乔兰经营针头线脑,服装,帽子等等,就在本镇。你听清楚了吗?——奥默与乔兰。我的朋友刚才提到订婚之事,对方是她的表哥,名叫哈姆,姓裴果提,职业是造船工人,也在本镇。她住在亲戚家里,这亲戚名字不详,姓裴果提,职业是打鱼,也在本镇。她是世上最漂亮最迷人的小仙女了。我和我的朋友一样,非常喜欢她。我要不是不愿意显得糟践她的意中人,而且我知道我的朋友也不希望我那样做,我还要说一句:我觉得她是在毁掉自己,我认为她的情况可以更好一些,我敢断定她生来是要做阔太太的。"

斯蒂福慢条斯理地说得非常清楚,毛奇尔小姐听着,把头歪到一

---

① 此处借用了英国十八世纪诗人兼剧作家盖依的《乞丐的歌剧》中的话。
② 法国童话中人物,蓝胡子的第七个妻子,几乎因好奇而丧生。

边,眼睛向上翻着,仿佛还想从空中得到答案。他的话音刚落,她就又活跃起来,同时以惊人的速度滔滔不绝地谈了起来。

"哦!就这些,是不是?"她说着用一把小剪刀激动地修剪起他的络腮胡子来了,那剪刀在他的头周围不停地朝着四面八方闪光,"很好,很好啊!这故事够长的,该这样结束,'从那以后他们就过起了幸福的生活'——难道不应该吗?啊,那个顺口溜是怎么说的?——

> 我爱我的心上人哟,她真迷人;
> 我恨我的心上人哟,她订了婚;
> 我带她到美丽的象征哟,与她私奔;
> 她名叫艾米丽哟,家住东村。

哈,哈,哈!科波菲尔先生,我是不是真会东拉西扯呀?"

她以极其狡猾的眼光看了我一眼,还没等我答话,也没喘口气,就接着说:

"好啦!要是哪个野小子把门面修到尽善尽美的地步,那就是你斯蒂福了。要是谁的脑瓜子我弄得清想些什么,那就是你的脑瓜子了。我的话,你听见了没有,我的宝贝儿?我了解你,"她说着,低下头看了看斯蒂福的脸,"你可以颠儿啦,杰米(我们在宫里就这么说)。要是科波菲尔先生愿意就座,我就给他动手了。"

"怎么样,雏菊?"斯蒂福问道,一面笑着离开了座位,"你不想修修门面吗?"

"谢谢你,毛奇尔小姐,今天就算了。"

"不要拒绝嘛,"那小女人答道,又以鉴赏家的样子看着我说,"把眉毛延长一点儿吧?"

"谢谢你,"我说,"以后再说吧!"

"往太阳穴那边儿延长八分之一英寸,"毛奇尔小姐说道,"两个礼拜就行。"

"不了,谢谢你,今天不做了。"

"稍微理一理吧,"她劝说道,"不干?那咱就搭个架子,留一副络腮胡子吧。来吧!"

我在回绝她的时候，禁不住脸红了，因为我觉得这句话触到了我的痛处。但是毛奇尔小姐见我当时全然无意利用她这门艺术来做任何修饰，而且虽然她把小瓶子举到一只眼前，想借以加强说服力，而我对于她这样耍弄却完全无动于衷，就说过些时候再开始吧，随后她就请我扶她从那高处下来。我扶着她，她就非常灵巧地跳下来，戴上小帽，在双层下巴下面系上了带子。

"多少钱？"斯蒂福问道。

"五先令，"毛奇尔答道，"便宜极了，我的小东西。——我是不是真会东拉西扯，科波菲尔先生？"

我客气地回答说，"不是，不是。"不过我眼看着她像街上卖馅饼的怪物一样，把两枚半克朗的硬币往空中一扔，接住，放进口袋，在外边猛拍一下，这时候我的确觉得这个人够俗气的。

"这就是钱柜，"毛奇尔小姐说道，这时她又站在椅子旁边，把原来从包里拿出来的杂七杂八的小东西放回包里去。"我的东西都拿上了吗？看来是都拿上了。可不能像大个子奈德·彼特乌德那样，人家陪他到教堂去，用他的话说，是让他'和某人结婚'，他却把新娘子落下了。哈，哈，哈！奈德真是个大坏蛋，不过挺有意思！现在我知道我要使你们难过了，不过我非走不可呀！你们一定要鼓起所有的勇气，忍受这痛苦吧。再见，科波菲尔先生！你要多保重，诺福克的年轻人！我有多唠叨啊！这都得怪你们这两个可怜虫。我原谅你们。'包波斯沃'！初学法语的英国人说'晚安'，就这么说，还觉得挺像英语哩。'包波斯沃'，我的小鸭哥儿！"

她把提包往胳膊上一挎，一边说着，一边一跛一跛地走了，走到门口，又停下脚步，问要不要让她剪下一绺头发留给我们。"我是不是真会东拉西扯？"她这句话是对她表示愿意留下一绺头发的说明。随后她就用手指头指着鼻子走了。

斯蒂福大笑不止，弄得我不禁也笑了起来，虽然我不知道，如果没有他引我，我会不会笑。我们笑了好半天，差不多笑够了，他对我说，毛奇尔小姐有相当广泛的社会联系，对不同的人有不同的用处。有些人拿她当个怪物，逗着她玩儿，他说，但她精明、敏锐，不亚于他认识的任何人,胳膊虽短,却长于心计。他对我说,她说她无处不去,那是真的,她常到外地去,好像到了哪里都能找到顾客,好像谁都认识。我问他,她的脾气如何——究竟是喜欢还是不喜欢恶作剧,一般说来是不是同情在理的一方,可我问了两三次都未能引起他对这些问题的注意,我也就不再问了,或者是记不得问了。他反而给我说了很多情况,而且说得很快,说她多么能干,赚了多少钱,怎样按照科学方法给人放血,如果我有此需要,可以去找她。

那天晚上,我们俩的主要话题就是她。我们分手以后,我往楼下走去,斯蒂福还趴在楼梯扶手上对我喊道,"包波斯沃"!

我回到巴吉斯先生家里的时候,看见哈姆在门前走来走去,感到很惊讶,更使我惊讶的是听哈姆说,小艾米丽就在里面。我自然就问他,为什么不也到屋里去,而独自在街上溜达?

"哦,你看,大卫少爷,"他吞吞吐吐地答道,"艾米丽,她在里面跟一个人说话呢。"

"我倒觉得,"我笑着说,"正是因为这个原因,你也应该在里面呀,哈姆。"

"唉,大卫少爷,按照常理,是这样的,"他答道,"不过,你看,大卫少爷,"他压低了声音,非常严肃地说,"那是一个年轻女人,少爷——这个年轻女人,艾米丽过去认识,现在可不该再来往了。"

我一听这话,就明白了,我想起了几个钟头以前看见的那个人影,当时她正在追赶他们。

"这个女人很可怜,大卫少爷,"哈姆说道,"镇上的人,上上下下,没有不把她踩在脚底下的。大家都躲着她,比躲教堂墓地里的死人还要厉害。"

"今天晚上,哈姆,我们在海滩上碰见你们以后,我见过她吧?"

"是在盯着我们吗?"哈姆说道,"说不定你见过她,大卫少爷。当时我并不知道她在后面,少爷,但是过了一会儿,她看见灯亮了,就悄悄地爬到艾米丽的小窗户底下,小声说道,'艾米丽,艾米丽,看在基督的分上,拿出一个女人的心来可怜可怜我吧。我过去和你一样啊!'大卫少爷,听起来,这话可真感动人呀。"

"实在感动人,哈姆。艾米丽是怎么办的呢?"

"艾米丽说,'马莎,是你吗?哦,马莎,真是你吗?'——因为她们在奥默先生的店里坐在一起干活儿,干了很多日子。"

"现在我想起她来了!"我大声说道,这时我回想起来,我初次到奥默先生那里去的时候,看见两个姑娘,其中一个就是她。"我记得她,记得很清楚。"

"她叫马莎·恩德尔,"哈姆说道,"她比艾米丽大个两三岁,但和她一块儿上过学。"

"我从来没听说她叫什么,"我说,"我并不想打断你的话。"

"我的话,大卫少爷,"哈姆答道,"差不多也说完了。'艾米丽,艾米丽,看在基督的分上,拿出一个女人的心来可怜可怜我吧。我过去和你一样啊!'这话就已经很清楚了,她想跟艾米丽说话。艾米丽却不能在那里跟她说话,因为疼爱她的舅舅已经回到家里,他可不愿意——不,大卫少爷,"哈姆极其认真地说道,"他虽然善良,心肠也软,却不能看见她俩呆在一起,即便是把沉在海底的财宝全都给他,他也不干呀。"

我觉得这话再对不过了。我一听就明白了,和哈姆一样清楚。

"于是艾米丽写了一张字条,"他接着说道,"给她塞到窗外,让她拿着,上这儿来。她说,'把这字条交给巴吉斯太太,她是我姨妈,她看在我的分上,会让你进去,坐在她的炉火旁边,等我舅舅走了,我就来看你。'过了一会儿,她就把刚才我对你说的情况说了一遍,求我带她到这儿来。大卫少爷,我有什么法子呢?她不该再跟这样的人来往呀,可是我看见她脸上的眼泪,怎么好不带她来呢。"

他说着就把手伸进粗毛上衣胸前的口袋里,小心翼翼地掏出一只很好看的小钱包。

"即便我看见她脸上的泪水,还不同意带她来,大卫少爷,"哈姆一边说着,一边轻轻地抚摸着手心里的钱包,"她把这件东西交给我替她拿着,而且我也知道她的用意,我怎么能拒绝她呢?这是多么好的一件玩具呀!"哈姆说着,一边若有所思地看着那个钱包,"里面只有这么一点儿钱,亲爱的艾米丽!"

他把钱包放了回去，我和他热情地握了握手——因为我觉得这比说什么都更合乎我的心意——随后我们就来回走了一两分钟，谁也没有说话。就在这时候，门开了，裴果提出来招呼哈姆进去。我本想躲开，但她追了过去，非让我也到屋里去。即便到了这时候，要不是他们就呆在我曾多次提到的那整洁的镶瓷砖的厨房里，我仍然会避开的。因为一开门就直接进入厨房，我还没想清楚我在往哪里走，就已经来到他们中间了。

那女人——就是我在海滩上见过的那个人——呆在炉火旁边。她坐在地上，头和一只胳膊搭在椅子上。我想，从她的姿势看来，艾米丽刚从那椅子上站起来，她那可怜的脑袋刚才也许就趴在艾米丽的膝盖上。这女人的脸，我只能看见一小部分，因为她的头发松散地垂下来，遮住了她的脸，好像是她故意用手把头发弄乱的。不过我还看得出，她很年轻，皮肤也很白。裴果提一直在哭，小艾米丽也一直在哭。我们刚进去的时候，谁也没说一句话，只有餐具柜旁边的荷兰钟发出的滴答声，在寂静之中显得加倍地响。

艾米丽首先开了腔。

"马莎想到伦敦去。"她对哈姆说道。

"干吗去伦敦呢？"哈姆问道。

他站在她们两人中间，看着趴在那里的女人，两种感情交织在一起，一方面怜悯她，一方面又忌妒她，因为她和他深深地爱着的人有联系。这种情况我一直记得很清楚。艾米丽和哈姆仿佛觉得她病了，说起话来低声细气，虽然不见得比在耳边说话的声音大，却可以听得一清二楚。

"那里比这里好，"第三个人的声音大声说道——这是马莎的声音，虽然她并没有动弹，"那里没人认识我。这里谁都认识我。"

"她到那里干什么呢？"哈姆问道。

马莎抬起头来，用忧郁的眼神看了他一眼，又低下头去，把右胳膊蜷起来，靠在脖子上。这女人缩在那里，像是在发烧，又像是中了枪弹而疼痛难忍。

"她会想办法好好干的，"小艾米丽说道，"你不知道她是怎么对我们说的。姨妈,他——他们——知道了吗?"

裴果提摇了摇头,显出非常同情的样子。

"我一定想办法好好干,"马莎说道,"只要你们帮我离开这里。我的情况不可能比在这里更坏了。会好的。哦!"她打了个冷战,样子非常可怕,又接着说,"快让我离开这个镇子吧。在这里,每条街上的人都是看着我长大的!"

艾米丽向哈姆伸出一只手,我看见哈姆递给她一个小帆布包。她接了过去,似乎觉得那是她的钱包,往前走了一两步。她一发现弄错了,就退回来找他,让他看,这时候他已经站到我身边了。

"这都是你的,艾米丽,"我听见他这么说,"我在世上所有的一切没有不是你的,亲爱的。要不是为了你,什么都不会使我高兴。"

眼泪一下子又涌到她的眼里,但是她转身朝马莎走去。她给了马莎什么,我不知道。但我看见马莎弯着腰,往她胸前的衣服里塞钱。她小声说了点儿什么,问她够不够。"足够了,用不了。"对方答道,顺手拉起她的手,吻了一番。

马莎接着站起身来,把披肩裹在身上,蒙在脸上,呜呜地哭着,慢慢往门口走去。离开之前,她停了一会儿,好像要说点儿什么,或转身回来,但她什么也没说。她围着披肩,还是像刚才那样忧郁而可怜地低声哭着走了出去。

关上门以后,小艾米丽匆匆地看了我们三个人一眼,用手捂着脸,哭了起来。

"别这样,艾米丽!"哈姆说着,轻轻地拍了拍她的肩膀,"别这样,亲爱的!你不该这么哭啊,我的宝贝儿!"

"哦,哈姆!"她大声说道,依然哭得很伤心,"我应该是个好姑娘,但我做得很不够!我知道,有时候我应该知恩报恩,可是我没有做到!"

"不,不,你做到了,我敢说你做到了。"哈姆说道。

"没有,没有!"小艾米丽叫道,一边哭,一边摇头,"我应该是个好姑娘,但我做得很不够。差远了,差远了!"

她还是一个劲儿地哭,好像要把心都哭碎了。

"我考验你的爱,做得太过分了。我知道,我做得太过分了!"她哭着说道,"我常对你发火,变化无常,这是很不应该的。你对我从来不这样。我怎么能这样对待你呢,我应该什么都不想,只想怎样感激你,使你快活才对呀!"

"你一直使我很快活,"哈姆说道,"亲爱的!只要见到你,我就快活。只要想到你,我就一整天都快活!"

"啊!光那样是不够的!"她说道,"那是因为你心肠好,而不是因为我心肠好。哦,亲爱的,你也许更有福气,假如你爱的是另外一个人——假如她比我更稳重,比我更值得爱,和你情投意合,而不像我这样追求虚荣,变化无常!"

"善良又可怜的小东西!"哈姆低声说道,"马莎把她完全弄糊涂了。"

"姨妈,"艾米丽哭着说道,"请你过来,让我把头靠在你身上呆一会儿。哦,我今天晚上真痛苦啊,姨妈!哦,我应该是个好姑娘,但我做得很不够!我没有做到,我知道!"

裴果提连忙坐到了炉火前面的椅子上。艾米丽两只胳膊搂着她的脖子,跪在她身旁,非常严肃地看着她的脸说道:

"哦,姨妈,求你帮帮我吧!哈姆,亲爱的,想法子帮帮我吧!大卫先生,看在咱们的老交情的分上,请你也想法子帮帮我吧!我愿意做一个好姑娘,而不是像现在这样。我希望感激的心情能比现在增加一百倍。我希望更深地体会嫁给一个善良的人,过一种平静的生活,是多大的福气。哎呀,哎呀!我的心哟,我的心哟!"

她低下头,把脸贴在我的老奶妈的胸前,不再恳求了。她刚才苦苦哀求的时候,既像女人,又像孩子,其实她所有的举动都是这个样子(因为我觉得这比任何别的样子都显得更自然,更适合她的美貌)。她默默地哭着,我那老奶妈像哄孩子一样劝她不要哭了。

她渐渐平静下来。我们就安慰她,有时说些鼓励她的话,有时跟她开个小玩笑,后来她也抬起头来,跟我们说话了。我们这样又呆了一会儿,她开始微笑了,甚至大笑起来,后来她坐起来了,显出有些羞愧的样子。裴果提则理了理她那乱了的鬈发,擦干了她的眼睛,把她收拾得整整齐齐,免得她回家以后,舅舅纳闷,不知他这宝贝儿为什么哭来着。

那天晚上,我看见她做了一件从未见她做过的事——我看见她天真地亲了一下自己选中的丈夫的面颊,紧靠着他那魁梧的身躯,好像这是她最好的支柱。他们一起在微弱的月光下离去的时候,我从后面看着他们,心里把他们离开的情景和马莎离开的情景做了一番比较,我看见她两手抓着哈姆的胳膊,仍然紧紧地偎在他的身旁。

第二十三章

我证实了迪克先生的话,也选定了一种职业

第二天早上醒来,我还惦记着小艾米丽,惦记着她在马莎走后表现出的情绪。我觉得好像是在神圣的情况下受到人家的信任,才了解到人家家里这些短处和敏感的事情,如果泄露出去,哪怕是泄露给斯蒂福,也是不应该的。我对任何别人都不像对那个漂亮的小东西那样心软,因为我们从小就在一起,而且我一向认为甚至于至死认为我当时是衷心爱她的。在一次偶然的情况下,她向我打开了她的心扉,向我表露了她无法克制的感情,这情况要是传到别人耳朵里,即或是传到斯蒂福耳朵里,我都觉得是一种鲁莽的行为,对不起我自己,也对不起我时时在她头上看到的象征着我们纯洁童年的光环。所以我下定决心,把这件事留在自己心中,这又为她的形象增添了几分美丽。

我们吃早饭的时候,有一封信送了进来,是姨奶奶写给我的。关于这封信的内容,我觉得斯蒂福可以和别人一样给我出些主意,而且我知道我也会很愿意听取他的意见的,于是就决定在我们回家的路上把这件事作为我们的话题。眼下我们向各位朋友告别都忙不过来了。大家都不愿意让我们走,巴吉斯先生也不落后,我想要是他再花点儿钱就能让我们在亚茅斯再多呆两天的话,他是会再把箱子打开,贡献一几尼的。裴果提和她全家都因为我们要走而感到十分悲伤。奥默和乔兰一家也都出来为我们送行。自愿出来给斯蒂福送行的渔民多极了,他们帮我们把箱子装到车上,即使我们有一团人的行李,也用不着再请搬运工了。总而言之,我们告别的时候,有关的人都感到依依不舍,情意绵绵,我们这一走,使得许多不走的人心里难受。

"你要在这儿呆很长时间吗,黎提摩?"他站在旁边等待马车启动的时候,我这样问他。

"不长,先生,"他答道,"可能不会很长,先生。"

"他现在也说不准,"斯蒂福心不在焉地说道,"他知道应该怎么办,也一定会照办的。"

"这不成问题。"我说。

黎提摩把手举到帽子旁边,感谢我对他的赞美之词,这又使我感到自己大约只有八岁了。他又一次把手举到帽子旁边,祝我们旅途愉快,我们启程以后,他仍站在人行道上,像埃及的金字塔一样神秘可敬。

有一会儿的工夫,我们没有谈话,因为斯蒂福异乎寻常地沉默,而我心里光在琢磨什么时候才能再到这里旧地重游,在这段时间里,我会发生什么变化,或者他们会发生什么变化。后来斯蒂福终于高兴起来,打开了话匣子,他这个人就是这个样子,一阵心血来潮,想怎么样,就怎么样。他拉了拉我的胳膊,说道:

"别不吭声呀,大卫。吃早饭的时候,你谈到过一封信,那是怎么回事儿?"

"哦,"我说着,从口袋里把信掏了出来,"是姨奶奶给我来的。"

"她说了什么话,需要你认真考虑?"

"唉,她提醒我,斯蒂福,"我说道,"说我这次出游,是要走走看看,还要动动脑筋。"

"你当然是这样做的,难道不是吗?"

"实际上,不能说我是这样做的。坦白对你说吧,我恐怕把这件事给忘了。"

"哦,你现在走走看看,也就把以前的疏忽补上了,"斯蒂福说道,"往右边一看,你会看见一大片平地,其中有不少沼泽地;往左边一看,你会看见同样的景象。往前边一看,看不到什么不同;往后边一看,还是那个样子。"

我笑了一阵,回答说我都看遍了,没有看到一种合适的职业,这大概都是因为地势太平的缘故。

"姨奶奶就这个问题说了什么?"斯蒂福问道,同时瞅了一眼我手里的信。"她有什么建议吗?"

"对啦,有,"我说,"她在信里问我是不是觉得应该当一名代诉人。你觉得怎么样?"

"哦,我可不知道,"斯蒂福冷冷地答道,"我看你就干这一行吧,干别的也一样。"

他这是把各行各业同等看待,我听了不禁又笑了一阵,并且对他说了我的看法。

"代诉人究竟是干什么的,斯蒂福?"我问道。

"哦,代诉人是一种修士似的事务律师,"斯蒂福答道,"圣保罗教堂墓地附近一个古老偏僻的角落里,有一个民法博士协会①,在这个协会所属的一些衰朽的法院里事务律师的作用,就相当于初级律师在普通法法院和衡平法法院里的作用。像这样的人员,顺其自然发展的话,两百年前就该消失了。要对你说清楚,最好的办法是给你讲讲民法博士协会。民法博士协会是一个不大的人迹罕至的地方,那里执行所谓教会法律,并且利用骇人听闻的陈旧的议会法案来耍各种花招,四分之三的世人对这些法案毫无所知,余下的四分之一认为这些法案是爱德华王朝挖掘出来的化石。过去所有有关遗嘱和婚姻的案子,所有有关船家之间的纠葛,都是在民法博士协会审理的。"

"别瞎说了,斯蒂福!"我大声说道,"难道你是说航海的事儿和教会的事儿还有什么联系吗?"

"我没那个意思,亲爱的小家伙,"他答道,"我的意思是,这些事情都是在那个博士协会里由那同一伙人处理、决定的。总有一天你要到那里去,你会看到他们查阅《杨氏词典》,吃力地查了半数的航海条目,为了查到'南希'号撞沉'萨拉·简'号事件,或为了查到裴果提先生和亚茅斯的其他渔民在暴风中用锚和缆绳营救遇难的'纳尔逊'号上的印第安人。过一天你再去,就会看到他们在那里深入研究正反两方面的证据,涉及的是一位行为不轨的牧师。你还会发现审理航海案件的法官,在牧师案件中成了辩护人。或者情况正好相反。他们像演员一

---

① 民法博士协会是从前英国的教会法和民法的开业律师的一种自治教育机构。

样,一会儿某人是法官,一会儿他又不是法官了;一会儿他是这个,一会儿他又是那个;一会儿他又是什么别的身份,变来变去。不过那总是一种很生动、很有利可图的业余演员的小规模演出活动,是专门演给精心挑选的特殊观众看的。"

"但是辩护人和代诉人还不完全是一回事儿吧?"我疑惑不解地问道,"是不是?"

"不是一回事儿,"斯蒂福答道,"辩护人是民法家——是在大学取得博士学位的人——这就是头一条原因我为什么对这件事略知一二。代诉人要雇用辩护人。这两种人收费都很高,他们凑在一起,形成一个强有力的生活优裕的小集团。总的说来,我劝你痛痛快快地选定博士协会的职业吧,大卫。你要是想知道,我还可以告诉你,他们在那里都好炫耀自己的社会地位。"

我知道斯蒂福并没有认真对待这一话题,所以姑妄听之,不过我考虑到"圣保罗教堂墓地附近一个古老偏僻的角落",这使我联想起年代久远、庄严肃穆的凝重氛围,所以我觉得不是不可以接受姨奶奶的建议。这个建议是否采纳,完全由我来决定。她甚至直截了当地告诉我,她是在最近到博士协会去找代诉人的时候想到这个主意的,她是为了修改遗嘱,使之对我有利,而去找代诉人的。

"无论如何,姨奶奶这样做是值得赞扬的,"我提到此事时,斯蒂福说道,"而且是值得大加鼓励的。雏菊,我劝你还是痛痛快快地选定博士协会的职业吧。"

我已经拿定主意,就这么办了。随后我告诉斯蒂福,姨奶奶眼下正在城里等我(这是我从她的信里了解到的),住在林肯律师学院①广场一家私人旅馆里,准备住一星期。这个地方的旅馆都有石头楼梯,屋顶上还有出口,因为姨奶奶深信不疑,每天晚上伦敦的每一所房子都要失火的。

剩下的一段旅途,我们过得很愉快,有时候我们又谈起博士协会,

---

① 林肯律师学院是伦敦有权授予律师资格的四个法学团体之一,其余三个团体是格雷律师学院、内殿律师学院和中殿律师学院。

预见遥远的将来,我当上那里的代诉人,斯蒂福为我设想了各种滑稽的怪样子,我们俩都感到很有趣。到了旅途的终点以后,他回家去了,约定第三天晚上来找我,我则乘车来到林肯律师学院广场。姨奶奶还没睡,等着吃晚饭呢。

即便是我们分手以后我周游了世界,恐怕也不会比我们现在相见更高兴了。姨奶奶搂着我一下子就哭了起来,但她假装在笑,一面说要是我那可怜的母亲还活着,那个傻乎乎的小东西一定会掉泪,这是毫无疑问的。

"这么说,你们把迪克先生一个人留在家里了,姨奶奶?"我说道,"这使我很难过呀。——哦,珍妮,你好?"

珍妮屈膝行礼,向我问好。这时候我发现姨奶奶的脸拉得很长很长。

"我也感到很难过,"姨奶奶揉着鼻子说道,"自打来到这里,特洛,我一直放心不下。"

没等我问为什么,她就告诉了我。

"我敢肯定,"姨奶奶说着,心情沉重地把手往桌上一摁,"迪克的性格可不是能把驴子赶走的性格。我断定他缺乏坚强的意志。我不该留下他,而应该留下珍妮,那样我心里就可能踏实一些。要是有驴子践踏了我的草地,"姨奶奶用很强的语气说,"那就是在今天下午四点钟。当时我从头到脚浑身发冷,我就知道是有头驴子来了!"

我为这件事,想安慰安慰他,可是她听不进去。

"是有头驴子来了,"姨奶奶说道,"而且就是磨刀先生的姐姐那女人来我家的时候骑的那头秃尾巴驴。"从那以后,姨奶奶就一直这样称呼摩德斯通小姐了。"多佛要是有哪一头驴子,厚颜无耻,最叫我难以忍受,"姨奶奶说着拍了一下桌子,"那就是这畜生了!"

珍妮冒昧地劝姨奶奶不必自寻烦恼,她说我们所说的那头驴当时一定在忙着运砂石,无暇出来践踏草地,可姨奶奶硬是不听。

晚饭安排得很舒适,饭菜也都很热,虽然姨奶奶的房间是在很高的楼层上——这究竟是因为花同样的钱,可以上更多的石头台阶,还是因为这样可能更靠近屋顶上的出口,就不得而知了。晚饭吃的是烤鸡,牛排,还有一些蔬菜,都很好吃,我吃了很多。但是姨奶奶对伦敦的饮食有自己的看法,因此吃得很少。

"我觉得这只倒霉的鸡是在地窖里出生,在地窖里养大的,"姨奶奶说道,"除了在火车的货架上,就没有呼吸过空气。我希望这牛排真是牛肉做的,但我并不相信。依我看,这地方除了黄土以外,什么都不是真的。"

"你不认为这鸡是从乡下运来的吗,姨奶奶?"我拐弯抹角地问道。

"当然不是,"姨奶奶答道,"对伦敦商人来说,他要是吆喝什么就真卖什么,就没有乐趣了。"

我没有冒昧地再跟她唱反调,但这顿晚饭我吃得很好,她一看这情况,感到十分满意。桌子撤了以后,珍妮帮着她梳了头,戴上睡帽,这睡帽比平时戴得更讲究("怕万一失火,"姨奶奶说),还把睡袍撩上来搭在膝盖上——这都是她睡觉前为了暖暖身子而经常要做的准备工作。然后我就按照已经订好的规矩,给她倒了一杯热的掺水白酒,还把一片烤面包给她切成了细长条。这规矩是不能违反的,哪怕是在最微小的地方违反了,也是不允许的。这些零七八碎的小事做完之后,便无人再来打扰,我们独自度过睡前的一段时间。姨奶奶坐在我对面,喝她那杯掺水的酒,把烤面包条一块一块地在酒里泡过才吃。同时她还溜着睡帽的边儿慈祥地看着我。

"哦,特洛,"她说道,"你觉得当代诉人这个计划怎么样?也许你还没开始考虑吧?"

"我已经考虑了很久了,亲爱的姨奶奶,也跟斯蒂福谈了很久了。我很喜欢这个计划,我喜欢极了。"

"哎哟,"姨奶奶说,"这真叫人高兴。"

"我只有一件事感到为难,姨奶奶。"

"什么事,你说呀,特洛。"她答道。

"好吧,姨奶奶,据我了解,能够从事这个职业的人数有限,我想问一问,进入这个行业,是不是要花很多钱呀?"

"给你签个学徒合同,"姨奶奶答道,"只要花一千镑。"

"我说,亲爱的姨奶奶,"我说着,把椅子往前凑了凑,"对这件事,我心里不安。这可是一大笔钱哪。为了让我受教育,你已经花了很多钱,在其他各方面,你在我身上花钱,也是再大方不过了。你是慷慨大方的象征。一定有个办法,使我不用怎么花钱就能开始生活,而且从一开始就满怀希望,能靠决心与努力而生活下去。难道你能肯定走这条路不是更好一些吗?你肯定能花得起这笔钱吗,你肯定这笔钱应当这样花吗?我不过是请你——我的再生母亲——考虑一下。你能肯定吗?"

在这段时间里,姨奶奶一边吃烤面包,一边面对面地看着我。吃完以后,她把酒杯放在壁炉上方的横板上,两手交叉搭在撩起的睡袍上,说了下面这段话,算是对我的答复:

"特洛,我的孩子,如果说我有什么生活目的的话,那就是给你创造条件,使你成为一个善良的、有头脑的、快乐的人。我已经下定决心,迪克也下定了决心。我真希望我认识的人能听到迪克关于这个问题所说的话。他的话所包含的哲理真是好极了。可惜除了我以外,谁也不知道他的见解是多么高明。"

她说到这里停了一下,把我的手夹在她的两手中间,接着说道:

"特洛,回想过去是没有用的,除非能对现在产生什么影响。想当年,我也许应该与你那可怜的父亲相处得更好一点儿,即便在你姐姐贝西·特洛乌德叫我失望之后,我也许应该与你母亲那个可怜的孩子相处得更好一点儿。你到我这里来的时候,是个逃出来的小家伙,浑身是土,疲劳不堪,我当时也许就这样想过。从那时候到现在,特洛,你一直为我争光,使我感到骄傲,感到快乐。我的收入没有什么其他开销了;至少,"(她说到这里,迟疑了一下,不知说什么好了,这使我感到惊讶)"是的,我的收入没有什么其他开销了,而你又是我收养的孩子。等我上了年纪的时候,只要你知道疼我,能忍受我的各种怪想法、怪脾气,那么你为一个老女人所做的事就超过了这个老女人为你做过的事了,虽然这老女人在年富力强的时候没有过上她应该过的幸福融洽的生活。"

这是我头一次听姨奶奶谈起她过去的历史。她平心静气地述说自己过去的历史,平心静气地将它置诸脑后,这里面体现了一种高尚的情操,要是什么东西还能增加我对她的尊敬和爱戴,那就是这种高尚的情操了。

"现在咱们俩取得了完全一致的看法和谅解,特洛,"姨奶奶说,"没有必要再多说了。亲我一下吧,明天吃了早饭咱们就到博士协会去。"

我们又在炉前谈了很久,后来就睡觉去了。我住的屋子和姨奶奶在同一层楼上,夜里我受了她不少的惊扰,因为她一听见远处出租马车和市场货车的声音就焦躁不安,跑来敲我的门,问我"听没听见消防车的声音?"不过快到天亮的时候,她睡得安稳一些了,也容许我睡得安稳一些了。

大约中午时分,我们出来,到博士协会斯彭洛先生和乔金斯先生的事务所去。姨奶奶对于伦敦还有一个一般的看法,那就是她看见的每一个人都是扒手,所以她就把钱包让我替她拿着,钱包里放着十几尼,还有一些银币。

我们在弗利特街上的玩具店停了一会儿,为的是看圣邓斯坦教堂的巨人敲钟的场面——我们出门的时候就算计好了,刚好十二点看他们敲钟——然后我们就朝洛德格特山和圣保罗教堂墓地走去。我们刚来到洛德格特山,我就发现姨奶奶大大加快了脚步,而且显出了害怕的样子。同时我也看见一个弯腰驼背、破衣烂衫的男人,刚才停下脚步,看着我们走过去,现在又紧跟着我们,想追上她。

"特洛!亲爱的特洛!"姨奶奶小声说道,她显出非常害怕的样子,按了一下我的胳膊,"我不知道怎么办才好!"

"别害怕,"我说,"没有什么好害怕的。你到商店里去躲一躲,我一会儿就能把这家伙赶走。"

"不行,不行,我的孩子!"她答道,"你千万别跟他说话。我恳求你,我不许你跟他说话!"

"哎呀,姨奶奶!"我说,"他不过是个凶恶的叫化子。"

"你不知道他是干什么的!"姨奶奶说,"你也不知道他是谁!你不知道自己都说了些什么!"

在这说话的当儿，我们已经在一个没有人的门口停了下来，他也停下了脚步。

"不要看他！"我气愤地回头看他的时候，姨奶奶说道，"给我叫辆车，亲爱的孩子，你到圣保罗教堂墓地去等我。"

"去等你？"我问道。

"是啊，"姨奶奶答道，"我一定要单独去。一定要跟他走。"

"跟他走，姨奶奶？跟这个人走？"

"我没有糊涂，"她答道，"告诉你，我非去不可。给我叫辆车吧！"

不论我感到多么惊讶，我意识到我没有权利拒绝执行这样一项严肃的命令。我赶紧走了几步，叫住了一辆路过这里的空车。几乎没等我放下踏板，姨奶奶就跳进车去，我都不知道她是怎样上去的，那个人紧跟着也上了车。她摆了摆手，叫我走开，她的态度极其认真，我虽然感到完全莫名其妙，还是立刻转身走开了。就在这时候，我听见她对车夫说，"随便去什么地方！就往前走吧！"马车立时从我身旁驶过，往小山上去了。

现在我想起了迪克先生对我说过的话，当时我还以为那是他的幻觉哩。我毫不怀疑，这就是他神秘地向我提到过的那个人，至于姨奶奶有什么把柄抓在他手里，我就猜测不出来了。我在墓地里凉快了半个钟头以后，就看见那辆马车回来了。车夫把车停在我身旁，车里只坐着姨奶奶一个人。

她还没有完全摆脱她那焦躁的情绪，所以还不能说已经准备好了，可以按原计划去拜访博士协会了。她叫我上车，又让车夫赶着车来回走了一会儿。她只说了一声"亲爱的孩子，永远不要问我这是怎么回事，也不要提起这件事"，此外什么也没说。后来她完全镇静下来，这时候她对我说她已经恢复正常，我们可以下车了。她把钱包交给我，让我付车钱，我发现所有的几尼都不在了，只剩下一些零散的银币了。

博士协会门外有一个低矮的牌楼。我们过了牌楼之后，没走几步，城市的喧闹声就神奇般地减弱，好像离得很远了。我们走过几个沉闷的院子和狭窄的小路，来到斯彭洛和乔金斯那装有天窗的事务所。这个寺庙似的事务所有个门厅，香客无须敲门即可进入，三四个文书在那里做誊写工作。他们之中有一个干瘦的人,单独坐在一边,头戴僵直的棕色假发,好像是用姜饼做的,很俗气。他站起身来接待我姨奶奶,并把我们引到斯彭洛先生的屋里。

"斯彭洛先生正在参加审案,夫人,"那个干瘦的人说道,"今天是拱门法庭开庭的日子,不过他就在附近,我马上派人去请他。"

在我们等候斯彭洛先生的时候,我就好好地利用这个机会把周围打量了一番。屋里的家具是旧式的,布满了灰尘,写字台的绿色粗绒桌面已经全褪了色,像个苍白憔悴的叫化子。桌子上摆着一捆捆的文件,有的写着辩解,有的写着诽谤(这使我很惊讶)①,有的写着归主教法庭,有的写着归拱门法庭,有的写着归大主教法庭,有的写着归海事法庭,有的写着归代表法庭,这使我非常纳闷共有多少种法庭,要花多少时间才能把它们都弄明白。此外还有各种书面证明材料,牢固地装订成册,捆在一起,每个案件都有一大捆,好像每个案件都积攒了十卷或二十卷。我觉得这一切看来要收相当多的钱,使我感到代诉人是个不错的职业。我正以越来越得意的眼光看着这些东西,以及许多类似的东西,忽听门外有急促的脚步声,接着斯彭洛先生身穿白色毛皮镶边儿的黑色长袍,匆忙走了进来,一边走着一边摘下了帽子。

这位先生个子不高,头发是浅色的,一双靴子无可挑剔,白色衬领和衬衫的领子不能再挺了。他的扣子扣得整整齐齐,两撇胡子拳得恰到好处,一定是精心修剪的。他那条金表链粗得很,使我突然产生了一个有趣的想法:他应该有一条粗壮的金胳膊来掏表,就像金店的门脸上作的广告那样。他的穿戴照顾得很周到。他也显得直挺挺的,几乎连腰也弯不了。他在椅子上就座以后,看了一眼桌上的几份文件,这时候他就不得不从脊椎下端开始,整个身子挪动才行,就像潘趣②一样。

姨奶奶已经把我介绍给他,他对我也以礼相待。这时候他说:

"这么说来,科波菲尔先生,你是想从事我们这一行了?几天以前,我有幸会见特洛乌德小姐时曾偶然提到,"说到这里,他又躬了躬

---

① 原文 libel 一词,在民法和教会法里为"控告",在普通法里为"诽谤"。大卫以为是后者,所以吃惊。
② 潘趣是英国木偶戏《潘趣与朱迪》中的主角。

身子(这也像潘趣一样),"这里有一空缺。特洛乌德小姐是个热心人,当时就说她有个甥孙她特别疼爱,还说要为他提供优裕的生活条件。这个甥孙,我想,我现在有幸见到了。"(这又像潘趣一样)

我鞠躬应诺,并且说姨奶奶告诉我这里有一个空缺,我想我会喜欢这一职务的;我说我强烈地预感到我会喜欢这一职务,所以马上就采纳了姨奶奶的建议;我说我还不能绝对保证我喜欢这一职务,因为还需要对它做进一步的了解;我说虽然无非是走走形式,但我认为应当给我一个机会试一试,看我觉得怎么样,然后才能最后敲定。

"哦,当然!当然!"斯彭洛先生说道,"我们这里总是要给一个月——试用期。就我本人而言,我可以给两个月、三个月,实际上也可以不定期限,但是我还有个合伙的,乔金斯先生。"

"学费,先生,是一千镑?"我说。

"学费,印花税在内,是一千镑,"斯彭洛先生说道,"我对特洛乌德小姐说过,我的动机不是为了赚钱——我认为在这方面比我考虑得更少的人是很少的——但是乔金斯先生对这些问题有他自己的看法,而我不能不尊重他的看法。简而言之,乔金斯先生认为一千镑还太少了。"

"我估计,先生,"我说,这时候我还想给姨奶奶省点儿钱,"按照这里的规矩,要是一个合同工特别有用,熟练地掌握了自己的业务,"——说到这里,我不禁脸红起来,因为这太像自我吹嘘了——"我估计按照这里的规矩,到了后期,也不能给他一点儿……"

斯彭洛先生费了很大的劲儿才摆脱了那卡脖子的衬领,把头伸出来摇了摇。他意识到我要说"薪水",就接着说道:

"不能。如果我不受约束,科波菲尔先生,我本人对这件事怎样考虑,我就不说了。乔金斯先生是决不动摇的。"

我当时一想到这个可怕的乔金斯,就感到非常发愁。不过后来我发现他是个性情温和而稳重的人。他在这里的作用是躲在幕后的,但要经常用他的名字对外,给人的印象是他是一个最顽固不化、最不近人情的人。要是哪个文书要求加薪,乔金斯先生就置之不理。要是哪位客户拖欠应交的费用,乔金斯先生一定想办法让他交付,不论这样做会使斯彭洛先生感到多么痛苦（而且的确每次都使他感到痛苦），乔金斯先生还是要照章办事。要不是有恶魔一般的乔金斯在那里控制一切，善良天使一般的斯彭洛就处处都会心更软，手更松。现在我长大了，我想我遇到过一些别的机构，他们在经营过程中也是遵循斯彭洛和乔金斯的原则的！

双方确定，我愿意什么时候就什么时候开始我那一个月的试用期，姨奶奶不必留在城里，期满时，她也不必再回来，因为与我有关的协议书很容易寄给她，请她在家里签字。这些事情都说定了以后，斯彭洛先生主动提出要马上带我到法庭去，让我看一看那是一个什么样的地方。我是挺想知道的，所以我们就去了。姨奶奶没有跟我们去，她说，让她到这种地方去，她不放心。此外，我想她认为所有的法庭都是一种制造火药的地方，随时都会爆炸的。

斯彭洛先生带领我穿过一个铺了地面的小院子，四周是阴沉的砖房，房门上写着各位博士的名字，这样我就看出这些房子就是斯蒂福对我说的那些知识渊博的辩护人使用的办公室。接着我们就来到左手边一间宽敞而单调的屋子，我觉得它有点像一所教堂的样子。屋子的前部拦了拦，与后面分开了。前部有一个马蹄铁形的台子，两边摆着饭厅里使用的舒适的旧式椅子，椅子上坐着几位穿着红袍戴着灰色假发的先生，原来这就是上面所说的博士们。在马蹄铁形的台子转弯处有一张小桌子，就像布道台上的小桌子一样，有一位老先生坐在那里眨巴眼。我要是在鸟林里见到他，一定会以为他是一只猫头鹰，不过据我了解，他就是主持审案的法官。在马蹄铁形台子中央的空地上，略低一点——也就是说，大约和地面取齐——还有几位先生坐在一张绿色长桌周围，他们和斯彭洛先生的身份相同，也和他一样穿着边上镶着白色毛皮的黑色长袍。他们的衬领，我觉得一般说来都很平整，他们的样子看上去都很凶。不过就最后这一点来说，我很快就意识到我实在是冤枉了他们，因为我看到他们之中有两三个人需要站起来回答主审官的问题，没有比他们更低三下四的了。在场的公众是一个小孩子和一个照顾他的人，还有一位衣服破旧的讲究体面的人在那里偷偷地从上衣口袋里掏面包渣往嘴里塞。他们都围着法庭中央的火炉在烤火。打破这种沉闷气氛的，只有炉火的噼啪声，和一位博士的讲话声，此人正在慢慢陈述足有一个大图书馆那么多的证据，就像是在漫无目的地游逛，不时地停下来发一点儿议论；好像是旅途中，在路边小旅店暂歇一下一样。总而言之，我这一生中，任何时候都没有搞过这样的小型家庭聚会，它温暖舒适，催人入睡，形式陈旧，不顾时间，昏昏沉沉；我觉得大概只要不当原告，在这里无论担任哪一个角色，都会像服用了止痛镇静剂一样舒服。

我对这梦境一般的幽静去处感到很满意，就对斯彭洛先生说，这一次就看到这里吧，接着我们就回到姨奶奶这里来了。我在姨奶奶的陪同之下，马上就离开了博士协会。在我走出斯彭洛与乔金斯事务所的时候，我又感到自己非常年轻，因为那些文书在那里用自己的笔我捅捅你，你捅捅我，把注意力都集中在我身上。

我们回到林肯律师学院广场，一路上没有再出什么事儿，只碰上一头给小贩儿拉车的倒霉驴子，使姨奶奶产生了一些痛苦的联想。我们平平安安地回到屋里以后，又对我的计划进行了一次长谈。我知道她很急于回家去，而且不是担心失火，就是担心饮食，还担心扒手，呆在伦敦半个钟头心里都不踏实。我就劝她别为我而受罪了，还是让我自己来照顾自己吧。

"到明天我就在这里呆了一个星期了，一直也是这么想的，亲爱的孩子，"她答道，"在阿德尔菲区有不大的一套带家具的房子出租，特洛，你去住，再合适不过了。"

她说着就从口袋里掏出一张广告，是特意从报纸上剪下来的。那广告说，阿德尔菲区白金汉街有一套带家具的住房出租，这套住房特别合乎尊意，布局紧凑，窗外一览河上风光，年轻绅士，无论是或不是律师学院的成员，都会认为这是一所体面的住宅，而且随时可以使用。条件从优，如有需要，可以只租一个月。

"哎呀，再合适不过了，姨奶奶！"我说着脸也红了，住套房，多神气呀。

"那就来吧，"姨奶奶说，马上把刚才放在一边的小帽子又戴上了，"咱们去看看。"

我们去了。我们按照广告上说的,到了地方找克鲁普太太。我们拉了拉地下室的门铃,以为这样就可以见到克鲁普太太了。我们拉了三四次铃,才使得克鲁普太太不得不出来见我们。不过她到底还是出来了。她是一个胖女人,身穿本色布长袍,底下是一条镶着荷叶边的法兰绒衬裙。

"如果方便的话,太太,就让我们看看你这套房子吧。"姨奶奶说。

"是这位先生住吗?"克鲁普太太说着,伸手到口袋里掏钥匙。

"是啊,我甥孙来住。"姨奶奶说。

"对他来说,这是一套很好的房子!"克鲁普太太说。

于是我们就到楼上去了。

这套住房是在楼的顶层——这对姨奶奶说来至为重要,因为如果失火,离出口最近——狭窄的入口半明半暗,几乎什么也看不见,一间小储藏室黑洞洞的,绝对是什么也看不见,此外还有一间起居室,一间卧室。家具相当旧,不过对我说来,也就不错了;窗外果然是河上风光。

既然我很喜欢这地方,姨奶奶和克鲁普太太就躲到储藏室去谈条件。我就坐在起居室的沙发上,简直不敢想象我竟然也有幸住上这么尊贵的房子。她们经过时间不长的一个回合,就出来了。我从克鲁普太太脸上的表情和姨奶奶脸上的表情可以看出,这笔交易谈成了,我当然很高兴。

"这是上一个房客的家具吗?"姨奶奶问道。

"是的。是他的家具,太太。"克鲁普太太答道。

"那个人后来怎么样了?"姨奶奶问道。

克鲁普太太忽然来了一阵讨厌的咳嗽,就一边咳嗽,一边非常吃力地说,"他在这里病倒了,太太,后来——咳!咳!咳!哎哟!——后来他就死了!"

"啊!他是怎么死的?"姨奶奶问道。

"唉,太太,他是喝酒喝死的,"克鲁普太太说道,接着又小声说,"还有烟。"

"烟?不是烟囱里的烟吧?"姨奶奶问道。

"不是,太太,"克鲁普太太答道,"雪茄和烟斗。"

"这无论如何不会传染,特洛。"姨奶奶说着,扭头看了看我。

"的确不会。"我说。

总之,姨奶奶见我很喜欢这地方,就租下来了,租期一个月,同时征得房东同意,到期后还可以使用十二个月。克鲁普太太负责准备卧具,还负责做饭,其他必要的东西都已经有了。克鲁普太太明确表示一定要把我当自己的儿子看待。我们约定,我后天来住。克鲁普太太说,谢天谢地,她终于有个人可以照顾了。

回来的路上,姨奶奶告诉我,她是多么充分相信,我即将开始过的这种生活会使我坚强,使我自立,而这正是我需要的。第二天,我们安排怎样把我存在威克菲尔先生那里的衣服和书运过来,在空闲的时候,姨奶奶又把上面的话说了好几次。关于取衣服和书的事,以及我最近休假的全部情况,我给艾妮斯写了一封长信,这封信由姨奶奶带去,因为她第二天就动身。这些细节,我就不多说了,只需要补充几点:我这一个月的试用期里可能用得着的东西,她都给我准备得很充足。在她离开以前,斯蒂福没有露面,这使得我和姨奶奶都很失望。我把她平平安安地送上去多佛的马车,看着她坐好,珍妮坐在她旁边,这时她想到那些到处乱跑的驴子很快就要倒霉了,心里感到由衷地高兴。马车走了以后,我转身朝着阿德尔菲区走去,回想起过去我只是在那里的地下拱门里跑来跑去,现在好了,情况变了,我升到地面上来了。

第二十四章

我初次放荡

那居高临下的城堡全归我使用,把大门一关,就觉得像鲁滨孙钻进了自己的堡垒,还随手撤了梯子一样,这真是太好了。口袋里揣着房门钥匙在城里游逛,而且知道自己可以邀请任何人到家里做客,还可以有把握地说,只要我自己不感到不便,是不会对别人造成不便的,这真是太好了。我可以出出进进,来来往往,谁也不理,我要是想找克鲁普太太——而且她也肯见我——只要一拉铃,她就喘着粗气从地底下钻出来,这真是太好了。这一切,我觉得,真是太好了;不过我也要说,有些时候,我感到非常无聊。

早上感觉很好,尤其是晴天的早上,天一亮,感到生活非常清新,自由。太阳一出来,更为清新,更为自由。但是日过中天以后,好像生活也随着徐徐下降。我也弄不清是怎么回事儿——浊气下很少有美好的生活。到了那个时候,就希望有人跟我说说话了。我想念艾妮斯。她总是含笑听我倾诉心里话。见不到她,我感到极为空虚。克鲁普太太好像离我很远。我想到前面那位死于烟酒的房客,我真希望他行行好,依然活着,而不要一命归西,使我感到苦恼。

住了两天两夜之后,我就觉得好像在这里住了一年了。可是我一点儿也没长大,仍和原来一样为了自己年轻而痛苦万分。

斯蒂福还是不露面,我担心他准是病了,第三天我早早地从协会出来,走到了海格特。斯蒂福太太见到我很高兴,她对我说斯蒂福和牛津大学一个朋友到圣奥尔本斯附近去看另一个朋友去了,估计明天就回来。我因为喜欢他,竟然非常忌妒他那些牛津大学的朋友了。

斯蒂福太太一定要留我吃晚饭,我就留下了。我记得我们的谈话始终是围绕着斯蒂福,别的什么也没谈。我告诉她,在亚茅斯的时候,大家多么喜欢他,他和大家在一起,多么讨人喜爱。达特尔小姐转弯抹角,问了很多奇奇怪怪的问题,但是对我们做的各种事情极为关心。她老说"不过真是那样吗"之类的话,结果把她想了解的一切情况都从我嘴里套了出来。她的相貌和我初次见她时所形容的完全一样,但是和两位女士在一起是那么愉快,又是那么自然,我就觉得有点儿爱上了她。那天晚上有好几次,特别是当天夜里我回家的路上,我情不自禁地想道:要是在白金汉街有她做伴儿,该多好哇!

第二天清晨,我正在喝咖啡,吃面包卷儿,准备到协会去——我在这里顺便说一下,克鲁普太太搁了那么多咖啡,而咖啡又那么淡,真叫人吃惊——不料斯蒂福突然走了进来,我高兴极了。

"亲爱的斯蒂福,"我喊了起来,"我还以为永远见不到你了呢!"

"我一回到家,"斯蒂福说,"第二天早上就让人家武装押解带走了。哎呀,雏菊,你一个老大不小的单身汉住在这里可真稀罕呀!"

我颇为得意地带他把整套房子看了看,连储藏室也没落下。他对这套房子赞不绝口。"你听我说,老兄,"他说道,"只要你不下逐客令,我可要把这地方当做我的很像样的城区住宅了。"

这话着实好听。我对他说,他要是等我下逐客令,就得等到末日来临的时候啦。

"不过你得吃点早饭呀!"我说着就抓起了拉铃的绳子,"我让克鲁普太太再给你煮点儿咖啡,我这里有个单身汉用的荷兰炉,可以给你烤点儿咸肉。"

"不用,不用!"斯蒂福说,"不要拉铃!我不在这儿吃!我去和我那伙朋友里的一个人一起吃早饭,他就住在科文特加登的皮亚察饭店。"

"那你回来吃晚饭吧?"我问道。

"不行,我不骗你。我的确很想回来吃晚饭,但是我必须和那两个家伙在一起。明天早晨我们三个人一块儿动身。"

"那就请他们一块儿来吃晚饭吧,"我答道,"你觉得他们会来吗?"

"哦，那他们可求之不得啦！"斯蒂福说，"不过这就要对你造成不便了。还是你来和我们一起找个地方吃一顿吧。"

我说什么也不同意这个意见，因为我突然想到该温温居呀，哪儿有比这更好的机会呢！我这套房子，经过他一番赞扬，使我更为得意，特别想充分利用一下。所以我就逼着他代表他那两个朋友答应我一定来，约定的时间是六点钟。

斯蒂福走了以后，我拉铃叫来了克鲁普太太，把我这个紧急方案告诉了她。克鲁普太太说，首先不能指望她来伺候，这当然是公认的道理。不过她知道有一个专干杂活儿的年轻人，可以动员动员他，说不定他肯干，条件是五先令，另外我可以随便给。我说好吧，就用他。其次，克鲁普太太说，她显然不能同时呆在两个地方（我觉得这也是有道理的），而又必须有一个"年轻姑娘"，给她点上一支卧室用的蜡，让她在贮藏室里不停地洗盘子。我问她，这样一个年轻女子要多少钱。克鲁普太太说，她估计十八便士既不会叫我发财，也不会叫我破产。我说我估计也不会，于是这个问题也解决了。克鲁普太太接着说，现在可以研究吃什么了。

克鲁普太太厨房里的壁炉只能炖排骨，做土豆泥，别的什么都做不了，这可以说是那铁匠缺乏远见的一个突出的例子。至于熬鱼的锅，克鲁普太太说，好哇，我亲自去看看炉眼儿，好不好？这话倒也在理儿。我亲自去看看，好不好？即便我真去了，也看不出个名堂来，所以我就不去了，我说，"鱼，就算了吧。"可是克鲁普太太说，可别这么说，现在牡蛎正上市，怎么不吃牡蛎呢？这也说定了。克鲁普太太随后说，她的意见是：两只热烤鸡——从点心铺买；一盘炖牛肉加青菜——从点心铺买；两个小盘儿，比如一个发糕，一盘腰花——从点心铺买；一块甜点心，如果我喜欢，再来一点儿果冻——从点心铺买。这样，克鲁普太太说，她就能完全腾出手来，集中精力做土豆，并且按照她的心意把干酪和芹菜准备好。

我采纳了克鲁普太太的意见，亲自到点心铺去订了菜。后来我顺着斯特兰大街走去，路过一家卖火腿、牛肉的商店，橱窗里摆着一种硬的带斑点的东西，像是大理石做的，但标签上写着"仿甲鱼"，我进去就买了一大块,后来我才发现,这一大块足够十五个人享用的了。买回去以后,费了半天唇舌,克鲁普太太才同意给热一热。这东西做成汤以后缩得厉害,四个人喝,我们还觉得正如斯蒂福说的,"紧巴巴的"。

这些准备工作顺利做完之后,我到科文特加登市场买了一点儿甜食,还在市场附近一家专门卖酒的商店笼统地订了一点儿酒。下午回家一看,一瓶瓶的酒立在储藏室的地上,组成了一个方块儿,看上去多得不得了(虽然少了两瓶,弄得克鲁普太太很不自在),简直把我吓坏了。

斯蒂福的两个朋友,一个叫格兰杰,一个叫马卡姆。他们都是非常开朗、活跃的人。格兰杰比斯蒂福略大一点儿,马卡姆看上去很年轻,我看不超过二十岁。我发现马卡姆提到自己的时候,总爱泛泛地说"一个人",很少或从来不用单数第一人称。

"一个人住在这里,可以生活得很不错呀,科波菲尔先生。"马卡姆说——他这是说他自己哩。

"条件不错,"我说,"房间真够宽敞的。"

"我希望你们二位胃口特别好。"斯蒂福说。

"不瞒你说,"马卡姆答道,"城里好像能增进一个人的食欲。一个人整天觉得饿。一个人不停地吃。"

起初我觉得有点儿不好意思,而且觉得自己太年轻,不能主持这次晚餐,因此开饭的时候,我就让斯蒂福坐在上首,我坐在他的对面。一切进行顺利,酒也是尽情地喝,斯蒂福努力保证这次晚餐圆满成功,表现得很出色,欢乐的气氛从未中断。晚餐过程中,我的表现欠佳,不像我预期的那么好。这是因为我的座位对着门,我看到的情况分散了我的注意力。那专干杂活儿的年轻人不时地从屋里走出去,他一出去,门外的墙上就显出他的影子,我从他的影子看出,他拿着一瓶酒在对着瓶嘴喝。那"年轻姑娘"也引起了我几分不安——这倒不是因为她不尽心洗盘子,而是因为她砸盘子。她生性好奇,虽然明确要求她呆在储藏室里,她却呆不住,老偷看看我们,同时她心里又老嘀咕,以为让我们发现了;这样一想,她就缩回去,踩在盘子上,因为她已经小心翼翼地把盘子放得满地都是。这样反复多次,她踩碎了很多盘子。

不过这都是些很小的不足之处，桌布一撤，甜食一上，就都置诸脑后了。这次聚会进行到这时候，才发现那个专干杂活儿的年轻人原来是个哑巴。我不声不响地吩咐他去和克鲁普太太做伴儿，顺便把那个"年轻姑娘"也弄到地下室去，然后我就尽情欢乐起来了。

起初，我感到特别轻松愉快。各种几乎已经忘记的话题涌入了我的脑海，使得我忘乎所以，说个没完。我自己说了个笑话，或者别人说了个笑话，我就捧腹大笑；斯蒂福没有把酒传给大家，我就责怪他，叫他注意；我做了几次到牛津去的安排，我宣布打算继续举办和这次完全一样的晚宴，每星期一次，如有变化，另行通知；我还拿格兰杰的鼻烟盒拼命吸，吸得太多，结果不得不躲到储藏室去偷偷地打喷嚏，打了足有十分钟。

随后我就越来越勤地劝大家喝酒，拿着个起子不停地开新瓶，开过的搁在那里半天都用不上。我为斯蒂福的健康祝酒。我说他是我最亲爱的朋友，是我童年的保护人，是我成年以后的伙伴儿。我说，为他的健康而干杯，我感到高兴。我说我欠他的情，是永远也还不清的；我对他的敬佩之心，是永远也说不完的。最后我说，"请大家为斯蒂福欢呼！愿上帝保佑他！欢呼！"我们把三声欢呼重复了三遍，接着又重复了三遍，最后又大声重复了三遍才算完。我为了绕到他那一边去跟他握手，把玻璃杯也打碎了。我对他说（只用了两个词），"斯蒂福，你……是……我……生……活……里……的……北……斗……星。"

随后我忽然发现有人在唱歌。唱歌的是马卡姆，唱的是"一个人因操劳而心事重重"①。他唱完之后，要我们为"女人"干杯。我表示反对，不同意这样干。我说这样祝酒不体面，在我这里只能为"女士们"干杯，否则就不行。我和他争得很厉害，我想主要是因为我看见斯蒂福和格兰杰在笑我——也许是在笑他——也许是在笑我们俩。他说一个人不能听别人的。我说一个人就得听别人的。他又说一个人不能受人侮辱。我说他这话说得很对——在我家里，家神是神圣的，好客的精神至高无上。他说他愿意坦率承认，我这个人太好了，这无损于他的

---

① 引自盖依的《乞丐的歌剧》，接下去是"只要女人出现便云雾消除"。

尊严。我马上举杯祝他身体健康。

有人抽烟了。我们都抽烟了。我也抽起烟来了,我越来越觉得吓得发抖,但我尽力克制自己这种情绪。斯蒂福针对我讲了一番话,我听着几乎感动得掉泪。我说了几句感谢的话,同时表示希望在座的各位在明天,还有后天——每天的五点钟——来和我一起吃饭,这样我们就可以长时间在一起交谈,快快活活地度过一个夜晚。这时候,我觉得应当提议为什么人祝酒才对。要提就提我姨奶奶吧——贝西·特洛乌德小姐,她是女性里的豪杰!

有个人在我的卧室窗口向外探着身子,把头靠在窗边冰凉的石头上清醒一下,领略一下微风拂面的感觉。这个人就是我自己。我叫着自己的名字"科波菲尔",说道,"你怎么学着抽起烟来了?你也许应该知道,你是不会抽烟的呀。"现在又有个人晃晃悠悠地照镜子。这个人也是我。我在镜子里显得非常苍白;我两眼无神;我的头发——只有我的头发,别处都没有——显出了醉意。

有个人对我说,"咱们看戏去吧,科波菲尔!"眼前不是卧室,而是摆满了酒杯、叮当作响的饭桌了,还有灯;格兰杰在我的右首,马卡姆在我的左首,斯蒂福在对面——都坐在那里,模模糊糊的,离我很远的样子。看戏去?当然要去。再好不过了。走吧。不过他们得允许我先把他们送出去,把灯关了——免得失火。

因为黑,出现了一点儿混乱,门没有了。我在窗帘里乱抓,找不着门,斯蒂福笑着过来拉住我的胳膊,把我领了出去。我们依次下楼,快到底下的时候,有人摔倒了,滚了下去。另外一个人说,那是科波菲尔。听他这样瞎说,我很生气,后来我发觉自己躺在过道里,才意识到他的话也许有些根据。

晚上,雾很重,路灯都带着一个个的大光环。我模模糊糊听见有人说下起来了。我认为那是霜。斯蒂福在路灯下掸了掸我身上的土,把帽子给我弄得像个样子,这帽子是有人像变戏法一样从哪里变出来的,因为我本来并没有戴帽子。斯蒂福接着说道,"你没事儿吧,科波菲尔?"我对他说,"好……极……啦。"

有一个人,好像坐在鸽子笼之类的地方,透过浓雾往外看,收了什么人的钱,还问了一下我是不是和付钱的人是一伙儿的,似乎非常犹豫(我看了他一眼,记得他的神气)要不要收我这一份钱。过了一会儿,我们来到戏院里一个很高的地方,那里热极了,从那里往下可以看见一大片池座,那地方好像在冒烟,挤在那里的人都模糊不清。下面还有一个大舞台,和刚才走过的马路相比,显得又干净,又平坦。那舞台上还有人,在谈论什么事情,但是一点儿也听不明白他们在说些什么。剧院里有很多很亮的灯,有音乐,有太太小姐坐在下面的包厢里,不知还有些什么。我觉得好像整个剧院大楼在学着游泳,我想把它稳定下来,它的表现却使我感到完全莫名其妙。

根据某人的建议,我们决定到下面的礼服包厢去,那是女士们看戏的地方。一位先生穿着礼服,斜靠在沙发上,手里拿着一副望远镜,从我眼前闪过,还有我自己的全身像出现在一面镜子里。随后就有人把我领进了一个包厢,我就座的时候,顺口说了点儿什么,周围的人就冲着一个人喊"安静!"女士们还向我投来了愤怒的眼光,还有——噢!对啦!——艾妮斯就坐在我前面的座位上,也在这个包厢里,身旁有一男一女,我都不认识。现在我敢说,我看见她带着遗憾与惊异的神情转过脸来看我,但我当时并没看得十分清楚。

"艾妮斯!"我含含糊糊地说,"上……帝……保……佑……你!艾妮斯!"

"嘘!别说话!"她回答说。我不明白这是为什么。"你影响大家看戏了。往台上看!"

我按照她的要求,想看得清楚一些,听得明白一点儿,但是没有用。过了一会儿,我又看她,发现她缩到角落里去了,一只手支撑着额头,手上戴着手套。

"艾妮斯!"我说,"你……恐……怕……不……舒……服……啦。"

"是啊,是啊。你别管我啦,特洛乌德,"她答道,"你听着!你是不是马上走?"

"我……是……不……是……马……上……走?"我问道。

"是啊。"

我有个糊涂想法,我想说我准备等会儿送她下楼。我想我大概也

把这番意思表达出来了,因为她盯着我看了一会儿,好像明白了我的意思,随后用低沉的语调说:

"我知道,如果我告诉你我是非常认真的,你会按我的要求去做的。为了我,你快走吧,特洛乌德,快让你的朋友们送你回家去吧。"

这样一来,她倒使我一时清醒了许多,虽然我生着她的气,却感到有些不好意思了。所以我只简单地说了声"再记"(我的本意是说"再见"),站起来就走了。他们跟在我后头,我一出包厢的门,一步就跨进了我的卧室,只有斯蒂福一个人在那里陪我,他帮我脱了衣服,我则告诉他艾妮斯是我妹妹,我还一本正经地要求他给我把起子拿来,我要再开一瓶酒。

有个人竟然躺在我的床上,整夜连着做梦,自相矛盾地把上面说过的话和做过的事重复了一遍——那床就像波涛汹涌的大海,没有一刻是静止的呀!后来逐渐清楚了,那个人竟然就是我自己呀。这时候,我觉得浑身发干,表面的皮肤像硬纸板一样;舌头像水壶的壶底,用久了,结了水碱,正在小火上干烧呢;手心像金属做的盘子一样烫,放多少冰块儿,也凉不下来呀。

然而第二天,我清醒了以后,思想上多么痛苦,多么悔恨,多么难为情,就别提了!我知道自己犯下了一千种过失,都不记得了,而且也永远无法补偿——我想起艾妮斯看我时那难以忘怀的眼神了——我没有办法和她取得联系,因为我不知道(我真是个畜生)她怎么在伦敦,也不知道她住在哪儿——我一看见我们寻欢作乐的那间屋子就觉得恶心——我的头疼得快要裂开了——还有那烟味,眼前那些酒杯,我出不去,连起床都起不来了。多么可怕呀!哦,怎么过了这样的一天呢!

哦,那天晚上,我坐在壁炉旁,面对着一盆漂着一层肥肉的羊肉汤,觉得我也要步前面一位房客的后尘了。我不但住他住过的房子,还要和他闹个同样的结局。因此我就有点想赶紧到多佛去,把这些事儿都说出来。这是一个多么难受的夜晚啊!克鲁普太太来端走那盆羊肉汤的时候,用盛干酪的盘子端上来一只腰子,还说前一天的宴会就剩下了这么点儿东西;我真想贴着她那本色布的衣裳靠在她胸前,诚心诚意地忏悔,对她说,"哦,克鲁普太太,克鲁普太太,别管那些残羹剩饭了!我痛苦极了!"——不过即使在这种情况下,我依然怀疑,有心里话,是不是应该对克鲁普这样的女人讲。这是一个多么难受的夜晚啊!

第二十五章

天使与恶魔

我在头疼、恶心又悔恨的情况下度过了可怕的一天。在这一天里,我觉得脑子里有些糊涂,不知怎地弄不清我举行晚宴的日子了,仿佛几个大力神利用一个巨大的杠杆把前天往前挪了好几个月。第二天清晨,我来到门外,正要出去,忽然看见一个佩戴证章的注册的仆役,手里拿着一封信走上楼来。当时他正在慢条斯理地走着,可是他一发现我在上面栏杆旁边看他,马上就奔跑起来,气喘吁吁地跑上楼来,好像他已经跑得筋疲力尽了。

"特·科波菲尔先生。"那仆役说道,一边举起小手杖,碰了一下自己的帽檐儿。

我几乎不敢承认那就是我的名字,因为我相信那一定是艾妮斯来的信,心里感到非常不安。不过我还是对他说,我就是特·科波菲尔先生,他也就相信了,并且把信给了我,还说要等回信。我让他在楼梯口等我写回信,就把门关上,回自己房间里去了。当时我非常紧张,不得不把信放在吃早饭的桌上,先对信封熟悉一下,才决定拆开封口的火漆。

等我果真把信打开以后,原来是一封很客气的短信,并没有涉及我在剧院里的表现。信的全文是这样的:"亲爱的特洛乌德,——我现在住在爸爸的代理人沃特布鲁克先生家中,地点在霍尔本区伊利大楼。你今天能来看我吗?时间由你定。——永远爱你的艾妮斯。"

我给她写回信,老也不满意,写了很长时间,不知那仆役做何感想,也许他以为我是在学写字呢。我至少写了六封回信。一封回信是这样开始的:"亲爱的艾妮斯,我怎样才能希望从你的记忆中消除那可憎的印象。"——写到这里,我觉得不喜欢,就撕了。于是我又开始写一封,"亲爱的艾妮斯,莎士比亚说过,说也奇怪,一个人竟然会把敌人塞到自己嘴里。"——这使我联想到马卡姆,①也就写不下去了。我甚至试着写诗。有一封回信是用六音节的诗句开始的,"哦,你不要记起……"——但这自然使人想起十一月五日,②这就很可笑了。试了几次之后,我终于写道,"亲爱的艾妮斯,——你的信真是文如其人,除此以外,我还能说什么更能赞扬的话呢?我四点钟到。爱你的、忧愁的特·科。"这封信写好以后,刚一出手,我心里就七上八下的,想把信收回来,可是那仆役终于走了。

如果博士协会里别的工作人员觉得那一天的重要性比我感觉少一半,我敢肯定他一定因参与把教会弄成变质干酪的样子而做了悔罪的表示。虽然我三点半就离开了办公室,而且几分钟之后就在约定的地点附近转悠,按照霍尔本区圣安德鲁教堂的大钟,我足足地过了约定时间一刻钟,才不顾一切地鼓足勇气,在沃特布鲁克先生家门口拉了一下装在左边门柱上的私人用铃。

沃特布鲁克先生这个机构的一般业务是在一层进行的,礼节性的事务(这种事务也是很多的)则在楼上进行。我跟着引路的人来到一间漂亮但不宽敞的客厅里,艾妮斯正坐在那里织钱包。

她看上去是那么文静,那么善良,不但使我那么清楚地回想起我在坎特伯雷镇上念书的时候过的那种高尚而清新的生活,也使我回想起那天晚上自己那一副污秽、愚蠢、满身烟味儿的丑恶的样子。在这种情况下,又没有别人在场,我就克制不住自己,感到又悔恨,又可耻,而且——总而言之,我出了一次洋相。我不能否认我当时流了眼泪。我至今也不明白,如果全面地衡量一下,我当时的表现究竟是最明智呢,还是最可笑呢。

"艾妮斯,如果当时不是你,而是别人,"我说着把头扭到一边,"我

---

① 借用莎士比亚《奥赛罗》中的话,马卡姆爱说"一个人",所以这句话使大卫联想到马卡姆。
② 这样开始很像一首纪念十一月五日火药阴谋案的歌曲,所以可笑。

就决不这么认真对待这件事了。怎么就正好让你看见了呢！我要是在那之前死了就好了。"

她把手在我胳臂上搭了一下，那手给我的感觉可与别的手不同，它给了我深厚的友情和莫大的安慰。我情不自禁地把它拉到唇边，怀着感激的心情吻了一下。

"坐下吧，"艾妮斯兴致勃勃地说，"你别不高兴呀，特洛乌德。你要是连我都信不过，那你信得过谁呢？"

"啊，艾妮斯，"我答道，"你是我身边的天使！"

我觉得她虽然笑了笑，却流露出悲哀的神情。她摇了摇头。

"是的，艾妮斯，我的天使，你永远是我身边的天使！"

"特洛乌德，如果我是的话，"她答道，"那么就有一件事，我非常想做。"

我以询问的眼光看了看她，不过我已经猜出了她的意思。

"那就是提醒你，"艾妮斯说道，她的眼睛紧紧地盯着我，"要防备你身边的恶魔。"

"亲爱的艾妮斯，"我说，"你要是指斯蒂福……"

"我是指他，特洛乌德。"她答道。

"要是这样，艾妮斯，你就太冤枉他了。他，我身边的恶魔！或者说任何人身边的恶魔！他，不是我的向导！不是我的靠山！不是我的朋友！亲爱的艾妮斯！就凭你那天晚上看见我的样子来衡量他，岂不太不公平，也不像你做事的样子了？"

"我不是凭我那天晚上看见你的样子来衡量他的。"她心平气和地答道。

"那你凭的是什么？"

"凭的是许多事情，这些事情本身都是小事；但是放在一起，就不像是小事了。我衡量他的依据，一部分是你告诉我的关于他的情况，特洛乌德，还有你的性格和他对你的影响。"

在她那温和的声音里，总有些东西好像触动我内心里的一根弦，使它只与她的声音相呼应。那声音总是严肃认真的，但如果它是非常严肃认真的，就像现在这样，里面便包含着一种感情的冲动，很能使我屈服。我坐在那里看着她,她低头看着手里的活计;我坐在那里,好像依然在听她说话;斯蒂福,虽然我一向对他很有感情,却随着那声音而黯然失色。

"我一向深居简出,对外界了解得很少,"艾妮斯说着抬起头来,"现在这样很有把握地规劝你,甚至表示这样强硬的意见,对我说来,是非常大胆的。但是我知道,我之所以这样做,特洛乌德,是因为我真正记得我们是一块儿长大的,是因为我真正关心和你有关的一切事情。这就是我为什么这么大胆。我敢肯定,我的话是对的。我非常有把握。在我跟你说话的时候,我觉得好像不是我,而是别的什么人在跟你说话。我可要告诉你,你交了一个危险的朋友。"

我仍然看着她。她已经不说了,可我还在听;斯蒂福的形象,虽然还牢记在我的心里,却已黯然失色了。

"我也不是不讲道理,"艾妮斯过了一会儿说道,这时她已经恢复了原来的语调,"指望你会或者说指望你能立刻改变已经变成你的信念的某种感情,尤其不能指望你立刻改变从你那相信别人的天性中产生出来的感情。我只要求你,特洛乌德,如果你还会想到我——我的意思是说,"说到这里,她安详地笑了笑,因为我想打断她,而她也知道我为什么要打断她,"假如你还常常想到我——那就想想我刚才说的话吧。你能原谅我做的这一切吗?"

"等你公平对待斯蒂福的时候,"我答道,"等你像我一样喜欢他的时候,艾妮斯,我就会原谅你了。"

"非到那时候不可吗?"艾妮斯说道。

在我提到斯蒂福的时候,我看见有一片阴影从艾妮斯脸上掠过;但是她仍然以微笑回答了我的微笑,所以我们又和过去一样,还是无保留地互相信任。

"艾妮斯,"我说,"你什么时候原谅我那天晚上的事儿呢?"

"等我想起来,再说吧。"艾妮斯说。

她本想把这个话题谈到这里为止;但是我满脑子都在想这件事,不肯到此为止,非要告诉她我怎么会做出那样的丑事,许多偶然的情况怎样形成一根链条,以剧院作为它的最后一环。说出这些情况,同时也说明了因为在我无法照顾自己的情况下,斯蒂福照顾了我,加深了我对他的感激之情,说完之后,我感到轻松了许多。

"别忘了,"艾妮斯说道,她一等我说完,就悄悄地换了话题,"不但在你遇到困难的时候,而且在你开始恋爱的时候,你都应当告诉我。拉金斯小姐之后还有谁,特洛乌德?"

"没有别人,艾妮斯。"

"有个人吧,特洛乌德?"艾妮斯说着笑了起来,还翘着一个手指头。

"没有,艾妮斯,保证没有!斯蒂福太太家里的确有一位女士,很聪明,我也愿意跟她说话,那就是达特尔小姐,不过我对她并没有多少好感。"

艾妮斯为自己的好眼力而笑了起来,还对我说,我要是信得过她,对她说实话,她就得准备一个登记本,专门记录我的激情,哪一天开始,多长时间,何时终止,都要记上,就像英国历史上国王和女王在位的年表一样。接着她就问我见没见过尤利亚。

"尤利亚·希普?"我问道,"没见过,他在伦敦吗?"

"他每天都到楼下的事务所来,"艾妮斯答道,"他比我早来伦敦一个星期。我觉得他不是来干什么好事的,特洛乌德。"

"这么说,他做的事让你感到不安了,艾妮斯,"我说,"可能是什么事呢?"

艾妮斯放下手里的活计,两手攥在一起,美丽温柔的眼睛以忧郁的目光看着我,她对我说:

"我看他是要和爸爸合伙了。"

"什么?尤利亚?那个卑躬屈膝的小人也想爬上那样的高位?"我气愤地大声说道,"你没正式提出反对吗,艾妮斯?你想想,那会是一种什么关系。你一定要发表意见。你一定要阻止你父亲,让他不要失去理智而走这一步。趁着现在还有时间,艾妮斯,你一定要制止这件事。"

我还没有说完,艾妮斯就摇了摇头。这时她仍在看着我,因为我很激动,她微微一笑,接着说道:

"你还记得我们上一次谈到爸爸吗?过了不久——不超过两三天——他就开始向我透露我告诉你的情况。他一方面想让我觉得这是他做出的选择,一方面又无法掩饰这是强加于他的,他夹在中间,叫人看了心里难受。我感到很难过。"

"强加于他的!艾妮斯,是谁强加于他的呢?"

"尤利亚,"她犹豫了一下,说道,"他已经成了爸爸离不开的一个人。这个人心里有自己的算盘,而且很注意观察。他掌握了爸爸的弱点,使这些弱点越来越严重,然后加以利用,直到最后——总而言之一句话,特洛乌德——直到最后爸爸怕他为止。"

我看得很清楚,她还有更多的话可说,她还了解一些情况,或者说她还怀疑一些情况。我没有追问,不想使她感到痛苦,因为我知道她之所以不告诉我,是为了爱护她父亲。我意识到,情况往这方面发展,已有很长时间了。是的,我只要稍微回忆一下,就不可能不意识到,很久以来,情况就在往这方面发展了。我什么也没说。

"他对爸爸的控制,"艾妮斯说道,"非常厉害。他开口卑贱,闭口感激——也许这是真的;我希望如此——但是他的地位,实际上权力很大,我还怕他滥用他的权力。"

我说他是一条恶狗。说了这话,当时我觉得非常痛快。

"就在我说的爸爸告诉我的那个时候,"艾妮斯接着说道,"他已经对爸爸说他要走了,他觉得非常遗憾,而且并不愿意离开,但是他还有更好的出路。爸爸听了这话,非常难过,我从来没见他那样忧虑;不过做出了伙伴关系的安排之后,他好像松了一口气,虽然这种安排对他好像是个打击,而且使他没脸见人。"

"你是怎么对待这种安排的呢,艾妮斯?"

"特洛乌德,"她答道,"我希望我没有做错。我觉得为了让爸爸过平静的生活,这种牺牲是必要的,所以我就求他接受了伙伴关系。我说这样就会使他的日子过得轻松一些——我希望真会这样!——还会使我有更多的机会陪伴他。哦,特洛乌德!"艾妮斯说着把双手捂到脸上,因为眼泪流了下来,"我甚至觉得好像我这个孩子不但没有疼爱爸爸,反而给他造成了危害。因为我知道,他一心一意为我着想,已经有了多大的转变。我知道,他为了把心思都用在我身上,已经把自己关心的人和该做的事缩小到多么小的范围。我知道,他为了我,把多少事情拒之门外。他为我操心,怎样给自己的生活蒙上了一层阴影,怎样耗费了自己的精神和体力,因为他心里总惦记着一件事。我要是能把这种情况改变过来,该多好啊!我不知不觉地竟然使他日见衰弱,要是能想个法子,使他得到恢复,有多好啊!"

我从来没见艾妮斯哭过。过去我每次把在学校取得的好成绩带回家的时候,看见过她眼里闪着泪花。我们上一次谈到她父亲的时候,也见她眼里闪过泪花。我们分别的时候,我看见她温柔地把头扭向一边,但我从没见她像现在这样悲痛。这使我很难过,我只能傻里傻气无可奈何地对她说,"我劝你,艾妮斯,不要这样! 不要这样,我的好妹妹!"

但是艾妮斯在性格和意志方面都比我强得多,不需要我多央求,这个情况,无论我当时知道还是不知道,我现在是很清楚的。就像宁静的天空中曾飘过一片乌云,她恢复了原来那美丽端庄的仪态,正是这种仪态使她在我的记忆中显得那样与众不同。

"咱们不可能单独在一起再呆多久了,"艾妮斯说道,"趁我现在还有机会,让我恳求你,特洛乌德,对尤利亚还是以诚相待吧。不要拒绝和他来往。他要是什么地方不合你的意,你也不要生气(根据你的性格,我想你会生气的)。你要是生气,就可能冤枉他了,因为我们不能肯定他有什么不对。不管怎么说,你还是先为爸爸和我着想吧!"

没等艾妮斯再说什么,屋门就开了,沃特布鲁克太太大模大样地走了进来。这女人个头儿很大——也许是她穿的衣裳很大;我也说不准,因为我分不清楚哪是衣裳,哪是人。我隐隐约约地记得在剧院里见过她,仿佛是在模糊不清的幻灯片上看见她的;但是她看上去把我记得很清楚,而且怀疑我现在还喝得醉醺醺的呢。

不过沃特布鲁克太太慢慢地看到我没醉,而且(我希望)她也看到我是个谦逊的年轻人,对我的态度就温和多了。首先,她问我是否常去逛公园,接着又问我社会交往多不多。我对这两个问题的回答都是否定的,这时候我就觉得她对我的印象又不那么好了,但她很巧妙,丝毫不动声色,而且还邀请我明天吃晚饭。我接受了邀请,就告辞了。出来的时候想在事务所见一下尤利亚,他不在,我给他留了一张名片。

第二天我去赴宴。大门开着,我一进去就像来到一个洗蒸气浴的地方,满屋子炖羊肉的味儿,我就猜到了不光是我一个客人。我马上就认出了那个化装成注册仆役的人,他在帮家里的仆人干活儿,站在下面的楼梯口儿,准备把我的姓名往上面通报。他悄悄地询问我的姓名,尽量显得从未见过我的样子,其实我是认识他的,他也认识我。我们两个人都因为心里有鬼而非常胆小。

我发现沃特布鲁克先生是个中年人,脖子很短,衬衫领子很高,只要再加个黑鼻子,就和狮子狗一模一样了。他对我说,与我结识,感到很荣幸。我问候了沃特布鲁克太太之后,他就郑重其事地把我介绍给一个非常可怕的女人,这女人身穿黑色丝绒长裙,头戴黑色丝绒大帽子,我记得她很像哈姆雷特的一位近亲——就算是哈姆雷特的姑姑吧。

这个女人是亨利·斯派克太太;当时她丈夫也在场——此人相貌非常冷酷,他的头发不像是灰白,倒像是撒上了一层白色的霜。大家对亨利·斯派克夫妇,无论是先生,还是太太,都非常尊敬。艾妮斯告诉我,这是因为亨利·斯派克先生是某单位也许是某人的律师,我记不清了,而他们又与财政部多少有点儿关系。

我看到客人当中还有尤利亚·希普。他穿着一身黑衣服,显得非常卑贱的样子。我和他握手的时候,他对我说,他因为受到我的注意而感到骄傲,还说我这样看得起他,真使他对我感激不尽。我倒希望他不要对我那样感激,因为他感激得整个晚上老盯着我,只要我跟艾妮斯说句话,他那没有睫毛的眼睛和那张煞白的脸就一准在我们身后死死地盯着我们。

另外还有一些别的客人,我觉得他们都像冰镇的酒一样,专为这次聚会冰镇起来了。但是有一位客人,还没有进来就引起了我的注意,因为我听见有人通报说特拉德先生到。我心里一下子就想到萨伦学堂;我想,难道真是过去爱画骷髅的汤米吗?

我怀着特殊的兴趣寻找特拉德先生。他是一个头脑清醒、举止稳重、性格内向的年轻人,头发的样子有些滑稽,两只眼睛睁得大大的。他很快就躲到一个很不显眼的角落,我费了好大的劲儿才找到他。最后我把他好好地端详了一番,要是我没看错人,他就是过去那个倒霉的汤米。

我凑到沃特布鲁克先生跟前,对他说,我想我有幸在这里遇见了一位过去的同学。

"真的!"沃特布鲁克先生惊讶地说,"你年纪太轻,不可能和亨利·斯派克先生一起上学吧。"

"哦,我指的不是他,"我答道,"我指的是姓特拉德的那位先生。"

"哦!哎,哎!真的!"主人说道,这时他的兴趣已经大减,"那倒可能。"

"要是他果真是那个人,"我说着朝他看了一眼,"我们是在萨伦学堂认识的,当时我们一起在那里学习,他是个顶好的人。"

"哦,是啊;特拉德是个好人,"主人答道,一面点头,表示勉强认可,"特拉德是个挺好的人。"

"这可真是少有的巧合啊。"我说。

"特拉德能在这儿,"主人答道,"可真是巧合,因为是今天早上才请他的,当时亨利·斯派克太太的兄弟因病不能来,给他留的座位空了出来。亨利·斯派克太太的兄弟可是个文质彬彬的人,科波菲尔先生。"

我含含糊糊地表示同意他的话,鉴于我对他毫无所知,这就够热情的了。接着我就问起特拉德先生的职业。

"特拉德,"沃特布鲁克先生答道,"是个年轻人,正在学法律。是的,他是个挺好的人——从来不与别人为敌,只与自己为敌。"

"他怎么与自己为敌?"我听了他的话,感到遗憾,便问道。

"唉,"沃特布鲁克先生说着,把嘴收拢,手摸着表链,显出舒服、阔绰的样子,"我应当说他属于这样一类人,这类人专门给自己制造障碍。是的,我应当说,举例说吧,他一年永远挣不了五百镑。特拉德是一位同行推荐给我的。哦,是这样的,是这样的。他有一种天才,擅长写案情摘要,能把一个案子写得清清楚楚。一年之中,我总可以给他些活儿干;一些活儿——给他——相当可观。哦,是这样的。是这样的。"

沃特布鲁克先生时常爱说"是这样的",在他说这句短话的时候,显出一种极其舒服、得意的神情,给我留下了深刻的印象。这句短话充分表达了一种含意。这含意就是,他这个人从小就是喝糖水长大的,这自不待言,而且他生来就有一副晋升的阶梯,他已经在生活中征服了一个一个的高峰,现在可以站在堡垒的最高处,以哲学家和赞助者的眼光,来看待下面壕沟里的人了。

　　我还在这里按这个思路想下去,忽然听说开饭了。沃特布鲁克先生和哈姆雷特的姑妈一起下楼去了。亨利·斯派克先生陪着沃特布鲁克太太下去了。我是很愿意陪艾妮斯下去的,可是她由一个一脸假笑两腿发软的家伙陪了。我,尤利亚,特拉德这几个晚辈最后下去的,能怎么下,就怎么下吧。我未能陪艾妮斯下楼,本来是会很难过的,但我并没有那么难过,因为这倒给了我一个机会,在楼梯上向特拉德做自我介绍,他也非常热情地向我打了招呼。尤利亚则又得意又自谦,扭动着身子,叫人讨厌,我真想隔着栏杆把他扔到楼下去。

　　我和特拉德是分开坐的,各在一个角上,离得很远,他坐在一位穿着鲜艳的红丝绒衣服的女士旁边,我坐在阴郁的哈姆雷特姑妈身旁。宴会进行了很长时间,谈话的内容是贵族——还有血缘。沃特布鲁克太太反复对我们说,她要是有什么癖好,那就是谈论血缘关系。

　　有好几次,我觉得要不是大家都那么文质彬彬,我们会交往得更好一些。我们都文质彬彬到那种程度,我们活动的范围就受到很大的限制。出席这次宴会的,有一对古皮治夫妇,他们(至少古皮治先生)和国家银行的法律事务有些间接的联系。又是国家银行,又是财政部,我们就不谈别的,和宫廷通报一样。能补救一下的是,哈姆雷特的姑妈有一种家传的毛病,特别喜欢独白,她对所有提出的话题都要漫无边际地独自谈上一番。当然,话题不算多;但我们老要说到血缘,她就和她侄子一样,随意进行不切实际的猜测。

　　我们的谈话带有这么浓的血腥气,我们的宴会像是吃人恶魔的宴会了。

　　"坦白地说,我同意我太太的意见,"沃特布鲁克先生说道,他把手里的酒杯举得和眼睛一样高,"别的东西都好说,我只要求给我好的血缘关系!"

"哦!最令人满意的东西莫过于此了!"哈姆雷特的姑妈说道,"泛泛地讲,这类东西之中只有它是一个人心目中最美好的东西,别的都不行。有些思想境界低的人(幸亏这种人不多,但是确有一些),他们喜欢做的事,我称之为对偶像顶礼膜拜。那是不折不扣的偶像!比如对教堂的仪式、理智,等等。但这都是虚的。血缘则不然。从一个人的鼻子上就能看出血缘关系,而且看得很准。我们看到一个人的下巴,就会说,你看,这里有血缘关系。这是千真万确的。我们可以指出来。它也是不容怀疑的。"

陪艾妮斯下楼的那个一脸假笑两腿发软的家伙,我觉得他就把这个问题说得更为明确了。

"哦,你们知道,真见鬼,"这位先生环顾了一下在场的人,面带傻笑,说道,"我们无法决定自己的血缘关系,你们知道。我们必须有血缘关系,你们知道。有些年轻人,你们知道,可能在教育方面,或者在行为方面,和他们的地位有点儿不相称,他们也可能做些错事,你们知道,给自己也给别人造成各种困难,等等,可是,真见鬼,想一想也真高兴,因为他们血缘关系好!我本人就随时都宁愿让一个血缘关系好的人打倒,而不愿意让一个血缘关系不好的人扶起来!"

这番议论把这个问题概括得很好,使大家极为满意,也使这位先生成了大家注意的焦点,一直到女士们退席。在这以后,我注意到古皮治先生和亨利·斯派克先生,他们一直保持很大的距离,这时却联合起来对付我们,把我们当作他们的公敌。他们隔着桌子进行神秘的交谈,打得我们一败涂地。

"头一张字据涉及四千五百镑,这件事可不像想象的那么顺利,斯派克。"古皮治先生说道。

"你是说阿公的字据?"斯派克先生问道。

"是毕伯的。"古皮治先生说道。

斯派克先生扬了扬眉毛,显出非常关心的样子。

"问题提到某爵爷那里——我就不说他是谁了。"古皮治先生说到这里停了下来。

"我明白,"斯派克先生说,"是恩。"

古皮治先生微微点了点头——"提到他那里,他的答复是,'给钱,否则不放。'"

"我的天哪!"斯派克先生叫道。

"'给钱,否则不放,'"古皮治先生一字一字地重复了一遍,"第二还账人呢——你明白我的意思吗?"

"那就是凯了。"斯派克先生说道,脸上显出不祥的表情。

"凯坚决拒绝签字。有人到纽马克特去找他签字,可他说什么也不肯签。"

斯派克先生对这件事极为关心,听得目瞪口呆。

"所以这件事眼下处于停滞状态,"古皮治先生说着往后一靠,靠在椅子背上,"请我们的朋友沃特布鲁克原谅,我就不做详细的解释了,因为这件事关系重大。"

据我观察,沃特布鲁克先生对于有人在他请客的时候,哪怕只是含混地提到这样关系重大的事情,提到这样一些人的名字,都是求之不得的。他摆出一副样子,让人觉得他听到这消息以后,心情很沉重(不过我认为他对此事的了解并不比我多),而且对谈话人的小心谨慎大加赞扬。斯派克先生听了这样机密的消息之后,也很想说一条机密的消息来回报他的朋友,因此上面那段对话结束之后,紧接着又有一段对话,而这一次就轮到古皮治先生吃惊了;这段对话完了之后,又有一段对话,又轮到斯派克先生吃惊了;如此循环,轮流吃惊。在这段时间里,我们局外人也为谈话涉及的重大关系而感到压抑;主人却为我们感到骄傲,他说我们虽然担了惊,受了怕,但这对我们是有好处的。

后来我又到楼上去,见到艾妮斯,和她坐在一个角落里说话,感到非常高兴。我还把特拉德介绍给她。特拉德有些腼腆,但很随和,还是过去那么善良。由于他需要早走,明天一早就上路,要去一个月,我本想多跟他聊聊,也没来得及;不过我们交换了地址,而且约定,等他下次到城里来的时候,我们再痛痛快快地聚一聚。他听说我知道斯蒂福的情况,很感兴趣,谈起他来,非常热情,我就让他把他对斯蒂福的看法告诉艾妮斯。艾妮斯只是看着我,在只有我看她的时候,轻轻地摇了摇头。

我认为艾妮斯和周围的人在一起,是不会感到很自在的,所以,当我听说她过几天就要回去的时候,几乎为此而感到高兴,虽然我由于不久就又要和她分离而心里难过。因此我一直呆在这里,等客人都散了才走。和她谈话,听她唱歌,实在叫人高兴,使我回想起她把那所沉闷古老的房子变得多么美好,回想起我在那里度过的幸福时光,在这种情况下,我是可以在这里呆到半夜的;可是等到沃特布鲁克先生交往的明星全已散去,我就没有借口再留下去了,满心不愿意,也只好告辞了。这时候,我比过去任何时候都更觉得她是爱护我的天使;如果说我想到她那甜美的面庞和恬静的笑容,觉得好像九霄云外有什么神物,例如天使,在向我发出光芒,我希望没有冒犯神明。

我刚才说客人都走了,但这里头不包括尤利亚,我认为他不能算是客人,而且他还一直不停地在旁边盯着我们。我下楼的时候,他就紧跟在我身后。我离开这所房子的时候,他也紧随在我身旁,慢慢地往自己那光有骨头没有肉的长手指头上戴手套,那是一副盖·福克斯①的大手套,手指头比他的手指还要长。

我倒不是因为喜欢尤利亚和我做伴儿,而是因为想到艾妮斯对我的恳求,我问他愿不愿意到我住的地方,喝点儿咖啡。

"哦,真的,科波菲尔少爷,"他答道——"请原谅,科波菲尔先生,不过那称呼叫起来更顺口——你请我这样一个卑贱的人到你家去,我可不希望使你感到勉强呀。"

"这谈不上勉强,"我说道,"你来不来?"

"我很想来。"尤利亚说着扭动了一下身子。

"那就来吧!"我说道。

我不想跟他多说话,不过他好像并不介意。我们走的是一条最近的路,一路上说话不多。他对自己那副破手套很珍惜,我们都走到了,他还在那里往手上戴,而且似乎没有什么进展。

楼梯很黑,为了避免什么东西磕他的头,我领着他往上走,我攥着

---

① 盖·福克斯是英国一六〇五年火药阴谋案的关键人物。

他那又湿又冷的手,就像攥着一只青蛙,恨不得把它扔下,赶快跑。不过我想到艾妮斯,想到待客之道,还是陪他来到炉边。我点上了蜡烛。他看到我的全屋,就卑躬屈膝地显得极为高兴。我用一件不起眼的精锡容器给他热咖啡,克鲁普太太也总爱用它煮咖啡(我想主要是因为这容器本不是做这个用的,而是盛刮脸水的,同时也因为储藏室里虽然有一个价值昂贵的有发明专利的容器,却已生锈腐烂了),这时候他显得激动得不得了,我真想用开水烫他一下才痛快。

"哦,真的,科波菲尔少爷——我是说科波菲尔先生,"尤利亚说,"让你来服侍我,我可从来没想到过!不过,各种各样我没想到过的事发生在我身上,我地位卑贱,这一定是上帝降福于我。我的前程有些变化,你一定也听说了吧,科波菲尔少爷——我应当说,科波菲尔先生?"

他坐在我的沙发上,两只长腿缩起,膝盖上放着他那杯咖啡,他的帽子和手套搁在他旁边的地上,他用小勺儿轻轻地搅动着咖啡,他那没有睫毛的红眼睛像是把睫毛烤焦了,睫毛才掉的,这双眼睛朝着我转过来,却没有看我,我在前面形容过的他那鼻孔上的小疤随着呼吸一起一伏,他从下巴到靴子浑身像蛇一样扭动。这时候,我暗自下定决心,我极不喜欢这个人。招待他这样一个客人,我感到很为难,因为我当时年轻,这么强烈的感情,我是掩盖不住的。

"我的前程有些变化,你一定也听说了吧,科波菲尔少爷——我应当说,科波菲尔先生?"尤利亚说道。

"是啊,"我说,"听到了一点儿。"

"啊!我料到艾妮斯小姐会知道的!"他平心静气地说道,"我很高兴,艾妮斯小姐已经知道了。哦,谢谢你,科波菲尔少爷——先生!"

他竟然设了一个圈套,让我说出了涉及艾妮斯的情况,虽然无关紧要,我也几乎要把鞋撑子扔过去砸他(那鞋撑子就在地毯上,随时可以使用)。但我没有那样做,只是喝咖啡。

"你已经显示出你是多好的一个预言家呀,科波菲尔先生!"尤利亚接着说,"哎哟,你已经证明你是多好的一个预言家呀!你还记得吗,有一次你对我说,也许我应当成为威克菲尔先生的合伙人,也许这事务所应当叫威克菲尔与希普事务所?你也许想不起来了,可是一个卑贱的人是很看重这种事情的,科波菲尔少爷。"

"我记得说过这样的话,"我说,"不过当时我当然认为这是不大可能的。"

"哦,当时谁会认为有这种可能呢,科波菲尔先生!"尤利亚热情地答道,"说真的,我当时也认为不可能。我记得我亲口说过,我太卑贱了。我当时对自己的确是这么看的。"

他坐在那里,面带呆板的笑容,两眼看着炉火,我就看着他。

"但是最卑贱的人,科波菲尔少爷,"他紧接着说道,"也能成为做好事的工具。我很高兴,因为我想到我一直是威克菲尔先生做好事的工具,今后更是这样。哦,他真是个了不起的人,科波菲尔先生,就是太不谨慎了!"

"听你这么说,我很难过,"我说。我忍不住,还比较尖刻地补充说,"无论在哪一方面都是这样。"

"的确是这样,科波菲尔先生,"尤利亚答道,"无论在哪一方面。尤其是在艾妮斯小姐那一方面!你说过的精辟的话,你自己也不记得了吧,科波菲尔少爷,但是我记得有一天你是怎么说的,你说人人都会爱她,我还记得我当时怎么为这句话而感谢过你。你准是忘了,我敢肯定,科波菲尔少爷。"

"没有。"我生硬地答道。

"哦,我真高兴,你没有忘记!"尤利亚大声说道,"是你首先在我这卑贱的胸中点着了强烈欲望之火星,而且你还没有忘记,真太难得了!哦!请原谅,我能不能再要一杯咖啡?"

他说到点着火星的时候那强调的语气,说这话的时候看我的眼神儿,都包含着一点儿什么东西,使我吃了一惊,仿佛我看见一道强光把他照得通亮。等我听见他用一种完全不同的语气再要一杯咖啡,我才清醒过来,用那盛刮脸水的容器满足了他的要求。我在给他斟咖啡的时候,手是抖的,而且突然意识到我不是他的对手,心里也在嘀咕,不知下面他还要说些什么。这一切,我觉得他不会没注意到。

他什么也没说。他一圈儿一圈儿不停地搅动着咖啡,喝一小口,用他那只可怕的手轻轻地摸一摸下巴,看一看炉火,看一看四周,冲着我喘粗气,而不是微笑,为了表示谦恭有礼而全身扭动,又搅了搅咖啡,又喝了一小口,就这样,他把重开对话之事完全留给了我。

"这么说来,"我终于开了口,"威克菲尔先生比你——比我——强五百倍,"我觉得不管怎么样我也得在那里把句子断一下,虽然有些别扭,"倒是不谨慎了,是不是,希普先生?"

"哦,的确很不谨慎,科波菲尔少爷,"尤利亚说着,谦卑地叹了一口气,"哦,非常不谨慎!不过我还是希望你叫我尤利亚,好不好?还像过去一样。"

"好吧。尤利亚。"我说,别扭了半天才说出口。

"谢谢你,"他热情地答道,"谢谢你,科波菲尔少爷。听见你叫我尤利亚,就像我所熟悉的微风又吹过来了,我所熟悉的钟声又响起来了。对不起,我刚才说什么来着?"

"说威克菲尔先生来着。"我提醒了他。

"哦,真是那样,"尤利亚说道,"啊,很不谨慎呀,科波菲尔少爷。这个问题,我也就是跟你提一提,除了你,跟谁都不提。就是跟你,也只能提一提,不能多说。几年来,不管是谁处于我的位置,早就把威克菲尔先生(哦,他是个多么了不起的人啊,科波菲尔少爷)按在拇指下面了。按——在——拇指下面了。"尤利亚一边慢慢地说着,一边伸出他那残忍的手,把拇指摁在桌上,摁得桌子发颤,摁得屋子发抖。

即使我不得已,看着他把他那又宽又平的八字脚踩在威克菲尔先生的头顶上,我想我也不见得会比现在更恨他了。

"哎呀,是这样的,科波菲尔少爷,"他细声细气地继续说道,这和他那拇指的动作形成了极为鲜明的对照,那拇指还紧紧地按在桌上,丝毫没有放松;"那是肯定无疑的。那样一来,就会受损失,丢面子,还有什么,就很难说了。这些情况,威尔菲尔先生都知道。我是一个卑贱的工具,卑贱地为他效劳;他把我放在很高的职位上,我是不敢轻易妄想得到的。我该怎么样感谢他才好呢!"他说完了这段话,把脸转过来冲着我,却不看我,他把压弯了的拇指从死死地按着的地方抬起,又慢慢地若有所思地用它刮了刮自己的尖下巴,就像刮胡子一样。

炉火的红光照在他脸上倒挺合适,我看见他那张狡猾的脸又在酝酿什么别的话题,我有多么生气,我的心跳得多么厉害,至今还记忆犹新。

"科波菲尔少爷,"他说道,"我耽误你睡觉了吧?"

"你没耽误我睡觉。我一般都睡得很晚。"

"谢谢你,科波菲尔少爷!自从你头一次跟我说话,我那卑贱的地位已经提高了,的确是这样,不过我仍然很卑贱。我愿意永远卑贱,而不要变成别的样子。我要是跟你说点儿知心话,你不会觉得我更卑贱吧,科波菲尔少爷?是不是?"

"哦,不会。"我说道,这也是经过一番努力才说出来的。

"谢谢你!"他从口袋里掏出手帕,擦起手心来,"艾妮斯小姐,科波菲尔少爷……"

"怎么啦,尤利亚?"

"哦,听见有人自然而然地叫我尤利亚,我真快活!"他大声说道,接着浑身抖动了一下,像快要干死的鱼一样。"今天晚上你是不是觉得她很漂亮,科波菲尔少爷?"

"我觉得她从来就是这个样子——比周围所有的人,在各个方面,都高出一筹。"我答道。

"哦,谢谢你!你说得太对了!"他大声说道,"哦,就冲你这句话,我得好好地谢谢你。"

"不用客气,"我高傲地说道,"你没有什么理由需要感谢我。"

"不然,科波菲尔少爷,"尤利亚说道,"这就是我要冒昧地告诉你的秘密了。我虽然卑贱,"(说到这里,他更使劲儿地擦手,而且一会儿看看手,一会儿看看炉火。)"我母亲虽然也卑贱,我们这贫穷而诚实的一家虽然一向地位低下,艾妮斯小姐的形象(我毫不犹豫地把我的秘密告诉你,科波菲尔少爷,因为自从我头一次有幸看见你坐着马车来,我的心就总是向着你的)多年来一直留在我的心里。哦,科波菲尔少爷,就连我的艾妮斯走过的地方,我都怀着多么纯真的感情眷恋难舍呀!"

我想我当时有一种疯狂的想法,要把烧红了的通条从火炉里抽出来,刺透他的胸膛。这想法就像长枪发射的一颗子弹,随着一阵冲击离我而去。但是艾妮斯的形象,虽然受到这个红毛畜生一个念头的巨大危害,却依然留在我的脑海里(我看了他一眼,他斜着身子坐在那里,仿佛他那丑恶的灵魂在支配他的身体),而且使我感到头晕。他好像在我面前越长越大,屋里也充满了他说话的回音;我突然产生了一种奇怪的感觉(大家对这种感觉也许并不完全生疏),觉得这一切在过去什么时候都发生过,觉得我知道下面他还要说些什么。

不过我及时地注意到他脸上有一种权力很大的表情,这就使我回想起艾妮斯对我的恳求,使我充分体会到这恳求的分量,而我当时无论做什么别的事情都不会产生这样的效果。于是我就摆出一副心平气和的样子,一分钟以前这还是不可想象的,我问他是不是已经把他这种感情告诉了艾妮斯。

"没有,没有,科波菲尔少爷!"他答道,"哎呀,没有!除了你以外,我谁也没告诉。你看,我只是刚脱离下等人的地位,抬起头来。我对她寄以很大的希望,希望她看到我对她父亲来说,是一个多么有用的人(因为我相信我对他的确是个很有用的人,科波菲尔少爷),我怎样为他扫除障碍,使他能够稳住阵脚。她那么爱她父亲,科波菲尔少爷(哦,做女儿的能这样对待父亲,有多好啊),我想,她看在父亲的分儿上,也会对我好吧。"

我估量了一下这个流氓的整个阴谋的深浅,就明白他为什么要说这些事情了。

"如果你好心为我保守这个秘密,科波菲尔少爷,"他接着说道,"而且总的说来,不跟我作对,我就认为这是你对我的特殊照顾了。你不会自找不痛快吧。我知道你的心有多么善良;不过你认识我的时候,我地位卑贱(我应当说我地位最卑贱,因为我现在仍然卑贱),你可能无意识地与我和我的艾妮斯作起对来。你看,我把她称做我的,科波菲尔少爷。有一支歌唱道,'我愿把王冠舍弃,为了管她叫我的!'希望不久我也能如愿以偿。"

亲爱的艾妮斯,她人品那么好,对人那么善良,我都想不出谁能配得上她,怎么会专为这样一个瘪三留着,做他的老婆呢?

我一边这样想着,一边坐在那里注视着尤利亚,只听他油腔滑调地继续说道,"这件事眼下也不着急,你知道,科波菲尔少爷。我的艾妮斯还很年轻,我和母亲还得努力提高一下我们的地位,而且还要作很多安排,到那时候就很方便了。所以我还有时间慢慢地等待时机,让她了解我抱的希望。哦,你能听我说这番心里话,我真感激你!哦,知道你了解我们的情况,而且一定不会跟我作对(因为你不愿意在我们家里引起不愉快的事情),你想象不出这使我感到多么宽慰!"

我不敢不把手伸过去。他抓住我的手,用他那湿漉漉的手攥了一下,接着看了看他那表盘发乌的表。

"哎呀!"他说,"都一点多啦。说知心话儿叙旧,时间过得真快,科波菲尔少爷,都快一点半了!"

我说我以为还要晚呢;并不是因为我真觉得还要晚,而是因为我实在没有精神再跟他聊了。

"哎呀!"他一边说,一边考虑,"我住的那个地方是个家庭经营的旅店客房,在新河源附近,科波菲尔少爷,两个钟头以前就睡下了。"

"对不起,"我说,"这里只有一张床,而且我……"

"哦,别提床的事儿了,科波菲尔少爷!"他兴奋地说着,把一条腿缩了回来,"我就睡在这炉火前头,你不会反对吧?"

"要是这样的话,"我说,"就请你睡在我床上吧,我睡在炉火前头。"

尤利亚拒绝了我的建议,他特别惊讶,特别卑贱,说话的声音又尖又大,几乎足以传到克鲁普太太的耳朵里。我想当时克鲁普太太就在离我们很远的一间屋里睡觉,那屋子大概与河水的低水线一样高,屋里有一只屡教不改的钟,不停地滴答滴答响,使她睡得安稳。每当我们在是否准时的问题上发生争执的时候,我们就以此钟为准,此钟走得很慢,误差从来不会少于三刻钟,因此每天早上按照最准的钟拨一次。我当时不知如何是好,一个劲儿地劝他,可他很谦逊,怎么说也不肯睡在我的卧室里,我只好尽量安排得好一些,让他在炉火前过夜。沙发坐垫(对于他那瘦弱的身体来说,也显得太短了),沙发靠垫,一床毯子,一条桌布,一条干净的早餐桌布,还有一件大衣,这就是他的铺盖,他对此表示非常感谢。我借给他一顶睡帽,他马上戴在头上,他那副难看的样子使我从那以后再也不戴睡帽了。随后我就走了,好让他休息。

那天晚上的情形,我是永远也忘不了的。我永远忘不了我怎样翻来覆去睡不着;怎样想到艾妮斯和这个家伙,想来想去,弄得我筋疲力尽;怎样考虑我能做些什么,我该做些什么;怎样得出唯一的结论:为了让她生活得平静,我最好什么也不要做,我听到的这些话,我自己知道就行了。如果说我睡着了一会儿的话,我也看见艾妮斯用她那双温柔的眼睛望着我,看见她父亲慈祥地看着她(当年我经常见他这样看着她),他们带着恳切的神情出现在我的面前,使我心里充满了说不出来的恐惧。我醒来以后,想到尤利亚就睡在隔壁,好像睁着大眼做噩梦,心情非常沉重,就觉得有块石头压在胸口上,仿佛我留一个魔鬼一样的恶人在这里过了夜。

除此以外,在我似睡非睡的状态之下,那通条又出现在我的脑海里,老也不消失。在我半睡半醒的时候,我就觉得那通条依然烧得通红通红,我把它从火炉里抽出来,刺透了他的胸膛。这个想法最后实在吓得我太厉害了,虽然我明知这不是真的,我还是溜到隔壁去看他。我看见他仰着躺在那里,两条腿不知伸到哪里去了,喉咙咕噜咕噜响,鼻子憋着气,嘴张着像个邮筒。他的真实模样比我在生气的时候想象的模样难看得多,结果越难看我还越想看,每隔大约半小时,我就不由自主地溜达过去看他一眼。那漫长的夜晚一直就那么沉闷难熬,昏暗的天空也见不到一丝曙光。

第二天清早,我看着他走下楼去(谢天谢地,他不肯吃了早饭再走),我觉得好像那黑夜也随他而去了。我出去到协会上班的时候,详细地指示克鲁普太太,叫她不要关窗户,好把我的起居室通通风,把他来过的痕迹清除干净。

第二十六章

我被俘了

我一直没有再见到尤利亚·希普,直到艾妮斯离开伦敦的那一天才见到他。我在车站跟艾妮斯告别,给她送行;他也在那里,准备坐同一辆马车回坎特伯雷镇去。我看见他穿着他那件瘦小的短腰高肩的桑葚色大衣坐在车顶后面的边座上,旁边是一把大伞,像顶帐篷一样,而艾妮斯当然是坐在车厢里面,这使我略微感到欣慰。不过艾妮斯在一旁亲眼看着,我尽量向他表示友好,想一想我在这种情况下忍受的痛苦,得到这样一点欣慰,恐怕也是应该的了。和在那次宴会上一样,他在车窗附近像巨鹰一般盯着我们,一刻也不间断,恨不得把我对艾妮斯说的话和她对我说的话一字不落地全都听去。

他在我那壁炉前向我透露的情况使我很痛苦,这时我想起了艾妮斯说过的关于合伙经营的话:"我希望我没有做错。我觉得为了让爸爸过平静的生活,这种牺牲是必要的,所以我就求他接受了伙伴关系。"从那以后,就有一种痛苦的感情压在我的心头,因为我预感到她为了父亲宁肯做任何牺牲,而且只有这样她才能活下去。我知道她多么爱他;我知道她的感情是多么真挚,我亲耳听见她说是她不知不觉地造成了父亲的失误,她非常对不起父亲,热切地希望给他以补偿。我看到她与那个叫人讨厌的穿着桑葚色大衣的红毛儿有多么不同,但这并没给我任何安慰,因为我感到就在这不同之中,就在她的纯洁灵魂的自我牺牲精神和他的污秽、卑鄙的为人之中,存在着极大的危险。所有这一切,毫无疑问,他是一清二楚的,而且凭着他的狡猾奸诈,早就都想好了。

然而我非常清楚,这样的牺牲,虽然还很遥远,必定会葬送艾妮斯的幸福。我也非常肯定,从她的举止就能看出,她当时还意识不到这种前景,也还没有受到什么影响。因此,如果我提醒她防备将来会发生什么事情,就等于现在就加害于她了。在这种情况下,我们什么也没说就分手了——她在窗口一边招手,一边微笑,向我告别;她的克星在车顶上扭动着身子,仿佛已经把她捏在手心里,胜利而归了。

他们告别的情景,我久久不能忘怀。艾妮斯写信告诉我她已平安到达的时候,我的心情和我看着她离去的时候一样痛苦。每当我陷入沉思的时候,这件事必定出现在我的脑海里,使我加倍感到不安。我几乎没有一天晚上不梦见这件事。它成了我生活的一部分,就像我的脑袋一样,是不可分割的一部分。

我有足够的闲暇来琢磨我的不安的心情,因为斯蒂福在牛津,他从那里给我来过信,我不在协会上班的时候,又是非常孤单的。我相信,到这时候,我已经不怎么信得过斯蒂福了。他给我来信,我极其热情地给他回信,不过我想,总的说来,他当时不能到伦敦来,我是感到高兴的。我猜想实际情况是,艾妮斯对我的影响依然存在,斯蒂福不在眼前,当然不可能产生任何影响,而且还是艾妮斯对我的影响大,因为她在我考虑和关心的范围里占着好大的一块位置嘛。

时间一天天过去,一周周过去了。我按照合同,在斯彭洛与乔金斯事务所学徒。我一年从姨奶奶那里收到九十镑(这不包括房租和有关的杂项开支)。我这套房子,说好了租用十二个月。虽然我有时晚上仍然感到无聊,觉得晚上的时间特别长,倒也能静下心来,情绪低沉但是稳定,靠喝咖啡来消磨时光——回顾这段生活,我喝的咖啡恐怕要以加仑计了。大概也是在这段时间里,我有三大发现。第一,克鲁普太太患有一种怪病,深受其苦,这病叫做"金兰"①,发病时一般要伴随着鼻子发炎,需要不断地用薄荷治疗。第二,储藏室的温度出了问题,一瓶瓶的白兰地相继爆炸。第三,我在世界上孤零零一个人,非常喜欢用零散的英文诗句把这种处境记载下来。

---

① 即"痉挛",克鲁普太太说不清,称之为"金兰"。

在我正式开始学徒的那一天,我买了一些三明治和雪利酒在办公室里招待那些文书,晚上自己到剧院去看了一出戏,此外没有什么别的庆祝活动。我看的那出戏,名叫《陌生人》,也是博士协会一类的戏,我难过得不得了,回到家里一照镜子,几乎认不出自己了。那一天,我们办完了手续以后,斯彭洛先生说,他本想把我请到诺乌德他的家里,庆祝一下我们建立的这种关系,但是他女儿在巴黎结束了她的学业,就要回来了,所以家里一时乱哄哄的。但他表示等他女儿回到家里以后,他能有幸邀我去做客。我知道他孤身一人,只有一个女儿,就表示接受了他的邀请。

斯彭洛先生说话算话。一两个星期以后,他又提起这次约会。他说如果我肯赏光,下个星期六到他家去,住到星期一,他会感到非常高兴。我当然说我愿意前去叨扰;他说他要用敞篷马车接我去,然后送我回来。

到了那一天,就连我的旅行袋也受到那些领津贴的文书的尊敬,因为斯彭洛先生在诺乌德的住宅对他们来说,是一个神圣而神秘的去处。有一个文书告诉我,他听说斯彭洛先生吃饭用的杯盘、瓷器都很高级。还有一个文书说,那里喝香槟就像喝啤酒一样,可以不断地从桶里取。戴假发的那位老文书名叫提菲,自任职以来,曾因公到那里去过几次,而且每次都进到用早餐的客厅里。据他说,这间客厅是极其华丽的,他在那里喝过棕色的东印度雪利酒,酒的质量很高,谁喝了都要眨眼的。

那一天,我们在主教法庭审理了一件续审的案子——审的是一个开面包房的,他曾在一次教区纳税人的会上反对缴修路税,要把他逐出教门——我估计了一下,那证明材料能比《鲁滨孙漂流记》一书多一倍,所以我们那天很晚才审完此案。不过我们还是把他逐出教门六个星期,而且罚他缴各种数不清的费用。然后他的代诉人、法官、双方的辩护人(他们的关系都很密切)就一块儿出城去了,我和斯彭洛先生也乘着敞篷马车走了。

那敞篷马车是很神气的。那两匹马弓着脖子,把蹄子抬得高高的,仿佛它们也知道自己是属于博士协会的。博士协会的人在外表方面都互相攀比,非常厉害,当时有些人的车辆连同马匹和仆役,是很气派的。

不过我一直认为,而且今后也会认为,衣服浆得如何,是攀比的一项重要内容。那些代诉人穿的衣服硬到了人的天性能够忍受的极限。

我们一路上谈得很愉快,斯彭洛先生向我透露了一些关于我的职业的情况。他说这是世界上最文雅的职业,因此决不能和律师的职业混为一谈,我的职业完全是另外一种类型,外人难进得多,办法灵活得多,待遇优厚得多。他说,我们在协会里处理事情比别处自由得多,这就使我们与众不同,成为一个特权阶层。他说,我们主要是受律师雇用,这是很难堪的,却是无法掩盖的;不过我从他的话里领会到,那些人属于劣等种族,但凡有些体面的代诉人都是看不起他们的。

我问斯彭洛先生,什么样的业务算是最好的业务。他回答说,一个案子要是涉及一份含糊不清的遗嘱,涉及一份价值三四万镑的小产业,可能就是最好的业务了。遇上这种案子,他说,在审理过程中每个阶段的辩论,和审问与反审问时使用的堆积如山的证据(且不说上诉时先提到代表法庭,后提到上议院终审上诉法庭)都会带来相当可观的外快。不但如此,而且诉讼费用最后十有八九是从案件涉及的产业中出,因此双方都非常起劲,谁也不考虑费用问题。随后他就泛泛地赞扬起博士协会来了。协会特别值得称赞的地方,(他说)就在于它非常精干。它是世界上组织得最灵巧的机构。它是工作环境舒适的典范。它是一个包罗万象的整体。例如:你把一桩离婚案,或者一桩索还案,向主教法庭提出诉讼。那好。你在主教法庭进行审理。那情形就像一家人不声不响地围着圆桌打牌,而且要从从容容地把牌打完。你要是对主教法庭不满意,怎么办呢?那你就到拱门法庭去嘛!什么叫拱门法庭呢?还是那个法庭,还是那间屋子,还是那些律师,只是换了法官;因为在这个地方,主教法庭的法官可以在开庭的日子以辩护人的身份出庭辩护。好啦,你把那圆桌打牌的把戏又耍一遍。可是你还不满意。那好。怎么办呢?去找代表法庭嘛。代表是些什么人呢?其实,那些教会代表都是些无事可做的辩护人,在前面两个法庭耍那圆桌打牌的把戏的时候,他们就在一旁观看,看见了怎样洗牌,怎样签牌,怎样打牌,并且和所有打牌的人交谈过,现在他们以一种新的面貌出现,作为法官来审理案子,使人人感到满意。斯彭洛先生最后说,心怀不满的人会说协会营私舞弊,协会必须改革;但是在每蒲式耳小麦价值最高的时候,也是协会最忙的时候,任何人都会把手放在胸口上,向全世界宣称,"谁要是触动一下协会,整个国家就要垮台!"

我聚精会神地听他说,不过我必须指出,虽然我怀疑是不是像斯彭洛先生说的那样,整个国家都靠协会支撑,我还是极其尊重他的看法。至于他说的每蒲式耳小麦的价格,我才疏学浅,深感无力应付,就那样解决了。直到如今,我从来没有觉得自己有能力对付这个问题。在我一生中,这个问题在各种场合反复出现,弄得我毫无办法。我至今也不明白,在无数的场合,这个问题和我究竟有什么关系,它有什么权力弄得我毫无办法。但是不论在什么事情上,只要我一看见我的老朋友——蒲式耳小麦①让人生拉硬拽地抬出来(我看他老是这副样子),我就在这件事情上认输了。

这是一段题外话。我是不会触动协会,弄得整个国家垮台的。我谦逊地一声不吭,借以表示我对年纪和学问都比我大的人所说的一切都是赞成的。我们谈到《陌生人》这出戏,谈到话剧这个剧种,谈到拉车的那两匹马,最后我们终于来到了斯彭洛先生的家门口。

斯彭洛先生家里有一个可爱的花园。虽然当时并不是一年之中最好看的时候,可还是收拾得非常漂亮,我都让它迷住了。花园里有一片令人陶醉的草坪,有稀疏错落的树木,有弯曲的小路在暮色中依稀可辨,路上装着拱形的木格子,在生长的季节是会有花草攀附在上面的。"哎呀!"我想道,"这就是斯彭洛小姐独自一人散步的地方吧。"

我们进到屋里,里面灯火辉煌,喜气洋洋。门厅里有各种礼帽、便帽、大衣、披肩、手套、鞭子、手杖,等等。"朵拉小姐在哪儿?"斯彭洛先生对仆人说。"朵拉!"我心里想道,"多么好听的名字呀!"

我们走进了身边最近的一间屋子(我想这就是那间以棕色的东印度雪利酒而闻名的早餐室),我听见有人说,"科波菲尔先生,这是我女儿朵拉,这位是我女儿朵拉的知心朋友!"说话的人当然是斯彭洛先

---

① 十九世纪初,英国国会通过禁止粮食进口的法令,使当时粮价极高,故此人们遇有问题,便用小麦的价格来说明它的严重性。

生,但我没听出来,而且我也不在意那究竟是谁。真可谓瞬息之间定乾坤。我的命运已定。我被征服了,我成了奴隶。我爱朵拉·斯彭洛,爱得发狂了!

对我来说,她不仅是一个女人。她是一个仙子,是一位神仙,我说不清她究竟是什么——无人见过,但人人向往。我一下子沉入了爱的深渊。我在悬崖边上没有迟疑——没有往下看,没有回头看,我就一头扎了下去,也一句话都没顾上跟她说。

我鞠了躬,含含糊糊地说了点什么以后,听见一个记忆犹新的声音说道,"我见过科波菲尔先生。"

说话的人可不是朵拉。肯定不是,而是那位知心朋友,摩德斯通小姐!

我觉得我当时并没怎么感到吃惊。我对自己最恰当的评价是,我身上已经没有再感到吃惊的能力了。在现实世界里,除了朵拉·斯彭洛以外,能够使我吃惊的东西,没有什么值得一提的了。我说,"你好,摩德斯通小姐?你好。"她说,"我很好。"我说,"摩德斯通先生好吗?"她回答说,"我兄弟也很壮实,谢谢你。"

斯彭洛先生看我们彼此认识,大概有些惊讶,便接了茬儿。

"我很高兴,科波菲尔,"他说,"你和摩德斯通小姐已经认识了。"

"我和科波菲尔先生,"摩德斯通小姐板着面孔说道,"是亲戚呀。我们过去有过一点儿交往。那时候,他还很小。后来情况变了,我们就分开了。我都快认不出他来了。"

我说,不管到了哪里,我也能认出她来,真是这样。

"摩德斯通小姐好心,"斯彭洛先生对我说,"承担了一项工作——如果我能用这个词儿的话——做我女儿朵拉的知心朋友。我女儿朵拉不幸失去了母亲,摩德斯通小姐好意与她做伴儿,充当她的保护人。"

这时我脑子里忽然闪过一个念头,摩德斯通小姐就像叫做保命器的那种随身携带的器械,设计这种器械的目的,与其说是自卫,不如说是攻击。不过因为我除了朵拉以外,对任何别的事物都不多想,紧接着就看了她一眼,觉得她娇里娇气的,并不很愿意和与她做伴儿的保护人特别知心。我正这样想着,忽然听见铃声响了,斯彭洛先生说这是头遍晚餐铃,也就是说我该去更衣了。

一心想着爱情的时候,任何活动,更衣也好,做什么别的事情也好,都显得有些可笑。我只能在自己屋里,坐在炉火前边,嘴里咬着旅行袋的钥匙,思念那迷人的、稚嫩的、水灵的、可爱的朵拉。她那是什么样的身段儿呀,什么样的脸蛋儿呀,一举一动多么婀娜多姿、令人陶醉啊!

铃声很快就又响了,我本该好好地换换衣服,可是来不及了,只能匆匆打扮一下,就下楼去了。楼下有客人。朵拉正在跟一位灰白头发的老先生说话。他虽然已经头发花白——而且据他说,他还是一位老爷爷——我还是疯了似的忌妒他。

我当时的想法真怪呀!我对谁都忌妒。谁要是对斯彭洛先生比我对他更了解,我就受不了。听他们谈论一些我不曾参与的事,对我来说,就是一种折磨。有一位非常和蔼可亲的客人,头顶上光秃秃的,隔着桌子问我是不是初次来做客,我几乎要不择手段,把他打扁了才解恨。

除了朵拉以外,我记不得还有谁在场了。除了朵拉以外,宴会上吃了些什么,我一点儿也想不起来了。我的印象是,我吃的全是朵拉。有六个菜,我根本没动,就让他们撤了。我坐在她身旁。我跟她说话。她说起话来细声细气,优美动听,笑起来轻松愉快,一举一动那样讨人喜欢,令人销魂,一个迷途的青年怎能不拜倒在她的脚下,甘心做她的奴隶。她娇小玲珑,这就使我更觉得她珍贵。

她跟着摩德斯通小姐走了出去(宴会上没有别的女人),我陷入了一种精神恍惚的状态,只是痛苦地担心摩德斯通小姐在她面前说我的坏话,因此心中忐忑不安。那个秃顶的和蔼可亲的人给我讲了一个很长的故事,说的是怎样照料花园的事。我记得几次听见他说"我家的园丁"。我觉得自己好像在极其认真地听他说话,而实际上我一直在一所伊甸园里游荡,和朵拉在一起。

我担心有人在我热恋的人面前说我的坏话,在我走进起居室,看见摩德斯通小姐那严峻冷酷的脸色时,心情更加紧张起来。但我这紧张心情意想不到地消除了。

"大卫·科波菲尔,"摩德斯通小姐说着,招手示意,和我来到一个

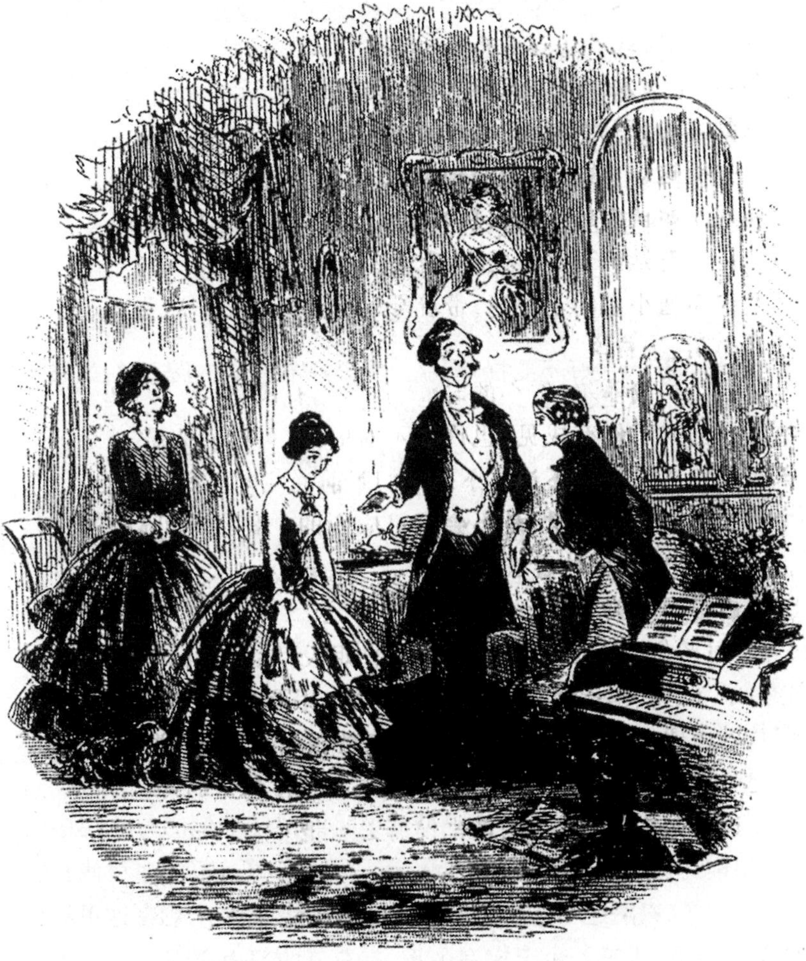

窗口,"跟你说句话。"

我独自一人面对着摩德斯通小姐。

"大卫·科波菲尔,"摩德斯通小姐说道,"家里那些事儿,我就不用多说了。那不是个吸引人的话题。"

"很不吸引人,小姐。"我答道。

"很不吸引人,"摩德斯通小姐同意我的看法,"我不愿意再回想过去那些矛盾,或者说过去那些伤人的事儿。我就受过一个人的伤害,那是一个女人——很遗憾,真给我们女人丢脸——一提到她,就叫人感到恶心,感到憎恨;所以我就不想提她了。"

我一听这话,就替我姨奶奶生气,气得不得了;不过我只说,如果摩德斯通小姐认为最好不要提她,那当然再好不过了。我还说,如果我听见有人对她出言不逊的话,我是不会客气的。

摩德斯通小姐闭上眼睛,带着鄙视的神情歪了歪脑袋;随后又慢慢睁开眼睛,接着说道:

"大卫·科波菲尔,你小的时候,我对你有成见,我也不想掩盖这个情况。当时对你有成见,也许是不对的,也可能后来你变了,人们不该对你有成见了。不过这不是咱们眼前的问题。我认为自己生在一个管教很严的家庭里,是不会随机应变的。我对你可以有我的看法,你对我可以有你的看法。"

我也歪了歪脑袋。

"不过咱们没有必要,"摩德斯通小姐说,"让咱们的看法在这里交锋。眼前这种情况下,不管怎么说,还是不要交锋为好。命运使我们在这里相遇了,以后还会让我们在别处相遇,所以我说咱们在这里就算是关系疏远的熟人吧。由于家庭关系,有充分的理由说明我们只能以这种身份相见,咱俩谁也没有必要把对方弄成众人议论的话题。你同意吗?"

"摩德斯通小姐,"我答道,"我认为你和摩德斯通先生折磨过我,对我母亲也是心狠手辣。只要我活一天,我就是这个看法。不过我对你刚才提出的想法还是很同意的。"

摩德斯通小姐又闭上了眼睛,低下了头。接着她只用她那冰凉僵硬的手指头尖儿碰了一下我的手背，就走开了。她一边走，一边用手理了理腕子上和脖子上的小刑具，好像还是我最后一次见她的时候她戴的那一套，完全和原来一样。想到摩德斯通小姐的性格，这就使我联想到监狱门上的刑具；任何人一看，都可以根据外表而想象出里面的情况了。

那天晚上后来的情况，我只记得以下几件事：主宰着我的心的那位女皇用法语唱了几首迷人的歌谣，大意都是哪怕天翻地覆，我们也要跳舞，塔拉拉，塔拉拉，一边弹着一把装饰得很漂亮的类似吉他的乐器，作为伴奏；我沉醉在幸福之中，精神恍恍惚惚；送来点心，我不吃；特别是见了果汁酒，我打心里退缩；摩德斯通小姐把她管起来，把她带走的时候，她朝我笑了笑，还把她那细嫩的手伸了过来；我照了照镜子，看了看自己，显得无精打采，像个白痴；我怀着极为伤感的心情去歇息，醒来的时候感到十分痛苦，心中充满强烈的爱，身上却一点力气也没有。

清早，天气晴朗，我想随便顺着一条有铁丝拱门的小路溜达溜达，好好地想一想她的模样，来放纵一下自己的感情。穿过门厅的时候，碰上了她那条小狗，这狗名叫吉卜，是吉卜赛的简称。我和颜悦色地接近它，因为我对它都产生了感情。可是它却露出了全副牙齿，钻到椅子底下，发出低沉的叫声，全然不理会人家对它表示的好感。

花园里又凉爽，又幽静。我一边溜达，一边琢磨，我要是真能和这个可爱的尤物订下终身，该有多么幸福呀。至于婚姻、钱财等等，我觉得我恐怕和当年爱小艾米丽的时候一样天真，完全没有什么打算。对我来说，能让我叫她"朵拉"，给她写信，爱慕她，崇拜她，有理由相信当她和别人在一起的时候，心里还在惦记着我，这就是人生最大的愿望了；这肯定是我最大的愿望。毫无疑问，我是一个多愁善感的小傻瓜；不过这里还有一颗纯洁的心，正因为如此，我现在才不以鄙视的眼光来看待这一段往事，虽然我可能觉得可笑。

我溜达了没多久，拐了个弯儿，就遇上了她。到现在我回想起拐那个弯儿的情景，还从头到脚浑身发麻，手里的笔也在发颤呢。

"你——出来得——好早哇，斯彭洛小姐。"我说。

"呆在家里真无聊，"她回答说，"摩德斯通小姐也真可笑！她净胡说,非让我等着外面散散潮气再出来。散潮气!"(说到这里,她笑了笑,那笑声极为悦耳。)"星期天早上,不用练,可我总得干点儿什么呀。所以昨天晚上我就对爸爸说,我一定要出来。再说,这会儿也是一天之中最亮堂的时候。你说是不是?"

我灵机一动,就壮着胆子说(而且是结结巴巴地说),当时我是觉得很亮堂,不过一分钟以前还挺黑哩。

"你这是表示恭维?"朵拉说道,"还是天气果真有了变化?"

我回话的时候,结巴得更厉害了,我说那不是恭维,而是事实,虽然我没看到天气有什么变化。我还不好意思地加了一句,说那不过是我自己的感觉罢了。这样一来,就解释得很清楚了。

她摇了摇头,用松散的鬈发来掩饰脸上的羞涩,我可从来没见过那样的鬈发——我怎么可能见过呢,因为别处根本就没有呀。至于那鬈发上面的草帽和蓝色的缎带,要是能挂在白金汉街我的房间里,归我所有,那该是多么珍贵的无价之宝呀!

"你刚从巴黎回来吧?"我问道。

"是啊,"她说道,"你去过那儿吗?"

"没有。"

"哦!我希望你很快就能去一趟。你会非常喜欢那个地方的。"

长久埋在心中的痛苦在我脸上露出了痕迹。她竟然希望我到那里去,她还觉得我可能会去,真不可思议。我讨厌巴黎;我讨厌法国。我说在目前情况下,无论怎么考虑,我也不想离开英国。多大的诱惑,我也不动心。简而言之,她又摇动起她的鬈发,这时她的小狗顺着小路跑了过来,这才给我们解了围。

它对我忌妒得要死,一个劲儿地冲着我叫。她把它抱起来,搂在怀里——哦,多么美呀——抚摸着它;可是它还是一个劲儿地叫。我想摸摸它,可它不让我碰,于是她就打了它两下。她那两巴掌打在它那扁鼻子的鼻梁上,我看着,心里难过极了,而它却眨眨眼,舔舔她的手,嗓子眼儿里发出低沉的声音,像一只小低音乐器一样。后来它终于安静下来——她把她那带着酒窝的下巴颏儿靠在它的头上,它也该安静下来了——我们也就走着去看暖房了。

"你和摩德斯通小姐不很亲近呀,是不是?"朵拉问道。——"我的小狗。"

(最后这几个字是对小狗说的。唉,要是对我说的,该多好啊!)

"是啊,"我答道,"一点儿也不亲近。"

"这个人无聊透了,"朵拉噘着嘴说,"爸爸选了这么一个叫人头疼的东西来跟我做伴儿,真不知道他是什么意思。谁需要保护人呀?我敢说我就不需要保护人。吉卜保护我比摩德斯通小姐保护得好多了——是不是,亲爱的吉卜?"

她亲了亲它那圆圆的脑袋,而它却只懒懒地眨了眨眼。

"爸爸说她是我的知心朋友,可是我认为她根本不是那种人——是不是,吉卜?我和吉卜,我们俩是不会向那样蛮横的人说知心话的。咱想对谁说知心话,就向谁说知心话,咱要自己去找知心朋友,不能让别人替咱找——是不是,吉卜?"

吉卜一听这话,发出了一阵悦耳的声音,有点儿像煮茶的水壶发出的音乐。对我来说,她每说一句话,都像是在已有的镣铐上加了一副新的镣铐。

"真苦恼啊,就因为咱缺少一个慈爱的妈妈,咱就非得让摩德斯通小姐这样性情沉闷、脾气古怪的老东西成天跟着咱转——是不是,吉卜?没关系,吉卜。咱不对她说知心话,不用理她,咱该怎么乐,就怎么乐;咱让她着急,不让她欢喜——好不好,吉卜?"

这种情况要是再拖长一会儿,我想我一定会跪石子路上,还有可能把两膝跪破,而且马上被人家从宅院里赶走。可是算我走运,暖房离得不远,我们刚说到这里,也就到了。

暖房里有各种好看的天竺葵。我们在里面闲逛,朵拉不时地在这一棵或那一棵前面停下来,欣赏一番。我也跟着停下来对同一棵欣赏一番。朵拉还淘气地笑着把小狗举起来,让它闻闻花的香味儿。如果说不是我们仨都进入了仙境,我反正是身在其中了。直到今日,天竺葵的叶子散发的香气还会使我一半感到好笑,一半认真地怀疑自己怎么转眼之间发生了变化,然后我就看见一顶草帽,系着蓝色的带子,一头鬈发,两条细长的胳膊举着一只小黑狗,后面是一片鲜花和嫩叶。

摩德斯通小姐一直在到处找我们。她在这里找到了我们,就把她那不中看的腮帮子凑过来让朵拉吻一下,脸上的小皱纹全让她往头上撒的香粉给填满了。接着她就挽起朵拉的胳膊,押着我们去吃早饭,就像参加一个士兵的葬礼一样。

茶是朵拉准备的,所以我喝了多少杯,连我自己也不知道。但我记得很清楚,我坐在那里拼命喝,那几天我要是有神经系统的话,也让我喝得整个神经系统都不顶用了。过了一会儿我们就到教堂去了。摩德斯通小姐坐在我和朵拉之间,不过我倒听见了她唱赞美诗的声音,做礼拜的人全消失了。有人在讲道——讲的当然全是关于朵拉的事儿——关于这次礼拜,我能记得的,大概也就是这一些了。

这一天,我们过得很清静。没有客人,散了散步,四个人吃了一顿便饭,晚上欣赏书画。摩德斯通小姐面前放着一本传道的书,她两眼盯着我们,密切监视。啊!斯彭洛先生可根本没想到,那一天晚饭后,他头上顶着手绢儿坐在我对面的时候,我在想象之中,作为他的姑爷,正在多么热烈地拥抱他呀!他也没想到,那天晚上,当我向他告辞的时候,我觉得他已经表示完全同意我和朵拉订婚,我正在祈求上帝降福于他呢。

第二天一大早我们就走了。因为海事法庭有一件关于打捞的案件需要审理,这就要求对整个航海学有相当精确的了解,既然不能指望我们博士协会的人对这些事有多少了解,法官已经求了海务局的两位老先生行行好,来帮他审理此案。不过吃早饭的时候,还是朵拉准备的茶水;我上了马车以后,还怀着沉重的心情,愉快地向她脱帽致意,当时她站在门口的台阶上,怀里抱着吉卜。

那一天,我对海事法庭的印象如何;对于那个案子,我一边听,一边在心里胡说了些什么;桌上放着一只银质的桨,这是这所高等司法机关的徽记,我怎样发现"朵拉"二字刻在那银桨的叶片上;斯彭洛先生回家的时候没有带我同行(我原来幻想过,希望他再把我带回家去),我怎样觉得自己好像是一条船上的水手,眼看着船开走了,把我留在了一座荒岛上——这一切都是无法形容的,我也就不费事了。如果那昏昏欲睡的古老法庭能够清醒一下,把我在那里围绕着朵拉而做的白日梦以某种看得见的形式表现出来,我就原形毕露了。

我说的还不光是那一天我做的梦,还包括一天又一天,一周又一周,一期又一期我做的梦。我去上班,不是处理公务,而是思念朵拉。我看着案子不紧不慢地审理,偶尔也动动脑筋,遇上婚姻案件(想到朵拉),就琢磨一下,结了婚的人怎么会不幸福,遇到遗嘱案件,就考虑一下,假如案中涉及的那笔钱是留给我的,我马上对朵拉采取的最重大的行动是什么。自从我爱上朵拉以后,一个星期之内就买了四件华丽的背心(不是为了我自己——我并不引以为荣——而是为了朵拉),喜欢戴着浅黄色的羔皮手套上街,我脚上的鸡眼也都是这时候开始长的。要是能把我在这段时间里穿的靴子拿来,和我的脚的实际大小比一比,就能看出我心里是怎么想的,而使人大受感动。

虽然我为了向朵拉致意,把自己弄得一瘸一拐的,十分痛苦,我还是每天走上多少英里,盼着能见到她。没有多久,我在诺乌德路上,就像负责这个邮区的邮递员一样为人们所熟悉,不仅如此,我还在伦敦到处跑。哪条街上有女士们出入的最高级的商店,我就在哪里转悠;我像一个心事未了的孤魂,到集市上去游荡;我早就累得不行了,还要一再拖着沉重的双腿到公园里走来走去。有时隔上很长一段时间,偶尔也能见到她。也许看见她的手套在马车窗口晃动,也许遇见她,跟她和摩德斯通小姐走上一小段路,跟她说几句话。在第二种情况下,过后我总觉得非常难过,因为我觉得自己没有一句话说到了点子上,她根本不知道我爱她爱得有多深,或者她根本不把我放心上。可以想象得出,我随时注意着,希望能再邀请我到斯彭洛先生家里去做客。而我总是大失所望,收不到这样的邀请。

克鲁普太太一定是个眼光敏锐的女人。我那爱慕之心才产生了几个星期,还没有勇气在信中写得更明确,就连艾妮斯,我也只告诉她,我到斯彭洛先生家里去过了,我还说,"他家里只有一个女儿"——我说克鲁普太太一定是个眼光敏锐的女人,因为她那么早就发现了。有一天晚上,她上楼来找我,当时我情绪很不好,她正在闹我上面提到的那种病,就问能不能麻烦我给她一点儿小豆蔻加大黄药水儿,再滴上七滴丁香精,这对她的病有很好的疗效。要是我身边没有这种药,就来点儿白兰地,这是最好的代用品。她说,她倒不是觉得白兰地好喝,而是这酒的确是最好的代用品。我从来没听见过她先说的那种药,而那种代用品,柜子里倒是有点,我就给克鲁普太太斟了一杯,她当着我的面就喝了起来,免得我怀疑她把酒用到不该用的地方。

"振作起来吧,先生,"克鲁普太太说,"看见你这个样子,我受不了啊,先生。我也是有孩子的人呀!"

我不大明白这件事和我有什么关系,但我朝克鲁普太太笑了笑,尽量显出和蔼的样子。

"得啦,先生,"克鲁普太太说,"请原谅,我知道你的苦恼,先生。这涉及一位女士。"

"克鲁普太太!"我说着,脸顿时红了起来。

"哦,愿上帝保佑你!你可要打起精神来呀,先生!"克鲁普太太一边说着,一边点头表示鼓励。"可不能寻短见呀,先生!她一个人对你不以笑脸相迎,那还有的是嘛。你年轻有为,会有人对你笑脸相迎的,科波福尔先生,你该知道自己的身价呀,先生。"

克鲁普太太总是叫我科波福尔先生——首先,肯定是因为这不是我的名字,其次,我觉得这个叫法和一个洗衣日些许有点联系。

"克鲁普太太,你为什么会觉得这件事涉及一位年轻女士呢?"我说。

"科波福尔先生,"克鲁普太太意味深长地说,"我也是有孩子的人呀!"

有一会儿,克鲁普太太只能把手搭在胸前本色布的褂子上,同时一小口一小口地喝她的药,借着那酒的力量来顶住痛苦的回忆。后来她又说话了。

"你姨奶奶来为你租这套房子的时候,科波福尔先生,"克鲁普太太说道,"我就说过,我总算有个人照顾了。'谢天谢地!'我就是这么说的,'我总算有个人照顾了!'——你吃得不多,喝得也不多呀,先生。"

"你就是凭这个瞎猜的吗,克鲁普太太?"我说。

"先生,"克鲁普太太以近乎严厉的口吻说道,"除了你以外,我还伺候过别的年轻男人。一个年轻男人可能对自己过于注意,也可能过于不注意。梳头可能梳得太勤,也可能梳得太不勤。可能穿的鞋太大,也可能太小。这就要看那年轻人原来的性格是怎样形成的了。不过随便让他走哪个极端好了,先生,都和一位年轻女士有关。"

克鲁普太太摇着头,她显得那么自信,弄得我连一寸立足之地都没有了。

"就是你没来的时候死在这里的那个年轻人,"克鲁普太太说,"他恋爱了——跟一个酒吧女郎——虽然喝酒喝得已经鼓起来了,还是马上把背心都改瘦了。"

"克鲁普太太,"我说,"我不得不求你不要把和我有关的这个女士和酒吧女郎之类的人相提并论,好不好?"

"科波福尔先生,"克鲁普太太说道,"我是个有孩子的人,不会那样做。我要是多管闲事了,先生,就请你原谅吧。我要是不受欢迎,绝不去多管闲事儿。不过你是个年轻人,科波福尔先生,我劝你还是振作起来,先生,提起精神来,你该知道自己的身价呀。你要是喜欢干点儿什么,先生,"克鲁普太太说——"你要是现在喜欢玩儿九柱戏,那玩艺儿对健康有利——你会觉得它能分散你的注意力,对你有好处。"

克鲁普太太说完了这一席话,做出一副非常珍惜那杯白兰地的样子——其实早就喝光了——郑重其事地向我行礼致谢,然后就走了。她的身影在那黑洞洞的门口消失了,她那番话倒使我感到克鲁普太太未免有点儿冒昧;不过在这同时,我对这番话也很满意,只是角度不同,聪明人会听,我把它当成一次警告:以后有了秘密,千万不能大意。

第二十七章

汤米·特拉德

可能是因为我听了克鲁普太太的话,也许不过是因为九柱戏这个名字使我联想起特拉德,第二天我就忽然想到要去找特拉德。他说的他不在的那段时间早就过了,他又住在一条小街上,离坎登镇兽医学院不远,听我们那儿的一个文书对我说,他就住在那个方向,镇上住的主要是绅士般的学生,他们买活驴,在宿舍里用这种四脚动物做实验。我从这个文书那里了解到那学术之林的方向,当天下午就出发,看我的老同学去了。

我发现那条街不是我想象的那么好,因为我心里惦记着特拉德。那里的居民好像爱把用不着的零七八碎往街上扔,弄得满街臭气熏天,污水横流,这还不算,还有白菜帮子到处乱扔,显得又脏又乱。那垃圾倒也不全是菜帮子,我找门牌儿的时候,就看见一只鞋,一只砸扁了的小奶锅,一顶黑色女便帽,一把雨伞,都不同程度地腐烂了。

这个地方的气氛一下子就使我回想起我和米考伯夫妇在一起的日子。我要找的那所房子给人一种说不出的破落绅士的感觉,所以这所房子和这条街上别的房子不同——尽管所有的房子都一个样儿,显得很单调,就像刚刚学着画房子的孩子瞎画的一样,他们对砌砖盖房的了解,好比刚学写字的孩子,还在学着画钩钩呢——这就更使我想起米考伯夫妇。我来到这所房子的时候,正赶上送奶的下午来送奶,门是开着的,这就更促使我回想起米考伯夫妇了。

"喂,"送牛奶的冲着一个非常年轻的女仆说道,"我那笔小小的奶费,你跟主人说了没有?"

"哦，主人说马上就想办法。"女仆答道。

"因为，"送牛奶的接着说道，好像没有听见女仆的回答，而且听他的语气，他这话不是说给年轻女仆听的，而是说给屋里的什么人听的——他瞪着眼往过道里看，更加深了我这种印象——"因为那笔小小的奶费已经拖了那么久，我都觉得准得拖黄了，不会有人管了。喂，你听着，这我可不干！"送牛奶的说道。他这话还是冲着屋里讲的，两眼还盯着过道。

顺便说一下，他经营牛奶这样温和的商品，真是再奇怪不过了。他那副样子，就是搁到肉店里或白兰地酒店里，都显得太凶了。

那年轻女仆的声音变得很小，不过从她嘴唇的动作来看，她还是在小声说马上就想办法。

"我来问你，"送牛奶的说道，他头一次用眼睛盯着那女仆，同时还托起了她的下巴颏儿，"你喜欢喝牛奶吗？"

"是的，我喜欢喝。"她答道。

"那好，"送牛奶的说道，"你明天就别喝了。听见了没有？你明天连一滴牛奶也甭喝。"

看来今天还是喝得上牛奶的，所以我觉得大体上看起来，她还是松了一口气。那送牛奶的凶狠地朝她摇了摇头，放开了她的下巴，没好气儿地把桶打开，把牛奶倒进了女仆拿的罐子里，和平时给的一样多。随后他就嘟囔着走了，到隔壁一家门口去叫卖，那刺耳的声音里还带着怨气。

"特拉德先生住在这里吗？"我随后问道。

过道那一头有个神秘的声音说了声"是"。年轻女仆一听，也回答说"是"。

"他在家吗？"我问道。

那神秘的声音又做了肯定的回答，那女仆也跟着重说了一遍。于是我就进了门，顺着女仆指的路往楼上走。走过后面客厅门口的时候，我意识到有一只神秘的眼睛在打量我，这眼睛可能就属于那神秘的声音。

我顺着楼梯走上去——那房子只有上下两层——特拉德在楼梯口

等我。他见了我很高兴,非常热情地欢迎我,把我带到他的小屋里。这间屋子的位置在房子的正面,虽然家具不多,却极为整洁。我看得出,他只有这么一间屋子,因为屋里有一张沙发床,鞋刷子和鞋油也都夹杂在书里——放在书架最上面一层的一本字典后面。他的桌上摆满了各种材料。他穿着一件旧衣裳,在那里紧张地工作。在我坐下的时候,我自己知道,我什么也没看,可是我什么都看见了,连他的瓷墨水池盖儿上画的教堂,都看见了。我这种能力也是过去米考伯时代练出来的。他费了很多心机,把五斗柜遮盖起来,把靴子和刮脸用的镜子等等都放在适当的地方,给我留下了特别深刻的印象,证明他还是当年那个特拉德,当时他用白纸叠成像房的样子,好装苍蝇,受人欺负的时候,就以我常提到的那些令人难以忘怀的艺术品来安慰自己。

在屋子的一角,有件东西用一大块白布盖得整整齐齐。我想不出那是件什么东西。

"特拉德,"我说,我都坐下了,还又和他握了一次手,"见到你,我很高兴。"

"见到你,科波菲尔,我很高兴,"他答道,"见到你,我的确很高兴。咱们在伊利巷相遇的时候,我见到你,觉得高兴极了,而且我确信,你见到我,也是高兴极了,所以就给了你这个地址,而没有给你我在法学会的地址。"

"哦!你在律师学院还有房子呀?"我问道。

"是这么回事,我有一套房子和走廊的四分之一,还有一个文书的四分之一,"特拉德答道,"我和另外三个人合租了一套房子——好显得像个办事的样子——对那个文书,我们也是各占四分之一。他每个礼拜要耗费我半克朗呢。"

他微笑着对我解释,我觉得这微笑使我又看到了他原先那纯朴的性格和温和的脾气,也看到了一点儿他原先那倒霉的运气。

"你知道,科波菲尔,"特拉德说,"我不轻易把这里的地址给别人,绝不是因为我爱面子,而是因为来找我的那些人,他们可能不愿意到这里来。至于我个人,我正在奋力拼搏,克服困难,我要是假装不是这种情况,岂不荒唐。"

"沃特布鲁克先生告诉我,你在读法律呀?"我说。

"可不是吗,"特拉德一边说着,一边慢慢地搓着两手,"我在读法律。实际上,我拖了很久,刚开始按规矩办事。我学徒已经有一段时间了,但是要缴那一百镑,困难很大。困难很大呀!"特拉德说着,脸上现出了痛苦的样子,好像刚刚拔掉一颗牙齿一样。

"特拉德,我坐在这里看着你的时候,你猜我不由自主地想起了什么?"我问道。

"我猜不出。"他说。

"你过去穿的那套天蓝色衣服。"

"天哪,对呀!"特拉德叫喊着,笑了起来,"袖子,裤腿,都绷得紧紧的,你还记得吧?哎呀!那时候可真快活呀,是不是?"

"我觉得,要是校长不折腾咱们,咱们会生活得更快活。"我回答说。

"也许是那样,"特拉德说,"不过,哎呀,当时有趣的事可多啦。你还记得咱们晚上常在寝室里吃晚饭,你给我们讲故事吧?哈,哈,哈!你还记得我为梅尔先生哭而挨打吧?老克里克尔!我还真想再见见他!"

"他对你很残暴呀,特拉德。"我气愤地说,因为我看着他那好脾气,就觉得看着他挨打的事刚刚发生在昨天。

"你是这么想吗?"特拉德答道,"真的吗?也许他是相当残暴。不过事情都过去了,过去很久了。老克里克尔!"

"那时候是你叔叔供养你吧?"我问道。

"那是当然喽!"特拉德说道,"我一直想给他写信,一直也没写,对不对?哈,哈,哈!是的,当时我有个叔叔。我离开学校以后不久,他就去世了。"

"是吗!"

"是呀!他原来是个……叫什么来着?……布商,也就是卖布的,后来不干了。他原先安排我做他的继承人。可是等我长大了以后,他又不喜欢我。"

"真是这样吗?"我问道。他的心情非常平静,所以我觉得这里面还有些蹊跷。"

"是啊,是啊,科波菲尔! 真是这样,"特拉德答道,"算我倒霉,可他就是不喜欢我。他说我完全不是他料想的那个样子,于是他就娶了他的女管家。"

"你又做了些什么呢?"我问道。

"我没做什么,"特拉德说,"就跟他们一块儿过,等着他们有一天把我撵出去,后来不幸他的风痛一下子转移到肚子里去了——随后就死了。这样一来,那女人就嫁了个年轻人,而我却没有着落。"

"你什么都没得到吗,特拉德?"

"那倒也不是!"特拉德说道,"我得到了五十镑。我长那么大,没学过什么技能,一开头儿,不知道怎样谋生。不过开始的时候,有个有技能的人,他的儿子帮了我的忙。这个人也在萨伦学堂学习过,名叫尧勒,是个歪鼻子,你还记得他吗?"

不记得了。我在的时候没这么个人,当时所有的人,鼻子都是端正的。

"没关系,"特拉德说,"在他的帮助之下,我开始抄写法律文件。这活儿不怎么样,我就改为写状子,写摘要,干这一类的活儿。我是个勤勤恳恳的人,科波菲尔,学会了怎样写得简明扼要。于是我就产生了一个念头,学法律吧。这样一来,那五十镑里剩下的钱就全光了。不过尧勒又把我推荐给另外一两家事务所——有一家就是沃特布鲁克先生的事务所——所以我弄到了不少的活儿。我还有幸认识了出版界的一个人,他正在编一本百科全书,就让我来给他编。其实,"(说到这里,他看了一眼桌面上的东西)"我这会儿正在为他干活儿呢。我编得还不错,科波菲尔,"特拉德说,对自己的话充满了自信,显得很高兴,"但是我没有创造性,一点儿也没有,恐怕没有哪个年轻人,独创性比我更差了。"

特拉德似乎认为我当然会同意他这种说法,所以我就点了点头,他也就又接着说下去,还是那副乐呵呵的不紧不慢的样子——我找不到更恰当的词语来形容他的样子了。

"就这样,生活上不要太破费,我一点一点地攒钱,终于凑足了一百镑，"特拉德说道，"谢天谢地，钱总算交了——虽然……虽然是非常困难，"特拉德说着，脸上又显出了痛苦的样子，好像刚才又拔了一颗牙一样，"我在上面提到的工作，我现在还是靠它来维持生活，我希望不久能和哪家报纸联系上，那我就差不多能发了。我说，科波菲尔，你和过去一模一样，还是那么讨人喜欢，见到你，真叫人高兴，我什么也不能瞒你。所以我一定要告诉你，我订婚了。"

订婚了！哦，朵拉！

"她是个副牧师的女儿，"特拉德说，"姊妹十个，住在德文郡。对！"——他看见我不由自主地看了一眼墨水池上的画儿——"就是这座教堂！你从这个门儿出来，往左一拐，"他一边说着，一边用手指在墨水池上比划着，"她家的房子就在我用笔指着的地方，你看得出，正对着教堂。"

他在述说这些细节的时候表现出来的愉快心情，我是后来才充分意识到的，因为我当时只顾自己，正在心里画斯彭洛先生的房子和花园的平面图哩。

"这姑娘非常可爱！"特拉德说，"比我略大一点儿，但是可爱极了！我不是告诉你，我要出城吗？就上那儿去了。我走着去，走着回来，高兴极了！我敢说，我们可能要很久以后才能结婚。'盼着吧！'这就是我们的座右铭。我们常这么说。我们常说，'盼着吧！'科波菲尔，她等我能等到六十岁——等到你能说得出的哪一年都行。"

特拉德从椅子上站起来，带着胜利的微笑把手放到我刚才看见的那块白布上。

"不过，"他说，"我们倒也不是完全没有开始置办家具。不是的；我们已经开始了。我们得一点儿一点儿地来，但是我们已经开始了。这儿，"他说到这里，非常自豪地小心翼翼地掀开了那块白布，"有两件家具，算是个开端。这个花盆和架子，是她亲自买的。可以把它放在客厅的窗口，"特拉德说着，把身子往后仰了仰，离得远一点儿，觉得更好看，"在里面种上一棵花，有……有多好哇！这个小圆桌，大理石桌面（周围是二英尺十英寸），是我买的。可以放一本书，你知道，要是有个人来，无论是来见先生，还是来见太太，都需要有个放杯茶的地方，这……这就有了!"特拉德说道,"这件家具手工出色得很——像磐石一样稳当!"

我把这两件家具都大大地赞扬了一番,特拉德像掀开盖布的时候一样,又小心翼翼地把盖布蒙了上去。

"要说置办家具,这还差得远哩,"特拉德说,"不过这也算有了点儿东西。桌布、枕套,这一类东西使我最伤脑筋,科波菲尔。还有那些铁器——蜡烛箱子、铁算子之类的日用品——因为这些东西很重要,而且都在涨价。不过,'盼着吧!'我可以向你保证,她是一个顶可爱的姑娘!"

"这我相信。"我说。

"在这段时间里,"特拉德说着,又回来坐在椅子上,"——关于我自己的情况,我马上就说完了——在这段时间里,我尽量好好干。我挣钱不多,可我花钱也不多。我一般和楼下的人搭伙,他们都非常善良。米考伯先生和他太太都有丰富的生活经历,和他们在一起,真是再好不过了。"

"亲爱的特拉德!"我马上喊道,"你说什么呀?"

特拉德看了看我,好像不明白我在说什么。

"米考伯先生和他太太!"我重复了一遍,"哎呀,我和他们很熟呀!"

就在这时候,传来了两下敲门声,从我以前在温莎里的经验来看,这敲门的不可能是别人,一定是米考伯先生,这样一来,他们是不是我的老朋友,也就不成问题了。我恳求特拉德把房东请上楼来。于是特拉德就趴在扶梯上请房东上来。米考伯先生接着就文质彬彬地像青年人一样走上楼来。他一点儿也没变,还是那套紧身的衣服,那根手杖,那个衬衫领子,那副眼镜,跟过去一样。

"对不起,特拉德,"米考伯停下嘴里哼的柔和的小调,像往常一样打着嘟噜说道,"我不知道你这清静的住处竟有生客登门。"

米考伯先生微微向我鞠了一躬,往上拉了拉衬衫领子。

"你好,米考伯先生。"我说。

"先生,"米考伯先生说道,"你太客气了。我依然如故。"

"米考伯太太好吗?"我接着问道。

"先生,"米考伯先生说道,"感谢上帝,她也依然如故。"

"孩子们好吗,米考伯先生?"

"先生,"米考伯先生说道,"我可以愉快地告诉你,他们也都体魄健壮。"

在这段时间里,米考伯先生虽然和我面对面地站在一起,却丝毫没有认出我来。不过这时候他见我微笑,就仔细端详了我一番,往后一仰身子,喊道,"这是真的吗?难道我有幸再次见到科波菲尔了吗?"他两手抓着我摇动,表现出极大的热情。

"哎呀,特拉德先生!"米考伯先生说道,"没想到你竟然认识我昔日的同伴儿,年轻时候的朋友哩! ——老伴儿!"米考伯先生趴在扶梯上对他太太喊道。特拉德对他这样介绍我的身份不胜惊讶(这也是有道理的),"特拉德先生屋里有位先生,想请你来见一见,亲爱的老伴儿!"

米考伯先生马上又回到屋里,再次和我握手。

"咱们的好朋友,那位博士,他好吗,科波菲尔?"米考伯先生问道,"坎特伯雷的人都好吗?"

"他们都挺好的。"我说。

"得此佳音,不胜欣喜,"米考伯先生说道,"我们上一次是在坎特伯雷见面的。说得生动一点儿,是在古代信徒云集、乔叟①使之永存的宗教大厦的庇荫之下——简而言之,"米考伯先生说道,"就在大教堂的近旁。"

我回答说,是这样的。米考伯先生尽其所能滔滔不绝地讲下去,不过我觉得他脸上还是露出了一些迹象,说明他在注意隔壁的声音,比如米考伯太太洗手的声音,急促地开关抽屉的声音,那抽屉也感到很不自在。

"你看得出,科波菲尔,"米考伯先生说道,一边斜眼看着特拉德,"我们眼下只能说家底儿不厚,也不气派,不过你可知道,在我的事业

---

① 乔叟(约1342—1400),英国诗人,著有《坎特伯雷故事集》。

发展过程中,我曾经跨越多少障碍,克服多少困难。你对我并不陌生,知道我一生中曾多次不得不暂停一下,盼着时来运转;有时候又不得不后退一步,然后向前一跃——我用这个说法,大概不至于落个妄自尊大的罪名吧。我现在就处在人生中这样一个重要的阶段。你看见我后退了一步,准备向前一跃;我有充分的理由相信不久就会有结果,那就是奋力一跳。"

我正在表示赞赏的时候,米考伯太太走了进来。她比以前邋遢一些,也许是我眼睛不适应,才有这种感觉,不过她为了招待客人倒也稍微打扮了一下,还戴上了一副棕色手套。

"亲爱的,"米考伯先生说着就引她朝我走来,"这位先生名叫科波菲尔,你们见过面,他想和你叙谈叙谈。"

从当时的情况看,他要是慢慢地引到这个话题就好了,因为米考伯太太怀有身孕,一听就蒙了,晕了过去,米考伯先生不得不战战兢兢地下了楼,跑到后院儿,从接雨水的大桶里打了满满一脸盆水,往她脑门子上洒。不过她很快就醒过来了,见了我,实在高兴。我们大家在一起聊了半个钟头。我问起她那一对双生子,她说他们都"长大成人"了;我又问起米考伯少爷和小姐,她说他们都成了"头号巨人",不过那一天我一个也没见着他们。

米考伯先生极力留我吃饭。我本来也不一定拒绝,但是我觉得我从米考伯太太的眼神里看出了问题,她在算计还有多少凉肉。于是我就找了个托词,说另有约会。我发现米考伯太太那紧张的心情马上放松了,这样一来,任凭他们怎么劝说,我都不听了。

但是我对特拉德和米考伯夫妇说,他们一定要定个日子,到我那儿去吃饭,我才能走。特拉德手上有活儿要完成,得晚一点儿才行;不过我们还是定了个日子,对大家都合适,然后我就告辞了。

米考伯先生借口给我指一条路,比我来的路近,就陪着我走到路口,他对我解释说,他非常想跟老朋友说几句知心话。

"亲爱的科波菲尔,"米考伯先生说道,"我不说你大概也知道,在目前情况下,有你朋友特拉德这样才华横溢——如果我能借用这个成语的话——这样才华横溢的人住在我们家里,这对我们是一种无法形容的安慰。我们隔壁住着一个女人,给人家洗衣裳,还卖杏仁糖,就摆在起居室的窗户里。马路对面住着一位宝街①的警官。所以你可以想象,他和我们同住,对我本人和米考伯太太是无穷无尽的安慰。亲爱的科波菲尔,我眼下受人之托,经营玉米。这不是什么有利可图的行当——换句话说,是划不来的——结果弄得一时有些拮据。不过我还要告诉你,我很高兴,因为我看到情况马上会有变化(我现在还不能说在哪一方面),这样一来不但我自己,就连你的朋友特拉德,都永远生活有了着落。我对特拉德的关怀可是真心实意的。我还要告诉你一件事,你也许不会感到突然:米考伯太太目前的身体状况不是完全不可能最后再对那些爱情誓言有所增补——简而言之,就是增加一个婴儿。米考伯太太的娘家人可是真好,竟对这种情况表示不满。我只能说我认为此事与他们无关,我对他们这种态度嗤之以鼻,不听那一套!"

米考伯先生说完了以后,又和我握了一次手,就走了。

---

① 在考芬园旁,是伦敦警察法庭所在地。

第二十八章

米考伯先生挑战

一直到我款待久别重逢的老朋友的那一天,我主要是靠朵拉和咖啡过活的。在我为爱情而感到苦恼的情况下,我食欲不振,不过我倒为此而感到高兴,因为我觉得我要是跟平时一样吃得津津有味儿,就似乎对朵拉不忠了。大量的散步也没有产生通常应有的效果,因为失望的心情把新鲜空气抵消了。根据这一时期我那痛苦的生活经历,我还怀疑一个人要是总受靴子夹脚之苦,即便肉食吃得很香,是不是就一定能感到惬意。我认为手脚都得不受拘束,胃才能充分发挥作用。

这次小小的家宴,我没有像上次那样大张旗鼓地准备。我只弄了两条比目鱼,一小条羊腿,一个鸽子饼。起初我还不好意思说,我刚一提到烧鱼烤羊腿,克鲁普太太就造了反。她就像有人得罪了她一样,神气地说,"不行呀,先生,不行!你不该让我做这样的事,因为你明明知道我不会做,我要是做的话,连我自己也不会满意的!"不过我们最后还是妥协了,克鲁普太太答应勉为其难,条件是从那以后我两个星期不在家里吃饭。

在这里,我还要说一下,由于克鲁普太太残暴地欺压我,我在她手里受的罪是很可怕的。我对谁都没有这么害怕过。我们在什么事情上都得妥协。只要我一犹豫,她就犯病,她那奇妙的病随时都在她身上潜伏着,待机发作,一有信号,便向要害部位进攻。要是我轻轻地拉铃,拉了五六下都没有用,再不耐烦地拉一次,她最后也露面了——不过这可是没准儿的事——她就摆出一副责怪人的脸色,气喘吁吁地倒在靠近门口的椅子上,把手放在胸前本色布衣服上,病得那么重,我宁愿拿出白兰地或者别的什么东西,损失多少都行,把她弄走。下午五点钟才给我叠被——这种做法,我到现在还觉得难以接受——我要是有意见,她只要把手往本色布衣服那个部位一放,显得感情上受了伤害,就足以使我惶惶然,赶紧道歉。总而言之,我宁可做任何体面的事,也不愿意冒犯克鲁普太太。她是我生活中的主宰。

这次请客,我买了一只旧的活动餐架,而没有再雇上次那个年轻人,虽然他很能干,但我对他有看法,因为有一个星期天早上,我在斯特兰大街碰上他,见他穿的背心和我的一件背心像极了,自从上次请客以后,那件背心就不见了。那"年轻姑娘"倒是又雇来了,但是我规定她只管上菜,上了菜,就退到外面一道门的外边,在楼梯口站着,这样她养成的那种探头探脑的习惯,客人就看不见了,像上回那样踩碎盘子的事,也就根本不会发生了。

我把做果汁酒的材料准备好了,只等米考伯先生配制;我还在梳妆台上摆了一瓶香草水,两支蜡烛,一套各式别针,和一个针插,供米考伯太太化妆之用;我还让她们把我卧室里的火点上,好让米考伯太太感到方便;我还亲手铺好了桌布;随后我就镇定自若地等着开场了。

到了约定的时间,三位客人一齐到了——米考伯先生,衬衫领子特别高,眼镜上系了一条新带子;米考伯太太,帽子用浅棕色的纸包着;特拉德,一手拿着那纸包,一只胳膊挽着米考伯太太。我住的这个地方,他们都很喜欢。我把米考伯太太带到梳妆台前,她一看我为她作了这么大规模的准备,高兴极了,马上招呼米考伯先生进来看。

"亲爱的科波菲尔,"米考伯先生说道,"这可真是豪华呀。这样的生活使我想起我结婚以前的日子,当时米考伯太太也还没有受人追求,让她在婚姻的圣坛前献出自己的忠诚。"

"他的意思是还没有受他追求,科波菲尔先生,"米考伯太太风趣地说道,"他可不能赖别人呀。"

"亲爱的,"米考伯先生答道,他忽然认真起来,"我并不想赖别人。我看得很清楚,你命里注定了,是为我而生的,这样一来,你就可能注定要嫁给这样一个人,这个人经过长期奋斗,最后还是不能不陷入严重复杂的经济纠葛之中。我明白你指的是什么,亲爱的。我为此事感到遗憾，但是我能忍受。"

"米考伯!"米考伯太太含着眼泪喊道，"难道我就该听你这样唠叨吗？我可从来没有抛弃你呀，也永远不愿意抛弃你呀，米考伯!"

"亲爱的，"米考伯先生非常感动地说，"你会原谅我，我想我们久经考验的老朋友科波菲尔也会原谅我这样一个历尽劫难的人失去常态，发作一番，因为我刚和一个狗仗人势的家伙——也就是和自来水公司一个讨厌的管开关的人——吵了一通，所以希望你们对我的过分之举，不要怪罪，而给以同情。"

米考伯先生接着就和米考伯太太拥抱了一下，还摁了摁我的手。这样，我就从他那吞吞吐吐的话里揣摩得出，一定是那天下午给他家里断了水，因为他没给公司交水费。

我为了不让他再想这件烦心的事，就说我等着喝他调制的果汁酒呢，说着就把他带到放柠檬的地方去了。他最近这忧郁的心情，倒没有发展到绝望的地步，顿时消失了。切开的柠檬和糖散发着香气，滚烫的罗姆酒香味四溢，开水冒着蒸气，米考伯先生那天下午兴致高极了，我从来没见谁有这么高的兴致。他在那里搅拌、品尝，好像不是在配制果汁酒，而是在为他全家包括最小的子女配制家业。看看他那张脸透过充满香甜气味的薄雾，向着我们闪光，多么叫人高兴呀！至于米考伯太太，我也不知道是什么缘故，也许是因为她戴的帽子，也许是因为那香草水，也许是因为那些别针，也许是因为炉火或蜡烛照的，总之，她从我屋里出来的时候，相对说来，是很可爱的。连百灵鸟都从来没有这个出色的女人这样快活。

我猜想——我始终没敢问，不过我猜想——克鲁普太太炸了比目鱼之后，准是就病倒了。因为我们从那以后就不行了。那羊腿端上来的时候，里头通红通红的，外头煞白煞白的，这还不算，上面还撒着一层灰渣之类不该有的东西，似乎是掉进过厨房那精美壁炉下面的炉灰里。但是我们也无法根据肉汤儿来判断这是否属实，因为那"年轻姑娘"把肉汤儿全洒在楼梯上了——顺便说一下，那肉汤儿哩哩啦啦洒了一路，后来也就慢慢蹭光了。那鸽子饼还不错，只是中看不中吃；那酥皮要是算做脑袋，从颅相学的角度来看，是令人失望的，因为它坑坑洼洼疙疙瘩瘩，下边也没有什么新鲜的。总而言之，这次宴会糟糕透了，我本来是会很不快活的——我这里说的是宴会糟糕使我不快活，因为我本来为了朵拉就一直不快活——幸亏我的客人兴致都很好，而且米考伯先生还出了个好主意，这才为我解了围。

"科波菲尔，我的好朋友，"米考伯先生说道，"即便是在管得最好的家里，也会出事故的。有些家庭管得不好，缺乏那种令行禁止统管一切的威力，简而言之，我的意思是缺少具有妻子的崇高地位的女人的威力，在这种情况下，出事故是意料之中的事，出了事还一定要想得开。请允许我冒昧地说一句，各种食品，很少能比五香烤肉更好吃的。我相信，只要那上菜的小家伙弄个铁算子来，咱们稍微一分工，就能做出一个好菜来，我可以向你保证，这小小的事故是很容易补救的。"

储藏室里是有一个铁算子，我每天早上就用它来烤咸肉。我们赶紧把它拿来，马上全力以赴，把米考伯先生的想法付诸行动了。他刚才提到的分工是这样的：特拉德把羊肉切成片；米考伯先生（他做这类事情最拿手）撒上胡椒面儿，辣椒面儿，芥末和盐；我在米考伯先生的指挥之下，把肉放在铁算子上，用叉子叉来叉去，又从铁算子上取下来；米考伯太太用小锅热了一点蘑菇汁儿，边热边搅动。等我们烤够了数，可以开始了，我们就大吃起来，袖子依然挽到手腕子，没有放下来，还有几片肉在火上吱啦吱啦地烤着，我们则一心二用，一边吃着盘子里的，一边还惦记着火上烤的。

这样烤肉很新颖，味道也很好，大家忙忙碌碌，一会儿站起来，看看烤得怎么样了，一会儿又坐下来，把刚从铁算子上拿下来的又热、又辣、又酥的烤肉消灭掉。我们手脚不闲着，炉火把我们的脸烤得通红，都感到很有趣，就在这诱人的香味和嘈杂声中，我们把一条羊腿吃得精光，只剩下骨头了。说也奇怪，我的胃口也好了。把这件事也记载下来，我觉得很不好意思，但是我的确认为有一会儿的工夫，我把朵拉给忘了。使我感到满意的是即便米考伯先生和他太太把床卖了，来举办这次宴会，他们也不会更快活了。特拉德又吃又干，几乎整晚上都乐呵呵的，笑得很开心。其实，我们都那样，我敢说，这是最成功的一次宴会。

就在我们兴致最高的时候，大家各司其职，七手八脚，都想把最后一批烤肉烤得十全十美,形成宴会的高潮,就在这时候,我发现屋里有一个生人,接着我的眼睛就对上了黎提摩的眼睛,他表情严肃,手里拿着帽子,站在我面前。

"有什么事儿?"我不由自主地问道。

"对不起,先生。是他们让我进来的。我家少爷不在这儿吗,先生?"

"不在呀。"

"你没看见他吗,先生?"

"没有啊。你不是从他那儿来吗?"

"不是直接来的,先生。"

"是他叫你到这儿来找他吗?"

"不完全是这样,先生;他既然今天没来,我想他明天是会来的。"

"他是从牛津过来吗?"

"先生,"他恭恭敬敬地答道,"请你坐好,让我来烤吧。"他说着就把叉子从我手里接过去,我也没有坚持不给,接着他就弯着腰站在铁箅子旁边,好像把全部注意力都放到烤肉上了。

即便是斯蒂福本人来了,我敢说,我们也不至于感到多么尴尬,但是在他这体面的仆人面前,我们却一下子成了寒酸的人当中最寒酸的人了。米考伯先生一边哼着曲子,显得悠然自得,一边坐回到自己的椅子上,原来匆忙藏起来的一把叉子,把儿在上衣胸前露了出来,看上去好像他用匕首刺了自己一样。米考伯太太戴上了她的棕色手套,显得温柔而文雅。特拉德把两只油手插到头发里,弄得头发直立,他不知如何是好,两眼看着桌布发呆。至于我,我在桌子的一头儿,坐在主人的位子上,却显得像个婴儿一样,几乎连看一眼那体面人物都不敢。而他,天知道他是从哪里来的,却竟然整顿起我的家来了。

在此期间,他把烤好的羊肉从箅子上拿下来,严肃地递给大家。我们每人都吃了一点儿,但是不觉得那么好吃了,只做了一番吃的样子而已。我们陆续吃完,把盘子往旁边一推,他就悄悄地把盘子撤了,又端上了干酪。等我们吃过干酪,他把干酪也撤了,把桌子收拾干净,把所有的东西都堆到活动餐架上,把酒杯递给我们,又自动地把活动餐架推到储藏室去了。这一切他都做得完全无可挑剔,做事情的时候,从不抬头张望,然而在他背对着我的时候,就连他的眉毛似乎都表示出他对我的成见:我实在太年轻了。

"还有什么事情要我做吗,先生?"

我对他说,谢谢,没有了,不过我又问他,怎么不吃饭呢?

"不吃了,谢谢你,先生。"

"斯蒂福先生是从牛津过来吗?"

"对不起,你说什么,先生?"

"斯蒂福先生是从牛津过来吗?"

"我想他明天会到这里来,先生。我本来以为他今天就会来的,先生。肯定是我弄错了,先生。"

"你要是先见到他……"我说。

"请原谅,先生,我认为我不会先见到他。"

"如果你先见到他的话,"我说,"请你告诉他,他今天没有来,我感到很遗憾,因为有他的一个老同学在这儿。"

"是吗,先生!"他说着鞠了一个躬,让我和特拉德分享,还看了特拉德一眼。

他轻轻地朝门口走去,这时候我想很自然地说点儿什么,可是办不到——我对这个人说话,从来不会是很自然的——我就说:

"哦,黎提摩!"

"先生。"

"上一次你在亚茅斯呆的时间长吗?"

"不特别长,先生。"

"你看着把船修完的吗?"

"是的,先生。我留下的目的就是看着把船修完再走。"

"我知道。"他毕恭毕敬地抬头看了看我,"斯蒂福先生还没见过这条船吧,我想?"

"我说不好,先生。我觉得……不过我实在说不好,先生。我祝你晚安,先生。"

他说完了话,朝着在场的人恭恭敬敬地鞠了个躬,就走了。他走了以后，客人们喘气似乎也不那么紧张了。不过我可是大大地松了一口气，因为我在这个人面前总有一种低他一头的奇怪感觉，心里很紧张，除此以外，我的良心还在我耳边低声说我错信了他的主人，使我很不自在，而且我还压抑不住一种模模糊糊的令人不安的恐惧，觉得他会发现的。其实，我本来就没有多少好隐藏的，但我一直真是觉得这个人仿佛是在摸透我的心思，这是怎么回事儿呢？

我正在这样想，还掺杂着一种悔恨的恐惧心理，怕见到斯蒂福本人，这时候，米考伯先生打断了我的沉思，他对已经离去的黎提摩大加赞扬，说他是个非常体面的人，是个极其令人羡慕的仆人。我还可以说，米考伯先生从黎提摩向大家鞠的那一躬里充分地拿走了他应得的那一份，而且是怀着无限高贵的心情领受的。

"但是果汁酒，亲爱的科波菲尔，"米考伯先生品尝着饮料说道，"像时间一样，是不等人的。啊！现在喝，味道最好。亲爱的，你的意见呢？"

米考伯太太说味道好极了。

"我们的朋友科波菲尔要是允许我根据社交惯例行事的话，"米考伯先生说道，"我就要为我和我的朋友科波菲尔年轻的时候披荆斩棘并肩战斗的日子喝上一杯。关于我和科波菲尔，如果借用我们过去一起唱过的歌曲里的话，有好几次我都可以说：

> 俺俩在山坡上跑来跑去，
> 摘取那鲜艳的雏菊。①

这是一种比喻的说法，我也不大清楚。"米考伯先生说道，他还是像往常一样说话卷着舌头，带着咬文嚼字时特有的那种难以形容的神气。"雏菊可能是什么，但我肯定如果有可能的话，我和科波菲尔就要时不时地来一点儿。"

说到这里，米考伯先生喝了一点儿果汁酒。我们都跟着喝了一点儿——特拉德显然莫名其妙，不知道何年何月我和米考伯先生会成为

---

① 引自彭斯诗《往昔的时光》。

战友,为生活而奋斗。

"呃嗯!"米考伯先生说着,清了清嗓子,他喝了果汁酒,再加上炉火烤着,浑身热呼呼的,"亲爱的,再来一杯呀!"

米考伯太太说只能再来一点儿了,但我们不答应,所以又来了一满杯。

"既然咱们这里没有外人,科波菲尔先生,"米考伯太太喝了一小口酒之后说道,"特拉德先生也是我们家的一员,我很想听听你们对米考伯先生的前途有什么看法。因为我反复对米考伯先生说过,"米考伯太太振振有词地说道,"粮食行业虽然可能很文雅,可是好处不大。两个星期,两先令九便士,这样的佣金,无论我们要求多么不高,也不能算是好处很大吧。"

我们一致表示同意。

"然后,"米考伯太太说道,使她感到自豪的是她看问题思路清楚,而且能用她那女人的智慧看住米考伯先生,免得他胡思乱想,"然后我就问我自己这样一个问题:粮食要是靠不住的话,什么靠得住呢?煤炭靠得住吗?一点也靠不住。根据我娘家的建议,我们考虑过,想试一试,结果我们发现行不通。"

米考伯先生两手插在口袋里,往椅子背上一靠,斜着看了我们一眼,又点了点头,仿佛在说情况已经说得很清楚了。

"既然粮食和煤炭都不成,科波菲尔先生,"米考伯太太更加振振有词地说道,"我自然要环顾四周,问一声,'像米考伯先生这样有才华的人,做什么才有可能取得成功呢?'我把任何拿佣金的事都排除在外了,因为那是没准儿的事。对于米考伯先生这样具有特殊性格的人来说,最合适的,我认为,还是有准儿的事。"

我和特拉德都深情地小声表示这一重大发现无疑是合乎米考伯先生的实际情况的,而且大大增加了他的优点。

"不瞒你说,亲爱的科波菲尔先生,"米考伯太太说道,"我很久以来就觉得酿酒这行业特别适合于米考伯先生。看看巴克利与珀金斯公司!看看杜鲁门,汉伯利与巴克斯顿公司!我了解米考伯先生,他要在那样广阔的基础上才能放出光芒。那利润,我听说,大极了!可是假如米考伯先生进不了那些大公司——即便他愿意担任一些次要的职务，人家也不给他回信——老抓着这个主意不放，又有什么用呢？一点用也没有。我可能有一种信念，认为米考伯先生的风度……"

"嗯！真的吗，亲爱的。"米考伯先生打断了她的话。

"亲爱的，你听我说，"米考伯太太说着，戴着棕色手套把手放在他手上，"我可能有一种信念，科波菲尔先生，认为米考伯先生的风度使他特别适合于从事银行业。我跟自己辩论，假如我有一笔钱存在银行里，米考伯先生又代表那家银行，他的风度会使人产生信心，这样一来就一定会扩大业务联系。但是假如各家银行都不肯让米考伯先生为他们而发挥自己的才干，或者以粗暴的态度对待他，老抓着这个主意不放，又有什么用呢？一点用也没有。至于开银行，我知道我娘家要是有人肯把钱放到米考伯先生手里，是能开一家银行的。但是如果他们不肯把钱放到米考伯先生手里——他们肯定不会——那又有什么用呢？我还是要说咱们毫无进展。"

我摇摇头说，"毫无进展。"特拉德也摇了摇头说，"毫无进展。"

"我从这里可以得到什么启发呢？"米考伯太太继续说道，仍然摆着一副要把事情说得一清二楚的神气，"我必然会得出的结论是什么呢，亲爱的科波菲尔先生？我说，很清楚，我们得生活，难道这有什么错吗？"

我说，"一点儿也没错！"特拉德也说，"一点儿也没错！"我还单独加了一句富有哲理的话，我说，一个人不能活，就得死。

"对呀，"米考伯太太接着说道，"就是这样。事实上，亲爱的科波菲尔先生，现在这情况要是不马上大变个样，我们就活不下去了。我现在相信，而且我近来也曾多次向米考伯先生指出，不能指望情况自己会变样。咱们在一定程度上，必须促使它变样。我也许说得不对，但是我已经形成了这样的看法。"

我和特拉德对她的看法大加赞赏。

"很好，"米考伯太太说道，"那么我有什么好推荐的呢？这位米考伯先生具有多方面的才干——有很高的天赋……"

"是吗，亲爱的。"米考伯先生说道。

"我说,亲爱的,请让我把话说完呀!这位米考伯先生具有多方面的才干,有很高的天赋——我应当说他很有天才,不过这也许是妻子的偏爱吧。"

我和特拉德都轻声说,"不是的。"

"可这位米考伯先生没有适当的职务,或者工作。这是谁的责任呢?很清楚,这是社会的责任。这样我就要把一件极不光彩的事公之于众,我还要大胆地向社会挑战,要求它加以纠正。依我看来,亲爱的科波菲尔先生,"米考伯太太以坚定有力的语气说道,"米考伯先生应该扔出自己的手套,向社会挑战,并且这样说:'让我看看有谁敢应战。好样的,就马上站出来。'"

我大胆地问米考伯太太,究竟应当怎样做呢。

"在所有的报纸上登广告呀,"米考伯太太说道,"依我看,米考伯先生要想对得起他自己,对得起他的家庭,我甚至可以说对得起社会,虽然社会一向是对他忽视的,就得在所有的报纸上登广告,如实地介绍自己是某某人,有什么样什么样的才干,再加上这么一句:'欢迎以优厚的待遇即刻聘用,邮资已付,回信请寄坎登镇邮政局威·米收'。"

"米考伯太太这个主意,亲爱的科波菲尔,"米考伯先生说着把衬衫领子的两头儿在下巴底下拉在了一起,还扭头看了我一眼,"实际上就是我上次有幸见到你的时候说的那向前一跳。"

"登广告可是很贵呀。"我抱着怀疑的态度说道。

"的确是这样,"米考伯太太说道,还是那种说话头头是道的样子,"一点儿不错,亲爱的科波菲尔先生。我对米考伯先生也是这么说的。特别是由于这个原因,我觉得米考伯先生(我刚才说了,为了对得起他自己,对得起他的家庭,也对得起社会)应当筹集一定数量的钱——通过票据来进行。"

米考伯先生往后靠在椅子背上,玩弄起他的眼镜来,同时抬头看着天花板,但是我觉得他也注意到了特拉德,当时特拉德两眼望着炉火。

"要是我娘家谁也不肯发善心,接受票据,"米考伯太太说道,"我想还有另外一个商界的行话,可以表达我的意思——"

米考伯先生两眼还在看着天花板,说了声"贴现"。

"给票据贴现,"米考伯太太说,"要是这样,我的想法是米考伯先生进城去,把那票据拿到金融市场,多少钱出手都可以。要是金融市场上的人非让米考伯先生承受很大的损失,就看他们的良心了。反正我觉得这是一种投资。亲爱的科波菲尔先生,我希望米考伯先生也能这么看——把它看做一种投资,一定会有收益的,希望他能下定决心,承受多大的损失都在所不惜。"

不知怎地,我总觉得米考伯太太是一片真心,却苦了自己,我含含糊糊地表示了这个意思。特拉德也学着我的腔调,表示了同样的意思,不过他依然两眼望着炉火。

"我不想,"米考伯太太说着喝完了她那杯果汁酒,用披肩紧紧地裹住肩膀,准备退到我的卧室里去——"我不想在米考伯先生的钱财问题上说个没完。在你家的炉火旁边,科波菲尔先生,还当着特拉德先生的面,他虽然和我们交往的时间不那么长,却也很可以说是我们家的一个成员,在这种情况下,我克制不住,非得告诉你们我劝米考伯先生走哪条路。我觉得是时候了,米考伯先生应当全力以赴……我还要补充一句——他应当显示出他的本事来。依我看,他就应该利用这些手段。我知道,我不过是个女人,而在讨论这类问题的时候,往往都觉得男人更有资格做出判断。我永远也忘不了我在家里和爸爸妈妈一起生活的时候,爸爸老爱说,'爱玛身体瘦弱,但是在看问题方面,不比任何人差。'爸爸偏心,这我知道;但他在一定程度上善于观察人的性格,无论是我作为他的女儿,还是我用心想一想,都决不会产生怀疑。"

说到这里,米考伯太太就退到我屋里去了。我们恳求她赏光,留下来一起把剩下的果汁酒喝完,可她不肯留下。当时我的确觉得她是个高尚的女人——是个罗马时代的女英雄那种类型的女人,在国家有难的时候,做出了各种英雄的业绩。

这个印象使我很激动,我祝贺米考伯先生有这样的无价之宝。特拉德也向他表示祝贺。米考伯先生伸出手来和我握了手,又和特拉德握手,随后就把手绢捂在脸上,我觉得那手绢上的鼻烟可比他想象的要多。接着他又喝起了果汁酒来,显得极为兴奋。

在这种情况下,他就把话匣子打开了。他向我们说明我们在自己的子女身上得到新的生命,在困难拮据的压力之下,孩子越多越值得加倍欢迎。他说关于这一点,直到最近米考伯太太还是怀疑的,但他已经打消了她的疑虑,使她放心了。至于她的娘家人,他们可完全没法跟她比,他们在感情上对他也全然漠不关心——用他自己的话说——让他们见鬼去吧。

米考伯先生接着就热情赞扬了一番特拉德。他说特拉德有自己的个性,他那些固定的优点,他(米考伯先生)是没有份儿的,但是感谢老天爷,他可以表示钦佩。他热情地提到他不认识但荣幸地得到特拉德爱慕的姑娘,那姑娘也使特拉德荣幸地得到她的祝福与爱慕之情,作为回报。米考伯先生为她的健康而干杯,我也为她的健康而干杯。特拉德感谢我们两人,他说,"我真是十分感激你们。请你们相信,她是最可爱的姑娘!"他说得朴实、诚恳,使我这个明白事理的人深受感动。

在这之后,米考伯先生很快又找了个机会,极其巧妙而有礼貌地暗示我之所爱。除非他的朋友科波菲尔矢口否认,他说,否则他就无法消除这个印象:他的朋友科波菲尔正在爱一个人,而且也为一个人所爱。我有一阵,浑身发烧,很不自在;我羞得满脸通红,结结巴巴,支支吾吾,过了好一会儿,才举着杯子说道,"那个人,就管她叫朵吧!"米考伯先生一听大为高兴,兴致勃勃地举着一杯果汁酒跑到我的卧室里,好让米考伯太太为朵祝酒,她热情地喝了下去,还在屋里尖声叫道,"好哇,好哇!亲爱的科波菲尔先生,我真高兴。好哇!"她一边说着,一边轻轻地敲了敲墙,就算是鼓掌了。

我们接着聊下去,话题就转到比较具体的事情上去了。米考伯先生对我们说,他觉得坎登镇不方便,要是广告带来令人满意的变化,他就首先考虑搬家。他提到牛津街两头儿有一所房子,这房子和别的房子连在一起,对着海德公园。他早就看上这所房子了,只是不想马上弄到手,因为这房子适合于一个大家庭使用。他说,也可能需要一段过渡时期,在此期间先住一所房子的上半部分也就行了,地点要在某个体面的商业区——比如说,皮卡迪利大街——那地方会使米考伯太太感到愉快。只要在那里装一个突出的窗户,或者在楼顶上再加一层楼,或者来点儿这一类的小装修,他们就可以舒舒服服体体面面地过上几年日子。他还明确表示,无论结果如何,或者无论他的住房情况如何,我们可以放心:总有一间屋子给特拉德住,总有一副刀叉给我用。我们对他的好意表示感谢;他也请求我们原谅他唠叨这些具体的实实在在的琐事,他作为一个完全从新安排生活的人,这样做也很自然吧。

米考伯太太又轻轻地敲墙了,她想知道茶点准备好了没有,这样就把我们关于这个话题的友好谈话打断了。她非常和蔼地为我们倒茶,我把一杯杯的茶和黄油面包递给大家,每当我走到她身旁的时候,她就悄悄地问我,朵是长得白,还是长得黑,个子高,还是矮,或者诸如此类的问题——她这些问题,我想,我还是挺喜欢的。吃过茶点,我们围着炉火,谈了各种不同的话题。米考伯太太竟然好心为我们唱了两首大家喜爱的歌谣《勇敢的白脸军曹》和《小塔扶林》(她的声音又小,又细,而且平淡,记得初次见她的时候,就认为她的声音平常得像餐桌上的啤酒一样,是声学里面最平常的一种声音了)。米考伯太太过去在家跟爸爸妈妈在一起的时候,就以会唱这两首歌而出名。米考伯先生对我们说,他头一次在岳父家里见到她的时候,听她唱第一首歌,一下子就被吸引住了,到了无以复加的地步;等到唱《小塔扶林》的时候,他就决心豁出去了,非要赢得这个女人不可。

大约在十点到十一点之间,米考伯太太站起身来,把帽子放回浅棕色的纸包儿里,戴上了软帽。米考伯先生趁着特拉德穿大衣的工夫,把一封信塞到我手里,还小声说让我有空慢慢看。我举着蜡烛趴在栏杆上为他们照着下楼,米考伯先生在最前面,给米考伯太太带路,特拉德拿着米考伯太太的帽子跟在后面,我就利用这个机会在上面楼梯口留住特拉德呆了一会儿。

"特拉德,"我说,"米考伯先生这个可怜的老头儿无意伤害人,不过,我要是你,就什么也不借给他。"

"亲爱的科波菲尔,"特拉德笑着答道,"我没有什么好借给他的呀!"

"你不是有个名字吗?"我说。

"哦！你说这也能借?"特拉德答道,显出若有所思的样子。

"那当然。"

"哦!"特拉德说道,"是啊,的确是这样！我非常感谢你,科波菲尔,不过——我恐怕已经把它借给他了。"

"用在作为一项投资的票据上了?"我问道。

"不是,"特拉德说,"没有用在那上头。我这是头一次听他说起这件事。我一直在想,他很可能在回家的路上提出这件事。我那是另外一件。"

"我希望不会出什么问题。"我说。

"但愿如此,"特拉德说,"不过,我想不至于出问题,因为就在前两天,他还对我说有着落呢。'有着落'——米考伯先生就是这么说的。"

就在这个当口,米考伯先生抬头往我们站的地方看了看,我来不及多说,只把劝他小心的话又说了一遍。特拉德谢了我,就下楼去了。我看着他好心好意地举着米考伯太太的帽子走下楼去,还把胳膊伸过去让米考伯太太挽住,然而我很担心他一定会整个儿让人家拖到金融市场上去的。

我回到炉火前面,一半认真一半嘲笑地琢磨米考伯先生的性格和我们之间长久以来的关系,忽然听见急促的脚步声走上楼来。起初,我以为是特拉德回来取米考伯太太落下的什么东西;可是等到那脚步声近了,我听出来了,我马上觉得心跳加快,血也都涌到了脸上,因为那是斯蒂福的脚步声。

我从来没有忘记过艾妮斯,自打我把她放在我的脑海深处——假如我能用这个字眼的话——她也从来没有离开过这个地方。但是斯蒂福进来以后,站在我面前,向我伸出手来,落在他身上的阴暗东西就都亮了起来,我感到内疚,也很不好意思,因为我怀疑过我多么爱戴的人。我并没有因此而减少对艾妮斯的爱,我仍然把她看做我生活中温柔善良的天使;我因为伤害了他而责怪自己,但我不责怪她,我愿意向他赎罪,假如我知道应该做什么和怎样做的话。

"哦,雏菊,老朋友,没想到吧!"斯蒂福笑着说道,一面热情地和我握手,又兴高采烈地把我的手甩向一旁,"是不是又让我发现你在请客啦,你这个败家子儿?我看,博士协会里的人是全城最快活的人了,我们只吃粗茶淡饭的牛津人可没法比!"他那明亮的眼睛愉快地朝着屋子四周扫了一眼,同时就在我对面的沙发上坐了下来,这也就是米考伯太太刚才坐过的沙发。那炉火经他一拨,也着得旺了起来。

"一开始,你吓了我一大跳,"我一边说着,一边尽可能热烈地向他表示欢迎,"就连跟你打招呼,气都不够用了,斯蒂福。"

"哦,一看见我,眼睛就不疼了,这是苏格兰人说的,"斯蒂福答道,"一看见你,也是一样,风华正茂的雏菊,你好吗?我的醉汉?"

"我很好,"我说,"今天晚上我可不是什么醉汉,不过我得承认,我又招待了三位客人。"

"三个人,我在街上都碰见了,他们扯着嗓子夸你呢,"斯蒂福答道,"穿着紧腿裤的那位朋友是谁呀?"

我用几句话把米考伯的情况说了说,尽量让他有所了解。他听了我的简单介绍,大笑起来,还说这个人应当认识认识,他一定要和他认识认识。

"不过你猜另外一位朋友是谁呢?"这回该我问他了。

"天知道,"斯蒂福说,"他不是个无聊的人吧,我希望?我看他有点儿像是那种人。"

"特拉德呀!"我以胜利者的口吻答道。

"他是谁?"斯蒂福心不在焉地问道。

"你连特拉德都不记得了吗?就是在萨伦学堂和咱们同住一屋的特拉德呀?"

"噢,那家伙呀!"斯蒂福说道,一边用通火棍儿敲打压在火上的一大块煤,"他还是那么窝囊吗?你到底是在哪儿碰上他的呀?"

我在回答的时候极力赞扬特拉德,因为我觉得斯蒂福很看不起他。斯蒂福轻轻地点了点头,微微一笑,说了声他也愿意见见这个老同学,因为他老和大家格格不入,就把这话题打发了。接着他就问我能不能给他一点儿吃的?在这段简短的对话中,大部分时间他没有兴致勃勃地说话,而是闲坐在那里,用通火棍儿敲打那一大块煤。我还注意到,我往外拿剩下的鸽子饼什么的,他还是那样坐在那里。

"哎呀,雏菊,这是给国王准备的晚餐吧!"他突然打破沉默,大声说道,说着便在桌子旁边就了座。"我可不能对不起它,我是从亚茅斯来的呀。"

"我还以为你是从牛津来的呢。"我说。

"不是,"斯蒂福说,"我出海了——有意思多啦。"

"黎提摩今天来过,来打听你的消息,"我说,"我从他那里了解到你在牛津呀,不过现在回想一下,他倒也并没那么说。"

"黎提摩竟然打听我的消息,我真没想到他这么愚蠢,"斯蒂福说着,愉快地倒了一杯酒,并且向我祝酒,"至于从他那里了解到什么,雏菊,你要是真能办得到,可就比我们大部分人都聪明了。"

"的确是这样,"我说着也把椅子拉到桌子旁边,"如此说来,你是到亚茅斯去了,斯蒂福?"我很想了解全部情况,就接着说,"在那里呆的时间长吗?"

"不长,"他答道,"一个星期左右,不同寻常呀。"

"他们大家怎么样?小艾米丽肯定还没结婚吧?"

"还没有。快了,我想——再过几个星期,几个月,或长或短。我也没有多少时间和他们呆在一起。我想起来了,"——他正吃得带劲儿,忽然把刀叉放下,把手伸到口袋里去掏东西——"我这里有你一封信。"

"谁来的?"

"哎呀,你的老奶妈来的呀,"他说着从胸前的口袋里掏出了几封信,"'詹·斯蒂福先生在顺兴楼的欠款',不是这一封。耐心等一下,马上就找到。那老家伙,他叫什么名字来着,情况不好,我想信上说的就是这个。"

"你是说巴吉斯吗?"

"是呀!"他仍然在口袋里掏信,还看一看信的内容,"可怜的巴吉斯恐怕已经完了。我看见一位个子不高的药店老板在那里——也许是外科大夫,不管他是干什么的吧——就是他把你阁下接到世上来的。我觉得他对病人的情况很熟悉,他说得很肯定,认为病人的情况已经急转直下。——那边椅子上我的大衣,你伸手摸一摸胸前的口袋,我想准是在那里。在不在？"

"是在这里！"我说。

"这就对了！"

那是裴果提来的信——比往常更难认，而且很短。她告诉我她丈夫已经没有希望了，还含蓄地说比先前"更加拮据了"，所以也就更难以照料自己了。关于她怎样辛勤看护，只字未提，先把他赞扬了一番。信写得朴实而亲切，我知道她是很真诚的。末尾提到"报答我永远爱的人"，这就是指我本人了。

在我逐字辨认的时候，斯蒂福连吃加喝，始终没有停。

"情况不好啊，"等我看完了信，他说道，"不过每天太阳都是要落的，每时每刻也都会死人，我们不必为这共同的命运而大惊小怪。咱们要是听见谁家门前都要去的这只脚在某个地方敲起门来就把握不住自己的命运，那世上一切的东西就都要从咱手里溜走了。不能那样！要往前冲！——需要猛冲就猛冲，要是温和一点儿也行，就温和一点儿，但是要往前冲！要扫除一切障碍往前冲，而且要赢这场比赛！"

"而且要赢什么比赛？"我问道。

"从一开始就参加的比赛呀，"他说道，"往前冲吧！"

我记得当时我就注意到了，他说完了话之后，他那漂亮的脑袋微微向后仰着，手里举着酒杯，看着我。虽然他脸上还看得出海风刚刚吹过的样子，面色红润，却也显出了上次见他之后增添的痕迹，仿佛他一直在压制着自己的激情，而这种激情一旦爆发，就会在他身上极其强烈地表现出来。我有心劝他不要那样不论有个什么想法就不顾一切地去追求——比如向波涛汹涌的大海冲击，或者与狂风暴雨搏斗——可是我的思路一下子又回到眼前的话题，也就又谈起眼前的话题了。

"你听我说，斯蒂福，"我说，"你精力旺盛，要是肯听我……"

"我精力充沛，你想让我干什么都行。"他说着，离开桌子，回到炉火旁边。

"那你就听我说，斯蒂福。我想我得去看看我的老奶妈。不是说我能给她多大帮助，或者能帮她办什么实事儿；但是她那么疼我，我要是去看看她，就仿佛两种作用都起到了。她会非常感激我，觉得这对她是一种安慰,是一种支持。我觉得为她这样一个朋友做这点事,也不能算是费很大的力气了。你要是处于我的地位,不是也会走上一天的路程去看她吗?"

他脸上显出了沉思的样子。他坐在那里想了一下,低声答道:"好哇,走吧!不会有什么坏处。"

"你刚回来,"我说,"让你跟我一块儿去,恐怕不可能吧?"

"很对,"他答道,"今天晚上我要到海格特去。我这么长时间没去看我母亲了,过意不去呀,她这么疼爱她这个不肖之子,她也应该同样受到疼爱。——算啦!这都是些胡话!——我想你是打算明天去吧?"他说着向前伸直了胳膊,一手抓住我一个肩膀。

"是啊,我是这样打算的。"

"要是这样,就后天再去吧。我想让你去跟我们住几天。我是特意来请你的,而你却要飞到亚茅斯去!"

"说什么飞到哪里去,你可真行,斯蒂福,你才糊里糊涂地想往哪儿跑,就急着往哪儿跑哩!"

他看了我一会儿,没说话,还像刚才那样抓着我的肩膀,接着他摇了摇我的身子,说道:

"得啦!就后天去吧,明天尽量和我们多呆一会儿!谁知道咱们什么时候再见面呀?得啦!就后天去吧!我希望你站在我和罗莎·达特尔之间,好把我们给分开。"

"我要是不在,你们会相爱得太过分吗?"

"是啊,也可能是恨得太过分呢,"斯蒂福笑着说道,"怎么样都无所谓。得啦!就后天去吧!"

我同意后天去,他就穿上大衣,点着雪茄烟,准备走回家去。见他这样,我也穿上大衣(但我没有点雪茄烟,难得有这么一次,我觉得抽得够多了),陪他一直走到大路口——那大路在夜间也清静了。他一路上情绪很好,我们分手以后,我看着他那么愉快而潇洒地沿着回家的路走去,这时我想到他说的话,"要扫除一切障碍往前冲,而且要赢这场比赛!"我希望他参加的是一场有价值的比赛,这是我第一次对他有这样的想法。

我回到自己屋里,脱衣服的时候,米考伯先生的信掉在了地上。我这才想起了这封信,于是我拆开信封,看了下面这封信。信上写的时间是饭前一个半小时。我不记得说过没有,每当米考伯先生到特别严重的困难的时候,就爱用一种法律式的语言,他大概觉得使用法律式的语言就等于是把问题了结了。

"先生——因我不敢说亲爱的科波菲尔,

"下方署名者业已破产,现将此事告诉你是适宜的。今日你可能已注意到,本人曾尽微薄之力,使你不至过早地知道其灾难处境,但希望已沉到地平线以下,下方署名者业已破产。

"此信是在某人监督之下(我不能说是在他陪伴之下)写成的。此人受雇于某经纪人,此时已接近醉倒。此人现已依法接收本人之住宅,理由是拖欠房租。他开列的物品清单中,除属于本宅常年住户下方署名者的各种物品,亦包括房客、内殿荣誉学会成员托玛斯·特拉德先生所有之物品。

"苦酒盈杯,已置于下方署名者之唇边(借用不朽文豪之语言),如需再增一滴,便是下述之事:下方署名者曾接受上述托玛斯·特拉德先生之友好表示,由他偿还二十三镑十先令九便士半之欠款,今已过期,而款未备。此外,下方署名者在生活方面所负之责任将依自然之规律增一可怜的小灾难者而加重。从即日算起——若用整数——不出阴历六个月,即可见此小受难者痛苦坠地矣。

"最后,为了替他人积善,还需补充一句:愿灰与尘
　　　　　永远
　　　　　　　　洒落在
　　　　　　　　　　　笔者
　　　　　　　　　　　　　头上,
　　　　　　　　　　　　　　　威尔金斯·米考伯谨启"

可怜的特拉德呀!我到这时,已对米考伯先生有充分的了解,可以预见他会从这次打击之下恢复过来。但是我一夜痛苦难过,没有睡好,

因为我想到特拉德,想到那位副牧师的女儿,她姊妹十个,住在德文郡,她是一个那么可爱的姑娘,她愿意等待特拉德(这是多么不吉利的赞美呀!)一直等到六十岁,要不,你说等到哪一年都行。

第二十九章

我再次到斯蒂福家做客

第二天清早,我对斯彭洛先生说,我要请几天假。因为我当时还不领薪水,那位难对付的乔金斯没有感到不可接受,所以在这件事情上没有遇到什么困难。我还借此机会表示希望斯彭洛小姐安好,不过在我说话的时候,声音卡在嗓子眼儿里,眼神儿也不好使;斯彭洛先生听了以后,就像随便谈起某人一样全然无动于衷,他说对我的问候表示非常感谢,还说她很好。

我们这些学徒的文书,作为高贵的代诉人的苗子,受到的待遇非常宽厚,所以几乎什么时候都可以自己安排活动。不过我不想下午一两点钟以前到达海格特,而且那天上午法庭还要再审理一桩小小的逐出教会案,此案的名称是蒂普金斯拯救布洛克灵魂案,于是我就高高兴兴地和斯彭洛先生在那里呆了一两个钟头,听他们审案子。此案是两个教区民众代表发生冲突引起的,一个代表把另一个代表推得撞在水泵上,那水泵的把儿伸在一间校舍里,那校舍就在教堂的屋檐下贴着山墙的地方,因此这一推就构成了一件违犯教规的事情了。这是一个很有趣的案子,使得我在去海格特的路上坐在驿车前面的箱子上思索起我们的协会来,我还想起了斯彭洛先生说的话:碰一碰协会,整个国家就会垮台。

斯蒂福太太见了我很高兴,罗莎·达特尔见了我也很高兴。使我感到又惊讶又欢喜的是我发现黎提摩没在场,伺候我们的是一个谦逊的年轻女仆,她个子不高,帽子上系着一条丝带,偶尔碰上她的眼光,可比碰上那个体面人的眼光令人愉快得多,也不那么叫人忐忑不安。

但是我来到他们家还不到半小时,就特别感觉到达特尔小姐聚精会神地密切注视着我,她好像还在暗中拿我的脸与斯蒂福作比较,又拿斯蒂福的脸与我作比较,而且悄悄地等待着,想从这两者之间看出什么名堂来。所以在我朝她看的时候,准能看见那殷切的面孔,那严厉的黑眼睛,和那洞察一切的额头都集中在我身上,要不就突然从我身上转到斯蒂福身上,或者同时看着我们两个人。在她的敏锐的眼光审视我们的时候,一旦她发现我注意到了,也决不逃避,就把锐利的目光只对准我,显出更加聚精会神的样子。无论她可能怀疑我有什么过错,我心里有数,我是无可指摘的,不过在她那奇异的眼光之下,我还是退缩了,实在受不了那如饥似渴的光芒。

这一整天,她在家里好像无处不在。我要是在斯蒂福的卧室里跟他聊天,就听见她的衣服在门外的小走廊里窸窣作响。我和斯蒂福要是在房后草坪上作一些昔日常作的体育活动,就看见她的脸从一个窗口挪到另一个窗口,像一盏游移不定的灯,直到最后在一个窗口停住,看着我们活动。下午我们四个人一起出去散步的时候,她那瘦小的手像卡子一样抓着我的胳膊,把我拖住,让斯蒂福和他母亲走远,听不见我们说什么,然后她才跟我说话。

"你好久没上这儿来了,"她说,"你的工作真是那么紧张,那么有趣,使得你全神贯注吗?我提出这个问题,是因为凡是我不知道的事情,我都想知道。真是那种情况吗?"

我回答说,我倒是挺喜欢我的工作的,不过我可实在不能说到了那个程度。

"哦!听你这么说,我很高兴,因为只要我错了,我总是喜欢有人纠正,"罗莎·达特尔说道,"你的意思也许是有点儿枯燥吧?"

"啊,"我说,"也许是有点儿枯燥。"

"哦!这就是你为什么要放松一下,换换环境——兴奋一下,等等,是不是?"她说道,"啊,太对了!不过这是不是有点儿——呃?——对他来说?我指的不是你。"

她朝着斯蒂福那边瞥了一眼,当时斯蒂福正挽着母亲往前走。她这一看,我就知道她指的是谁了,但除此以外,我还是很不明白,而且我也显出了不明白的样子,这是毫无疑问的。

"难道那不就——我可没说那就准是;请你注意,我不过是想知道而已——难道那不就使他沉醉在里面了吗?难道那不就可能使他比平时少花心思,忽略了前来看望他那盲目溺爱他的——呢?"她说着,又朝他们很快地看了一眼,同时也朝我看了一眼,好像把我最深处的心思都看透了。

"达特尔小姐,"我答道,"请不要以为……"

"我才不呢!"她说,"哎哟,你别寻思我以为怎么样!我可不疑神疑鬼的。我只是提一个问题。我不发表什么看法。我想根据你告诉我的情况形成一种看法。你说不是那么回事儿?那好,我知道这一点,也很高兴!"

我一听这话,感到纳闷,就说,"要是说斯蒂福比平时离开家的时间长,我可说不出为什么。他外出的事儿,要不是听你说,我还不知道哩。这么长时间以来,我一直没见过他,昨天晚上才见到。"

"没见过他?"

"真的,达特尔小姐,没见过他!"

她面对面地看着我,这时我看到她的面容越发瘦削,也越苍白,那条老伤疤也从那破了相的上唇延伸到下唇,一直斜着延伸下去。这种情况,以及她用明亮的眼睛死死地盯着我,都使我实在感到害怕。她一边盯着我,一边说:

"他在干什么?"

我重复了她这句话,与其说是对她说的,不如说是对我自己说的,因为我感到非常惊讶。

"他在干什么?"她问道。她那么急切的心情足以像火一样把她吞噬。"那个人总是以令人猜不透的虚伪眼光看我,他究竟在帮他干什么呢?你要是顾面子,讲义气,我并不要求你出卖朋友。我只求你告诉我,他是受什么驱使的,是气愤,还是怨恨,还是面子,还是焦急的心情,还是什么莫名其妙的想法,还是爱情,究竟是什么?"

"达特尔小姐,"我答道,"我怎么对你说,你才相信呢?关于斯蒂福,我只知道我初次来的时候了解的情况,不知道有什么变化。我想不出有什么变化。我认为肯定不会有什么变化。我几乎连你的意思都听不明白。"

她依然站在那里注视着我,她那残忍的伤疤抽搐或者说跳动了一下,这自然使我联想到痛苦,也使她的嘴角往上一翘,仿佛表现出一种鄙视的心情,或者说表现出一种对所鄙视的东西的怜悯。她连忙用手捂住了那伤疤——那只手是那样瘦小、娇嫩,以前我见她在炉火前把手抬起来遮在脸上的时候,心里觉得它很像一件精致的瓷器——以急促、强烈、激动的语气说了声,"我要你发誓保守秘密!"就再也不说话了。

斯蒂福太太有儿子做伴,感到特别愉快,斯蒂福这次对她也特别关心,特别尊敬。看见他们俩在一起,我感到很有趣。这不光是因为他们互相疼爱,而且因为他们的性格存在着非常明显的相似之处,只不过他身上那种粗鲁或者急躁的东西,在她身上则由于年龄和性别的关系而变成了体面而庄重的东西了。我曾不止一次地想过,幸亏他们之间没有理由产生重大的分歧,否则这样的两种性格——我应当说这同一种性格中略有差别的两个类型——就比世上最极端对立的东西更难调和了。不过我一定要说明一下,这个想法并不是从我自己的观察中得出的,而是罗莎·达特尔有一次说话的时候说的。

吃晚饭的时候,她说:

"哦,不管你们哪一位,快告诉我吧,因为我想了一整天了,我希望知道。"

"你希望知道什么呀,罗莎?"斯蒂福太太问道,"你说呀,你说呀,罗莎,别这么神秘呀。"

"神秘!"她大声说道,"哎呀,真的吗?你就这么看我吗?"

"我不是老对你说吗,"斯蒂福太太说,"说话要清楚,怎么自然,就怎么说。"

"哦,看来我说得不自然了,是不是?"她说道,"这回你们可真得包涵了,因为我想了解情况。我们对自己毫不了解。"

"这已经成了第二天性了,"斯蒂福太太说道,但她并没有感到不快,"不过我记得——我想,你一定也记得——过去你可不是这个样子,罗莎;那时候,你不这么疑神疑鬼的,是相信别人的。"

"我觉得你说得很对,"她答道,"人就是会长坏毛病。不是吗?不这么疑神疑鬼的,相信别人?我怎么不知不觉就变了呢,我真纳闷。哦,真奇怪。我一定要想法儿回到原来的样子。"

"但愿如此。"斯蒂福太太笑着说道。

"哦,你知道,我真的要这样做!"她答道,"我要学着对人坦率,就跟——让我想一想——就跟詹姆斯学吧。"

"跟他学着对人坦率,罗莎,"斯蒂福太太说道——因为罗莎·达特尔无论说什么,虽然绝不是故意的,就像这次这样,却总带有讽刺的意味——"那可再好不过了。"

"这一点,我是深信不疑的,"她回答说,显出不同寻常的热情,"当然,你知道,我要是对任何事情深信不疑,那就是这件事情了。"

斯蒂福太太对于自己刚才有点儿不耐烦似乎有些懊悔,因为她接着就以亲切的语气说道:

"啊,亲爱的罗莎,你还没告诉我们你想知道什么哩!"

"我想知道什么?"她答道,显得很冷淡,叫人生气,"哦!我只想知道道德品质相像的人——是这么说吧?"

"可以这么说。"斯蒂福说。

"谢谢你!——我只想知道道德品质相像的人和不相像的人比较起来,如果产生重大分歧,是不是更容易闹翻,弄得势不两立?"

"我认为是这样的。"斯蒂福说。

"是吗?"她反驳道,"哎呀!那就打个比方,假如——随便用什么不大可能发生的事情打比方都行——假如你和你母亲大吵一通。"

"亲爱的罗莎,"斯蒂福太太善意地笑着打断了她的话,"打个别的比方吧。我和詹姆斯都很了解相互之间的责任,不会干那样的事儿!"

"哦!"达特尔小姐说道,一边思索着点了点头,"肯定是这样。那就可以防止吗?啊,当然可以呀。一点儿不错。唉,我竟然糊涂到这种地步,以至于打了这样的比方,我倒也很高兴,因为我认识到,你们相互之间的责任能够防止吵架。多谢,多谢。"

还有一件与达特尔小姐有关的小事儿,我不能不提一下,因为从那以后,在过去一切无法补救的事明白显示出来的时候,我是不会不记起这件事的。在这一整天当中,特别是从这段时间开始,斯蒂福使出浑身解数,而这也是他最容易做到的,把这个性情古怪的人变成了一个又高兴又令人愉快的陪客。他能做到这一点,我并不感到惊讶。她对于他这种招人喜爱的才能——我当时觉得这是他招人喜爱的天性——所产生的魅力进行抵制,我也不感到惊讶,因为我知道,她有时候有一种忌妒心理,态度反常。我看到她的脸色和态度渐渐发生变化。我看到她以越来越羡慕的眼神儿看着他。我看到她越来越无力地抵抗他具有的那种征服一切的力量,但她也一直对自己生气,仿佛责怪自己为什么这样软弱。最后我看到她那严厉的目光变得柔和了,她的微笑变得亲切了。说真的,我一整天都怕她,这时也不怕她了,我们大家都围着炉子坐着,在一起说呀,笑呀,无拘无束,像孩子一样。

究竟是因为我们在那里坐得太久了,还是因为斯蒂福决心保持他已经取得的势头,我现在也说不清了,反正在她出去以后,我们在饭厅里又坐了不过五分钟。"她在弹竖琴哩,"斯蒂福站在起居室门口轻声说道,"三年来,我相信除了我母亲,谁也没听她弹过。"他说这话的时候,脸上露出了一种奇怪的微笑,但这微笑马上就又消失了。我们走进屋里,看到只有她一个人在那里。

"别起来啦,"斯蒂福说(其实她已经站起来了),"亲爱的罗莎,别起来啦!这一次你就好心给我们唱一支爱尔兰歌吧。"

"你怎么会喜欢听爱尔兰歌呢?"她问道。

"非常喜欢!"斯蒂福说,"比别的歌曲喜欢得多。雏菊也在这里——打心眼儿里喜欢音乐。给我们唱支爱尔兰歌吧,罗莎,让我像过去一样坐在这儿听。"

他没有碰她,也没有碰她刚坐过的椅子,而是在靠近竖琴的地方坐了下来。她在琴旁站了一会儿,样子有些怪,用右手做了弹琴的姿势,却没有弹出声来。最后她坐下了,突然一下子把琴拉过来,一边弹,一边唱。

我不知道在她的弹唱之中有一种什么东西,使得这支歌成了我一生中听过的或者是能想象出来的歌曲中最超脱尘世的歌了。这支歌的真情实感又有些叫人害怕的地方。这支歌好像没有人作词,也没有人谱曲,而是她内心强烈感情的迸发,这感情在她那低沉的歌声中并没有充分体现出来,等到一切都静下来的时候,它也又蜷缩起来。她又一次靠在琴旁,用右手做出弹琴的样子,却不弹出声来,我看呆了。

过了一会儿,下面这件事使我清醒了过来:斯蒂福离开座位,走到她跟前,大声笑着用胳膊搂住她,说道,"我说,罗莎,往后咱们可要相亲相爱呀!"她给了他一下子,像野猫一样愤怒地把他推到一边,冲出屋子去了。

"罗莎怎么啦?"斯蒂福太太走进来问道。

"她一直像天使一样,母亲,"斯蒂福答道,"可是过了一会儿,却走到了另外一个极端,这样就都抵消了。"

"你应该小心点儿,不要惹她生气,詹姆斯。你要记住,她老想发脾气,你不要招惹她。"

罗莎没有回来,大家也没再提到她。后来我跟着斯蒂福到他屋里,向他道晚安。这时她嘲笑起她来,问我见没见过这样凶恶的不可理解的小东西。

我把感到的惊讶,都充分表达了出来。我还问他是不是猜得出她究竟为什么突然发这么大的火。

"哦,天晓得,"斯蒂福说,"你说为了什么都可以,也可以说什么都不为!我告诉过你,她把任何东西包括她自己都拿到磨石上磨得飞快。她是一件有刃的工具,和她打交道要非常小心,她总是很危险的。晚安!"

"晚安,"我说,"亲爱的斯蒂福!明天早上,不等你醒来我就走了。晚安!"

他不舍得让我走,就像有一次在我屋里那样,伸着胳膊,一手抓着我一个肩膀,站在那里。

"雏菊,"他笑着说道,"虽然这不是你的教父和教母给你起的名字,我却最喜欢这样称呼你,而且我希望,我希望,我希望你能把这个名字给我!"

"哎呀,只要我想给,就可以给你。"我说。

"雏菊,咱俩要是因为什么缘故而分手的话,你老兄可一定要想着我的好处。来吧!咱们一言为定。要是有什么情况,咱们非分开不可,一定要想着我的好处。"

"对我说来,你无所谓什么好处,斯蒂福,"我说,"也无所谓什么坏处。你在我心中永远受到同样的珍惜与爱戴。"

我过去错怪过他,虽然当时并没有想得很清楚,却也使我内心里感到非常过意不去,所以我想向他坦白承认错怪过他,话也到了嘴边。要不是我犹豫了一下,怕把艾妮斯私下对我说的话泄露出去,要不是我没有把握,不知怎样引出这个话题才能避免泄露,那话也就说出去了,但他突然说,"上帝保佑你,雏菊,晚安!"因为我犹豫不定,我那坦白的话就没有说出口;我们握了握手,就分别了。

天刚蒙蒙亮,我就起来了。我尽量静悄悄地穿好衣服,往他屋里看了看。他睡得正香呢,头枕着胳膊,轻松地躺在那里,在学校的时候,我就常常见他这样躺着的。

时间过得很快,说到就到了。我几乎有些纳闷,他睡觉,我看他,他怎么就不觉得有什么打扰呢。然而他却是在熟睡——让我再想一想他那睡觉的样子吧——在学校的时候,我就常见他这样熟睡。就这样,在这清静的时光,我离开了他。

——哦,愿上帝饶恕你,斯蒂福!我永远不会再接触那只在爱情和友谊方面都消极的手了。永远永远不会再接触它了。